Susanne Ayoub

DER EDELSTEIN GARTEN

Roman

LangenMüller

MIX
Papier aus verantwortungsvollen Quellen
FSC® C014496

Umschlaggestaltung: Wolfgang Heinzel
Umschlagmotiv: plainpicture/Mohamad Itani
Satz: EDV-Fotosatz Huber/Verlagsservice G. Pfeifer, Germering
Druck und Binden: GGP Media GmbH, Pößneck
Printed in Germany
ISBN 978-3-7844-3391-2

Auch als ebook

www.langen-mueller-verlag.de

Margret

Susanne Ayoub DER EDELSTEINGARTEN

In meinem Wohnzimmer hängt das Bild eines Brautpaars, ein Foto, schwarzweiß, auf vergilbtem Papier. Der Mann hat lockiges, schwarzes Haar, mühsam mit Brillantine gebändigt. Sein Mund ist ernst, nur seine Augen lächeln. Die Frau an seiner Seite wirkt glücklich, sehr elegant in ihrem goldbestickten Kleid.

Der Baum vor meinem Fenster spiegelt sich im Glas des Bildes. Ein Muster aus Zweigen liegt auf ihren Gesichtern. Laura und Younis, Liebende, einem Märchen aus 1001 Nacht entstiegen. Immer, wenn ich sie ansehe, bin ich stolz, das Kind dieses seltsamen, schönen Paars zu sein. Draußen fällt der Schnee. An einem Tag wie diesem haben sie sich kennengelernt. Meine Mutter hat in Schwarz geheiratet.

Über dem Garten lag helles Licht
auf die glitzernden Bäume der Götter
ging er geradewegs zu
ein Karneolbaum hing voller Trauben
der andere aus Lapislazuli
trug Blätter und Früchte
der Zedern Stamm Tigerauge
Äste schwarz-weiß gestreift
ihre Nadeln Meereskorallen
ihre Zapfen rötlicher Achat
keine Dornen und Disteln
Kristalle

(aus dem Gilgamesch-Epos)

PROLOG

SIE ZERRTEN DEN GENERAL aus dem Fahrzeug, die Hände auf dem Rücken gefesselt.

»Lasst ab! Das ist eine imperialistische Verschwörung!«, rief er den Soldaten zu. Sie stießen ihn zum Eingang des Hauses. Es war die Fernsehstation, die er selbst aufgebaut hatte, sein ganzer Stolz. Wie die Krankenhäuser, die Schulen, die neue Universität. Alles war in den wenigen Jahren seiner Präsidentschaft entstanden, alles für das Volk, das er liebte und das ihn wiederliebte, auch wenn das seine Widersacher bestritten. Auf dem Rasenstück neben der Eingangstür lag ein Toter. Er erkannte den Fernsehdirektor, dann fiel die Tür hinter ihm zu.

Im ersten Stock, an dem langen Konferenztisch aus Palisanderholz, erwartete ihn der Oberst, der einstige Freund und Mitkämpfer. Gemeinsam hatten sie die Revolution begonnen, die korrupten Aristokraten und ihre Günstlinge erledigt. Nun standen sie sich als Gegner gegenüber.

»Wer hat die Revolution geplant?« Die Frage hatte ihm der Oberst schon einmal gestellt, damals, als es darum ging, wer von ihnen beiden die Macht übernehmen würde.

»Das war ich. *Al Zaim.* So wird es in den Geschichtsbüchern stehen.«

Der Oberst lachte. »Du bist ein Verbrecher«, sagte er. »So wird es in den Büchern stehen. Du und die, die mit dir groß geworden sind, alle werden heute dafür bezahlen.«

»Du wirst mich vor Gericht stellen«, erwiderte der General. »Das Gericht wird die Wahrheit herausfinden.«

»Das wird nicht nötig sein. Die Führung des Putsches kennt die Wahrheit bereits.«

Der General suchte den Blick seines alten Freundes. »Du wirst mich ins Exil schicken.« Sein Herz schlug so heftig, dass seine Stimme zitterte. Es klang erbärmlich in seinen eigenen Ohren. »So wie ich dich ins Exil geschickt habe.«

Der Oberst wandte sich ab und begann das Papier, das vor ihm auf den Tisch lag, sorgfältig durchzulesen. Er schraubte seine Füllfeder auf und unterzeichnete, seine erste Unterschrift als neuer Präsident.

Eine Hand riss an den Fesseln des Gefangenen. Er stand auf und ließ sich von zwei Soldaten nach nebenan führen, in das Fernsehstudio. Als er eintrat, flammte das Scheinwerferlicht auf. Er hörte das Surren der laufenden Kamera. Der Mann, der sie bediente, blieb hinter seinem Stativ verborgen. Er sprach kein Wort.

Quassem drehte den Kopf weg, als sie ihm eine schwarze Binde anlegen wollten. Sie mussten ihn schon mit offenen Augen töten, diese Hunde, diese Verräter. Er kam nicht mehr dazu, sie zu beschimpfen. Der Soldat stieß ihn in den Stuhl in der Mitte des Studios. Er schoss. Er traf. Er traf, aber er tötete nicht. Quassems Kopf sank auf die Brust. Die Hand des Schützen griff in sein Haar und hob sein Gesicht der Kamera entgegen. Wieder und wieder. So konnten die Menschen vor den Fernsehapparaten im ganzen Land Abdul Karim Quassem beim Sterben zusehen.

Endlich war der Führer der Revolution tot. Sein Mörder spuckte ihm ins Gesicht.

I. TEIL

Al hubb. DIE LIEBE

1. KAPITEL

LAURA LAG AUF DEM SOFA, die Beine über die hölzerne Armlehne geworfen, das Samtkissen mit Omas Stickerei im Nacken. Sie wischte sich mit dem Handrücken die Tränen ab, obwohl sie damit ihre Wimperntusche verschmierte. Egal, sie hatte ohnehin nicht die Absicht, im Wohnzimmer aufzutauchen. Sollten sie die blöde Gans doch allein essen. Sie fand ein Stofftaschentuch unter dem Kissen, mit zierlichen Kreuzstichen eingefasst, ebenfalls eine Handarbeit ihrer Großmutter. Nebenan in der Küche Ewa. Laura hörte ihr halblautes ungarisches Fluchen durch die Wand. Sie schimpfte, weil Stephan nicht erschien. Bald war es acht Uhr. Rundherum begannen die Familien zu feiern, tafelten, zündeten Christbaumkerzen an und bescherten einander Geschenke. Nur bei ihnen hing wie jedes Jahr der Haussegen schief.

Ewa stand einen halben Tag in der Küche, um ein feiertägliches Mahl zu bereiten, aber Stephan zerstörte alle ihre Bemühungen. Er kam zu spät und außerdem betrunken nach Hause, sie machte ihm deshalb Vorwürfe, dann beschimpfte er sie. Aber was konnte Laura dafür? Musste Ewa ihre schlechte Laune an der unschuldigen Dritten auslassen? Sie hatte Lauras neues Kleid an der Schranktür hängen gesehen, das knappe, dekolletierte Oberteil mit Kragen und einem weiten, schwingenden Rock, wie es jetzt Mode war. Die lachsrosa Seide changierte in verschiedenen Farben, wenn man sich darin bewegte, Laura konnte sich nicht satt sehen daran.

»Sie sind eine Pracht, wie ein Pfirsich, zum Anbeißen!«, hatte die Schneiderin gestern, bei der letzten Anprobe, ausgerufen. Das Kleid passte perfekt und heute, am Weihnachtsabend, wäre der passende festliche Anlass gewesen, es zum ersten Mal vorzuführen. Aber Ewa hatte nicht ein Wort des Lobes für den Geschmack ihrer Tochter.

»Wie viele Fetzen willst du noch?«, fragte sie zornig. »Dein ganzes Geld gibst du für deine Kleider und deine Schuhe aus, als ob du dir von deinem Gehalt ein Luxusleben leisten könntest! Komm ja nicht und frag, ob wir dir deine Schulden bezahlen!«

Da gab es ein Wir mit Stephan, für den Ewa sonst nur abfällige Ausdrücke fand. Laura hatte sich noch nie von ihren Eltern Geld ausgeborgt, höchstens einmal das Kostgeld verspätet bezahlt. Aber dann war sie sofort in rüdem Ton erinnert worden, ihren Anteil an den Haushaltskosten zu bezahlen. In Ewas Kindheit während des Ersten Weltkrieges waren ihre Eltern so verarmt, dass sie sich nicht einmal etwas zu essen kaufen konnten. Ewa wusste, was Hunger leiden bedeutete. Aber das war eine Geschichte aus der tiefsten Vergangenheit, Jahrzehnte vorbei. Im Jahr 1955 gab es keine Entbehrungen. Zehn Jahre nach Kriegsende war Österreich endlich wieder frei, man konnte optimistisch in die Zukunft blicken. Das betonte auch der Bundeskanzler in seiner Weihnachtsansprache an das Volk, die in der Wiener Zeitung abgedruckt stand. Ewa blies dazu nur verächtlich die Wangen auf. Für Lauras Mutter war die Erde ein Jammertal, und wer das Pech hatte, in ihrer Nähe zu sein, wurde unweigerlich davon angesteckt.

»Ein Elendsleben!«

Laura seufzte tief. Tommy, ihr Foxterrier, der unter ihre Kniekehlen gedrückt auf dem Sofa schlief, öffnete kurz die Augen und schloss sie wieder. Bei allem Ärger über sie tat Ewa ihr leid. Sie sollte sich von ihrem Mann trennen, längst hätte sie es tun sollen. Aber das konnte sie nicht, sie hatte nie gearbeitet, sie fürchtete sich davor, auf eigenen Füßen zu stehen. Daran würde sich nichts ändern. Wieder stiegen Laura Tränen in die Augen. Warum konnte es bei ihnen kein Weihnachtsfest geben wie bei anderen? Warum gönnte Ewa ihr nicht ein hübsches Kleid, Strümpfe, einen neuen Hut? An allem, was Laura anzog, nörgelte sie herum.

Im Vorzimmer läutete das Telefon. Laura hörte, wie Ewa in der Küche einen Topfdeckel hinknallte und ins Vorzimmer ging, um das Telefon abzuheben. Tommy erwachte, kroch unter Lauras Knien hervor und sprang vom Sofa.

Gleich würde Ewas Geschrei losgehen, wenn Stephan ihr mit irgendwelchen Ausreden kam, weshalb er sich noch weiter verspätete. Immer, wenn Ewa wütend auf ihn war, verglich sie Laura mit ihrem Vater. Stephan spielte Geige, er sprach neben deutsch und ungarisch noch zwei Fremdsprachen, er war ein vielseitig begabter Mann, der sich in allen möglichen Berufen bewährt hatte, auch im Hotel Kaiserhof, wo er in wenigen Jahren zum Geschäftsführer aufgestiegen war. Doch im Familienkreis benahm er sich nicht vorbildlich, er war unzuverlässig, grob und trank zuviel, manchmal so schwer, dass er nicht nach Hause gehen konnte.

Dann machte Ewa sich auf, egal wie spät es war und wie weit der Weg, und holte ihn ab. Mit diesem haltlosen Menschen musste sie sich vergleichen lassen! Laura hatte es längst satt. Wie angenehm waren dagegen die neun Monate bei ihrer Cousine Minna gewesen. Nie wieder wäre sie nach Hause zurückgegangen, aber Minna wollte in eine kleinere Wohnung übersiedeln, die weniger kostete. Laura bot ihr an, die Miete zu teilen, doch das lehnte Minna ab. »Du bist mein Gast«, sagte sie zu ihrer jüngeren Cousine, »ich weiß doch, wie wenig du verdienst. Wenn ich ausziehe, nimmst du dir ein Untermietzimmer, das ist doch ganz einfach.«

War es aber nicht. Ewa erschien in Lauras Büro, verweint und mit einer Schachtel voll Kekse und Küchlein, alles Lieblingsleckerbissen von Laura. Sie flehte ihre Tochter an, heimzukehren, sie konnte es allein mit Stephan nicht mehr ertragen. Ein paar Wochen ging alles gut, sie nahm sich zusammen und ließ Laura in Ruhe. Inzwischen war alles wie früher, kein Tag, der nicht mit Schimpfen, Vorwürfen und Klagen begann.

Tommy kratzte mit einer Pfote an der Tür, doch Laura rührte sich nicht. Sie dachte an Marcel, der ihr ein Geschenk gebracht und sie gefragt hatte, ob er sie an einem der Weihnachtstage zu einem Ausflug abholen dürfe. Marcel war in sie verliebt. Er sagte es nicht, weil Laura ihm verboten hatte, weiter zu sprechen. Aber es stand in seinen Augen zu lesen. Wieder kratzte Tommy an der Tür, diesmal energischer.

Einen hatte es gegeben, das war so lange her, dass es ihr unwirklich vorkam. Hans, blond und lustig, immer voller Unternehmungslust. Er nahm Laura auf dem Motorrad mit, heimlich natürlich, bis Ewa es herausbekam und zu seinen Eltern ging. Dann durfte er nicht mehr zu Besuch kommen.

»Der Hausmeisterbub, dass du dich nicht schämst.« Ewa hatte getobt.

Sechzehn war sie damals gewesen. Sie hatte genau gespürt, dass ihre Mutter ungerecht war, aber sie konnte sich nicht gegen sie auflehnen. Sie erinnerte sich an Hans' forschenden Blick, wenn sie sich im Hausflur begegneten. Er hatte nichts gesagt, sondern gewartet, ob sie anfing, aber sie drückte sich nur schnell an ihm vorbei, mit heißen Wangen, sprachlos vor Verlegenheit. Bald darauf zog er weg. Seine Eltern richteten nie mehr ein persönliches Wort an Laura. Es war schön gewesen, einmal hatten sie sich geküsst. Sie wusste nicht mehr genau, wie er aussah. Nur dass sie danach nie mehr dieses Gefühl gehabt hatte.

Tommy kratzte nun heftig an der Tür und stieß ein kleines unzufriedenes Kläffen aus. Laura hörte den Schritt ihrer Mutter näher kommen. Die Tür ging auf, und Ewa sah herein.

»Ich gehe ihm entgegen«, sagte sie. »Den Hund nehme ich mit.«

Auf der anderen Seite des Hofes sah sie die festlich erleuchteten Fenster. Nur sie lag allein auf dem alten Sofa herum. Das Radio krachte. Sie streckte die Hand aus, um den Sender besser einzustellen, aber es gelang ihr nicht, im Gegenteil, ein hässlicher Pfeifton durchschnitt das weihnachtliche Musikkonzert, bis sie aufgab und abdrehte. Mit dem Zeigefinger zeichnete sie die Rosen auf der verblichenen Tapete nach und dachte an Marcels Einladung. Er kannte die ewige Streiterei ihrer Eltern und hatte den Vorschlag gemacht, bei ihm zu feiern. »Meine Mutter würde sich freuen!«

Marcel war liebenswürdig, er sah gut aus, er hatte Manieren. Aber er war kein Mann für sie. Er sollte sich keine Hoffnungen machen, deshalb hatte sie abgelehnt.

Laura hörte, wie draußen der Schlüssel ins Schloss gesteckt wurde. Sie konnte genau unterscheiden, wer aufsperrte. Ewas Griff war sicher und ungeduldig, mit Schwung riss sie die Tür auf. Stephan ließ sich Zeit, oft fand er erst nach mehreren Versuchen den richtigen Weg ins Schloss und er betrat die Wohnung stets mit Vorsicht, was Laura ihm auch nicht verdenken konnte, denn meist wartete Ewa nur auf den Augenblick, wenn sie ihn zu Gesicht bekam, um ihn mit Vorwürfen zu überschütten.

Tommy trippelte durch das Vorzimmer. Hinter ihm knarrte der Parkettboden unter schwereren Schritten. Stephan, Ewa, doch sie waren nicht allein, mit ihnen kam noch jemand in die Wohnung. Laura setzte sich auf und lauschte. Sie hörte Stephans Stimme und Ewa, die einen hellen Laut ausstieß. Weinte sie? Tommy schabte mit weicher Pfote an ihrer Tür, und bevor Laura sich entschließen konnte, aufzustehen, kam ihre Mutter herein, Ewa mit erhitzten Wangen, noch im Mantel. Auf ihrem Hut schmolzen die Schneeflocken.

»Steh gleich auf!«, rief sie Laura mit halblaut gedämpfter Stimme zu. »Wir haben Besuch. Stell dir vor!« Sie sah Laura an und lachte.

Tatsächlich, sie lachte. Als ob es keinen Streit, keine Anklagen und Tränen gegeben hätte.

»Stephan hat drei Herren mitgebracht.«

Drei? Laura riss ungläubig die Augen auf. »Aber …«

»Ja, aus dem Hotel, weil am Heiligen Abend alle Lokale geschlossen sind. Sie haben noch nichts gegessen. Im Hotel gibt es ja heute keine Küche.«

Ewa sprudelte ihre Erklärung aufgeregt hervor. Sie war wie ausgewechselt, ihre Augen glänzten.

»Sie sind nett, sehr nett, zuvorkommend. Und einer, du glaubst es nicht …«

Sie unterbrach sich, weil ihr Blick auf Lauras neues Kleid, den Stein des Anstoßes für ihren Streit, fiel. Sie zeigte mit dem Finger darauf.

»Das ist genau das Richtige für heute Abend! Komm, mach schnell, unterhalte die Gäste, ich muss in die Küche.«

Laura sprang mit einem Satz vom Sofa, suchte ihre Schminksachen zusammen und begann sich im Badezimmer das Gesicht zu pudern. Gut, dass sie sich den Abdeckstift geleistet hatte, ihre Nase war rot und unter den Augen hatte sie lila Schatten vom Weinen. Sie kämmte ihr bockiges, kurzes Haar, bis es glänzte und schlüpfte in das lachsfarbene Kleid. Was sie im Spiegel sah, gefiel ihr. Die Seide warf bei jeder Bewegung schimmernde Reflexe auf ihren Hals und ihre Wangen. Sie sah keine Spur verweint aus, sondern elegant und unternehmungslustig.

Tommy war ihr ins Bad gefolgt und lag nun mit beiden Pfoten auf ihrer Kosmetiktasche. Sie gab ihm einen kleinen Stups, damit er Platz machte. Eifrig lief er hinter ihr her zum Speisezimmer, das eigentlich ein Salon war, aber ihre Eltern nannten ihn nicht so. An der Garderobenwand entdeckte sie drei gewaltige pelzgefütterte Mäntel, auf der Ablage darüber die dazugehörigen schwarzen Hüte mit breiten Krempen, und betrachtete sie neugierig, bevor sie durch die Tür trat.

Die Männer saßen um den Esstisch versammelt, alle drei hoch gewachsen und breitschultrig. Sie überragten Stephan um einen halben Kopf oder mehr. Später, als Laura mehr Araber kennenlernte, stellte sie fest, dass die meisten nicht mehr als mittelgroß waren. Auf die Familie Al-Quassem traf das nicht zu. Jeder von ihnen hielt einen Kristallbecher in der Hand, Ewas schönes böhmisches Glas, das sonst nur in der Vitrine stand, und Stephan schenkte ihnen aus einer Flasche eine honiggelbe Flüssigkeit ein. Bei Lauras Erscheinen hielt er inne.

»Laura! Frohe Weihnachten.« Er küsste sie auf die Wange. »Na, was sagst du dazu!«

Die drei Männer erhoben sich und sahen Laura erwartungsvoll an. Stephan lachte über ihre verdutzte Miene.

»Unsere Tochter Laura«, stellte er vor.

Die Männer verbeugten sich respektvoll.

»Wir sind die Familie Al-Quassem aus Bagdad«, ergriff der zunächst von ihr Stehende das Wort. »Saad, das ist der Älteste. Aladin heißt mein zweiter Bruder. Ich bin Younis.«

Er nahm die Hand, die Laura ihm hinstreckte, und betrachtete sie einen Augenblick, bevor er sie ergriff und fest drückte. Die Augen, dachte Laura später in der Nacht, seine Augen waren ihr zuerst aufgefallen. So dunkel, dass man die Iris nicht von den Pupillen unterscheiden konnte. Die Brauen darüber wölbten sich hoch und waren blass, fast unsichtbar. Das schwarze Haar trug er glatt nach hinten gekämmt. Es war mit Gel geglättet, nur im Nacken, wo es länger wuchs, ringelte es sich ein wenig. Seine Haut war so makellos glatt wie ihre eigene, aber einen Ton dunkler, goldfarben. Alle drei Brüder trugen Anzüge aus teurem Wollstoff mit Nadelstreifen, Gilets und goldene Krawattennadeln. Sie machten einen wohlhabenden Eindruck. Deshalb benahm sich Ewa wahrscheinlich so zuvorkommend, wie man es nicht von ihr gewohnt war.

Stephan nahm die Flasche, die auf dem Tisch stand. »Bourbon Whiskey! Ein Geschenk unserer Gäste.«

Er zeigte ihr das Flaschenetikett.

»Das ist ein ganz besonderer Tropfen. Möchtest du auch einen Aperitif?«

»Lass sie doch!« Ewa brachte Aschenbecher und silberne Untersetzer für die Gläser. »Der Whiskey ist für die Herren. Die Damen trinken einen Sherry. Nicht wahr, Laura?«

Sie zauberte ein Fläschchen aus dem Sekretär hervor, wobei Stephan sie neugierig beobachtete, schenkte zwei Likörgläser voll und stieß mit allen an. Laura kam aus dem Staunen nicht heraus. Oft genug hatte sie sich für ihre Eltern geniert, weil Ewa das Nörgeln nicht lassen konnte und Stephan sich dafür umso schneller betrank. Aber heute zeigten sie sich von ihrer besten Seite.

Sie half Ewa, das Essen aufzutragen. Als Vorspeise gab es Gänseleber, die in Gänseschmalz gebettet serviert wurde. Dann die Weihnachtsgans, mit Maroni, Dörrzwetschgen und Äpfeln gefüllt, dazu Rotkraut und Knödel. Stephan brachte den Rotwein. Ein Winzer aus seinem burgenländischen Heimatort lieferte ihn regelmäßig nach Wien.

»Er heißt Heideboden«, erklärte er den Brüdern Al-Quassem. »Das ist eine besondere Erde im Burgenland, auf der die allerbesten Rebsorten gedeihen.«

Es war wie ein Wunder, dass Ewa keine spitze Bemerkung dazu fallen ließ, sondern nur die Vitrine öffnete, um weitere ihrer kostbaren Gläser auf den Tisch zu stellen. Sie ließ sich sogar zu einem Schluck Wein überreden.

Im Speisezimmer mischte sich der Duft des Weihnachtsschmauses mit dem schweren Rauch englischer Zigaretten und der Christbaumkerzen, die zum Abschluss angezündet wurden. Dazwischen stieg Laura immer wieder ein Parfum in die Nase, süßlich und streng zugleich. Es kam von Younis, vielleicht von der Pomade, die er sich ins Haar rieb, oder aus seinen Kleidern.

»Das ist ein wunderschöner Abend. Vielen Dank«, sagte Younis langsam.

»Sie sprechen Deutsch?«

»Leider nur ein paar Worte.«

Stephan unterhielt sich auf Englisch mit Younis' Brüdern, Ewa begnügte sich damit, die Nachspeisen zu servieren. Maronitorte, Apfelstreuselkuchen und einen Teller mit Weihnachtsgebäck. Sie war eine großartige Köchin, aber bei Tisch herrschte meist so schlechte Stimmung, dass keiner auf die Idee kam, sie zu loben. Heute war alles anders.

»Ich liebe die deutsche Kultur«, setzte Younis fort. »Ich habe mir immer gewünscht, hierher zu kommen, ins Theater zu gehen, in die Oper und in ein Konzert. Johann Strauß! Ich hoffe, Fräulein Laura, Sie werden mich begleiten.«

Laura schluckte und schwieg. Sie konnte nicht antworten. Er war wie aus einem Roman in das Wohnzimmer der Familie Bahr gestiegen.

»Ich …«, stotterte sie schließlich, »ich weiß gar nicht, wo Sie herkommen, ich war nie …«

»Bagdad, die Hauptstadt des Irak.«

»Bagdad«, wiederholte sie. »Es klingt wie …« Und wieder konnte sie nicht weiter.

»Der Irak ist ein Königreich. Unser junger König heißt Faisal, er ist erst seit Kurzem auf dem Thron. Es geht Großes vor in unserem Land.«

Bei der Erwähnung des Königs blickte Saad zu ihnen herüber. »Mein Bruder arbeitet für den Königshof«, sagte Younis.

»Und Sie? Welchen Beruf haben Sie?«

»Ich bin Jurist. Gerade jetzt habe ich die Universität abgeschlossen. Die Reise nach Europa ist das Geschenk für meinen guten Abschluss.«

Laura sah ihn schnell an und wieder fort, sie fürchtete, ihn zu direkt anzustarren.

»Aber lieber wäre mir …«

Er ließ den Satz offen. Lieber wäre ihm was? Sie fühlte eine Enge in der Brust, dass sie kaum Atem holen konnte. Er war so schön, dass es ihr wehtat. Sie wusste nicht, wie der Abend verging und was sie weiter redeten. Sie schaute in die Kerzenflammen und zum Fenster, vor dem sanft und stetig der Schnee fiel, in das glänzende, gerötete Gesicht ihres Vaters und von ihm zu Ewa, die noch immer lächelte und verträumt dreinsah, als hätte sie vergessen, wer sie war.

Aladin holte aus einem schwarzen großen Lederkoffer Geschenke für die Gastgeber heraus. Eine bemalte Lackdose gefüllt mit Rosentee und einen kleinen Gebetsteppich, hellblau und rosa gemustert auf weißem Grund. Kayseri hieß er, das war ein Ort in der Türkei, berühmt für seine Teppichknüpferei. Als Letztes bekam Laura noch ein Päckchen. Es war ein Tuch darin, orangefarben mit Gold durchwirkt und mit gehäkelten Fransen eingefasst.

Al-Kudz, sagte Aladin, und Laura nickte, obwohl sie nicht verstand. Später erklärte ihr Younis, dass ein Bild in das Gewebe des Tuches gewirkt war, die Moschee von Jerusalem.

Auch Younis hatte noch eine Überraschung. Er holte sein Musikinstrument aus dem Koffer hervor, eine Art Gitarre mit einem großen bauchigen Klangkörper aus hellem Holz. Er begann zu spielen und sang dazu. *Al hubb* hieß sein Lied.

»*Al hubb*, das ist die Liebe«, sagte er.

Das Zimmer war in helles Licht getaucht, aber die Lampe brannte nicht, Laura hatte sie vor dem Einschlafen abgedreht. Sie war im Dunkeln gelegen und hatte den Abend, diesen unerhörten Weihnachtsabend, noch einmal vorüberziehen lassen. Sie schlief, sie musste träumen, nie war es in diesem Zimmer so hell gewesen. Dabei hatte sie die Augen fest geschlossen, sie war zu müde, sie zu öffnen. In den Schläfen spürte sie einen kleinen Schmerz klopfen, das kam vom Likör, den sie mit ihrer Mutter getrunken hatte. Sie tranken sonst nie Alkohol, nur Stephan, der trank für die ganze Familie. Aber das bisschen Kopfweh machte ihr nichts. Ganz zufrieden lag sie in ihrem Bett, in diesem überirdischen Licht. Ein vergnügtes Kichern kitzelte sie hinten in der Kehle. Vielleicht war sie ja noch immer beschwipst, oder es war doch ein Traum.

Nein, das konnte nicht sein, denn nun sprach Ewa auf der anderen Seite der Wand, Laura hörte sie so klar, als stünde sie im Zimmer neben ihr.

»Ich dachte, Mohammedaner trinken keinen Alkohol.« Das sagte sie in ihrem üblichen missmutigen Tonfall.

Schade, dachte Laura, noch immer mit geschlossenen Augen. Das wäre doch zu schön gewesen, aber solche Wunder geschahen nicht in der Wirklichkeit. »Reich mir die Hand, mein Leben«, hatte sie gestern als Antwort auf Younis' Ständchen gesungen. Aus Don Giovanni. Weil er so gern mit ihr in die Oper gehen wollte.

»Wolfgang Amadeus Mozart!« Ehrfürchtig hatte er den Namen wiederholt.

In der Küche begann Stephan zu lachen. »Das war ein Weihnachtsgeschenk. Das kommt nicht alle Tage vor. Drei Prinzen aus dem Morgenland für unsere kleine, beleidigte Prinzessin.«

»Du bist ja noch immer besoffen«, sagte Ewa giftig.

Sie wechselte ins Ungarische, und Laura öffnete endlich die Augen. Durch das Fenster sah sie ein Stück wolkenlos blauen Himmel. Die Wintersonne schien auf die Schneedecke, so grell, dass sie die Augen zukneifen musste. Sie schwang die Beine aus dem Bett. Einen Augenblick betrachtete sie ihre wohlgeformten Füße und Zehen, summte die Arie – »… und komm auf mein Schloss mit mir …« – und schlüpfte in die Pantoffeln. Nebenan war Ewas Stimme eine Oktave höher gestiegen.

Stephan sagte, plötzlich ernüchtert: »Wenn du uns nur alles verderben kannst. Bis alle so zornig und mürrisch sind wie du. Dann ist dir leichter.«

Laura wollte sich die Ohren zuhalten. Nein, sie nicht, heute nicht, nie mehr.

»Ich gehe fort von euch«, flüsterte sie. »Ich weiß noch nicht, wie ich das anstellen werde, aber ich bleibe nicht. Ich gehe fort, ich ertrage euch nicht mehr.«

Im Badezimmer sah sie ihr Spiegelbild, gesträubtes Haar, ein Blick wie eine Rachegöttin. Schnell drehte sie das Badewasser auf, damit kein Geräusch von draußen mehr zu ihr drang. »Ach soll ich wohl es wagen? Mein Herz, o sag es mir!« Sie sperrte die Tür ab. Es war schon nach zehn. Um elf Uhr musste sie fertig sein.

Eine halbe Stunde stand Laura schon am Gangfenster und suchte mit den Blicken die Straße vor dem Haus ab. Dreimal war Ewa zu ihr herausgekommen und wortlos wieder gegangen. Was erwartest du dir, stand in ihrer Miene zu lesen, glaubst du, dich werden die Männer nicht enttäuschen? Jedes Mal hatte sich Laura mit einer heftigen Bewegung weggedreht, auch sie ohne ein Wort. Wann war ihre Mutter je an ihrer Seite gewesen, hatte sie getröstet, ihr gesagt, dass sie genau, wie sie war, recht war, ein liebenswerter Mensch, und sie, was immer geschah, ihre Tochter lieben würde. Nie war das vorgekommen, niemals. Halb zwölf. Länger konnte sie es in dem zugigen Treppenhaus nicht mehr aushalten. Tommy lief ihr im Vorzimmer entgegen, freudig, als wäre sie nach langer Abwesenheit wieder nach Hause gekommen.

»Du mein Süßer, du bist der Einzige, der mich vermisst.« Sie holte seine Leine.

Ewa schaute aus der Küche. »Der Hund war schon draußen.«

Laura gab keine Antwort. Sie warf die Tür hinter sich zu und lief mit Tommy die Stiege hinunter.

Draußen zeigte das Thermometer minus neun Grad Celsius. Ein eisiger Wind blies große, dunkelgraue Wolken über den Himmel. Die Sonne schien nur mehr matt. Laura schauderte. Sollte sie bis zum Polytechnischen Institut gehen? Dort begann das Areal, wo alle Hundebesitzer der Umgebung sich trafen. Tommy zog hoffnungsvoll in die Richtung, aber Laura hielt ihn zurück. Oder nur schnell durch den Beserlpark, ein Rundgang, der genau fünf Minuten dauerte. Wenn sie zurückkam, wartete Younis vielleicht schon. Nein. Er kam nicht. Er hatte die Lust verloren. Er erinnerte sich vielleicht gar nicht mehr an die Adresse. Er konnte schon längst eine neue, interessantere Gesellschaft gefunden haben.

Aber sie sah sein Gesicht vor sich, das zurückhaltende Lächeln, die Augen, die sie nicht loslassen wollten. Er hatte ein Liebeslied für sie gesungen, warum, wenn er sie am nächsten Tag versetzte. Während sie überlegte, hatte sie sich schon Richtung Polytechnikum in Bewegung gesetzt. Tommy lief begeistert neben ihr her. Bei der Schule ließ sie ihn von der Leine. Ewa erlaubte ihm nicht, dass er frei lief, sie hatte immer Angst, dass er überfahren werden könnte. Umso mehr wusste Tommy die Spaziergänge mit Laura zu schätzen. Er flog fast über die Grünflächen davon, bis er nur mehr als kleiner Fleck zu erkennen war. Laura folgte langsam. Sie verbot sich, schon wieder auf die Uhr zu schauen. Wenn Younis nicht kam, würde sie nicht zu Hause Trübsal blasen, das nahm sie sich fest vor. Tommys Umrisse wurden deutlicher, er lief nun wieder in ihre Richtung. Sie blieb stehen und sah ihm zu, wie er vor lauter Lebenslust Kapriolen schlug und im Kreis herumlief, nur um die Runde auszudehnen. Plötzlich hörte sie ihren Namen. Sie sah sich um, aber außer Tommy und ihr war niemand auf dem Platz. Hatte sie sich die Stimme nur eingebildet?

»Hier geblieben!« Plötzlich entschlossen, hielt sie den Hund, der an ihr vorbeihetzen wollte, am Halsband fest. »Wir gehen noch ein Stückl.«

Zehn Minuten später standen sie in der Halle des Hotels Kaiserhof. Die Rezeption war unbesetzt. Laura ging um sie herum, klopfte an die Tür dahinter und trat ein. Drinnen döste der Portier in seinem Sessel. Das Radio dudelte leise. Bei ihrem Eintritt schreckte er auf.

»Sind die drei Herren im Hotel?«, fragte sie. »Die Herren aus Bagdad«, fügte sie überflüssigerweise hinzu, denn die drei waren ihm bestimmt nicht entgangen.

»Wie geht's dem Herrn Papa?«, fragte er zurück. »Richten Sie ihm bitte aus, er braucht sich keine Gedanken zu machen, wir kommen gut zurecht.« Er sah am Schlüsselbrett nach. »Einer der Herren ist im Zimmer oben, soll ich für Sie durchwählen?«

Es war Saad. Er bat Laura, ihm fünf Minuten Zeit zu geben. Sie wartete in der Halle auf ihn.

»Ich weiß gar nichts«, sagte er, nachdem er sich ohne Händedruck vor ihr verbeugt hatte. »Mir hat Younis nichts von einer Verabredung erzählt.«

Sein Englisch war flüssig, daran lag es also nicht, dass er so kurz angebunden mit ihr sprach. Hatte sie ihn beleidigt? Womit denn? Mit Stephan war Saad sehr freundschaftlich gewesen, beim Abschied hatte er ihn auf beide Wangen geküsst.

Er verbeugte sich noch einmal zum Abschied, da ging neben ihnen die gläserne Eingangstür auf. Younis kam herein.

»Fräulein Laura!«, rief er aus. »Ich wusste, ich darf die Hoffnung nicht aufgeben!«

Er entschuldigte sich. Blumen hatte er kaufen wollen, doch kein einziges Geschäft war geöffnet. Und dann das Kunststück, ein Taxi zu finden. Es hatte gedauert und gedauert.

»Als ich endlich ankam, sind Sie mir mit dem Hund weggelaufen. Ich musste zuerst das Taxi bezahlen und als ich ausgestiegen bin, war niemand mehr da.«

»Ich bin so froh!« Laura wollte nichts mehr von Entschuldigungen hören.

Younis lachte sie erleichtert an. Saad sagte etwas auf Arabisch zu ihm und ging.

»Ich hoffe, Sie sind auch hungrig!«

»Und wie!«

Younis nahm ihren Arm. »Darf ich Sie einladen? Ich habe gestern Ihren Vater gefragt, wo man in Wien am besten essen kann.«

»Wo?«

»Lassen Sie sich überraschen.«

Zuerst brachten sie Tommy nach Hause, der zum ersten Mal in seinem Hundeleben Taxi fuhr und bei jedem Auto, an dem sie vorüberfuhren, freudig bellte. Der Taxifahrer lachte dazu, er mochte Hunde gern, aber Younis sah unangenehm berührt drein. Er schob Tommy, als er ihm zutraulich eine Pfote auf den Schenkel legte, energisch weg. Laura sah ihn erstaunt an.

»Das gibt es bei uns nicht, Hunde, die im Haus wohnen«, erklärte er. »Bei uns sind die Hunde wild und voller Ungeziefer.«

Der Taxifahrer hielt vor dem Haus. Laura zuckte die Achseln. »Andere Länder – andere Sitten«, sagte sie, und ihr Ton klang so spitz wie Ewas. »Bin gleich wieder da.«

Die Überraschung war das vornehme Hotel Sacher, zu dem ein Kaffeehaus und ein Restaurant gehörten, eine der wenigen Lokalitäten, die am ersten Weihnachtsfeiertag offen waren.

Nur wenige Gäste saßen in dem mit roter Seidentapete ausgeschlagenen Salon.

»Zu Weihnachten feiern alle mit der Familie. Das ist hier so Brauch«, sagte Laura, weil Younis sich wunderte, wie ruhig es in Wien, dieser berühmten Stadt, über die er so viel gelesen hatte, zuging.

»Das heißt, ich muss ein andermal wiederkommen«, antwortete Younis. »Würde Sie das freuen, schönes Fräulein Laura?«

Laura lächelte und schwieg. Sie hatte Grießnockerlsuppe und Wiener Schnitzel bestellt und freute sich zuerst einmal darauf. Ihr Magen knurrte. Younis hörte es und nickte. Lächelnd deutete er auf seinen eigenen Magen.

»Oder können Sie sich vorstellen, auch einmal meine Stadt zu besuchen?« fragte er, als endlich die Teller vor ihnen standen.

Laura schaute andächtig auf das zart bebende große Nockerl, das im mit Schnittlauch bestreuten Suppenteich schwamm.

»Guten Appetit!« Sie nahm ihren Löffel. »Essen wir erst einmal, dann kommt alles andere.«

»Das ist eine höchst vernünftige Anschauung, die man bei so hübschen Damen nicht häufig erwartet!«, antwortete Younis.

»Oh, sind Sie so erfahren mit hübschen Damen?«

»Das nicht. Aber man hört so allerlei.«

Sie scherzten, als würden sie sich schon lange kennen. War es das Englisch, für sie beide eine fremde Sprache, in der sie sich unbefangener unterhalten konnten als in der Muttersprache? Sie aßen, tranken, plauderten. Die Stunden verflogen. Als sie wieder ins Freie traten, dämmerte es schon.

»Und jetzt?«, fragte Younis.

Laura nahm seinen Arm. »Jetzt zeige ich Ihnen Wien.«

Sie fuhren mit der Straßenbahn über den Ring zur Mölker Bastei, einer der Überreste der alten Wiener Stadtmauer.

»Hier gilt die Zeit nicht. Spüren Sie es, Younis?«

Er schüttelte fragend den Kopf.

»Man ist um Jahrhunderte zurückversetzt.«

Ein anderes Stück vom alten Wien war der Esterhazykeller im Haarhof. Er trug seinen Namen zu Recht, weil er so schmal war. Über eine steile Treppe trat man in ein niedriges Gewölbe mit dunkel gebeizten Holzwänden, wo man die Weine der Fürsten zu trinken bekam, ein Ort, an dem die Zeit stillzustehen schien. Erst wenn man die Treppe zur Oberwelt von neuem Neuem erklimmen musste, kehrte man in seine irdische Schwere zurück, mit müden Waden und Knien, aber leichteren Sinns als vorher.

Als drittes führte sie ihn in den Heiligenkreuzerhof. Hinter den Barocktoren lag eine eigene Welt, eine Stadt in der Stadt. Kleine Geschäfte und Handwerksläden liefen rund um den Hof, die Fenster darüber gehörten zu einem Kloster. Manchmal waren dort oben schemenhaft Gestalten zu sehen, doch niemals erwiderte jemand den Blick des neugierigen Betrachters, als wären es Gespenster, die lautlos über die weiten Gänge wandelten auf der Suche nach einem Platz, wo sie ihre ewige Ruhe fanden.

Younis lauschte mit großen Augen diesen Erzählungen. So wie sie ihn am Abend vorher als Romanhelden erlebt hatte, erging es nun ihm, sie war die Märchenfee, die ihn an der Hand nahm und durch die Zeit führte, von Jahrhundert zu Jahrhundert, bis er vergaß, dass die Gegenwart sein Zuhause war.

Am nächsten Tag begleitete er sie auf den Zentralfriedhof, wo Laura das Grab ihres Bruders besuchte.

Lajos, Luis genannt, war mit fünf Jahren an Keuchhusten gestorben. Sie hatte eine verwischte Erinnerung an einen sommersprossigen Buben mit weißblondem Haar, der hoch und heftig lachte, so wie Stephan es manchmal tat. Von seiner Krankheit und seinem Sterben war kein Bild in ihrem Kopf geblieben. Laura vermutete, dass Ewa lieber auf ihre Tochter verzichtet hätte als auf ihren Erstgeborenen, ohne dass das je geäußert worden wäre. Sie sprachen nicht über Gefühlsdinge, ihre Mutter und sie, höchstens unabsichtlich, wenn sie, ohne es zu merken, auf dieses gefährliche Terrain gerieten. Der Tod des Kindes lag inzwischen viele Jahre zurück, aber noch immer wich Ewa den Grabbesuchen aus, die sie stets aus der Fassung brachten. So war es meist Laura, die das Unkraut aus dem Beet zupfte und eine Kerze anzündete.

Younis hatte keinen Friedhof dieser Größe erwartet. Auf dem Zentralfriedhof konnte man einen ganzen Tag herumgehen und doch nicht alle seine Teile kennenlernen. Sie zeigte ihm die Gruppe der Ehrengräber berühmter Künstler und Wissenschaftler. Er fragte nach Mozart.

»Der liegt im Armengrab, auf dem St. Marxer Friedhof, das ist nicht weit von hier.« Laura deutete vage Richtung Simmeringer Hauptstraße.

»Verglichen mit diesen prächtigen Denkmälern liegen bei uns alle Menschen im Armengrab. Es gibt eine Grabplatte und einen kleinen Stein, auf dem der Name steht. Mehr nicht.«

Sie gingen zu Luis' Grab hinter der Aufbahrungshalle drei. Laura zündete zwei Grabkerzen an und versuchte, sich an den Blick ihres Bruders zu erinnern. Er hatte schwarze Augen gehabt wie seine

Mutter und wie sie selbst. Nur Stephans Augen waren blau und sein dünnes Haar blond. Ob Luis wie sein Vater geworden wäre, laut und unternehmungslustig, verantwortungslos, ein Lebemann?

Younis schaute sie forschend an. »Sind Sie nun wegen Ihres Bruders traurig?«

Sie schüttelte den Kopf. »Aber Sie Younis, Sie lieben Ihre Brüder sehr, ja?«

Er zögerte, bevor er zustimmte. Warum? Sie fragte nicht nach. Sie war froh, dass sie allein unterwegs waren. Die Abende verbrachten sie gemeinsam, das reichte. In der Früh hatte sie durch die Wand mitgehört, wie Ewa Stephan angedroht hatte, dass sie am Abend fortgehen würde, wenn die drei Märchenprinzen noch einmal bei ihr einfielen.

»Früher, ja, da standen wir uns nahe. Doch dann – ich wurde von ihnen verheiratet. Und trennte mich wieder. Damit waren sie nicht einverstanden.«

»Warum?«

Er verstand nicht gleich.

»Warum trennten Sie sich wieder?«

Laura versuchte, nicht zu zeigen, wie betroffen sie war.

Sie verließen den Friedhof durch das erste Tor. Laura strebte der Straßenbahnhaltestelle zu. Younis, der ihre Verstimmung spürte, hielt sie auf. »Das ist vorbei. Es war niemals eine Ehe. Laura, ich schwöre es Ihnen.«

Laura spürte ihr Blut in den Ohren rauschen, so heftig schlug ihr Herz. Sie sah auf den Boden, den grauen schmutzigen Schnee unter ihren Füßen. Konnte man denn von seinen Brüdern verheiratet werden? Wenn es keine Ehe gewesen war, was dann? Sie war zu schüchtern zu fragen. Er schwor, und sie wollte ihm gern glauben.

»Glauben Sie mir nicht?« Seine Augen schwammen.

»Younis.« Sie drückte ihm die Hand. »Ich glaube Ihnen doch.«

Die Straßenbahn kam.

»Wenn Sie noch nicht zu müde sind, würde ich gern noch bei der Tante vorbeischauen, unten in Altsimmering, in der Nähe vom Gasometer.«

Younis war mit allem einverstanden. Tante Blanka, eine Schwester von Stephan, besaß ein kleines Haus am Rande der Simmeringer

Heide. Sie betrachtete den Gast aus dem Morgenland voller Ehrfurcht. Younis wieder war entzückt von der verschneiten Heidelandschaft mit dem behäbigen Gasturm als einziger Erhebung weit und breit. Er trank den selbst gemachten Hagebuttenwein der Tante und aß Rahmplätzchen, die, wie er sagte, so schmeckten wie eine Süßigkeit, die seine Mutter zum Fest am Ende des Ramadan gebacken hatte.

Es war das einzige Mal, dass er seine Mutter erwähnte. Sie war die Großnichte ihres Ehemanns gewesen, fast fünfzig Jahre jünger als er, und hatte ihm fünf Söhne geboren. Als er mit über hundert Jahren gestorben war, hatte sie alle Lebenskraft verloren und war ihm rasch gefolgt.

Tante Blanka, die kein Wort Englisch verstand, fragte Laura leise, wovon die Rede war.

»Vom Tod«, sagte sie. »Wir waren zu lang auf dem Friedhof, jetzt munterst du uns wieder auf.«

»Ich glaube, ich höre die Hochzeitsglocken läuten.« Die Tante drückte Lauras Kopf an ihre Schulter. »Er gefällt mir, und dir gefällt er auch, gell?«

Laura wurde rot. Tante Blanka küsste sie laut auf die Wange, dreimal, dass es knallte.. Und winkte Younis, sich ebenfalls zu ihr hinunterzubeugen. Er bekam wie Laura drei Küsse und einen freundschaftlichen Klaps auf die Schulter.

Warum konnte ihre Mutter nicht sein wie Tante Blanka. Was machte es, dass ihr Schrebergartenhäuschen ein wenig schmuddelig war und sie, das lag offenbar in der Familie, manchmal einen über den Durst trank? Bei Tante Blanka herrschte immer gute Stimmung, bei ihnen in der Wohllebengasse höchstens ausnahmsweise.

»Morgen unternehmen wir was ganz anderes«, verkündete Laura, bevor sie sich trennten. »Haben Sie Lust, mit mir einen Ausflug zu machen?«

»Das wissen Sie schon, schönes Fräulein Laura«, antwortete Younis.

»Es gibt einen Berg, zwei Stunden von Wien entfernt. Das ist ein ganz besonderer Platz, den sollen Sie kennenlernen, bevor Sie wieder in die Wüste fahren.«

»Ja, sehr gern.«

»Möchten Ihre Brüder vielleicht auch mitkommen?«, zwang sie sich zu fragen. Lieber war sie mit Younis allein. Aber es wäre unhöflich gewesen.

Younis biss sich auf die Lippen. »Leider«, sagte er. »Meine Brüder … das wird nicht gehen, weil … Sie sind nicht mehr in Wien.«

»Aber …«

»Ja, Saad hat darauf bestanden, weil Aladin …«, er räusperte sich. »Es ist mir unangenehm …«

Laura verschluckte ihre neugierige Frage. »Sie müssen gar nichts erzählen.« Sie gab ihm die Hand. »Wir treffen uns um neun Uhr. Oder ist das zu früh?«

»Von mir aus um sieben«, sagte Younis.

Der Semmering, Hausberg der Wiener genannt, lag unter einer dicken Schneedecke, aus der nur ab und zu ein Felsen hervorguckte. In Serpentinen arbeitete sich die Dampflok den Berg hinauf, und nach jedem Tunnel sah die Welt anders aus, heller und märchenhafter. Laura und Younis standen am Fenster und schauten in die Landschaft. Nicht ein Mensch war auf den Straßen zu sehen, wenn der Zug in den Bahnstationen hielt. Die Dörfchen lagen friedvoll, so still, dass man glauben konnte, sie wären längst von ihren Bewohnern verlassen. Nur der Rauch, der aus den Schornsteinen aufstieg, verriet, dass hier jemand wohnte.

Oben auf der Höhe war die Station Semmering, das Ziel ihrer Reise. Beim ersten Schritt auf dem tief verschneiten Waldweg, der vom Bahnhof zum Dorf anstieg, glitt Younis aus. Hilfe suchend streckte er die Hand nach Laura aus, die sie ergriff und prompt mit ihm mitgerissen wurde. Er fiel auf den Rücken und sie auf ihn. Er machte keine Anstalten aufzustehen, sondern legte die Arme fest um sie. Sie wehrte sich nicht. So nahe war sein Gesicht, dass sie seinen Atem auf ihren Wangen fühlte. Er sah sie so eindringlich an, dass sie auch ernst wurde. Die Kälte kroch ihr unter den Mantel, doch sie hielt still, sie erwiderte seinen Blick, sie sprach zu ihm, wie er zu ihr. Es gab niemand außer ihnen beiden, nur das Rauschen des Windes in den hohen Fichten, das zarte Knistern des Schnees, wenn sich die Zweige bewegten. Weiter unten pfiff der Zug auf seinem Weg ins Tal.

»Laura«, flüsterte er.

Eine Kirchenglocke begann zu läuten.

»Ja, Younis.«

»Weißt du noch, als ich dich fragte, ob du dir vorstellen könntest, auch einmal meine Stadt zu besuchen?«

Sie nickte.

»Auch um zu bleiben? Kannst du dir vorstellen, mit mir in Bagdad zu leben? Als meine Frau, Laura?«

Wieder nickte sie. Unter ihr, an ihrer Brust, spürte sie, dass sein Herz heftig schlug. Sie legte ihre Wange an seine.

»Ich liebe dich, Laura.«

»Ich liebe dich, Younis.«

Sie liefen den Weg hinauf, Hand in Hand, und blieben nur stehen, um sich in die Arme zu fallen, in die Augen zu sehen, und wenn Younis sie küssen wollte, lief sie weiter und zog ihn mit sich. Oben, als sie aus dem Wald traten und die Weite der Ebene unter ihnen lag, hielten sie inne.

»Deine Heimat«, sagte Younis. »Wirst du es denn aushalten ohne dieses schöne Land?«

»Die Landschaft ist schön, aber es gibt auch anderes in Österreich. Wenn man hier lebt, ist es nicht so wunderbar.« Sie war froh, dass er nicht nachfragte, was sie damit meinte. Der Augenblick war zu außerordentlich, ein Zauber, den sie nicht zerstören durften mit zuviel Worten. Sie wandte sich um und zeigte auf das Hotel auf der Anhöhe, die prächtige Fassade des Haupthauses mit der gläsernen Panoramafront, die im Sonnenlicht lag, links und rechts die weit gestreckten Seitengebäude. Eine Auffahrt führte zum Eingang.

»Da wollte ich immer schon einmal zu Mittag essen.«

Younis holte seinen Fotoapparat hervor und fotografierte das Hotel mit Laura davor und dann sie ihn und das Dorf unter ihnen und die Aussicht, die einzigartig war, das gewaltige Wiener Becken zu ihren Füßen. Zuletzt erschien doch ein menschliches Wesen, der Page des Hotels, der sie beim Eingang empfing und den sie baten, ein Foto von ihnen beiden zu machen.

»Besser gleich zwei«, meinte Laura und stellte sich mit Younis in Positur. »Es ist nämlich ein ganz besonderer Tag für uns, das Bild soll eine Erinnerung fürs Leben sein.«

Der Page sah sie munter an. »Wollens leicht heiraten?« fragte er, ein wenig vorlaut, in seiner Mundart, die sie ihm im Hotel noch nicht abgewöhnt hatten.

»Ja, du kleiner Frechdachs«, lächelte Laura.

Younis verstand nicht, aber es machte ihm nichts aus. Er lächelte mit.

Laura besaß es noch, das Foto, das der kleine Page von ihnen geschossen hatte, auch wenn sie es schon viele Jahre nicht mehr angesehen hatte. Das alte schöne Hotel, der Schnee an den Zweigen der Bäume links und rechts vom Eingang, wie ein Vorhang, der aufgezogen wurde, und in der Mitte sie beide. Ein junges Paar auf dem Gipfel. Lächelnd. Im Glück.

Sie erinnerte sich noch genau, was sie damals, während sie sich an Younis' Schulter lehnte, gedacht hatte: Was konnte ihnen nun, da sie einander gefunden hatten, noch geschehen?

2. KAPITEL

LAURA ARBEITETE IN DER Cassio Versicherung, gleich neben dem Rathaus, in der Schadensabwicklung, die aus vier Frauen und drei Männern bestand. Der Abteilungsleiter Felix Leitmayer und seine Sekretärin Irma Meixner waren schon altgediente Mitarbeiter, alle anderen junge Kollegen. Hedi, Marianne und Laura teilten sich ein Büro mit Hermann, Marcel, der die Rechtssachen betreute, hatte ein eigenes Zimmer. Die Bürogemeinschaft war herzlich, mit der Zeit sogar freundschaftlich geworden. Sie feierten die Geburtstage miteinander, gingen ins Kino, ins Kaffeehaus, tanzen oder kegeln, manchmal machten sie alle miteinander einen Ausflug, in die Wachau zum Heurigen oder im Sommer schwimmen im Nebenarm der Donau bei Klosterneuburg.

Es waren Lauras einzige Freunde. Niemand stand ihr näher als Hedi und Marianne. Hermann war noch nicht so lange in der Abteilung und erst zweiundzwanzig, aber auch ihn mochte sie gern, weil seine Blödeleien zuverlässig jeden Anflug schlechter Laune vertrieben. Nach einer halben Stunde im Büro war die Stimmung, die Laura von zu Hause mitbrachte, wie weggeblasen. Mit Hedi und Marianne teilte sie die Freude an schönen Kleidern. Hedi konnte schneidern und durfte sich von ihrer Tante die Nähmaschine ausleihen. Am Wochenende zeichneten sie gemeinsam Schnitte aus Modeheften ab und versuchten, aus alten aufgetrennten Kleidern neue Modelle zu nähen. Lauras ganzer Stolz war ein lavendelfarbiges Wollkostüm, das sie sich aus einem alten Mantel selbst geschneidert hatte. Hedi und Marianne waren die Ersten, die von Lauras Verlobung erfuhren. Sie freuten sich mit ihr, wenn sie auch etwas besorgt waren. Das merkte Laura ohne viele Worte.

Anders verhielt es sich mit Marcel. Marcel Silber war erst ein Jahr vorher in die Versicherung eingetreten. Obwohl er auf die Universität gegangen und ein Doktor war, schloss er sich ihrer Runde bald an. Einmal hatte er angedeutet, dass das vor allem Lauras wegen geschah, aber darauf war sie nicht eingegangen, und inzwischen gehörte er bei allen Unternehmungen dazu. Wenn sie nicht mehr da war, würden ihn Hedi und Marianne hoffentlich trösten können. So scherzte sie mit den beiden Kolleginnen. Er selbst kannte die Neuigkeiten noch nicht.

Zu Mittag, kurz bevor die Pause begann, klopfte es an der Bürotür. Der Lehrbub von der Konditorei Sluka brachte drei große weiße Kartons herein. Laura gab ihm ein Trinkgeld, dann, als er gegangen war, klatschte sie in die Hände.

»Bitte, meine Lieben, schaut nicht so überrascht. Heute seid ihr eingeladen.«

Frau Meixner war ihr schon in der Früh unter den Arkaden beim Sluka begegnet, und der Chef wusste Bescheid, er hatte seine Erlaubnis gegeben. Um zwölf Uhr sollte die Feier anfangen. Laura ging, um Marcel zu holen.

»Was für eine Feier?« Marcel saß über einer Akte, die er schon im Dezember hatte abschließen wollen und die noch immer Ärger machte.

»Ich habe mich verlobt«, antwortete sie.

Er hatte beim Nachdenken seine Schläfe gerieben, jetzt sank seine Hand nieder, nur einen Augenblick, bevor er aufblickte.

»Laura.« Er stand auf und ging ihr entgegen. »Wer ist der Glückliche?«

Er wusste es, jedenfalls musste er es geahnt haben. Nach Weihnachten hatte er ein paar Mal bei ihr zu Hause angerufen, aber nur Ewa an den Apparat bekommen, die berichtete, was für ein ungewöhnlicher Besuch da war und dass Laura die ganze Zeit mit ihm durch die Gegend kutschierte.

»Ich gratuliere dir.«

Sie lächelte. »Danke.«

Die Sandwiches vom Sluka waren berühmt. Schinken, Thunfisch, Salami und Spinat mit Ei, Laura hatte die besten und teuersten Brötchen ausgesucht, zwei ganze Kartons voll. Herr Leitmayer spendierte den Sekt, und zum Abschluss öffneten sie den dritten Karton mit den Petits Fours, Eclairs und Pariser Spitzeln, Maronitörtchen, Mandelkringeln und Palmblättern.

»Wahnsinn, ich platze fast!« Hedi tupfte sich die Lippen mit der rosaroten Sluka-Serviette ab und ließ ihren Blick über die Süßigkeiten schweifen. »Aber dieses Maronibutzerl muss ich noch schaffen.« Sie biss hinein und schloss andächtig die Augen. »Mmmhm.«

»Wenn wir dir nicht abgehen werden, der Sluka auf alle Fälle«, sagte Marianne lachend.

»Ha, sie widerspricht nicht einmal!«, rief Hermann aus. »Treulose Tomate Laura.«

»Wir werden sie jedenfalls vermissen.« Herr Leitmayer hob sein Glas. »Auf Sie, liebe Laura!«

»Auf das Glück und die Ehe!«

»Auf das eheliche Glück!«

»Auf Laura und ihren Zukünftigen.«

»Sie soll leben und wir daneben.« Das Letzte kam von Hermann.

Sie stießen an und tranken. Marcel ließ seine Packung Dunhill herumgehen. Er gab allen Feuer. Plötzlich sagte keiner ein Wort. Laura nahm Marcels Feuerzeug, das er auf ihren Schreibtisch gelegt hatte.

»Sehr elegant.«

Es war schwarz und mit grünen Halbedelsteinen verziert.

»Jade und Onyx«, sagte Marcel. »Es hat meinem Vater gehört.«

Herr Leitmayer räusperte sich und stellte sein Glas ab. »Ich bedanke mich für die Einladung.« Er nickte Laura und allen anderen zu. »Ich erwarte einen Anruf. Aber bitte, raucht in Ruhe und trinkt aus. Wir feiern nicht alle Tage die Verlobung einer lieben Kollegin.«

Irma Meixner drückte Laura plötzlich an sich. »Hast du es dir auch gut überlegt, Schatzerl, ist es dir nicht zu weit und zu gefährlich dort unten?«

Sie sprach nur aus, was alle dachten. Laura machte sich los. Sie begann, die leeren Pappteller abzuräumen.

»Es tut mir leid«, sagte Irma hinter ihr. »Ich wollte dich nicht kränken.«

»Das kann mich nicht kränken. Ich habe mich entschieden, weil er der Richtige ist. Ob er nun in Simmering wohnt oder in Bagdad oder auf dem Mond, ich würde auf jeden Fall mit ihm gehen.«

Stimmte es. Hatte es damals gestimmt. Heute klang es nur mehr lächerlich. Sie war doch fünfundzwanzig Jahre alt gewesen. Unerfahren, aber kein Kind mehr. Keine Jungfrau, auch wenn Younis dessen sicher war und sie ihn nicht über die Wahrheit aufklärte. Ein halbes Jahr war sie mit Herrn Leitmayer ausgegangen. Er war gebunden, eine Scheidung kam nicht infrage, weil seine Frau nicht gesund war. Zufällig hatte Laura ihn einmal bei einem Spaziergang über den Graben Arm in Arm mit seiner Frau getroffen. Sie sah ziemlich lebendig und wohlgenährt aus, und Laura beendete bald darauf das Verhältnis. Herr Leitmayer blieb ihr weiterhin gewogen und sie ihm.

Zu Hause wurde es jeden Tag schwieriger. Zwar waren ihre Eltern zur Verlobungsfeier in den Paulusstuben mitgekommen, aber nur Stephan konnte sich mit der Vorstellung, seine Tochter in den Orient zu verheiraten, anfreunden. Inzwischen war ein Monat vergangen, und Ewa gab ihren Protest immer noch nicht auf.

Das Erste, was Laura beim Aufwachen hörte, war das Schimpfen ihrer Mutter durch die Küchenwand. Ab und zu kam ein begütigender Einwand von Stephan, worauf Ewas Stimme klagend und vorwurfsvoll anschwoll. Es war einerlei, ob Stephan zuviel trank, Tommy auf den Wohnzimmerteppich gepinkelt hatte oder Laura es wagte, einen Mann zu heiraten, der ihr nicht passte, sie konnte den Fährnissen des Lebens nicht anders begegnen.

»Ich werde euch keine Träne nachweinen«, flüsterte Laura unter ihrer Decke. »Nur dir, Tommy.«

Aber sie weinte, jeden Abend, wenn sie daran dachte, wozu sie sich entschlossen hatte und was vor ihr lag und dass ihre Eltern ihr keine Hilfe und keinen Rat gaben. Ihre Mutter machte ihre üblichen, grässlichen Szenen und ihrem Vater bedeutete sie nichts.

»Sei froh, wenn sie unter der Haube ist«, hatte sie ihn zu Ewa sagen gehört. »Wär' es dir lieber gewesen, sie hätte den Itzig genommen?«

Mitte Februar wurde es noch einmal kalt. Die Fluggesellschaft benachrichtigte Laura, dass für sie ein Ticket hinterlegt worden war. Bei Schneesturm und minus zehn Grad Kälte fuhr sie mit dem Bus nach Schwechat, um das Ticket abzuholen. Sie war erleichtert, denn

Younis hatte ihr seit seiner Abreise nicht geschrieben, und allmählich war ihr die Verlobung wie ein Traum vorgekommen. Sie konnte nicht mehr zurück. Sie hatte gekündigt und Abschied gefeiert. Am 28. Februar war ihr letzter Arbeitstag. Am 3. März ging ihr Flug.

Zu Hause stand das Geschenk der Kollegen, eine Kollektion feiner Kristallgläser, für Wein, Bier, Sekt, Likör und Whiskey, dazu eine Karaffe zum Dekantieren. Wenn man die Gläser gegen das Licht hielt, sah man die Tönung, blassrosa, gelb und blau. Sie waren hundertmal schöner als Ewas böhmisches Kristall, fand Laura. Sie ließ sich zwei Kleider für die Reise machen, ein schwarzes Samtkleid mit einer kleinen Schleppe, das beinahe bis zu den Knöcheln reichte, und ein zweiteiliges Jackenkleid aus dunkelroter Wolle. Zum Samtkleid trug sie eine weiße Kappe mit Straußenfedern, zum Jackenkleid einen Hut aus dem gleichen Stoff. Mehr Vorbereitungen traf sie nicht. Ihr Hochzeitskleid würde in Bagdad für sie angefertigt, hatte Younis gesagt und ihre Maße mitgenommen. Sie füllte probeweise einen Koffer mit Kleidern, einen mit Büchern. Das meiste musste sie ohnehin zurücklassen. Es schmerzte sie kaum. Aber noch fehlten zwölf Tage. Noch war sie nicht fort.

Marcel hatte nach seinen Glückwünschen nichts mehr über ihre Verlobung gesagt, sondern war wie früher freundlich und zuvorkommend.

Am Freitag, dem letzten Wochenende im Februar, hielt er sie beim Weggehen auf.

»Kommst du mich noch einmal besuchen?«

Laura dachte daran, was sie zu Hause erwartete. Inzwischen wechselte Ewa kaum mehr ein Wort mit ihr, stellte nur mit stummer Leidensmiene das Essen für sie auf den Tisch und ignorierte Lauras Angebote, mit Tommy spazieren zu gehen oder bei der Hausarbeit zu helfen.

»Ja, gern«, nickte sie.

»Zum Abendessen?«

»Kein Essen bitte, einfach zum Kaffee.«

In den eineinhalb Jahren, die sie ihn kannte, war Laura ein paar Mal bei ihm zu Besuch gewesen. Er wohnte in der Nussdorfer Straße, im ersten Stock eines Jugendstilhauses. Der Hausflur war mit glasierten

Wandbildern geschmückt, im Treppenaufgang gab es ein Fenster mit Glasmalereien, ein Fragment leider nur, da die meisten Scheiben bei einem Bombenangriff zerbrochen und durch einfaches Glas ersetzt worden waren. Die Wohnung war um einiges größer als die der Familie Bahr. Auf den glänzenden dunkelbraunen Parkettböden lagen dicke chinesische Teppiche in verschiedenen Farben, im Salon hing ein echter Kristall-Lüster und an den Wänden dunkle Stilleben, flämische Malerei aus dem 17. Jahrhundert, wie Marcel einmal erwähnte. Das Hutschenreuther Porzellan stand nicht nur zu besonderen Anlässen auf dem Tisch, man aß alle Tage davon. So beeindruckend Laura diesen Haushalt auch fand, wohl fühlte sie sich keinen Augenblick. Es herrschte eine bedrückte, sogar traurige Stimmung, etwas, das auch Marcel ausstrahlte. Marcel lebte mit seiner Mutter Adele zusammen. Sie verließ ihr Zimmer nur selten. Über einem Biedermeiertischchen hing das Porträt, das ein Klimtschüler gemalt hatte, eine Art blassblauer Adele statt der goldenen von Klimt. Das Bild war vor mehr als zwanzig Jahren entstanden, aber sie sah noch genauso aus. Schmächtig, mit dünnem blondem Haar, das von einem Band zusammengehalten war. Anmutig und unscheinbar zugleich. Nur das scheue Lächeln erinnerte an ihren Sohn.

»Sie wird nicht mehr gesund«, erklärte Marcel knapp. »Es gibt Wunden, die heilen nicht.«

Adele war im Konzentrationslager Buchenwald interniert gewesen. Bei Kriegsende befreiten die Amerikaner das Lager. Adele traf erst viele Monate später mit einem Flüchtlingstransport in Wien ein, als Marcel längst nicht mehr an ihr Überleben glaubte. Er war damals siebzehn, in der letzten Klasse Gymnasium gewesen. Sein Vater starb, ohne Adele wiederzusehen, in den Monaten nach dem Krieg, in denen ihre Hoffnung langsam immer schwächer wurde.

»Sein Herz war gebrochen«, sagte Marcel dazu.

Laura wagte lange nicht, das Gespräch auf das Thema Juden zu bringen. Einmal, nachdem sie sich im Theater »Der Kaufmann von Venedig« angesehen hatten, fragte sie sich, ob es damals zu Shakespeares Tagen auch schon Antisemitismus gegeben habe. Sie fasste sich ein Herz und stellte die Frage. Statt darauf zu antworten, blieb Marcel auf der Straße stehen.

»Ich hab schon gedacht, du wirst nie ein Wort dazu sagen.«

»Was denn, ich ...« Laura begann vor Verlegenheit zu stottern.

»Willst du nicht wissen, warum meine Mutter in Buchenwald war? Sie könnte natürlich auch eine Zigeunerin sein oder eine Kommunistin, aber beides ist nicht sehr wahrscheinlich.«

»Aber ... ich hab mir gedacht, du bist hier in die Schule gegangen, du kannst doch kein Jude sein ...«, brachte Laura mühsam hervor. Sie wich Marcels Blick aus.

»Warum hast du mich nicht gefragt? Bitte, Laura, ich will es wirklich wissen.«

Aber sie wollte es ihm nicht sagen. Dass ihr Vater Stephan der Nazipartei schon im Jahr 1931 beigetreten war, ein Illegaler mit einer niedrigen Parteinummer, die ihm einen ruhigen Posten im Hinterland gebracht hatte, und seiner Familie eine schöne Wohnung in bester Wiener Wohngegend, nachdem diese ausgebombt wurde, eine zweite und schließlich kurz vor Kriegsende die in der Wohllebengasse, in der sie jetzt noch wohnten. Alle hatten vorher Juden gehört. Stephan war kein fanatischer Nazi gewesen und auch kein Judenhasser. Natürlich keineswegs ein Judenfreund. Als Stephan sie nach Marcels Nachnamen gefragt hatte, war sie ebenso stumm gewesen wie jetzt. Hießen nur Juden Silber? Sie wusste es nicht. Stephan hätte es jedenfalls behauptet, und sie wollte keine blöden Bemerkungen.

Es ging ihr auf die Nerven, immer, seit der Krieg aus war. Sie hatte nichts damit zu tun, sie war ein Kind gewesen. Schließlich sprachen sie darüber.

Marcel drängte sie, bis sie sich dazu bereit erklärte. Er hielt ihr nichts vor, sie konnte nichts dafür, niemand konnte sich die Eltern aussuchen, und ihre hatten auch keine Verbrechen begangen, sie waren wie Hunderttausende andere Nutznießer der Situation gewesen.

Marcel wiederum hatte nicht besonders gelitten, nur seine Eltern. Sein nichtjüdischer Vater hatte sich scheiden lassen, um seinen Sohn zu schützen. Marcels jüdische Mutter hatte es nicht anders gewünscht, aber er verzieh es sich nicht. Es war eine Geschichte, die immer und ewig zwischen ihnen stehen würde, fand Laura. Sie gehörte auf die Seite der Schuldigen, und Marcel gehörte auf die Seite der Opfer.

Marcel ließ das nicht gelten. Jeder hatte nur eine Geschichte, seine eigene. Er glaubte daran, vielleicht stimmte es für ihn, weil er Laura unbedingt gewinnen wollte. Er war ein lieber Mensch, ein gütiger und großzügiger Mann. Aber sie konnte die Traurigkeit, die ihn umgab, nicht aushalten, die Düsternis der Wohnung drückte ihr das Herz ab. Nie hätte sie dorthin ziehen wollen. Es war die Essenz von allem, was sie in Wien unglücklich machte. Die Vergangenheit, die stets an ihren Füßen hing wie ein Gewicht, als ob sie eine Gefangene wäre.

In Bagdad spielte das alles keine Rolle. Ins Licht, dachte Laura. Sie würde nichts vermissen, nichts und niemand.

Marcel hatte den Tisch selbst gedeckt. Jeden Tag kam eine Haushaltshilfe zu ihnen, die aufräumte und das Essen zubereitete, und drei Mal in der Woche eine Therapeutin, die sich um die Mutter kümmerte. Was ihr genau fehlte, erfuhr Laura nicht. Es hatte mit der Psyche zu tun, oder mit dem Rückenleiden der alten Frau.

»Warum die Umstände?«, fragte Laura beinahe ungehalten, als sie die Auswahl an süßen und salzigen Köstlichkeiten sah. Am Aufdruck der Servietten sah sie, dass er beim Schwarzen Kameel eingekauft hatte, der teuersten Adresse in Wien.

»Weil es mir Freude macht.« Er nahm ihre Hand und drückte sie. »Bevor du mir davonfliegst, muss ich dir noch etwas sagen, Laura.«

Sie aß von den russischen Eiern, von den Canapees mit Corned Beef, Lachs und persischem Kaviar. Wie immer hatte sie viel zu guten Appetit. Das war nicht damenhaft, aber es wäre doch zu schade gewesen, die herrlichen Brötchen verderben zu lassen. Marcel schob dagegen die Sachen auf seinem Teller mit der Gabel hin und her, ohne einen einzigen Bissen zu essen.

»Ich werde keine Gelegenheit mehr haben – also«, begann er schließlich, als Laura schon beinahe fertig war und ihn mehrmals auffordernd angesehen hatte.

»Ich habe dir nicht gesagt, dass ich dich liebe. Es wäre mir als eine Zudringlichkeit erschienen, weil du nie ein Zeichen gegeben hast, dass du etwas anderes in mir siehst als einen netten Kollegen. Aber dann«, er seufzte tief auf, »damals, als das Thema Juden aufs Tapet kam, verstand ich, also seit damals habe ich jedenfalls das Gefühl, dass du, dass es einen anderen Grund gibt, dass du dich schämst. Ich …« Er schluckte und sah sie an und rasch wieder weg.

Sie ließ ihre Gabel auf den Teller fallen, ein wenig zu laut. Sie wollte das Gespräch nicht. Sie hatte es damals nicht gewollt und was sollte es jetzt noch ändern. Aber sie konnte nicht aufstehen und gehen. Doch, sie konnte. Sie musste nie mehr hierher kommen. Sie wollte nie mehr hierherkommen. Aus dem Fenster sah man auf einen alten Friedhof mit zerbrochenen Grabsteinen. Sie vermutete, dass es ein aufgelassener jüdischer Friedhof war. Wieso lebten Leute, die sich etwas anderes leisten konnten, an so einem Ort. Aber sie blieb sitzen. Sie seufzte auf, nahm die Serviette von ihrem Schoß und legte sie auf den Tisch.

»Ja, ich schäme mich.«

»Und deshalb willst du nichts mit mir zu tun haben?«

»Nein, Marcel. Aber ich liebe dich nicht, ich liebe Younis.«

»Ja, ich weiß, ich will dich nur fragen …« Jetzt war er es, der stotterte.

Sie sah seine gequälte Miene und fühlte sich noch unbehaglicher. War ihm bewusst, dass sie sich damit noch schuldiger fühlte? Wollte er es womöglich? Aber nein, wozu denn, was hätte er davon. Trotzdem spürte sie Unwillen in sich hochsteigen. Er wollte wissen, ob es etwas damit zu tun hatte, dass er Jude war.

»Wozu fragst du, du kennst die Antwort, wir haben über alles gesprochen.«

Sie klang, wie sie nicht klingen wollte, abweisend. Er zuckte zusammen und verstummte. Eine Weile schauten sie auf die Teller. Ein wenig bedauerte Laura, dass sie die Schokotorte nicht einmal gekostet hatte. Aber jetzt weiteressen hieße, das unerquickliche Thema noch einmal aufzunehmen. Sie musste verzichten.

Marcel fuhr sich schnell über die Augen. Er suchte in der Tasche nach seinen Zigaretten.

»Stört es dich, wenn ich rauche?«

»Bitte gib mir auch eine.«

Er gab ihr Feuer, dann hielt er ihr das schöne Feuerzeug hin.

»Für dich ist es zu schwer, aber ich möchte, dass du es bekommst. Schenk es Younis.«

Er war lieb. Sie fühlte sich so gerührt, dass sie ihm beinahe um den Hals gefallen wäre.

»Wirst du mich besuchen, wenn du wieder in Wien bist?«, fragte er beim Abschied.

Sie nickte und ließ sich die Hand küssen. Dann machte sie sich los, schlug ihm auf die Schulter und rief:

»Nicht so feierlich, junger Mann! Wir sehen uns am Montag im Büro, vergiss das nicht!«

Mit klappernden Absätzen lief sie die Stiege hinunter und winkte über die Schulter, ohne sich noch einmal nach ihm umzusehen, zurück.

Draußen war es eiskalt. Sie freute sich so unbändig, dass sie mitten auf der Straße zu singen begann. »Reich mir die Hand mein Leben und komm auf mein Schloss mit mir, was kann es Schön'res geben als Seligkeit mit dir!«

Zu Hause erwartete sie ein Brief. »Der ist schon gestern mit der Post gekommen«, sagte Ewa und warf neugierige Blicke darauf. »Du hast vergessen, in den Briefkasten zu schauen.«

Das war nicht der Fall. Laura wartete sehnlichst auf Post. Sie wusste genau, dass sie gestern nachgesehen und den Briefkasten leer vorgefunden hatte. Das war Ewa gewesen. Vielleicht hatte sie sogar mit dem Gedanken gespielt, ihn verschwinden zu lassen. Laura traute ihrer Mutter in der Hinsicht alles zu. Aber sie sagte nichts, sondern ging in ihr Zimmer und schloss die Tür hinter sich. Es war der erste Luftpostbrief ihres Lebens. Überhaupt hatte sie noch nicht besonders viele Briefe bekommen. Sie ermutigte niemanden, ihr zu schreiben, weil Ewa das Briefgeheimnis nicht achtete.

»Nur zu deinem Besten«, erklärte sie ungerührt, wenn Laura protestierte. »Für ein Mädchen in deinem Alter sind Geheimnisse gefährlich.«

Laura unterzog den Brief einer genauen Prüfung. Hatte Ewa ihn geöffnet und wieder zugeklebt? Möglich war es. Aber was gewann sie damit, sie verstand doch kein Englisch. Allerdings konnte sie Stephan um Rat gefragt haben. Wenn es gegen Laura ging, hielten sie im Handumdrehen zusammen. Eigentlich spielte es keine Rolle mehr. In einer Woche gehörte das alles der Vergangenheit an. Kurz sah sie auf den Absender, der in arabischer Schrift auf der Rückseite stand. Es konnte niemand anders als Younis sein. Wer sonst sollte ihr aus Bagdad schreiben? Sie schob eine Fingerspitze in die Ecke des Umschlages und riss ihn auf. Es waren zwei Blätter, dicht beschrieben. Ein unklares Gefühl von Angst oder Sorge befiel sie, gleich bei den ersten Worten. »Laura, meine Liebe, ich habe schlechte Nachrichten.«

Sie las, zuerst verwirrt, dann ungläubig. Nach einigen Zeilen unterbrach sie ihre Lektüre und blätterte zum Ende des Briefes. Saad. Der Brief kam von Saad! Sie mochte Saad nicht, sie hatte ihn auf Anhieb nicht gemocht. Der Älteste, der sich anmaßte, über die anderen Geschwister zu bestimmen. Über seine Brüder und nun auch über sie, die er seine Schwester nannte. Aber er mochte sie ebenso wenig wie sie ihn, mehr noch, er kämpfte gegen sie. Denn nicht anders war dieser Brief zu verstehen.

Younis hatte sie belogen. Er war verheiratet. Von Saad mit einer reichen Irakerin verheiratet, ein Jahr zuvor, noch während er an der Universität studierte. Sie war um einiges älter als Younis. Sechsunddreißig Jahre, schrieb Saad, sei sie bei der Hochzeit gewesen. Sie hatten keine Kinder, aber natürlich konnten noch Kinder kommen. Younis war zu ungeduldig, was mit seiner Jugend zu erklären war, aber auch mit seinem Charakter. Er ist ein unbeständiger Mensch, schrieb Saad. Sein Vater war ein Greis, er konnte ihn nicht in die Schranken weisen, und seine Mutter liebte ihn mehr als alle anderen, niemand durfte ihm etwas verweigern. So war er viel zu verzärtelt aufgewachsen. Er bekam immer, was er wollte, aber was er einmal bekommen hatte, war ihm nicht viel wert.

Saad fühlte die Pflicht, Laura vor dieser Unstetheit in Younis' Wesen zu warnen. Sie sollte sich mit einer Ehe, die nach Saads Meinung keine Zukunft hatte, nicht ihre Chancen verbauen. Vor allem war es ihm allerdings um seinen Bruder zu tun. Für Younis wäre die Trennung von seiner Frau ein großes Unglück. Durch ihr Vermögen war er unabhängig. Ließen sie sich scheiden, musste er arbeiten. Laura sollte sich einmal vor Augen führen, was das bedeutete: Der verheiratete Younis war ein wohlhabender Mann, der geschiedene Younis ein armer Schlucker, der auf seinen Arbeitsplatz in der Stadtverwaltung angewiesen war. Große Sprünge konnte er damit nicht machen. Die Europareise, zu der er noch zwei Brüder eingeladen hatte, hatte seine Frau finanziert. So etwas würde er sich mit Laura nicht leisten können. »Deshalb habe ich mich entschlossen, dir zu schreiben. Es ist noch nicht zu spät. Bleib, wo du bist, in Wien, deiner Heimat. Du bist eine schöne, kluge und gebildete Frau. Du wirst leicht einen anderen Ehemann finden. Wenn du kommst, stößt du Younis ins Unglück, das würden wir, seine Brüder, dir niemals verzeihen. Willst du meinen Rat nicht hören, so wird es dir leidtun.«

Mit dieser dunklen Drohung schloss der lange Brief. Laura überlegte nicht lang. Sie knüllte ihn zusammen und zündete ihn mit Marcels Feuerzeug an. Die Flamme zuckte hoch im Aschenbecher. Gleich darauf stürzte Ewa ins Zimmer. »Was brennt denn da? Bist du verrückt geworden?«

Von Saads Brief war nur mehr Asche übrig. Mit steifem Rücken stand Laura auf. Sie ging an ihrer Mutter vorbei ins Vorzimmer.

»Nimmst du den Hund mit?«, rief Ewa ihr nach.

»Heute nicht.«

Im Vorbeigehen zog Laura ihren Mantel von der Garderobe. Sie verließ die Wohnung. Erst allein auf der Straße begann sie zu weinen.

Zuerst ging sie blicklos und ziellos die Straße hinunter, bis hinter die Karlskirche, wo sie der eisige Nachtwind traf, der über den Platz vor der Kirche blies. Ihre tränennassen Wangen brannten, als hätte sie jemand ins Gesicht geschlagen. Sie rieb sich die Haut mit einem Zipfel ihres Mantelkragens trocken. Ihr Atem ging stoßweise, und sie versuchte, das Schluchzen zu unterdrücken. Die Welt war kalt und schwarz, von schmutzigen Schneehaufen gesäumt. Sie hasste diese Winter, die kein Ende nahmen, die kurzen grauen Tage, den Nebel, die missgelaunten, verfrorenen Gestalten auf der Straße. Mit jeder Faser ihres Körpers sehnte sie sich fort. Was würde Ewa dazu sagen, wenn es keine Hochzeit gäbe? Laura konnte es sich lebhaft vorstellen. Und Stephan? Der machte sicher noch so eine Bemerkung wie bei der Verlobungsfeier. Ob Younis die Katze im Sack kaufen würde, hatte er gefragt. Erst vor ein paar Stunden war sie singend durch die Nussdorfer Straße gelaufen, so froh, der Melancholie entkommen zu sein. Und jetzt war sie trübselig wie alle anderen. Nur weil nicht alle Blütenträume reiften? Das war Goethe, aus dem »Prometheus«. Laura straffte ihren Rücken. Es war schwer auszuhalten, aber sie würde den Kopf nicht einziehen. Mit schnellen, energischen Schritten ging sie über den weiten Platz. Der Park lag menschenleer. Auf der Straße war kein einziges Fahrzeug unterwegs.

Sie kam an der großen Uhr vorbei. Nicht einmal neun. Um die Zeit, hatte Younis ihr erzählt, aßen sie in Bagdad ein leichtes Abendessen und gingen später noch am Fluss spazieren oder in die *Rasheed Street*, wo die Geschäfte bis spät in die Nacht offen hielten. Vor dem Opern-Kino blieb sie stehen. Das Filmplakat zeigte Orson Welles. »Der Dritte Mann«. Der Film war in Wien gedreht worden. Sie betrachtete die Fotos im Schaukasten, Wien, das graue, geheimnisvolle Wien. Im Film war alles schön. Sie stieß die Tür auf. Ein Duft von Kaffee vom Kinobuffet kam ihr entgegen. Es war warm, und die Vorstellung fing gerade an. Sie kaufte sich eine Karte.

In dieser Nacht schlief sie nicht. Zweimal stand sie auf und rauchte in der Dunkelheit am Fenster stehend zwei Zigaretten, dann gab sie auf. Tommy kratzte mit weicher Pfote fast lautlos an der Tür. Sie ließ ihn herein, erlaubte, dass er zu ihr ins Bett sprang, was früher streng verboten gewesen war. Die Wange in sein Fell gedrückt, ließ sie die Erinnerung Revue passieren. Younis wollte im Hotel Sacher Verlobung feiern, aber Ewa war dagegen gewesen, warum so viel zahlen, hatte sie eingewendet. Stephan war dann die Idee mit den Paulusstuben gekommen. Younis ging mit ihnen einkaufen, einen neuen Anzug, Hemd und Krawatte für Stephan, ein Kostüm mit Spitzenbluse für Ewa. Saad hatte er mit einem Telegramm nach Wien zurückbeordert. Dann war auch noch Aladin aus Rom angereist, in Begleitung eines Zimmermädchens aus dem Kaiserhof, wie Stephan überrascht feststellte. Sie war seit Weihnachten nicht mehr zur Arbeit erschienen, ohne sich zu entschuldigen.

Wenn er es nicht ernst meinte mit ihr, warum dieser ganze Aufwand? Unsteter Charakter, das steckte wie ein Widerhaken in ihrer Brust. Sie wusste nicht, ob es zutraf, sie kannte ihn einfach nicht gut genug. Das machte ihr am meisten zu schaffen. Dass sie sich für einen beinahe Fremden entschieden hatte. Was erwartete sie an seiner Seite, in dem fernen Land? Noch konnte sie zurück. Es wäre entsetzlich peinlich vor den Kollegen. Und Ewa würde vor Schadenfreude fast zerspringen. Sie konnte ausziehen und sich eine andere Arbeit suchen, ohne ein Wort über ihre wahren Gründe zu verlieren. Es war nicht unmöglich.

Aber dann fiel ihr Younis ein, seine zärtlichen schönen Augen und sein Lächeln. Freiwillig sollte sie auf ihn verzichten, nur, weil sein Bruder gehässig war? Nein. Sie hatte die Flugkarte in der Tasche. Was immer sie in Bagdad erwartete, wenn sie sich jetzt abhalten ließ, würde sie es nie erfahren.

»Ich fahre«, sagte Laura leise zu Tommy, der mit dem Ohr zuckte, weil ihn ihr Atem kitzelte. »Ich fahre auf alle Fälle.«

Sie legte sich zurück in die Kissen. Draußen graute der Februarmorgen. Sie schaltete den Wecker ab und schloss die Augen.

Noch nie war die Zeit so schnell vergangen. Sie hatte noch so viel zu tun. Die letzte Anprobe bei der Schneiderin kam. Das Samtkleid war atemberaubend. Damit wollte sie in Bagdad ihre ersten Gäste empfangen. Das rote Wollkostüm passte perfekt. So ein ähnliches Modell hatte Liz Taylor in »Die Katze auf dem heißen Blechdach« getragen. Laura probierte das Hütchen dazu. In der Kärntner Straße entdeckte sie in einem Geschäft weinrote Wildlederstiefelchen mit Pelzbesatz und Bleistiftabsätzen und kaufte sie sofort.

Zwei Tage noch bis zu ihrem Flug. Ewa tat, als hätte sie vergessen, dass Laura bald nicht mehr da sein würde. Jeder Versuch einer Unterhaltung prallte von ihr ab. Laura packte ihre Koffer ein und wieder aus, von neuem ein und verzweifelt wieder aus. Wieso passte nur so wenig hinein? Sie konnte doch nicht ihre schönsten Kleider, ihre Lieblingsbücher zurücklassen. Anders ging es aber nicht. Younis würde ihr andere Kleider kaufen. Und die Bücher gehörten doch nur zur Vergangenheit. In Zukunft würde sie englische Romane lesen und später vielleicht arabische Literatur. Gedichte und Geschichten, hatte Younis gesagt. Die Araber schrieben mit ganz wenigen Ausnahmen keine Romane. Schade.

Sie verbot sich, an den Brief zu denken. Am letzten Arbeitstag, nach dem Abschied von den Kollegen, befiel sie mit einem Mal die

Angst. Sie schritt unter den Arkaden der Reichsratstraße entlang wie eine Verurteilte. Wie einfach war ihr Leben hier gewesen, die Arbeit in der Schadensabteilung, nichts Besonderes, aber alle mochten sie gern, und nichts auf der Welt außer ihrer Bequemlichkeit hätte sie abhalten können, sich weiterzubilden und vielleicht sogar ein Studium zu absolvieren. Jetzt ging sie stattdessen ins Ungewisse. Was würde aus ihr werden, wenn Younis nicht der Mann war, für den sie ihn hielt. Sie sah Marcel vor dem Eingang vom Sluka stehen. Er betrachtete die Mehlspeisen in der Vitrine. Rasch trat sie aus den Arkaden und überquerte die Straße, hinüber in den Park.

Ewa brach ihr Schweigen erst, als Laura ihre Koffer ins Vorzimmer zerrte. »Du wirst es bereuen«, sagte sie, während Laura niederkniete, um Tommy ein letztes Mal zu herzen.

»Lass gut sein, Evi!« meinte Stephan, der schon an der offenen Tür wartete.

»Mama«, Laura erhob sich und wollte Ewa umarmen.

Ewa hob abwehrend die Hand. »Wenn du jetzt gehst, Laura …«

Stephan gab einen unwilligen Schnalzlaut von sich. Er nahm die Koffer, keuchte überrascht unter ihrem Gewicht und trug sie hinunter.

»Du lässt mich im Stich, nach allem, was ich für dich getan habe!« schrie Ewa. »Was werde ich für ein Leben haben, allein mit diesem Vieh, hast du daran nicht gedacht? Und dein Kostgeld, was meinst du, wie werde ich jetzt ohne dich wirtschaften? Er trägt das Geld ins Wirtshaus, ihn kümmert es nicht, was zu Hause vor sich geht. Er denkt nur an sein Vergnügen. Wie du! Nichts wert bist du!« Sie begann laut zu schluchzen.

»Bitte, Mama, ich muss zum Flughafen. Ich möchte mich von dir verabschieden.«

Laura hatte die ganze Zeit auf diese Szene gewartet. Trotzdem konnte sie den Vorwurf nicht abschütteln und ihre weinende Mutter einfach stehen lassen. Sie streckte die Arme nach ihr aus.

»Bitte, Mama, bitte! Sei doch nicht böse, ich heirate, ich werde glücklich sein, freut dich das gar nicht?«

»Nein!« Ewa ließ die Hände sinken. Mit tränenüberströmtem Gesicht stand sie vor Laura, die verschwollenen Augen voll Schmerz und Wut. »Du wirst nicht glücklich sein. Denk an die Worte deiner Mutter, wenn du deine Enttäuschungen erlebst. Wer so schändlich handelt, den bestraft das Schicksal. Und dann komm nur ja nicht gekrochen und warte darauf, dass ich dir aus der Patsche helfe. Wenn du heute bei der Tür hinausgehst, bist du nicht mehr meine Tochter. Merke es dir!«

Sie wartete nicht ab, was Laura darauf zu sagen hatte, sondern verschwand im Schlafzimmer. Die Tür knallte hinter ihr zu. Von unten hörte Laura das Auto ungeduldig hupen. Sie blieb einen Moment unschlüssig stehen, dann verließ sie die Wohnung. Sie machte es wie ihre Mutter, sie schlug die Tür hinter sich zu.

3. KAPITEL

LAURA FLOG, ÜBER DEN HIMMEL, ins Leben. Was vorher war, verdiente den Namen nicht. Fünfundzwanzig Jahre hatte sie werden müssen, um endlich in ihrem eigenen Leben anzukommen. Auf ihrer kleinen goldenen Spangenuhr, eines von Younis' Verlobungsgeschenken, waren erst zwölf Stunden vergangen, seit sie Wien verlassen hatte, aber die Zeit kam ihr hier oben in den Lederpolstern ihres Fensterplatzes unendlich lang vor. Sie hatte das Essen, das in Aluminiumschalen serviert wurde und nach Metall schmeckte, gegessen und probierte auf Empfehlung ihres Nachbarn, eines französischen Geschäftsmannes, der Wasserrohre in den Irak exportierte, eine Bloody Mary, fand aber nur den Namen hübsch, das Getränk ungenießbar. Der nahe Sonnenaufgang beleuchtete den fremden Himmel mit einem bläulich rosa Schimmer.

Das Flugzeug sank, und sie sah durch das Fenster auf eine endlose, gelblich schimmernde Ebene, die Wüste. Die schwarzen Punkte konnte sie erst später ausmachen, und ihr Herz begann zu klopfen. Gestern war sie noch über vereiste Straßen zum Flughafen Schwechat gefahren, nun sah mit ihren eigenen Augen Kamele, die durch die Wüste zogen. Der Flugkapitän meldete sich über Lautsprecher bei den Passagieren. Er kündigte die Landung auf dem Flughafen Bagdad an, planmäßig um sieben Uhr. Der französische Geschäftsmann bot Laura an, ihre Sachen aus dem Gepäckfach zu holen. Beim Anblick ihres mit Lammfell gefütterten Mantels lächelte er. Die Stewardess öffnete die Tür, und ein Lufthauch strich über ihr Gesicht wie eine weiche, zärtliche Hand. Sie legte den Mantel über ihren Arm. Ihr Nachbar verabschiedete sich mit einer höflichen Verbeugung und wünschte ihr alles Gute.

Lauras Knie zitterten, als sie die Treppe hinunterstieg. Das Morgenlicht war so weiß und hell, dass sie die Augen zusammenkneifen musste. Sie sah eine Gruppe Männer über das Flugfeld laufen.

»Laura, meine Geliebte!«, rief Younis von Weitem.

Es war Wirklichkeit. Er war da, mit seiner Familie, die Brüder, die Cousins, Freunde. Faris, Aladin, Saad, Ahmed, Adl, Hassan – die Namen und Gesichter stürmten auf sie ein, lauter schwarzäugige, junge Männer, die sie anlachten, mit Salam und Hello, nice to meet you begrüßten und die Braut willkommen hießen. Sie schüttelte allen die Hände, verwirrt, aber auch entzückt über ihre Freundlichkeit. Die Namen konnte sie sich nicht alle auf Anhieb merken, aber das machte nichts, sie würde sie alle kennenlernen.

Der Flughafen lag nicht wie später außerhalb, sondern in der Stadt, nicht weit vom Bezirk Adhamiyah, wo Younis ein neues Haus gekauft hatte.

»Es ist gerade noch rechtzeitig fertig geworden«, sagte er.

Sie saßen nebeneinander im Fonds der schwarzen Mercedes-Limousine, die Saads Dienstfahrzeug war. Saad chauffierte, neben ihm saß Aladin. In zwei weiteren Wagen folgten die anderen. Younis hielt ihre Hand und sprach ohne Unterlass, übersprudelnd wie ein Kind in seiner Begeisterung. Sie fuhren über einen breiten Boulevard, drei Fahrspuren in jeder Richtung mit einem Grünstreifen in der Mitte. Rosenbüsche waren darauf gepflanzt und sie blühten schon jetzt, Anfang März. Im Stadtzentrum waren neu erbaute Häuser, viele Stockwerke hoch. Sie sah elegante Geschäfte, Cafés, und gleich ein paar Blöcke weiter eine Schafherde, die ihr Besitzer in einer Seitengasse zusammengetrieben hatte. Durch ein hohes Tor, das aus mächtigen Steinquadern zusammengefügt war, fuhren sie über einen weiten Platz.

»Das ist *Bab-Al-Sharqui*, zur Zeit der Kalifen eines der vier Stadttore«, erklärte Younis.

Sie versuchte, sich den Ort einzuprägen. Am Anfang würde sie bei der Orientierung Hilfe benötigen. Sie war mit einem Mal Analphabetin geworden. Als sie ihre Sorge äußerte, lachten alle laut auf. Younis erklärte ihr, dass es in Bagdad nur wenige Straßenbezeichnungen gab. Begab man sich in ein fremdes Viertel, fragte man in einem Haus und ließ sich von einem Kind zu der gesuchten Adresse bringen. So machten es alle.

»Gibt es denn keinen Stadtplan?«

Auch diese Frage löste nur Heiterkeit aus.

»Wir finden uns schon zurecht. Und du wirst es auch bald können. In fremde Bezirke gehst du ohnehin nicht.«

»Warum denn das?«

»Das tun die Frauen hier nicht.«

Eine Weile blieb Laura still. Sie bewunderte den Palmenhain, lange, schlanke Stämme, die sich im Wind wiegten. Die Palmblätter wogten darüber wie langes Frauenhaar.

»Was ist das für ein Duft?«, fragte sie.

Younis schnupperte ratlos. »Was meinst du?«

»Es riecht einfach wunderbar.«

Sie bogen in eine lange Straße ein, die *Ragheeba Chattoon*, wo Younis' neues Haus stand. Hier bekam die Stadt mit einem Mal ein ganz anderes Gesicht. Beinahe ländliche Stille umgab die weißen Villen. Dazwischen lagen weitläufige Gärten, meist von hohen Mauern umgeben. Vor einem kunstvoll geschmiedeten Gittertor hielt Saad an. Bei ihrer Ankunft sprang es auf, und die Frauen, die dahinter gewartet hatten, liefen auf die Straße, um das Auto herum. Neugierig begutachteten sie Laura durch das geschlossene Autofenster und brachen in lautes Rufen aus. Dazwischen mischten sich die grellen Pfiffe der Kinder. Laura wandte sich an Younis. Sie war nicht sicher, ob dieses Konzert freundlich gemeint war.

»Aber natürlich, komm, lass dich von ihnen begrüßen.«

Sie stieg aus, todmüde nach der durchwachten Nacht, und beklommen von der Wildheit, mit der die Frauen und Kinder um sie herumsprangen und sie auf Arabisch anriefen.

Neben dem Tor war ein Schaf angebunden. Als Laura aus dem Auto stieg, trat ein Mann in einem langen weißen Gewand vor. Er zerrte das Schaf, das ängstlich zu blöken begann, an seinem Strick hinter sich her. Laura sah, dass er ein langes Messer in der Hand hielt.

»Was hat er vor?« Erschrocken wandte sie sich an Younis, der beruhigend den Arm um sie legte.

Es war noch ein junges Tier, ein Lämmchen mit schwarz gelocktem Fell.

»Bevor die Braut das Haus betritt, muss ein Schaf geschlachtet werden. Das Blut fließt auf die Türschwelle, und der Bräutigam trägt sie darüber, das bringt dem Hochzeitspaar Glück.«

Laura machte sich von Younis los. »Nein!«, rief sie. »Das darfst du nicht erlauben!«

»Aber Laura, bitte.« Younis zögerte. »Es ist unser Brauch hier. Sein Kopf muss Richtung Mekka zeigen.«

Laura ließ sich nicht beirren. Sie sah die Frauen an, die sie verständnislos umringten. »Was hat das arme Tier mit unserer Hochzeit zu tun?«

Das Lamm blökte ohne Unterlass. Es verdrehte die Augen, dass man nur das Weiße sah. Younis gab dem Mann mit dem Messer ein Zeichen.

Laura fiel ihm in den Arm. »Du sagst ihnen, ich will es nicht, ja?«

Younis nickte. Saad, der neben ihnen stand, schnalzte unwillig mit der Zunge. Nach einem kurzen Wortwechsel auf Arabisch wurde das Schaf weggeführt.

»Laura hat recht. Es ist doch nur Aberglauben. Wir Iraker sind moderne Menschen.«

Younis hob Laura in die Höhe und trug sie über die Türschwelle. Hinter ihnen hörte Laura die Frauen aufgeregt durcheinanderrufen, dann Saad, der sie mit einem Satz zum Schweigen brachte.

Das Haus war hell erleuchtet. Links und rechts des breiten Ganges sah Laura in zwei große Räume mit hellen modernen Möbeln. Es roch nach frischer Wandfarbe. Younis führte sie ins Wohnzimmer, wo ein langer Tisch zum Essen gedeckt war. Die anderen Verwandten folgten. Nur Aladin, der sich um Lauras Koffer kümmerte, blieb zurück. Einer von Younis' Cousins füllte die Gläser mit einer glasklaren Flüssigkeit.

»Arrak, du musst mit uns trinken. Auf das Glück dieses Hauses!«

Younis stieß mit Lauras Glas an, die anderen sahen zu und machten es ihm nach.

»*Eljen!*«, rief Laura. Sie, die nie Ungarisch sprach, trank in der Sprache ihrer Eltern auf das Glück. Es musste an ihrer Müdigkeit liegen, oder war es ein Gegenzauber für die bösen Worte ihrer Mutter beim Abschied?

Sie spürte die Höllenschärfe des Dattelschnapses durch ihre Kehle rinnen. Doch nur einen Augenblick später war das Gefühl angenehm, ein Schaukeln, als wäre sie in ihr eigenes Inneres geklettert, wo ein kleines Boot auf sie wartete und sie davontreiben ließ. Der

Schlaf streckte seine Hände nach ihr aus, aber sie wich zurück kämpfte dagegen an, sie musste noch wach bleiben. Wo waren die Frauen hingekommen? Auf einmal war der lange Tisch mit vielen Schüsselchen voll gestellt, verschiedene kalte Speisen, die Laura ganz unbekannt waren. Sogar das Brot, ein mit Körnern bestreuter Ring, sah fremd aus. Die Männer ließen die Arrakflasche herumgehen. Laura kostete von einer Frucht, die schwärzlich violett aussah, oder war es ein Gemüse? Es schmeckte sauer und frisch, nicht unangenehm. Einer von Younis' Cousins zeigte darauf und sagte: »*Betinchan.*«

Darauf konnte sich Laura keinen Reim machen. Hieß die Speise so oder er selbst? Sie fühlte sich außerstande, eine Frage zu stellen. Younis schien sie vergessen zu haben. Ständig trafen neue Gäste ein, nur Männer, die Frauen blieben verschwunden.

Wo hatte Aladin ihre Koffer hingebracht? Auch ihn konnte sie nicht mehr entdecken. Der Raum hallte wider von lachenden, lärmenden Männerstimmen. Sie machten ein Echo in Lauras Kopf, dass sie sich am liebsten die Ohren zugehalten hätte.

Sie verließ das Wohnzimmer und folgte dem Flur, der vom Eingang durch das ganze Hause führte. Am Ende fand sie eine weiße steinerne Treppe und oben eine Tür, die sie öffnete. Da standen ihre Koffer, einträchtig nebeneinander. Und da war auch ein Bett, mit einem seidenen, weißen Nachthemd darauf ausgebreitet, ein Billet mit einer frisch gepflückten, dunkelroten Rosenblüte darauf.

Ich liebe dich, stand auf dem goldgepressten Büttenpapier. Younis hatte die Worte auf Deutsch geschrieben, mit schön gemalter Schrift.

Die Rose verbreitete einen starken, vanillesüßen Duft im Zimmer. Sie öffnete die Glastür zu einer kleinen Terrasse. Von da führte eine Stiege aufs Dach. Trotz ihrer Müdigkeit stieg Laura hinauf. Die Sonne schien wie an einem Junitag in Wien. Laura spürte die Hitze durch ihr Wollkostüm dringen. In der stillen Straße unter ihr schrie plötzlich ein Esel, durchdringend, um dann wieder zu verstummen. Sie sah über die Mauerbrüstung in den Garten. Zwei hohe Palmen wuchsen dort, die hellgelbe Blüten trugen. Ein Schwarm Vögel erhob sich von einem der Nachbardächer und flog über das Haus, kleine weiße Tauben, die einen großen Bogen machten und gemeinsam zurückkehrten. Sie hörte Schritte auf der Treppe. Younis kam zu ihr und legte den Arm um sie. »Du musst jetzt ruhen, *Habibti.*« Seine Lippen schmeckten nach Arrak. »Heute ist noch viel zu tun. In zwei Stunden kommen die Frauen.«

Die Frauen, die jetzt plötzlich verschwunden waren? Laura war zu müde, um zu fragen. Sie ließ sich von Younis ins Schlafzimmer führen. Das Nachthemd hatte er in Wien in der Habsburgergasse in einer Wäscheboutique gekauft und als Überraschung für sie mitgebracht. Der Duft der Rose hing in dem zarten Gewebe. Younis erklärte etwas, das mit seinen Brüdern zusammenhing. Sie verstand ihn nicht, und es war auch nicht wichtig. Der Duft wurde stärker, sie sog ihn ein, und etwas kitzelte sie in der Nase. Die Wüste war ganz nahe, gelbes Licht, ein Himmel ohne Farbe. Die Kamele zogen langsam nach Osten.

Eine Frauenstimme rief ihren Namen. »Laura! Laura!« Sie klang rau und fremd. Sie wollte sich wegdrehen, aber da war ein Hindernis, ein fester Griff, der sie hielt. Sie öffnete die Augen und sah die kleine braune Hand auf ihrer Schulter. Ein schwarzer Umhang schob sich in ihr Gesichtsfeld. Nur ein Auge guckte dazwischen hervor. Der Blick war durchdringend. Laura starrte überrascht zurück.

»Madam!« Die Stimme kam unter dem schwarzen Stoff hervor.

»Laura aufstehen.«

Die Hand gab ihre Schulter frei, und sie richtete sich auf. Durch die geschlossenen Jalousien fielen Streifen von Licht. Es war schwül im Raum. Wie viele Stunden hatte sie geschlafen? Ihre Uhr war stehen geblieben.

»Wer sind Sie, eine Verwandte von Younis?«

Die Frau zuckte die Achseln. »Nur klein wenig Englisch.« Sie öffnete die Jalousien. Laura stieg aus dem Bett. Ihr Wollkostüm hing an einem Haken, die pelzbesetzten Stiefel standen darunter. Sie musste über sich selbst lachen. Younis hatte ihr doch auf dem Semmering, als sie beide im Schnee lagen, erklärt, dass es in Bagdad nicht schneite. Einmal in hundert Jahren vielleicht gab es hier Schnee. Nur im Norden, in den kurdischen Bergen, waren die Winter streng.

Die Frau wickelte den Umhang von ihrem Kopf und legte ihn lose um die Schultern. Ihr Gesicht war klein und braun wie eine Nuss, ihr krauses Haar zu Zöpfen geflochten und um den Kopf gelegt. Unter ihrem weiten, langen Kleid hatte sie die Figur eines Kindes.

»Nofa.« Sie zeigte auf sich und lächelte Laura an. Einer ihrer Schneidezähne war aus Gold.

Wie alt konnte sie sein? Dreißig? Sechzig? Sie musterte Laura ebenso genau. Laura fühlte den Blick auf ihren nackten Beinen.

»*La-a!*« Sie strich über den schwarzen Flaum auf Lauras Schienbeinen.

La? Was wollte sie? Laura schob den Finger weg. »Nofa?«

Die Frau nickte.

»Wie spät ist es? Wo ist Younis?«

Wieder nickte sie und zeigte auf die Tür.

»Ja, bitte, holen Sie ihn.«

Das erübrigte sich, denn Younis hatte sie schon gehört und kam die Stiege herauf.

»Wie geht es dir, mein Darling? Hast du Nofa schon kennengelernt? Sie wird dich bedienen und im Haushalt und beim Einkaufen helfen.«

»Auf Wiedersehen, Laura.« Nofa schlang ihr Tuch um den Kopf.

»Das heißt Madam! Untersteh dich, sie Laura zu nennen!« Younis scheuchte Nofa mit einer Handbewegung aus dem Zimmer.

»Ist sie in Trauer, weil sie so schwarz gekleidet ist?«, fragte Laura.

»Sie ist eine Beduinenfrau.« Er sah Lauras verwunderten Blick. »Sie ist auf dem Land, bei ihrem Stamm aufgewachsen. Früher sind die Beduinen mit den Herden herumgezogen, jetzt sind die meisten sesshafte Bauern, die aber noch ganz traditionell leben. Die modernen Frauen in der Stadt verschleiern sich nicht.«

Younis setzte sich neben sie auf das Bett. »Ausnahmsweise.« Er drückte ihr einen zarten Kuss auf den Mund. »Der Bräutigam darf nicht allein mit der Braut in einem Zimmer sein.«

Laura lachte unsicher. »Ist das ernst?«

Younis nahm ihre Hand. »Fast ernst. Wie du siehst, bin ich hier. Aber nur fünf Minuten, dann kommt Nofa zurück.«

Er half Laura auf. »Fühlst du dich imstande, hinunterzugehen? Die Frauen warten schon.«

»Wie spät ist es denn?«

»Zwei Uhr.« Er stellte Lauras Uhr auf die richtige Zeit ein.

Zwei Stunden war die Zeitverschiebung. Plötzlich stieg ein beklommenes Gefühl in ihr auf. Sie wusste so wenig von diesem Land. Was, wenn sie sich nicht zurechtfand? Sie kannte hier niemanden außer Younis. Sie verstand die Sprache nicht. Fast wollte sie zu weinen beginnen, aber dann nahm sie sich zusammen. Younis hatte sich solche Mühe gegeben, sie durfte ihn jetzt nicht enttäuschen.

Er reichte ihr einen Morgenmantel, passend zu dem neuen Nachthemd, und weiße Lederpantoffel mit Pfennigabsätzen. Alles passte wie angegossen. Die Seide war kühl auf ihren nackten Armen. »Das hast du alles in Wien für mich gekauft!«

»Für die Hochzeit. Aber du sollst es jetzt schon tragen.«

»Danke, Younis.« Sie küsste ihn auf den Mund.

Er öffnete die Tür. Nofa stand davor. Sie lachte Laura mit ihrem Goldzahn an.

»Laura!«

Nofa winkte ihr, mitzukommen. Schnell lief sie die Treppe hinab. Laura sah, dass ihre Füße nackt waren.

Im Wohnzimmer standen die Frauen versammelt. Der Tisch war abgeräumt bis auf ein kleines Tablett mit einer Kupferkanne und winzigen goldverzierten Tassen. Soham, die Frau von Aladin, schenkte Laura aus dem Kännchen Kaffee ein. Er war schwarz und süß, mit einem fremden Aroma. Kardamom, ein Gewürz, das Ewa in den Lebkuchen gab.

»Schmeckt dir der Kaffee so? Ich kann auch anderen machen lassen.«

Soham sprach gut Englisch. Sie musste in Lauras Alter sein und hatte vor ihrer Heirat die höhere Frauenschule besucht. Dann kam der unwiderstehliche Aladin. Sie war erst siebzehn gewesen. Seitdem hatte sie jedes Jahr ein Kind bekommen. Es waren nun schon acht, und das neunte trug sie im Bauch. Auch Sohams Zähne waren mit Gold überzogen. Sie lachte freundlich und stupste Laura immer wieder an, um sie aufzumuntern. Die Unterhaltung schleppte sich, weil Soham sich immer wieder an die anderen Frauen wandte, um zu übersetzen. »Du wirst dich schnell an uns gewöhnen«, tröstete sie Laura, die aus Verlegenheit drei Tassen Kaffee hintereinander getrunken hatte und noch immer benommen war.

Nofa legte ein großes, in weißes Papier gewickeltes Paket auf den Tisch. Mit einer Handbewegung forderte sie Laura auf, es zu öffnen. Die Frauen versammelten sich im Kreis herum. Laura riss das Papier auf. Ein Kleid! Sie hielt es in die Höhe.

Durchscheinender Seidenkrepp, ein weiter Rock, der nur die Knöchel freiließ, das Oberteil schmal. Rund um den spitz zulaufenden Ausschnitt und über dem Saum war es mit Goldfäden bestickt.

»Dein Hochzeitskleid. Jeder Stich ist mit der Hand genäht. Das soll dir Glück bringen, Schwägerin Laura.«

Soham küsste ihre Wangen, ihren Hals und ihre rechte Hand und die anderen Frauen taten es ihr nach. Sie zogen Laura den Schlafrock herunter und halfen ihr in das Kleid. Viele Hände zupften, schoben, glätteten. Zuletzt, als sie zufrieden schienen, führten sie Laura zum Ankleidespiegel. Stumm betrachtete Laura ihr Bild darin.

»Gefällt es dir nicht?«

Laura öffnete den Mund, aber sie brachte kein Wort hervor.

»Laura? Was hast du?«

Die Frauen umringten sie erschrocken. Laura versuchte sich zu fassen.

»Ich danke euch sehr. Das Kleid ist wunderschön«, flüsterte sie. »Ich habe nur nicht gewusst, dass ich in Schwarz heiraten soll.«

Später, als die Frauen gegangen waren, rief sie nach Younis. »Ich fürchte, ich habe deine Verwandten beleidigt.«

Sein Blick war auf einmal so kühl, wie er sie noch nie angesehen hatte.

»Du bist zu ungeduldig«, sagte Younis. »Du kannst nicht verlangen, dass du alles in einem halben Tag verstehst. Ich bin Monate in England und in Frankreich gewesen. Ich habe auch Zeit gebraucht, um mich zurechtzufinden.«

»Aber warum ein schwarzes Kleid zur Hochzeit?«

»Das Kleid! Das ist alles, was dir zu schaffen macht?« Younis klang erleichtert. »*Habibti*, du bist keine Christenbraut. Du heiratest einen Moslem und nimmst seine Religion an. Oder?«

Er wartete, bis sie den Kopf hob und ihm in die Augen sah. »Willst du es dir überlegen? Du hast noch fünf Tage Zeit.«

Für Laura hatte es kein Zurück gegeben. Younis war mit einem Papier zu ihr gekommen. Mit einem Finger hatte er auf eine Zeile der arabischen Schrift gedeutet und ihr gesagt, dass hier ihr neuer Name stand. Ihr moslemischer Name, Laila. Younis hatte ihn für sie gewählt. Durch ihre Heirat wurde sie eine moslemische Frau mit allen Pflichten und Rechten der Muslima. Er verlangte von ihr, dass sie übte, ihren neuen Namen auf Arabisch zu schreiben, damit sie bei der Hochzeit die Urkunde unterzeichnen konnte. Sie war über den Ernst seiner Worte erschrocken, und er hatte sie getröstet. Für ihn würde sie immer Laura bleiben.

Damals war ihr zum ersten Mal zu Bewusstsein gekommen, dass sie ihre Freiheit aufgegeben hatte. Ab nun traf Younis die Entscheidungen.

Am Tag der Hochzeit führten Nofa und ihre Schwester Samira Laura nach dem Aufstehen in den Baderaum. Sie zogen ihr das Nachthemd aus, und Samira begann, mit einem starken Bindfaden, den sie zu einer Schlinge zusammenlegte, jedes Haar an Lauras Körper auszureißen, nur die Kopfbehaarung blieb verschont. Ihre Bewegungen waren so rasch und geschickt, dass es kaum wehtat.

Der Raum hing voller Dampf, Nofa hatte in einem großen Kessel Wasser erhitzt. Mit einer hölzernen Zange tauchte sie einen Frotteelappen in das heiße Wasser und betupfte die Hautstellen, wo Samira fertig war. Nach der Behandlung war Laura rot wie ein gekochter Hummer und völlig außer Atem vom Wasserdampf. Nofa übergoss ihre Füße mit eisigem Wasser, dann die Unterschenkel, die Oberschenkel und weiter den ganzen Körper aufwärts. Laura jammerte und versuchte den kalten Güssen auszuweichen, doch Samira hielt sie an den Armen fest und ließ nicht los. Zuletzt wurde sie in ein weißes Leintuch gewickelt und durfte ausruhen, bis die Friseurin Amal kam.

In den letzten Tagen hatte Laura von Younis alles erfahren, was zur Vorbereitung auf die islamische Ehe nötig war. Sie wusste, dass Braut und Bräutigam einen Ehevertrag schlossen und dass darin das Hochzeitsgeld und das Scheidungsgeld festgelegt wurden. Sie wunderte sich, dass von Scheidung überhaupt die Rede war.

»Als ob man schon beim Heiraten an Trennung denken würde.«

»Besser vorher, als wenn's zu spät ist.«

Eine viel vernünftigere Regelung als im Christentum, fand sie, wo das Sakrament der Ehe Menschen, die einander nicht mehr leiden konnten, zwingen sollte, zusammenzubleiben. Eine Muslimin war dagegen im Falle der Scheidung durch Geld abgesichert. Und nicht nur der Mann hatte das Recht, die Trennung zu verlangen, auch Frauen ließen sich scheiden.

»Wie oft kommt das vor?« Laura sah Younis an. Er hatte noch immer kein Wort über seine erste Frau verloren. Dass er bei der Verlobung mit Laura noch immer mit der anderen verheiratet gewesen war, wusste sie nur von Saad. Sie wollte es aus seinem eigenen Mund hören, wagte aber nicht zu fragen. Wenn sie nun erfuhr, dass er gar nicht geschieden war? Ein Moslem konnte bis zu vier Ehefrauen haben. Was aber, so Younis, unüblich war und auch die finanziellen Mittel der meisten Männer überstieg.

»Ich will meinen Ehemann keinesfalls mit einer anderen teilen«, erwiderte Laura darauf.

»Das musst du nicht, ich verspreche es.«

War das die Antwort, auf die sie wartete? Sie hatte keine Gelegenheit mehr, Younis allein zu sprechen.

Während Amal ihr Haar wusch und in Wellen legte, memorierte Laura noch einmal im Stillen das Glaubensbekenntnis. Um zum Islam überzutreten, musste sie es auswendig können. Die ersten Worte der arabischen Sprache, die sie erlernte. Religion hatte in ihrem Leben bisher keine Rolle gespielt. Stephan ging als Einziger jeden Sonntag in die Kirche. Als Kind hatte sie ihn begleitet, aber da er auf dem Rückweg immer im Gasthaus einkehrte und erst Stunden später angetrunken nach Hause kam, wetterte Ewa gegen den Kirchenbesuch.

Die Grundlagen des Islam erschienen Laura klar und einsichtig, Regeln, die vor allem den Alltag betrafen und dafür sorgten, dass die Menschen in Frieden und Ordnung miteinander lebten. Im Zentrum stand die Familie, das Zusammenleben von Mann und Frau. »Frauen und Männer, die einander eine Decke sind«, hieß es im Koran. Der Mensch sollte nicht allein sein, sondern sich mit einem Partner verbinden. »Eure Frauen sind wie ein Gewand für euch, und ihr seid wie ein Gewand für sie.«

Die Worte gingen Laura zu Herzen. Sie hatte so lang gewartet, aber nicht vergeblich, nun war der richtige Mann für sie gekommen.

Die Frisur war fertig und wurde zum Schutz vorläufig mit einem Gazetuch umhüllt. Als Nächstes wandte sich die Friseurin dem Gesicht zu. Sie bürstete Lauras Augenbrauen, schminkte ihre Augen schwarz und färbte die Wangen und Lippen rosa. Laura beobachtete ihre Verwandlung mit gemischten Gefühlen. Sie sah schön aus, aber sie kam sich fremd vor, beinahe nicht wieder zu erkennen. Eine orientalische Braut. Außer ihrer Mutter hatte noch keine Frau sie nackt gesehen und in dieser Weise berührt. Es machte sie ein wenig verlegen, aber sie begann zu verstehen, dass die Frauen hier eine andere Beziehung hatten, sich viel näher kamen und vertrauten.

Samira wickelte sie aus dem Leintuch, parfümierte ihren Körper und zog ihr die neue seidene Unterwäsche an. Nofa brachte ihr das schwarzgoldene Hochzeitskleid und die Samtschatulle mit Younis' Brautgeschenken. Ein Ring mit einem großen Rubin, den sie zur Verlobung bekommen hatte, lange goldene Ohrgehänge mit verschiedenfarbigen Edelsteinen, eine gedrehte goldene Kette, die sie sich selbst bei ihrem ersten Besuch im Goldbazar ausgesucht hatte. In einem zweiten Etui lagen fünf goldene Armreifen, jeder in einer anderen Weise geformt und verziert, das Geschenk von Younis' Brüdern.

Das Hochzeitsgeschenk ihrer Eltern hatte Stephan ihr auf dem Flughafen übergeben. Ewa schenkte ihr den alten Amethystschmuck der Großmutter aus Budapest. Dabei lagen ein Brief mit Glückwünschen und ein überraschend hoher Geldbetrag. Ewas Abschiedsworte konnte das alles nicht gutmachen. Laura schob den Gedanken an ihre Eltern beiseite. Eines Tages würde sie ihrer Mutter hoffentlich verzeihen können. Sie war bedauernswert, eine Gefangene ihrer Angst und Wut.

Nofa half ihr, das Kleid anzuziehen, und legte ihr den Schmuck an. Zum Abschluss wurde sie noch einmal parfümiert. Vorsichtig nahm die Friseurin das Tuch von Lauras Kopf. Die Frisur erinnerte Laura an altgriechische Götterstatuen, ein schwarzer glänzender Helm von Haar, die Wellen regelmäßig wie in Stein gemeißelt. Darauf kam der Brautschleier. Er war, wie das Kleid, eine Überraschung gewesen.

»Warum rot?«

»Rot ist die Farbe des Blutes, des Feuers. Rot steht für die Kraft der Jugend, für die Schönheit, für die Liebe. Für Fruchtbarkeit.«

Den ganzen Tag hatte Laura gehört, wie das Haus vor Emsigkeit summte. Die Frauen der Familie Al-Quassem bereiteten schon seit Tagen alles für das Hochzeitsfest vor. Jetzt aber, nachdem Nofa hinuntergegangen war, um die Ankunft der Braut anzukündigen, wurde es auf einmal ruhig. Amal küsste Lauras Hände und wünschte ihr Glück. Laura dankte ihr. Sie gab ihr einen Geldschein, unsicher, ob sie die Friseurin damit beleidigte. Aber Amal küsste Laura noch einmal die Hände und lächelte sie an.

Die Hochzeitszeremonie fand zu Hause statt. Im Wohnzimmer waren alle Möbel bis auf einen Tisch weggeräumt worden, der Boden mit dicken roten Teppichen ausgelegt. Darauf saßen die Zeugen der Eheschließung im Kreis. Der Imam erschien, begleitet von zwei Onkeln des Bräutigams, Ziad und Majeed, die besonders fromm waren. Laura hatte sie schon vorher kennengelernt und ihre Frage, ob sie sich den Übertritt in den Islam gut überlegt hatte, mit ja beantwortet. Sie war von ihnen einen Nachmittag über in Religion unterrichtet worden und konnte die Fragen, die der Imam nun an sie richtete, ohne zu zögern beantworten. Younis übersetzte, und der Imam hörte zu und nickte dazu, ohne ein einziges Mal den Blick auf Laura zu richten.

»Jetzt gebt die Hände auf den Tisch«, forderte er das Brautpaar schließlich auf. Er legte Lauras Linke und Younis' Rechte so zusammen, dass sich ihre Daumen berührten.

Danach mussten sie nur noch den Ehevertrag unterzeichnen.

»Und es gehört zu Seinen Zeichen, dass er aus euch selbst Gattinnen erschaffen hat, damit ihr bei ihnen Ruhe findet, und er hat Zuneigung und Barmherzigkeit zwischen euch gesetzt«, sagte der Imam.

Mit bebender Stimme übersetzte Younis das Koranzitat für Laura. Er hob ihren Schleier und küsste sie auf den Mund. Die Zeugen brachen in Freudenschreie aus. Younis und Laura waren ein Ehepaar!

Während die Frauen die große Tafel vorbereiteten, fuhr Younis mit Laura durch die Straßen Adhamiyahs, gefolgt vom Konvoi der Hochzeitsgäste. Alle Autos waren geschmückt, und die Hupen ertönten ohne Unterlass. Wenn sie bei einer Kreuzung anhielten, kamen fremde Passanten zum Autofenster, riefen ihre Glückwünsche herein und winkten mit ihren Taschentüchern.

Am Tigris wollte Laura unbedingt anhalten und aussteigen. Sie sah ins Wasser hinunter, das in Wirbeln unter der Brücke durchschäumte. Sie nahm den roten Schleier ab und hielt ihn in die Höhe wie eine Fahne.

»Ich liebe dich, Younis!«, rief sie und ließ den Schleier los.

Er flatterte in der sanften Brise des Frühlingstages und senkte sich langsam über den Fluss, wo ihn eine Welle mitnahm.

»Macht ihr das so bei euren Hochzeiten in Österreich?«, fragte Younis zweifelnd.

Laura lachte. »Nein, das mache nur ich so bei meiner Hochzeit. Der rote Schleier schwimmt ins Meer, in die Freiheit. Er schwimmt uns voraus.«

Noch niemals hatte Laura so viele Speisen auf einem Tisch gesehen. Das hätte selbst Ewa, die so gern und gut kochte, in Staunen versetzt. Sie ließ sich die unbekannten Gerichte erklären, bevor sie von allem ein wenig kostete. Zuerst wurden *Mezze*, eine Auswahl verschiedener Vorspeisen herumgereicht, gestampfte Kichererbsen, Melanzanipüree, *Tabuleh*, ein Salat, der mit *Bulgur* gemischt wurde, frittierte Kichererbsenbällchen namens *Falafel*, Bohnen in roter Sauce und *Kubbe*, mit Lammfleisch gefüllte Teigtaschen.

Eine Musikgruppe spielte auf Laute, Flöte, Geige und Trommel. Die Männer umringten Younis, tanzten im Kreis und hoben lange Stöcke in die Höhe, die sie über seinem Kopf als Dach zusammenfügten. Zuletzt legten sie die Stöcke beiseite, packten Younis an Armen und Beinen und warfen ihn unter dem heftigen Beifall der übrigen Gäste in die Luft, wieder und wieder.

Nach den Männern tanzten die Frauen. Sie legten einander die ausgestreckten Arme um die Schultern und sprangen rhythmisch im Kreis herum. Der Tanzschritt war einfach, linkes Bein vor, rechtes Bein vor, Wechselschritt und dann wieder von vorne. Nur das Tempo wurde bei jeder Runde schneller. Laura begann in ihrem Hochzeitskleid zu schwitzen. Aber sie hielt durch, zehn Minuten, bis die Musikgruppe das Lied beendete.

»Bravo, *Habibi!*«, riefen die Frauen ihr zu.

»Der Donauwalzer dauert noch länger, zwölf Minuten«, meinte Laura, als sie wieder bei Atem war.

»Ist das auch ein Tanz?«, fragte Soham. »Wirst du uns den Donauwalzer zeigen, bitte, Laura.«

Sie lachte und versprach es.

Danach gab es fein geschnittenes Kalbfleisch, gebratene Hühner, Fleischbällchen, gedünstetes Lamm im Tontopf, eine riesige Schüssel duftenden Reis mit Mandeln, Rosinen und getrockneten Aprikosenstückchen, gebratene Zucchini, Melanzani und Paprika. Zum Schluss, als alles andere auf der Tafel angerichtet war, trugen Younis' Nachbarn das gegrillte Lamm am Spieß herein.

Younis bekam Laura nur zwischendurch kurz zu Gesicht. Er trank und rauchte mit den Männern im Garten. Vor den Frauen war Alkohol verboten. Sie begegneten sich im Gang, wo die Tür ins Freie offen stand.

»Willst du einen Whiskey?«, fragte er und küsste sie ab, auf die Wangen, den Mund und Hals, dass ihr Herz laut zu schlagen begann.

»Nein, kein Whiskey. Ich trinke Granatapfelsaft.«

Sein Blick verschlang sie mit den Augen. Sie wollte mit ihm allein sein. Aber zuerst mussten sie ihr Glück feiern, das gehörte zur Hochzeit. Sie lehnte sich an seine Brust und atmete den Geruch seines erhitzten Körpers ein.

»Bald, Geliebte, bald komme ich«, flüsterte er über ihrem Kopf, bevor er zu seinen Freunden zurückkehrte.

Sie blieb stehen, für einen Augenblick enttäuscht. Zwei Männer, die abseits von den anderen standen und rauchten, zogen ihren Blick an. Einer von ihnen, der Ältere, glich Younis. Waren sie bei ihrer Ankunft am Flughafen dabei gewesen?

Sie gesellte sich zu ihnen. »Es tut mir leid, ich kann die vielen Gesichter noch nicht unterscheiden. Sind wir uns schon begegnet?«

»Nein«, sagte der Jüngere. Mehr nicht.

Laura sah von einem zum anderen. »Sie sind Younis' Brüder, nicht wahr?«

Der Ältere, der Younis ähnlich sah, blies ihr seinen Zigarettenrauch ins Gesicht. »Sie hätten nicht hierherkommen sollen, das war ein Fehler. Sie werden es noch früh genug merken.«

Er sprach in beiläufigem Ton, aber seine Miene drückte so viel Verachtung aus, dass sie nicht wusste, was sie erwidern sollte.

»Komm, Laura.«

Soham winkte, und Laura ließ sich an die Tafel zurückführen. Energisch schob sie die unerquickliche Szene beiseite. Heute war ihr Hochzeitstag, heute wollte sie keine schweren Gedanken wälzen. Sie beschloss, Younis nichts zu erzählen. Sie hatte schließlich ihn geheiratet, nicht seine Verwandtschaft. Gegen ihre Familie war seine noch Gold.

»Du musst ein Stück vom Lamm kosten, sonst ist es weg.«

Laura ahnte, dass es sich um das Lamm handelte, das schon am Tag ihrer Ankunft hatte geschlachtet werden sollen, und lehnte dankend ab. »Lieber noch eine Hühnerkeule.«

Sie hatte fast alle Speisen probiert. Das meiste schmeckte ihr nicht, und sie war es gewohnt, dass das Essen heiß auf den Tisch kam. Hier kochte man den ganzen Tag, gegessen wurde erst später am Abend. Es behagte ihr nicht besonders, aber sie musste sich eben anpassen.

Laura hatte nicht viele Erfahrungen mit Männern. Sie hatte den jungen Hans, den Hausmeisterbuben, geliebt oder geglaubt, ihn zu lieben. Wenn sie sich küssten, begann es in ihrem Bauch zu flattern, ein süßes, ziehendes Gefühl. Eine kurze Weile, dann stellte sich ihre Mutter dazwischen. Es schmerzte, es ging schnell vorbei. Nichts dergleichen hatte sie mit Herrn Leitmayer empfunden. Er war zuvorkommend und charmant mit ihr, und obwohl er ihr Chef war, vergaß er nie, Laura die Tür aufzuhalten und in den Mantel zu helfen. Seine Komplimente schmeichelten ihr. Sie hatte bis dahin nicht genau gewusst, was von ihrem Aussehen zu halten war. Ihre tiefschwarze Haarfarbe unterschied sie von den meisten Österreicherinnen, und ihre Augenbrauen wuchsen stark und mussten mit Mühe und Schmerz in die richtige Form gezupft werden. An ihrer Figur fand sie nichts auszusetzen, sie sah ihrer Mutter ähnlich und ein wenig auch der Großmama aus Budapest, die im Krieg im Luftschutzkeller gestorben war. Sie wusste nicht, ob sie hübsch war. Doch Herr Leitmayer wiederholte es, so oft sie allein waren, küsste ihr die Hand und flüsterte, er wünschte, er wäre ihr früher begegnet. Er lud sie zum Essen ein, kaufte ihr Kunstseidenstrümpfe und als Geburtstagsgeschenk eine Kette aus Süßwasserperlen.

Eines Tages wagte er es, sie in seine kleine Wohnung in der Weihburggasse einzuladen. Er wohnte mit seiner Familie in Grimmenstein am Fuß des Wechselgebirges. Die Fahrt mit dem Zug dauerte zu lange, um sie täglich zurückzulegen, deshalb übernachtete er unter der Woche meist in Wien und fuhr erst am Samstagmittag nach Dienstschluss nach Hause. Laura kannte Herrn Leitmayers Lebensumstände. Sie konnte es sich im Nachhinein kaum erklären, warum sie seiner Einladung gefolgt war. Er verlockte nicht als Mann, aber sie lehnte sich gern an seine Schulter und ließ sich von ihm umarmen. Erst nach einem Glas französischem Cognac, das er ihr kredenzte, erwiderte sie seinen Kuss und dann, weil er sie darum bat, erlaubte sie ihm, ihre Brust zu entblößen und zu küssen.

Sie wusste noch, dass sie verwirrt und vom Cognac benommen auf seinen Scheitel geschaut hatte, eine Position, die sie aus dem Büro gut kannte, nur dass er dort an seinem Schreibtisch saß und nun zwischen ihren Beinen kniete. Ihr Rock war hochgeschoben bis zu den Oberschenkeln, und dort, wo am Ende des Strumpfes ein Stück Haut zu sehen war, küsste und liebkoste er sie. Es war angenehm, er ließ sich Zeit und allmählich begann es sie zu erregen, was er tat.

»Nur wenn du es wirklich willst, liebste, schönste Laura«, sagte er atemlos und dann lag er auf ihr, Haut an Haut, sein Brusthaar kitzelte sie, und sie konnte noch immer nein sagen, aber sie brachte kein Wort hervor. Sie stieß einen kleinen Schrei aus, als er in sie eindrang. Jetzt war es nicht mehr angenehm, aber zu spät, sie presste die Augen zu und die Zähne zusammen, dann war es vorbei.

»Ich habe aufgepasst«, flüsterte er verlegen in ihr Ohr, wischte sich ab und stand sofort auf, um ins Bad zu gehen.

Laura spürte eine heiße Flüssigkeit aus ihrem Körper fließen. Unappetitlich, dachte sie und konnte nicht begreifen, wozu sich die Leute das antaten. Dennoch ließ sie sich noch weitere Male einladen und erlaubte Herrn Leitmayer, mit ihr zu schlafen, nur ihn Felix zu nennen, war sie nicht bereit, und als er sie einmal fragte, ob sie vielleicht etwas Geld brauchen könnte, schüttelte sie schweigend den Kopf und kam nicht mehr. Er entschuldigte sich für seinen *Faux pas*, er hatte sie doch nicht beleidigen wollen.

Er gestand ihr, dass er immer an sie denken musste, auch am Wochenende, wenn er mit seiner Frau im Bett war, dachte er nur an Laura. Das fand sie geschmacklos und sagte es ihm auch. Er entschuldigte sich wieder, aber sie wollte nichts mehr hören. Bald darauf war Marcel in die Abteilung gekommen. Sie hatten sich gleich befreundet, und Herr Leitmayer vermutete wohl, dass sie ein Verhältnis hätten, denn von da an stellte er seine Avancen ein.

Younis' Umarmung war wie ein Rausch. Er roch nach seinem unbeschreiblichen Parfum, seine Haut, sein Haar. Er küsste sie auf die Stirn, auf die Augen, die Wangen, dann erst ihren Mund. Er liebkoste ihren ganzen Körper mit den Händen, mit den Lippen. Sie wand sich unter ihm und stöhnte, sie streckte die Arme nach ihm aus und versuchte, ihn an sich zu ziehen, aber er dehnte das Spiel aus, er lockte sie und erregte sie, bis sie die Beine vor ihm öffnete und ihn mit den Schenkeln gefangennahm, an sich zog, in ihren Schoß presste. Es war, als hätte ihr Körper vergessen, dass einmal ein anderer Mann in sie gedrungen war, ein bohrender Schmerz durchfuhr sie plötzlich, und Blut floss.

Younis hielt still, erst langsam, langsam begann er sich zu bewegen, streichelte ihre Brüste, leckte an ihren Brustwarzen, bis die Erregung zurückkehrte, sie ihn in sich aufnahm und ihren Körper durchbog, ihm entgegenstreckte. Sie hörte ihn keuchen und sich selbst, lauter als er. Herr Leitmayer hatte ihre Lust gekitzelt, aber nicht mehr, nun waren ihre Sinne aufgeweckt, sie spürte aus ihrem Unterleib eine Welle aufsteigen, lavaheiß breitete sie sich in ihrem Inneren aus und ließ sie schreien vor Freude. Und Younis umfing sie, ihren ganzen Körper, er zuckte und schrie, lange, bis er endlich ruhig wurde, ruhte und sie sanft küsste. Die Welle verebbte, aber nicht lang, dann kehrte die Lust wieder und sie erregten sich aneinander, bis sie wieder zusammenfanden, ermatteten und doch nicht ermüdeten.

Unten ging das Fest weiter bis zum Morgen. In den Pausen, wenn sie nebeneinander lagen, Hand in Hand und Herz an Herz und miteinander eine Zigarette rauchten, hörten sie Younis' Brüder singen. Die Musikgruppe war heimgegangen, aber ihre Instrumente hatten sie zurückgelassen. Saad spielte die Laute, und Aladin sang.

»Du hast heute meine zwei anderen Brüder Mahmoud und Rashid kennengelernt«, sagte Younis beiläufig. »Habt ihr euch unterhalten?«

»Ich glaube, sie mögen mich nicht.«

Warum hielt sie nicht den Mund, wie sie es sich vorgenommen hatte? Nun war er verstimmt. Nach einer Minute, die Laura endlos erschien, beugte sich Younis über sie.

»Ich mag dich, nur das zählt, mein Augenstern!« Er küsste sie.

Sie sagte ihm nicht, wie schroff sie behandelt worden war und dass sie nicht vergessen konnte, was Saad geschrieben hatte. Der Brief war noch immer ein Geheimnis. Aber langsam begann sie zu verstehen, dass Saad die Probleme nicht erfunden hatte. Younis war mit seiner Familie im Streit.

4. KAPITEL

LAURA ERWACHTE mit einem Glücksgefühl. Alles, was sie bedrückt hatte, war aus ihrem Leben verschwunden. Dreißig Tage wohnte sie schon in diesem schönen neuen Haus. Sie hatte nicht ein einziges Mal geweint. Mit langsamen, genießerischen Bewegungen erhob sie sich. Sie ließ sich Zeit. Noch nie war ihr so wohl zumute gewesen. Sie mochte ihr Spiegelbild. Es war eine andere Laura, kaum wiederzuerkennen. Jede Nacht sagte ihr Younis, dass sie schön sei, dass er sie liebte und begehrte und dass er keinen Schlaf mehr brauchte, weil sie ihn unermüdlich machte. Er hatte so viele wunderbare Worte für seine Liebe, sie konnte ihm die ganze Nacht zuhören, sie konnte sich ewig von ihm lieben lassen.

Flüchtig dachte sie an ihre Mutter, ihr Nörgeln, mit dem jeder Morgen begann. Ewa hatte ein Foto geschickt, darauf standen sie Arm in Arm mit dem Denkmal von Johann Strauß im Hintergrund. Laura erinnerte sich nicht, wann es aufgenommen worden war. Sie hatten nur selten Spaziergänge miteinander gemacht. Jetzt bedauerte Ewa vielleicht manches. Laura schob das Bild in den Umschlag zurück. Sie hatte keine Sehnsucht. Nur das Wetter in Bagdad war schwer auszuhalten. Die Temperatur stieg von Tag zu Tag. Wenn sie sich beklagte, lachte Younis nur.

»Jetzt ist April. Warte, bis der August kommt.«

Seit einigen Tagen schliefen sie im Freien, auf dem flachen Dach. Im Morgengrauen erhob sich Younis und ging in den Garten hinunter. Zuerst turnte er mit seinen Hanteln, dann goss er die Rosen. Laura erwachte erst, wenn die Sonne höher stand und ihr zu heiß wurde. Sie lehnte sich über die steinerne Einfassung und hielt Ausschau nach Younis. Manchmal ging er erst später in sein Office, dann tranken sie gemeinsam Kaffee. Aber meist hatte ihn der Chauffeur schon abgeholt.

Nofa kam die Treppe herauf, lautlos auf ihren nackten Sohlen.

»Mariam ist da.«

»Mariam?« Da fiel es Laura wieder ein. »Hast du ihr etwas zu trinken angeboten?« Nofa zuckte die Achseln. Laura wusste nie, ob Nofa sie wirklich nicht verstand oder keine Lust hatte dazu.

»*Sherbet!*« Das hieß Saft, eines der wenigen arabischen Worte, die sie schon kannte. »*Kahwa! Cay!*« Sie klatschte in die Hände. Nofa sprang davon.

Schnell wusch sie sich und zog sich an, um Mariam nicht warten zu lassen.

»*Salam aleikum!*«, begrüßte sie die junge Frau.

Mariams Kopf war mit einem weißen Tuch umwickelt. Ihre Haut hob sich dagegen dunkel, fast schwarz ab. Auf den Wangen hatte sie hässliche Pockennarben. Laura streckte ihr die Hand entgegen, befangen, weil Mariam sich tief vor ihr verbeugte. Ihr Mann Abdou arbeitete als Hilfskraft im Stadtmagistrat, Younis war sein Vorgesetzter. Abdou hatte Younis angeboten, seine Frau mit ihrer Nähmaschine zu schicken. »Sie ist in Kairo Schneiderin gewesen, bevor wir heirateten.«

Laura benötigte eine neue Garderobe, das meiste, was sie aus Wien mitgebracht hatte, konnte sie in dem heißen Klima nicht anziehen. Mariam zeigte Laura ihre Nähmaschine, mit einem breiten, glänzenden Rad zum Antreiben und Fußschalter. »Sehr schön, ganz modern!«, lobte Laura. »Ich werde im Bazar Stoffe kaufen und dann nähen wir gemeinsam, ja?«

Mariam nickte nur.

»Verstehst du mich nicht?«

Aber Mariam verstand gut Englisch, sie war bloß schüchtern. Schade, dachte Laura. Das Einzige, was ihr fehlte, war eine Freundin.

Am späten Nachmittag, als die Sonne tiefer stand und die Hitze etwas nachließ, ging sie mit Nofa einkaufen. Der Bus, der vor dem Haus hielt, fuhr bis zu dem Bazar nahe vom Fluss. Eine Brücke verband ihren Bezirk Adhamiyah mit dem Schiiten-Bezirk auf der anderen Seite, Kadhimiyah. Schon vom anderen Ufer aus sah man die Goldene Moschee mit ihrer glänzenden Fassade und der Kuppel aus Gold. Auf dem Platz vor der Moschee gab es viele Geschäfte, in denen sich die Menschen drängten. Vor allem der Goldmarkt zog viele Besucher an. Nach dem Einkaufen wollte Laura noch einen Rundgang machen. Nofa war nicht einverstanden.

»Madam nach Hause«, jammerte sie und zeigte auf die mit Gemüse und Obst voll bepackten Taschen.

Laura schüttelte eigensinnig den Kopf. Doch schon nach ein paar Minuten darauf musste sie stehen bleiben. Der Rand ihres Sonnenhutes schnitt ihr plötzlich in die Stirn und ihr wurde schwindelig.

»Komm, Madam, hier.«

Nofa schleppte sie zu einem kleinen Juweliergeschäft in der Nähe. Der Besitzer war ein Bekannter von ihr. Er bot Laura, der die Knie zitterten, im Schatten seiner Markise einen Stuhl an und brachte ihr ein Glas eisgekühlte Limonade.

»Vielen Dank.« Laura trank sie auf einen Zug aus.

Dann spürte sie eine heftige Übelkeit in sich hochsteigen. Sie konnte nur mehr ein paar Schritte beiseitegehen und sich dort übergeben. Nofa folgte ihr, hielt ihren Kopf und wischte ihr mit kleinen schnalzenden Lauten des Bedauerns das Gesicht ab.

»Ist schon gut, danke.« Laura schämte sich.

Nofa tätschelte Lauras Hand. »Alles okay mit Madam, wir fahren nach Hause.«

Der Ladenbesitzer schickte einen Buben los, um sein Auto zu holen. Er half Laura auf den Beifahrersitz. Hinten saß Nofa inmitten der Einkaufstaschen. »Mustafa ist Freund«, erklärte sie.

Mustafa lächelte breit. Zum Abschied küsste er Laura beide Hände. Zum Glück war Younis noch nicht zu Hause. Im Schlafzimmer hinter den geschlossenen Jalousien war es verhältnismäßig kühl. Nofa wusch Laura und bereitete ihr Bett vor. Erstaunt stellte sie fest, dass die Übelkeit wieder verschwunden war. Aber ein bisschen ausruhen konnte dennoch nicht schaden. Kaum hatte sie den Kopf auf das Kissen gelegt, war sie eingeschlafen.

Younis' Stimme weckte sie. Aufgebracht drang sie vom Erdgeschoss bis zu ihr herauf. Laura sprang auf und lief zur Treppe. Sie sah Younis unten im Flur, er war außer sich. Er hatte Nofa am Arm gepackt und schrie auf sie ein. Sie hielt nur mit der einen freien Hand ihren Umhang vor dem Gesicht zusammen und gab keinen Laut von sich. Zornig stampfte er mit dem Fuß auf und ballte die Faust. Laura lief die Treppe hinunter.

»Younis! Was tust du, schlag sie doch nicht!«

Aber er beachtete Laura gar nicht, sondern stieß Nofa in den Rücken, so fest, dass sie das Gleichgewicht verlor.

»Younis, warum? Bitte, hör auf, du tust ihr weh!« Was hatte ihn so zornig gemacht?

»Das verdient sie, dieses gewissenlose Luder. Sie soll auf dich aufpassen, stattdessen führt sie dir Männer zu! Das hat auf der Stelle ein Ende!«

Laura schob sich zwischen ihn und Nofa. »Lass sie jetzt los! Was für Männer, bist du verrückt geworden. Mir ist schlecht geworden, Herr Mustafa hat mir geholfen. Wäre es dir lieber gewesen …«

Weiter kam sie nicht.

»Mustafa! Mustafa nennst du diese Ratte!«

Younis ließ von Nofa ab und packte Laura nun an den Schultern.

»Du wirst meine Ehre nicht in den Schmutz ziehen! Du bist meine Frau, du hast dich in der Öffentlichkeit ordentlich zu benehmen! Oder du bleibst zu Hause!«, donnerte er.

Nofa nützte die Gelegenheit zur Flucht. Die Tür knallte, dann waren sie allein. Und wenn sie nicht mehr zurückkam? Wie sollte sich Laura ohne Hilfe in der Stadt bewegen?

Younis ließ sie stehen. Ein zweites Mal knallte die Tür. Es war vier Uhr, die Zeit, wo er nachmittags ins Office zurückfuhr. Aber als sie aus dem Fenster sah, das zur Straße führte, stand er bei dem kleinen Kiosk an der Ecke. Ali verkaufte Coca Cola, Ginger Ale und Soda, aber auch Arrak in Viertelliterflaschen. Younis ging beinahe jeden Tag zu ihm hinüber. Am Anfang hatte Laura sich nichts dabei gedacht. Er begann zu trinken, wenn er von der Arbeit kam. Manchmal reichte eine Arrakflasche nicht, dann pfiff er Alis Sohn herbei, der Nachschub holte.

Laura machte sich einen Kaffee in der kleinen Kupferkanne. Das war das Erste, was sie von der neuen Kultur gelernt hatte, die arabische Kaffeezubereitung. Oft kochte sie sich fünfmal am Tag ein Kännchen, es schmeckte milder als der Kaffee aus der Espressomaschine, den sie gewohnt war, und war sicher bekömmlicher, denn sie bekam nie Herzklopfen davon. Mit ihrer Tasse kehrte sie ans Fenster zurück, drehte den Ventilator auf und setzte sich in den Luftstrom. Unaufhörlich rann ihr der Schweiß vom Gesicht. Sie wischte ihn ab und war schon wieder nass. So heiß war es noch nie gewesen.

Die Hausglocke läutete zweimal lang. Hatte Younis seinen Schlüssel vergessen? Aber er sperrte nicht ab, wenn er nur ein paar Schritte hinüberging.

Sie schaute durch das Gittertor. Ein kleiner Bub mit einem großen Ölkanister in den Händen wartete draußen.

»*Ma-a!*«

Er schüttelte den Kanister, um zu zeigen, dass er leer war. Wasser wollte er. Sie zeigte ihm die Leitung im Garten, wo der Wasserschlauch angeschlossen war. Der Bub füllte den Behälter, legte die Rechte aufs Herz und bedankte sich. Unter seiner schweren Last wankend ging er davon.

Am Ende der Straße, hinter dem *Sedde*, einem Sandwall, wohnten die Fellachen. Younis wollte nicht, dass Laura dort vorbeiging, aber vom Dach oben konnte sie auf die tristen Behausungen sehen, die Hütten aus Palmblättern, mit einem winzigen Ofen davor, auf dem sie aus Mehl und Wasser das Brot buken, viel anderes zu essen hatten sie nicht. Die Kinder liefen in Lumpen und das ganze Jahr ohne Schuhe herum. Sie schliefen auf dem Boden, der auch in der größten Hitze sumpfig blieb. Dort wuschen sie sich, ihre Kleider und ihr Geschirr. Das Trinkwasser mussten sie von weit herbringen. Nicht viele Leute in der *Ragheeba Chattoon* waren mitleidig und öffneten ihnen die Tür. Younis hatte es verboten, aber Laura konnte zu dem kleinen Kind nicht so hart sein.

Nofa erschien am nächsten Morgen, als hätte es den Streit nie gegeben. Auch Younis verlor kein weiteres Wort darüber. Er stand später auf als sonst und bat Laura um eine Kopfschmerztablette. Trink nicht so viel, wollte sie zu ihm sagen, dann dachte sie an ihre Mutter und schwieg. Kurz vor Mittag läutete eine junge Frau an der Tür. Laura dachte, sie würde um Wasser bitten, aber ihre Hände waren leer. Am Straßenrand vor dem Haus parkte ein großer schwarzer Mercedes mit mehreren Personen darin. Die verschleierte Frau auf dem Rücksitz starrte Laura durch das Autofenster an.

Das Mädchen sprach nur gebrochen Englisch. Ihre Botschaft war unmissverständlich.

»Diese Frau ist Younis' rechtmäßige Gattin.«

Laura sollte zurückgehen, woher sie gekommen war. Wenn sie nicht aufhörte, den Ehefrieden zu stören, würde es ihr schlecht ergehen.

Sie zischte Laura ihre Drohung ins Gesicht.

»Verschwinden Sie oder Sie werden nicht mehr lange am Leben bleiben!«

Plötzlich überkam Laura die Wut. Sie gab dem Mädchen einen heftigen Stoß vor die Brust, sodass es von der Schwelle zurücktaumelte, und schlug das Gittertor zu. Jetzt erst stürzte Nofa herbei. Erbost schimpfte sie hinter dem Auto her.

»Ich wurde von meinen Brüdern verheiratet. Saad, Mahmoud und Rashid suchten mir eine Gemahlin aus. Mouna Al-Majid, eine der reichsten Frauen Bagdads.«

Laura schaute in den Abendhimmel. Ein Stern nach dem anderen ging auf, funkelnd und riesig, so nahe, wie helle Augen, die aus dem Samtblau der Nacht auf sie herunterschauten. Die Geschichte von Younis' erster Ehe klang märchenhaft. Mouna, die Häuser und Grundstücke besaß, aber Younis mit all ihrem Geld nicht kaufen konnte.

»Sie war nicht mehr jung und kränklich. Sie bekam kein Kind. Nach einem Jahr trennten wir uns. Ich wollte sie nie als Frau.«

Grausame Worte. Laura dachte an die verschleierte Frau auf dem Rücksitz des Autos. Mouna hatte allen Grund, sie zu hassen. Aber Saad und die anderen Brüder, warum waren sie gegen sie?

»Saad hat mir einen Brief nach Wien geschrieben. Er drohte mir, wenn ich dich heirate, wird es mir schlecht ergehen.«

Younis' Unterlippe begann zu zittern. »Wie konnte er es wagen!« Er umarmte Laura und presste sie an sich. »Niemals wäre ich zu Mouna zurückgegangen! Ich habe dich gefunden. Du bist mein Glück, der Stern meines Lebens!«

Aber diesmal wollte Laura sich nicht mit der halben Wahrheit begnügen. Energisch schob sie Younis von sich. »Sag mir, Younis, bist du noch verheiratet?«

»Natürlich nicht!« Er schaute sie gekränkt an. »Du glaubst, ich lüge dich an?«

»Seit wann? Ich möchte die Scheidungsurkunde sehen.«

Er sprang auf. »Sie ist in arabischer Schrift. Ich könnte dir jeden Zettel vorlegen.«

»So denkst du? Das hätte ich nicht von dir erwartet.«

Laura ging zu der steinernen Dachumrandung, wo sie so gerne lehnte und dem Treiben auf der Straße von oben zusah. Sie war in einem Märchen gelandet. Aber wie ging es aus?

»Laura. Ich schwöre dir.«

Sie wandte sich nicht um. Er hatte schon einmal geschworen.

»Bitte, Laura hör mich zuerst an. Als ich mit meinen Brüdern nach Europa abreiste, wohnte Mouna hier, in diesem Haus. London, Paris, Berlin, Wien. Dort wendete sich das Schicksal für mich. Ich wusste, ich bin angekommen, vorher hatte ich kein Leben.«

Laura spürte die Rührung hochsteigen, aber sie verbot es sich, sie musste stark bleiben und hart, sonst würde sie dieser zweifelhaften Geschichte nie auf den Grund kommen.

Nach seiner Rückkehr erklärte er Mouna die Scheidung.

»Das ist in unserer Religion nicht wie bei euch. Man kann sich trennen, auch wenn die Frau nicht will. Deshalb bekommt sie das Scheidungsgeld. Ich habe einen Fehler gemacht, ich habe ihr das Geld ohne Bestätigung gegeben. Ich hätte nicht gedacht, dass sie so gemein sein würde. Sie hat das ganze Haus ausgeräumt, sogar die Vorhänge, die Heizkörper, die Waschbecken im Badezimmer, nichts ist geblieben.«

Zwei Wochen vor Lauras Ankunft begann Younis das Haus für seine neue Braut herzurichten. Er erhielt eine Gerichtsvorladung. Mouna klagte auf das Scheidungsgeld. Solange er nicht bezahlte, blieben sie verheiratet.

Laura begriff. Nach Mounas Auszug schickte Saad den Brief nach Wien. Er hoffte, wenn Laura dort blieb, würde Younis sich mit Mouna versöhnen. Deshalb also die Klage. Geld besaß Mouna genug, mehr als Younis, ihn schmerzte der Verlust.

»Hast du bezahlt?«, fragte Laura am Ende.

Er zuckte hilflos die Achseln. »Ich wollte, dass du es niemals erfährst. Es ist eine scheußliche Geschichte. Ich liebe dich, Laura, ich werde niemals mehr ohne dich sein, du bist mein Leben. Liebste.«

»Hast du bezahlt?«, fragte Laura noch einmal.

Er ging zu dem Schreibtisch im anderen Zimmer und zog eine Lade auf. Laura hörte ihn herumkramen, dann kam er mit einem dünnen Aktenordner zurück.

»Das ist die Scheidungsurkunde.« Er schlug den Ordner auf. »An alle, die es angeht«, begann er zu übersetzen.

Laura hörte zu. War das nun der Zettel, mit dem sie getäuscht werden sollte? Plötzlich fühlte sie sich erschöpft und alleingelassen, in der Fremde.

»Ich erwarte ein Kind«, sagte sie. Younis hörte auf zu lesen. »Laura.«

Sie ließ sich von ihm in die Arme nehmen. Das war das Märchen, der schöne Prinz erkannte, wer die rechte Braut war, und dann lebten sie glücklich bis an ihr Ende.

»Ich will, dass du mich nie wieder anlügst«, sagte Laura.

Younis' Haus war das letzte in der langen *Ragheeba Chattoon*. Daneben befand sich ein großes Grundstück mit hohen Palmen, die den Blick auf die weiter entfernt liegenden Häuser verstellten. Bevor Mouna und ihre Familie zum Tor gekommen waren, hatte Laura sich nie unsicher gefühlt, im Gegenteil liebte sie die romantische Aussicht auf die Palmen und die wild wachsenden blühenden Sträucher. Ihr Geruch war so stark, dass er sich bis ins Haus ausbreitete. Seit dem Tag ihrer Ankunft bedeutete dieser Duft für sie Bagdad.

Das Zimmer auf der Vorderseite verlief über die ganze Breite des Hauses. Vom Fenster aus sah Laura auf die Straße, die nahe Bushaltestelle und davor Alis Kiosk. Sie war nicht allein. Aus dem Bus stiegen Leute aus und ein. Die Buben aus der Nachbarschaft trieben sich den ganzen Tag im Freien herum. Ali stand in seiner Bude und verkaufte Getränke oder er saß mit seinen Freunden unter einem Sonnenschirm und spielte Backgammon. Dennoch wartete sie ungeduldig, dass es Mittag wurde und Younis heimkam. Sie litt unter ständiger Übelkeit, vor allem aber unter der Hitze. Der irakische Sommer hatte jetzt im Juli noch nicht den Höhepunkt erreicht, der kam erst im August. Ungläubig schaute Laura jeden Morgen zu, wie die Quecksilbersäule hinauflief, jeden Tag ein wenig höher. Jetzt waren es schon fünfundvierzig Grad.

Nur in den Morgenstunden, bevor die Sonne aufging, wurde es kühler. Schon die ersten Sonnenstrahlen weckten sie mit heißen Stichen, und sie floh ins Haus. Sie verbrachte die Stunden vor dem Ventilator, sah den Vögeln zu und schrak nur von Zeit zu Zeit auf, wenn das Telefon läutete. Sie hob nicht mehr ab. Mouna kam zwar nicht wieder zum Haus, aber sie und ihre Verwandten riefen immer wieder an. Laura verstand das Wenigste davon, trotzdem fürchtete sie sich vor den Beschimpfungen.

»Bitte melde das Telefon ab«, bat sie Younis jedes Mal. »Ich zittere den ganzen Tag davor, dass es läutet.«

»Bleib ruhig, *Habibti*. Es wird bald vorbei sein.«

Er stellte einen Mann an, der das Haus bewachte. Stunde um Stunde hörte Laura ihn auf und ab gehen. Gegen Mittag kam er herein, trank mit Nofa Kaffee und kehrte an seinen Platz zurück, wo er blieb, bis Younis' Wagen vorfuhr. Lauras einzige Ablenkung war das Kochen. Am Anfang hatte Nofas Schwester beim Kochen geholfen. Mit Lauras Kochkünsten war es nicht weit her, in der Küche zu Hause hatte Ewa das alleinige Szepter geführt und Laura mit ihren spitzen Bemerkungen schnell wieder vertrieben. Nur backen konnte sie ganz gut, zusammen mit den Bürokolleginnen hatte sie Kuchen, Kekse, sogar Torten zustande gebracht.

In Bagdad musste sie ganz von vorne beginnen. Younis mochte kein Fleisch, nur Fisch und manchmal ein Stück weißes Fleisch vom Huhn. Hauptsächlich ernährte er sich von gekochtem Gemüse, Reis und Früchten. Täglich ging Laura mit Nofa in den *Suq* zum Einkauf. Nofa kaufte Melanzani, kleine gelbe Kürbisse, grüne Bohnen und Tomaten, Okras, die auch Lady's Finger hießen, frischer Joghurt und Kräuter. Alles war fremd, schmeckte und roch unbekannt, selbst die grünen Bohnen sahen nicht aus wie die Fisolen in Wien, und die Tomaten wie Paradiesfrüchte, riesig groß, mit einem starken, beinahe stechenden Geruch, so reif und voller Saft, dass man sie in der Hand zerdrücken konnte. Die Melanzani wurden geschält, in Scheiben geschnitten und in der Pfanne gebraten, daneben kochte Nofa *Marga*, den Gemüseeintopf mit Tomaten, Zwiebeln, Knoblauch und fügte die verschiedenen Gemüse hinzu.

Manches mochte Laura. Der Reis, der von viel besserer Qualität war, als sie es von Wien kannte, und auf verschiedene Weise zubereitet wurde, mit Öl, Zwiebeln und Curry, mit Rosinen und Marillenstücken oder mit gerösteten Mandeln und Pinienkernen. Auch die neu entdeckten Okras mochte sie gern und die Tomaten, in die sie mit Genuss die Zähne hineingrub, dass der Saft ihr über das Kinn lief.

Aber sie vermisste das Fleisch. Es gab kein Schwein, nur in teuren englischen Konserven, und die schmeckten langweilig. Das Rindfleisch war zäh, so blieb nur Kalbfleisch, und als ihr das zu eintönig wurde, ließ sie sich von Nofa zum Lammfleisch überreden und fand es überraschend schmackhaft. In Wien hatte sie nur den Kopf weggedreht, wenn sie in der Fleischhalle beim Stand mit dem Schöpsernen vorbeigegangen war.

Ihre Schwangerschaft machte ihrem Appetit nicht zu schaffen, im Gegenteil, sie war von früh bis spät hungrig und voller Sehnsucht nach vertrauten Speisen. Bis ihr Ewa aus Wien ein Kochbuch schickte und sie von dem Tag an selbst zu kochen begann. Nofas Schwester protestierte empört, und Nofa stimmte mit ein. Sie war die Herrin des Hauses, sie durfte nicht in der Küche stehen und sich abplagen. Sie brauchte doch nur anzuschaffen, was sie zu essen wünschte, sie erfüllten ihr gern jeden Wunsch. Gefüllte Weinblätter, Melanzanisalat, gefüllte Paprikaschoten, faschierte Fleischbällchen in Tomaten oder in Currysauce, *Shish Kebab*, gebratene Hühnchen, mit Kräutern und Mandeln gefüllt.

Aber Laura schüttelte nur zu allem den Kopf. Als Erstes machte sie Gulasch mit Nockerln, am nächsten Tag Wiener Schnitzel, leider kein Schweinernes, wie sie es liebte, sondern vom Kalb, aber mit einem Kartoffelsalat, der für einen kurzen Augenblick die Küche in der Wohllebengasse vor ihren Augen erstehen ließ. Am Samstagabend hatte Ewa ihn immer für den Sonntag vorbereitet. Wenn er über Nacht ziehen konnte, schmeckte er noch besser. Am dritten Tag kochte Laura ein Gericht, von dem alle im Haus aßen und selbst der heikle Younis begeistert war: Kaiserschmarren. Das Kompott machte sie aus den kleinen Marillen, die hier *Mischmisch* hießen und besser schmeckten als jede Wachauer Marille. Damit war die Wiener Küche im Haus etabliert, und Nofas Schwester bemühte sich, die Rezepte aus Lauras Buch nachzukochen. Laura ließ sich trotzdem nicht mehr ganz aus der Küche vertreiben, und Younis hielt zu ihr, als Nofa sich bei ihm beschwerte.

»Seit Laura in der Küche steht, schmeckt alles besser«, behauptete er. »Wenn ihr das Kochen Freude macht, freut sich mein Magen mit.«

Als die Hitzeperiode begann, ersetzte Laura die Gemüseeintöpfe durch kalte Platten mit Rohkost. Eine Stunde und länger schnitt sie Karotten, Gurken, Sellerie, Tomaten, Paprika und Zwiebeln. Zu Mittag brachte der kleine Bäckerbub gegen ein Trinkgeld frisches Brot ins Haus, was Laura ganz allein organisiert hatte, obwohl es mit ihrem Arabisch noch nicht weit her war. Nofas Schwester zuckte eifersüchtig die Achseln, sie hätte auch selbst Brot backen können, warum fragte sie denn keiner? Aber es war auch ohne ein Feuer im Ofen heiß genug, fand Laura. Und auch hier mussten sich die zwei Frauen ergeben und gaben zu, dass es nun im Haus kühler war.

Younis verfolgte jeden ihrer Fortschritte mit Stolz. Nach dem Mittagessen rollte er im Wohnzimmer einen kleinen Teppich aus, um sich darauf auszustrecken und schlief eine Stunde. Er lud Laura ein, bei ihm zu liegen. Die Steinfliesen waren selbst im Sommer noch ein wenig kühl. Aber sie wollte nicht, sie ruhte lieber mit einem Kissen im Rücken auf dem Sofa und hielt ihr Gesicht in den Luftzug des Ventilators. Younis warnte sie davor, dass sie sich verkühlen würde, worüber Laura lachen musste. Nicht einmal ein Eiswürfel aus dem Freezer war kalt genug, der Hitze zu widerstehen. Bevor sie ihre Handgelenke mit ihm abreiben konnte, zerlief er ihr zwischen den Fingern.

Am Abend erschienen die Katzen. Nur wenn Laura allein war, wagten sie sich von der Mauer in den Garten. Laura fütterte sie, was Nofa empörend fand. Sie beklagte sich bei Younis, und er stellte Laura zur Rede.

»Du bist in einem Land, in dem Menschen hungern müssen! Wir füttern unsere Kühe, unsere Hühner, Pferde, Esel, alle Tiere, die uns nützlich sind, aber nicht Katzen und Hunde. Das ist *haram*, eine Sünde!«

Laura zuckte die Achseln. »Was soll daran schlecht sein? Ich liebe die Katzen. Sie sind meine einzige Gesellschaft. Ich kann sie nicht enttäuschen.«

Younis nahm Laura in die Arme. »Und ich, wer bin ich, leiste ich dir keine Gesellschaft? Soll ich auf allen vieren gehen und miauen, damit du mich liebst?«

Er blödelte, bis sie lachen musste. Erleichtert küsste er sie auf die Stirn und beide Wangen. Oft fuhr er am Nachmittag nicht mehr ins Office, damit sie nicht so lang allein bleiben musste. Sie bemühte sich, ihm nicht zu zeigen, wie verloren sie sich fühlte. Zwar ließ die Übelkeit nun allmählich nach, doch ihre Laune blieb bedrückt.

»Wenn das Kind da ist, wird es dir wieder gut gehen. Du hast zu wenig Beschäftigung«, tröstete sie Younis.

Aber es gab mehr als genug für sie zu tun. Ein ganzes fremdes Land lag vor ihrer Haustür, in dem sie sich eines Tages zu Hause fühlen sollte. Mit Nofa hatte sie die ersten Schritte getan, inzwischen war sie schon imstande, sich allein zu bewegen, sie fand sich in Adhamiyah zurecht, und wenn nicht, war sie imstande, nach dem Weg zu fragen.

Immer noch kränkte sie die Ablehnung der Familie. Eines Morgens, kaum, dass Younis weggefahren war, kam Saad zu ihr.

»Was willst du?«, fragte Laura, ohne das Gittertor zu öffnen.

»Mit dir reden«, antwortete er knapp.

Sie zögerte. »Wende dich an deinen Bruder Younis.«

»Heißt das, du schickst mich weg!« Er sah sie mit gerunzelter Stirn an. »Ich bin nicht dein Feind, Laura. Sonst wäre ich nicht zu dir gekommen.«

Das glaubte sie ihm zwar nicht, aber sie ließ ihn ein. Der Morgen war noch kühl, und sie schlug ihm vor, in den Garten zu gehen.

»Ich habe dich gewarnt, nach Bagdad zu kommen, weil es gefährlich ist«, begann er. »Deshalb hab ich dir damals nach Wien geschrieben. Younis will das nicht wahrhaben. Er wird schon merken, dass ich recht habe.«

Laura wollte widersprechen, doch Saad ließ sie nicht zu Wort kommen.

»Younis hat einen großen finanziellen Verlust erlitten. Wenn er zu Mouna zurückgehen würde, hätte er eine sorgenfreie Existenz. So werdet ihr beide ins Unglück rennen.«

Aufgebracht kehrte Laura um.

»Du weißt nichts, Laura, du kannst dich nicht einmal benehmen, wie es sich für eine anständige Ehefrau gehört. Geh zurück, wo du hergekommen bist. Das ist ein guter Rat, Laura! Nimm ihn an, bevor es zu spät ist.«

Nofa erwartete sie auf der Terrasse, den Kopf mit ihrem Umhang fest umwickelt, so dass sie nur mit einem Auge heraussah. Sie zwinkerte Laura zu. Im nächsten Augenblick schwang die Terrassentür auf. Younis erschien.

»Geh, Laura, ich muss etwas klären. Geh mit Nofa ins Haus.«

Laura nickte nur. Nofa nahm ihren Arm und streichelte sie.

»Madam Kaffee?«, fragte sie.

Die Tür fiel hinter ihnen zu. Draußen erhob Younis die Stimme. Er schrie Saad an. Nofa horchte zufrieden.

»Ja, Kaffee, bitte.« Laura lächelte.

Saad riss die Tür auf und stürzte an ihnen vorbei. Ohne ein Wort des Grußes verließ er das Haus.

»Er wird mein Haus nicht mehr betreten.« Younis sah blass aus, und seine Hände zitterten. »Das fällt mir nicht leicht.« Er schluckte. »Aber wer die Mutter meines Kindes beleidigt, verdient nichts anderes.«

Am späteren Nachmittag, als die Schatten lang wurden, schlug er eine Spazierfahrt vor. Erfreut stimmte Laura zu. Younis schickte den Chauffeur weg und setzte sich selbst ans Steuer. Er zeigte ihr die *Abu Nuwas Street* mit den kleinen Fischlokalen. »Hast du Lust, essen zu gehen?«

»Später vielleicht.«

Sie fuhren am Ufer des Tigris entlang. Younis griff in die Tasche und holte ein Päckchen hervor. Er warf es ihr in den Schoß.

»Was ist das?«

»Kleine Überraschung. Mach es auf.«

Eine Sonnenbrille mit dunkelgrünen Zeiss-Gläsern. Laura setzte sie gleich auf.

»Steht sie mir?«

»Du bist wunderschön. *Nour-al-ain*, du bist mein Augenlicht.«

Sie drückte zärtlich seine Hand. Beinahe jeden Tag kam er mit einer Aufmerksamkeit für sie nach Hause. Er war der liebste Mann, den sie sich vorstellen konnte. Der schönste, der begehrenswerteste, der klügste Ehemann. Sie sagte es ihm.

»Bring mich nicht in Versuchung!« Er zog sie nahe an sich. »Ich will dir etwas zeigen Laura. Setz deinen Hut auf.« Er hielt an.

Beim Aussteigen traf sie die Hitze wie ein feuchtheißer Umschlag. »Weißt du noch, am Anfang, als du mich gefragt hast, woher meine Liebe zum Deutschen kommt?«

»Ja, sicher! Weil die deutschen Frauen so sexy sind!« Laura lachte. »Aber ich bin eine Österreicherin.« Sie sah ihn an. »Hat das etwas mit dem zu tun, was du mir zeigen willst?«

»Ja. Da gleich ist es.« Younis führte sie zu einem hohen Erdwall am Ufer. »Hier ist das Grab des Freiherrn von Goltz.«

»Ein Deutscher?«

»Ein preußischer Offizier. Er hat in der osmanischen Armee gekämpft, um die Briten von unserem Boden zu vertreiben. Er war ein Held, er verstand unsere orientalische Mentalität.«

Während Laura überlegte, was mit orientalischer Mentalität gemeint war, sprach Younis weiter. Freiherr von Goltz hatte die irakischen Soldaten nach Preußen geholt, um sie für den Krieg auszubilden. Wenn die Iraker nicht lernten, Krieg zu führen, waren sie zum Untergang verurteilt.

Der Freiherr erkrankte in Bagdad am Typhus. Bevor er starb, wünschte er sich am Tigris begraben zu werden. Später wurde sein Leichnam nach Istanbul überführt. Dort lag er nun im Garten der deutschen Botschaft.

»Ich weiß so wenig vom Irak«, meinte Laura nachdenklich, während sie die *Abu Nuwas Street* zurückspazierten.

Es dämmerte schon. Die Frösche am Ufer begannen zu quaken, lauter als die vielen Vögel in den Bäumen. Im untergehenden Licht schimmerte der Tigris in unwirklichen Farben, türkis und lavendelblau.

Die bunten Lampions vor den Fischlokalen flammten auf, schon begannen die ersten Feuerstellen zu brennen.

»Der Irak ist ein junges Staatengebilde. Wie dein Österreich. Das osmanische Reich ist zerbrochen, die Engländer haben die Landkarte neu geschrieben. Sie haben alles in der Hand. Geld, Macht. Sogar den König.« Younis lachte, es klang nicht froh.

»Sie fühlen sich sicher, aber ihre Tage sind gezählt.«

Laura legte ihm schnell die Hand auf den Arm. »So ein schöner Abend. Willst du dir die Laune mit Politik verderben?«

Er lächelte gezwungen. »Nein, das langweilt dich nur. Wir gehen einen Karpfen essen. Hier schmecken sie am besten.«

»*Masgouf?*«, fragte Laura gelehrig. Darüber hatte sie gelesen. *Masgouf* hieß die besondere irakische Art der Fischzubereitung. Die Karpfen wurden am Rücken der Länge nach aufgeschnitten und an Holzspießen aufgestellt. Man musste Geduld haben, denn das Grillen am Rand der Feuerstelle brauchte seine Zeit.

Younis bestellte Arrak. Während sie warteten, kam er noch einmal auf die Politik zurück.

»Weißt du, dass die Nazis sogar hier ihre Anhänger hatten?«

Laura schüttelte den Kopf. Von Nazis wollte sie nichts hören. »Saad war auch einer von ihnen. 1941 haben die Nazis Flugzeuge geschickt, für den Kampf gegen die Engländer. Aber das war ein Reinfall.«

Die Geschichte bestärkte Lauras Abneigung. Zuerst kämpfte er gegen die Besatzer und dann arbeitete er für den König, den die Engländer eingesetzt hatten? Was hatte er für einen Charakter? Laura ahnte, Younis, egal wie verärgert er über Saad war, würde seinen Bruder verteidigen.

Einmal nur war sie in Saads Haus gewesen. Im Wohnzimmer hing eine große Fotografie des jungen Königs an der Wand. Faisal hielt einen Leoparden an der Leine. Zuversichtlich lächelte er in die Kamera. Der Leopard sah dagegen matt und betrübt aus. Dennoch, ein wildes Tier, wie leicht konnte es den Mann an seiner Seite zerfleischen.

Außer auf Zeitungsbildern hatte Laura den König nur einmal gesehen. Er zeigte sich selten in der Öffentlichkeit, aus Angst vor Attentaten, hieß es.

Ob Saads Stellung mit der Sicherheit des Königs zusammenhing? Wenn sie Younis nach Saads Beruf fragte, wich er aus. Heute wollte sie nicht an das Geheimnis rühren. Es war das erste Mal, dass Younis sie in ein Restaurant ausführte. Sie freute sich auf den Fisch.

5. KAPITEL

AM MORGEN, BEVOR DIE LUFT zu stickig wurde, lernte Laura die arabische Schrift. Younis hatte ihr die Zeichen auf einem Blatt Papier aufgemalt. Wie die Wellen des Meeres schaukelten die Buchstaben von rechts nach links. Das S, das Sch, das N, das T, darüber als Schäfchenwölkchen die Punkte, durch die sie sich unterschieden, einer, zwei oder drei. *Alif Lam*, die Verbindung von A und L, wie ein Schiff am Horizont. Das K, dem gespannten Bogen einer Hyperbel gleich, das R, das keinem anderen Buchstaben die Hand reichte.

Sie dachte an ihre Kindheit, ihre Freude an den Buchstaben und den Bildern, die sie in der Schule dazu gemalt hatten. Die Federspitze, die sich spreizte, weil sie zu fest aufdrückte. Tintentropfen sprangen auf das Papier, dann flossen Tränen. Alle Mädchen in der Klasse trugen lange Zöpfe, und wenn sie einen Fehler machten, riss sie die Frau Lehrerin daran. Die Buben bekamen Schläge mit dem Lineal.

Ewa besaß ein Foto aus ihrer Schulklasse, mit dem Hitlerbild an der Wand, links und rechts von Hakenkreuzfahnen flankiert. Davor stand die zehnjährige Laura mit ihren Klassenkameraden, verlegen lächelnd, mit niedergeschlagenem Blick. Gab es überhaupt ein Foto, auf dem sie nicht unbehaglich dreinsah? Diese Laura war nun verschwunden, die neue begann den Tag mit frohem Sinn und einem Lachen auf den Lippen.

Auf dem kleinen Tisch im Garten legte sie ihre Schreibsachen zurecht und begann mit Hingabe die neuen Buchstaben zu üben. Sie summte vor sich hin, während sie arbeitete, bis die Sonne die Luft erglühen ließ und sie zu schwitzen begann. Im Haus wartete Nofa schon darauf, sie auf den Markt zu begleiten. Laura konnte inzwischen selbst einkaufen. Sie kannte die Namen der wichtigsten Lebensmittel und was sie nicht wusste, darauf deutete sie mit dem

Finger. Ihre Aussprache war eine Quelle der Heiterkeit für Nofa, was Laura ignorierte, obwohl sie sich ärgerte.

Der Bus war gerade gefahren, deshalb gingen sie zu Fuß, in dem schmalen Schatten, den die Häuser warfen, langsam, um nicht gleich außer Atem zu geraten. Laura trug ein dünnes weites Kleid und einen großen Sonnenhut. Es war schrecklich heiß darunter, aber ohne Hut war die Sonne zu gefährlich. Schon nach wenigen Minuten im Freien lief ihr der Schweiß über den ganzen Körper. Nofa schienen die Temperaturen nichts auszumachen. Sie ging wie immer, den Kopf in ihre *Abaya* eingewickelt, und zuckte nicht einmal zurück, als sie am Ende der *Ragheeba Chattoon* den Platz vor dem Markt erreichten, der im grellen Sonnenlicht lag.

Labn, den arabischen Yoghurt, kaufte Laura und *Chubbus*, weißes Brot, eingelegtes saures Gemüse und frische Oliven. Sie grüßte die Händler mit *Salam* und wechselte ein paar Höflichkeiten. Beim Saftverkäufer versprach sie sich, sie verlangte *Sarab* statt *Sherbet*. Nofa kicherte, und der Verkäufer stimmte vergnügt mit ein.

»Lach nur, du dumme Gurke «, sagte Laura zornig auf Deutsch. »Und du Trottel amüsier dich auch noch auf meine Kosten.«

Sie wollte weiter, da erklang hinter ihr eine helle Frauenstimme. »Na, hoppla, was höre ich da, deutsche Laute?«

Ertappt wandte Laura sich um und sah eine blonde, hochgewachsene Frau, die ihr lächelnd die Rechte entgegenstreckte.

»Ich heiße Annemarie und bin aus Erfurt.«

Vor Verlegenheit brachte Laura kein Wort hervor.

»Ich wohne schon seit neun Jahren in Bagdad.« Annemarie musterte sie interessiert. »Sie sind wohl noch nicht so lange hier.«

»Nein, erst seit März«, sagte Laura und stellte sich endlich vor.

Nofa trat an ihre Seite. Aus dem Versteck ihres Schleiers betrachtete sie die blonde Frau.

»Sie sind mit einem Iraker verheiratet? Ich auch. Es gibt eine ganze Menge Ausländerinnen. Wir besuchen uns gegenseitig. Wollen Sie auch einmal kommen? Zum Five o'clock-Tea oder wenn jemand eine Gartenparty gibt. Oder wir gehen in den Club. Waren Sie schon im Britischen Club?«

»Nein, ich ... Mein Mann hat mir noch nichts davon erzählt ...«, stammelte Laura.

»Sie wollen uns für sich ganz allein haben, wie ein Vögelchen im Käfig oder ein schönes Schmuckstück in der Schatulle.« Annemarie winkte Lauras halbherzigen Widerspruch weg. »Ich weiß, ich weiß. Sie sind alle gleich, zärtliche Geliebte und despotische Ehemänner.«

Laura wurde rot bei dieser unverblümten Rede. Auch wenn die Leute rundherum sie nicht verstanden, es gehörte sich nicht, sich so über sie auszulassen. Aber Laura hatte sie ja mit ihrer Schimpfkanonade vorhin beinahe dazu eingeladen.

»Entschuldigung, ich habe eine Lästerzunge«, sagte Annemarie. »Je heißer der Tag, desto schärfer, leider.« Sie tippte einen Mann mit Jackett, zu dem er seine traditionellen Pluderhosen trug, an und sprach in fließendem Arabisch zu ihm. »Ahmed holt gleich den Wagen«, wandte sie sich wieder an Laura. »Wo wohnen Sie? Wir könnten Sie zu Hause absetzen.«

»Das ist …« Laura sah über den weißen, hellen Platz vor dem Markt und verschluckte ihr Nein. »Das ist sehr nett, Annemarie. Vielen Dank.«

In einer schattigen Ecke vor dem Eisgeschäft warteten sie, bis der Chauffeur in einer dunkelblauen Mercedes-Limousine erschien. Auf der Fahrt plauderte Annemarie ohne Unterlass weiter, bis sie bei Lauras Haus anhielten.

»Ich überfalle Sie nicht, keine Sorge. Aber ich würde mich freuen, wenn Sie mich besuchen kämen. Rufen Sie mich an, Ahmed holt sie ab.«

Sie drückte Lauras erhitzten Körper kurz an sich. »Ich weiß, ich rede zuviel. Aber ich möchte Sie kennenlernen. Ich werde nur zuhören, ich verspreche es!«

Sie krauste ihre Nase und sah so bittend drein, dass Laura lachen musste.

»Danke fürs Mitnehmen.«

Annemarie schrieb ihre Telefonnummer auf ein Papier. »Kommen Sie bald!«

»Ich … ja, danke. Ich rufe an.«

Laura kletterte aus dem Wagen, Nofa, mit Einkaufstaschen beladen, kam hinterher. Annemarie winkte durch das Autofenster, bis der Wagen an der nächsten Kreuzung abbog. Es war ein Diplomatenfahrzeug, sah Laura. Ihre erste Bekanntschaft in Bagdad, eine

Deutsche aus dem Osten. Und wenn schon, ermahnte sie sich. Der Krieg war schon lang vorbei.

Younis wartete schon auf sie. »Geht es dir gut?«, fragte er aufmerksam bei der Begrüßung.

»Gut, mach dir keine Sorgen.«

Sie umarmte und küsste ihn. Er drückte seine Stirn an ihre. Sie hielt still, sog seinen Geruch in sich ein und horchte auf seinen Atem. Er wartete, aber sie sagte nichts, bis er sie wieder losließ und sich an den Tisch setzte, wo das Essen vorbereitet war. Rasch nahm er noch einen Schluck Arrak aus der kleinen Flasche, die er aus der Tasche hervorzog. Es gefiel ihr nicht, dass er auf nüchternen Magen trank. Sie schwieg, aber er spürte ihren Blick und zuckte die Achseln.

»Setz dich zu mir, schau mich nicht so böse an.« Er aß mit einer kleinen Gabel von den Tomaten und Gurkenscheiben.

Sie schenkte ihm Wasser ein.

»Und du, was isst du heute, mein Schatz? Du siehst ein bisschen blass aus.«

Sie konnte nicht essen, wenn es so heiß war. Erst am Abend kam das Hungergefühl. Younis sah selbst nicht besonders aus, fand sie. Er ließ die Gabel auf den Teller fallen. Seine Hand zitterte. Er schob sie schnell unter den Tisch, aber Laura bemerkte es.

»Ich lege mich nieder, ich habe Kopfschmerzen.« Er schob den Teller zurück. »Tut mir leid, dass du dir umsonst so viel Mühe gemacht hast.«

»Das ist egal. Ruh dich nur aus, ich werde dir die Schläfen mit Eau de Cologne einreiben.«

Sie holte das Fläschchen aus ihrer Tasche und tränkte ihr Stofftaschentuch damit, als es an die Zimmertür klopfte. Ein dunkler Krauskopf schaute bei der Tür herein. Laura stieß einen überraschten Laut aus, und Younis, der gerade die Augen geschlossen hatte, hob den Kopf.

»Meishi!« Er winkte dem Besucher, näher zu kommen. »Ich kenne Meishi, seit er auf die Welt gekommen ist. Schon seine Mutter hat bei uns im Haus mitgeholfen. Sie stammen von einer Sklavenfamilie aus dem Sudan ab.«

Laura musterte ihn neugierig. In Wien hatte es nach dem Krieg eine Menge farbiger Besatzungssoldaten gegeben, Amerikaner und Franzosen. Meishi sah anders aus, die Haut ockerfarben, die Augen grünlich schillernd. Er war groß und schlaksig. Auf seinen langen Beinen bewegte er sich fast lautlos durch das große Wohnzimmer. Er gab Laura nicht die Hand, sondern verbeugte sich, dann wandte er sich Younis zu, der sich wieder auf seinem Teppich ausstreckte.

Younis sprach ein paar Worte halblaut zu ihm, Meishi nickte und antwortete ebenso. Er hockte sich auf den Boden neben Younis und wartete still. Worauf, fragte sich Laura. Sie stellte den Ventilator eine Stufe höher und steckte sich auf dem Sofa ein Polster in den Rücken. Als sie nach einer Weile wieder zu Meishi hinübersah, hatte der sich auf seinen Fersen niedergelassen und regte sich nicht. Laura fand es befremdlich, mit einem Unbekannten im Raum einen Mittagsschlaf zu halten. Auch wenn Younis mit ihm vertraut war, sie war es nicht. Sie nahm sich vor, ihm das zu sagen. Über dem Entschluss musste sie eingenickt sein, denn als sie die Augen wieder öffnete, waren die Sonnenstreifen, die durch die geschlossene Jalousie fielen, ein großes Stück weitergewandert. Younis saß auf dem Teppich, neben ihm Meishi, noch immer in derselben Position. Sie flüsterten, um sie nicht zu stören. Als Laura sich aufrichtete, unterbrach sich Younis und deutete Meishi mit dem Kopf, sich zu entfernen. Meishi buckelte vor ihr wie bei der Begrüßung, glitt lautlos aus der Tür und war verschwunden.

»Er ist ein harmloser Bub«, stellte Younis fest, noch bevor Laura ein Wort geäußert hatte. »Du wirst dich schnell an ihn gewöhnen.«

Laura nickte nur, benommen vom Schlaf. Younis nahm einen Bissen von dem Gemüse, das immer noch auf dem Tisch stand. Wieder holte er die Arrakflasche hervor.

»Sind deine Kopfschmerzen besser geworden?«, fragte Laura.

Younis trank und antwortete nicht gleich. Als Laura neben ihm stand, legte er den Arm um sie und küsste zart ihren Bauch.

»Ich hoffe, ich werde nicht krank.«

Der Satz schwebte wie eine Wolke zwischen ihnen. Younis drückte sie fester.

»Um Gottes willen, ich meine doch nichts Schlimmes. Es ist nur ein Fieber, ich hatte es schon früher.«

Seine Blässe hatte sich verstärkt, unter den Augen lagen umbrafarbene Schatten. Sie wollte einen Arzt rufen, aber Younis schüttelte den Kopf.

»Ich brauche Ruhe und Schlaf, was anderes kann er auch nicht vorschlagen.« Er schwankte, als er sich erhob und musste sich an Laura festhalten. »Das geht schnell vorüber.«

Sie führte ihn zum Sofa und bettete ihn darauf. Das Kind in ihrem Bauch regte sich, zum ersten Mal, gerade als sie sich über Younis beugte und die Hand auf seine Stirn legte. Sie hielt still und wartete. Es war wie ein Kitzeln, so zart. Ein kleiner Fuß klopfte, einmal und ein zweites Mal, dann lag er wieder ruhig.

Sie wollte es Younis erzählen, aber er war eingeschlafen. Auf seiner Stirn standen Schweißtropfen. Langsam, während sie ihn musterte, flossen sie an seinen Schläfen entlang. Sie rieb ihn noch einmal mit Eau de Cologne ein. Er seufzte nur auf, ohne die Augen zu öffnen.

Bis zum Abend blieb Laura an Younis' Seite. Der Ventilator lief auf Hochtouren, aber die Hitze, die von Younis' Körper ausging, konnte er nicht vertreiben. Er musste hohes Fieber haben. Wenn es nun eine Infektion war und er sie damit ansteckte. Laura schreckte hoch. Auch wenn er protestierte, sie musste einen Arzt verständigen.

»Nofa!«, rief sie, »Nofa, hol den Doktor!«

Erst nach einer Weile kam sie schlaftrunken ins Zimmer. »Madam Laura?«

»Einen Arzt. Younis ist krank. Siehst du nicht, beweg dich doch, er ist krank, er braucht Hilfe.«

Während Laura laut auf Nofa einredete, erwachte Younis.

»Worauf wartest du, Nofa?«

Nofa zögerte, mit furchtsamem Blick auf Younis. Er machte ihr ein Zeichen.

»Los jetzt!« Laura packte sie am Arm, um sie in Bewegung zu bringen, aber Nofa drückte sich nur an die Wand und hielt ihren Blick unverwandt auf ihren Herrn gerichtet.

»Sie folgt mir nicht, und du bist nicht imstande, deinen Zustand zu erkennen!«, rief Laura aus.

Hinter ihrem Rücken sagte Nofa fragend zu Younis: »*Umm Majassah?*«

»Wer ist das?«

Nofa gab Laura keine Antwort, ihr Blick forschte in Younis' Gesicht. Er nickte, und sie schlüpfte hinaus.

Von Neuem wollte Laura Younis' Gesicht mit Kölnischwasser erfrischen, aber er wehrte mit einer schwachen Gebärde ab. »Das macht mir Übelkeit.«

Sie setzte sich, die Hände im Schoß. Sie horchte in sich hinein, aber das Kind regte sich nicht wieder. Ihr Kind, sie dachte jeden Tag daran, manchmal sah sie es als Sohn, aber meist als Mädchen mit blonden Locken und schönen schwarzen Augen. Es war das Bild ihres Bruders, das sie in Erinnerung hatte, obwohl sie doch in all den Jahren kaum je an ihn gedacht hatte, und wenn, dann widerwillig, weil sie den weiten Weg auf den Friedhof zu seinem Grab geschickt wurde.

Noch immer sagte sie Younis nicht, dass sich das Baby bewegt hatte. Jetzt, dachte sie, als er wieder die Augen öffnete und sie lang mit fiebrigen Blicken ansah. »Younis«, begann sie.

Da hob er seine Hand zu ihrem Gesicht. »Sei nicht böse, du darfst nicht böse sein.«

»Warum denn?«

»Umm Majassah ist eine Heilerin.«

Laura zog skeptisch eine Augenbraue hoch. Aber sie sagte nichts.

»Sie hat mir einmal das Leben gerettet. Wir haben gegen die Engländer gekämpft, Saad und Ahmed und ich. Ich hatte eine Kopfwunde, einen Streifschuss. Sie brachten mich zu ihr, nach Hilla, das ist eine kleine Stadt außerhalb von Bagdad. Sie hat mich gesund gepflegt.«

Mit Mühe richtete er sich ein Stück auf. Er streichelte Lauras Wange mit seiner feuchten, heißen Hand. Das war nichts als Aberglaube, irgendwelche Zaubereien. Doch Laura sprach es nicht aus.

»Bei Umm Majassah habe ich meine erste Frau kennengelernt«, sagte Younis in ihre Gedanken. »Sie hat ihre Tante besucht.«

Laura stand auf. »Du willst dich lieber von irgendeiner Frau, die noch dazu die Tante deiner Exfrau ist, behandeln lassen? Warum keinen Arzt? In einem Ort, weit weg von hier, nein, das erlaube ich nicht.«

Younis lächelte, als Laura das sagte. Es klang tatsächlich lächerlich, sie hatte doch nichts zu erlauben und nichts zu verbieten.

»Laura? Laura, weinst du?«

Sie weinte nicht, sie schluckte und schluckte, aber die Enttäuschung steckte in ihrem Hals und würgte sie.

»Ich gehe nicht hin, mein Schatz.« Seine Hand streichelte ihre Hüfte, ihren Bauch und hielt sie fest, bis sie die Hitze seiner Haut durch ihre Kleider spürte. »Ich tue nichts, was dich kränkt. Ich werde auch ohne Umm Majassah gesund werden. Wir holen den Arzt, Laura. Ich bleibe bei dir.«

Sie kniete neben ihm nieder und hielt ihn fest, küsste seine Stirn, seine nassen Augenlider, seine Wangen.

Sie erwachte gegen Morgen, weil das Kind sich bewegte. Es war nicht mehr als ein zarter Stups, wie ein zuckender Nerv in der Haut, aber eben doch anders, entschieden, ein eigenes Leben, das nun langsam erwachte. Der Nachthimmel verblasste schon, die Sterne waren fast unsichtbar. Bald würde die Sonne aufgehen. Laura drehte sich zur Seite. Überrascht entdeckte sie, dass Younis nicht neben ihr lag. Sie fand die Uhr unter ihrem Kissen. Nicht einmal drei. Sie stand auf und ging zu der steinernen Treppe, die zum Garten führte. Von unten kam kein Laut. Langsam stieg sie die Stufen hinunter, und mit jedem Schritt verdichtete sich ihre Ahnung. Younis war fort.

Mit bloßen Füßen ging sie durch das Haus. Younis schärfte ihr immer ein, Holzpantoffeln anzuziehen, es gab Skorpione, sie krochen unter den Türen ins Haus und stachen sofort zu, wenn man auf sie trat. Aber sie hatte keinen Mann, der sie beschützte, allein ließ er sie in der Nacht, ohne Nachricht.

Sie zog sich im Dunkeln an, das Kleid, das so lose um sie geflossen war, als sie es gekauft hatte und nun schon um die Mitte spannte. Es war Zeit, höchste Zeit für ihre Umstandsgarderobe. Gleich morgen. Aber es war ja schon Morgen, das erste Licht fiel durch das große, straßenseitige Fenster. Auf dem Sofa, wo Younis geschlafen hatte, lag noch das zerdrückte Kissen, die Decke war auf den Boden geglitten, seine Pantoffeln standen daneben.

Laura fühlte Tränen hochsteigen und stieß einen zornigen, kleinen Schrei aus. Sie wollte nicht weinen. Sie erlaubte es nicht, das

Unglück war vorbei, lange genug hatte es gedauert, das Jammern und die Tränen und Vorwürfe, ihre ganze Jugend hindurch. Ihre Ehe würde sie sich nicht vergiften lassen, von keinem Schatten der Vergangenheit, nicht von Eifersucht und nicht von Feigheit. Denn feige, nichts anderes war es von ihm, sich heimlich davonzustehlen. Und nichts als dumme Eifersucht ihr Verbot, Umm Majassah aufzusuchen, nur weil sie nicht wollte, dass er seine geschiedene Frau wieder sah. Statt dass sie ihn sofort dorthin begleitete, alles tat, damit es ihm besser ging.

Sie hörte eine Tür ins Schloss fallen und erschrak. Mit einem Schritt war sie beim Lichtschalter. Gleichzeitig kam Nofa herein. Vor Verblüffung über Lauras Anblick schlug sie die Hand vor den Mund.

»Bring mich zu ihm«, sagte Laura.

Nofa schüttelte den Kopf.

»Ich will meinen Mann sehen! Wo ist Younis!«, schrie sie.

Nofa wickelte sich eng in ihren Umhang. Es juckte Laura, sie zu ohrfeigen, ihren Widerstand zu brechen. Nofa musste spüren, was in ihr vorging, denn sie wich vorsichtig zurück.

»Mister Younis kommt am Morgen zurück. Er sagt, Madam soll sich keine Sorgen machen. Er wird wieder gesund, alles wird gut.«

Laura setzte sich auf das Sofa, nahm das Polster, in dem Younis' Geruch hing und drückte ihn an sich.

»*Shukran*, Nofa. Es wird gut.«

Nofa äugte besorgt zu ihr herüber, aber Laura bohrte nur den Kopf tiefer in das Kissen. Sie war allein, sie hatte keine Vertraute. Das durfte nicht so bleiben. Annemarie fiel ihr ein und dann Mariam mit der schönen Nähmaschine, die ihre neuen Kleider nähen würde.

»Heute«, sagte Laura. »Heute fange ich an.«

»Madam.« Nofa kam einen Schritt auf sie zu. »Sie müssen schlafen, Madam.«

Laura warf das Kissen auf den Boden. »Geh in den Garten, Nofa, wässere die Rosen. Mister Younis wird böse, wenn seine Blumen verdorren.«

Sie stieg aufs Dach und legte sich angezogen, wie sie war, auf ihr Bett. Die Sonne stieg langsam über den Horizont. Eine Stunde, dachte Laura und schlief ein, so tief, dass der Muezzin sie nicht weckte, als er zum ersten Gebet rief, nicht die Esel unten auf der Straße, die unwillig die schweren Karren zogen und schrieen, wenn sie mit dem Stock angetrieben wurden, erst eine helle Stimme, die sagte: »Ich möchte wissen, wer meine Oma ist. Alle Kinder haben eine Oma, nur ich nicht.« Es war die Stimme ihrer Tochter. Ihr Gesicht blieb verborgen, und als Laura sich endlich umdrehen konnte, um sie anzusehen, erwachte sie, schweißgebadet, am hellen Vormittag.

Younis war immer noch nicht heimgekehrt.

An diesem Vormittag schob Laura Nofa zurück, als sie ihr aus dem Haus folgte. »Ich will deine Gesellschaft nicht, hörst du, will endlich einmal einen Schritt allein machen!«

Nofa blieb stehen, während Laura bei der Bushaltestelle wartete, und blickte unverwandt zu ihr herüber, aber Laura drehte sich weg. Endlich kam der Bus, und sie stieg ein. Drei Monate lebte sie nun in Bagdad, und außer einem Spaziergang zum nahen Kanal war sie nur in Begleitung aus dem Haus gegangen.

Beim Aussteigen entdeckte sie in einer kleinen Nebengasse des Marktplatzes ein Geschäft, das sie noch nie gesehen hatte. Große Bahnen bunter Stoffe wehten links und rechts vom Eingang, beschattet von einer Markise. Neugierig spähte Laura in das halbdunkle Innere. Es bot einen Anblick wie aus einem Bilderbuch ihrer Kindheit. Der Boden war mit Teppichen ausgelegt, darauf stapelten sich Stoffballen bis zur Decke hinauf. Mittendrin saß der Besitzer, vor sich ein Messingtablett mit Teegläsern und einer Kanne, dazu seine Wasserpfeife. Er winkte Laura einzutreten, bot ihr einen Platz auf einem niedrigen Lederhocker an und schenkte ihr duftenden Jasmintee ein.

Das Gefühl, in einem Märchen gelandet zu sein, fing sie ein. Die Stoffe glänzten vor ihren Augen, Brokat, Samt und Spitzen, bestickte Seide, Musselin und hauchdünne Baumwolle, die glatt und kühl über ihre Hand floss. Genau solche Baumwollstoffe brauchte sie. Sie konnte sich nicht satt sehen.

Je länger sie in diese Welt der Stoffe eintauchte, desto heftiger wurde der Wunsch, alle diese wunderbaren Gewebe auf ihrer Haut zu spüren. Der Besitzer drängte sie nicht, im Gegenteil, er wurde nicht müde, ihr wieder und wieder Neues vorzulegen. Schließlich hatte Laura ihre Wahl getroffen, fünf verschiedene Stoffe für ihre Umstandsgarderobe, dazu noch Stoff für ein Kleid und ein dreiteiliges Ensemble für die Zeit nach der Geburt. Es war mehr, als sie allein tragen konnte, aber bevor sie dazu kam, sich darüber Gedanken zu machen, stand Meishi vor dem Geschäft. Unter Lauras Blick verneigte er sich ehrerbietig.

»Darf ich Ihre Last tragen?«, fragte er.

Laura wollte ablehnen, sie wusste, Nofa hatte ihn geschickt, und das war ihr nicht recht. Andererseits konnte sie doch nur froh sein. Nach dem Einkaufen fühlte sie sich zu beschwingt, um ärgerlich zu werden.

»Danke, Meishi.«

Der Geschäftsbesitzer legte beim Abschied die Hand aufs Herz. Seine großen, schwarzen Augen verschlangen sie. Meishi bemerkte es, er stampfte mit dem Fuß auf den Teppich und murmelte etwas Unverständliches.

Beim Verabschieden erwiderte Laura das Lächeln des Besitzers. »*Salam aleikum.*« Auch das sah Meishi. Er senkte den Blick, als ob er sich für sie schämte, und lud die Stoffpakete auf seine Schulter. So traten sie den Heimweg an.

Nofa stand in der Küche am Herd. Im Topf dünsteten die Zwiebeln, mit der Hand presste sie die Tomaten dazu. Die Früchte waren so überreif, dass nur die Haut in ihrer Hand zurückblieb, worüber Laura immer wieder staunte. In einer Pfanne hatte sie Melanzani gebraten, die nun in der Sauce mitdünsteten. Das gewürfelte Lammfleisch stand in einer Schüssel auf dem Tisch. Nofa warf es in die Pfanne. Das bedeutete, Younis aß nicht zu Hause, sonst würde der Fleischeintopf extra zubereitet werden. Laura rührte Nofas Essen nicht an, sondern machte sich gebratene Spiegeleier und dazu Würstchen aus der Dose. Sie schmeckten zwar nicht besonders, erinnerten sie aber an die Würste aus Budapest, die Ewas Verwandte manchmal schickten, scharfe, feurig rote *Kolbász.* Danach hatte sie wirklich Sehnsucht.

Am Nachmittag brach sie zu Mariam auf. Meishi hatte versprochen, die Stoffe zu tragen, und wirklich erwartete er sie vor der

Haustür auf dem Boden sitzend. Er spielte mit seiner Gebetskette und schien alle Zeit der Welt zu haben. Sein schwarzes Haar lag in winzigen krausen Löckchen dicht an seinem Kopf. Es verlockte sie, ihn zu streicheln, aber sie tat es nicht, sondern gab ihm nur einen freundlichen Stups.

»Los geht's, Meishi, zu meiner Freundin Mariam. Du musst mir den Weg zeigen, ich war noch nie dort.«

Sie fuhren mit einem Bus zu *Bab-Al-Sharqui*, dem alten Stadttor, das Laura sich bei der ersten Fahrt vom Flughafen eingeprägt hatte. Nach dem Umsteigen überquerten sie den Tigris. Wasserbüffel standen so tief im Wasser, dass nur die Köpfe mit den langen, gebogenen Hörnern heraussahen. Kleine Boote fuhren über den Fluss, darin Fischer mit bloßen Köpfen im glühenden Sonnenschein. Laura glaubte das Lokal in der *Abu Nuwas Street* zu erkennen, wo sie mit Younis *Masgouf* gegessen hatte. Dann hatten sie das andere Ufer erreicht.

Mariam öffnete nicht selbst. Ein Mädchen mit einem Buben, Mariams Jüngstem, auf dem Arm kam an die Tür. Sie zögerte kurz, als Laura ihren Namen sagte und rief etwas ins Haus zurück, das Laura nicht verstand, ebenso wenig die Antwort, die aus der Tiefe des Hauses zurücktönte. Das Mädchen trat zurück und gab Laura den Weg frei. Meishi blieb draußen. Durch einen lang gestreckten Vorraum kam Laura in den Innenhof in der Mitte des Hauses. Nach dem Dämmerlicht musste sie die Augen schließen vor der gleißenden Helle, die von oben durch das Glasdach fiel. Rund um den Hof standen Tongefäße mit Blumen und Ziersträuchern, die in allen Farben blühten. Es war so drückend heiß, dass Laura kaum atmen konnte. Sie sah Mariam von der hinteren Seite des Hauses in den Hof treten. Zu Hause trug sie den Kopf nicht bedeckt. Ihr lockiges Haar war in einen langen Zopf geflochten, der über ihren Rücken fiel. Es glänzte wie schwarzer Lack. Mariam ergriff mit beiden Händen Lauras Rechte. »Wie schön, dass Sie mich besuchen kommen, Liebe«, sagte sie leise.

Trotz ihrer herzlichen Anrede sah sie Laura nicht in die Augen, sondern hielt den Kopf gesenkt. Sie gingen zu einem Teetisch, der im schmalen Schatten der Hausmauer stand. Das Licht traf

Mariams Gesicht von der Seite, und Laura verstand, warum Mariam nicht zur Tür gekommen war, warum sie das Gefühl gehabt hatte, ungelegen zu kommen. Ihr Auge war dunkelblau umrandet und zugeschwollen, die Wange bis zum Kinn angeschwollen. Mariam spürte Lauras Blick und machte eine kleine, resignierende Geste.

»Es tut mir leid«, sagte Laura beklommen. »Soll ich wieder gehen?«

»Ich bin froh, dass Sie gekommen sind. Trinken Sie einen Tee?« Mariam schenkte die Teegläser voll. »Und dann fangen wir gleich an.« In ihren Augen standen Tränen, die sie nicht fortwischte. Laura suchte nach einem Wort des Trostes, aber Mariam legte beschwichtigend eine Hand auf ihren Arm. »Wo sind die Stoffe?«

Sie begann die Pakete zu öffnen und breitete unter Lauten der Bewunderung einen Stoff nach dem anderen auf dem Packpapier aus. Laura gelang es nicht so schnell, über Mariams Verletzung hinwegzugehen. Das hatte ihr Mann getan, natürlich. Der kleine Beamte, Younis' Untergebener. Sie würde von Younis verlangen, dass er ihn zur Rede stellte. Dieses Schwein, seine kleine, zarte Frau so brutal ins Gesicht zu schlagen! Aber wie konnte sie sich das gefallen lassen? Warum ging sie nicht weg von ihm? Eine moslemische Frau konnte sich leicht scheiden lassen, wenn sie von ihrem Mann schlecht behandelt wurde, hatte Younis gesagt.

»Ich hole das Maßband und die Schere«, sagte Mariam mitten in Lauras Gedanken hinein. Es klang beinahe wie eine Ermahnung.

6. KAPITEL

DIE PALMEN IN DER *Ragheeba Chattoon* warfen schon lange Schatten. Laura kam ohne Meishi zurück, er hatte sich, nachdem er sie bis zu Mariams Haus begleitet hatte, nicht mehr blicken lassen. Der Rocksaum ihres neuen Kleides schwang weich um ihre Waden. Die eingestickten Silberfäden im Gewebe glitzerten auf, wenn sie das Licht einfingen. Am liebsten hätte Laura sich wie ein Kind im Kreis herumgedreht, um sich darin zu bewundern. Der Nachmittag war verflogen wie im Nu, während Mariam an der Maschine saß und Naht um Naht herunterradelte, nachdem sie den Stoff flink und ohne zu zögern nach Lauras Wünschen zugeschnitten hatte. Sie unterbrach sich nur, wenn die Kinder zu laut wurden, oder die Älteste mit einem Anliegen zu ihr kam.

Sie wohnten mit der Familie unter einem Dach, aber Mariams Schwiegermutter kümmerte sich nicht um die Kinder, sie ließ sich nicht einmal blicken, um ihren Gast zu begrüßen. Welches Glück, dachte Laura, dass es bei ihr und Younis keine Mutter, keinen Vater gab, die sich in ihr Leben einmischen konnten. Die Brüder versuchten es zwar, aber Younis hielt sie auf Abstand. Laura überlegte sich, welches Geschenk sie Mariam machen konnte. Für das Nähen hatte sie beschämend wenig Geld verlangt und sich geweigert, mehr zu nehmen. Einen Schal vielleicht, in dem kleinen Laden beim Markt hatte sie einen wunderschönen aus Kaschmirseide gesehen. Doch würde Mariam nicht etwas anderes nötiger brauchen?

In ihre Gedanken versunken ging sie über die Straße. Dann erst sah sie Younis in der offenen Eingangstür stehen. Er war weiß bis in die Lippen und hielt sich am Türrahmen fest.

»Wo warst du? Wo hast du dich herumgetrieben?«, fuhr er sie an.

Er wollte sie aufhalten, aber sie schüttelte seine Hand ab und ging an ihm vorbei. Nofa kam aus der Küche und begrüßte Laura wortlos, hinter vorgezogener *Abaya*. Sie wollte Laura ihre Taschen abnehmen, da stürzte Younis schon hinter Laura her und stellte sich vor sie. »Willst du mich zum Gespött meiner Untergebenen machen?«, herrschte er sie an.

»Du hast ja doch gewusst, wo ich bin«, antwortete Laura. »Warum schreist du, ich dachte, du bist krank.«

Younis packte Laura an der Schulter. Sie spürte, dass seine Hände zitterten. Was hatte sie getan, wie sah er sie an, woher kam diese Wut, als ob er gleich zuschlagen wollte. Seine Haut hatte einen fahlen Ton, seine Augen glühten vor Fieber. Mit einem Schlag war ihr Ärger wie weggeblasen, sie sorgte sich um ihn. Und er, als hätte er gespürt, was in ihr vorging, ließ seine Hand sinken.

»Hat dir Umm Majassah nicht helfen können?«, fragte sie.

Er zuckte die Achseln. »Ich bin nicht geblieben, ich wollte dich nicht allein lassen. Aber du ...« Seine Stimme brach.

»Ich habe mir ein Umstandskleid nähen lassen. Ist das so schlimm?«

Sie umarmte ihn vorsichtig. Er ließ es geschehen.

»Willst du dich niederlegen? Hast du Hunger? Bring *Cay,* Nofa, ah, da ist er schon. Komm, Younis, komm, ruh dich aus, du erschreckst mich.«

Gemeinsam sanken sie auf das Sofa hin und hielten sich aneinander fest. Das Kind bewegte sich in ihr. Laura nahm Younis' Hand und führte sie an die Stelle. Endlich fühlte er es auch.

»Das Kind?«, fragte er. Er kniete nieder und drückte seinen Kopf an ihren Bauch. »Es bewegt sich, Laura, ich spüre es. Unser Kind!«

Langsam ebbte Lauras Herzklopfen ab. Er war doch ihr Younis, nur das Fieber hatte ihn verwirrt, er würde ihr doch niemals etwas tun, er liebte sie, er war nicht wie die anderen Männer, sondern ein Kosmopolit, der nach Bildung, nach Kultur strebte, wie oft hatte er es ihr versichert. Er entschuldigte sich nicht, drückte nur von Zeit zu Zeit ihre Hand und lehnte seine Stirn an ihre Schulter, als wäre er ihr Kind.

Nofa brachte frischen Tee und später einen Krug mit kochenden Kräuteressenzen. Younis beugte den Kopf darüber und Nofa breitete ein Tuch über ihn, damit er die heißen Dämpfe inhalierte. Umm Majassah selbst hatte die Kräutermischung angesetzt und zum Haus gebracht, war aber Lauras wegen nicht hereingekommen, sondern hatte Younis nur ihre Genesungswünsche bestellt. Laura schluckte eine spitze Antwort. Am nächsten Morgen, nahm sie sich vor, würde sie den amerikanischen Arzt anrufen und um seinen Rat bitten.

Doch am Morgen war alles so wie nie geschehen, Younis erhob sich zur gewohnten Zeit, ging in den Garten, um seine Rosen zu wässern, übte mit den Hanteln und fand Zeit, mit Laura einen Morgenkaffee zu trinken, bevor er in sein Office fuhr.

»Bist du sicher? Ist wirklich alles wieder in Ordnung mit dir?« Forschend sah Laura ihn an. Die Blässe war verschwunden, sein Blick streichelte wie schwarzer Samt ihr Gesicht. Er presste seine Lippen an ihren Hals, und sie erschauderte unter der Berührung.

»Komm bald, ich warte auf dich«, sagte sie beim Abschied in sein Ohr. Er lachte, warf den Kopf zurück, zeigte seine weißen schönen Zähne. Die Krankheit war vergangen, in einer Nacht, wie ein böser Traum.

Laura blieb im Haus, blätterte in ihren Schnittmustern und überlegte, welche Modelle sie sich von Mariam nähen lassen wollte. Nofa schlurfte auf nackten Füßen um sie herum, rückte an den Möbeln, wischte Staub und warf Laura verstohlene Blicke zu, bis diese hochfuhr und Nofa zur Rede stellte: »Was ist los?«

Sie kam mit einem Glas Tee und setzte sich auf den niedrigen Lederhocker, wo Laura ihre Füße hochgelagert hatte.

»Warum spielst du die Sklavin, das bist du nicht, das mag ich nicht.«

Nofa konnte höchstens am Tonfall verstehen, was gemeint war, aber Laura musste sich Luft machen. Der Auftritt vom Vortag saß ihr immer noch in den Knochen.

»Bitte nicht mehr allein fortgehen. Mister Younis wird sehr böse. Und ich bin schuld.« Nofa redete halb englisch, halb arabisch. »Und bitte, Missis Laura, Achtung mit Kleidern.«

Das schien Laura nun gänzlich misszuverstehen. Sie schüttelte abweisend den Kopf. Nofa wiederholte beharrlich ihre Bitten, dann umarmte sie Laura und drückte sie an ihre schmächtige Brust. »Missis Laura, große Liebe!«

Laura musste lachen über diesen unbeholfenen und doch ausdrucksvollen Gefühlsausbruch. »Da wird Mister Younis erst recht böse, Nofa, ich bin nicht deine Schwester.«

Nofa nickte ernst. »Laura, mein Schwesterherz.« Sie drückte ihre Rechte erst an die eigene Brust, dann an Lauras Herz.

»Versprich Nofa Vorsicht. Bitte! Versprich.«

Die Türglocke läutete. Ob es Mariam war? Oder Meishi? Seit Younis ihn vorgestellt hatte, schaute er mehrmals am Tag vorbei. Wann war das gewesen, erst vorgestern? Laura glitt in eine Verträumtheit, die sie immer öfter befiel. In Wien waren die Tage in Stunden eingeteilt gewesen, Träumen und Sinnieren konnte sie nur, wenn sie in ihrem Zimmer auf dem Sofa lag und las, oder während der Spaziergänge mit Tommy. Hier waren die Tage viel länger, nicht mit Tätigkeit ausgefüllt. In den heißen Mittagsstunden konnte sich niemand bewegen.

Nofa erhob sich, aber Laura hielt sie zurück. »Ich öffne selbst.« Sie sah durch das kleine Fenster neben dem Eingang, das der Nachbar auf Younis' Auftrag erst kürzlich aus der dicken Steinmauer gebrochen hatte, damit man wusste, wer an der Tür war. Die junge Frau draußen hatte den Kopf verhüllt und trug eine große Sonnenbrille. Einen Moment musste sich Laura besinnen, dann erkannte sie ihre Bekanntschaft vom Bazar.

»Annemarie!«

»Haben Sie Zeit, darf ich auf einen kurzen Besuch kommen?«

»Natürlich«, erwiderte Laura höflich, obwohl sie noch im Hauskleid und unfrisiert war, während die blonde Deutsche wie aus dem Ei gepellt aussah. Annemarie kam ins Wohnzimmer und zündete sich, noch im Gehen, eine Zigarette an. Den Schal von ihrem Kopf warf sie achtlos beiseite.

»Sie verschleiern sich?«, fragte Laura.

»Aber niemals.« Annemarie schüttelte ihren Kopf, dass ihre langen Stirnfransen flogen. »Der Schal gehört *Umm Dahlia*, meiner Schwiegermutter. Sie hat ihn mir umgebunden, weil ich meinen Hut nicht gefunden habe.«

»Was möchten Sie trinken?«

Laura wollte in die Küche, da nahm Annemarie sie am Arm. Sie deutete auf Nofa, die am Fenster stand und dem Chauffeur Ahmed, der draußen geblieben war, nachblickte, wie er über die Straße schlenderte und bei Alis Imbiss Halt machte.

»Was ist los, wie geht's?« Weil Nofa ihre Anspielung nicht verstand, klatschte Annemarie in die Hände und schickte sie mit einem kurzen Befehl auf den Weg. »Sonst tanzen Ihnen die Leute auf der Nase herum«, erklärte sie Laura. »Glauben Sie mir, ich weiß, wovon ich spreche, ich schlage mich schon seit Jahren mit ihnen herum.«

Erst als der Kaffee vor ihr stand, entspannte sie sich und sah Laura aufmerksam an. »Erzählen Sie mir, was ist los, wie fühlen Sie sich, brauchen Sie etwas? Ich bin am Anfang fast verschmachtet vor Hitze und Einsamkeit. Ich wäre beinahe wieder heimgefahren, aber es gab ja kein Zuhause mehr, dort sind jetzt die Russen, dort kann ich nie mehr hin.«

Wie beim ersten Mal redete sie in einem fort, stellte Fragen, wartete die Antwort nicht ab und war schon wieder beim nächsten Punkt. Laura versuchte gar nicht erst, das Wort zu ergreifen, sondern überließ sich dem munter plätschernden Wasserfall der Erzählung und gab nur von Zeit zu Zeit, wenn Annemarie es erwartete, eine Antwort. Unversehens war es Mittag geworden, Laura sah es am kurzen Schatten, den Alis Kiosk auf den Gehsteig warf. Der Chauffeur Ahmed saß regungslos neben dem Ladenbesitzer und trank Tee. Unter dem Dach musste es glühend heiß sein. Gleich würde Younis heimkommen, und sie hatte nichts vorbereitet, sich nicht einmal ordentlich angekleidet.

»Einen Augenblick«, entschuldigte sie sich bei Annemarie, gab ihr ein Modemagazin, das sie noch aus Wien mitgebracht hatte, und schlüpfte schnell in das neue Kleid. Sie sah, dass Nofa in der Küche das kalte Mittagessen für Younis vorbereitete, genauso, wie sie es von Laura gesehen hatte. Der Bäckerjunge hatte das Brot schon gebracht. Er saß im Garten und warf den Spatzen Krumen zu. Während Katzen und Hunde nur streunend in den Straßen lebten, erfreuten sich Vögel großer Beliebtheit. Singvögel wurden häufig in Käfigen gehalten, und selbst die frechsten Straßenspatzen bekamen ein paar Brösel ab, den Katzen und Hunden aber warf man Steine nach und ertränkte ihre Jungen im Fluss.

Sie gab ihrem Spiegelbild einen kurzen Blick. Das Kleid stand ihr. Die Schwangerschaft sah man ihr noch kaum an. Sie gefiel sich, zum ersten Mal in ihrem Leben gab es nichts, was sie plagte. Auch wenn es kindisch war, sie musste sich im Spiegel zulächeln und ihrem Bild einen Kuss zuwerfen.

»Laura?«, fragte Younis hinter ihr.

Sie wandte sich um, der Rock drehte sich mit ihr, mit seidigem Schwung. »Younis! Du bist schon da!«

»Wie versprochen.« Er wischte sich das Gesicht ab, bevor er sie küsste.

»Wir haben Besuch.«

»Ich weiß. Wer ist diese Frau?« Das klang nicht freundlich. »Wieso fragst du mich nicht, bevor du jemanden in unser Haus bittest.«

»Wie hätte ich das machen sollen, sie kam ohne Ankündigung. Sie hat mich, ich wollte es dir erzählen, doch da warst du schon krank, sie hat mich vor einigen Tagen nach Hause gebracht, mit dem Auto.«

»Weißt du, wer das ist? Hast du dich nach ihrer Familie erkundigt? Kennst du ihren Hintergrund? Du lässt dich auf dem Markt ansprechen und findest es nicht der Mühe wert, mir ein Wort zu sagen, bevor du sie in mein Wohnzimmer einlädst?«

Younis hatte die Stimme nicht erhoben, und wer sie so stehen sah, in ihrem Schlafzimmer, sie vor dem Spiegel und er neben ihr an der Wand lehnend, musste denken, dass sie sich über etwas Harmloses unterhielten. Denn noch immer lächelte Laura, obwohl ihr nicht mehr danach zumute war, eher zum Weinen. Es war vor allem sein Blick, der sie erschreckte, ein Fremder, der von ihrem Younis Besitz ergriffen hatte und ihm Worte eingab, die nicht seine waren. Aber es kam noch schlimmer. Denn als sie hinausging, zurück ins Wohnzimmer wollte, wo Annemarie noch immer das Modemagazin studierte, überholte er sie und hielt die Türe zu.

»So gehst du nicht aus dem Haus!«, zischte er ihr zu. »Nur Huren lassen sich so unter Leuten blicken!«

Sie war zu überrascht, um zu protestieren. »Younis, was meinst du?«

»Was ich meine, fragt sie, meine Frau fragt das?« Er zeigte drohend auf ihren Rock.

Der Rock, was war damit? Er war lang und weit geschnitten, ließ nichts von ihren Beinen sehen.

»Ich weiß nicht, wovon du sprichst.«

Sie war nun wirklich den Tränen nahe, und dazu kam ein Gefühl, das sie verabscheute, die Peinlichkeit vor dem Gast in ihrem Wohnzimmer. Gerade vor ihr wollte Laura nicht als gedemütigte orientalische Ehefrau erscheinen. Bis vor ein paar Stunden hatte sie sich nicht träumen lassen, dass Younis sie in so eine Rolle drängte.

Younis öffnete die Jalousien und ließ das helle Mittagslicht ins Zimmer fallen. Was tat er, draußen hatte es beinahe fünfzig Grad im Schatten. »Younis, bitte!«

Er führte sie zum Spiegel und zeigte wieder, wortlos drohend, auf ihren Rock, und sie schaute, wohin er deutete, aber mehr als die im Licht flirrenden Silberfäden, die sie an diesem Stoff so besonders mochte, fiel ihr nicht auf. Er musste es aussprechen, damit sie begriff:

»Man sieht deine Beine! Als ob du nackt wärst!«

»Meine Beine, der Rock reicht beinahe zu den Knöcheln!«

»Du hast eine Ehre zu verteidigen, oder ich habe mich in dir getäuscht!«

Nun erst dämmerte ihr, was er meinte. Wenn das Mittagslicht, grell wie ein Scheinwerfer, auf den hellen Stoff fiel, wurde er ein wenig durchscheinend. Es gehörte viel Phantasie dazu, die Silhouette ihrer Beine auszunehmen, denn die silbernen Streifen glitzerten und blendeten mehr, als der Stoff enthüllen konnte.

»Wo ist sie hin?«

Das Magazin lag noch aufgeschlagen auf dem Tisch. Nofa zuckte die Achseln. Laura lief an ihr vorbei aus dem Haus. Der blaue Mercedes wendete gerade an der nächsten Kreuzung. Laura stellte sich auf die Straße und winkte heftig.

»Annemarie! Annemarie, warten Sie!«

Sie lief ein paar Schritte in ihre Richtung, da hatte Ahmed sie schon entdeckt und rollte im Schritttempo auf sie zu. Der Wagen hielt neben ihr an. Annemarie kurbelte das Fenster herunter.

»Ich dachte, ich komme ein andermal wieder«, sagte sie freundlich. Sie trug wie vorher den Kopf mit dem Tuch umwickelt. Nur der Haaransatz war zu sehen, dunkel vor Schweiß. »Sie müssen mir nichts erklären«, fügte sie hinzu, weil Laura nach Worten suchte.

»Ich würde gern mitkommen«, platzte Laura plötzlich heraus. »Darf ich mitfahren? Meine Freundin wohnt in der Nähe der *Rasheed Street*, wir nähen miteinander.«

Annemarie öffnete die Tür und rückte ein Stück, um Laura Platz zu machen. »Hat sie dieses wunderschöne Kleid genäht?« Sie strich über den Stoff.

Laura nickte und stieg ein. Sie schwitzte in dem Unterkleid, das sie auf Younis' Befehl angezogen hatte.

Annemarie deutete mit einer winzigen Kopfbewegung hinüber, wo Younis stand und sie fassungslos anstarrte. »Sollen wir losfahren?«

»Ja, bitte«, antwortete Laura, ohne den Kopf nach Younis zu wenden. Sie zog die Tür hinter sich zu.

Annemarie wartete mit Laura vor Mariams Haus. »Kommen Sie doch mit, Mariam hat sicher nichts dagegen«, sagte Laura. Annemarie lehnte dankend ab. »Einmal am Tag ungebetener Gast sein reicht mir«, lachte sie.

»Es tut mir leid! Das nächste Mal mache ich es wieder gut«, sagte Laura bedauernd. Sie drückte Annemarie zum Abschied die Hand.

»Das nächste Mal sind Sie mein Gast, morgen um fünf.«

Mariam öffnete die Tür und kam mit ihrem Baby auf dem Arm heraus. Annemarie nickte ihr kurz zu und stieg wieder ins Auto ein. »Ahmed holt Sie ab!«, rief sie Laura durch das Fenster zu, dann fuhr der Mercedes in einer großen gelben Staubwolke davon.

»So schön, dass Sie heute wieder zu mir kommen.« Mariam sah wie Laura dem Auto nach. »Hat Mister Younis das neue Kleid gefallen?«

»Ja«, log Laura. »Nur etwas zu durchsichtig.«

Mariam nickte, sie hatte das Unterkleid schon entdeckt. »Ich habe Futterseide gekauft, Madam. Das neue Kleid werden wir füttern, dann sieht man nichts.«

Sie drückte ihrer Ältesten das Baby in die Arme und schickte sie weg. Durch den heißen, hellen Patio gingen sie Arm in Arm.

»Trinken Sie einen Granatapfelsaft oder lieber einen Tee?«

Verstohlen warf Laura einen Blick auf Mariams Gesicht. Sie hatte das Haar ins Gesicht frisiert, sodass man die Schwellung fast nicht bemerkte.

»Ich habe etwas für Sie.« Laura holte das Geschenk hervor, ein silberner Anhänger mit Gobelinstickerei, den ihr Tante Blanka einmal zu Weihnachten geschenkt hatte. »Das ist ein österreichischer Trachtenschmuck. So was trägt man zum Dirndl.«

Sie zeichnete Mariam auf einem Blatt Papier auf, wie ein Dirndlkleid aussah, die tief ausgeschnittene Bluse, das enge Leibchen, den weiten Rock mit der Schürze. Mariam schaute aufmerksam zu.

»So etwas würde Ihnen sicher auch gut stehen. Jedenfalls ist es nicht durchsichtig, das ist sicher nicht das Problem.«

Laura musste lachen, und Mariam kicherte mit. Sie legte die Kette vor dem Spiegel um.

»Danke, Madam. Das ist sehr schön.« Zum ersten Mal sah sie Laura voll ins Gesicht. »Sie sind sehr lieb zu mir.«

Wieder hingen Tränen an ihren Augenwimpern, die sie nicht fortwischte. Eine Aura von Einsamkeit umgab sie, die Laura am Herzen riss. Unvermittelt nahm sie Mariams Hand.

»Es geht alles vorüber«, begann sie zu singen, »es geht alles vorbei, auf jeden September folgt wieder ein Mai.«

Mariam klatschte in die Hände. »*Shukran, ya galbi*, das ist so schön. Ich kann leider nicht so gut singen.« Dann tat sie es doch.

»Was bedeutet es?«, fragte Laura.

»*Ya emsafer*«, übersetzte Mariam. »Du Reisender, glaubst du, es gibt ein Heim wie dein erstes und noch eine Liebe wie diese?«

Sie sprach mit ihrer sanften, dunklen Stimme, in der die Tränen zitterten.

»Was wirst du der Traurigkeit erwidern, wenn sie dich besucht?
Wenn sie wie Glut in deinem Auge brennt, was sprichst du?
Wer wird bei dir sein, wenn die Sehnsucht über dich kommt
wie eine Flut, wer wird dich trösten?«

Laura holte ein Taschentuch hervor und drückte es an die Augen. Wieso musste sie jetzt an Wien denken, an Marcel, wie er unter den Arkaden gestanden war und sie sich schnell vorbeigestohlen hatte, um ihm nicht noch einmal begegnen zu müssen?

»Schluss mit diesen Rührseligkeiten! Sie knüllte ihr Taschentuch zusammen. »Wir nähen jetzt!«

Mariam lächelte sie an. »Es ist gut fürs Herz, wenn man über schöne Worte weint. Wir lieben das. Gedichte und Lieder. Es ist ein Schmerz, der nicht wehtut, sondern wohltut.«

Doch Laura wollte nichts mehr davon wissen. Sie legte ihre Hände auf den blassroten Seidencrêpe, den sie sich für ein weites Sommerkleid ausgewählt hatte. Mariam holte ihre Schneiderkreide und die Schere, sie zeichnete das Schnittmuster auf den Stoff und schnitt ihn mit ihren geschickten Händen zu, während Laura vor sich hinträumte. Sie streichelte die fließende Kühle der Seide und ließ sich hineingleiten in die Farben und Formen, die Stoffwelt mit ihrem besonderen Duft, den sie aus den Bazaren heim trug, von Gewürzen und Kräutern und unbekannten Früchten …

Später tauchte Mariams Mann Abdou in ihrem Schneiderstübchen auf. Er verbeugte sich und murmelte einen Gruß in Lauras Richtung. Mit seinem Blick befahl er Mariam, sich zurückzuziehen. Hinter ihm erschien Younis. Er hielt sich nicht mit Grüßen auf.

»Ich bin gekommen, meine Frau abzuholen«, erklärte er kurz angebunden. »Ich fürchtete, dass sie vielleicht den Weg nach Hause nicht finden könnte.« In seiner Stimme schwang ein beißender ironischer Ton.

Mariam zögerte keinen Moment. Sie erhob sich von der Nähmaschine und ging aus dem Zimmer, gefolgt von Abdou, der sich noch einmal vor Laura verbeugte.

»Aber das Kleid?«

»Lass das Kleid, das wird alles erledigt. Komm.« Mit einem großen Schritt war Younis bei ihr und zog sie von ihrem Stuhl hoch. »Du hast die Zeit vergessen, meine Liebe. Die Sonne geht schon unter.«

»Ich bin kein Kind. Lass mich los, ich kann ohne Hilfe aufstehen.« Sie klang nun ebenso schroff wie er.

In seinen Augen flackerte Zorn auf, dann senkte er den Blick. »Wirst du mich bitte nach Hause begleiten?«

Laura stand unschlüssig neben ihm. Noch eine halbe Stunde, und das Kleid wäre fertig. Sie war noch immer benommen von der

Seide, die unter ihren Händen Gestalt angenommen hatte. So musste sich ein Komponist fühlen, ein Maler, ein Dichter. Ein Gefühl berauschender Freude, etwas Neues zu erschaffen.

Younis machte eine ungeduldige Bewegung. Laura zuckte zusammen.

»Ich tu dir doch nichts«, flüsterte er und wollte ihre Hand nehmen, aber Laura entzog sich ihm.

»Ich bin fertig«, sagte sie. »Wir können gehen.«

Es war ihr erster ernsthafter Streit. Er hielt ihr vor, dass sie seine Ehre nicht hoch achtete. Wenn sie sich nicht betrug, wie es sich für ihren Stand geziemte, machte sie seinen Ruf zunichte.

Sie hörte ihn ruhig an. Sie lachte und spottete nicht, wie sie es früher getan hätte, wenn ihr etwas komisch erschien. Sie wartete, bis er ausgeredet hatte, schwer atmend und mit hochroten Wangen vor Ärger die Flasche Arrak aus dem Schrank nahm. Sie hatte ihm zu erklären versucht, dass auch sie einen Ehrbegriff, ihren weiblichen Stolz hatte. Dass es eine Demütigung bedeutete, wenn man ihr befahl, zu schweigen, sich zu verhüllen, das Zimmer zu verlassen. So sprach man mit Kindern, nicht mit einem erwachsenen Menschen. Er hatte gewusst, wen er heiratete, eine selbstbewusste junge Frau.

»Du willst in Amerika leben, Younis. Davon hast du mir immer wieder vorgeschwärmt. Aber allmählich glaube ich, du machst dir etwas vor.«

Er trank den letzten Schluck, direkt aus der Flasche, wischte sich den Mund ab und ging. Er verließ das Haus, ohne sich zu verabschieden. Fünf Tage sah sie ihn nicht. Als er wiederkam, entschuldigte er sich, und sie versprach, dass sie alles tun würde, um nicht wieder so einen Fehler zu begehen. Sie wünschte sich, mit ihm glücklich zu werden. Das zählte mehr als alles andere.

7. KAPITEL

KEINE WOLKE STAND am Himmel, der Wind blies stetig die Hitze der nahen Wüste durch die Straßen. Das Wort kühl war nur mehr eine Erinnerung.

In den Autos verdampfte das Benzin im Tank. Nur mit Hut und Sonnenbrille konnte Laura untertags aus dem Haus gehen, meist verzichtete sie darauf. In den Mittagsstunden stieg das Thermometer weit über fünfzig Grad. Ganze Vormittage lang saß Laura vor dem Ventilator und summte vor sich hin, Gedichte und Lieder aus ihrer Schulzeit. Sie wollte ihren Eltern schreiben, schon eine Woche nahm sie es sich vor, aber sie brachte die Energie nicht auf, die Feder zu füllen. Als sie es schließlich doch getan hatte, wusste sie nichts zu schreiben als über die Hitze, das Licht, ihr Wohnzimmer, in dem sie die Tage verbrachte.

Am Abend spazierte Younis mit ihr über den *Sedde*. »Schau nicht hin«, riet er ihr jedes Mal, wenn sie oben auf dem Sandwall ankamen und die Hütten der Fellachen vor ihnen lagen. Sie waren aus Palmblättern geflochten, es gab keinen Strom und kein fließendes Wasser. Auf dem Boden hockend wuschen die Frauen ihr Geschirr in trüben Wasserlachen, neben ihnen planschten die Kinder mit Fliegen auf ihren schmutzverklebten Gesichtern.

Beim ersten Mal war Laura in Tränen ausgebrochen, und Younis hatte sie schnell weggeführt. Sie gewöhnte sich an den Anblick. Er zeigte ihr ein Buch über die Besonderheiten des Irak. Sie las, dass die Palmhütten schon seit Jahrtausenden auf diese Weise geflochten wurden, dass sie gut belüftet waren und Schutz gegen die Hitze boten. Im Süden gab es ein riesiges Sumpfgebiet, da lebten alle Menschen in ähnlichen Behausungen.

»Meine Mutter stammte aus Nassiriyah. Es ist das Paradies. Die Menschen sind zwar arm, aber es gibt nichts, was man mit Geld kaufen kann.«

Laura hörte die Melancholie in seiner Stimme. »Fährst du mit mir hin?«

Er nickte abwesend. Jeden Tag schmiedete er Pläne, was sie alles unternehmen wollten. Er schickte Meishi um Arrak zu Ali, aß ein wenig vom geschnittenen Gemüse und Brot und begann von den Schönheiten seiner Heimat zu erzählen. Samarra und Babylon, Ninive, die geflügelten Stiere von Nimrud. Im Land zwischen Euphrat und Tigris war das Wasserrad erfunden worden und die Schrift, hier hatte Hammurabi die ersten Gesetzestafeln aufgezeichnet, die hängenden Gärten der Königin Semiramis gehörten zu den sieben Weltwundern. Warum wollte er aus diesem Märchenland nach Amerika, das noch gar keine Geschichte hatte und wo der Boden vom Blut hunderttausender getöteter Indianer getränkt war.

Er wurde ungehalten, wenn sie so sprach. Die glanzvolle Geschichte half nicht gegen die englischen Besatzer, die in das Land gekommen waren, um sich am Öl zu bereichern.

Ohne Gewalt würden sie nicht weichen, und was dann?

»Eure Nazis haben schon recht gehabt, sie haben es den Engländern gezeigt.«

»Es gibt keine Nazis mehr, Gott sei Dank«, erwiderte Laura, ebenfalls verstimmt. »Sie haben den Krieg verloren, die Engländer nicht.«

Sie verabscheute diese Gespräche. Unter den Nazis war die Politik allgegenwärtig gewesen, immer hatte man fürchten müssen, etwas Falsches zu sagen und dabei belauscht zu werden. Es gab nur flüsternde Kommentare zum Kriegsverlauf, zu den verlorenen Schlachten, den Zahlen der Toten. Sie hatte an Hans, ihre erste Liebe gedacht, der an irgendeiner Front kämpfte, vielleicht in einem Lazarett lag oder auf dem Friedhof. In der Schule mussten sie die Zeitungsberichte vom Luftkampf um London ausschneiden, von den siegreichen Fahrten der »Bismarck« und dem Vormarsch der deutschen Armee in den Osten. Sie schrieb in Kurrentschrift »Sieg Heil!« und zeichnete Zierreihen mit Hakenkreuzen darunter. Obwohl sie ein Kind war, spürte sie, dass alles Lüge war, sie merkte es an dem Blick ihrer Mutter, die ihr Aufgabenheft kontrollierte und an ihrem Tonfall, wenn sie auch ins Ungarisch wechselte.

Sie hatte gedacht, der Politik entfliehen zu können. Langsam verstand sie, dass es nicht stimmte. Die Engländer waren verhasst, die Iraker träumten von ihrer Befreiung. Laura war nicht überzeugt, dass es dem Irak ohne die Engländer besser ergehen würde. Aber sie äußerte sich nicht, sie wollte Younis nicht verärgern. Es war schön, mit ihm durch den Abend zu flanieren. Ihre Meinung spielte keine Rolle, was verstand sie schon davon.

Er zeigte ihr *Al Aras*, den Hochzeitsgarten. Das war eine Insel im Fluss, von einem Nebenarm des Tigris gebildet. Über eine Brücke gelangte man in die Parkanlage, mit Bäumen, die ihre Zweige ins Wasser hängen ließen, feuchten Wiesen und üppig blühenden Rosensträuchern. Sie saß auf einer Bank am Ufer und wartete, dass Younis ihr ein Getränk vom Kiosk brachte. Die Frösche begannen zu quaken, auf einen Schlag alle auf einmal, als hätte ein Dirigent den Taktstock gehoben. Ein Wasserbüffel erhob sich träge und schüttelte das Wasser aus seinen Nüstern. Sein Fell glänzte schwarz. Er trottete langsam ans Ufer, gerade wo Laura saß, aber bevor sie sich Sorgen machen konnte, war Younis zurück, reichte ihr die eiskalte Flasche und vertrieb das Tier mit lautem Händeklatschen.

Er war ruhig und zärtlich mit ihr, jeden Tag fiel ihm eine kleine Überraschung ein, mit der er ihr eine Freude bereitete. Der Streit war wie ein Traum, sie sprachen nie mehr darüber. Nur an Annemarie dachte Laura oft. Sie war kein zweites Mal in die *Ragheeba Chattoon* gekommen, aber sie hatte ihren Bediensteten mit einem Briefchen geschickt, in dem sie ihre Einladung wiederholte. Laura hatte ihr zurückgeschrieben und sich bedankt. Wie viele Wochen war das nun her? Jeden Tag nahm sie sich vor, das Thema anzuschneiden, wenn Younis nach Hause kam. Aber sie konnte sich nicht dazu aufraffen. Ihr Körper war so schwerfällig geworden, die Sonne verbrannte die Gedanken in ihrem Kopf. Sie hörte den Fröschen zu wie früher im Konzertsaal dem Orchester.

Am Nachmittag tauchten die Katzen auf der Gartenmauer auf. Unter Nofas feindseligen Blicken fütterte Laura sie mit den Resten des Mittagessens. Am Anfang hatten sie gierig nach jedem Bissen geschnappt, nicht einmal Reis oder Brotstücke verschmäht. Nun warteten sie schon auf die besseren Leckerbissen, Lammknochen und Überbleibsel von Lauras Dosenwürstchen. Die zwei anhänglichsten gingen gar nicht mehr weg, sie verbrachten den Tag im Schatten der Bäume schlafend. Laura gab ihnen Namen: Mimi und Lump. Manchmal wollte sie die Katzen locken, sie wichen aber jeder Zärtlichkeit aus.

Entlang der Mauer verlief ein Wassergraben. Im Sommer trocknete er aus, aber ein Rest von Feuchtigkeit blieb, der die Schlangen anzog. Sie ruhten während der heißen Zeit des Tages im sumpfigen Grund, erst nach Sonnenuntergang machten sie sich auf die Jagd. Die Schlangen waren scheu, doch wenn man ihnen zu nahe kam oder auf sie trat, bissen sie zu. Laura fürchtete sich vor ihnen.

Gegen Abend bewegte sich das Kind heftig und zog ihre Aufmerksamkeit auf sich, es weckte sie auch in der Nacht auf. Bei Tag schlief es. Aber da drinnen, in ihrem Körper, gab es dort Tag und Nacht? Den sanften Wellenschlag des Fruchtwassers, in dem es schwamm, ihren Atem und ihr Herz, nichts drang an seinen Ruheort, kein Lärm, kein Licht. Drei Monate noch, eine Ewigkeit. Sie wollte ihr Kind endlich sehen!

In den Nächten, wenn Younis Arrak getrunken hatte, holte er seine *Oud* und sang. Die Lieder der Ägypterin Umm Kulthoum liebte er am meisten. Sie war eine Berühmtheit, wenn sie ein Konzert gab, schlugen sich die Leute um Karten. Laura betrachtete ihr Bild in der Zeitung. Warum lagen ihr alle Männer zu Füßen? Sie sah nicht aufregend aus. Dann hörte sie Umm Kulthoums Stimme, die wie eine Hand in ihre Brust, nach ihrem Herzen griff. Es war das Lied, das Younis ihr am Weihnachtsabend in Wien vorgesungen hatte. *Al hubb*, das heißt Liebe. Sie musste weinen, so schmelzend süß und traurig war der Gesang. Und auch Younis, wenn er in der Nacht sang, weinte, nicht schmerzlich, freudvoll, über die schönen Worte und über das Glück, dass sie einander gefunden hatten.

An einem Morgen war der Himmel ohne Farbe und durchsichtig wie Glas. Der Wind fühlte sich jetzt anders an als der heiße Luftstrom des Augusts, rauer und heftiger.

»Der Sommer ist vorbei.« Younis stand im Pyjama im Garten, eine Zigarette im Mundwinkel, und schaute prüfend zu der Palme hinauf, wo in schwindelnder Höhe dicht gedrängt hellgelbe Früchte wuchsen. »Bald werden wir ernten.«

»Wer kann so hoch hinaufsteigen?«, fragte Laura. Sie lehnte an der steinernen Treppe, die sich jetzt am Morgen kühl anfühlte.

»Für frische Datteln klettert jeder Iraker auf den Baum.« Younis lachte. »Wir lernen es schon als Kinder.«

Es war aber nicht Younis, sondern Meishi, der ein paar Tage darauf die ersten Datteln herunterschüttelte. Bisher hatte Laura nur die getrockneten Früchte kennengelernt. Mit Nüssen, Pistazien oder Aranzini gefüllt, waren sie eine Süßigkeit, die es überall zu kaufen gab. Im Herbst, wenn die Datteln reiften, schenkten einander die Nachbarn Früchte aus ihrem Garten. Beinahe in jedem Garten der *Ragheeba Chattoon* wuchsen Dattelpalmen. Laura begann zu verstehen, warum die Iraker so stolz auf ihre Datteln waren. Die frische Frucht schmeckte köstlich, und jeder Baum, sagten sie, brachte einen unterschiedlichen Geschmack hervor. Angeblich gab es hier fünftausend verschiedene Sorten von Datteln, sie waren im ganzen Orient berühmt und begehrt.

Weil es nicht mehr so unerbittlich heiß war, nahm Laura ihre Ausflüge in den Bazar wieder auf. Nofa trug ihr die Taschen und passte auf, dass sie sich nicht zuviel zumutete. In ihrem Zustand scheute Laura das Menschengedränge im Bus, deshalb gingen sie zu Fuß. Das Wetter wurde nun unbeständig, schwül und kühl zugleich. Der Wind roch unbeschreiblich süß nach Blumen und Gräsern, und eines Tages plötzlich nach Regen.

Nofa schauderte und wollte nicht aus dem Haus, aber Laura lachte sie nur aus.

»Das ganze Jahr fleht ihr um Abkühlung, und jetzt schreckst du vor dem ersten Lüfterl zurück!«

»Madam, Regen kommt, bleiben wir heute da«, bat Nofa in ihren Umhang gewickelt, als müsste sie Schneestürmen trotzen. Mit einem Auge guckte sie aus dem Schleier hervor und suchte sorgenvoll den grauen Himmel ab.

Laura ließ sich nicht umstimmen und kehrte auch nicht um, als auf halbem Weg der Regen einsetzte. Es waren große, schwere Tropfen, die langsam und stetig fielen und sie nach wenigen Schritten durchnässten. Laura blieb stehen und hielt das Gesicht in die Höhe.

»Mein erster Regen in Bagdad!« Sie jauchzte beinahe. »Wie er duftet, es ist herrlich!«

Vor dem Markt bog sie in das Nebengässchen ein.

»Wohin Madam?« Nur widerwillig folgte ihr Nofa.

Laura trat in das Stoffgeschäft. Bei ihrem Anblick klatschte der Händler Mustafa in die Hände. »Ein glücklicher Tag, an dem ich Sie wiedersehen darf!«

Nofa zischte ihm auf Arabisch zu, dass er seine Zunge bezähmen solle. Laura verstand es und verbiss sich ein Lächeln. Sie saß auf dem Lederhocker, trank Pfefferminztee und ließ ihre Blicke über die Stoffe gleiten. Wenn das Baby endlich da war und sie ihre alte Figur zurückhatte, wollte sie ausgiebig einkaufen. Ihr Bedarf an Umstandskleidern war gedeckt. Sie konnte sich nicht vorstellen, noch einmal eine Schwangerschaft zu erleben. Es dauerte zu lang!

Das Messingglöckchen am Eingang bimmelte, und zwei durchnässte Frauen stürmten ins Geschäft. Eine von ihnen erkannte Laura: »Annemarie!«

Annemarie schüttelte ihr die Hand. »Da muss in Bagdad ein Unwetter ausbrechen, damit ich Sie wiedersehe!« Sie sah Lauras Bauch und nickte. »So ist das also!«

Die zweite Frau stand still daneben und musterte Laura aufmerksam. Annemarie wandte sich ihr zu. »Wir haben uns gerade erst kennengelernt, auf der Flucht vor dem Regen. Laura Al-Quassem ist eine Landsmännin, wie Sie aus Wien.«

Die Frau nahm ihr nasses Kopftuch ab. Sie hatte rotes Haar und eine zarte sommersprossige Haut. »Josefa Al Rahim.« Sie reichte beiden Frauen ihre Hand, die voller Farbflecken war, wie Laura erstaunt feststellte. »Pepperl sagen meine Freunde zu mir.«

»Sie sind aus Wien!«, rief Laura.

Die Frau nickte.

»Sind Sie schon lange in Bagdad?«, fragte Annemarie.

»Zwei Jahre. Zuerst haben wir in Rom gelebt, mein Mann und ich. Er ist Künstler, Bildhauer und Maler.«

Sie war selbst Malerin, hatte in Wien die Kunstakademie besucht und ein Stipendium für eine Studienreise nach Italien erhalten. Dort war ihr Faruk begegnet. Sie hatten zwei Söhne, Mitro und Fayek.

»Aber ein Künstler braucht Ruhe, die Kinder sind ihm im Weg.«

Laura wunderte sich, dass die Frau so freimütig sprach. Younis hatte ihr eingeschärft, in der Öffentlichkeit über Privates zu schweigen. Zwar war es unwahrscheinlich, dass jemand die deutsche Unterhaltung verstand, aber schließlich waren sie für Pepperl Fremde.

Sie stand auf und bedankte sich für den Tee. Nofa wartete unter der Markise auf sie, vorwurfsvoll aus ihrer tropfnassen *Abaya* hervorlugend. Der Regen hatte inzwischen nachgelassen.

»Schnell nach Hause!«, sagte Laura, da kam Annemarie schon hinter ihr her.

»Das erlaube ich nicht, Sie fahren mit mir.«

Nofa raunte ablehnend. Sie hatte recht, fand Laura. Younis würde sich ärgern, wenn sie wieder mit Annemarie auftauchte.

»Danke!«, rief an ihrer Stelle Pepperl. »Ich wohne schrecklich weit draußen, in New Bagdad. Ich muss zweimal mit dem Bus umsteigen.«

Annemarie winkte Ahmed, der mit dem Wagen im Schritttempo um den Marktplatz kreiste. »Natürlich, wir fahren alle miteinander.«

Nofa zupfte Laura unauffällig am Ärmel. Laura schob ihre Hand weg. »Sie sind sehr liebenswürdig, Annemarie. Ich weiß gar nicht, wie ich mich für Ihre Hilfe revanchieren kann.«

Annemarie lachte. »Indem Sie mir keinen Korb mehr geben. Versprechen Sie mir, dass Sie mich besuchen kommen, ja?«

Diesmal gab es keinen Streit. Younis war noch nicht aus dem Office zurück, und Nofa hielt ihren Mund. Nach dem Mittagessen kam Laura selbst auf die zufällige Begegnung zu sprechen.

»Kennst du Faruk Al Rahim? Er soll ein sehr begabter Künstler sein.«

»Al Rahim sagst du?« Younis schüttelte den Kopf. »Leider nicht.«

»Er ist noch in Rom, hat mir seine Frau erzählt. Aber wenn er wieder da ist, könnten wir sie doch einmal einladen. Was meinst du?«, fragte Laura.

Younis nahm sie in die Arme. »Du kannst alle deine Freundinnen einladen. Und natürlich auch besuchen. Du darfst nicht glauben, dass ich dich einsperren will, meine Laura.«

Das hatte schon ganz anders geklungen. Aber wenn er es sich inzwischen überlegt hatte, umso besser. Laura küsste ihn auf den Mund.

»*Shukran*, Darling. Ich gebe zu, es war mir schon manchmal ein wenig langweilig. Aber die Ruhe hat mir auch gutgetan«, fügte sie rasch hinzu.

»Willst du Faruks Frau anrufen? Ich kann die Nummer herausfinden.«

»Und Annemarie?«

Younis zögerte, aber nur einen winzigen Augenblick. »Natürlich auch Annemarie, wenn du dir das wünscht.«

Schon zwei Tage später hielt der blaue Mercedes vor dem Haus. Der Chauffeur Ahmed überbrachte einen Brief Annemaries. »Liebe Frau Al-Quassem. Bitte kommen Sie heute Nachmittag zum 5 Uhr-Tee, ich habe ein paar Freundinnen eingeladen, die darauf brennen, Sie kennenzulernen. Das Auto holt Sie ab. Herzlichst grüßt Annemarie!«

Laura sagte zu. Nachher fiel ihr ein, dass sie Younis hätte fragen sollen, doch da war Ahmed schon wieder gefahren. Sie erzählte es ihm zu Mittag. Er legte schweigend die Gabel weg.

»Was hast du gegen sie?«

»Ich kenne sie nicht.«

»Warum willst du nicht, dass wir uns treffen?« Laura schlang ihren Arm um seinen Hals. »Wie soll ich dich verstehen, wenn du es mir nicht erklärst.«

Younis nickte. »Rahman Ghanoush ist ein Lakai der Engländer, einer von denen, die den Reichtum unseres Landes den Feinden überlassen.«

»Aber …« In seiner Jugend hatten die Al-Quassems gegen die Engländer gekämpft. Jetzt arbeitete Saad für das Königshaus und Younis in der Stadtverwaltung. Wo war der Unterschied zu Rahman? Sie standen alle unter britischer Kontrolle.

»Besuche sie, ich habe nichts dagegen«, sagte Younis auf einmal. »Du sehnst dich nach Abwechslung, ich weiß es ja.« Er drückte Laura einen Kuss auf die Stirn. »Komm nur nicht zu spät, damit ich mir keine Sorgen machen muss.«

Während sie sprachen, erschien Meishi. Er kauerte sich neben den Teppich, wo Younis sich zu Mittag ausruhte. Laura trug die Reste des Mittagmahls hinaus. Was sollte sie für die Party anziehen? Annemaries Freundinnen waren sicher ebenso elegant wie sie. Hinter ihrem Rücken redete Younis leise und eindringlich auf Meishi ein. Wahrscheinlich gab er ihm Instruktionen, auf Laura aufzupassen. Ob sie wohl auf allen ihren Wegen heimlich beobachtet wurde? Sie schob den Gedanken weg. Das Mohnblumenkleid, entschied sie, war das Richtige für den Anlass.

Annemarie wohnte in einer Villa mit weißen wunderschönen Marmorböden. Ein berühmter amerikanischer Architekt hatte sie entworfen. Der Besitzer war damit allerdings nicht einverstanden gewesen, weshalb ein irakischer Baumeister den Auftrag übernommen hatte. Er fügte Balkone, Säulen, Mosaike und zierlich geschmiedete Gitter hinzu, bis Annemaries Mann endlich zufrieden war. Von dem ursprünglich schmucklosen, radikal modernen Bau war nichts mehr übrig, und der Architekt ließ Herrn Ghanoush bestellen, dass Geld und Geschmack selten Hand in Hand gingen, wofür er ein lebendiges Beispiel sei. Annemarie erzählte die Anekdote lachend, während sie Laura über einen kurz geschnittenen englischen Rasen und an üppig blühenden Rabatten vorbei zum Rosarium führte.

»Hier, Rahmans ganzer Stolz, seine aus England importierten Teerosen. Die blutrote heißt Queen Mary, ein besonders edles Gewächs.«

»Das würde meinem Mann auch gefallen. Er liebt Rosen.« Laura schaute sich um. »Ein wunderbarer Garten. So groß!«

Annemarie nickte. »Ja, er ist ganz hübsch. Aber kommen Sie, ich möchte Sie vorstellen.« Sie zog Laura weiter. Auf der hinteren Terrasse war der Tisch für Kaffee und Kuchen gedeckt.

»Lange genug hat es gedauert! Das sind meine Freundinnen Gini und Ursula.«

Gini war eine Berlinerin, Ursula kam aus einem Schweizer Dorf nahe der deutsch-französischen Grenze. Sie war mit einem Ingenieur verheiratet. Über Ginis Ehemann wurde nicht gesprochen. Sie hatte ein Kind, einen kleinen Sohn, der aber zu Hause bei der Familie geblieben war.

»Ich hoffe, es wird nicht zu kühl.«

Ursulas zwei Töchter Lina und Karoline spielten im Garten mit Ziad, Annemaries Sohn. Annemarie schnitt den Kuchen an. Er schmeckte köstlich.

»*Lemon Curd*, ein Rezept von Sherryll. Sie kann heute nicht kommen, naja, ihr wisst schon, der Gnädige geruht, seine despotische Ader spielen zu lassen.«

Sie rollte die Augen, und Laura sah unsicher weg, auf das Kuchenstück vor ihr. Was sollte sie darauf erwidern? Ursula und Gini brachen in schallendes Gelächter aus.

»Wenn sie uns schon quälen, müssen wir uns wenigstens mit Spott wehren«, bekräftigte Annemarie, als Laura den Blick wieder vom Teller hob.

Sie zwinkerte, bis Laura nicht anders konnte und mitlachte. Gini und Ursula klatschten Beifall.

»Jetzt erzählen Sie uns etwas, bitte. Ich bin, na, ich glaube ich kann für uns alle sprechen, wir sind schrecklich neugierig. Sie kommen aus Wien, Sie haben einen schönen, aber reizbaren Ehemann, soviel habe ich den Damen hier schon berichtet. Und weiter?«

Laura sah unschlüssig von einer zur anderen.

Ursula hatte breite, geschwungene Augenbrauen, die über ihrer Stirn zusammenwuchsen, was ihr einen beinahe grimmigen Ausdruck verlieh.

»Bitte nehmen Sie uns nicht zu ernst.« Sie tätschelte Laura mit ihrer großen, sommersprossigen Hand. »Sie haben einen wunderbaren Teint. Gibt es ein Zaubermittel, das Sie uns verraten würden?« Sie lächelte Laura aufmunternd zu.

»Ach, Ursel, du bist langweilig!«, rief Annemarie. »Du musst unsere Neue ein bisschen aus der Reserve locken. Können Sie sich vorstellen«, wandte sie sich wieder an Laura. »Wie langweilig uns ist! Sie sind erst ein paar Monate da, aber wir schmachten schon seit Jahren im Luxuskäfig!«

Gini legte Annemarie die Hand auf die Stirn. »Nur nicht beachten, sie hat wieder einmal ihren Koller. Oder sich heimlich einen hinter die Binde gegossen. Ja, ja, so was gibt es hier auch, obwohl wir bei der Eheschließung eigentlich dem Alkohol abgeschworen haben.«

»Na, sollen wir es strenger nehmen als unsere Ehemänner?«, warf Ursula ein.

»Sicher nicht.« Annemarie begab sich zum Stummen Diener, der seitlich einen versteckten Barteil hatte. »Wer hat Lust auf einen Drink? Sherry, Martini, Limoncello. Oder was Stärkeres?«

Wieder klatschten alle in die Hände. Während Annemarie die Gläser füllte, erhob sich Laura und schaute durch die geöffneten Glastüren ins Haus.

»Ich sehe, Sie haben einen Flügel!«

»Stimmt. Leider spielt niemand darauf. Was nehmen Sie Laura, einen Cognac vielleicht?«

»Nein, danke, vielleicht später. Erlauben Sie mir, dass ich mich kurz ans Klavier setze.«

Annemarie sah sie über die Schulter an. »Großartig! Bitte. Hört ihr das, Mädels, was die Neue kann!«

Sie warf sich in ihren Stuhl und hob das Glas. »Auf Laura und ihre Kunst!«

»Jetzt warten Sie erst ab, was ich zusammenklimpere, von Kunst kann keine Rede sein.«

Begeistert setzte sie sich an den Flügel. Ein Steinway, ein wenig verstimmt, dennoch klang er wundervoll. Sie spielte Schumann, die erste Kinderszene. Draußen auf der Terrasse wurde es still. Ein paar Mal patzte sie, aber das schien niemand zu stören. Beethoven, die Mondscheinsonate, aber nur einen Satz, den konnte sie auswendig. Dann den Türkischen Marsch von Mozart, bei dem die Frauen wieder in Schwung kamen. »Bravo!« riefen sie. »Zugabe, Laura!«

Sie spielte Für Elise, beinahe ohne Fehler.

Die Freundinnen klatschten laut und anhaltend. Laura ging zu ihnen.

»Diese feinsinnige Musikerin habe ich im Bazar kennengelernt, weil sie auf Deutsch Flüche austeilte!«, rief Annemarie. »Ich fasse es nicht!«

Zehn Minuten später waren sie beim Du gelandet. Laura spürte ein Glücksgefühl, das sie erst in der Nacht, als sie wieder allein war, identifizierte. Sie hatte sich zum ersten Mal, seit sie in Bagdad war, einen Nachmittag lang auf Deutsch unterhalten. Sie sprachen vom Kochen, von der neuen Mode, die Laura zur Zeit leider nicht ausprobieren konnte, von Kindererziehung, wozu sie ebenfalls nur Theoretisches beitragen konnte, und von Musik.

Dann war es sieben Uhr, und Annemaries Ehemann kam nach Hause, ein kleiner dünner Mann mit kahlem Kopf und dicken Brillengläsern. Er zeigte sich nur kurz, um die Damen zu begrüßen, freundlich lächelnd, doch zu keiner Unterhaltung bereit. Hinter seinem Rücken hob Annemarie entschuldigend die Arme. So war er eben, der Rahman. Aber glücklicherweise nicht oft zu Haus. Wie schade, dass die hübsche, goldblonde Annemarie nicht zufrieden in ihrer Ehe war, dachte Laura. Da nutzte auch der schönste Marmor, die Teerosen aus England und die Luxuslimousine nichts.

»Hoffentlich sehen wir uns bald wieder!«, sagte Annemarie zum Abschied, und Gini und Ursula schlossen sich an. Laura nickte.

Gini wohnte ganz in der Nähe von Laura, ebenfalls in der *Ragheeba Chattoon*. Am nächsten Morgen, Laura saß noch am Gartenschreibtisch und übte die arabische Schrift, läutete sie an der Tür. Nofa ließ sie ein. Anders als am Vortag trug Gini einen Kopfschleier und ein langes weites Kleid, das ihre Figur verbarg.

»Möchtest du vielleicht mit mir einkaufen gehen?« Gini schaute Laura neugierig über die Schulter. »Oh, toll, so fleißig! Ich bin schon zehn Jahre hier und kann überhaupt nicht schreiben, nur ein bisschen lesen. Die Sprache natürlich schon, bei mir zu Hause versteht ja keiner ein Wort Englisch.«

Laura machte sich rasch fertig, und sie zogen los. Nofa wollte mitkommen, aber Gini schob sie energisch zurück. »Keine Angst, ich hüte sie, *malika*, meine Königin. Wie meinen Augenstern«, erklärte sie auf Arabisch. Nofa schaute sie groß an.

Sie fuhren mit dem Bus in die *Rasheed Street*, wo Gini einen Buchhändler kannte, der auch englische und deutsche Bücher und Zeitschriften führte.

»Zu Hause war ich keine große Leserin. Aber jetzt freue ich mich auf jedes deutsche Wort. Schau dich um, ich bitte inzwischen Asad, dass er uns einen Kaffee bringen lässt.«

Begeistert durchforschte Laura die vollen Regale. Modemagazine, Kochbücher, Hefte mit Schnittanleitungen, ganze Stapel Krimis und Liebesromane, die meisten davon allerdings in englischer Sprache.

»Wunderbar, danke, dass du mir das Geschäft gezeigt hast!« Sie trank den Kaffee, den der Buchhändler ihr reichte. Er war stark gesüßt und mit Kardamom gewürzt.

»*Hel* auf Arabisch«, sagte Gini.

Laura kaufte alle deutschen Magazine und einige der bunten englischen Taschenbücher, dann gingen sie unter den Arkaden der *Rasheed Street* weiter. Dort waren die elegantesten Kleidergeschäfte der Stadt.

»Ich komme öfter her und schaue mir was ab, das nähe ich mir dann.«

»Du kannst schneidern? Das ist für mich das schönste Hobby.«

Gini lachte. »Mir wär's lieber, ich könnte meine Garderobe hier fertig kaufen. Leider kann ich es mir nicht leisten, mein Mann verdient keine Häuser.«

Gini war mit siebzehn Jahren aus Deutschland gekommen. Sie hatte keine Familie, ihre Eltern und ihr kleiner Bruder waren bei einem amerikanischen Fliegerangriff auf Berlin im Keller verschüttet und erst nach Tagen tot ausgegraben worden. Ali Mustafa hatte sie bald nach Kriegsende kennengelernt. Er war auf Geschäftsreise in Berlin gewesen, um eine Import-Export-Firma zu gründen. »Daraus ist aber nichts geworden.« Wie Laura war Gini ihrer Liebe, ohne lange nachzudenken, in den Irak gefolgt. Sie sah plötzlich traurig aus, und Laura fragte, ohne zu überlegen:

»Tut es dir leid?«

Wieder lachte Gini. »Das hätte nicht viel Sinn, oder?«

»Du hast ein Kind, einen kleinen Sohn, hab ich gestern gehört«, sagte Laura schnell, um das Thema zu wechseln.

»Zu Hause«, antwortete Gini. Wieder flog ein Schatten über ihr Gesicht. »Möchtest du mich begleiten?«

Laura sah auf die Uhr. Es war erst halb elf. »Ja, gern.«

»Ich weiß aber nicht, ob …« Gini zögerte.

Laura wartete, aber Gini sprach nicht weiter, sondern zog sie mit sich.

»Da ist unser Bus, los, den erwischen wir.«

Ginis Zuhause war lag nur eine Bushaltestelle von Laura entfernt, ein einfaches einstöckiges Gebäude mit Flachdach und Obstgarten. Sie wohnte mit Alis Familie, den Eltern und seinen Schwestern, unter einem Dach, weil Ali noch immer nicht Geld genug für ein eigenes Haus zusammengespart hatte.

»Er geht gern aus, trinkt und spielt mit seinen Freunden Karten. Ich kann's verstehen«, sagte Gini mit einem kleinen Achselzucken.

Niemand kam ihnen entgegen. Von oben hörte Laura Stimmen, die sich lebhaft unterhielten, ab und zu das helle Lachen und Rufen eines Kindes, Ginis Sohn vermutlich, aber auch er blieb unsichtbar. Gini führte sie in die Küche.

»Wir könnten einen Kuchen backen. Ich habe ein neues Rezept für Brownies.«

»Was ist ein Brownie?« fragte Laura.

Gini hielt ihr ein ausgeschnittenes Zeitungsblatt mit dem Bild der viereckigen Küchlein hin. »Die Amerikaner haben die einfachsten Rezepte, die Österreicher die schwierigsten.«

»Geh, gar nichts ist schwer, ich komme doch aus Wien.«

»Regina«, rief eine grobe Männerstimme auf Arabisch von draußen. »Ist sie schon wieder unterwegs?«

Gini wurde rot. »Ich bin gleich wieder da«, sagte sie rasch zu Laura und lief hinaus.

Laura las das Rezept und versuchte, nicht auf das Geschrei des Mannes auf der anderen Seite der Tür zu achten. Eine zeternde Frau mischte sich dazu, dann ein Schrei und das Weinen eines Kindes. Von Gini kein Laut. Oder war sie es, die weinte?

Die Küchentür wurde aufgestoßen, eine schwarz verschleierte Frau stürmte herein. Bei Lauras Anblick blieb sie unvermittelt stehen.

»*Salam aleikum*«, grüßte Laura. »Ich bin eine Bekannte von Regina. Wir wollten zusammen …«

Sie verstummte, weil die Frau den Kopf schüttelte und sie voll Abscheu musterte. Gini war plötzlich wieder da, drückte sich an der Frau vorbei und ergriff Lauras Hand.

»Heute ist ein schlechter Tag, tut mir leid.« Sie zog die sprachlose Laura hinter sich her in den Flur und zum Ausgang. Erst als sie im Freien waren, blieb sie stehen und wandte sich Laura zu. Ihr Lächeln war ein wenig gezwungen. »Leider bin ich in dieser Familie nicht sehr beliebt. So lange mein Mann nicht zurückkommt, wird sich daran kaum etwas ändern.«

Laura drückte ihr mitfühlend die Hand. »Wo ist er denn?«

Gini machte eine ratlose Geste. »Wenn ich das wüsste. Er hat sich bei mir nicht abgemeldet.«

Laura wusste nicht, was sie erwidern sollte. »Ich werde mich jetzt wieder auf den Weg machen«, sagte sie schließlich.

Gini nahm sie bei den Schultern. »Ich hoffe, wir sehen uns bald wieder. Ist es dir recht, dass ich am Vormittag auf Besuch komme?«

»Ja, sicher. Und bring auch deinen Sohn mit.«

Gini senkte den Blick. »Nein, das geht nicht.«

»Warum?«

»Sie passen auf ihn auf. Er ist immer bei den Frauen der Familie.«

Laura öffnete den Mund und schloss ihn wieder. Sie fühlte sich hilflos. »Komm so oft du magst«, sagte sie leise.

»Danke, Laura.« Gini nickte und ging ins Haus zurück.

8. KAPITEL

DAS BABY LIESS SICH ZEIT. Zweimal begleitete Younis sie in die Ambulanz, zweimal wurden sie wieder nach Hause geschickt. Der Sommer war nun endgültig vorbei. Es regnete oft, und im November wurde es so kühl, dass Laura zum ersten Mal die Weste hervorholte, die ihr Ewa geschickt hatte. Mit dem Wetter in Wien waren die Temperaturen nicht zu vergleichen. Dort schneite es schon seit Wochen, schrieb Ewa. Bald war Weihnachten, dann kannten Laura und Younis sich ein Jahr. Jeden Tag versicherte er ihr, dass er glücklich wäre. Aber er begann auszugehen, fast jeden Abend verließ er nach dem Essen noch einmal das Haus.

»Wohin schon wieder, Younis?«, fragte sie ihn.

»Ich treffe meinen Bruder.«

»Saad? Ich dachte, ihr sprecht nicht mehr miteinander.«

Er zuckte die Achseln. »Wir haben uns versöhnt.«

Laura musterte ihn misstrauisch. »Ich glaube, du gehst in die *Abu Nuwas Street*. In diese Nachtlokale, die du mir einmal gezeigt hast.«

Er lachte sie aus. Aber er widersprach nicht ernstlich. Er küsste sie und ging ohne weitere Erklärung. Als er zurückkam, war er betrunken. Sie hörte ihn durch das Haus lärmen. Er stieß an die Möbel, warf eine Tür zu, Glas klirrte. Statt ins Bett zu kommen, begann er unten im Wohnzimmer *Oud* zu spielen. Laura konnte nicht mehr einschlafen. Eine Weile schritt sie im Zimmer auf und ab. Doch ihr Rücken begann zu schmerzen und dann ihre Füße, bis sie nicht mehr weiterkonnte. Auf dem Bettrand sitzend hörte sie ihm zu. Eine Welle von Ärger stieg in ihr hoch. Warum war er so rücksichtslos, gerade jetzt vor der Geburt des Kindes? Schließlich hielt sie es nicht mehr aus und ging die Treppe hinunter zu ihm. Er saß auf dem Boden, die Arrakflasche neben sich. Er bemerkte sie erst, als sie sich nach der Flasche bückte. Sie trank einen Schluck. Der Alkohol brannte auf der Zunge. Tränen traten ihr in die Augen.

»Laura?« Er taumelte in die Höhe. »Habe ich dich gestört?«

Sie nahm eine seiner Zigaretten, die auf dem Tisch lagen und zündete sie an. Seit der Schwangerschaft hatte sie nicht mehr geraucht, nun wurde ihr beim ersten Zug schon übel.

Younis machte einen Schritt auf sie zu. Er schwankte und musste sich am Tisch festhalten.

»Bist du böse?« Seine Stimme klang verwaschen. Er wartete ihre Antwort nicht ab, sondern ließ sich aufs Sofa fallen. Mit offenem Mund schlief er sofort ein. Laura drückte die Zigarette aus. Sie spürte ein Ziehen im Rücken. Sie hatte genug von dieser Schwangerschaft, es dauerte und dauerte und nahm kein Ende. Mühsam stieg sie die Treppe wieder hinauf. Sie war zu erschöpft, um sich noch weiter über Younis zu ärgern. Der Schmerz in ihrem Rücken hielt an, erst als sie wieder im Bett lag, ließ er allmählich nach, und sie seufzte erleichtert auf.

Später in der Nacht erwachte sie wieder. Ein kühler Wind blies durch das Zimmer. Sie schauderte unter der dünnen Decke und musste beinahe auflachen im Dunkeln, weil ihr die pelzgefütterten Stiefelchen einfielen, die sie sich vor ihrer Abreise aus Wien zugelegt hatte. Würde sie dieses Schuhwerk jemals hier tragen können? Und das schöne rote Wollkostüm? Plötzlich spürte sie einen Schmerz in der Seite und erinnerte sich zugleich, dass dieses Ziehen sie aufgeweckt hatte. Das Kind bewegte sich nicht. Laura dachte an alles, was sie über die Geburt gelesen hatte. War das der Anfang? Sie horchte eine Weile in sich hinein, aber nichts passierte. Erst als sie sich auf die Seite drehen wollte, merkte sie, dass alles um sie herum nass war. Das Fruchtwasser.

Lauras Mandeln waren entfernt worden, als sie vierzehn gewesen war. Und 1945, mitten in der Schlacht um Wien, hatte sie ihre Mutter ins Allgemeine Krankenhaus geschleppt, weil Ewa plötzlich die Stimme verloren hatte und erst nach einigen Tagen wieder sprechen konnte. Ein Trauma, wie der Arzt erklärte. Andere Spitalserfahrungen besaß Laura nicht. Zu den Schwangerschaftsuntersuchungen war sie in die Ambulanz des amerikanischen Krankenhauses gegangen, aber als sie erfuhr, welches Honorar der Arzt verlangte, protestierte sie. »Ich kann ebenso im arabischen Krankenhaus entbinden wie alle anderen Frauen hier. Eine Geburt ist eine Geburt.«

»Schau es dir lieber an, bevor du dich entscheidest«, meinte Younis, doch dazu kam es nicht mehr.

Nichts hatte Laura auf einen Ort wie diesen vorbereitet. Die Gebärenden kamen nicht allein, sondern in Begleitung von Mutter, Tanten und Schwestern. Bei jeder Wehe schrien und jammerten die Frauen der Familie mitfühlend und teilten so den Geburtsschmerz mit ihr.

Laura hatte niemanden an ihrer Seite als Younis, der bei ihrem ersten Schmerzenslaut erbleichte und zu schwitzen begann, so dass ihn die Krankenschwester hinausschickte. Laura war es egal. Sie verabscheute das vielstimmige Geheul, das von allen Seiten auf sie eindrang. Schon die Vorstellung, dass Ewa oder Tante Blanka nun bei ihr sitzen und mit ihr klagen würden, nein! Die Wehen waren unerträglich. Die Schwester sagte, das sei erst der Anfang, bis zur Geburt würde es noch Stunden dauern.

Sie fragte nach dem Arzt und bat um ein Schmerzmittel, beides vergeblich. Die Medikamente mussten die Patienten selbst mitbringen. Der Arzt erschien nur, wenn es nötig war. Die Krankenschwester gab ihr einen Strick mit zwei Knoten, auf den sie beißen sollte, wenn die Wehe sehr stark war. Durch einen Tränenschleier sah Laura die schmuddelige Schnur, die ihr hingehalten wurde. Plötzlich befiel sie Angst. Diese Menschen hatten nicht die geringste Ahnung von Hygiene! Sie begann laut nach Younis zu schreien, und die Schwester wurde ungehalten.

»Nehmen Sie sich zusammen! Es ist schlecht für Ihr Kind, wenn Sie sich aufregen. Sie werden Ihre Energie heute Nacht noch brauchen!«

»Reden Sie nicht in diesem Ton mit mir! Ich will jetzt sofort einen Arzt! Verständigen Sie meinen Mann.«

»Wir haben Herrn Al-Quassem nach Hause geschickt. Der Arzt …«

»Younis! Ich will zu Younis!«, weinte Laura.

Bis sie die drohende Hand über ihrem Kopf sah.

»Diese westlichen Frauen benehmen sich unmöglich. Hysterisch!«, schimpfte jemand außerhalb ihres Blickfeldes auf Arabisch.

»Ich verstehe jedes Wort!« Laura wollte sich aufrichten, da überfiel sie die nächste Wehe mit solcher Gewalt, dass sie stöhnend zurückfiel.

»Geben Sie mir eine Betäubungsspritze.« Sie glaubte, ein spöttisches Lachen zu hören, aber das Blut rauschte nun so laut in ihren Ohren, dass sie gar nichts mehr unterscheiden konnte, bis auf einen gellenden Laut, der alles durchdrang. Ihr Atem hatte sich selbstständig gemacht, ein schnelles Hecheln, das in hohes Winseln überging, anschwoll und verebbte, bis die nächste Wehe kam und sie neuerlich aufheulte, mit kreischend überschlagender Stimme, die in ihren eigenen Ohren schmerzte. Sie hielt die Augen geschlossen, das Licht über ihrem Kopf war zu grell, es musste die Sonne sein, eine unerbittliche Mittagssonne, auf dem Dach, und der Muezzin rief, rief, rief ohne Unterlass. Welche Zeit verging, wusste sie nicht, es gab keine Zeit mehr, das einzige Maß war die Wehe, die ihren Körper zusammenpresste und dann losließ, ihr einen Moment Frist gab, in der sie zu sich kam und wusste, dass sie am Ende war, dass sie das niemals heil überstehen konnte. Und Younis hatte sie diesen herzlosen Leuten ausgeliefert. Warum? Warum? Wie konnte er sie verlassen?

Viel später öffnete sie die Augen in eine Dunkelheit, die durchlässig war wie ein schimmernder Vorhang. Es hatte geregnet, ein stetes Rauschen am Rande ihres Bewusstseins, während sie stöhnte und rief und sich abmühte mit dem Kind, auf das sie so lange gewartet hatte, das sich immer so leicht und energisch in ihr geregt hatte und nun nicht von der Stelle wollte. Und dann, endlich! Eine Tochter, Lauras Tochter. Ihr Leib war in zwei Teile gerissen. Er schmerzte und machte sie froh. Sie war zweimal Leben. An ihrer Seite stand die Wiege, wenn sie die Hand ausstreckte, konnte sie die Wärme des kleinen Körpers fühlen.

Vor ihrem Fenster lief das Wasser über die Steine, ein fröhliches Sprudeln, das ein Lied in ihr weckte, von der Forelle. Sie wollte schlafen, sie war müde von ihrer schweren Arbeit. In froher Eil, dachte sie, in einem Bächlein helle, sie liebte die Melodie, nicht den Text, das traurige Ende.

Weit waren sie weg, diese Sonntagnachmittage zu Hause. Spiel etwas vor, damit ich auf andere Gedanken komme, sagte Ewa. Aber wie sollte es der Tochter gelingen, diese Schwermut zu verwandeln, nur umgekehrt ging das, ihr wurde das Herz schwer von der unbezwingbaren Traurigkeit.

Das war vorbei, nun war sie selbst die Mutter. Sie seufzte auf vor Freude und Erleichterung. Wenn es schon Morgen wäre. Sie wartete auf das Licht, um ihre Tochter zu betrachten. Am Fenster war ein Geräusch, Rascheln und dann das zarte Klirren der Scheibe. Etwas Fremdes kam ins Zimmer. Schwarz und gesträubt im mattgrauen Dämmerlicht. Laura stieß einen schwachen Schrei aus. Sie richtete sich auf, um Licht zu machen, aber da war kein Schalter. Ein Schatten am Ende des Bettes, sie fühlte ein Gewicht auf ihren Füßen und schloss entsetzt die Augen, trat hin auf das unheimliche schwarze Wesen. Es wich zurück, eine dunkle Wolke. Als sie die Augen öffnete, war der Platz am Bettende leer. Aber sie hatte sich den Besuch nicht eingebildet. Sie drehte sich nach rechts, zur Wiege des Kindes. Da war es wieder, ein aufgeplustertes, gesträubtes Fell, riesenhaft, eine große Katze. Sie stützte ihre Pfoten auf die Wiege des Neugeborenen.

Laura zischte. »Weg, verschwinde, fort mit dir.«

Vergeblich. Da draußen vor ihrem Zimmer saß die Dienerin, die sie ihr zugeteilt hatten, sie sollte sich um die Wöchnerin kümmern. Noch bevor Laura ihren Kopf auf das Kissen gebettet hatte, war die Frau eingeschlafen. Ihr gleichmäßiges Schnarchen tönte bis ins Zimmer herein. Laura musste sie aufwecken, um Hilfe rufen. Ihr Hals war wie zugeschnürt. Sie hatte keine Stimme. Nur ihre Hände gehorchten. Sie reckte sich, bis sie die lackierte Umrandung der Wiege zu fassen bekam. Nach zwei Anläufen hatte sie das Bettchen in ihre Reichweite gebracht. Die Katze rührte sich nicht. Laura tastete über die Decke, mit der sie selbst das Baby eingewickelt hatte, Ewas Geschenk. Es trug ein wenig vom Geruch ihrer Mutter, der Lavendelseife, mit der sie sich wusch. Sie streichelte über das Köpfchen, das Flaumhaar, den feuchten Mund, der sich unter ihrer Berührung öffnete. Mit einem Ruck zog sie die Decke beiseite. Die Katze fauchte erschrocken. Mit einem Satz sprang sie auf den Boden und verschwand, lautlos, wie sie gekommen war.

Laura nahm das Baby aus der Wiege. Sie bettete es an ihre Schulterbeuge und drückte ihre Wange an den kleinen Körper. Wie heftig es atmete. Noch schwieriger als zu gebären war es, geboren zu werden. Sie versank in dem warmen, weichen Duft und spürte, wie der schimmernde Vorhang der Dunkelheit sich über sie legte, der Schlaf zu ihr kam. Aber die Sorge um die Katze, die sich noch immer irgendwo in der Nähe verstecken mochte, ließ ihr keine Ruhe. Sie blieb wach.

Der Morgen war nahe. Das Zimmer füllte sich mit einem betäubend süßen Duft. Unter ihrem Fenster im Garten des Krankenhauses wuchsen Blumen, blau und gelb und rot.

»Du bist die schönste Frau, die ich jemals gesehen habe«, sagte Younis. Er saß an ihrem Bett und hielt ihre Tochter in seinem Arm. Laura lächelte.

»Sprichst du mit ihr oder mit mir?«

Younis legte die Arme um sie, sodass sie alle drei von seiner Umarmung umschlungen waren.

»Würdest du uns bitte vorstellen?«, sagte er. »Die junge Dame hat noch nicht einen Blick auf mich geworfen!«

Seite an Seite erforschten sie das kleine Gesicht, suchten nach Ähnlichkeiten. Die Stirn war gerade, die Augenbrauen geschwungen wie die Lauras, den herzförmigen Lippenbogen hatte auch Younis und den bräunlichen Goldton der Haut. Das winzige Kügelchen Nase entzückte die Eltern, die dichten Wimpern, schwarz wie der Haarschopf.

»Wie wird sie heißen?« Andere werdende Eltern verbrachten die Monate bis zur Geburt, sich Namen auszudenken. Laura wollte erst ihr Kind kennenlernen.

»Unsere Tochter wird eine Amerikanerin. Ich gebe ihr den Namen Jenny«, entschied Younis.

Er war nicht enttäuscht, dass sie ihm keinen Sohn geboren hatte. Söhne zog man nur auf, um sie in den nächsten Krieg zu schicken. Mit seinen Fingern drückte er zwei Grübchen in die weichen Babywangen. So hatte es sein Vater am Tag seiner Geburt getan, bei den Mädchen in die Wangen, bei den Buben in das Kinn. Der kleine Körper krümmte sich unter dem festen Griff. Weinerlich verzog sich der blassrosa Mund. Laura streckte die Arme aus, und Younis legte ihr das Kind an die Brust. Seine Augen strahlten. So glücklich hatte sie ihn seit seiner Erkrankung nicht mehr gesehen.

»Jetzt fängt ein neues Leben an. Ich werde fortgehen, ich will schon lange nicht mehr hier leben. Wir gehen nach Amerika, Laura. Es wird nicht mehr lange dauern.«

In der Nacht hatte sie gedacht, sie müsste sterben, und alles gehasst, die Grobheit der arabischen Hebamme, die kaum ein Wort Englisch verstand, den Schmutz und den Lärm, vor allem aber Younis, der sie hier allein zurückgelassen hatte. Er ist selbst nur ein primitiver Orientale! Der Gedanke war plötzlich in ihrem Kopf gewesen, ein Verrat. Aber nun war alles wieder gut. Jenny, war das überhaupt ein Name? Oder nur eine Abkürzung für Jennifer? Jenny, das klang hübsch. Modern. Man musste deshalb nicht nach Amerika auswandern. Das wollte Laura keinesfalls. Da hätte sie gleich einen Amerikaner heiraten können. In der Besatzungszeit in Wien war sie manchmal mit Amerikanern ausgegangen. Nach Amerika hatte sie niemals Sehnsucht verspürt. Laura liebte Bagdad. Sie war am Ort ihrer Träume gelandet.

»Der Himmel weinte am Tag deiner Geburt.« Es war der erste Satz, den Laura zu ihrer Tochter sprach, und später wiederholte sie ihn und die Geschichte von der Katze, die an der Wiege erschienen war wie eine böse Fee im Märchen. Die Kelche der Blumen füllten sich mit Regenwasser. Eine, die stärker duftete als alle anderen, gab dem Kind seinen zweiten Namen. Die Lilie.

II. TEIL

REVOLUTION

9. KAPITEL

IN DEN ERSTEN WOCHEN bewegte sich Laura nicht aus dem Haus. Eine schwebende Müdigkeit begleitete sie durch die Tage. Es regnete sanft und stetig. Der Garten leuchtete in einem hellen, fast grellen Grün. Er trank sich voll mit Flüssigkeit. Schlangen mit langen schwarzen Leibern kamen aus ihrem Versteck hervor und glitten durch das nasse Gras. Die Katzen blieben aus.

Die kleine Jenny nahm ihre ganze Aufmerksamkeit in Anspruch. Schon während der Schwangerschaft war sie nachts lebhaft geworden, das behielt sie bei. Younis zeigte sich wenig erbaut über diese Gewohnheit.

»Du musst strenger sein«, sagte er zu Laura. »Hebe sie nicht beim ersten Schreien aus ihrem Bettchen. Die Nacht ist zum Schlafen da.«

Doch Laura weigerte sich, Jenny im Dunkeln schreien zu lassen. »Sie ist erst zwei Wochen alt. Die meisten Neugeborenen sind in der Nacht unruhig.«

»Unruhig nennst du das? Sie schläft überhaupt nicht!«

Laura stellte die Wiege nahe an ihre Seite, damit sie Jenny schon aufheben konnte, bevor sie zu weinen begann und Younis aufweckte. Er merkte es und ärgerte sich darüber.

»Deine Tochter ist dir wichtiger als ich!«

Laura schwieg zu dem Vorwurf. Es kam ihr lächerlich vor. Sie las schon seit Monaten Doktor Spocks Bücher über Kinderpflege und Kindererziehung. Jetzt, mit Jenny in ihrem Arm, war es eine viel spannendere Lektüre. Sie stieß auf den Rat, dem Ehemann in den ersten Wochen mit besonderer Zuneigung zu begegnen, weil die Väter mit der neuen Rolle erst zurechtkommen mussten und sich leicht zurückgesetzt fühlten. Und die Mütter? Sie stillten, badeten, cremten und wickelten das Baby, trugen es ohne Pause mit sich herum. Nach neun Monaten, in denen sie sich fast ausschließlich mit ihrem eigenen Körper beschäftigt hatte, gab es nun keinen Augenblick des Tages für sie allein.

Wenn Younis seine Lippen an ihren Hals drückte und sie zu streicheln begann, schob sie ihn weg. Zum ersten Mal widerstand sie seiner Umarmung. Sie liebte den goldenen Ton seiner Haut, seinen Duft, seine samtige Weichheit. Er war wie eine Frucht, an der sie sich nicht satt essen konnte. Ihre Mutter hatte das nie erfahren. Laura erinnerte sich an die schrecklichen Geräusche aus der Dunkelheit, damals als sie noch im Zimmer ihrer Eltern geschlafen hatte. Stephans Gier und Ewas Abscheu vor ihm, aus dem sie keinen Hehl machte. Schließlich bekam er seinen Willen, sie ließ es über sich ergehen. Wenn es nur schnell vorüber war und sie nicht schwanger wurde, etwas anderes wünschte sie sich nicht. Es war dennoch wieder und wieder passiert, weil Stephan ihr Nein nicht akzeptieren wollte. Sie hatte die Kinder selbst abgetrieben, zu Haus im Lavoir, mit einer Stricknadel und einem Stück scharfer Seife. Als Laura zwanzig war, weihte ihre Mutter sie in ihr Martyrium ein. Sie erwartete wohl Mitleid, aber Laura ekelte sich nur. Warum war Ewa bei diesem Mann geblieben?

»Younis?«, flüsterte sie und streckte ihre Hand nach ihm aus. »Ich liebe dich.« Aber sie ließ sich nicht verführen, nur wenn sie sicher sein konnte, nicht schwanger zu werden. Ein Kind war vorläufig genug, hatte sie beschlossen. Younis würde nicht damit einverstanden sein, deshalb musste sie klug vorgehen. Ihre Temperatur messen, aber sich nicht dabei ertappen lassen. Heute ging es auf keinen Fall.

Younis zog sich von ihr zurück. Sie hielt ihn nicht auf, als er das Bett verließ, das Zimmer. Nach einer Weile hörte sie von unten seine Stimme, die leise sang. Es war ein Lied, das sie kannte, Nofa sang es dem Baby vor, das Lied vom Grab in der Wüste.

Vor dem Panoramafenster im Wohnzimmer riss der Sturm an den Blättern der Palmen. Sie wurden geschüttelt und gedreht, wogten auf und nieder wie langes Frauenhaar. Die Stämme bogen sich tief zur Seite, aber sie brachen nicht, was Laura mit Staunen beobachtete. Gelber Sand legte sich als dicke Schicht auf die Fenster und drang durch jede Ritze ins Haus. Nofa hängte befeuchtete Windeln über Jennys Wiege, damit sie den Sandstaub nicht einatmete. Laura rührte sich nicht. Stunde um Stunde konnte sie auf dem Sofa im Wohnzimmer liegend verbringen. Wenn Jenny erwachte, nahm sie sich zusammen, fütterte und wusch sie, trug sie herum und herzte sie. Kaum war das Kind wieder eingeschlafen, sank sie in ihren träumerischen Zustand zurück. Seit der Geburt hatten Nofa und ihre Schwester den Küchendienst wieder übernommen. Laura bereitete nur Jennys Mahlzeiten zu, passiertes Obst und Gemüse und Brei aus amerikanischer Pulvermilch. Noch stillte sie, um das Baby vor Infektionen zu schützen, aber sie hatte nicht genug Milch. Außer Dosenwürstchen und Coca Cola nahm sie nichts zu sich. Nofa drohte, Younis davon zu erzählen. »Mir schmeckt aber nichts anderes«, sagte Laura dazu.

Annemarie brachte ein Geschenk für Jenny, ein gelb-weiß gestreiftes Kleidchen, dazu ein gelbes Häubchen mit Rüschen und winzige weiße Lederschuhe. »Annemarie! Das ist entzückend! Vielen Dank.«

Annemarie beugte sich über die Wiege. Vorsichtig strich sie mit einem Finger über die zarte Babywange. »Darf ich sie halten?«

Laura legte ihr das Kind in den Arm. Annemarie betrachtete sie lange. »So ein schönes Mädchen!«

Laura nickte stolz.

»Und du?« Annemarie warf ihr einen Blick zu. »Du bist so dünn geworden, Laura.«

Laura zuckte die Achseln.

»Geht es dir nicht gut?«

»Vorläufig kann ich mir nicht vorstellen, dass ich noch einmal ein Kind bekomme.« Annemarie verstand die Andeutung auf Anhieb. »Willst du dir ein Diaphragma einsetzen lassen?« Weil Laura sie nur anstarrte, runzelte sie ein wenig die Stirn. »Oder hab ich dich falsch verstanden?« Sie wartete, doch Laura schluckte nur und antwortete nicht. »Ich weiß einen Arzt im amerikanischen Krankenhaus, der es macht.« Annemarie schrieb die Adresse auf ein Papier. »Ich kann dich hinbringen.« »Danke«, sagte Laura nur. Sie nahm das Papier und steckte es ein.

Annemarie küsste Jennys runde Backen. »Dem Papa werden wir es aber nicht verraten.«

Gemeinsam zogen sie Jenny die neuen Sachen an. Dabei erwachte sie und richtete ihre großen Augen auf die blonde Frau. Zuerst zuckte es um ihren Mund, als wollte sie weinen, dann begann sie zu lächeln.

»Mensch, Kleine, du bist ja die reinste Versuchung! So ein süßes Püppchen hätte ich auch gern. Wenn's nur nicht so eine schreckliche Prozedur wäre!«, lachte Annemarie und schwenkte dabei das Baby in die Höhe.

Laura streckte besorgt die Arme aus. »Vorsicht, nicht so wild, sie ist zu klein für solche Spiele.«

Durch das Fenster sah sie Younis' Dienstwagen halten. Younis stieg aus.

Annemarie übergab ihr das Kind. »Pass auf dich auf, altes Mädchen.« Schnell streichelte sie über Lauras Arm. »Keine Sorge, ich komme wieder!« Sie winkte Laura zum Abschied.

Younis begegnete ihr an der Tür und verbeugte sich förmlich. »Bleiben Sie doch zum Essen«, hörte Laura ihn sagen. Annemarie lehnte dankend ab, und er drängte nicht weiter.

»Der Sturm lässt endlich nach.« Younis beugte sich zu Laura hinunter, um ihr einen Kuss zu geben. »Ich bin nur einen Sprung nach Hause gekommen, ich kann heute nicht mit euch essen.«

»Aber warum?« Laura stand auf, um Jenny zurück in ihre Wiege zu legen.

Younis nahm ihr das Baby ab und wiegte es in den Armen. Jenny lächelte ihn an. Er freute sich. »*Asal!* Meine Süße!«

»Warum isst du nicht zu Hause?«, wiederholte Laura. Sie bemerkte Younis' ausweichenden Blick.

»Ich fahre gleich ins Office zurück, ich habe einen dringenden Termin.« Younis räusperte sich. »Es wird spät werden. Ich mache Überstunden«, fügte er hinzu.

Laura sah schweigend zu, wie er Jenny in die Wiege legte und zudeckte. Er tätschelte im Vorbeigehen über ihren Rücken und begab sich ins Schlafzimmer hinauf. Ein paar Minuten später kam er zurück. Er hatte sich umgezogen und trug nun eines der maßgeschneiderten weißen Hemden aus Wien.

»Ich mache mich auf den Weg.« Er seufzte, als täte es ihm leid.

Überstunden im Office. Sie bezweifelte, dass er dort irgendeine nützliche Tätigkeit verrichtete. Dazu gab es die Clerks, wie Mariams Mann, unterbezahlte, mit Verachtung behandelte Angestellte. In dem Hemd, das er zerknüllt auf dem Bett zurückgelassen hatte, steckte sein Parker-Füllfederhalter mit der goldenen Hülse, ohne den er niemals zur Arbeit ging. Er log. Sie wartete, aber er kehrte nicht um. Rasch wickelte sie sich zum Schutz vor dem Staub einen Schal um den Kopf. Jenny schlief. Ohne Jenny konnte sie nicht gehen. Mit einem Schlag war die Lethargie der letzten Wochen von ihr abgefallen. Sie wusste nicht, wohin Younis gegangen war. Da war nur ein Verdacht. Mit dem schlafenden Baby auf dem Arm trat sie vors Haus. Sie winkte Ali, herüberzukommen.

»Wo ist Meishi?«

Ali klatschte in die Hand. Ein barfüßiger Bub, der vor dem Kiosk hockte, sprang auf. Ali rief ihm etwas zu, das Laura nicht verstand. Wie Nofa stammte Ali aus einer Beduinenfamilie. Sie sprachen einen besonderen Dialekt, der anders klang als das irakische Arabisch, das Laura nun schon gewohnt war. Der Bub wetzte davon.

»Meishi kommt gleich zur Bushaltestelle«, sagte Ali.

»*Shukran*, Ali.«

Laura überquerte die Straße. Meishi war schon zur Stelle.

«Wo ist Mister Younis hingegangen?«

Meishi gab keine Antwort, sondern zupfte an seinem Ohrläppchen.

»Du weißt es! Du wirst mich hinbringen. Sofort!«, rief Laura ungehalten.

Meishi zuckte zusammen.

»Ist es weit?«

Der Bus bog in die *Ragheeba Chattoon* ein. Meishi hob furchtsam den Blick zu ihr hoch.

»Antworte!«

Schließlich nickte er. Der Bus fuhr in die Station ein. Sie stiegen ein. An der anderen Seite des Flusses wechselten sie in eine andere Linie. Die Fahrt dauerte lange. In diesem Bezirk war Laura noch nie gewesen. Der Stadtrand konnte nicht weit sein, denn es gab keine geschlossene Bebauung mehr. Endlich deutete ihr Meishi, auszusteigen. Er zeigte ihr einen Park, der selbst jetzt in der kühleren

Jahreszeit in üppigen Farben und Formen schwelgte. Ein hohes Gitter versperrte ihnen den Weg. Dahinter führte ein gepflasterter Weg zu dem weiter innen gelegenen Gebäude.

»Sind wir hier richtig?« Das Haus glich einem orientalischen Palast. Laura wechselte das schlafende Baby auf ihren anderen Arm. Sie ahnte, wer in dieser Pracht wohnte. Younis hatte es ihr beschrieben.

»Läute an, Meishi, frage, ob Mister Younis hier ist.«

Laura stellte sich abseits, sodass sie vom Eingang aus nicht zu sehen war. Nach einigen Minuten erschien ein weiß gekleideter Bediensteter am Tor. Meishi sprach kurz mit ihm, der Mann nickte und entfernte sich wieder. Laura wartete mit klopfendem Herzen. Konnte es wirklich möglich sein? Die Last in ihren Armen brachte sie fast ins Wanken. Wenn sie nun ganz überflüssigerweise hier erschienen war, was würden die Leute von ihr denken? Denn dass Meishi sie nicht verraten würde, kam ihr unwahrscheinlich vor. Da sah sie schon jemanden aus dem Haus kommen. Sie kniff die Augen zusammen. War er es? Ja, ohne Zweifel. Younis. Zu Besuch bei seiner Exfrau. Ihr Herzschlag dröhnte in den Ohren. Sie bekam plötzlich Angst. Sie hatte doch nur ihn. Wenn er sie verließ, was dann?

»Meishi!«, stieß sie hervor. Sie zitterte, dass sie sich kaum auf den Beinen halten konnte. »Hier, ich will nur …« Obwohl er protestierte, schob sie dem Buben einen Geldschein in die Tasche. »Jetzt geh, ich muss mit Mister Younis allein sprechen.«

Meishi lief weg, so schnell er konnte, noch bevor Younis beim Tor angekommen war. Younis, der Lügner. Younis, der Betrüger. Bei ihrem Anblick riss er verblüfft die Augen auf. Ihre Schwäche war wie weggeblasen. Sie rannte über die Straße.

»Du redest von Ehre?«, schrie sie. »Warum hast du mich von zu Hause weggelockt, wenn du bei deiner alten Ehefrau unterschlüpfen willst? So handelt kein Ehrenmann!«

Jenny erwachte von ihrem Geschrei und begann sich in ihren Armen zu winden. Younis stand da, wie vom Donner gerührt. Er machte keinen Versuch, sich zu verteidigen und schüttelte zu Lauras Vorwürfen nur immer wieder den Kopf.

»Da!« Sie hielt ihm das Kind hin. »Trage deine Tochter nach Hause. Du, du …« Sie sprach keines der Schimpfwörter aus, die ihr durch den Kopf flogen, ungarische aus dem Wortschatz ihrer Eltern, und deutsche. Sie kannte keinen englischen Fluch. Und es war besser so. Schweigen, ihn keines Blickes mehr würdigen. So legten sie den Heimweg zurück.

Er hatte eine Erklärung. Es gab immer eine Erklärung. Selbst Mörder und Einbrecher hatten eine Entschuldigung für ihre Untaten. Es tat ihm leid, er wollte ihr nicht wehtun, schon gar nicht zog er ihr die andere Frau vor. Sie hörte zu. Was blieb ihr übrig. Sie hatte ja gesagt zu ihm. Er war ihr Mann.

Ein Todesfall hatte ihn in das Haus von Mouna Al-Mojid geführt. Ihr Bruder Ejad war gestorben und am Morgen dieses Tages begraben worden. Vierzig Tage dauerte die Trauer. Younis, ein naher Freund Ejads, nahm an der Trauerzeremonie teil. Obwohl Laura sich geschworen hatte, kein Wort zu sagen, rief sie unwillkürlich:

»Vierzig Tage! Wenn du das machst, siehst du mich nicht wieder!«

Er schlug den Blick nieder. Hatte er diesen Ejad, seinen Schwager, geliebt? Die Zweige der Palme klopften gegen die Zinnen der Dachterrasse. Er hatte versprochen, sie nie wieder anzulügen. Der Sturm, der sich am Vormittag gelegt hatte, kehrte nun am Abend zurück. Sie ging in den Garten. Auf der Mauer saßen die Katzen, an den Stein gedrückt, das Fell unmutig gesträubt,. Laura holte das Paket mit dem Fleisch aus der Küche. Sie sah zu, wie sie von der Mauer gesprungen kamen, sich auf die Beute stürzten, voller Gier, zu kurz zu kommen, knurrend und fauchend daran zerrten, das Fleisch samt der Verpackung hinunterwürgten. Erst als die letzte Faser verschlungen war, kehrte Frieden ein. Die Tigerkatze Mimi und der rote Lump blieben in Lauras Nähe. Mimi rieb sich an ihren Waden, Lump setzte sich vor ihr hin. Er sah sie mit seinen blinkenden, beschwörenden grünen Augen an, als wollte er gleich zu reden anfangen. Sie war starr vor Schrecken und Traurigkeit. Erst Jennys Schluchzen brachte sie wieder zu sich.

Sie ging ins Haus und holte ihre Tochter aus der Wiege. Auf dem Weg kam sie am Telefon vorbei. Sie dachte an Gini, die als Rechtlose in der Familie ihres Mannes wohnte, an Mariams blau geschlagenes Gesicht, an Pepperl aus Wien, die auf die Rückkehr ihres

Gemahls wartete. Nie, niemals würde sie sich ein entwürdigendes Leben aufzwingen lassen. Annemarie, ich werde Annemarie anrufen, dachte Laura. Gleich morgen. Sie stieg die Treppe zum Schlafzimmer hinauf. Es war nicht mehr wie früher, sie war nicht mehr allein. Laura legte Jenny an ihre Seite ins Ehebett.

Beim Erwachen stand Younis vor ihr. »Ich gehe heute zum Freitagsgebet«, sagte er, als sie die Augen aufschlug. »Begleitest du mich?«

Sie drehte sich von ihm weg, zu Jenny, die in ihrem Bettchen lag. Laura erinnerte sich nicht, sie hineingelegt zu haben.

»Du hast so fest geschlafen, ich hab sie gefüttert und schlafen gelegt.«

Laura stand auf. Bisher hatte sie die Moschee von Adhamiyah nur wenige Male aufgesucht. Sie fühlte sich befangen unter den Gläubigen. Es war wie an einem Spiel teilzunehmen, dessen Regeln sie nicht kannte und das ihr gleichgültig blieb. Diesen Gedanken hatte sie schon in ihrer Kindheit beim Kirchenbesuch gehabt. Sie konnte nicht zu Gott beten. Ihr Zorn auf Younis hatte über Nacht nachgelassen. Wäre sie einverstanden gewesen, dass er zu Eijads Begräbnis ging und danach zur Trauerfeier in Mounas Haus? Nein, gestand sie sich ein. Und er, der das wusste, aber für seine Pflicht hielt, seinen Freund zu begraben, war einem Streit ausgewichen. Ein Fehler, doch andererseits, fragte sie sich, wie hätte sie an seiner Stelle gehandelt?

Sie begleitete ihn. Während sich Younis rasieren und das Haar schneiden ließ, Gesicht, Hände und Füße wusch und beim Ruf vom Minarett mit den anderen Männern ins Innere der Moschee entschwand, spazierte Laura mit der schlafenden Jenny durch die Gartenanlage. Die Sonne schien, zum ersten Mal nach den Stürmen der letzten Wochen war es warm genug, auf einer Bank im Freien zu sitzen. Sie schob den Gedanken an den vorigen Tag weg. Ein Duft umfloss sie, obwohl keine Blumen blühten. Sie entdeckte die winzigen Knospen an den Sträuchern und an den jungen Trieben der Bäume. Ein paar Tage, und sie würden ihre Blüten öffnen. Vor einem Jahr hatte sie ihre Stellung in der Cassio Versicherung gekündigt. Ob ihre Kollegen noch an sie dachten? Marcel sicherlich. Aber es gab eine Neue, vielleicht würde er sich ihr anschließen.

Der Gedanke gab ihr einen kleinen Stich. Blödsinn, sie konnte doch nicht eifersüchtig sein auf einen Mann, den sie abgelehnt hatte. Trotzdem vermisste sie ihn plötzlich.

Ihre Eltern schickten eine Karte mit einem lachenden Fliegenpilz als Neujahrsgruß, die um Monate verspätet ankam, die Post war irgendwo auf dem Weg hängengeblieben.

»Das Schwammerl soll uns Glück im neuen Jahr bringen«, erklärte Laura.

Younis nickte verständnislos. Die Iraker feierten Silvester und Neujahr nicht. Sie rechneten das Jahr anders, nach der *Hidjrah*, der Auswanderung des Propheten Mohamed von Mekka nach Medina. Da sie einem Mondkalender folgten, verschob sich das Datum jedes Jahr um etwa elf Tage.

An einem heißen Nachmittag fuhren sie an den Tigris. Younis fand eine Uferbank in der Nähe des Fischlokals, wo Laura sich hinsetzte, während er mit Jenny auf dem Arm dem Fischer zum Ufer folgte. Die Männer rauchten schweigend und warteten, dass ein Fisch anbiss. Jenny betrachtete interessiert die Wasserbüffel, die am sumpfigen Ufer grasten.

Der Fischer zog einen großen Karpfen an Land, dann einen zweiten und dritten. Der Korb war voll. Er pfiff nach einem Buben, der die Glut in der offenen Feuerstelle entfachte. Rundherum steckte er ein Hölzchen neben dem anderen fest. Der Fischer warf die Karpfen auf den Fliesenboden. Sie zappelten und sprangen, aber nicht lange, dann kam der Koch herbei und tötete sie rasch, mit einem scharfen Messer, das er hinter die Kiemen stach. Auf den Steinfliesen standen die Blutlacken. Jenny strampelte ungeduldig im Griff ihres Vaters und jammerte, weil er sie darauf noch fester hielt. Der Koch riss den Karpfen die Eingeweide mit einer einzigen kraftvollen Bewegung aus dem Bauch. Younis legte Jenny in die Arme der dösenden Laura. Sie streckte sich auf der Bank lange aus. Jenny beruhigte sich. Während die Karpfen langsam an der Feuerstelle garten, schliefen sie beide ein wenig in der frischen Luft.

Als Laura erwachte, war das Essen fertig. Auf Palmblättern servierte der Koch die großen Karpfenstücke, dazu die Melanzani, Paprika, Joghurt mit Knoblauch und Gurken. Das weiße Brot, frisch gebacken, schmeckte köstlicher als irgendein anderes. Sie aßen. Der Himmel hatte eine seltsame Farbe, die Sonne war ohne Glanz. Das kündigte einen Sturm an. Laura erinnerte sich an das letzte Unwetter, vor ihrem großen Streit. Younis hatte sich entschuldigt, und sie hatte seine Entschuldigung angenommen. Doch wenn sie in sich hineinhorchte, fühlte sie immer noch eine Erbitterung, die nicht nachließ. Er würde sich ebenso wenig ändern wie sie. Das musste sie hinnehmen.

»Stell dir vor, was man mir erzählt hat – im Königspalast arbeitet eine Österreicherin. Sie ist das Kindermädchen der kleinen Prinzen. Möchtest du sie kennenlernen?«

»Meinst du, das wäre möglich, Younis?«

»Ich werde nachfragen.«

Einige Tage darauf übergab Younis dem Pförtner am Rihab Palast ein Briefchen von Laura und bat ihn, es dem königlichen Kindermädchen zu überbringen.

»Sie hat geantwortet.«

»Will sie mich treffen?«

»Lies selbst. Der Bote wartet auf Antwort.«

Der Brief war auf einem steifen, weißen Papier verfasst und duftete zart nach Eau de Cologne. »Liebe Frau Al-Quassem«, schrieb Adele Winter. »Es wäre mir eine Freude, Sie persönlich kennenzulernen. Passt es Ihnen nächste Woche, dann möchte ich Ihnen gern einen Besuch abstatten.«

Sie schlug den Montagnachmittag vor. Laura stimmte zu. Sie erwiderte die Grüße. Ihr Herz klopfte vor Aufregung. Am nächsten Tag tauchte Saad auf, zum ersten Mal, seit Younis ihn des Hauses verwiesen hatte.

»Ich würde nicht kommen, wenn es nicht so dringend wäre«, begann er ohne Umschweife. »Du musst diese Verabredung absagen, Laura.«

Jenny drängte sich an Lauras Beine. Sie sah zu Saad auf, der sie ignorierte. Er hatte seine Nichte noch nie gesehen.

»Warum sollte ich das tun? Ich freue mich darauf.«

»Es ist zu gefährlich. Dinge, die ich nicht erklären kann und will.«

»Was bedeutet das?«

Er rückte nicht heraus mit der Sprache. Sie zuckte die Achseln.

»Wenn das alles ist ...«

»Ich bitte dich, meinen Rat anzunehmen.«

Laura wandte sich ab. »Sprich mit deinem Bruder darüber. Younis hat Frau Winter eingeladen. Und jetzt geh, bitte.«

Saad verabschiedete sich mit einer Verbeugung. »Die Warnung war nur gut gemeint. Ich werde dich nicht mehr belästigen.«

Younis hörte sich Lauras Erzählung missmutig an. »Vergiss Saad, er macht sich nur wichtig.«

»Und warum?«

»Er ist eifersüchtig. Alle möglichen Leute hier sind eifersüchtig auf dich. Man kann nicht alle glücklich machen. Wichtig ist mir, dich glücklich zu machen. Kümmere dich nicht mehr um sie, schau dich nicht nach ihnen um.«

Pünktlich zur verabredeten Zeit, fünfzehn Uhr, fuhr langsam ein schwarzer Bentley die *Ragheeba Chattoon* entlang und hielt vor dem Haus. Die Fenster waren abgedunkelt, sodass man nicht ins Wageninnere sehen konnte. Der Chauffeur stieg aus und öffnete die Tür für eine tief verschleierte Frau. Sie sprach kein Wort zu ihm. Er läutete die Türglocke, stieg wieder ein und fuhr davon. Nofa brachte die Besucherin herein und zog sich zurück.

Nun erst legte die Frau den Schleier ab. Sie war viel älter, als Laura erwartet hatte, um die fünfzig, mit braunem, ein wenig ergrautem lockigem Haar, das sie aufgesteckt trug. Die Hand, die sie Laura hinstreckte, war schmal und fest, ihr Händedruck fast schmerzhaft. »Ich freue mich, endlich wieder einmal mit einer Landsmännin zu sprechen.« Ihr Lächeln erreichte die Augen nicht. Erst als sie den Tisch sah, den Laura nach österreichischer Art gedeckt hatte, mit Kokoskuppeln, Linzer Augen und Gugelhupf, dazu Kaffee mit Schlagobers, wich der Ernst aus ihrer Miene für eine kurze Zeit. »Mein Gott, das ist ja wie zu Hause!« Ihre Stimme klang wie die Schauspieler in den Theaterstücken im deutschen Volkstheater, die sie als Jugendliche mit ihrer Mutter gesehen hatte. Aus einer anderen Zeit.

Die Espressomaschine war eines der nützlichen Geschenke, die Ewa ihr nach Bagdad geschickt hatte. Adele Winter schnupperte und trank mit geschlossenen Augen. »Wunderbar«, sagte sie. »Ich bin den arabischen Kaffee so viele Jahre gewohnt, aber das ist doch etwas anderes, ein Stück Zuhause.« Von der Bäckerei aß sie nur ein paar Bissen. Laura sah, dass ihre Hände zitterten. »Das schmeckt alles wunderbar, liebe Laura. Darf ich Sie so nennen? Aber ich … es ist eine schwierige Zeit, ich bin nervös und schlafe schlecht, ich habe keinen Appetit.«

Sie sah auf die Uhr. »Leider kann ich auch nicht lange bleiben, der Chauffeur holt mich um sechzehn Uhr wieder ab.«

Laura wollte protestieren, aber da war ein leidvoller Zug im Gesicht der Frau, der sie innehalten ließ. »Bitte erzählen Sie, ich würde so gern etwas über Ihr Leben und Ihre Arbeit hier erfahren«, bat sie.

Adele Winter nickte. »Ich wollte ein Abenteuer erleben, es war mir langweilig in dem alten Wien. Ich bin noch vor dem Krieg weggegangen, in den Sudan. Zuerst war ich Gesellschafterin bei einer adeligen Dame aus Frankreich, die durch Afrika reiste, einer Reiseschriftstellerin. Ich begleitete sie auf ihren Wegen durch den Kontinent. Dann kamen wir in den Irak. Sie erkrankte in Basra und vermittelte mir, bevor sie starb, die Arbeit am Königshof in Bagdad. Der Kronprinz Abdulillah regierte hier viele Jahre für den jungen König Faisal.« Sie unterbrach sich und sah Laura forschend an: »Wieviel wissen Sie über dieses Land?«

Laura überlegte. »Nicht allzu viel, glaube ich«, antwortete sie vorsichtig.

»Die Landkarten des Nahen Ostens wurden in Europa gezeichnet«, sagte Adele. »Von Politikern, die wenig Kenntnis über das Leben in dieser Region besaßen.« Wieder warf sie einen raschen Blick auf die Uhr. »Wir haben nicht genug Zeit, Laura. Ich bin gekommen, weil ich Ihnen einen dringenden Rat mitgeben will: Gehen Sie fort, so lange es noch möglich ist. Ich habe um meine Entlassung gebeten, aber umsonst. Man erlaubt mir nicht, das Land zu verlassen.«

»Warum denn, was fürchten Sie?«, rief Laura erschrocken.

Adele beugte sich vor. Leise sagte sie: »Kein irakischer König war lange auf dem Thron. Faisal der Erste, Ghazi, und nun Faisal der

Zweite, der mit der Unterstützung seines Onkels Abdulillah auf dem Thron sitzt. Abdulillah hat viele Feinde. Wir sitzen auf einem Pulverfass, das jeden Tag hochgehen kann.«

Sie horchte nach draußen. »Gleich wird der Wagen mich abholen. Wer weiß, ob wir uns wiedersehen, Laura. Ich hoffe es, ich hoffe, wir werden diese Sache überleben, und ich habe Gelegenheit, Ihre Gastfreundschaft zu erwidern. Zu Hause in Wien konnte ich besonders gut Vanillekipferl und Sachertorte backen. Aber ich glaube, das Mehl hier ist anders. Wir müssen es auf den Versuch ankommen lassen.«

Laura begleitete sie zur Tür. Dort blieb Adele stehen und legte einen Arm um Laura. »Würden Sie mich aufnehmen, wenn es losgeht?«

Laura hielt den Atem an. »Glauben Sie wirklich?«

Adele nickte. »Und ich weiß nicht, auf wen ich zählen kann.«

»Ich möchte Ihnen gern helfen …« Laura stockte. »Ich muss zuerst mit meinem Mann sprechen …« Aber Younis würde keine Schwierigkeiten auf sich nehmen, um eine Fremde zu unterstützen.

Adele winkte ab. Sie hatte schon begriffen. Sie wischte sich die Augen, umarmte Laura schnell und ging hinaus zu dem Wagen, der sie schon erwartete.

Sie war vollauf damit beschäftigt gewesen, die Stadt zu erforschen, die Sprache und die Schrift zu erlernen. Alles war neu, die Ehe, die fremde Kultur, die Sitten. Immer noch kam sie sich vor wie in einem Märchen, sie wollte sich nicht daraus vertreiben lassen. Wenn Younis über die Briten wetterte, hörte sie weg, so gut sie konnte. Aber Adeles Warnung erschreckte sie. Sie berichtete Younis von ihrem Gespräch und erschrak zum zweiten Mal, weil Younis nicht, wie sie erwartet hatte, widersprach, sondern beipflichtete.

»Die Frau weiß, wovon sie spricht.«

»Sie hat mich um Hilfe gebeten.«

Younis seufzte. »Das steht nicht in meiner Macht.«

Nach dem Zerfall des Osmanischen Reichs war aus den Provinzen Basra im Süden, Mossul im Norden und Bagdad in der Mitte ein neuer Staat entstanden, der Irak, in dem die Briten eine Monarchie installierten, die Dynastie der Hashemiten. Die Hashemiten stammten aus Saudiarabien und leiteten ihre Herkunft direkt vom Propheten Mohamed ab. Der erste Hashemiten-König Faisal erstieg 1921 den Thron. Er widersetzte sich dem Diktat der Briten, Rückhalt im irakischen Volk erlangte er trotzdem nicht.

»Der Vasall einer fremden Macht kann kein Herrscher sein«, sagte Younis.

Bald nachdem König Faisal den Irak in die Selbstständigkeit geführt hatte, starb er in einem Schweizer Hotel nach einer Herzattacke.

»In Wahrheit hat ihn der Secret Service umgebracht. Und keiner weinte ihm eine Träne nach.«

Sein Sohn Ghazi, der ab 1933 regierte, fuhr mit seinem Wagen betrunken gegen einen Strommast und starb.

»Keiner dieser Kreaturen ist eines natürlichen Todes gestorben, den anderen wird es nicht besser ergehen.«

Ghazis Sohn Faisal der Zweite war noch ein Kind, deshalb übernahm Faisals Onkel Kronprinz Abdulillah die Geschäfte. 1941 erhoben sich die Generäle gegen ihn. Kurze Zeit sah es so aus, als würde sich das Militär durchsetzen, dann eilten die Briten den Hashemiten zu Hilfe. Abdulillah entkam, unter einer Decke versteckt, aus Bagdad. Vergeblich warteten die Generäle auf die versprochene Unterstützung durch Nazideutschland. Als sie eintraf, halbherzig und zu spät, saßen die Putschisten schon im Gefängnis.

Younis und seine Brüder hatten sich aktiv an den Kämpfen beteiligt. »Doch zum Glück konnten wir nach dem Niederschlagen der Revolte im letzten Moment unerkannt entkommen. Sonst gäbe es mich heute nicht mehr.«

Faisal der Zweite wurde in England in der Harrow School, einer Eliteschule, erzogen. Erst als junger Mann kehrte er in seine Heimat zurück. Seine erste Ehe mit Kiymet Hanim Sultan, der letzten Nachfahre aus der Mameluken-Dynastie, blieb kinderlos und wurde 1956 geschieden. Soeben hatte er sich in Istanbul mit Prinzessin Sabiha Fazila verlobt. Laura nickte, sie hatte das Bild der Prinzessin in einer englischen Illustrierten gesehen.

»Sie stammt vom letzten osmanischen Sultan ab. Väterlicherseits ist sie die einzige Tochter des Prinzen Damad von Ägypten.«

»Warum eigentlich ein Kindermädchen?«, fragte Laura. »Ich habe gelesen, aus der ersten Ehe gibt es keine Kinder.«

»Abdulillah hat eine große Familie. Im Rihab Palace leben verschiedene andere Mitglieder der königlichen Familie. In Pomp und Gloria, während mehr als die Hälfte der Iraker noch nicht einmal lesen und schreiben kann. Aber wie lange noch? Der Teufel soll sie alle holen!«, antwortete Younis heftig.

»Glaubst du, was Adele gesagt hat? Wir sitzen auf einem Pulverfass?«, fragte Laura. Sie küsste Jenny, die in ihrem Arm eingeschlafen war. »Ich möchte, dass es bleibt, wie es ist.«

Younis schüttelte den Kopf. Er sagte nichts, sah nur aus dem Fenster in die Ferne, träumerisch, während er trank und rauchte, mit Laura an seiner Seite, die sich an ihn lehnte, schwieg wie er und Jenny in ihren Armen schaukelte. Was sollte ihnen geschehen? Was ging sie der König an, seine schöne Verlobte, der Kronprinz, die ganze Hashemitenfamilie? In Österreich hatten die Habsburger sechshundert Jahre geherrscht. Hatte ihr Sturz eine Besserung gebracht? So weit Laura es überblicken konnte, sah sie keinen Vorteil.

»Aber wenn es auch nicht so bleibt«, fügte sie nach der langen Pause hinzu. »Für Leute wie uns ändert sich das Leben nicht.«

Es dauerte kein Jahr, und die Voraussage des königlichen Kindermädchens aus Wien ging in Erfüllung. Die Iraker machten Revolution. Laura aber irrte sich, das Leben änderte sich, für alle, die hier lebten. Und wenn sie später zurücksah, kam es ihr vor, als wäre es wie in Österreich auch im Irak weitergegangen. Die verhasste Monarchie fiel, doch das Paradies blieb aus.

10. KAPITEL

BEI SONNENAUFGANG WAR LAURA mit einem Schlag hellwach. Jenny schlief endlich, nach einer unruhigen Nacht. Sicher bekam sie wieder einen Zahn, aber davon wollte Younis nichts hören, er packte seine Decke und verbrachte die Nacht auf dem Teppich im Wohnzimmer liegend. Ein Traum hatte Laura geweckt, so klar und farbig wie die Wirklichkeit, ihre Eltern, die Hand in Hand vor ihrem Bett standen und mit sorgenvollen Mienen auf sie heruntersahen. Laura war nicht abergläubisch, dennoch befiel sie jedes Mal, wenn sie von Zuhause träumte, ein beklommenes Gefühl. Sie waren so weit weg, wenn ihnen etwas zustieße, würden sie begraben sein, ehe Laura die Nachricht bekam. Aber warum sollte ihnen etwas passieren? Sie lebten in Sicherheit. Und Laura, in Bagdad, musste sie sich um sich selbst Sorgen machen. War das die Bedeutung des Traumes? Sie dachte oft an Adele, das weiche schöne Wienerisch, in dem sie ihre Warnung vorgebracht hatte. Wohin sollte sie mit ihrem Baby gehen, wenn das Pulverfass hochging? Nach Amerika, davon träumte Younis nur, tat nichts dazu und sie selbst wollte doch nicht hin. Laura fürchtete sich nicht um sich selbst. Nur um Jenny.

Sie richtete sich auf und warf einen ungläubigen Blick auf die Uhr. Es war erst vier. Und sie fühlte sich kein bisschen müde. Ihr Herz klopfte. Nur weil ihr Ewa und Stephan im Traum erschienen waren. Jenny lag auf dem Rücken, ihre kleinen Fäuste links und rechts des Kopfes, ihre Augenbrauen wie in Staunen hochgezogen, der blassrosa Mund lächelnd im Schlaf.

Laura widerstand dem Wunsch, sie zu küssen. Lieber die köstliche Stille genießen.

Sie hörte Schüsse in der Ferne oder die Fehlzündung eines Autos, dann einen durchdringenden, röhrenden Ton, es war der Schrei eines Kamels. Unten im Haus bewegte sich etwas. Younis war aufgestanden, er kam in den Garten, eine Zigarette in der Hand, die er im Stehen rauchte. Laura sah ihm von oben zu. Sein Haar war lockig, wenn er es nicht mit Gel bändigte. Er sah jung aus in seiner weißen *Dischdascha*, die er nur gelegentlich anzog. Meist trug er amerikanische Pyjamas, obwohl die lange nicht so bequem sein konnten wie das traditionelle arabische Männerkleid. Younis drehte den Gartenschlauch auf, um die Rosen zu wässern. Inzwischen kam Laura lautlos die Treppe herunter. Von hinten schlang sie ihre Arme um ihn.

»Guten Morgen, mein Geliebter. – *Habibi!*« Sie drückte ihren Kopf gegen seinen kräftigen Rücken.

Er hielt still unter ihrem Griff. Sie spürte seinen Brustkorb vibrieren, er lachte, löste ihre Hände und küsste sie, die linke und die rechte, mehrere Male, dann wendete er sich ihr zu und hob sie auf.

»Komm, meine Süße«, flüsterte er. »Komm zu mir!« Er trug sie ins Haus, auf das Wohnzimmersofa und schob ihr Nachthemd in die Höhe. Seine Lippen glitten über ihren Körper. Sie zuckte und erschauderte unter seinen Berührungen.

»Jenny«, sagte sie mit geschlossenen Augen. »Wenn sie aufwacht ...«

»Ich hole sie.« Er erhob sich, ging rasch hinauf und kam ohne Jenny zurück. »Sie schläft tief und fest, ich hätte sie nur aufgeweckt.«

»Gut.«

Er schob Lauras Schenkel auseinander und glitt mit seinem Körper über sie, seine Haut so glatt und weich und von einem wunderbaren, zarten Duft, wie der eines Kindes. Sie schrie auf vor Lust, als sie ihn in sich aufnahm, mühelos, weil ihr Körper nur darauf wartete, auf diesen köstlichen Augenblick, wenn sie vereinigt waren. Sie konnte nicht genug von ihm bekommen, jeden Tag, jede Nacht wollte sie ihn, jetzt, wo die Gefahr, ein Kind zu bekommen, gebannt war. Es war wie die Essenz von allem in einem winzigen Wassertropfen, ein Jauchzen, das aus ihrem tiefsten Inneren kam. Schade, dass es so schnell vorüber war. Sie hätte Stunden so mit ihm bleiben wollen. Aber da war die Zeit, die floss, verrann. Das schlafende Kind auf dem Dach. Nofa, die bald auftauchen würde. Younis löste sich von ihr.

Aneinander gelehnt tranken sie in der Küche Kaffee. Dann drehte Younis das Radio auf, um die Morgennachrichten zu hören. Laura ging ins Bad. Sie musste sich zusammennehmen, um die süße Betäubung, die ihre Glieder schwer machte, abzuschütteln. Fast wäre sie unter dem warmen Wasserstrahl der Dusche eingenickt. Da riss Younis die Tür auf.

»Ich muss gehen!« rief er ihr zu. »Es sind Unruhen in der Stadt, aber mach dir bitte keine Sorgen. Geh nicht aus dem Haus, das ist das Wichtigste. Ich habe Jenny ins Wohnzimmer herunter getragen, sie schläft auf dem Sofa.«

Er kam durch den Wasserdampf zu ihr und küsste sie rasch auf den Mund.

»Aber bitte sei vorsichtig, öffne vor allem niemandem. Ich bin bald wieder da.«

Er umarmte ihren nackten, nassen Körper und küsste sie noch einmal, auf den Hals und auf die Brust. Dann war er fort.

Eine Weile stand Laura vor dem Radio und hörte einer harten, aufgeregten Männerstimme zu. Sie verstand nichts. Die Durchsage endete mit einem gellenden Störgeräusch, dann folgte Musik, keines der populären ägyptischen Chansons, die sie oft hörte, sondern ein dramatischer kriegerischer Klang, Janitscharenmusik, nannte es Laura bei sich.

»Mama.« Jenny stand mit erwartungsvollem Blick in der Küchentür. »Frühstück!« Sie lachte ihre Mutter an. »Mein süßes Krapferl!« Laura hob Jenny auf und drückte sich an die flaumweiche runde Wange.

»Mama«, wiederholte Jenny vergnügt.

Laura setzte sie auf die Kredenz und bereitete das Frühstück vor, eine Tasse Milch und dazu weißes Brot mit Honig.

»Nofa?«, fragte Jenny.

Um diese Zeit war Nofa für gewöhnlich längst hier. Laura setzte Jenny mit ihrem Frühstück in den Kinderstuhl. Dabei überlegte sie, welche Vorräte im Haus waren. Ein wenig halb verwelktes Gemüse, ein Stück Brot, sonst nur Konserven und die Fertignahrung für die Kleine. Sie musste unbedingt einkaufen gehen. Aber Younis hatte gesagt, sie solle im Haus bleiben. Es verlockte sie auch keineswegs, ins Freie zu gehen. Das Thermometer zeigte vierunddreißig Grad, und es war noch nicht einmal zehn Uhr. Sie rief bei Annemarie an. Die Nummer war besetzt. Als sie den Hörer auflegte, begann das Telefon zu läuten. Sie hörte ferne Stimmen, die unverständlich durcheinandersprachen, durch Störgeräusche verzerrt.

Sie legte auf und versuchte, Gini anzurufen, die nur einige Blöcke weiter wohnte. Auch ihr Anschluss war besetzt. Sie schlug Younis' Telefonbüchlein auf. Er schätzte es nicht, wenn sie ihn im Office anrief. Er meldete sich beinahe jeden Vormittag. Manchmal kam es ihr wie eine Kontrolle vor.

Jenny klopfte mit der leeren Tasse auf ihr Tischchen. »Mama kommen«, verlangte sie gebieterisch. Laura wählte rasch die Office-Nummer. Auch hier besetzt.

Sie ging mit Jenny ins Bad und ließ in dem niedrigen steinernen Becken lauwarmes Wasser für sie ein. Der Schweiß rann ihr von der Stirn. Noch war sie nicht wirklich in Sorge, Younis würde schon wissen, was zu tun war, wenn Nofa ausblieb. Für den Augenblick konnte sie nur abwarten. Sie setzte Jenny ins Wasser.

»Mama Ente?«, fragte Jenny.

Wie gut sie sich mit ihren eineinhalb Jahren schon ausdrücken konnte. Was ihr an Worten fehlte, ersetzte sie durch ihren sprechenden Blick. Laura ließ die gelbe Plastikente vom Beckenrand ins Wasser springen. Jenny jauchzte. Draußen im Flur läutete das Telefon. Laura lief hinaus.

»Laura!« Younis sprach abgerissen. »Egal was geschieht, du rührst dich nicht weg. Ich werde versuchen, nach Hause zu kommen, aber es ist nicht sicher.«

»Warum?«, rief Laura aufgeregt.

Die Telefonleitung sang und knisterte wie bei einer Überlandverbindung.

»… eine Revolution ist im Gang …« Hatte er wirklich Revolution gesagt?

»Younis?«

Dann brach die Verbindung ab. Laura wartete eine Weile, bevor sie noch einmal versuchte anzurufen. Im Bad sang Jenny vor sich hin. Laura fühlte ihre Knie zittern. Sie hob den Hörer von der Gabel. Die Leitung war tot.

Mit einem Mal nahm sie wahr, was sie schon eine ganze Zeit am Rand ihres Bewusstseins registriert hatte, ein undefinierbares Geräusch, wie Sturmwind in einem Kamin, aber noch zu fern, um es zu erkennen. Es waren Stimmen, das Geheul einer Menschenmasse. Rasch sah sie nach Jenny, die selbstvergessen spielte. Sie füllte warmes Wasser nach, warf zur gelben Ente den grünen Gummifrosch, der sonst nur beim Haarewaschen in Erscheinung trat, um Jenny friedlich zu stimmen.

»Quak quak«, sagte Jenny zufrieden, weil keine Shampooflasche in Sicht war.

Eilig stieg Laura die Stiege zum Dach hinauf. Auf der unteren Terrasse befand sich ein kleiner schmiedeeiserner Balkon, von dort war der Blick über die Straße am besten, aber sie wagte nicht, sich zu zeigen, sondern spähte zwischen den Zinnen auf die Straße hinunter. Ein unübersehbarer Zug von Menschen bewegte sich durch die *Ragheeba Chattoon* Richtung Stadt. Viele waren bewaffnet, hatten Gewehre, Stöcke, lange Säbel. Sogar Mistgabeln und eiserne Schaufeln sah Laura in ihren Händen. Manche trugen große Bilder eines jungen schönen Mannes in Uniform. Allmählich verstand sie, was die Menge wie aus einem Hals wieder und wieder brüllte. Es war ein Name: Abdul Karim Quassem!

Quassem. Younis' Familie hatte gegen die Engländer gekämpft. War sie an dem Aufstand beteiligt? Weiter und weiter strömten die Massen vorüber, das waren nicht die Bewohner Adhamiyahs allein, sondern viel mehr Menschen, Bauern aus den Dörfern außerhalb Bagdads, deshalb auch die landwirtschaftlichen Geräte. Die Sonne brannte ihr auf den Kopf. Was sollte sie tun, wenn Younis nicht nach Hause käme?

Während sie Jenny abtrocknete und ihr ein neues Batistkleid anzog, läutete es an der Tür. Mit Jenny auf dem Arm näherte sich Laura vorsichtig, um draußen unsichtbar zu bleiben, dem Fensterchen in der Mauer.

»Younis!« Er war zu Fuß gekommen, in Hemdsärmeln, ohne seine Aktentasche.

»Wo sind deine Schuhe?«

»Ich bin überstürzt aufgebrochen. Ein Stück konnte ich mit dem Taxi fahren, in Adhamiyah war es aber unmöglich, weiterzukommen. So wie hier sieht es bis in die *Rasheed Street* aus. Sie ziehen zum Rihab-Palast.« Er umarmte Laura und das Kind. »*Al hamdu lillah!* Dass nur euch nichts geschehen ist.«

»Zum Palast? Das heißt ...«

Sie gingen ins Wohnzimmer und setzten sich nebeneinander auf das Sofa, auf dem sie sich vor wenigen Stunden umarmt hatten. Younis schaukelte Jenny auf seinen Knien und drückte ihr immer wieder einen Kuss auf die Stirn und aufs Haar. Lange sagte er nichts. Laura fühlte seine Erschütterung und stellte keine Fragen. Erst als er aufstand, um das Radio einzuschalten, folgte sie ihm. Noch immer sprach die aufgeregte Männerstimme, und als sie endete, erschallte die siegreiche kriegerische Musik. Younis stand vornübergebeugt vor dem Apparat, die Handflächen vor seinem Gesicht wie ein Betender.

»Der Aufstand ist gegen den König? Aber warum ...« Laura zog seine Hände herunter, damit sie ihn ansehen konnte. »Ich verstehe nicht, Younis, warum bist du so entsetzt, ihr seid doch gegen ihn. Der Teufel soll die Hashemiten holen, hast du gesagt.«

»Nicht auf diese Weise.«

Durch die heruntergelassenen Jalousien fiel nur wenig Licht ins Zimmer. Younis' Haut war ohne Farbe, fast grünlich schimmernd.

»Das haben sie nicht verdient. Niemand. Der das getan hat, ist schlimmer als sie.«

In der Früh war im Radio nur von einem Militärputsch, der in der letzten Nacht stattgefunden hatte, die Rede gewesen. Auf dem Weg ins Office hatte Younis die meuternden Soldaten vor dem Königspalast gesehen. Schüsse fielen, aus den Fenstern drang Rauch. Younis hatte den Chauffeur gebeten anzuhalten. Unmittelbar darauf folgte eine Explosion und aus dem Dach des Palasts schlugen Flammen. Der Chauffeur stieg schnell aufs Gas und fuhr davon, Younis blieb am Schauplatz zurück.

»Sie brachten den König heraus«, sagte er. »Er hatte eine Schussverletzung und blutete. In seinen Händen hielt er den Koran. Er betete, es half ihm aber nichts. Die Soldaten warfen ihn auf den Boden und banden ihn mit den gefesselten Füßen an ein Pferdehalfter. Einer feuerte einen Schuss ab und das Pferd lief los, durch ganz Bagdad, hieß es dann. Angeblich lebte er noch, als sie ihn schließlich im Hospital abluden.«

Laura hatte den jungen König Faisal nur einmal kurz gesehen, als er im offenen Cabrio mit seinem Besuch King Saud durch die *Rasheed Street* gefahren war. Er war einen Kopf kleiner als der saudische König, ein schmächtiger Mann mit einem bartlosen Gesicht und weichen mädchenhaften Gesichtszügen.

»Er ist tot?«

Younis nickte. »Abdulillah war der Auslöser, als die Soldaten in sein Zimmer kamen und ihm das Abdankungsdekret des Königs übergeben wollten, hat er geschossen, statt zu verhandeln. Faisal hätte vielleicht unterschrieben.«

Dem Kronprinzen war es noch schlimmer ergangen. Zusammen mit den anderen Mitgliedern der Königsfamilie, seiner Frau, den kleinen Kindern, seiner Mutter und Tante wurde Abdulillah in den Garten geführt. Sein eigener Adjutant eröffnete das Feuer. Die Soldaten überließen seine Leiche den Leuten auf der Straßen. Sie banden ihn an eine der königlichen Karossen, schleiften ihn durch die Straßen zum Tigrisufer und hängten ihn an einem Laternenpfahl auf.

»Eine Frau kletterte in die Höhe, schnitt ihm mit einem Messer seine Hand ab und rief: Mit dieser Hand hast du meinen Mann in den Tod getrieben, jetzt gehört sie mir! Der nächste hackte ihm den Penis ab, dann einer den rechten Fuß. So schleppten sie ihn weiter bis auf den Platz der Märtyrer.« Dort hing nun der nackte Leichnam, ein Torso mit verstümmelten Schenkeln und Armen, seinen Penis zwischen den Zähnen.

»Und Nuri Al-Said?« Laura dachte an Annemarie, deren Mann für den Ministerpräsidenten arbeitete.

»Auch er.«

Younis sah aus, als wollte er noch etwas hinzufügen, aber er nahm nur Lauras Hand. Sie stellte keine Fragen mehr, horchte nur nach draußen, ob die Demonstration zu Ende ging. Doch selbst in der Mittagsglut, als die Temperatur in der schattenlosen Straße auf achtzig Grad anstieg, bewegten sich die Menschen mit unverminderter Energie am Haus vorbei.

Von Zeit zu Zeit erhob sich Younis, schaltete das Radio ein und drehte es nach einer Weile wieder ab. Die Parolen wiederholten sich, der König und sein Hofstaat war tot, an seiner Stelle übernahmen Abdul Karim Quassem und Abdul Salam Aref die Regierungsgeschäfte. Bisher hatte sich nur Aref zu Wort gemeldet, aber der Kopf der Unternehmung war Quassem. Seit dem Sommer des letzten Jahres war der Anschlag vorbereitet worden. Er sollte unblutig vor sich gehen. Am 14. Juli, dem Tag der Französischen Revolution. Für Freiheit, Gleichheit und Brüderlichkeit. Abdulillahs Adjutant hatte ohne Schießbefehl, aus Notwehr auf den Kronprinzen geschossen, sagte Aref. Die Vorfälle im Königspalast nannte er eine Verkettung unglücklicher Umstände. Dass der Mob König Faisal zu Tode geschleift hatte, wurde nicht erwähnt.

»Das sind Mörder und Gewalttäter. So können wir den Irak nicht in die bessere Zukunft führen«, sagte Younis bitter.

»Ist dieser Quassem mit dir verwandt?«

»Nein.«

Mehr sagte er nicht. Später am Tag kamen die Brüder, einer nach dem anderen kletterten sie über die Gartenmauer und gingen mit Younis aufs Dach, wo sie sich allein berieten. Nur Saad fehlte. Einmal kam Younis kurz ins Haus, um Gläser und Arrak zu holen.

»Wann wollen wir essen, ich habe Hunger«, sagte Laura unwillig.

»Iss, Frau. Wir Männer haben Wichtigeres zu bedenken.«

Der Alkohol und die Anspannung sprachen aus ihm. Wie ein orientalischer Ehemann. Als hätte er nie Europa bereist und sich für einen Kosmopoliten gehalten. Aber Laura hielt ihre Zunge im Zaum. Sie öffnete eine Dose Wiener Würstchen und gab Jenny ein Stückchen zu kosten. Jenny machte ein verdutztes Gesicht, kaute aber brav.

»Zu Hause schmecken sie besser«, erklärte Laura. »Aber bis du Wien kennenlernst, das kann dauern.«

Die Stimmung erinnerte sie an die letzten Tage vor der Kapitulation. Die Geschäfte waren geschlossen, keiner wagte sich auf die Straße. Aber in Wien hatte es damals weder Wasser noch Strom gegeben. Russische Panzer waren dabei, die Stadt zu erobern, die Amerikaner flogen mehrere Male am Tag Bombenangriffe. In ihrem

Häuserblock gingen vier Bomben nieder, davon eine tausend Kilo schwere direkt auf ihr Haus. Beim Heimkommen fand Laura nur mehr einen Schuttberg vor. Sie erfuhr, dass Ewa im Luftschutzkeller verschüttet worden war. Sofort ließ sie sich eine Schaufel geben und half beim Graben mit. Sie waren noch nicht weit gekommen, da lief die dicke Konditorin von nebenan aus ihrem Geschäft auf die Straße. Sie winkte Laura, zu ihr zu kommen. In der Konditorei stand eine Gruppe, unter ihnen Ewa, mit weißem Kalkstaub bedeckt. In ihrer Not hatten die Verschütteten die Mauer zum Nebenhaus durchbrochen und waren im Keller der Konditorei gelandet. Das Nachbarhaus auf der anderen Seite war ebenfalls von einer Bombe zerstört worden, doch dort hatte der Luftdruck alle im Schutzraum getötet.

In der Früh lagen die Leichen auf dem Gehsteig, der Hausmeister deckte sie mit Packpapier zu. Nur an den Haaren erkannte Laura die rothaarigen Geschwister aus der Gasse, mit denen sie früher oft gespielt hatte. Ebenso hätte Ewa versuchen können, die Mauer auf der anderen Seite des Kellers zu durchbrechen, dann wäre sie nicht in der Konditorei gelandet, sondern läge nun unter dem Packpapier. Solchem Zufall verdankte man im Krieg das Überleben. Laura war nie in den Luftschutzkeller gegangen, sie hatten den Bombenangriffen von der Vordertreppe aus zugeschaut. Schön waren die silbernen Vögel am Himmel. Nicht alle brachten den Tod. Eines Tages, träumte sie, würde sie in ein Flugzeug steigen und in die Freiheit fliegen.

Ihr Wunsch hatte sich erfüllt. Doch nun war ihr der Krieg gefolgt. Sie lebte eingesperrt im Haus, sie wartete auf Younis, der Essen brachte und manchmal Nachrichten. Wenn das Kind schlief, stieg sie heimlich aufs Dach und schaute auf die Straße hinunter. Drei Wochen und jeder Tag war eine Unendlichkeit. Es gab keine Menschenseele, mit der sie sich unterhalten konnte. Von Nofa keine Spur, keine Nachricht. Ohne Jenny hätte sie es keinesfalls so lange durchgehalten. Aber in der einundzwanzigsten Nacht beschloss sie, dass es genug sein musste. Am nächsten Tag, dem ersten Tag der vierten Woche, plante sie den Ausbruch aus ihrem Gefängnis.

Sie wartete ab, bis Younis aus dem Haus war. In der Stadtverwaltung lag die Arbeit darnieder, was nach Lauras Ansicht nur wenig

Unterschied ausmachte. Younis schenkte sich nicht einmal ein Glas Wasser selbst ein, er rief seine Sekretärin, und die brachte es ihm. Er musste auf dem Laufenden bleiben, deshalb tauchte er jeden Tag in seinem Office auf. Die neuen Herren planten große Reformen nach Abdul Nassers Vorbild in Ägypten, pochten dabei aber auf ihren eigenständigen irakischen Weg, während Nasser für einen panarabischen Nationalismus plädierte.

»Sie behaupten, für die irakische Nation einzutreten«, meinte Younis skeptisch. »Ich halte sie für Kommunisten. Es wird sich ja zeigen.«

Laura konnte sich unter alldem nicht viel vorstellen, fand es aber vernünftig, dass Younis sich nicht ins Abseits drängen ließ. Morgens um sieben verließ er das Haus. Der Chauffeur erwartete ihn nicht, was nun immer wieder vorkam. Auf den Straßen Bagdads trieben sich neuerdings bewaffnete Banden herum. Wenn es ihm zu unheimlich wurde, blieb der Chauffeur, egal, was Younis ihm androhte, zu Hause. Oft verstopften auch jubelnde Menschenmassen die Straßen. Sie warteten auf die Retter des Volkes, Quassem und Aref, die beinahe jeden Tag öffentlich auftraten. Dann waren ganze Straßenzüge gesperrt. Younis ging zur Bushaltestelle. Es war ohnedies lächerlich, dass er sich abholen ließ, dachte Laura bei sich, denn das Office war gar nicht weit, man konnte es leicht zu Fuß erreichen.

Kaum war Younis in den Bus eingestiegen, ging Laura zum Telefon und rief Gini an. Sie hörte kein Freizeichen, nur ein sonderbares Pfeifen. Dann würde sie eben unangemeldet erscheinen, Gini war bestimmt ebenso zumute wie ihr. Laura nahm Jenny auf den Arm, unter den anderen klemmte sie ihre Handtasche und trat aus dem Haus, auf die stille Straße. Alis Imbiss war geschlossen, wie Nofa hatte ihn seit dem Ausbruch der Revolution niemand in der *Ragheeba Chattoon* zu Gesicht bekommen. Plötzlich begann Jenny auf ihrem Arm zu jammern. Mit einem Schwall erbrach sie ihre Milch auf Lauras Schulter und begann, laut und heftig zu schluchzen. Laura blieb nichts übrig als umzukehren.

Kaum waren sie daheim, erholte sich Jenny und spielte ruhig mit ihrem kleinen Holzzug, den Aladin ihr geschenkt hatte, im Flur. Laura beobachtete sie eine Weile. Jenny schien guter Dinge, also kleidete sie sich und das Kind um und trat den Ausflug ein zweites

Mal an. Inzwischen stand die Sonne schon hoch am Himmel. Jenny war mit ihrem Stoffhütchen und Sonnenbrille geschützt, Laura aber fiel erst jetzt auf, dass sie ihren Hut vergessen hatte. Noch einmal wollte sie nicht zurück. Es war nicht weit, vielleicht zwei Kilometer bis zu Ginis Haus. Wenn sie rasch ging, konnte sie es in zwanzig Minuten schaffen und auf dem Rückweg dann ein Taxi rufen.

Allerdings kam sie nicht schnell vorwärts. Jenny wurde mit jedem Schritt schwerer in ihrem Arm, die Sonne brannte, und der Schweiß lief ihr über den Körper. Nur die Vorfreude auf das lange entbehrte Plaudern mit einer Freundin gab Laura die Energie, sich über die staubige Straße fortzuschleppen. Nach der großen Kreuzung, wo es zum königlichen Mausoleum weiterging, änderte die *Ragheeba Chattoon* ihren Charakter. Sie war breiter als dort draußen, wo Laura wohnte, und von einem lehmigen Graben begrenzt, der nun im Sommer fast ausgetrocknet war. Es gab kein Straßenpflaster, jeder ihrer Schritte wirbelte Staub auf und nahm ihr die Sicht.

Atemlos blieb sie stehen und setzte Jenny ab. In dem Augenblick entdeckte sie, wie sich im Graben unten etwas gelblich Struppiges bewegte. Ein Tier. Eine Hündin mit ihren neugeborenen Jungen. Laut kläffend sprang sie hervor und stürzte sich auf Laura, die geistesgegenwärtig Jenny in die Höhe riss. Regungslos blieb sie stehen. Ebenso die Hündin. Mit zurückgezogenen Lefzen knurrte und bellte sie die Eindringlinge an. Laura hob Jenny höher, da sprang die Hündin auf sie los und packte mit den Zähnen den Saum ihres Kleides. Wild knurrend riss sie daran. Es war ein weißes Leinenkleid mit grünen und orangen Streifen, das Laura mit Mariams Hilfe genäht hatte und zum ersten Mal trug. Die Hündin war kräftig genug, Laura von ihrem Platz fortzuzerren.

Verzweifelt begann Laura um Hilfe zu schreien. Sie war nur mehr ein paar Häuser von Gini entfernt, vielleicht hörte die Freundin sie ja. Niemand erschien. Sie spürte, wie das Leinen zu reißen begann. Angestrengt hielt sie das Kind hoch über ihrem Kopf. Jenny rührte sich nicht, vor Schrecken stumm und erstarrt. Laura liefen die Tränen über das Gesicht. Da endlich gab die Hündin sie frei und trottete zu ihren Welpen zurück. Laura lief los, ohne anzuhalten, bis zu Ginis Haus. Sie läutete und klopfte. Niemand öffnete ihr die Tür.

Kein Bus, kein Taxi, überhaupt kein Fahrzeug. Vor ihren Augen tanzten rote Kreise. Sie sah nicht auf die Uhr, die Sonne, so heiß, als könnte sie ihr Fleisch schmelzen, stand beinahe auf dem Zenit. Ein Tag, in dem das Benzin im Tank zu kochen begann. Younis' Chauffeur brachte Eisblöcke, um den Motor zu kühlen. Riesige bläuliche Ziegel, die tief in den Zisternen und alten Bewässerungskanälen unter der Stadt gelagert wurden. Man konnte die Stirn und den Nacken daran lehnen, bevor sie ihrer Bestimmung zugeführt wurden, ein wohltuender eisiger Schock, der durch den ganzen Körper jagte.

»Mama, Mama!«, rief eine Stimme an ihrem Ohr. Sie öffnete die Augen, blinzelte überrascht in das flimmernde weiß gleißende Mittagslicht. Sie lehnte an einer Hausmauer, und Jenny klammerte sich an ihren Hals, erstickte sie beinahe in ihrer Umarmung. Die Hände waren ihr herabgesunken, und das Kind hielt sich nur mehr aus eigener Kraft an ihr fest.

»Heimgehen, los!«, rief Laura sich zu. Sie brachte nur einen heiseren Laut hervor. Ihre Zunge klebte an ihrem Gaumen.

Jennys Gesicht war hochrot. Sie hatte ihre Sonnenbrille verloren. Angstvoll sah sie in die Augen ihrer Mutter. »Da!« Jenny zeigte auf den Boden. Da lag die Sonnenbrille.

Sie rutschte aus Lauras Armen hinunter und hob die gelben Plastikgläser auf. Laura schaute sich um. Wie weit war sie, halb ohne Bewusstsein, gegangen? Erleichtert erkannte sie die Kreuzung. Dahinter begann schon der Häuserblock, wo sie wohnten. Sie konnte sogar schon das Haus sehen. Jenny verlangte nicht, getragen zu werden. Sie jammerte nicht, sondern stapfte tapfer auf ihren kleinen Füßen neben Laura her. Wie heiß musste ihr erst mit der Windelhose sein. Aber es waren nur mehr ein paar Schritte. Täuschte sie sich, oder stand jemand vor dem Haus? Lauras Herz klopfte. Aber es gab keinen Ausweg, sie musste zurück, musste nach Hause, weg von diesem unerbittlichen Licht.

Den Blick nur auf ihre Füße gerichtet, zählte sie ihre Schritte und zog das schwer atmende Kind hinter sich her. Plötzlich fiel ein Schatten auf die sandige Straße vor ihr.

»Um Gottes willen!« Das war Deutsch, eine Stimme, die sie kannte. Mit Mühe hob sie den Kopf. Annemarie stand vor ihr. Elegant in Weiß und trotz der Hitze nicht echauffiert.

»Komm, mein Schatz.« Annemarie hob Jenny auf und wischte ihr das verschwitzte Gesichtchen ab. »Gleich gibt es eine Erfrischung«, sagte sie tröstend. Sie nahm Lauras Schlüssel, sperrte auf, führte sie ins Haus hinein und begab sich, noch immer mit Jenny auf dem Arm, in die Küche, während Laura ins Bad ging. Sie hielt den Kopf unter die Dusche, bis die roten Flecken vor ihren Augen verblassten. Langsam erholte sie sich. Als sie zurückkehrte, hörte sie Jennys helle Stimme. »Annmalie! Annmalie! Lieb!«

Annemarie hatte Tee mit Zitrone gemacht und für Jenny Zitronenwasser. Jenny lief Laura nackt entgegen.

»Ich hab sie ins Waschbecken in der Küche gesetzt und kalt abgewaschen«, erklärte Annemarie. Sie musterte Laura. »Geht es dir auch wieder besser?«

Laura drückte ihren Arm. »Ich bin so froh, dass du gekommen bist, Annemarie. Ich danke dir sehr!«

Sie setzten sich ins Wohnzimmer an den Esstisch. »Ich habe mir die ganze Zeit schreckliche Sorgen um dich gemacht«, sagte Annemarie. »Aber ich konnte nicht früher kommen, es war furchtbar.« Sie schüttelte traurig den Kopf. »Du weißt ja, was dem armen Nuri passiert ist. Es ist jetzt nicht populär das zu sagen, aber er war ein guter und ehrenwerter Mann.« Sie warf Laura einen Blick zu. »Oder hat dir Younis nichts gesagt.«

»Dass er tot ist, umgebracht …«

»Schlimmer noch.« Annemarie schenkte Tee nach und nahm einen Schluck.

Nuri Al-Said hatte gedacht, schlauer als alle anderen zu sein. Als Frau verkleidet war er mit einem Boot über den Tigris zu seinen Schiiten-Freunden nach Kadhimiyah geflohen. Dort konnte er nicht bleiben und versuchte, in der Stadt unterzutauchen. Unterwegs hatte ein kleiner Junge die gestreiften Pyjamahosen unter der *Abaya* entdeckt und Alarm gerufen.

»Ob er sich selbst erschossen hat oder von einem der Putschisten erschossen wurde, darüber gehen die Meinungen auseinander. Auf Befehl von Quassem bekam er ein ordentliches Begräbnis. Immerhin war er der Ministerpräsident und hat seit den zwanziger Jahren die Regierungsverhandlungen mit den Engländern geführt. Aber dann …« Annemarie schüttelte sich bei der Erinnerung. »Sie haben die Leiche ausgegraben und … durch die Stadt geschleppt, an den Kreuzungen hielten sie Busse und Autos an und befahlen ihnen, über ihn darüberzufahren, immer wieder.« Von Nuri Al-Said blieb nur ein unkenntlicher Rest im Straßenstaub übrig.

Jenny kletterte auf Lauras Schoß und tappte mit ihren kleinen heißen Händen in ihr Gesicht. »Mama!«, rief sie alarmiert. »Mama, Jenny anschauen!« Sie gab keine Ruhe, bis Laura ihre Erstarrung abschüttelte und Jenny beruhigend anlächelte.

»Da sagt man immer, die Nazis waren die schlimmsten Übeltäter. Aber schau dir das nun an.« Annemarie stand auf und glättete ihr Kleid. »Wehe, wenn sie losgelassen. So ist der Mensch, eine Bestie.«

Laura mochte diesen Vergleich nicht. Die Iraker handelten grausam, weil sie sich von ihren Unterdrückern befreien wollten, die Nazis hatten ihre Verbrechen ganzen Völkern angetan.

»Ich gehe jetzt, ich will Ahmed nicht zu lange auf der Straße warten lassen.« Sie streckte Laura die Hand hin. Sie hatten also noch einen Chauffeur. Mit einem Mal sah sie so zerquält drein, dass Laura erschrak.

»Ich hoffe, wir werden Freundinnen, Laura. Ich wünsche es mir.«

Freundinnen. Sie kannten sich noch kaum. Laura war gerührt über das Angebot. Keine Frau war ihr bisher so herzlich begegnet.

»Das wünsche ich mir auch«, erwiderte sie.

11. KAPITEL

NOCH IMMER WAREN die Telefonleitungen gestört. In den Straßen Bagdads herrschte die Gewalt. Den Palast hatten die ersten Schaulustigen bereits gestürmt, als noch die Leichen der königlichen Familie im Innenhof lagen. Die irakischen Bauern waren bitter arm. Bevor sie den Heimweg antraten, wollten sie sich noch etwas Wegzehrung holen. Zwar hatte General Abdul Karim Quassem versprochen, für Ordnung zu sorgen, doch zuerst musste er einen neuen Polizeiapparat aufbauen. Plünderungen von Geschäften und Einrichtungen, die Wohlstand verrieten, blieben an der Tagesordnung.

Nur eine Frau aus der Hashemiten-Familie überlebte die Revolution, Abdulillahs Ehefrau. Prinzessin Hyam war verletzt in einem Spital gelandet, wo man sie zu ihrem Glück nicht erkannt hatte. Nun suchte sie Zuflucht bei Jordaniens König Hussein. Hussein, ebenfalls vom Geschlecht der Hashemiten, war ein Cousin des ermordeten jungen Königs.

»Warum bist du gegen Quassem?«, fragte Laura.

Younis machte eine unwirsche Bewegung. Er wollte nicht mit ihr über Politik reden.

»Du verstehst nichts davon, misch dich nicht ein.«

Annemarie kam mit einem Geschenk für Jenny, einer Puppe und dem dazu passenden Bilderbuch: »Raggedy Ann«. Die Puppe war fast so groß wie Jenny selbst. Annemarie hatte sie selbst aus Stoffresten genäht. Jenny streichelte und küsste sie verzückt. »Annemi! Anneli!«, rief sie. »Meine Puppe, liebe Puppe.«

Laura wagte nicht, Annemarie nach ihrem Mann zu fragen. Hatte er die Arbeit verloren? War er in Schwierigkeiten? Beim nächsten Besuch brachte Annemarie selbst das Gespräch darauf.

»Ich habe mich schon darauf vorbereitet, dass wir das Land verlassen müssen. Immerhin war Rahman im diplomatischen Dienst des Präsidenten. Aber am 14. Juli ist er wie immer in seinem Mercedes nach Hause gekommen.«

»Dir muss ein Stein vom Herzen gefallen sein.«

Annemarie schüttelte den Kopf. »Im vorigen Sommer haben sich Quassem, Aref und eine Reihe von Offizieren in Damaskus getroffen und das Attentat geplant. Rahman hat davon Wind bekommen. Alles, was er ist, verdankt er Nuri Al-Said. Und dann wechselt er die Seite. Er hat ihn ein dreiviertel Jahr jeden Tag gesehen und ihm ins Gesicht gelogen.« Ihr Seufzer klang wie ein Schluchzen. »Ich werde nicht fertig damit.«

Laura streichelte ihre Hand. »Aber vielleicht, denke einmal, er hat doch Familie, dich und euren Sohn, er wusste, dass es früher oder später zu einem Umsturz kommen wird. Er hat es für euch getan.«

Annemarie zog ihre Hand zurück. »Nein, das hat er für sich getan. Für seine Karriere.« Sie holte ein Taschentuch hervor und fuhr sich damit über ihre Augen. »Am liebsten würde ich heimfahren. Nur, wo ist das, daheim.«

Laura schwieg bedrückt. Sie hielt Annemarie nicht auf, als sie sich verabschiedete. Ihre Besuche dauerten nie lange, sie vermied es, Younis zu begegnen.

»Alle wollten den König fallen sehen, aber wie geht es weiter? Das hätten sie sich eben vorher überlegen sollen. Jetzt müssen sie mit den Kommunisten fertig werden. Frag Younis.«

Stimmte das? Sie wusste mehr über ihn als Laura. Zum Abschied küsste Annemarie sie auf die Wange.

Beinahe jede Nacht, wenn Laura schon schlief, waren die Brüder gekommen. Oft hatten sie die durcheinander sprechenden, erhobenen Stimmen geweckt. Nur Saad war nicht ein einziges Mal erschienen. Jetzt erst, einen Monat nach dem Ausbruch der Revolution, erfuhr sie den Grund.

»Sie haben ihn eingesperrt, wir haben alles versucht, ihn freizubekommen, vergeblich.«

Younis saß vor dem Radioapparat und rauchte eine Zigarette nach der anderen. Er ging nicht zur Arbeit. Nicht einmal seine Rosen hatte er gewässert. Wenn Jenny auf seinen Schoß klettern wollte, schob er sie weg. Er trank keinen Kaffee, aß nichts. In der rechten Hand bewegte er unaufhörlich seine Gebetskette, er flocht die Finger darum, drehte und schüttelte sie.

»Was bedeutet das, was ist geschehen?«

Laura legte die Hände um sein Gesicht und suchte seinen Blick. Seine Augen glänzten schwarz, undurchdringlich. Er sah sie an wie ein Fremder.

»Saad steht vor dem Revolutionsgericht.« Younis befreite sich aus ihrem Griff. »Dir ist es egal, du wirst keine Träne um ihn vergießen.«

Laura widersprach nicht. »Was wirft man ihm vor?«

»Er hat Kommunisten gehenkt. Das verzeihen sie ihm nicht.«

»Saad?«

»Er war der Direktor von Abu Ghraib.«

Abu Ghraib. Sogar Laura kannte das berüchtigte Gefängnis. Das also war das Geheimnis, von dem niemand in der Familie sprach. Hatte sie nicht recht gehabt, ihn zu meiden. Seine Gewalttätigkeit, seine Eiseskälte. Die Gerichtsverhandlung wurde im Radio übertragen. Der Staatsanwalt entwarf das Bild eines Schlächters, der foltern und töten ließ, wie es ihm gefiel. Saad Al-Quassems Willkür hatte keine Grenzen gekannt. Voll Entsetzen hörte Younis die Aussagen der Zeugen, die seine Grausamkeiten überlebt hatten. Dennoch hielt er zu seinem Bruder.

»Gestern hat er sein Amt erfüllt, heute wird er dafür als Verbrecher bestraft! In diesem Prozess gibt es keine Gerechtigkeit. Das Gesetz steht immer auf der Seite der Sieger.«

Plötzlich sprach Younis mit Wärme von ihm, seiner Güte und Fürsorge nach dem Tod des Vaters. Saad hatte ihn auf die Universität geschickt, ihn Sprachen lernen lassen. Ohne Saad hätte er nie solche Möglichkeiten bekommen.

Laura erinnerte ihn nicht an Saads Intrige, mit der er die Verlobung hintertreiben wollte, die Missgunst, die sie von ihm erfahren hatte, wie alle, die nicht nach seiner Pfeife tanzten.

Die Stimmung war zum Zerreißen gespannt. Am Nachmittag hielt Laura es nicht mehr aus, sie ging mit Jenny in den Garten. Zwar flirrte die Luft vor Hitze, aber es war immer noch angenehmer als drinnen mit Younis. Er hatte sich die Arrakflasche zum Radioapparat gestellt und trank ohne Unterlass. Laura setzte Jenny auf ihre Knie. Es war zu heiß, um sich zu regen, sogar Jenny saß still. Lump und Mimi dösten auf der Gartenmauer, sie warteten, dass es Abend wurde, Fütterungszeit. Laura spürte ihren Puls schlagen, Minute um Minute, ihre ruhigen Atemzüge und die schnelleren des Kindes. Sie musste eingeschlafen sein. Die Sonne stand schon tief, sie hörte einen jammervollen Laut. Jenny rutschte von ihrem Schoß und lief zu Younis ins Haus. Er hielt das Radio mit beiden Händen umklammert. Saads Stimme schrie heraus. Younis presste das Radio an seine Wange, flüsternd, wie ein Evangelium wiederholte er Saads Worte

»Was sagt er, ich verstehe ihn nicht. Bitte übersetze es für mich, Younis.«

Er sah sie nicht an. »Ich nehme nichts von dem, was ich getan habe, zurück. Ich ändere meine Meinung nicht. Alles, was ich getan habe, würde ich wieder tun. Ihr werdet mich hinrichten. Ich bleibe, der ich bin.«

Laura entdeckte vor dem Fenster eine Bewegung. Ali! Zum ersten Mal seit dem 14. Juli öffnete er seinen Kiosk. »Ich hole uns etwas zu trinken. Younis?«

Er gab kein Zeichen, dass er sie gehört hatte. Sie nahm Jenny auf den Arm und lief auf die andere Straßenseite. Ali begrüßte sie mit einer tiefen Verbeugung.

»Wie geht es Ihnen, Madam? Ich bin froh, dass ich wieder arbeiten kann.« Ungefragt holte er zwei Colaflaschen aus der Eisbox. »Arrak für Herrn Younis?«

Laura nickte. Nach einem kurzen Zögern wandte sie sich nochmals an ihn: »Darf ich Sie etwas fragen?«

Er legte die Hand auf sein Herz und beugte respektvoll seinen Kopf.

»Nofa, Sie haben sich oft unterhalten, kennen Sie sich gut?«

Alis Geste konnte ja oder nein bedeuten.

»Wo wohnt sie, ich möchte sie besuchen.«

Ali gab ein bedauerndes Schnalzen von sich. »Das wird nicht möglich sein, Madam.« Er schüttelte den Kopf.

»Geben Sie mir einfach die Adresse!«, sagte Laura ungeduldig.

Aber Ali wischte seine Theke und sah in die Ferne. Laura zahlte und nahm die Getränke.

»Wenn Madam mir eine Message gibt, kann ich versuchen, Nofa zu erreichen«, sagte Ali, als sie schon aufgegeben hatte.

»Die Botschaft lautet, Nofa soll wieder zu uns zurückkommen.« Laura legte einen Geldschein für Ali dazu. »*Shukran*, Ali.«

Ali griff unter seinen Ladentisch und gab Jenny einen Lutscher. Jenny betrachtete ihn ratlos.

»*Shukran, Umm Jenny*. Möge Gott Ihre Schritte lenken.«

In der Nacht wachte Laura von der ungeheuren Hitze auf. Sie griff nach Jenny. Das Kind war nassgeschwitzt, die Haut glühte. Von Younis keine Spur, sie lagen allein auf dem Dach. Der Himmel war schwarz, mondlos. Die Sterne wie strassbesetzte Schmuckstücke auf einem Samtkleid. Wem gehörte es, Ewa? Oder Großmutter in Budapest, in ihrem Wohnzimmer, wo der Tisch zu Weihnachten festlich gedeckt war. Ein Feuer brannte, die Ofentür stand offen, Laura spürte, wie die Flammen an ihr leckten. Sie wollte trinken, aber da war nichts, nur der Braten auf dem Tisch, ihr Hase Hansi, den sie getötet hatten, von dem nur mehr ein braunweiß geflecktes Fellchen an der Küchentür hing. Es stank nach Blut. Sie kannte doch Omas Küche. Wo war die Wasserleitung? Sie musste trinken. Aber so sehr sie suchte, sie fand nichts. Leise begann sie zu weinen. Die salzigen Tränen flossen ihr in den offenen Mund. »Mama. Bitte Mama, komm zu mir!«

Die Stimme weckte sie auf. Ihre eigene Stimme, flehend und schwach. Sie war nicht in Budapest. Die Nacht schwarz und kalt. Die Kälte kroch in ihre Beine, ihre Arme. Sie begann zu zittern. Sie musste aufstehen, Hilfe holen für sich und Jenny. Aber sie war zu keiner Bewegung fähig, nicht einmal die Decke, die von ihrem Körper geglitten war, konnte sie hochziehen. Keuchend und rasselnd hörte sie Jennys Atem, nein, sie selbst war das. Sie spürte einen Augenblick der Panik, als sie an Ewa und Stephan dachte, aber warum, das wollte ihr nicht einfallen, obwohl sie es doch gerade noch gewusst hatte. Es war ihr ein Fehler unterlaufen, sie würden ihn ihr vorhalten. Jetzt war nichts mehr zu tun. Sie hatte versagt. Die Tränen in ihren Augenwinkeln trockneten, das Salz juckte, sie konnte sich nicht kratzen. Am schlimmsten quälte sie der Durst. Jemand zog eine Decke über ihren Kopf, darunter war es schwarz und still.

»Breakbone Fever«, sagte ein Mann. Er stand in einem leuchtend weißen Zimmer. Auch sein Haar war weiß und seine Haut. Seine Augen konnte Laura nicht erkennen. Die Brillengläser funkelten zu stark. »Jetzt erwacht sie.« Das war Younis. »Laura, hörst du mich?« Er beugte sich über sie.

Jenny, wollte Laura sagen, wo ist Jenny, aber ihre Zunge bewegte sich nicht, lag gefangen hinter den Zähnen, ausgedorrt von der Hitze. Sie entdeckte die geblümte Decke, die Ewa für Jenny geschickt hatte und darin eingewickelt Jenny in den Armen ihres Vaters. Die Wangen rot wie gemalt, die Augen fest geschlossen und zwischen ihren Augenbrauen eine kleine Falte, die Laura noch niemals gesehen hatte, so schlief sie. »Sie können sie nicht nach Hause mitnehmen, das Fieber ist zu hoch.«

Nun wusste Laura, wo sie sich befand, im amerikanischen Krankenhaus, hier war sie in der Schwangerschaft untersucht worden und dann doch nicht geblieben, weil das Honorar zu hoch war, was sie später bedauert hatte.

»Ich lasse sie nicht hier«, antwortete Younis. Warum, wollte er sparen, wenn sie eine Krankheit befallen hatte, die Knochen brechen konnte? Und Jenny, was war mit dem Kind?

»Während der Revolution sind ausländische Frauen entführt worden. Das Risiko kann ich nicht eingehen.«

Revolution, was meinte er? Sie hatte nichts mit der Revolution zu tun. Adele, ja, sie war schlimm daran, Adele Winter. Jeden Tag dachte Laura mit schlechtem Gewissen an sie. Sie hätte es bei Younis durchsetzen können, Adele im Haus aufzunehmen. War sie mit den Hashemitenkindern getötet worden?

Ich möchte nach Hause, Younis, sagte sie stumm. Und erschrak dabei, weil zu Hause nicht ihr Haus in der *Ragheeba Chattoon* war, sondern die Wohnung in der Wohllebengasse, und sie sich wünschte, Ewa würde jetzt hier sein und den Arzt fragen, was zu tun sei, damit ihre Tochter wieder gesundete. Als sie erwachte, hörte sie ein Baby weinen. Es war gegen Morgen, schon hell im Zimmer, ihrem Wohnzimmer. Younis kam in ihr Blickfeld. Er ging mit Jenny auf und ab und flüsterte ihr beruhigend zu. Dann wurde es still, wieder brach die Dunkelheit herein, nur die Ofentür, hinter der das Feuer hell loderte, stand offen. Die Hitze brannte auf ihrer Haut. Die

Nachtigall rief. *Bulbul*, die Stimme von Radio Bagdad. Dann setzte die Radiomusik laut und dröhnend ein. Laura richtete sich auf. Janitscharenmusik, sie erinnerte sich. So hatte es begonnen. Da war Younis. Seine Augen waren rot und verschwollen und seine Wangen rauh, als hätte er schon viele Stunden geweint. Younis legte Jenny auf Lauras Bett. Sie wollte die Hände nach ihr ausstrecken und konnte sich nicht rühren. Die Musik verstummte. Aus dem Radio gellten Stimmen, eine Menschenmenge, die kollektiv aufheulte.

Younis stand vor ihr, die Hände hingen herab, regungslos. Nur seine Lippen bewegten sich lautlos.

Sieben Wochen nach Ausbruch der Revolution ging der Ausnahmezustand zu Ende. Eines Morgens stand Nofa vor der Tür, mit nackten, staubigen Füßen, in ihre *Abaya* gewickelt, aus der nur ein Auge herausguckte, was Jenny sofort zum Weinen brachte.

»Nofa? Wo ist Nofa?«, schrie sie und zerrte an dem schwarzen Stoff.

Sie ließ sich nicht aufheben und küssen, sondern strampelte und wütete.

»Armes Kind, so dünn, was ist geschehen?«, fragte Nofa. Jenny riss ihr den Schleier herunter, und Nofa überließ ihn ihr, damit sie Ruhe gab. Aber das Klagen ging weiter und weiter: »Nofa, wo, wo, wo?« Jenny hatte noch keinen Zeitbegriff, aber sie spürte, dass etwas durcheinandergeraten war.

Nofa musste ihr alle Lieder, die sie kannte, vorsingen, bis Jenny wieder einigermaßen zufrieden war. Laura ließ sich herzen und die Hand küssen. Sie stellte keine Fragen. Die drahtige kleine Beduinenfrau hatte ihr gefehlt. Als auch ihre Schwester wieder in der *Ragheeba Chattoon* erschien, war es beinahe wie früher. Wenn Laura sich nicht so schwach gefühlt hätte. Zum Glück kümmerte sich Nofa um das Kind. Jenny war nach der Krankheit schon wieder so quietschvergnügt wie früher. Laura dagegen musste sich von einem Stuhl zum nächsten entlangtasten, weil ihre Beine sie nicht tragen wollten. Es mochte mit ihren Zweifeln und Ängsten zusammenhängen. Sie war niemals vorher krank gewesen. Jetzt fehlte ihr die Kraft, aus dem Haus zu gehen.

»Wenn die Datteln im Garten reifen, ist Madam wieder gesund«, sagte Nofa. Sie rümpfte die Nase über die Medizinflaschen, die der amerikanische Arzt verschrieben hatte. Stattdessen holte sie Granatäpfel vom Suq. »Das bringt deine Kräfte zurück.«

Die rosa Früchte schmeckten sauer und erfrischend. Dann entschuldigte sich Nofa für einen Tag. »Muss etwas für Madam besorgen.« Als sie wiederkam, brachte sie eine Pflanze mit, die sie selbst gepflückt hatte. »Ysop wächst nur in der Wüste. Gesundheit ist hier.« Nofa klopfte an ihre Stirn und ihre Brust. »Ysop macht starkes Herz.«

Laura lächelte über Nofas Weisheiten, aber sie trank brav den Tee und aß den Salat aus Granatapfelstücken, sie saß im Garten und sprach mit den Katzen und sah in den Himmel, der wie flüssiges Metall aussah, silbrig schimmernd, ohne Farbe.

Annemarie kam auf Besuch und musste sofort ins Bad laufen, um sich zu übergeben. »Ich bin schwanger.«

»Oh. Das ist … ich freue mich für dich.«

Bei ihrer letzten Begegnung hatte sie ihren Mann noch einen Verräter genannt.

»Meine Schwägerinnen schwören, dass es ein Mädchen wird, weil die langen Haare den Magen kitzeln. O du grüne Neune, würde mein Vater dazu sagen, der Aberglaube ist der stärkste Glaube!«

Laura dachte daran, was Annemarie ihr nach Jennys Geburt gesagt hatte. Früher oder später musste sie ein zweites Kind planen. Mit einem Kind konnte man hier keinen Ehemann halten.

Sie war so blass, dass man die Sommersprossen auf ihrer Haut sehen konnte, aber das tat ihrem Humor keinen Abbruch. »Ich hoffe natürlich auf einen Sohn.« Sie kräuselte die Nase und zwinkerte Laura zu.

Sie hatte englische und deutsche Magazine mitgebracht, die Laura glücklich in Empfang nahm. »Danke, Annemarie, das hat mir gefehlt! Zum Umblättern reicht meine Energie gerade. Sonst bin ich zu nichts zu gebrauchen.«

»Du darfst es dir nicht zu Herzen nehmen«, sagte Annemarie.

»Was?«

»Der Himmel hängt nicht immer voller Geigen, das wissen wir doch inzwischen. Schluck es runter und steh wieder auf.«

Sie lehnte den geheimnisvollen Tee, den Nofa brachte, ab. »Ysop, nein, danke. Mir ist schlecht genug.« Bevor sie ging, kündigte sie Gini an. »Bei ihr hat sich einiges getan, der untergetauchte Gatte ist wieder im Land, stell dir vor. Das soll sie dir aber selbst sagen.«

Dann musste sie ein zweites Mal das Bad aufsuchen. In einer Wolke Eau de Cologne kehrte sie wieder, schickte Laura Kusshände und fand noch im letzten Moment das Geschenk für Jenny in ihrer Handtasche, ein Spielzeuglamm mit echtem Fell, mit dem sie Jenny in Entzücken versetzte. Bevor Laura sie auffordern konnte, sich zu bedanken, umfing Jenny Annemaries Beine und küsste ihre Kniescheiben. »Tante lieb! Annemi liebe Tante!« Sie lief Annemarie bis zur Haustür nach und winkte, bis der Wagen nicht mehr zu sehen war.

»Der Himmel hängt nicht immer voller Geigen«, sagte Laura vor sich hin. Meinte Annemarie ihre Ehe mit Younis oder die Lage im Irak? Oder beides?

Gini rief noch am selben Abend an. »Ich besuche dich lieber nicht zu Hause«, sagte sie gleich nach der Begrüßung. »Deinem Younis wäre es vielleicht nicht recht.«

»Ich kann nicht ausgehen. Das Knochenbrecher-Fieber hat seinen Namen zurecht, ich bin wie aus Gummi.«

»Ich hole dich mit dem Wagen ab.«

Ein Auto? Bis jetzt hatte Gini nicht gerade im Wohlstand gelebt. Das schien sich geändert zu haben. Sie wohnte auch nicht mehr bei den Schwiegereltern.

»Zum Glück, sonst wäre einmal ein Mord passiert. Unser Haus ist im Bezirk Karrada.«

Das war eine teure Wohngegend.

»Ich habe dich einmal besucht, während der Revolution«, fiel Laura ein. »Aber niemand war da. Oder habt ihr die Tür nicht aufgemacht?« Damals in der flammenden Mittagshitze, als sie mit Jenny durch die *Ragheeba Chattoon* getaumelt war, bis sie zum Glück Annemarie getroffen hatte.

»Sie haben es mir nicht erlaubt. Es war noch nicht gewiss, wie der Machtkampf ausgehen würde. Sie hatten Angst wegen Younis.«

Younis, der die Engländer hasste, stand er denn auf einer anderen Seite als Ginis Mann? Schon wieder fühlte sich Laura wie ein unwissendes Kind. Aber Gini erklärte nichts. »Alles andere besprechen wir, wenn wir uns sehen. Hoffentlich geht es dir bald besser, ich habe schon große Sehnsucht!«

Younis ging jeden Morgen in Saads Haus zur gemeinsamen Familientrauer. Wenn er nachts heimkam, schlief sie meist schon. Sein Schmerz hüllte ihn ein, er war still und höflich, nicht greifbar für sie. Laura kämpfte nicht dagegen an. Es war, als ob sie aus sich selbst herausgetreten wäre, sie sah sich die beiden an, Younis und Laura, zwei Fremde, die in einem Bett schliefen und nicht miteinander sprachen. Was sollte aus ihnen werden? Dann kamen andere Tage, der Wind erhob sich, Chamsin, den die Beduinen den bösen Wind nannten, aber Laura war froh, weil er die Hitze vertrieb. Sie sah die Datteln gelb und rötlich hoch oben unter der Blätterkrone der Palme. Nofas Prophezeiung erfüllte sich. Die Früchte reiften, und Laura wurde wieder gesund.

12. KAPITEL

GINI HIELT IHR VERSPRECHEN und holte Laura mit dem Wagen von zu Hause ab. Zu Lauras Erstaunen chauffierte sie den schweren Chevy selbst.

»Du hast den Führerschein?«

»Danach fragt hier keiner. Ich kann Auto fahren«, antwortete Gini selbstbewusst. Sehr sicher war sie nicht am Steuer, aber zum Glück gab es um diese Zeit am frühen Abend nicht viel Verkehr.

»Warst du schon im Royal Club? Alwiyah Club heißt er ja jetzt.«

»Dort willst du hin?«, fragte Laura beeindruckt.

Solange die Briten im Land das Sagen gehabt hatten, hatten vor allem ausländische Diplomaten und Angehörige der Hashemiten-Familie den Royal Club besucht. Nun wurde der ehemalige königliche Club Treffpunkt von Bagdads *haute volée*. Laura war noch nie dort gewesen. Gini dagegen schien hier ein und aus zu gehen. Beim Eingang hielt ihnen ein Page mit rotem Fez die Türe auf und verbeugte sich tief. An der Rezeption wurde sie von der Empfangsdame mit einem freudigen Lächeln begrüßt. Beinahe ehrfürchtig folgte Laura ihrer Freundin durch das elegante Clubhaus in den Park. Der Rasen war noch ein Relikt der Engländer, kurz getrimmt und überirdisch grün. Vier Sprinkler sprühten Tag und Nacht Wasser, und die Gärtner wachten sorgsam über die Länge jedes Grashalmes.

In den zwei großen Swimmingpools tummelten sich vor allem Kinder. Das würde Jenny auch gefallen. In einem verglasten Pavillon daneben konnte man Kaffee trinken. »Oder möchtest du essen? Das Restaurant im Club ist ausgezeichnet.«

Laura schüttelte den Kopf. »Gini, du bist ja völlig verwandelt, eine mondäne Dame.«

Gini zupfte erfreut an ihren lockigen Stirnfransen. Sie hatte eine neue platinblonde Haarfarbe und Dauerwellen. »Ja, ich genieße es.

Ich war schon ganz verzagt mit den schrecklichen Mustafas, aber die Durststrecke hat sich gelohnt, Ali ist jetzt obenauf.«

Sie gab Laura einen kleinen Exkurs. »Seit Gamal Nasser den äygptischen König Faruk beseitigt hat und regiert, träumt er von einem Zusammenschluss der arabischen Länder. Wenn Irak sich an Ägypten angeschlossen hätte wie Syrien, wäre es mit den Kommunisten hier aus gewesen.«

»Ali ist ein Kommunist?«, fragte Laura. Eine Freundschaft mit der Frau eines Kommunisten würde Younis sicher nicht gutheißen.

»Ja, deshalb musste er weg. Mir hat das natürlich niemand gesagt, aus Angst, ich würde es verraten. Ich hab die ganze Zeit gedacht, Ali ist bei einer anderen Frau, in der Zeit hat er sich in Syrien versteckt. General Quassem schätzt ihn. Ich glaube, es wird jetzt aufwärtsgehen mit dem Irak.«

Quassem plante eine Landwirtschaftsreform. Außerhalb der Städte lebten die meisten Iraker unter erbärmlichsten Bedingungen, beinahe wie Leibeigene einiger reicher Scheichs, denen der Boden gehörte. Quassem wollte Schulen und Krankenhäuser bauen, Geld in die Industrie investieren, die Erlöse aus dem Erdölverkauf dazu verwenden, die Kluft zwischen arm und reich zu beseitigen.

»Das alles sind auch Ziele der Kommunisten. Quassem folgt nicht Nasser, der Irak wird einen eigenständigen Weg gehen.«

Der Kellner brachte ihre Getränke, ein Kännchen mit dem traditionell zubereiteten Kaffee und einen Teller mit orientalischen Süßigkeiten aus Sesam, Pistazien und Nüssen, dazu kleine honiggetränkte Kuchenstücke.

Ginis Erklärung klang vernünftig. Younis entwarf ein ganz anderes Bild, für ihn war Quassem der Totengräber des Landes. Aber so weit würde es nicht kommen, wiederholte er immer wieder, jetzt, wo die Iraker das britische Joch abgeschüttelt hatten, ließen sie sich nicht mehr die Freiheit nehmen. Vielleicht irrte sich Younis, vielleicht würde der Irak mit Quassem aufblühen.

»Lass deinen Mann lieber nichts davon hören«, meinte Gini, als könnte sie Lauras Gedanken lesen. »Sonst verbietet er dir den Umgang mit mir.«

»Das geht nicht«, sagte Laura bestimmt. »Mein Mann wird sich an dich gewöhnen müssen.« Sie biss in ein Stück Honigkuchen.

Gini warf ihr einen zweifelnden Blick zu. »Ich hoffe, das weiß er auch.«

Der Honig schmeckte wie parfümiert, es war ein Gewürz darin, beinahe atemberaubend. Ebenso wie der Kardamom im Kaffee. So wie der Geschmack war das Leben hier, ein Märchen, das sie berauschte, aber auch benommen machte, ein Paradies, in dem es einen Abgrund gab.

Younis verzog sein Gesicht, als Laura vom Royal Club zu schwärmen begann.

»Das Essen ist großartig, besser als sonst in den Restaurants. Und man kann sich so wunderbar entspannen. Schwimmen, Sonnenbaden, im Park spazieren gehen …«

»Das ist eben die britische Lebensart. Großartig! Wunderbar!«, höhnte er.

»Geh doch wenigstens einmal zum Essen mit mir hin.«

»Ich denke nicht daran.«

Laura senkte enttäuscht den Kopf. Nach einer Weile räusperte sich Younis und sagte unwillig: »Aber du geh nur, wenn du dort glücklich bist. Mir ist unser Fischlokal in der Abu Nuwas lieber.«

Er verließ das Zimmer, kehrte aber noch einmal zurück. »Und außerdem, Laura«, teilte er ihr triumphierend mit. »Er heißt Alwiyah Club. Wir haben – *al hamdu lillah* – keine Royals mehr!«

Auch wenn es Younis nicht passte, Laura gefiel es im Club. Sie traf Annemarie und Gini, die Schweizerin Ursula, sie lernte Sherryll und Helen aus London und die Schottin Mary Lou kennen, die auch zu ihrem Kreis gehörten. Die meisten Ausländerinnen, die mit wohlhabenden Irakern verheiratet waren, verkehrten dort. Alle außer Laura waren Clubmitglieder.

Jenny liebte vor allem die knallblauen Swimmingpools. Sie war nun beinahe zwei Jahre alt und kein Baby mehr. Englisch und Arabisch plapperte sie durcheinander. Lauras Versuche, ihr deutsche Wörter beizubringen, ignorierte sie dagegen. Laura machte sich Sorgen, dass Jenny zuviel von dem stark nach Chlor riechenden Wasser schlucken würde. Doch Jenny war in ihrem Element. Erst wenn ihre Lippen blau waren, zog Laura sie unter Protestgeschrei aus dem Wasser. Die anderen Kinder waren nicht so mutig, Lina und Maurice, Helens Sohn, anfangs sogar wasserscheu. Aber Jennys Begeisterung überwand alle Ängste. Bald war die ganze Kindergruppe, versehen mit Schwimmgürtel und Luftpolster, im nassen Element zu Hause, und die Mütter konnten es sich ohne Sorge in den Deckchairs am Beckenrand gemütlich machen. Zu Jennys zweitem Geburtstag wünschte sich Laura für sie ein Fest im Royal Club. Younis war nicht begeistert, nur mit viel Überredungskunst brachte ihn Laura dazu, wenigstens dieses eine Mal mitzugehen.

Gleich beim Hineingehen entdeckte er in einer Vitrine beim Eingang einen Porzellanteller mit dem gemalten Bild der jungen englischen Königin. »Haben wir dafür die Briten davongejagt?«

«Du willst doch Jenny eine Freude machen.«

Seufzend folgte er ihr. »Du weißt, dass ich euch keinen Wunsch abschlagen kann.«

»Es wird dir bestimmt gefallen!«

Beim Eingang in den Park blieb Laura stehen und sah erwartungsvoll zu Younis auf. »Und wenn nicht, bitte, behalte es für dich. Deine Tochter hat Geburtstag.«

Younis zog die Blicke der Frauen auf sich. Die Irakerinnen schauten ihn verstohlen an, die Ausländerinnen kannten so eine Zurückhaltung nicht, sie zeigten ihr Interesse unverhohlen. Lauras Freundinnen machten da keine Ausnahme, Younis gefiel ihnen. »Ein schöner Mann gehört dir nicht allein, heißt so nicht irgendein Sprichwort?«, fragte Laura in die Runde, weil alle Köpfe sich in seine Richtung gewandt hatten.

»Mach dir keine Sorgen, der sieht uns gar nicht«, meinte Mary.

»Dich vielleicht nicht, gute Mary!«, erwiderte Annemarie schlagfertig, worauf die Frauen in Lachen ausbrachen.

Nur Ursula wirkte leicht eingeschnappt. Sie war mit einem Ingenieur verheiratet, der das halbe Jahr auf Reisen war. Ursula fühlte sich einsam, vielleicht hatte sie sich wirklich ein wenig in Younis verliebt. Sie war einmal in seinem Office erschienen, um sich wegen einer Reparatur in ihrem Haus beraten zu lassen, hatte ihn aber nicht angetroffen. Danach kam sie zu Laura auf Besuch und hoffte, Younis dort zu sehen, wieder vergeblich. Ihre Erklärung hörte sich ein wenig bemüht an, fiel Laura nun im Nachhinein auf, während sie zusah, wie Ursulas Wangen sich langsam rot färbten.

Gini stellte eine große rosa Schachtel auf den Tisch, ihr Geburtstagsgeschenk für Jenny, eine Schokoladentorte, die mit Marienkäfern dekoriert war. Sie sangen »Happy Birthday«, während Jenny ungeduldig darauf wartete, endlich die Kerzen auszublasen. Sie hatte eine Menge Geschenke bekommen, einen Ball, Taucherflossen, Buntstifte, einen mit Gas gefüllten Luftballon und ein zweites kleines Lamm, damit das erste nicht so allein war. Am meisten begeisterte sie Ewas Päckchen, eine Glaskugel mit einer winzigen Stadt, in der ein Wahrzeichen, das Riesenrad, mittendrin herausragte.

»Das ist Wien«, sagte Laura. Sie schüttelte die Kugel, und es schneite.

»So haben wir uns kennengelernt, dein Vater und ich.«

Younis stand an der Bar des kleinen Pavillons und winkte jemandem zu, der gerade gekommen war. Laura drehte sich neugierig um. Aladin! Noch ein Feind der Engländer, dem es im Royal Club gefiel, dachte sie vergnügt.

»Gestern hatten wir den Geschäftsführer einer deutschen Elektrofirma bei uns zu Gast«, sagte Annemarie neben ihr. »Ralf Offendorf heißt er, aus Berlin.« Laura hörte einen Seufzer in ihrer Stimme und sah sie an. »Er sucht eine Sekretärin, eine Deutsche«, setzte Annemarie fort. »Willst du wieder arbeiten, Laura?«

Laura sah zu Younis hinüber. Sie machte eine unbestimmte Bewegung.

»Eine deutschsprachige Sekretärin«, verbesserte sich Annemarie. Sie folgte Lauras Blick. »Du könntest ihn einmal fragen. Das Gehalt ist sehr gut, das spielt vielleicht auch eine Rolle.«

Laura nickte. »Wie geht es dir, Annemarie?«, fragte sie dann. »Immer noch Übelkeit?« Annemarie legte eine Hand auf ihren Bauch. »Schlimmer. Etwas, das ich mir nie vorgestellt hätte.« Sie stieß ein kleines Lachen aus. »Heimweh.«

Während die Kinder im Pool sich ihren geräuschvollen Wasserspiele hingaben, schlenderte Laura zu Younis und Aladin an die Bar.

»*Salam aleikum*, wie geht es dir!«, sagte Aladin. Er war der einzige von Younis' Brüdern, der sie freundlich behandelte.

»Bist du öfter hier?«, fragte Laura.

»Zum ersten Mal. Younis hat mich eingeladen.« Er gab Laura die Hand. »Ich muss aber weiter, sie warten zu Hause auf mich.«

Younis machte ein finsteres Gesicht. »Nicht so eilig, wann sehen wir uns schon?« Aber Aladin war nicht aufzuhalten. Dann standen Laura und Younis nebeneinander und sahen auf das Treiben der Kinder.

»Ich habe eine Möglichkeit zu arbeiten«, brach Laura das Schweigen. »In einer deutschen Firma.«

Younis winkte dem Barkeeper, sein Glas aufzufüllen. »So einen Bourbon gibt es im ganzen Irak nicht, das ist der einzige Grund, noch einmal einen Fuß hierher zu setzen.« Er trank einen großen Schluck.

Laura wartete. Sie dachte an Annemaries Worte. Heimweh. Vor einem Jahr noch hätte sie dazu nur die Achseln gezuckt. »Wenn wir nach Amerika auswandern wollen, brauchen wir Kapital«, setzte sie fort, als klar war, dass er nicht antworten würde. »Angeblich ist die Stellung sehr gut bezahlt.«

»Angeblich!« Younis trank den Whiskey aus und hob das Glas für eine neue Bestellung. »Wer hat dir das eingeredet, die deutsche Klugscheißerin?«

Als der Barkeeper kam, nahm er ihm die Flasche weg. »Die kann gleich dableiben.«

Wie wütend er aussah. »Willst du nicht mehr nach Amerika?«

Younis fuhr herum. »Hast du einen Grund, dich zu beklagen, ist es dir nicht gut gegangen bei mir?« Er berührte sie nicht, und doch war es eine Misshandlung. »So lange du meine Frau bist, wirst du nicht arbeiten gehen, ist das klar!«

So sieht man nicht die Frau an, die man liebt, wollte sie zu ihm sagen, aber sie schluckte es hinunter. Er wartete nur darauf, einen Streit zu beginnen.

Jenny kletterte aus dem Schwimmbecken und lief in ihrem gerüschten Badeanzug über die Wiese, gefolgt von den anderen Kindern. Sie quietschten vor Freude, wenn die Sprinkler sie erwischten. Laura ließ Younis an der Bar stehen.

»Mama spielt mit?«, rief Jenny.

»Mama schaut lieber zu.«

»Bitte! Bitte!«

»Na gut.« Laura drehte eine Runde zwischen den Wassersprinklern. »Brr!«

Sie beutelte sich ab wie ein nasser Hund, und die Kinder quiekten noch lauter vor Vergnügen, am lautesten ihre Tochter Jenny.

»Laura?«

Sie stand in der Dunkelheit auf dem kleinen Balkon. Es wurde schon kühl in den Nächten. Unter ihr rauschten und raschelten die gefächerten Blätter der Palmen. Younis trat zu ihr. Sie wandte sich nicht nach ihm um.

»Ich habe mich nicht gut benommen, es tut mir leid.«

Die Glut ihrer Zigarette warf einen schwachen Schimmer auf sein Gesicht. Sie schwieg.

»Die ganze Zeit, nicht nur heute, ich weiß. Du hast Grund, auf mich böse zu sein.«

Er umarmte sie von hinten. »Ich habe Sorgen. Zuerst …« Er zögerte. »… die Trauer um Saad. Und die Politik. Es hat wieder Unruhen gegeben, im Norden. Jeden Tag kann die nächste Revolution ausbrechen.«

Laura erschrak. »Was tun wir dann?«

Younis schmiegte sich an sie. Sie roch sein Parfum, den Duft seiner Haut. Den Whiskey in seinem Atem. Er legte seine Hände auf ihre Brüste. »Ich wollte dich nicht beunruhigen.« Sie ließ sich von ihm streicheln. Seine Lippen glitten über ihren Hals, er tupfte mit der Zungenspitze an ihr Ohrläppchen, atmete heiß und erregend in ihr Ohr. »Komm, mein Schatz, meine Geliebte.« Er hob sie auf und trug sie in ihr Schlafzimmer hinunter. »Sag mir, wenn ich zu dir kommen darf.« Er schob ihr langes seidiges Nachthemd in die Höhe und begann sie zu liebkosen. »Nur wenn du mir verzeihen kannst, liebste Laura.«

Sie zog ihn an sich, umschlang ihn, drängte ihren Leib an seinen, verlangend. »Komm, komm«, sagte sie atemlos vor Erregung. »Ich liebe dich, Younis, ich begehre dich.« Er drang in sie ein, er stieß sie, langsam und immer schneller, ohne zu ermüden, wieder und wieder, bis sie beide befriedigt und satt vor Behagen waren und nebeneinander ausruhten, die Gliedmaßen ineinander verschränkt, ermattet und hellwach zugleich.

»Wir könnten nach Wien fahren«, sagte Laura in die Dunkelheit. »Wir könnten in Wien bleiben.« Er widersprach nicht, und sie setzte fort. »Eine Firma gründen, Import-Export. Was sagst du, mein Engel?«

Younis küsste Lauras Mund. »Liebend gern möchte ich nach Wien. Zum Heurigen gehen und mit der Liliputbahn fahren, in den Prater. Und den Semmering wieder sehen, wo wir uns verlobt haben. Es wäre schön, so schön.«

Er seufzte, und sie wusste, dass er nicht mitkommen würde, und erschrak, weil ihr einfiel, was es bedeutete. Wenn sie heim wollte, musste sie ohne Younis fahren.

»Ich bekomme Baby. Muss Madam entschuldigen, nur eine Woche, drei Tage vielleicht, dann Nofa wieder hier.«

Laura hörte sich Nofas Eingeständnis sprachlos an. Bis zu diesem Moment hatte sie Nofas Schwangerschaft nicht einmal bemerkt. Das weite Kleid versteckte ihren Leibesumfang.

»Bist du denn verheiratet?«, fragte sie verwirrt. »Wo ist dein Mann?«

Nofas Beduinenfamilie pflanzte Obst und Gemüse an, draußen in New Bagdad, wo die Slums der Armen waren. Nofas Kinder sollten nicht in diesem Elend groß werden, hatte sie beschlossen und eine Arbeit angenommen. Sie wohnte mit ihrem Mann und vier Söhnen hinter dem Wall. »Dem Sedde? Dort auf der anderen Seite der *Ragheeba Chattoon?*« Laura schlug eine Hand vor den Mund. Wie mochte es in New Bagdad aussehen, wenn die Hütte aus Palmblättern auf dem sumpfigen Grund schon den Aufstieg in ein besseres Leben bedeutete? Nofa ernährte mit ihrem Geld die ganze Familie. Deshalb wagte auch keiner, ihr etwas zu verbieten.

Unwillkürlich dachte Laura an Younis' kategorisches Nein zu der Stellung in der deutschen Firma. Sie waren wieder versöhnt, aber nur weil Laura nachgegeben hatte. Wollte sie auf eigenen Füßen stehen, gab es Krieg.

Jenny kletterte auf Nofas Rücken über ihre Schultern und ließ sich kopfüber auf ihren Schoß fallen. Nofa hielt sie in ihren Armen und sang mit ihrer sanften, tiefen Stimme ein Lied, das Laura immer das Herz bewegte. Ein schwarzes Kamel, auf dem ein schöner

Knabe ritt, dem der Schnurrbart noch kaum gewachsen war und der doch schon das Herz des Mädchens entflammte. Sie folgte ihm durch die weißen Berge, bis zum Horizont.

Jenny strahlte Nofa unverwandt an, wie hypnotisiert von der Musik. Laura wurde beinahe eifersüchtig beim Hinsehen. Jenny liebte ihr Kindermädchen. Eine Woche ohne Nofa, das war hart.

»Was wünscht du dir für dein Baby?«, fragte sie.

Nofa schüttelte lächelnd den Kopf. »*Shukran*, Madam, ich brauche nichts. Nur Gottes Segen. Gesundheit für mein Kind.«

Im Bazar fand Laura einen weißen Mohairstoff, so weich wie das Wollhaar eines jungen Kaninchens. Den kaufte sie, dazu Batist für die ersten Hemdchen, Stoffwindeln und ein großes Frotteebadetuch. Auf dem Rückweg ging sie am Irakmuseum vorbei, wo die Zeugnisse des alten Mesopotamien ausgestellt waren. Bisher hatte sie sich noch nie mit dem Altertum beschäftigt. Das Museum war geöffnet, und sie trat kurzentschlossen ein. Am Eingang des Saals wachten die steinernen Löwen von Babylon. Lauras Schritte hallten über den Boden. Sie war die einzige Besucherin. Beklommen stand sie vor den riesenhaften assyrischen Reliefs mit grausamen kriegerischen Kämpfen. Die Assyrer, Schreckensherren über Jahrhunderte, mit ihrem König Sargon. Wie schön dieses Volk war. Sie sah den goldenen Stier, die Schrifttafeln von Hammurabi. Die Mesopotamier hatten die Schrift erfunden und als Erste Gesetze aufgezeichnet. Das erste Gedicht, die erste Geschichte, das erste Epos der Menschheit.

»Gilgamesh«, sagte Laura und noch einmal. »Gilgamesh«. Das klang schön. Draußen fiel ein warmer, weicher Regen. Auf einem offenen Stand bot ein Händler kleine archäologische Funde an. Steine mit Keilschriftzeichen, kleine Tongefäße und Figuren. Jedes Stück kostete nur ein paar Fils. Was für ein Geschäft könnte man damit machen. Aus ganz Europa würden die Museen zu ihr einkaufen kommen. Doch dann, während sie eine kleine Frauenfigur mit Augen aus Edelstein betrachtete, besann sie sich. Das gehörte den Irakern. Auch wenn sie es heute noch nicht zu schätzen wussten, warum sollten ihre Kunstschätze in Berlin oder Paris oder New York ausgestellt sein.

Der Tamariskenbaum vor dem Museum trug Blüten, obwohl das Jahr bald zu Ende ging, was Laura immer wieder wie ein Wunder vorkam. Der Blumengeruch hüllte sie ein. Sie nahm ihn mit, als sie nach Hause ging. Den Namen Gilgamesh und den Duft der Tamariske.

Am Tor erwartete sie Nofa schon. Laura übergab ihr das Geschenk. Nofa begann vor Freude zu weinen. Sie legte ihre Stirn an Lauras Hand und bedeckte sie mit Küssen. »Du sollst immer Glück haben, Madam Laura. Gott beschütze dich auf allen deinen Wegen.«

»Versprich mir, dass du bald gesund wiederkommst!«

Sie umarmten sich.

13. KAPITEL

NACH SAADS TOD BEKAM YOUNIS den Wandteppich mit dem Löwen, der noch aus dem Hause seines Vaters stammte. Teppiche hatten Jenny schon als Baby fasziniert.

Sie konnte lange ruhig sitzen und die Muster betrachten, als sie älter wurde, fuhr sie mit dem Finger die Umrisse entlang, entdeckte die Pflanzen und Tiere, die in den Stoff gewebt waren. Der sandfarbene Löwe auf dem Wandteppich war ihr Liebling.

»Mein großes Katzi«, nannte sie ihn. Sie machte keinen Unterschied zu den Katzen in ihrem Garten.

»Jenny, Löwen sind viel größer. Man kann sie nicht streicheln, es sind Raubtiere. Löwen sind nur im Tiergarten.«

»Nein!« Jenny war empört. »Mein Katzi!« Sie pflanzte sich vor dem Wandteppich auf und schaute zu ihrem Löwen hoch.

»Einmal werden wir uns die richtigen Löwen ansehen.« Laura dachte an den Tiergarten in Schönbrunn.

»Bagdad ist nicht Schönbrunn, aber wir haben hier auch einen Zoo«, sagte Younis. »Ich hoffe nur, die Löwen leben noch.«

»Wieso nicht?«

»Ghazi hat sie aus Saudiarabien mitgebracht, das war in den dreißiger Jahren.«

»Wie alt werden Löwen?«

Younis wusste es nicht.

Laura fuhr mit Jenny zu den groß angelegten *Zawra Gardens*. Eine Weile spazierten sie herum, bis Jenny ein verblasstes Schild mit einem Löwenkopf entdeckte. Sie folgten ihm und kamen zu den Tierkäfigen. Ein über den Weg gespanntes Seil war der Eingang. Der einzige Wächter war ein verschlafener Beduine, dem Laura zehn Fils als Eintrittsgeld in die Hand drückte.

Sie fanden vier Löwen vor, drei Weibchen, die Jenny nicht beachtete, und einen Löwenmann. Ob es die Tiere waren, die der Hashemitenkönig in der Wüste gejagt und eingefangen hatte, ließ sich nicht in Erfahrung bringen. Die riesige Mähne des Löwen sah aus, als hätten sie die Motten zerfressen. Er lag allein, in imposanter Haltung und regte sich nicht, während die drei Löwinnen unruhig hin und her liefen und jedes Mal ungehalten fauchten, wenn Jenny sich vor dem Käfig bewegte. Der Märztag war kühl, der Himmel grau, regnerisch. Laura erinnerte sich, wie sommerlich der Tag ihrer Ankunft gewesen war. Dabei fiel ihr das Datum ein. Ihr Hochzeitstag. In den vorigen Jahren hatte sie Younis daran erinnert. Hier war es nicht üblich, diesen Tag zu feiern. Nun vergaß sie ihn selbst beinahe. Der Löwe peitschte einmal mit seinem Schwanz, der eine lange, schwarze Quaste hatte.

Jenny nickte mit ernstem Gesicht. Sie schob ihre Hand in Lauras. »Der Löwe mag nicht schauen«, stellte sie fest.

»Er mag nicht, wenn wir schauen«, meinte Laura. »Wir würden uns auch nicht freuen, was meinst du?«

Die Löwin schritt am Rand des Käfigs entlang, in ihrem Rücken zuckte ein Muskel. Sie riss ihr Maul zu einem Gähnen auf. Der Gestank drang bis zu ihnen herüber.

Jenny rümpfte die Nase.

»Gehen wir?«, fragte Laura.

»Jenny will Eis«, antwortete Jenny. »Ich«, fügte sie in gedehntem Ton hinzu. Ihr Ich war eine neue Entdeckung.

Laura schauderte im Wind. »Ein anderes Mal.«

»Eis!«, beharrte Jenny.

Die Löwin gähnte wieder. Wie groß und wie gepflegt war der Tiergarten Schönbrunn, was gäbe es für Jenny dort alles zu entdecken. Laura spürte ein wehes Gefühl, das nicht wegschieben konnte.

»Eis! Eis! Eis!«, rief Jenny, bis Laura nachgab.

»Ist schon gut.«

Sie fuhren mit dem Bus in die *Sadoun Street*. Dort kannte sie einen Eissalon. In den Glasbehältern sprudelte *Sherbet*, frisch gepresste Fruchtsäfte aus Maulbeeren, Granatäpfeln oder Tamarinden in leuchtenden Farben. Und daneben das Geschäft mit den besten gefüllten Datteln der Stadt. Ein bisschen Süße als Trost.

Das Erste, was Laura zu Hause sah, war der große Strauß Blumen auf dem Wohnzimmertisch. Rosa und orange Blüten, die sie mit ihrem Duft empfingen, Blumen, deren Namen sie nicht kannte. Sie blühten im Hochzeitsgarten *Al Aras*, in dem sie mit Younis spazieren gegangen war, an einem lange zurückliegenden Tag. Sie hatte ihm Unrecht getan. Jenny kletterte auf den Tisch und steckte ihre Nase in die Blüten. Sie schnupperte und schüttelte den Kopf.

»Pfuiduft«, sagte sie missmutig und stieg vom Tisch herunter.

»Lass das den Papa nicht hören.« Laura musste sich ein Lächeln verbeißen. Waren alle Kinder so? Sie fand Jenny einzigartig.

Younis kam aus dem Garten, mit gesenktem Kopf, mit seinen Gedanken weit weg.

»Younis, danke, du bist so …«, begann Laura und sah seinen Blick. »Ist etwas geschehen?«

Er kam zu ihr, streichelte abwesend ihre Wange und ging weiter durch das Wohnzimmer, zu seinem Zufluchtsort, dem Regal mit der Flasche. Er nahm sie und stellte sie wieder zurück, ohne getrunken zu haben. Sie schaute zu, wie er im Zimmer herumging, Jenny, die auf dem Teppich saß, umrundete, ohne ein Wort, dann in den Garten zurückkehrte, wo er vor den Rosen stehen blieb.

Der Muezzin rief, es war Freitag, das Mittagsgebet. Da erst horchte Younis auf. Er nickte Laura zu, noch immer ohne ein Wort mit ihr gewechselt zu haben, und verließ das Haus. Sie wollte Nofa fragen, aber sie zeigte sich nicht. War sie am Morgen gekommen? Es fiel Laura nicht ein. In der Küche waren die Töpfe unberührt. Sie hatte nicht gekocht, nein, sie war gar nicht hier gewesen. Das Kind, Nofas Baby, vielleicht war es krank? Laura hatte ihr angeboten, den Säugling mit zur Arbeit zu bringen, aber Nofa tat nur, was Younis erlaubte, und Younis schwieg dazu. Laura hätte Nofas Kind gern gesehen, doch auch damit war Younis nicht einverstanden. Beduinen waren nützliche Diener, mit ihren privaten Belangen gab man sich nicht ab. Laura schaute zum Kiosk hinüber. Ali saß allein, fröstelnd in seinem langen Umhang. Der Wind riss an der kleinen hölzernen Imbissbude.

»Wo ist Meishi?«, rief Laura über die Straße. »Hast du ihn heute schon gesehen?«

Ali kam zu ihr. »Madam Laura, heute ist große Aufregung, alle durcheinander, bleiben lieber zu Hause.«

»Was ist passiert?«, fragte Laura.

Ali zog eine Hand aus seinem Umhang und deutete in die Ferne. »Dort oben, Mossul, großes Problem.«

»Was für ein Problem?« Mossul lag oben im Norden, im Kurdengebiet.

Ali schüttelte nur betrübt den Kopf und zog sich ohne weitere Erklärungen zurück. Als Laura das nächste Mal aus dem Fenster sah, war sein Kiosk geschlossen. In Younis' Office hob niemand das Telefon ab. Auch bei Annemarie konnte sie niemanden erreichen. Später, als sie es noch einmal probierte, funktionierte der Apparat nicht. Laura wurde bang. Sie machte Jenny fertig zum Ausgehen und blieb dann doch lieber im Haus, weil sie weit und breit niemanden auf der Straße entdecken konnte. Erst am Abend kam Younis, er brachte Nachrichten mit.

»Es wird aus sein mit Abdul Karim!« Trotz der Kälte lief ihm der Schweiß über die Stirn, sein blaues Hemd hatte große nasse Flecken, seine Wangen glühten. »Die Revolution ist gescheitert.«

Er freute sich darüber!

»Diese Revolution war von Anfang an verfehlt, diese Leute können den Irak nicht retten!«

Abdul Karim Quassem hatte die Iraker von den verhassten Engländern befreit, ihren König gestürzt. Was wollten sie noch? Aber Laura sprach ihre Zweifel nicht aus. Younis würde nur zornig werden und ihr vorhalten, dass sie nichts über sein Land wusste. Aus dem wenigen, was er erzählte, reimte sie sich zusammen, dass es um die panarabische Idee ging, die eine Gruppe so genannter freier Offiziere gegen Quassems Willen durchsetzen wollte. Von Mossul aus, hofften sie, würde sich der Aufstand in allen anderen Teilen des Landes fortsetzen. »Eine zweite Revolution steht bevor.«

Laura sank das Herz. »Und wie geht es dann weiter? Ist es denn besser in Ägypten unter Nasser?«

Younis schüttelte nur missbilligend den Kopf. »Lass diese Fragen, Laura. Ich kann dir das nicht in ein paar Worten erklären.«

In Bagdad blieb es vorerst ruhig. Die Menschen saßen in ihren Häusern und warteten. Wenn es eine Revolution gab, fand sie woanders statt. Aus dem Radioapparat erschallten wieder die kriegerischen Melodien. Keine Nachrichten. Nur Gerüchte. Eine Viertelmillion kommunistischer Kämpfer war angeblich in Mossul eingetroffen und trat den Aufständischen entgegen.

»Die Zunge soll den Lügnern abfaulen!«, fluchte Younis.

Etwas Wahres musste daran sein, denn die Demonstrationen der Panarabisten breiteten sich nicht in andere Städte aus. In Mossul aber brach eine Orgie der Gewalt los.

»Das ist noch schlimmer als nach Faisals Sturz! Schuld daran sind allein diese verdammten Kommunisten!«

Die Gräueltaten, die nun allmählich bekannt wurden, sprachen eine andere Sprache: Christen brachten Moslems um, Kurden ihre turkmenischen Nachbarn, alte Stammesfehden wurden neu aufgerollt. Die arme Bevölkerung begann mit Plünderungen, wer sein Eigentum schützen wollte, wurde getötet. Gekämpft wurde mit allen Waffen, die zur Verfügung standen, Messern, Stöcken, zerbrochenen Glasflaschen, um dem Gegner den Garaus zu machen. Die Kommunisten waren am besten organisiert und klar überlegen. Tagelang herrschte das Recht der Straße, Quassem mischte sich nicht in die Kämpfe ein. Erst als die Kommunisten sich durchgesetzt hatten, erschienen die Regierungstruppen in Mossul und stellten die Ordnung wieder her.

»Nicht für lange.« Younis schluckte an seiner Enttäuschung. »Wir haben eine Schlacht verloren, aber nicht den Krieg.«

War Younis aktiv in den Widerstand gegen die Regierung verwickelt? Sie konnte es nicht glauben. In einem ägyptischen Magazin war das Foto einer Straße in Mossul, Menschen, die in Schnellverfahren zum Tode verurteilt wurden. Sie standen in einer Reihe nebeneinander, ihnen gegenüber Männer in weiten traditionellen Hosen, die mit Gewehren auf sie zielten.

»Da siehst du die kurdischen Verräter!« Younis spuckte auf das Bild.

Doch Laura hatte ihre Zweifel. Annemarie, mit der sie am offensten reden konnte, hatte nun im letzten Stadium ihrer Schwangerschaft andere Probleme. Gini wollte sie nicht fragen, denn offensichtlich standen ihre Ehemänner in diesem Konflikt auf verschiedenen Seiten. In den Nächten, wenn sie in der Nähe Schüsse hörte, oder johlende Gruppen, die in offenen Autos durch die Straßen fuhren und General Quassem zur Hölle wünschten, bekam sie

Angst. Mossul war weit, aber was, wenn es nun doch weiterging, wie die Panarabisten sich erhofften? Younis redete nicht von seinen Plänen, auch der amerikanische Traum war schon lange nicht mehr erwähnt worden.

Am Morgen schob sie die sorgenvollen Gedanken weg. Sie hatte allen Grund zur Freude. An ihrer kleinen Tochter, an ihrem weißen Haus mit den Rosen und den Dattelpalmen, die jetzt schon kleine gelbe Früchte bekamen. Im Sommer, wenn sie reiften, war alles längst Vergangenheit, Abdul Karim Quassem würde die neue Universität eröffnen, er würde den Menschen erklären, dass nun auch Arme Zugang zur Bildung bekommen konnten, dass es bald keine Analphabeten mehr geben würde, dass jedes irakische Kind ihm gleich viel wert war und er eine Generation von stolzen jungen Menschen heranbildete, die dem Irak eine glänzende Zukunft bereiten würden.

Der Panarabismus war dagegen eine verstiegene Idee, was sollte man damit anfangen? Es erinnerte Laura fatal an das Gefasel vom großen deutschen Reich, das tausend Jahre dauern sollte und dann unter Leichenbergen verschwunden war. Sicher hinkte der Vergleich, aber sie musste auch niemanden überzeugen, sie schwieg und hoffte, wie Younis, aber auf etwas anderes.

Es war Lauras dritter Frühling in Bagdad, heiße Tage und laue Nächte. Maientage. In Wien die Zeit der Marienandachten, Prozessionen, weiße Kerzen, erste Kommunion und Firmung. Worte, die fremd und vertraut zugleich im Mund schmeckten. Wien war so weit weg wie der Mond. Der Planet, auf dem der Flieder blühte, Veilchen und Vergissmeinnicht. Sehnsucht, die sie weinerlich machte. Die sie wie die Ängste der Nacht energisch verbannte.

Noch halb im Schlaf hörte Laura das Telefon läuten. Es war noch früh am Morgen, aber Younis stand schon unten im Garten bei seinen Rosen. Sie wartete, aber er kam nicht ins Haus. Das Telefon läutete weiter, bis sie schließlich aufstand und hinunterging.

»Laura! Kannst du zu mir kommen?«

Die Stimme klang dünn und schwach, nicht wie die von Annemarie. Aber sie war es.

»Geht es dir gut? Ist das Kind da?«

Annemarie murmelte etwas, dann nahm jemand anderer den Hörer.

»Bitte mach dich fertig, der Chauffeur holt dich ab.« Das war Ursula. Sie stellte sich nicht vor, aber Laura erkannte ihren Schweizer Akzent.

»Was ist mit Annemarie?«

»Komm nur schnell, Laura, es ist alles okay.«

Bevor Laura noch eine Frage stellen konnte, war das Gespräch zu Ende. Younis wartete mit ungemütlicher Miene an der Tür.

»Wieso ruft sie um diese Zeit bei uns an?«, fragte er.

Laura ignorierte seinen Ton und legte ihm die Arme um den Hals. »Sagst du mir nicht guten Morgen, Darling?« Sie küsste ihn auf den Mund.

Er blieb kühl, aber wenigstens sagte er nichts mehr, sondern verschwand ins Bad. Laura wartete, bis die Tür sich hinter ihm schloss. Rasch lief sie ins Schlafzimmer zurück und schlüpfte in ihre Kleider. Sie beugte sich über das Gitterbett. Jenny schlief fest. In der Küche wusch sie sich schnell das Gesicht, spülte sich den Mund aus und trank einen Schluck Kaffee. Sie horchte, immer noch rauschte das Wasser im Badezimmer. Draußen vor dem Haus hielt ein Auto. Ein kurzer Hupton erklang. Zögernd öffnete Laura die Tür. Der Chauffeur Ahmed stieg aus dem Wagen. Er verbeugte sich zum Gruß und öffnete den Schlag für sie. Im Flur hinter ihr ging eine Tür. Laura ging hinaus und drehte sich nicht um. Im nächsten Moment war Younis an ihrer Seite.

»Ich bin nicht lange weg, bitte, nimm Jenny heute Vormittag ins Office mit.« Laura wollte in den Mercedes einsteigen, aber Younis packte sie am Handgelenk und zwang sie, stehen zu bleiben.

»Laura, wir gehen ins Haus!«

Er hob die Stimme nicht. Wer nicht genau hinsah, erkannte nicht, wie hart er sie festhielt. Ahmed wartete wortlos, mit gesenktem Blick. Younis rief ihm auf Arabisch einen kurzen Befehl zu. Laura verstand, was er sagte:

»Fahr nach Hause, meine Frau hat keine Zeit!«

Das Blut stieg ihr ins Gesicht. Ahmed wendete den Mercedes und fuhr davon. Younis führte sie ins Haus zurück, durch den Flur ins Wohnzimmer, erst dort gab er sie frei.

»Bin ich deine Gefangene?« Laura setzte sich auf das Sofa.

»Du bist meine Frau«, er sprach mit kalter Stimme, wie ein Fremder. »Du musst lernen, dich gesittet zu benehmen. Du hast nicht verstanden, wo dein Platz ist.«

»Wo ist mein Platz?«, fragte sie.

»An meiner Seite.«

Er verließ das Zimmer. Sie hörte ihn telefonieren, dann fiel die Tür ins Schloss. Der Schlüssel klirrte an der Außentür aus Metall. Er sperrte zu. Warum? Sie brauchte einen Moment, um zu begreifen. Die Außentür, die nur geschlossen wurde, wenn sie für längere Zeit das Haus verließen. Den Schlüssel dazu besaß nur Younis. Das hieß – er sperrte sie ein. Sie blieb sitzen und dachte darüber nach. Sie konnte in den Garten gehen, die Leiter aus dem Gartenhäuschen holen, über die Mauer klettern. Sie konnte in Annemaries Haus anrufen, jemanden bitten, einen Schlosser vorbeizuschicken. Würde er Younis' Haus aufsperren, wenn Younis es ihm nicht selbst befahl? Sie konnte um Hilfe schreien. Nein.

Draußen auf der Straße sah sie den Mann mit der heiseren dunklen Stimme. Sie kannte ihn und sein schwarzes Kamel, das mit zwei schweren Jutesäcken beladen war. »*Milleh!*«, rief der Mann und machte an der Straßenecke Halt. »*Milleh!* Kauft das Gold der Wüste, Freunde.«

Mehrere Frauen mit Schüsseln in der Hand näherten sich von verschiedenen Seiten. Der Mann fuhr mit einer kleinen Holzschaufel in den Sack und füllte ihre Schüsseln mit Salz an. Er nahm ihre Fils entgegen und wiederholte seinen Spruch.

Ein Bub lief über die Straße, sprang vor dem Kamel herum und stieß es mit seinem kleinen Fuß in die Seite. Das Kamel machte eine unwillige Bewegung. Der Salzverkäufer, der nur auf die Frauen achtete, bemerkte nicht, was hinter ihm vor sich ging. Als der Bub wieder auf das Tier eintrat, röhrte es zornig auf. Erschrocken fuhr das Kind zurück. Der Salzverkäufer nahm seinen Stock und hieb dem Kamel über den Rücken. Wieder stieß es einen tiefen, beinahe dröhnenden Schrei aus und stieg plötzlich mit den Vorderbeinen in die Höhe. Der Mann konnte es gerade noch an den Zügeln erwischen. Vor Schreck liefen die Leute ohne Salz in ihre Häuser zurück, was den Salzverkäufer umso mehr erboste. Er prügelte mit seinem Stock auf das Kamel ein. Laura konnte es nicht mehr ertragen. Sie stieß das kleine Seitenfenster neben der Haustür auf.

»Schluss!«, rief sie. »Ich hole die Polizei!« Eine lächerliche Drohung in einem Land, wo Menschen zur gleichen Zeit an Straßenkreuzungen zum Tode verurteilt wurden. Zu ihrer eigenen Überraschung wandte sich der Salzverkäufer nach ihr um. In ihrer Aufregung war sie unwillkürlich ins Deutsche gewechselt, vielleicht darum. Ali kam aus seinem Kiosk und schüttelte seine Faust gegen den Salzverkäufer. Das Kamel nützte den Augenblick der Überraschung, um sich zu befreien. Mit langen Schritten lief es die *Ragheeba Chattoon* davon. Der Salzverkäufer eilte ihm fluchend nach, doch das Tier war schneller. In einer Staubwolke verschwanden beide.

Ali lachte und klatschte in die Hände vor Vergnügen. Er ahnte nicht, dass sie hinter ihrer Tür gefangen war. Oder doch. Jedenfalls konnte er ihr nicht helfen. Niemand als sie selbst. Sie drückte die Klinke herunter. Zu ihrer Überraschung gab sie nach. Laura öffnete. Das helle Vormittagslicht traf ihr Gesicht. Sie stand still, blinzelnd, verblüfft. Die Tür war gar nicht versperrt gewesen. Von Ferne klang noch immer der zornige Schrei des fliehenden Kamels. Dazu mischte sich eine klagende Stimme, sie kam von oben. Jenny war aufgewacht. Laura nahm zwei Stufen auf der Treppe, um schneller bei ihr zu sein. »Jenny, mein Schatz!«

Lachend streckte ihr Jenny die Arme entgegen. »Mama.«

Laura schnitt Melanzani in Scheiben, Karotten in Stifte, Zwiebel in Ringe, Knoblauch in Würfel, Tomaten in Viertel. Jenny saß auf dem Küchenboden und spielte mit einem Topf Wasser, Nudelsieb und Schöpflöffel. Sie sang ein Lied aus selbst erfundenen Worten zu einer selbst erfundenen Melodie. Das verschüttete Wasser bildete kleine Lachen auf dem Boden, was Jenny besonders vergnüglich fand. Sie patschte mit dem Löffel hinein, dass es spritzte. Laura sah auf ihre Hände, die auf dem Schneidbrett hantierten, feucht und rot, wie zwei fremde Gegenstände. Was war ihre Rolle? Auch wenn er sie nicht eingesperrt hatte, sie hatte es geglaubt, sie hatte es ihm zugetraut. War das nun sein Fehler allein? Seine Rolle. Ihre Rolle. Es stimmte, sie hatte es nicht gelernt, verstand nicht, was sie zu tun hatte.

Sie redeten nicht darüber. Laura wartete darauf, dass er sich für sein grobes Benehmen entschuldigte. Er tat es nicht. Er aß das Gemüse, das sie für ihn zubereitet hatte, danach streckte er sich wie alle anderen Tage zum Ausruhen auf dem Teppich aus. Jenny legte sich zu ihm. Sie hielt nicht still, da schickte er sie weg, nicht unfreundlich, aber ohne ein zärtliches Wort. Sie lief in den Garten, der in der Sonne brütete, das machte ihr nichts aus. Sie schaukelte und spielte mit ihrem Hula-Reifen. Laura wusch in der Küche das Geschirr. Sie wollte nicht weinen. Sie weinte nicht. Sie kochte arabischen Kaffee in der Kupferkanne. Im Flur läutete das Telefon. Sie rührte sich nicht. Wenn es Annemarie war, was sollte sie antworten? Sie schämte sich. Younis kam aus dem Wohnzimmer. Er hob ab und sprach ein paar Worte. Ob englisch oder arabisch, verstand sie nicht. Er beendete das Gespräch. Sie wartete. Er kam nicht zu ihr. Dieses Schweigen kannte sie nicht, es war wie ein Würgen im Hals, ein Druck auf ihrer Brust. Das hatte es noch nie zwischen ihnen gegeben.

Sie brachte den Kaffee ins Wohnzimmer. Er hatte sich noch einmal hingelegt, aber er schlief nicht, sondern schaute mit offenen Augen die Zimmerdecke an. Zwei große Geckos hockten dort oben, ihre zierlichen Füßchen, die selbst in dieser Position fest haften blieben, weit auseinander gespreizt. Das Maul des einen war in das des zweiten verschränkt, ein regungsloser Ringkampf. Nur ihre Herzen schlugen, deutlich sichtbar unter ihrer durchscheinenden, rosa Haut.

»Du bist nicht gekommen. Also bin ich da.«

Annemarie hatte für ihren Besuch den frühen Vormittag gewählt, vermutlich, weil sie Younis nicht begegnen wollte. In ihren Armen trug sie ein weißes, großes Bündel.

Sie wirkte immer noch mitgenommen. Wie viele Tage waren seit ihrem Anruf vergangen. Aus lauter Verlegenheit brachte Laura kein Wort der Entschuldigung hervor. Annemarie küsste sie auf beide Wangen.

»Ich bin froh, dich zu sehen.«

»Ich auch.«

Sie gingen ins Wohnzimmer. Nebeneinander setzten sie sich auf das Sofa.

»Was hast du denn da?« Laura strich mit einem Finger über die seidige weiße Decke.

Annemarie lachte. »Mein Bauch hat Beine bekommen, dazu zwei Arme, einen Kopf mit einem unwiderstehlichen Kussmund und so weiter und so weiter.«

Laura stimmte erleichtert ein. »Darf ich ihn ansehen?«

»Leider nicht.« Annemarie zuckte die Achseln in gespieltem Ernst. Sie hielt Laura das Bündel hin. »Weil es nämlich kein Er geworden ist. Sondern Reem.« Sie stieß einen kleinen, ungeduldigen Seufzer aus.

Laura zog die Decke weg. Sie war plötzlich gerührt, beinahe den Tränen nahe. Der Geruch des Babys, die zarte, bräunliche Haut, das Mündchen, das sich weinerlich verzog und dann wieder entspannte.

»Reem, die Gazelle«, sagte Annemarie. »Ich wollte sie Martina nennen, so hieß meine kleine Cousine, die im Krieg gestorben ist. Aber Rahman war dagegen.«

»Mit dem zweiten Namen auch nicht?« Laura streichelte die weiche rosige Backe. Sie hielt dem Baby den Finger hin, entzückt, weil die kleine Hand nach ihm fasste und ihn fest umklammerte. »Martina, kleine Tina. Zur Gazelle muss sie erst heranwachsen.«

Annemarie hatte die Augen geschlossen.

»Ist dir nicht gut?«

»Ich bin noch … ein wenig mitgenommen. Kaffee wäre gut.«

Laura stand mit dem Baby im Arm auf. »Sofort. Bin gleich wieder da.«

Annemarie machte die Augen auf. »Du bist allein?«

Laura nickte.

»Wo ist deine Beduinenfrau?«

»Auch Mutter geworden.«

»Younis hat keinen Ersatz gefunden?«

Laura gab Annemarie das Kind zurück. »Das macht doch nichts. Nofa kommt schon bald wieder. Und …« Sie zögerte. »Ich habe doch nichts zu tun. Jenny, aber sonst …«

»Langeweile«, sagte Annemarie matt. »Das ist schlimm. Und danach, noch schlimmer, das Gefühl, überflüssig zu sein.«

Laura beugte sich zu Annemarie und drückte ihren Arm. »Es geht dir nicht gut, sonst würde dir das nicht einfallen. Du bist sicher nicht überflüssig. Ich habe dich vermisst.«

Darauf ging Annemarie nicht ein. »Du solltest diese Arbeit annehmen. Ehrlich gesagt, das ist der Hauptgrund meines Besuchs. Die deutsche Firma sucht noch immer dringend eine Sekretärin.«

Jenny, die plötzlich einen schon lange vergessenen Schnuller im Mund hatte, mischte sich ein. »Baby!«, rief sie und kletterte neben Annemarie auf das Sofa. »Baby!« Sie legte sich neben die kleine Reem auf den Rücken und warf die Beine in die Luft. »Mama! Mama Baby füttern.«

Laura ging in die Küche. Ihr Herz schlug bis zum Hals. Das war die Gelegenheit. Diesmal würde sie Younis nicht fragen, bevor sie noch wusste, was für eine Arbeit das war. Sie wartete, während der Kaffee durch die Espressomaschine lief. Im Hintergrund hörte sie Jennys Rufe. »Baby. Mama, komm das Baby füttern, Jennybaby ist hungrig!«

Als sie mit dem Tablett zurückkam, saß Jenny auf der Sofalehne, die Beine über Annemaries Schulter geschwungen, die einen Teller in beiden Händen hielt und brummende Geräusche von sich gab.

»Schnell! Fahr schnell, wir müssen in den Kindergarten!«, jauchzte Jenny und zog zur Bekräftigung an Annemaries Haaren.

Annemarie drehte das Teller-Lenkrad. »Brrr, gleich sind wir da! Bbbbrrrr, um die Ecke und – angekommen!« Sie griff über ihren Kopf und zog Jenny mit Schwung nach vorne.

Jenny landete mit glucksendem Lachen auf dem Boden und lief vergnügt durch das Zimmer. Annemarie sank nach hinten.

»Ich bin ein müdes Fahrzeug«, sagte sie. »Bitte, Laura, der Tank ist leer, ich brauche dringend Kaffee.« Sie trank den Espresso, den Laura ihr reichte, auf einen Zug aus. »So. Jetzt geht's los.« Sie stellte die Tasse ab und nickte Laura zu. »Du bist doch einverstanden, Laura?«

Laura schluckte. Ihre Stimme gehorchte ihr nicht.

»Ralf Offendorf wartet auf unseren Besuch.« Annemarie packte die friedlich schlafende Reem wieder in die weiße Decke.

»Was, du meinst sofort?«, fragte Laura entgeistert.

Annemarie musterte sie. »Ein bisschen Farbe ins Gesicht, sonst ist alles perfekt. Mach dich fertig, meine Liebe.«

Laura nahm Jenny und eilte hinauf. Zehn Minuten später waren sie zum Ausgehen bereit. Jenny trug ihr rosa Samtkäppchen, Laura hatte ein neues Kleid von Mariam, aus rotem, weich fließendem Jerseystoff mit einem weit schwingenden weiten Rock angezogen.

Annemarie pfiff bei ihrem Anblick schrill wie ein Gassenjunge.

»Noch einmal!«, forderte Jenny. »Tante Annemi, bitte!«

Aber Annemarie sah auf die Uhr und scheuchte sie hinaus.

»Ralf hat mit einem berühmten deutschen Architekten gearbeitet, ich habe dir schon einmal erzählt, dass er unser Haus bauen sollte. Er heißt Gropius, er hat eine Menge in Bagdad gebaut. Und jetzt gibt es noch einen Amerikaner, er plant ein neues Opernhaus, und ich weiß nicht, was noch.«

»Die Universität«, sagte Laura auf gut Glück. Davon hatte sie etwas gelesen.

»Kann sein«, meinte Annemarie. »Halt, Ahmed, wir sind da.« Sie tippte dem Chauffeur mit ihrem Fächer auf die Schulter. »Laura, du gehst allein rauf, ich bleibe mit den Kindern hier.«

Der Wagen hielt in der *Rasheed Street* vor einem der alten Häuser mit zugebautem Balkon. In früheren Zeiten hatten die Frauen dort unbeachtet von fremden Blicken das Treiben auf der Straße beobachten können.

»Ich …« Laura sah ihre Freundin fragend an. »Aber ich …«

»Der sieht dich und vergisst, wie viel Silben Steno du in der Minute schreibst.« Annemarie drückte Lauras Hand. »Los, und noch eines, Laura: Du kannst verlangen, was du willst. Denk dir die größte Summe aus und verlange das Doppelte. Er wird nicht mit der Wimper zucken.« Annemarie wischte sich mit dem Taschentuch die Stirn ab. Sie war kreidebleich. Laura musterte sie besorgt, aber Annemarie schob sie aus dem Wagen. »Rasch jetzt, bevor die Kinder einen Aufstand machen.«

Das Büro war im ersten Stock. Auf der letzten Stufe stolperte Laura und fiel beinahe hin. Warum war Younis nicht mit ihr hier, warum musste sie sich heimlich herschleichen? Sie schwitzte in dem Jerseykleid. Vor der Eingangstür zählte sie bis drei und läutete an. Das Läuten war noch nicht verklungen, da sprang die Tür auf und ein großer, breiter Mann mit erhitztem Gesicht stand vor ihr.

»Sie sind Frau Quassem.« Er hielt ihr die Hand hin. »Ralf Offendorf. Ich freue mich.« Er hatte blondes Haar, das an den Schläfen schon weiß wurde. Durch einen engen mit Regalen vollgestellten Gang führte er sie zu seinem Büro. Auf dem Weg holte er eine Flasche und zwei Gläser aus der kleinen Teeküche.

»Sie nehmen doch einen Cognac mit mir? Einen kleinen wenigstens. Es heißt, Europäer im Orient sollen stets mit Schnaps desinfizieren, morgens, mittags, abends, so können die Bakterien kein Terrain gewinnen.«

Das Büro war schlicht eingerichtet, ein Schreibtisch mit lederbezogenem Drehsessel, zwei Fauteuils und ein niedriges Tischchen für Besucher. Es war eines der Zimmer mit Frauenbalkon. Laura trat an die Brüstung und schaute auf die Straße hinunter. Sie sah Ahmed mit Jenny an der Hand vor einem kleinen Laden stehen. Jenny zeigte auf etwas in der Auslage. Ahmed nickte und sie gingen hinein.

»Annemarie hat mich schon ein wenig unterrichtet. Sie sind jedenfalls qualifiziert, Maschineschreiben, Telefon beantworten, für Sie kein Problem. Das Wichtigste sind die Sprachkenntnisse. Wir sind gerade dabei, den Kundenstock aufzubauen. Der Irak ist in einem Aufbruch, die Leute suchen den Anschluss an die Moderne. Es gibt großen Nachholbedarf. Wir könnten zehnmal mehr bauen, wenn wir die Ressourcen hätten. Aber es fehlt uns an Personal. Deutsche Arbeiter verlassen nicht gern die Heimat.«

Zu seinem Firmenkonsortium gehörten Architekturbüros, Baumeister, Sanitärbetriebe, Innenausstatter und natürlich auch Fachkräfte für die Elektrizität, privat und für Firmen. »Wir backen ziemlich große Brötchen, Frau Quassem.« Er musterte sie.

Seine Augen waren blau, gerötet hinter Brillengläsern. Großtante Mizzi hatte solche Brillen getragen, runde Gläser mit einer Fassung aus schwarzem Metall. »Und damit dieses Wissen unter die Leute kommt, brauchen wir eine Dame mit guten Umgangsformen, die auf Deutsch, Arabisch und Englisch Auskunft geben kann. Wann können Sie anfangen, wenn es nach mir ginge, eigentlich gleich.«

»Wir haben noch nicht über das Gehalt gesprochen«, sagte Laura.

»Darüber werden wir uns sicher einigen können, was erwarten Sie sich?«

Laura nannte einen Betrag, der etwa ein Drittel über Younis' Verdienst lag. Genau, wie Annemarie vorausgesagt hatte, zuckte er nicht mit der Wimper, sondern nickte und schenkte sich Cognac nach. Laura nippte noch an ihrem ersten Glas.

»Wo werde ich arbeiten?« Sie sah sich um.

Er zeigte ihr das Nebenzimmer, das ebenso ausgestattet war wie sein eigenes Büro. An der Wand hing eine Karte des vorderen Orients. Laura sah sie an und fragte sich, was ihr daran so seltsam vorkam, aber es fiel ihr nicht ein.

»Danke«, sagte sie. »Geben Sie mir Ihre Telefonnummer, ich werde mich melden.«

»Ich dachte ...« Er machte ein enttäuschtes Gesicht. »Sie haben sich also noch nicht entschieden.« Er zog eine Visitenkarte aus seiner Sakkotasche. »Am Geld soll es nicht scheitern. Je schneller wir loslegen, desto besser geht das Geschäft. Wenn Sie ja sagen, starten wir sofort. Keine Übertreibung, wir haben nur auf eine wie Sie gewartet.«

Seine Wangen waren gerötet. Offenbar hatte er am Morgen schon einige Bakterienstämme vertrieben. Laura gab ihm lächelnd die Hand.

»Ich rufe Sie an.«

»Aber bald.« Er brachte sie zur Tür. »Sehr bald hoffentlich!«, rief er ihr nach, während sie die Treppe hinunterging. »Ich freue mich sehr, Frau Quassem. Außerordentlich sogar!«

Ahmed wartete neben dem Mercedes am Straßenrand. Er rauchte, bis er Laura aus dem Haus kommen sah, dann warf er seine Zigarette weg. »Alles in Ordnung, Madam«, sagte er respektvoll.

Annemarie und das Baby lehnten im Fonds des Wagens. Beide schliefen. Jenny saß auf dem Vordersitz und schleckte hingebungsvoll an einer Tüte Eis mit gelben und roten Kugeln. Um den Hals hatte sie ein großes weißes Tuch gebunden bekommen, damit sie ihr Kleid nicht schmutzig machte. Ihre Samtkappe mit klebrigen Fingerabdrücken darauf lag auf dem Boden. Gut gelaunt hielt sie

Laura ihre Eistüte entgegen. Eine rote Kugel kam ins Rutschen. Laura wollte sie retten, doch Jenny war schneller, sie öffnete ihren Mund weit und verschluckte die Kugel auf einmal.

»Oh!« Die kalte Überraschung erstickte ihren Ausruf.

Annemarie zuckte zusammen und erwachte. »Laura, du bist schon wieder da?« Sie sah sich verwirrt um. »Oh …«, machte auch sie, und Jenny lachte.

Laura stieg ein. Gern hätte sie Jenny das Eis weggenommen, seit dem Breakbone Fever war sie vorsichtig mit allen Speisen und Getränken. Aber es war nun ohnehin schon zu spät, und sie wollte Ahmed nicht beleidigen.

Annemarie holte einen Spiegel hervor, warf sich einen missmutigen Blick zu und schminkte ihre Lippen. »Ich sehe grauenhaft aus, mit und ohne Schminke, es ist ein Jammer.« Sie warf den Rouge Baiser-Stift in ihre Tasche zurück. »Du sagst nichts, Laura, was habt ihr besprochen, Ralf und du?«

»Es war …« Laura seufzte. »Ich muss mir das überlegen, ob ich … Was mache ich denn mit Jenny, wenn ich arbeiten gehe.«

Annemarie richtete sich auf. »Fahr uns zum Royal Club«, sagte sie zu Ahmed.

Laura zog Jenny auf die hintere Sitzbank. Der letzte Rest vom Eis landete auf ihrem Kleid. Sie sagte nichts dazu, lehnte den Kopf ans Fensterglas und sah in das Menschengedränge auf der *Rasheed Street* hinaus. Unter den Arkaden waren die elegantesten Geschäfte der Stadt. Am Anfang war Younis mit ihr öfter hier flaniert, doch inzwischen begleitete er sie nur mehr selten. Wann hatte das begonnen? Laura versuchte sich zu erinnern. Schon vor der Revolution? War sie eine Enttäuschung für ihn geworden? Und umgekehrt? Das Herz wurde ihr schwer. Wenn sie sich nicht aussprachen, wie sollte es mit ihnen weitergehen?

Vor ihnen bremste eine hellblaue amerikanische Limousine so abrupt, dass sie um ein Haar einen Unfall gehabt hätten. Der Ruck weckte Reem, die sich nun zum ersten Mal an diesem Vormittag meldete. Für ein neugeborenes Baby hatte sie eine überraschend tiefe Stimme.

Jenny schaute verblüfft. Weil Reem immer energischer schrie, hielt sie sich die Ohren zu. »Baby schreit!«, sagte sie vorwurfsvoll.

Annemarie musste lachen. »Du hast recht, es ist eine Zumutung, aber das lässt sich nicht ändern, sie wird jetzt nicht mehr aufhören, bis sie etwas zu essen bekommen hat. Ich fürchte, ihr werdet ohne mich in den Club gehen, Laura.«

»Aber ohne dich habe ich keine Lust, fahren wir doch lieber nach Hause.«

»Nein, mit Jenny schwimmen gehen, ich will!«, rief Jenny voller Empörung und machte Anstalten zu weinen.

»Ich habe gar kein Geld mit«, sagte Laura. »In der Eile …«

Annemarie schaute sie forschend an. »Du bist doch Mitglied …«

Laura spürte, wie ihre Wangen rot wurden.

»Younis hat euch nicht einschreiben lassen?«, fragte Annemarie und sah Laura noch immer unverwandt an.

»Du weißt ja, wie er zu den Einrichtungen der Engländer steht«, erklärte Laura verlegen.

»Das ist Vergangenheit, es gibt keine Engländer mehr. Und wenn du mich fragst …« Annemarie schien zu überlegen, ob sie weitersprechen sollte. »Du musst auch einmal etwas fordern, nicht warten, was er dir zuteilt. Eine irakische Ehefrau hat vielleicht nicht viele Rechte, aber ein irakischer Ehemann hat die Pflicht, sie zu umsorgen und ihr das Leben angenehm zu machen. Dazu gehört auch, dass du dein eigenes Geld hast, Laura.«

Ahmed hielt den Wagen an. Aus dem Royal Club eilte ein Page zu ihnen herbei.

»Du bist mein Gast.« Annemarie übergab Laura ihre Clubkarte. »Bestelle alles, was du magst, zu essen, zu trinken, bitte, zögere nicht. In meiner Kabine findest du Badesachen, für Jenny kannst du etwas ausborgen. Ahmed holt dich um fünf, ist dir das recht?«

Laura umarmte sie. »Annemarie, danke, ich …«

Annemarie streichelte Lauras Arm. »Bedanke dich nicht, es ist gar nichts.« Sie schaukelte das Baby, das mit unverminderter Lautstärke schrie. »Ich hoffe, es klappt mit dieser Arbeit. Ruf mich an.«

Laura und Jenny standen am Straßenrand und winkten dem Mercedes nach. »Annemie lieb«, sagte Jenny. »Komm, Mama, schwimmen.«

Der kleine Page ging ihnen voran in den Club.

Laura suchte sich unter Annemaries Badekostümen ein weißes mit einem dunkelblauen Gürtel aus, dazu silberne Pantoffel mit hohen Absätzen, die ihr etwas eng waren, doch bis zur Lounge, wo sie sich im Schatten niederlassen wollte, hielt sie das spielend aus. Jenny bekam aus dem Fundus einen rot und weiß getupften Bikini ausgeborgt, einen Schwimmreifen und ein aufblasbares Kissen in Krokodilsform entdeckte sie selbst unter der Sitzbank der Kabine und zog damit sofort Richtung Pool ab, während Laura an einem Tisch in der Nähe Kaffee trank.

Im Park des Royal Club standen hoch und schlank gewachsene Bäume mit silbrigem Laub, das zart raschelte, wenn es vom Wind bewegt wurde. Sie hatten immer noch ein wenig Kühle gespeichert. Laura behielt Jenny im Auge und genoss die Entspannung. Ein Kellner brachte ihr ein rosa Getränk in einem eleganten Glas. Auf dem Silbertablett lag neben einem Strohhalm eine Visitenkarte.

»Was ist das, ich habe nichts bestellt.«

»Champagnercocktail.« Der Kellner warf nur einen diskreten Blick zu einem Tisch nahe der Bar.

Laura las den Namen auf der Karte. Laurence Winter. Als sie hinsah, erhob sich einer der drei Männer am Tisch mit einer kleinen Verbeugung, die anderen nickten ihr grüßend zu. Alle drei in eleganter Sportbekleidung. Waren es Ehemänner ihrer Freundinnen? Aber sie sahen wie Europäer oder Amerikaner aus, nicht wie Iraker. Einer hatte rotes Haar. Sie schüttelte leicht den Kopf und wendete sich ab.

»Nehmen Sie das wieder mit«, sagte sie zu dem Kellner, doch da kam der Mann, der sich verbeugt hatte, schon heran.

»Entschuldigen Sie, das war etwas zu formlos«, sagte er. »Ich heiße Laurence Winter, ich komme aus London.«

Laura wusste nicht, was sie erwidern sollte. Ihn abweisen, wegschicken, natürlich, was sonst. Doch er wirkte so sympathisch, sein Lächeln, die Sommersprossen, braunes Haar und Kastanienaugen.

»Ich bin Regisseur und arbeite hier an einem Film. Über …«

»Mama! Schwimmen mit mir!«, unterbrach Jenny die Vorstellung. Sie kletterte aus dem Pool und lief nass und tropfend zu Laura. Besitzergreifend stieg sie auf ihren Schoß.

Laura küsste die wasserkühle Wange. »Gleich, Jenny, ich trinke nur meinen Kaffee.«

Jenny warf einen langen skeptischen Blick auf den Mann, der ihr freundlich zublinzelte, was sie nicht zur Kenntnis nahm.

»Ein entzückendes Bild«, sagte er. »Doch mir scheint, ich komme der jungen Dame ungelegen. Ich will nicht weiter stören.« Er verbeugte sich noch einmal und ging an seinen Tisch zurück.

Das rosa Getränk schmeckte nach Erdbeeren, süß und zugleich säuerlich frisch. Die Kohlensäure kitzelte an ihrem Gaumen. Jenny streckte fordernd ihre Hände nach dem Cocktail aus. Laura schob sie weg. Sie leerte das Glas auf einen Zug. Die drei Männer applaudierten von ihrem Tisch aus. »*Cheers, Lady Miracle!*«, rief der Rothaarige und prostete ihr mit seinem Bier zu. Laura wurde rot. Sie stand auf und begleitete Jenny zum Pool. Der Champagner breitete sich wie eine große, freundliche Blase in ihr aus. Sie hätte sich gern mit dem Regisseur weiter unterhalten, ihm erzählt, dass sie das Kino liebte, früher einmal sogar davon geträumt hatte, Schauspielerin zu werden. Sie besaß eine schöne Stimme und war ein ganzes Jahr bei der Opernsängerin Zita Celibor in den Unterricht gegangen. Doch Ewa hatte das Üben nicht ausgehalten, es machte sie nervös. Und so ernst war es Laura nicht gewesen. Sie schwamm ein paar Runden durch den Pool, bis die kleinen, aufgeregten Pulse in ihren Schläfen wieder verstummten. Jenny paddelte auf dem Krokodil neben ihr her. Für ein so kleines Kind war sie erstaunlich behende, kraftvoll und ohne Angst. Als sie aus dem Wasser kam, hatten die drei eleganten Herren ihren Tisch verlassen. Laura kehrte auf ihren Platz unter dem Sonnenschirm zurück. Erleichtert und, gestand sie sich ein, auch ein wenig enttäuscht. Auf der Speisekarte entdeckte sie Beef Wellington, ein Gericht, das sie nur aus dem Kochbuch kannte. Es klang englisch, das wollte sie sich bestellen.

Sie fand das Haus leer. Jetzt erst fiel ihr ein, dass sie kein Mittagessen für Younis vorbereitet hatte, dass er auf sie gewartet und sich vielleicht gesorgt hatte. Aber wenn auch! Er hatte angefangen, er redete nicht mit ihr. Bisher war sie einem Streit mit ihm ausgewichen. Der ewige Zank ihrer Eltern, der die Atmosphäre zu Hause vergiftete, diente als Warnung, wie es in ihrer Ehe niemals zugehen durfte. Es wurde Zeit, dass sie sich aussprachen. Auch wenn sie verschiedener Meinung waren. Er musste ihr zuhören. Doch wo blieb er? Es wurde neun Uhr, das dunkelblaue Tuch der Dunkelheit fiel über den Garten. Sie fütterte die Katzen mit dem letzten Fleisch aus dem Kühlschrank. Das Gemüse war welk, sie hatte vergessen einzukaufen. Aber musste sie alle ihre Tage als Hausfrau verbringen? Hatte er nicht versprochen, sie auf Händen zu tragen. Annemaries Bemerkung fiel ihr ein. Und dann, was Saad einmal zu ihr gesagt hatte. Wäre Younis bei seiner ersten Frau geblieben, könnte er im Wohlstand leben. Hatte Younis Geldsorgen? Sie wusste es nicht, sie wusste so wenig von ihm.

Jenny war müde von dem Tag im Wasser, sie ließ sich ohne Widerstand zu Bett bringen. Dann blieben nur mehr die Magazine, um Laura abzulenken. Der König von Jordanien, Cousin des ermordeten Faisal, hatte sich von seiner Frau, der ägyptischen Prinzessin Dinah Abdul Hamid, getrennt. Beim jordanischen Volk war Dinah, die in England studiert hatte und für die Gleichberechtigung der Frauen eintrat, von Beginn an unbeliebt gewesen. Statt des erwarteten Kronprinzen brachte sie nur eine Tochter zur Welt und wurde deshalb wieder heim nach Ägypten geschickt. König Hussein suchte nun Trost bei der deutschen Schauspielerin Barbara Valentin, die keinen guten Ruf genoss. Laura besah sich das Foto in der Zeitung. Wie Faisal war auch Hussein von Jordanien schmächtig und klein gewachsen. 157cm groß, verriet der Artikel, der in einem eigentümlich spöttischen Ton gehalten war. Auf dem Foto war Dinah wunderschön, wie man sich eine orientalische Prinzessin vorstellte, mit großen Mandelaugen, weichen Wangen, einer Fülle lockigen schwarzen Haars. Laura fragte sich, ob Hussein vom Königshof wirklich zu der Scheidung gezwungen werden konnte. Angeblich hatte es beim Abschied Tränen auf beiden Seiten gegeben. Sie hörte draußen Schritte. Younis kam nach Haus.

»Laura?« Er sah erhitzt aus, seine Augen blitzten. »Laura, schläft Jenny schon?«

So eine fröhliche Miene hatte sie lange nicht bei ihm gesehen. Es war beinahe Mitternacht.

Sie nickte. »Schon lange.«

»Ich habe eine Überraschung für sie.«

Er ging hinaus. Es dauerte, bis er zurückkam. Sie hörte ein Geräusch, das sie nicht einordnen konnte, dann Younis, der mit plädierender Stimme Worte flüsterte. Sprach er mit einem Kind? Sie spähte in den dunklen Flur. Er hielt etwas im Arm, etwas, das sich bewegte. Ein Tier? Laura riss die Augen auf.

»Für Jenny«, erklärte Younis. »Ein Lamm für unser Lämmchen.«

Das Lamm war kleiner als ein Dackel, es musste neu geboren sein. Younis hatte es fest unter seinen Arm geklemmt, die Beine hielt er an den Hufen fest, so dass es nicht zappeln konnte.

»Lass das arme Viecherl bitte los«, sagte Laura, die nun endlich ihre Sprache wieder fand.

»Wir nennen es Rime«, verkündete Younis aufgeräumt. Er trug das Lamm in den Garten.

»Was tust du mit ihm?« Laura stolperte über die Kiste, die im Flur stand. Anscheinend hatte das Lämmchen die Fahrt im Auto darin verbracht, denn es stank erbärmlich daraus hervor.

Inzwischen hatte Younis das Lamm im Gras abgesetzt. »Rime bekommt ein Bändchen und wird schlafen«, sagte er. Er suchte in seiner Tasche. »Wo ist es nur …« Laura sah ihm fassungslos zu.

Das Lamm floh zu den Rosenstöcken und versuchte sich zu verstecken.

»Nicht meine Rosen, komm Rime, du musst jetzt brav sein.«

Das Lamm begann mit heller, klagender Stimme zu blöken. Younis fand die Schnur in seiner Tasche und schlang sie dem Tier um den Hals. Er zog daran, das Lamm stemmte die kleinen Hufe ins Gras und schrie. Younis musste es mit Gewalt aus der Rosenecke schleppen, zu einem der vergitterten Fenster im Erdgeschoss, wo er es anband. Das Lamm blökte weiter. Es hatte ein dicht gelocktes schwarzes Fell, nur auf seiner Stirn gab es einen weißen Fleck.

Younis wandte sich nach Laura um. »Komm, Schatz, gehen wir hinein. Das dumme Ding wird sich schon beruhigen.«

Eng umschlungen gingen sie ins Haus. Jetzt musste sie anfangen, auch wenn der Zeitpunkt ungünstig war. Besser als morgen. »Ich habe auch eine Überraschung, Younis.«

Er lächelte, als ob er wüsste, was sie ihm sagen wollte. Im Wohnzimmer steuerte er zielsicher zu seinem Regal mit der Arrakflasche.

»Eine schöne Überraschung?«, fragte er mit einem eigentümlichen Unterton.

»Ich glaube schon.« Laura setzte sich zu ihm an den Tisch.

Younis füllte sein Glas. Er war betrunken, mehr als sonst. Die blitzenden Augen, die erhitzten Wangen, war es denn eine fröhliche Miene oder hatte sie sich getäuscht? Er trank einen großen Schluck.

»Ich habe mir diese deutsche Firma angesehen, in der *Rasheed Street*. Sie suchen noch immer eine Sekretärin. Ich habe ein Gehalt verlangt, Younis, einen Betrag, der wirklich hoch ist. Mehr als du verdienst, stell dir das vor.«

Er schwenkte die Flüssigkeit in seinem Glas, als gäbe es nichts anderes von Interesse. Sie sprach schnell weiter. »Wenn wir nach Amerika wollen, können wir Geld für den Start brauchen, es ist ein teures Land, das hast du zu mir gesagt. Und ich dachte, ich denke, wenn wir ein zweites Gehalt hätten, wäre das nicht ideal?«

Ihre halbherzig hervorgestoßene Frage blieb im Raum hängen. Er schwieg. Sie schluckte und wartete. Draußen im Garten blökte das Lamm. Endlich, nach Minuten, seufzte er auf, leerte sein Glas und stellte es hin.

»Und Jenny?«

»Jenny könnte in den Kindergarten gehen. Wir wollten ihn doch einmal ansehen, das hast du selbst vorgeschlagen. Oder wir finden ein Kindermädchen für sie.«

Younis nickte. Noch immer hatte er Laura nicht ein einziges Mal in die Augen gesehen. »Kindergarten«, wiederholte er. »Jenny ist zwei Jahre.«

»Bald drei.«

»Zwei Jahre und sieben Monate.«

Wieder fiel das Schweigen zwischen sie. Nur das Lamm wurde nicht müde, sein Schicksal zu beklagen.

»Ich gehe schlafen«, meinte Laura schließlich. »Kommst du auch, Younis?«

»Ich bleibe noch.«

»Komm doch!« Sie streckte ihre Hand nach ihm aus. Er streichelte kurz darüber und seufzte noch einmal.

»Schlaf gut, meine schöne Laura«, sagte er.

Aber das war ein frommer Wunsch. Das Lamm blökte Stunde um Stunde in der Nacht. Laura gelang es nur kurz einzudösen, dann weckte sie das verzweifelte Schreien wieder. Im Morgengrauen erschien Jenny an ihrer Seite.

»Was ist das?« fragte sie.

»Ich weiß es nicht«, murmelte Laura. Sie zog Jenny zu sich ins Bett. Die zweite Hälfte war unberührt.

Als sie wieder erwachte, herrschte köstliche Stille im Haus. Das Lamm war verschwunden. Zwar erinnerte sich Jenny später beim Frühstück an die Schreie in der Nacht.

»Wie ein Lämmchen«, sagte sie.

Doch Laura zuckte dazu nur die Achseln. »Das musst du geträumt haben, Liebling.«

Und Jenny vergaß Rime, das Lamm.

Die Sache mit der Arbeit ging Laura unentwegt durch den Kopf. Ob es das Richtige für sie war, ob sie Younis damit vergrämte, ob Jenny nicht zu jung für den Kindergarten war, ob sie sich überhaupt in der Nähe dieses Ralf Ottendorf aufhalten wollte. Einer, der gleich bei der ersten Begegnung anzüglich mit ihr redete, konnte leicht zudringlich werden. Drei Mal hatte er schon bei Annemarie nachgefragt. Lauras Nummer besaß er nicht und Annemarie gab sie nicht weiter.

»Jetzt ist bereits eine Woche vergangen. Lange kannst du deine Entscheidung nicht mehr aufschieben. Was hindert dich denn eigentlich, Laura?«

Das Gehalt war unglaublich, doch konnte Geld die Schwierigkeiten aufwiegen, die sie sich einhandelte? Sie wollte mit Younis glücklich leben. Musste sie dazu ihre Selbstständigkeit vollkommen aufgeben? Sie kam zu keinem Entschluss. Zu Mittag, als das Melanzaniragout schon fertig auf dem Herd stand, läutete das Telefon. Ein Mann aus Younis' Office rief an. Younis war zu einem wichtigen Termin unterwegs und würde erst am Abend zurückkommen. Hatte er ihr das nicht selbst sagen können? Ärgerlich hängte Laura auf.

Statt Jenny zum Mittagsschlaf hinzulegen, ging sie mit ihr fort. Sie hatte Annemaries Clubkarte noch immer nicht zurückgegeben.

Auf dem Weg entschloss sie sich anders. Trotz der Hitze stieg sie mit Jenny auf dem Arm in den Bus Richtung *Rasheed Street*. Drinnen standen die Menschen dicht gedrängt. Sie konnte kaum Atem holen. Überall an ihrem Körper spürte sie unverschämt tastende Hände. Jenny jammerte nicht, aber ihre Augen wurden immer größer vor Schreck und Unbehagen. Ihr Haar war schweißnass. Laura trat dem Mann, der sich mit jeder schaukelnden Bewegung des Busses auf sie fallen ließ und nicht mehr abrückte, so fest sie konnte, auf den Fuß. Er schnaufte und zog sich ein Stück zurück, worauf sein Nebenmann die Chance ergriff und Lauras Brust wie zufällig streifte. Sie stieß ihn mit dem Ellbogen weg.

Der Bus hielt an der nächsten Station. Wieder stiegen Leute zu, obwohl die im Inneren lautstark protestierten. Jenny, die von allen Seiten gedrückt wurde, quietschte. Laura fühlte eine Hand an ihrem Schenkel. Sie stimmte in Jennys Schrei ein. Mehrere Männer fuhren zurück. Jenny erschrak und brach in Tränen aus.

»Ich will hinaus!« Laura hob Jenny über ihren Kopf hoch. Jenny schluchzte laut. »Sofort hinaus!«, rief Laura nochmals, gerade als sich die Türen schlossen. »Halt! Halt!« Mit aller Kraft drängte sie vorwärts gegen die Menschenmauer. Das Herz schlug laut in ihren Schläfen. Sie sah Jennys weit geöffneten schreienden Mund, sie hörte nichts als das wilde Rauschen des Blutes im Ohr.

Dann sprang die Tür auf, die Mauer öffnete sich vor ihr und ging hinter ihr wieder zu. Laura stand auf der Straße, Jennys Kopf an ihrer Schulter, atemlos und triumphierend. Sie sah sich um und erkannte nichts. War sie in den falschen Bus eingestiegen? Auch hier war, wie vor ihrem Haus in der *Ragheeba Chattoon*, ein Kiosk. Der Mann, der dort im Schatten herumlungerte, kam ihr so bekannt vor. Dann fiel ihr ein, wen sie vor sich hatte – Younis' Chauffeur. Und wo er war, konnte Younis nicht weit sein. Der wichtige Termin, nur ein paar Busstationen von seinem Haus entfernt.

»Hallo, guten Tag, Omar«, sprach sie ihn an. »Wo ist mein Mann?«

»Wichtiger Termin«, sagte der Chauffeur in schwerfälligem Englisch.

»Wo?«, fragte Laura scharf, da spürte sie, wie jemand sie sachte anrührte und fuhr herum. »Meishi!«

Meishi lächelte sie an. »Guten Tag, Madam. Darf ich Jenny tragen?«

Jenny wand sich aus Lauras Griff und rutschte an ihr herunter auf den Boden.

»Nein«, sagte sie bockig. »Jenny geht allein.«

»Meishi, führ mich in die *Rasheed Street*, ich bin zu früh ausgestiegen.«

Er zeigte ihr den Weg, es war ganz nahe, nur eine Busstation.

»Warte hier auf mich und pass auf Jenny auf.«

Jenny stampfte und protestierte, aber Laura versprach ihr ein Eis, wenn sie brav war, da führte Meishi, wie das andere Mal Ahmed, sie über die Straße zum Eisgeschäft. Laura stieg die Treppe zu Ralf Ottendorfs Büro hinauf.

Es dauerte lange, bis er ihr öffnete. Sie wollte schon aufgeben, nur weil es im Treppenhaus so kühl war und draußen die Sonnenglut auf sie wartete, blieb sie stehen. Da auf einmal ging die Tür auf.

»Ja, bitte, was gibt es?« Das klang ganz anders als beim letzten Mal.

»Ich wollte Ihnen sagen, die Arbeit ist …«

»Ihr Mann hat mich angerufen und abgesagt«, unterbrach sie Ottendorf.

Laura verschlug es die Sprache.

»Sie wissen das nicht?«

Das ließ sich nicht verbergen. Kein Wort fiel ihr ein, keine Erklärung, warum sie nun vor seiner Tür stand. Sie konnte die Tränen nicht zurückhalten. Es war auch gleichgültig. Sie hatte sich zum Narren gemacht.

Ralf Ottendorf stellte keine Frage mehr, aber er ließ sie nicht aus den Augen, neugierig betrachtete er dieses Unglück, dessen Ursache er nicht verstand, oder doch. Auch das war egal. Sie stand am Treppenaufsatz, mit hängenden Armen, unbewegt. Ihr Gegenüber sah sie nur durch den Wasservorhang ihrer Tränen. Sie war nicht zornig, nicht verzweifelt. Ratlos, wie es nun weitergehen sollte, wenn sie sich umdrehte und wieder hinunterging. Was nun tun?

Was tun. Wohin gehen. Wie reagieren. Die Gedanken vom Vormittag verkehrten sich ins Gegenteil. Irgendwann hatte sie aufgehört zu weinen, irgendwie war sie aus diesem Haus gekommen und über die Straße. Sie hielt Jennys Hand und ging mit ihr in ihr Lieblingsbuchgeschäft Ecke *Rasheed Street.* Sie blätterte in Magazinen, hob Bücher auf und legte sie wieder weg. Sie kaufte ein Malheft für Jenny und für sich ein kleines Buch mit handgemaltem Einband, auf dem Diary stand, obwohl sie nie ein Tagebuch geführt hatte und nun sicher nicht damit beginnen würde. Zu Hause legte sie es in eine Schublade, nachdem sie lange die feine Zeichnung studiert hatte. Sie konnte es Younis zum Geburtstag schenken. Aber dahin war noch lange Zeit.

Würden sie dann noch beisammen sein? Sie fühlte sich wie zerbrochen. Zum zweiten Mal in Bagdad verließ sie der Mut. Sie wusste nicht, was sie Younis sagen sollte. Am Abend wartete sie nicht auf ihn, sondern legte sich zusammen mit Jenny ins Bett. Die Nacht davor hatte sie schlaflos verbracht. Sie dachte an das verzweifelte Lämmchen, das von seiner Mutter getrennt worden war. Hatte Younis es zurückgebracht, oder lag es schon gehäutet und in Stücke zerteilt in einer Bratpfanne? Auf einmal, als sie schon im Einschlafen war, fiel ihr ein, was damals auf der Landkarte in Ralf Ottendorfs Büro nicht gestimmt hatte. Der Staat Israel fehlte.

14. KAPITEL

ALS SIE ERWACHTE, war schon heller Tag. Eine ferne Musik hatte sie geweckt, Janitscharenmusik. Unten auf der *Ragheeba Chattoon* fuhr ein Lautsprecherwagen auf und ab. In die blechernen Klänge mischte sich Motorengeknatter. Hubschrauber kreisten im blauen Sommerhimmel. Sie warfen gelbe Luftballons über der Stadt ab. Laura sah ihnen zu, wie sie langsam zur Erde herunterschaukelten. Auf jeden Ballon war ein Bild gedruckt, das Porträt des lachenden Generals Quassem. War es noch nicht genug, dass einem sein Bild überall im Land in Geschäften und Lokalen, Ämtern, selbst auf den Geldscheinen entgegensah, musste es auch vom Himmel fallen? Dann fiel ihr ein, welcher Tag heute war, der 14. Juli, erster Jahrestag der glorreichen Revolution. Die Musik trat zurück, eine Männerstimme rief in tremolierenden Tönen: »Es lebe Abdul Karim Quassem, *Al Zaim*, unser Führer, unser Held!«

Der Satz wurde von einer Menschenmenge aufgenommen:

»Lang lebe *Al Zaim*, Abdul Karim! Steht auf und huldigt ihm!«

Der Lautsprecher verzerrte die Stimmen zu einem Gekreische. Etwas flog von oben herab und landete raschelnd im Gras. Dann ein zweites, ein drittes Mal. Und wieder, bis überall im Garten metallisch glänzende kleine Kugeln herumlagen. Laura bückte sich danach. Es waren Bonbons. Abdul Karim beschenkte sein Volk mit Süßigkeiten. Rasch sammelte sie alle Kugeln ein, bevor Jenny sie fand. Nofa kam hinter ihr aus dem Haus. »Es lebe *Al Zaim!*«, sagte auch sie und nickte.

Laura überreichte ihr die Bonbons. »Für deine Kinder. Bei mir musst du dich nicht bedanken, bei *Al Zaim*.«

»Große Probleme«, sagte Nofa ernst. »*Al Zaim* ist gut, aber viele Feinde.«

Laura schaute sie fragend an, doch mehr wusste Nofa nicht, es war nur ein Gerücht, das sie im Vorbeigehen aufgeschnappt hatte. Laura probierte das Telefon, es funktionierte, aber Younis war nicht erreichbar, auch bei Annemarie hob niemand ab. Sie beschloss, sich vorläufig keine Sorgen zu machen. Nofa weigerte sich, auf den Markt zu gehen. Auf Lauras Fragen zuckte sie die Achseln. Laura kannte sie inzwischen gut genug, um nicht zu drängen. Immerhin war sie zur Arbeit gekommen. Sie hatte *Chubbus* und einen Sack mit Tomaten, Schafkäse und Kräutern mitgebracht, das musste genügen. Das Thermometer zeigte jetzt um neun Uhr schon über fünfunddreißig Grad. In dieser Hitze war das Einkaufen ohnehin eine Qual.

Eine halbe Stunde später, Jenny schlief noch im verdunkelten Schlafzimmer, kam Younis nach Hause.

»In Kirkuk ist der Teufel los! Zuerst war eine große Demonstration zu Abdul Karims Geburtstag, jetzt laufen die Kommunisten plötzlich Amok. Sie metzeln die turkmenischen Kaufmannsfamilien nieder, jeder der ein Geschäft hat, ist seines Lebens nicht mehr sicher.«

Younis klang keineswegs bestürzt, sondern im Gegenteil, als hätte Quassem sich diese Kalamitäten selbst zuzuschreiben. Er setzte sich zum Radio und ließ sich von Nofa Kaffee bringen. In Radio Bagdad war wie auf der Straße nur der Jubelchor zu Quassems glorreichen Taten zu hören. Younis suchte nach einem anderen Sender. Keine ausländische Radiostation ließ sich empfangen. Das bedeutete nichts Gutes. Ab Mittag war das Telefon unterbrochen.

»Sie werden ihn umbringen«, sagte Younis. »Er ist gewarnt worden, aber die Macht ist ihm in den Kopf gestiegen, er hört nicht auf seine Berater. Zum Teufel mit ihm.«

Beklommen saß Laura neben Jenny am Tisch. Jenny malte voller Hingabe, die Zungenspitze zwischen ihre Zähne geklemmt, in ihrem Heft.

»Wer sind sie?«, fragte Laura, aber da kam gerade eine Sondernachricht, und Younis winkte ungeduldig ab.

Der Radiosprecher verkündete, dass Abdul Karim zu Fuß über die berühmte Jumhuriyah-Bridge unterwegs war, um sich anlässlich seines fünfundfünfzigsten Geburtstages vom irakischen Volk gratulieren zu lassen. Younis klatschte in die Hände und pfiff dazu.

»Man sollte sich das nicht entgehen lassen, wer weiß, wie oft wir *Al Zaim* noch zu Gesicht bekommen«, meinte er spöttisch.

»Wer will ihn umbringen?«, fragte Laura noch einmal.

»Frag lieber, wer nicht«, war Younis' ganze Antwort. Er ging zu Alis Kiosk, wo schon eine Gruppe Männer in aufgeregtem Gespräch stand und grausige Einzelheiten über die Kämpfe in Kirkuk austauschte.

Häuser und Geschäfte wurden geplündert und in Brand gesteckt, Menschen an Lastwagen gebunden und zu Tode geschleift. Unschuldige Bürger, deren einziger Fehler es gewesen war, sich zur falschen Zeit am falschen Ort aufzuhalten, lagen ermordet in den Straßen, getötete und gefolterte Kinder. Einen Mann hatte man mit den Beinen an zwei Autos gefesselt, die in verschiedene Richtungen fuhren. Der Mob tobte sich aus.

»Es wird erst ein Ende nehmen, wenn er abtritt«, sagte Younis. »Er ist für dieses Blutbad verantwortlich. Er muss gehen. Warum geht er nicht aus freien Stücken?«

Die Tage begannen früh. Jenny aß nur eine Banane, Milch oder Kakao vertrug sie nicht zum Frühstück und erbrach sich jedes Mal, wenn Laura sie dazu drängte. Nofa bereitete ihr einen schwachen Tee zu, davon trank sie einen Schluck, dann wollte sie schon nach draußen, in den Garten. Im Badehöschen, die Haut dick eingecremt und ihren weißen Sonnenhut auf dem Kopf, hielt sie es selbst in der Mittagshitze aus. Sie verbrachte Stunden mit einem Plastikeimer voll Wasser und ihrem Sandspielzeug, hob Gruben aus und füllte sie mit Wasser, errichtete Burgen aus Schlamm und stieg dann mit Genuss darin herum, bis kein heller Fleck mehr an ihr zu sehen war. Bevor sie ins Haus durfte, spritzte Nofa sie mit dem Gartenschlauch ab.

Laura kannte die Unerbittlichkeit der irakischen Sommer inzwischen und hatte gelernt, ihn wie die Einheimischen mit Geduld zu ertragen, jede überflüssige Bewegung zu vermeiden, im Haus zu bleiben, bis der Abend kam. Die Mattigkeit kam nicht nur von der Hitze. Sie wusste nichts mit sich anzufangen. Es gab genug Aufgaben für sie und genug Zerstreuung. Da waren Jenny und der Haushalt, die sie beschäftigten. Sie konnte ausgehen, sie konnte Stoffe kaufen, eine neue Garderobe entwerfen, für sich und für Jenny, sie konnte Annemarie und ihre Freundinnen treffen.

Die meiste Zeit lag sie aber auf dem Sofa, lesend und dösend. Wenn Younis zu Mittag kam, taten sie beide, als wäre alles in Ordnung wie früher, doch das war es nicht. Am Abend sah sie ihn meist nicht, hörte ihn nur in der Nacht ins Haus kommen und später hinaus aufs Dach gehen. Er legte sich nicht neben ihr schlafen, sondern rollte einen Teppich auf dem gefliesten Boden aus. Am Morgen stand er immer früher auf als sie. Er sagte ihr nicht, wohin er ging. Sie fragte nicht.

Einmal, als er später als sonst das Haus verließ, begegnete er vor dem Haus Annemarie mit der kleinen Reem auf dem Arm. Er begrüßte sie freundlich.

»*Umm Ziad*, ich freue mich. Ein schönes Kind! Gesund und fröhlich, *al hamdu lillah*, wie die Mutter!« Er zwickte spielerisch in die dicke Babybacke. Reem riss verblüfft die Augen auf.

»Danke, Herr Younis«, antwortete Annemarie förmlich. Sie hob Reem in die Höhe, um sie seinem Zugriff zu entziehen.

Er lachte und verabschiedete sich mit einem Winken. »Ich hoffe, wir werden auch bald wieder Nachwuchs bekommen. *Inshallah*.«

Annemarie warf Laura einen Blick zu. Laura sah weg.

»Stimmt etwas nicht?«, fragte Annemarie, als Younis gegangen war.

»Was meinst du?«

»Du weißt, was ich meine.«

Laura zuckte die Achseln. »Ich bin erschöpft, mehr nicht.«

Annemarie sah selbst müde aus, seit Reems Geburt hatte sie sich immer noch nicht erholt. Forschend betrachtete sie die Freundin. »Erschöpft von Bagdad oder erschöpft von der Ehe?«

»Ich weiß nicht, ob das ein Unterschied ist«, antwortete Laura.

An diesem Abend blieb Younis zu Hause. Er trug Jenny in ihr Bett und sang ihr zum Schlafengehen etwas vor. Am Horizont stieg eine dünne, unwirklich große Mondscheibe auf, ein Kahn, der über das Himmelsweit fuhr durch die lange Nacht. Er zeigte ihr den Stern, der genau über ihnen stand. »Das ist die Venus.«

»Venus«, wiederholte Jenny mit verträumtem Blick. Die Augen fielen ihr beinahe zu.

Laura stieg die steinerne Treppe zum Garten hinunter. Sie rauchte und sah den Katzen zu, die ihre Fleischschüsseln geleert hatten und nun satt und faul durch den Garten trotteten, auf die Mauer sprangen und in der Dunkelheit verschwanden. Im Wassergraben begannen die Ochsenfrösche ihr nächtliches Konzert. Es klang melancholisch und aufgeregt zugleich. Sie hatte die Frösche niemals gesehen, kannte nur ihre Stimmen, die erst im Winter verstummten. Younis kam ihr nach. Er legte einen Arm um ihre Schulter. Sie hielt still. Sein Atem streifte ihr Ohr. Er küsste sie zart auf den Hals.

»Laura, bist du krank?«

»Warum fragst du? Nein.«

»Gibt es eine andere Erklärung, weshalb wir kein Kind bekommen?«

Laura schüttelte den Kopf. »Nein, mit mir ist alles in Ordnung.«

Er wartete, aber sie sprach nicht weiter. Nur zu gern hätte sie ihm eingestanden, wie sie sich fühlte, auf einem Boden, der sie jederzeit abwerfen, unter ihr nachgeben, sie verschlingen konnte.

»Ich würde dich gern untersuchen lassen«, sagte Younis. »Der Arzt im amerikanischen Spital war doch gut.«

»Ja.«

»Du gehst gleich zu ihm, ja?« Younis ereiferte sich. »Er muss herausfinden, ob etwas nicht stimmt. Wir sagen ihm, wie sehr wir uns Kinder wünschen. Ich bin sicher, er kann uns helfen.«

Ich nicht, Younis, sollte sie antworten. Ich wünsche mir keine Kinder. Jetzt noch nicht. Wir sind jung, wir können uns noch ein paar Jahre Zeit lassen. Es war ein Augenblick der Wahrheit. Sie ließ ihn vorübergehen. Sie wusste, der Arzt, an seine Schweigepflicht gebunden, konnte sie nicht verraten. Das war unehrlich und es war unschön, das Gegenteil vom Handeln einer Liebenden. Doch wie sollte sich ihm verständlich machen. Wenn er jemals herausfand, was sie tat, würde er ihr nicht verzeihen. Einen Moment stellte sie sich einen schwarzgelockten Buben vor, der Younis ähnelte, mit Goldton auf den Wangen, weißen Zähne und Augen, so dunkel, dass man Pupille und Iris nicht unterscheiden konnte. Vielleicht wäre das ihr Glück, seinen Lebenswunsch zu erfüllen. Doch bei dem Gedanken an eine weitere Schwangerschaft befiel sie Panik. Ihm diese Wahrheit zu gestehen, wagte sie nicht. Younis missdeutete ihr Seufzen.

»Wie du willst, meine Süße. Ich dränge dich nicht. Du bist das Beste, was mir in der Welt begegnet ist, mehr will ich nicht vom Leben.«

Sie spürte die Erleichterung bei seinen Worten. Der schweigende Kriegszustand war vorbei. Noch einmal überlegte sie sich, ihm die Wahrheit zu sagen. Er wollte nicht mehr vom Leben, als mit Laura glücklich zu sein. Von Jenny hatte er nichts gesagt. Sie war nur eine Tochter. Aber er liebte auch sie. Liebte er sie?

Younis begleitete Laura ins amerikanische Krankenhaus. Laura ging zum Anmeldeschalter für die Ambulanz. Younis blieb an ihrer Seite.

»Ich würde gern auch bei der Untersuchung anwesend sein. Soll ich den Doktor fragen?«

»Bitte nicht, Darling. Das wäre mir … peinlich.«

Younis musste draußen bleiben. Sie kannte Doktor Halston, er war der Arzt, den ihr Annemarie damals empfohlen hatte.

»Was führt Sie zu mir? Haben Sie Beschwerden?«

»Nur … eine Kontrolle …« Sie ließ sich zum Behandlungsstuhl bringen.

»Es ist alles in bester Ordnung«, versicherte er ihr nach der Untersuchung. Er sah ihre verlegene Miene und lächelte ihr ermutigend zu. »Was haben Sie noch auf dem Herzen?«

»Es wird doch kein Problem sein, wenn wir uns noch weitere Kinder wünschen sollten?«, fragte Laura vorsichtig.

Der Arzt nickte so heftig, dass seine Nickelbrille auf die Nasenspitze rutschte. »Ich bin lange genug im Land, ich verstehe. Sie werden Ihrem Mann den Sohn schenken, den er sich wünscht.« Er machte eine kleine Pause. »Sobald Sie es sich auch wünschen.«

Laura spürte ihre Wangen rot werden. Er meinte es freundlich, aber dennoch fühlte sie sich peinlich berührt, weil er auf das Problem anspielte. Hinter ihr fiel etwas klirrend zu Boden. Irritiert drehte sie sich um. Eine weiß gekleidete Frau mit verschleiertem Kopf hantierte beim Waschbecken. Laura hatte sie nicht hereinkommen gehört. Die Frau nahm den Abfalleimer und ging, ohne sich umzusehen, hinaus. Noch immer verlegen bis zur Sprachlosigkeit, folgte Laura Doktor Halston zu seinem Schreibtisch. Er stellte die Honorarnote für sie aus. »Alles Gute«, wünschte er ihr zum Abschied.

»Ich versichere Ihnen, Sie müssen sich nicht die geringsten Sorgen machen.«

Younis erwartete Laura vor dem Krankenhaus. Es regnete heftig, der Himmel weinte um die ungeborenen Söhne, die sie ihrem Mann verweigerte. Das Wasser rann ihm über den Kopf und in die Augen, aber das schien ihm nichts auszumachen. Seine Zigarette hing noch in seinem Mundwinkel, und er schaute in die lilagrauen Nebelschwaden, die über dem Rasen hingen. Lauras Anblick brachte ihn wieder zu sich. Er kam ihr entgegen und umarmte sie fest.

»Was hat er gesagt?«

»Ich hab es dir ja gesagt, gesund und munter. Wir müssen Geduld haben, sagt Doktor Halston. Der Stress, wenn man sich etwas unbedingt wünscht und nicht bekommt, kann sich auch negativ auswirken.«

Younis sagte nichts dazu, aber Laura verstand auch ohne Worte, was er davon hielt. Alle Ehepaare hier wünschten sich so viele Kinder, wie sie nur bekommen konnten. Was hatte denn das mit Stress zu tun?

Gini schickte eine Einladung, die sie eigens für den Anlass hatte drucken lassen. Innerhalb von einem Jahr waren sie und Ali zum zweiten Mal übersiedelt. Laura wunderte sich über die Adresse, *Abu Nuwas Street*, dort waren die Fischrestaurants am Fluss, auf der anderen Straßenseite die Vergnügungslokale für die männliche Bevölkerung. Sie rief an. »Gini, das ist ja toll, ich bin noch nie auf Büttenpapier eingeladen worden! Ich freue mich, aber warum schon wieder ein neues Haus?«

Gini kicherte. »Mein Ali wird jetzt ein großes Tier, er braucht ein Haus, in dem wir auch größere Gesellschaften geben können. Und dann hatten wir Glück. Du wirst sehen, Laura.«

»Ja, ich bin schon gespannt. Obwohl ich fürchte, Younis …«

»Alles klar. Younis ist ein vielbeschäftigter Mann.« Sie lachte, und Laura stimmte ein, obwohl ihr nicht wohl dabei zumute war.

Sie ließ die Einladung auf dem Tisch liegen. So konnte Younis sie finden oder auch nicht, sie begleiten oder nicht. Warum sollte sie einen Streit anzetteln, sie würde sich die Housewarming Party jedenfalls nicht entgehen lassen.

Auf einem Blatt Papier skizzierte sie ein Modell, das sie sich nähen lassen wollte, Etuikleid hieß dieser Stil, körpernah geschnitten, mit schmalem Rock, ärmellos mit einem Jäckchen aus dem gleichen Stoff darüber. Jenny sah ihr aufmerksam zu und tippte mit ihrem Zeigefinger auf die Zeichnung. Es gefiel ihr. Sie wollte auch ein neues Kleid.

Den passenden Stoff fand Laura im Bazar auf Anhieb. Ein hauchdünn gewebtes Leinen mit rotschwarzem geometrischem Muster auf weißem Grund. Für Jenny kaufte sie türkischen Batist. Noch am selben Tag fuhr sie zu Mariam, die zum Glück zu Hause war.

»Bitte, Mariam, entschuldigen Sie den Überfall, aber die Einladung ist nächsten Samstag, ich muss unbedingt ein schönes Nachmittagskleid anziehen, es wird ein festlicher Anlass.«

Mariam kannte Lauras Ungeduld inzwischen. Sie nickte gelassen. »Das wird kein Problem sein, ich fange gleich mit dem Zuschneiden an.«

»Jenny bekommt auch neues Kleid!«, meldete sich Jenny zu Wort. »Samstag große Einladung für Jenny.«

»Ja, natürlich.« Mariam packte den Batiststoff aus. »Damit wirst du wie eine wunderbare orientalische Blume aussehen.«

»Die Lilie«, sagte Jenny stolz.

Die Frauen lachten. Laura hob Jenny auf und küsste sie. »Du bist einfach entzückend, mein Schatz, meine Lilie, meine Einzige!«

Am Abend lag die Einladung nicht mehr auf dem Tisch, sondern neben dem Telefon.

Laura nahm sie und schaute Younis fragend an.

»Willst du hingehen?«

»Ich habe schon angerufen und Ali zugesagt«, erwiderte Younis.

»Oh.« Verdutzt legte Laura die Einladung wieder hin. »Ich dachte, du ... Ist er nicht Kommunist?«

Younis fuhr auf. »Wer hat das behauptet? Dann wäre er wohl kaum Minister geworden, die Kommunisten bekämpfen die Politik von Abdul Karim.«

Laura überlegte. »Younis, du hast doch nichts mit Politik zu tun?«

Er schüttelte unwillig den Kopf. »In unserem Land herrscht eine schwere Krise, dagegen kann sich kein Iraker verschließen.«

Sie verschluckte, was ihr auf der Zunge lag. Er hatte schon anders gesprochen. Aber sie verstand ihn nicht oder sie verstand ihn falsch. Sein Wunsch, fortzugehen, war er überhaupt ernst gemeint? Oder liebte er es bloß, sich etwas zusammenzuträumen?

»Ich lasse mir ein neues Kleid machen«, sagte sie stattdessen. »Ich glaube, ich werde gut darin aussehen.«

»Du siehst in jedem Kleid schön aus«, sagte er.

Sie lächelte ihn an.

Der Samstag der Einladung war ein glühender Tag, fünfundfünfzig Grad Celsius im Schatten. Als sie aus dem Auto ausstiegen, klebte das Jäckchen an ihrem Rücken. Younis hatte sie mit neuen Ohrringen überrascht, nachträglich zum Hochzeitstag, wie er nebenbei erwähnte. Sie freute sich, es waren handgeschmiedete goldene Halbmonde, ziseliert und bunt bemalt. Dennoch, auch wenn sie freundlich waren, sich wieder umarmten, sie spürte die Distanz.

Das Haus war eine Überraschung, eine alte Villa am Ufer des Tigris. »Das ist eines der berühmten Bagdad-Häuser, die im neunzehnten Jahrhundert entlang des Flusses für die Reichen gebaut wurden«, erklärte Gini, während sie Laura herumführte. Younis hatte sich schon nach der Begrüßung den Herren angeschlossen. Sie wurden von Ali in einem eigenen Rauchsalon empfangen. »Heute werden verschiedene wichtige Persönlichkeiten aus der Politik zu uns kommen.«

Laura bewunderte die Ausstattung der Eingangshalle. Marmor auf dem Boden, an den Wänden, Säulen, selbst Tische und Stühle gab es in allen erdenklichen Farben dieses wertvollen Gesteins, dunkelblau, rot, grün, gelb, weiß und schwarz. Inzwischen trafen weitere Gäste ein. Gini zog die Nase kraus, eine winzige ironische Geste, nur für Laura bestimmt. Zuerst postierten sich vier Männer in Uniform links und rechts der Tür. Dann erschien ein Mann, ebenfalls militärisch gekleidet, mit einem dicken schwarzen Haarschopf, der ihm in die Stirn fiel. Bei seinem Anblick verstummte alles. Er hatte sehr dunkle Augen, ein fast scheues Lächeln. *Al Zaim* persönlich. Laura konnte nur einen kurzen Blick auf ihn tun, schon umringten ihn seine vier Begleiter und führten ihn über die Treppe hinauf.

Er wirkte jünger als er war, wie ein unbeschwerter junger Mann. Aber das war er nicht. Abdul Karim Quassem, der Kopf der Revolution, hatte diese Orgie der Gewalt zu verantworten. Auch wenn er so gut aussah, sympathisch und sogar charmant, er war alles andere als harmlos. Ein Mann, der auch vor dem Schlimmsten nicht zurückschreckte. Hatte Younis gewusst, wer auf der Einladungsliste von Alis Housewarming Party stand? War er nur deshalb hier? Er hatte ihre Frage gestern nicht beantwortet. Auf einmal fühlte sie sich beunruhigt.

Gini ging mit ihr auf den Balkon, ein Kunstwerk aus Schmiedeeisen. Wie eine Kulisse lag der Fluss unter ihnen. Die wie mit dem Pinsel gezeichnete Pontonbrücke. Die in der Nachmittagsglut in ihren Booten dösenden Fischer. Ein Wasserbüffel löste sich aus der regungslos im Wasser stehenden Herde und schwamm zum anderen Ufer, nur die langen Hörner und die schwarze Nase seines riesigen Körpers sahen aus dem Wasser heraus.

»Hübsch, nicht wahr?«

»Märchenhaft schön! Du lebst in Tausendundeiner Nacht, Scheherazade und der König.«

Gini stieß wieder dieses neue kleine Kichern aus, das Laura nicht gefiel. Es hörte sich nicht fröhlich an. »Scheherazade hat nie gewusst, ob sie den nächsten Tag noch erleben wird.«

Laura wandte sich zu Gini. »Bist du nicht glücklich hier?«

Gini trug ein langes, weit geschnittenes Kleid in orientalischem Stil, aus golddurchwirktem Stoff mit einem Spitzenschleier um die Schultern. Das schwere Goldcollier, die Ohrgehänge und Armbänder glichen den mesopotamischen Schmuckstücken im Irakmuseum. Ihre Augen waren grün und schwarz geschminkt, die Lippen tiefrot, auf den Wangen schimmerte goldrosa Puder. Aber unter dem Makeup sah sie blass aus, ihre Augen dunkel umschattet.

»Ist das nicht die Erfüllung deiner Träume?«

Gini schaute auf den Fluss. »Hast du eine Zigarette für mich?« Sie drehte sich um, ob sie jemand beobachtete. »Ich habe Jamil zurücklassen müssen.« Ihre Finger, die nach der Zigarette griffen, zitterten. »Ali konnte ihn seinen Eltern nicht wegnehmen. Es wäre zu hart gewesen, den Sohn und Enkel zu verlieren, meint er. Und Jamil wollte auch bei ihnen bleiben. Sie haben ihn mir ganz entfremdet.«

Laura dachte an Jenny, die mit Nofa zu Hause geblieben war und mit ihren Papierpuppen spielte. Ihre kleinen Hände waren noch zu ungeschickt, mit der Schere umzugehen, aber sie liebte es, Kleider und Schuhe für die Puppen auszuwählen und sah Nofa hingebungsvoll und geduldig beim Ausschneiden zu. Unmöglich die Vorstellung, ohne Jenny zu leben. Was würde sie an Ginis Stelle tun?

»Ali sagt, wir werden andere Kinder bekommen.« Gini schluckte. Das sorgfältige Makeup verbarg nicht ihren hilflosen Schmerz. Laura kannte das Gefühl, nein, sie kannte es nicht. »Aber ich werde nicht schwanger«, flüsterte Gini.

Laura spürte, wie ihr die Tränen in die Augen stiegen. Gini durfte es nicht hinnehmen, sie musste ihren Sohn zu sich holen. Doch welches Recht hatte sie, sich einzumischen. Gini warf die Zigarette weg. Ihre Hände umklammerten das Geländer. Der Wasserbüffel hatte den Fluss durchschwommen. Langsam und würdevoll erhob er sich aus dem Wasser. Sein Fell glänzte in der Sonne. Laura suchte nach Worten, der Freundin ihre Hilfe anzubieten, doch Gini ließ ihr keine Gelegenheit dazu. Die Vorbereitungen für das Fest waren in vollem Gang. Eine Schar junger Frauen arrangierte die verschiedensten warmen und kalten Gerichte auf einer langen Tafel.

»Da stehe ich herum und rede, dabei wartet jede Menge Aufgaben auf mich. Die anderen Gäste werden jeden Moment da sein. Hast du Durst, ich schicke dir gleich jemanden heraus.«

Kaum war Laura allein, schlenderte ein Mann auf den Balkon, der ihr bekannt vorkam.

»Aus dem Royal Club«, half er ihrer Erinnerung nach. »Ich habe es natürlich nicht vergessen.« Er stellte sich vor. »Nelson McNeal. Wir saßen zusammen mit Laurence an einem Tisch. Laurence Winter, der Filmregisseur.«

Jetzt fiel es Laura wieder ein. Der Mann, der mit ihr geflirtet hatte an dem Tag, als sie mit Jenny allein gekommen war. Und hinter ihm ein hellroter Haarschopf, ein Glas in der erhobenen Hand, das ihr zuprostete, *Cheers, Lady Miracle*. Das war er.

»Sind Sie auch Künstler?«, fragte sie ihn.

Ein Junge in weißem Jackett mit einem Tablett voller Getränke kam auf den Balkon. Nelson nahm zwei Gläser Champagner. »Wieso auch?« Er gab ihr ein Glas. »Sie halten Filmregisseure für Künstler?«

»Sie nicht?« Laura trank einen Schluck. Es prickelte im Mund, dann wurde ihr angenehm benommen zumute. Nelsons Haar leuchtete, als hätte er Feuer gefangen.

»Ich kenne mich damit nicht gut genug aus.« Er prostete ihr zu. »Laurence' Film ist zur Zeit nur ein Traum, um nicht zu sagen, ein Hirngespinst. Er muss zuerst einen Financier finden, aber davon redet er schon, seit ich ihn kenne.«

Aus den Augenwinkeln nahm Laura eine Gruppe Frauen wahr, die den Saal betraten. Sie sah Mary Lou, Ursula in Begleitung ihrer Töchter Lina und Karoline, Sherryll. Annemarie war nicht dabei. Hatte Gini sie nicht eingeladen? Langsam füllte sich der Raum.

»Warum sind Sie eigentlich nicht bei der Herrenrunde?«, fragte Laura.

Nelson brach in schallendes Lachen aus.

»Worüber lachen Sie?«

»Entzückend«, sagte er. »Sie sind so ...«

Laura wandte sich zum Gehen. Nelson griff nach ihrem Arm. »Nicht, bitte, nicht!«

Laura schüttelte ihn ab. »Sie sind frech!«, sagte sie und musste auch lachen.

Er beugte den Kopf und drückte, bevor sie ihn daran hindern konnte, einen Kuss auf die Innenseite ihres Handgelenks. Es prickelte wie der Champagner.

»Entschuldigung, das ist – ich weiß – ungehörig.« Er seufzte. »Ich habe Ihnen noch nicht meinen Beruf verraten.«

»Wenn das eine Erklärung ist – sonst endet unsere Unterhaltung nämlich an dieser Stelle«, antwortete Laura, über sich selbst verärgert. Sie stellte ihr leeres Glas auf dem Mauervorsprung ab.

Er nickte, während er dem Piccolo nach neuen Gläsern winkte. »Sie haben sich in der Firma beworben, für die ich arbeite. Ich bin Architekt, ein Schüler von Frank Lloyd Wright, kennen Sie ihn?«

»Ein Amerikaner?« Annemarie hatte von einem berühmten Architekten gesprochen, der ihr Haus entwerfen sollte, aber es war nur bei der Planung geblieben. Nelson wartete Lauras Antwort nicht ab.

»Er hat einen geniales Modell für die Erneuerung Bagdads entworfen. Jeder war davon hingerissen. Er hat die Karten der Sumerer und Assyrer studiert, er war fasziniert von ihren Siedlungen. *Madina Al Salam*, die Stadt des Friedens wollte er das neue Bagdad, aufbauend auf der antiken Stadt, nennen. Eine Universität, ein Opernhaus direkt am Tigrisufer, gleich da drüben sollte es stehen, ein Zentrum rund um die *Rasheed Street*. Dann kam die Revolution.« Nelson angelte zwei frische Gläser Champagner vom Tablett. »Seitdem will keiner hier Geld investieren. Eine neue Stadt, die dann wieder zerstört wird, wer glaubt an so ein Projekt?«

Zerstört! Er sprach von Bagdad! »Wer sollte so etwas tun?« fragte Laura ungläubig.

Nelson zuckte die Achseln. »Mich dürfen Sie nicht fragen. Frank hat jedenfalls alle Brücken abgebrochen. Gropius, Le Corbusier, Gio Ponti, alle berühmten Architekten sind wieder weg.«

Er sah über Lauras Schulter. »Mir scheint, jetzt kommt endlich ein bekanntes Gesicht.« Er winkte. »Das ist Gene, ich glaube, Sie kennen sich noch nicht.«

Laura wandte sich um. Hinter Nelsons Freund entdeckte sie Younis, der suchend im Saal herumschaute. »Wir sehen uns später«, sagte sie rasch zu Nelson und ging davon. Sie spürte, dass Gene ihr neugierig nachsah, aber sie hielt den Blick fest auf Younis gerichtet. Sie beglückwünschte sich zu ihren Adleraugen. Younis dagegen war kurzsichtig. Wie gern hätte sie mehr von diesem amerikanischen Architekten gehört. *Medina Al Salam*. So poetisch. Aber es gab keine Stadt des Friedens. Sie hängte sich bei Younis ein. »*Salam*, Younis.«

Er schrak zusammen. »Ich habe dich überall gesucht.«

»Gini hat mir die Aussicht auf den Tigris gezeigt. Es ist wie im Märchen.«

Er zog sie mit sich.

»Was ist los, wohin willst du?« Sie sträubte sich, weiterzugehen.

»Komm, Laura.«

»Aber es hat noch nicht einmal angefangen. Younis, bitte, bleib doch, ich möchte nicht gehen.«

Er hielt ihren Arm fest. Wenn sie sich nicht vor allen Leuten ein Handgemenge mit ihm liefern wollte, musste sie ihm folgen.

»Erklärst du mir wenigstens …«

»Später, jetzt gehen wir.«

Erst als sie im Freien standen, beruhigte er sich wieder. »Es tut mir leid, Laura, ich hätte dir das Vergnügen gegönnt. Aber es gibt Grenzen. Du hättest diesen Menschen hören müssen. Führer lässt er sich nennen, diese Null, dieser Zauderling. Nicht einmal mit dem Verräter Aref rechnet er gebührend ab, allen will er es recht machen.« Er schaute sich nach einem Taxi um. »Mit so einer Kreatur setze ich mich nicht an einen Tisch.« Ein Wagen hielt neben ihnen. »Wir gehen zum *Masgouf* essen, Laura, das magst du doch, ja?«

»Und Jenny?«

»Jenny holen wir natürlich.«

Sie stiegen ein. Er legte den Arm um sie, zog sie nahe an sich. »Bist du böse, Darling?«

Sie dachte an den Traum des Architekten von einer neuen Stadt. Ein Traum aus Papier, der nun an der Wand hing.

Was sie sich wünschte, fragte er sie immer wieder. »Hast du keinen Wunsch, Laura?« Sie wusste keine Antwort. »Danke, mir geht es gut«, sagte sie. Das stimmte. Die Zeit der ersten Euphorie war unwiderruflich vorbei. Doch Lauras Sommer 1959 verlief unbeschwert, als einziger vielleicht, dachte sie später. Sie hatte Freundschaften geschlossen, eigentlich Bekanntschaft mit einer Gruppe von Leuten, die wie sie hier nicht zu Hause war und auch nicht anderswo. Menschen, die sich um die Politik nicht bekümmerten, die Geld hatten, genug jedenfalls, um sich den Alwiyah Club zu leisten, die gebildet waren, sich hier, an diesem besonderen Ort, der Wiege der Menschheit, nach Kultur sehnten. Die meisten der Frauen kannte sie schon durch Annemarie. Ihre Ehemänner waren mit ihrem Beruf beschäftigt oder aus anderen Gründen unsichtbar. In den Club gingen sie wie Younis nur ausnahmsweise.

Die Männer, Laurence und Nelson und Gene und eine wechselnde Schar ihrer Freunde aus England und den USA, kamen dagegen fast täglich. Sie hatten keine Familie, sie aßen dort, gingen schwimmen, hielten ein Schläfchen am Nachmittag, trafen ihre Geschäftsfreunde und kehrten spät am Abend oft noch auf einen *Nightcup* ein.

»Wenn sie mir im Club ein Zimmer vermieten würden, könnte ich meine Wohnung aufgeben«, äußerte Nelson. »Ich habe sie mir gekauft, als ich noch hoffen durfte, hier sesshaft zu werden, aber das ist wahrscheinlich eine Illusion.«

Nelson lebte gern in Bagdad. Wie Laura hatte er sein Herz an die Stadt verloren, die er immer noch durch die Augen seines Lehrers Wright sah, als Garten Eden, ein verlorenes Paradies. Laura liebte es, wenn Nelson über Bagdad sprach. Er machte sie auf den Turm der alten Moschee in Adhamiyah aufmerksam, zierlich geflochten wie ein zum Himmel strebender Zopf, eine ideale Form nannte er ihn und malte mit dem Zeigefinger seine Umrisse in die flirrende Sommerluft.

Auch Jenny hörte ihm neugierig zu, verstand aber nichts von seinen architektonischen Ausführungen und trollte sich wieder in den Pool. Nelson hatte ihr nach dem ersten Kennenlernen im Club einige elementare Dinge über das Schwimmen beigebracht. Jenny sprang zwar ohne Furcht vom Beckenrand und tauchte bis zum Grund, voller Vertrauen, dass das Wasser sie wieder an die Oberfläche tragen würde, doch machte sie keine Schwimmtempi sondern strampelte nur wild mit Armen und Beinen, um sich über Wasser zu halten. Eine kräfteraubende Methode. Nach Nelsons Unterricht begriff sie, worum es ging. Ob er Jenny Schwimmen beigebracht hatte, um dafür länger mit Laura allein zu sein? Er schien Jenny zu mögen. Und Laura, war er verliebt in sie? Wenn ja, hoffte sie darauf, dass er es für sich behielt. Sie schätzte die Stunden mit ihm.

Laurence war definitiv verliebt. Fast jedes Mal, wenn sie sich sahen, wollte er sie überreden, eine Rolle in seinem Film zu übernehmen. Es war die Geschichte einer modernen Scheherazade, wusste Laura inzwischen. Die Rolle des lüsternen und grausamen Königs sollte Peter Sellars spielen. Laurence hatte bei seinem Agenten angefragt und wartete noch immer auf eine Antwort. Es klang tatsächlich wie ein Hirngespinst, aber fingen nicht alle großen Ideen mit einem unmöglichen Traum an?

Laurence hatte in London schon zwei Filme gedreht, die es allerdings nicht ins Kino geschafft hatten. »Noch nicht«, betonte Laurence. »Ich habe einfach noch nicht den richtigen Verleih gefunden.«

Bei einer Filmparty in London war Laurence Frank Lloyd Wright begegnet und von ihm kurzerhand nach Bagdad eingeladen worden. Laurence übte neben seiner künstlerischen Tätigkeit den Brotberuf des technischen Zeichners aus, und damals, 1954, hatte es noch ausgesehen, als würde der berühmte Architekt für die nächsten zwanzig Jahre mit Großprojekten ausgelastet sein. Doch Wright war wieder nach Wisconsin zurückgekehrt, Laurence aber blieb. Der jüngste der drei Freunde, Gene, ein Maler aus Chicago und mangels Aufträgen in der Baubranche tätig, war ebenfalls im Schlepptau des Architekten angekommen. Gene hatte hier zu seiner Berufung gefunden, er gehörte einem archäologischen Team an, das in der Umgebung von Babylon grub.

»Jenny kann schon so gut schwimmen. Willst du uns heute nicht abholen?«, schlug sie Younis vor. »Warum kommst du nicht mehr in den Club?«, fragte sie ihn, weil er immer wieder ablehnte.

»Weil dort die englischen Spione herumsitzen.«

»Sprichst du im Ernst?« Laura sah ihn groß an. »Und was sollten die Engländer ausspionieren wollen? Sie kennen doch jeden und wissen alles über den Irak.«

Younis hob nur eine Augenbraue. »Und woher weißt du das so genau?«

»Ich …« Sie zögerte. Nelson und Laurence und Gene, die, wenn überhaupt, nur spöttisch von England sprachen, sollten Spione sein? Doch sie fürchtete, Younis mit so einer Erklärung eifersüchtig zu machen.

»Hast du diese Schriftstellerin kennengelernt?«, fragte er plötzlich.

»Nein. Wie heißt sie?«

»Agatha Christie.«

»Die berühmte Agatha Christie!« Laura schüttelte den Kopf. »Wenn die in Bagdad wäre, hätte es mir bestimmt jemand erzählt.«

»Ihr Mann ist Archäologe, sie war mit ihm mehrere Male hier.«

Ein Archäologe. Sie würde Gene fragen. Younis schaute sie forschend an. Als könnte er ihre Gedanken lesen. Sie senkte den Blick.

»Du hast keine Ahnung.« Younis beugte sich zu ihr und küsste sie auf den Mund. »Manchmal sorge ich mich, doch wenn du so schaust, weiß ich wieder, dass alles gut ist, du würdest mich nicht betrügen.«

Er hielt sie in den Armen. Es war heiß, wo sie sich berührten, brach ihnen den Schweiß aus. Doch sie hielt still, sie roch seine Haut, seinen Duft und spürte seinen Herzschlag an ihrer Brust. Nach einer Weile, als sie sich wieder voneinander lösten, war die Spannung zwischen ihnen fort. Erleichtert lächelten sie sich an.

»Woolley hat die wichtigsten Ausgrabungen im Irak geleitet«, erzählte Gene. »Zuerst den Königsfriedhof in Ur, später die assyrischen Funde im Norden, dann Babylon. Sein Assistent Mallowan war von Anfang an dabei. Max Mallowan. Er gräbt jetzt in Nimrud.« Nachdenklich setzte er hinzu. »Seine Frau begleitet ihn immer. Mrs. Mallowan.«

Laura sah ihn gespannt an. »Sie kennen sie?«

»Die Mallowans haben ein eigenes Haus am Rande der Grabungsstätte. Dort war ich einmal mit dem ganzen Team zum Abendessen eingeladen. Gesehen hab ich sie oft, fast jeden Tag.«

»Ist sie eine Schriftstellerin?«

Gene überlegte. »Davon war jedenfalls nie die Rede. Sie führte ein Tagebuch, glaube ich.«

»Und was hat sie sonst gemacht, woran erinnern Sie sich?«

Gene lachte. »Meistens strickte sie.«

Laura zuckte die Achseln. »Ich hab ohnehin nicht daran geglaubt. Egal, Gene, vergessen Sie es.«

Einige der Frauen redeten hinter Lauras Rücken über sie, andere warnten sie, nicht zu offen den Umgang mit den jungen Männern zu pflegen, doch sie kümmerte sich nicht darum.

Jeden Abend kehrte sie in ihr Leben an Younis' Seite zurück. Sie sorgte für ihre kleine Tochter, sie führte den Haushalt, sie ging in den Bazar einkaufen und am Freitag auf den Büchermarkt.

Aber sie lebte in einem Zustand schwebender Freiheit, als hätte sie Flügel bekommen.

Younis war nur selten zu Hause. Sie hatte aufgegeben, ihn zu fragen, wo er seine Zeit verbrachte. Es war ihr nicht gleichgültig, sie schob es weg, wie sie gelernt hatte, das Unabänderliche an ihrer Beziehung hinzunehmen, nicht an der Frage zu rühren, was aus ihnen werden sollte, während sie sich unmerklich immer weiter voneinander entfernten. Eines Morgens erwachte sie von einem kühlen Wind, der ihre Decke weggeblasen hatte. Der Himmel über ihr war in ein blasslila Licht getaucht. Sie schauderte. Der Sommer ging zu Ende.

15. KAPITEL

»ICH HÄTTE EINE IDEE. Was sagst du dazu …«

Younis lächelte und machte eine Pause, bis Laura ungeduldig wurde.

»Was denn, warum sprichst du nicht weiter!«

Jenny ließ sich davon anstecken. »Baba, warum, Baba, warum?« krähte sie.

»Du wolltest das Land kennenlernen. Meine Heimat. Ist das immer noch so?«, fragte Younis.

»Wir machen eine Reise?« Laura umarmte ihn. »Natürlich will ich. Das wünsche ich mir schon, seit ich hier bin!«

Younis küsste sie. »Wir fahren morgen früh.«

Babylon. *Bab-Ilu*, die Pforte Gottes. Sechstausend Jahre alte Kultur der Sumerer, die glaubten, dass jedes Ding auf Erden sein eigenes Leben besaß, nicht nur die Tiere und Pflanzen, auch die Steine, jeder Tropfen Wasser, jedes Sandkorn, jeder Windhauch. An den Ufern von Euphrat und Tigris, im Herzen des Zwischenstromlands.

Ein riesiger Bogen aus blau glasierten Ziegeln hatte in die Stadt geführt, das Ischtar-Tor. Stein für Stein war es von den Deutschen davongetragen und in Berlin wieder aufgebaut worden. Dort konnte man es nun im Museum besichtigen. Den Löwen Ischtars, den Stier des Arad und König Marduks Drachen.

Ein kalter Wind blies, während sie die alte Stadtanlage durchschritten, vorbei an eingestürzten Ziegelmauern, auf denen sich die Symbole des Ischtar-Tors wiederholten und andere dazu, wie das Einhorn, auf das Jenny, wenn sie es entdeckte, mit dem Finger zeigte. Sie lief über den großen runden Platz, immer im Kreis herum, und zog mit einem Palmwedel eine Spur über den sandigen Boden.

Younis war wie Laura zum ersten Mal in Babylon. Mehr hatte er nicht gesagt, seit sie aus dem Auto gestiegen waren. Es gab nicht viel zu sehen. Vor einem Löwen aus schwarzem Stein, dem der Kopf fehlte, machte Younis ein Foto von Laura mit Jenny auf dem Arm. Der Wind fuhr durch ihre Haare, und sie hätte sich gern vorher frisiert, aber Younis war ungeduldig. Eine Bettlerin folgte ihnen, ein junges Mädchen mit verschleiertem Gesicht, in ein staubiges schwarzes Gewand gewickelt. Ihre dünnen Armreifen aus Bronze klapperten bei jeder Bewegung. Auf einmal packte sie Laura an der Hand und sagte etwas Unverständliches. Laura wollte sie abwehren.

»Lass sie, sonst bringt sie dir Unglück!«, stieß Younis hervor. Er gab dem Mädchen eine Handvoll Münzen.

Sie drückte ihre Stirn und ihren Mund an Lauras Hand, dann richtete sie sich auf und begann, die Innenfläche der Hand zu studieren. Mit einem dünnen braunen Finger fuhr sie die Linien entlang. Wieder murmelte sie etwas und gab unvermittelt ihre Hand frei. Sie schürzte ihr langes Kleid, beugte den Kopf und war so plötzlich, wie sie erschienen war, zwischen den Ruinen verschwunden.

»Hast du sie verstanden?«

Younis kramte in seiner Tasche nach den Zigaretten. Das Onyx-Feuerzeug, das Laura ihm geschenkt hatte, glitt ihm aus der Hand. Er bückte sich danach. Der Boden war hell, sandig, dürftiges Gestrüpp wuchs da und dort. Kein Versteck für einen schwarzen glänzenden Gegenstand. Aber er fand es nicht.

»Hat das Unglück schon begonnen?«, fragte Laura, halb im Scherz.

Younis lachte nicht. Suchend fuhren seine Blicke hin und her. Das Feuerzeug war verschwunden.

»Vielleicht das Glück«, sinnierte Laura im Weitergehen vor sich hin. Ein Stück Vergangenheit, das besser vergessen wurde. Sie konnte ein neues Feuerzeug für Younis kaufen. Eines, das keine Vorgeschichte hatte.

»Bitte erzählen«, verlangte Jenny, die müde von ihren Galopprunden um den Platz zu ihren Eltern zurückkehrte. Younis nahm Jenny an der Hand.

»Sieben Mauern mit sieben mal sieben Toren führen in die Unterwelt«, begann er. »Nachts geht der Sonnengott Schammasch ins Totenreich.«

»Das versteht Jenny nicht. Erzähl etwas anderes, Younis, mach ihr keine Angst!«, sagte Laura unbehaglich.

»Weiter, Baba!«, forderte Jenny. »Ich hab nicht Angst!«

»Er trägt eine Sonnenscheibe mit einem vielzackigen Stern, aus dem helle Strahlen schießen. Damit bringt er den Toten das Licht. Während dieser Zeit ist es dunkel und kalt. Erst wenn der Sonnengott zurückkommt, erblüht die Erde wieder.«

Jenny hielt ihrem Vater ihre kleine Faust hin. »Baba, eine schöne Geschichte. Ich schenke dir was dafür.«

Sie öffnete ihre Hand. Das Feuerzeug lag darin. Younis lächelte. Er wandte rasch den Kopf ab. Laura sah, dass seine Lippen zitterten.

Sie traten den Rückweg an. Vor der Stiege mit den hohen, ungleichmäßigen Stufen streckte Jenny die Arme in die Höhe. »Bitte, tragen!«

Younis achtete nicht auf sie, er war mit den Gedanken weit fort. Laura wehrte die kleinen Hände, die an ihrem Rock zogen, ab. Dann, weil Jenny zu jammern begann, beugte sie sich widerwillig hinunter und hob sie auf. Jenny seufzte zufrieden auf, legte einen Kopf an die Schulter ihrer Mutter und steckte den Daumen in den Mund.

»Du warst nicht ehrlich zu mir«, sagte Younis plötzlich. »Du willst keine Kinder bekommen. Gib es nur zu, Laura, du hast mich belogen.« Sein Ton klang beiläufig. Doch in seinen Augen stand wieder der Ausdruck verborgener Wut, den sie fürchtete.

»Wieso sagst du so etwas, das ist gar nicht wahr«, antwortete sie ohne das geringste Zögern. Er wusste gar nichts.

»Ich warne dich, Laura. Wenn du mich täuschst …« Er sprach nicht weiter, sondern starrte ihr ins Gesicht, als ob er ihr die Lüge von den Augen ablesen könnte.

Aber das konnte er nicht. Ruhig hielt sie seinem finsteren Blick stand. »Ich finde das schrecklich, lass diese Vorwürfe, bitte, sofort!« Sie hob die Stimme nicht, um Jenny nicht zu erschrecken. »Einmal machen wir einen schönen Ausflug, und dann zerstörst du uns die Stimmung. Warum das?«

»Warum, warum!«, äffte er sie nach. »Glaubst du, du kannst mich für dumm verkaufen? Ich weiß genau, was du damals im amerikanischen Krankenhaus mit deinem verfluchten Doktor ausgetüftelt hast. Du wirst erst wieder ein Kind bekommen, wenn du es dir wünschst. Ist es vielleicht nicht wahr?«

Plötzlich fiel ihr das klirrende Glas ein, die Frau mit dem weißen Schal um den Kopf, die rasch aus dem Zimmer verschwunden war, als Doktor Halston sich nach ihr umsah. War sie eine Spionin gewesen, von Younis geschickt? Oder bluffte er nur. Ihr wurde heiß vor Ärger.

»Da!« Sie blieb stehen. »Trag du Jenny weiter.« Sie hob Jenny von ihrer Schulter, aber Younis trat einen Schritt beiseite. »Mein Arm ist schon ganz lahm!« Jenny begann ungeduldig zu werden. Laura stellte sie auf den Boden. Sofort verwandelte sich ihr Gequengel in lautes Protestgeheul.

»Du unterstellst mir, ich lüge und lässt mich nicht zu Wort kommen. Wo ist dein Vertrauen zu mir? Irgendwer flüstert dir etwas ein, und schon bin ich die Feindin. Warst du deshalb einen ganzen Sommer wie ein Fremder zu mir?«

Noch immer schaute er sie unverwandt an. Ein kleiner Muskel unter seinem Auge begann zu zucken, als wäre er plötzlich in Zweifel geraten. Er begann langsam den Kopf zu schütteln. »Du lügst, Laura, du lügst«, wiederholte er mehrere Male.

Jenny schrie immer lauter.

»Halte endlich deinen Mund!«, fuhr Younis sie schließlich an. Seine Hand zuckte über ihrem Kopf, aber da war Laura schon zur Stelle und schob sich dazwischen.

»Rühr sie nicht an, sie kann gar nichts dafür!«

»Ich habe ihr nichts getan!«

»Du wolltest sie schlagen!«

»Um dich geht es hier, um sonst niemand!«

»Nein, um dich. Weil du keinen Respekt vor mir hast und hinter mir herspionierst!«

Jennys Stimme wurde immer durchdringender. Mehrere Male überschlug sie sich vor Aufregung und schnappte nach Luft. »Weggehen, Mama! Baba ist böse!«, rief sie verzweifelt aus. Mit den deutschen Worten drang sie endlich zu ihrer Mutter durch.

»Jenny, mein Schatz.« Laura drückte den kleinen, verschwitzten Körper an sich. »Nicht so schlimm, alles nicht so schlimm.« Ihre Stimme schwankte.

Younis zündete sich eine Zigarette an. Das Onyxfeuerzeug steckte er ein. »Los jetzt. Heute kommt noch ein Sturm.« Er warf einen mürrischen Blick auf seine noch immer schluchzende kleine Tochter. »Also gut.« Er nahm die Zigarette in die andere Hand und hob Jenny in die Höhe. »Wenn du die Heulerei augenblicklich einstellst, erzähle ich dir noch eine Geschichte. Sie ist hier aufgeschrieben worden, auf Tontafeln, die älteste Geschichte der Menschheit.«

Jenny schniefte und nickte. Laura nahm Younis die Zigarette weg und rauchte sie selbst weiter.

»Der Skorpionsmensch mit dem Oberkörper eines Menschen und dem Unterleib eines Skorpions bewacht das Tor am Rand der östlichen Erde, dort wo die Sonne ihre Bahn um die Erde antritt. Sein Anblick ist schrecklich, niemand kann an ihm vorbei. Nur Gilgamesh, zu zwei Drittel göttlich und nur zu einem Drittel menschlich, Gilgamesh darf passieren und läuft bedrängt von der Finsternis, die ihn umgibt, auf der Sonnenbahn, bis er am Ende den Edelsteingarten der jenseitigen Welt erreicht. Dort wachsen Bäume mit Blättern aus Karneol und Früchten aus Lapislazuli, die Äste Tigerauge, die Nadeln Meerkorallen.«

»Gilgamesh«, wiederholte Jenny andächtig. »Wo ist er jetzt, immer noch bei den Edelsteinbäumen?«

»Das glaubst du?«

Jenny dachte nach. »Nein.«

Sie waren beim Auto angekommen. Am Himmel näherte sich eine Wolkenbank, gelb und grau. Der Wind war stärker geworden, er wirbelte Staub und Blätter vor sich her. Lauras Augen brannten. Auf der Windschutzscheibe lag eine dünne Schicht Sand.

»Das wird knapp.« Younis startete den Wagen.

Durch einen gelblichen Nebel, der wie ein Vorhang alle Sicht verstellte, fuhren sie über die Landstraße. Zum Glück war kaum Verkehr, die meisten hatten sich schon in ihren Häusern in Sicherheit gebracht. Der aufkommende Sturm riss an ihnen, Younis vermochte kaum, das Lenkrad zu halten. Trotz der geschlossenen Fenster drang der Sand zu ihnen herein. Laura schüttete Wasser aus der Proviantflasche auf ihr Taschentuch und ihren Schal. Die feuchten Tücher vor den Mund gepresst, legten sie den Weg zurück. Ohne ein Wort. Mit der schlafenden Jenny auf dem Arm stieg Laura in der *Ragheeba Chattoon* aus. Younis wendete den Wagen. Im nächsten Augenblick hatte ihn der gelbe Sturm verschluckt.

Hatte sie den Schlüssel eingesteckt? Unruhig suchte sie in ihrer Handtasche. Drinnen im Haus läutete das Telefon. Sie fühlte sich plötzlich ausgesetzt, beinahe wie in den Wochen nach ihrer Ankunft in Bagdad, abhängig von Younis allein. Da war der Schlüssel. Sie sperrte auf. Das Telefon läutete noch immer. Sie ging daran vorbei in den ersten Stock. Jenny war von dem Ausflug so erschöpft, dass sie nicht aufwachte, als Laura sie auszog, wusch und in ihr geblümtes Nachtgewand steckte. Der Sturm fuhr um das Haus, die Fensterrahmen klapperten, die Glasscheiben bebten und klirrten. Die Palme im Garten bog ihren hohen schlanken Stamm, schüttelte ihre Blätter und warf sie ohne Unterlass gegen die Fassade. Ein Fliegengitter machte sich los und flog über die Gartenmauer davon.

Laura kämpfte mit dem Sturm, der ihr die Tür aus der Hand reißen wollte. Hinter ihr fing das Telefon von Neuem zu läuten an. Sie ging durch den Flur zum Apparat, da sah sie Younis von der anderen Seite ins Haus kommen. Er griff nach dem Hörer. Laura blieb stehen, erleichtert, dass er heimgekommen war. Aus dem Hörer klang eine aufgeregte Männerstimme. Younis hörte schweigend zu. Sie sah, dass seine Miene sich veränderte. Ungläubig weiteten sich seine Augen. Er murmelte halblaut eine Verabschiedung, hängte den Hörer auf, blieb mit der Hand auf dem Telefon stehen.

Laura machte einen Schritt auf ihn zu. Sie wartete, dass er zu sprechen anfing, aber er warf ihr nur einen kurzen Blick zu und ging ins Wohnzimmer. Ohne Licht zu machen, setzte er sich an den Tisch. Sie hörte, wie er die Arrakflasche öffnete.

Schließlich ging sie ihm nach. »Younis?« Er hielt sein leeres Glas und die Flasche. Sein Blick wanderte zu ihr und wieder fort, er saß und starrte an die Wand, als wäre er allein mit seinen Gedanken. Bis sie es nicht mehr aushielt und ihn anrührte.

»Younis, bitte sprich mit mir, ich habe Angst.«

Er räusperte sich. »Abdul Karim …« Seine Stimme brach, er begann noch einmal. »Abdul Karim.«

Sein Lächeln, allgegenwärtig von den Plakaten und Zeitungsbildern, mit der Lücke zwischen den Schneidezähnen, die ihm ein kindliches Aussehen verlieh. *Al Zaim*, der Zauderer, der Revolutionär, der von einer Demokratie träumte, während er mordete, hatten sie ihn erledigt?

»Heute Nachmittag wurde er in der *Rasheed Street* im Auto erschossen.«

Sein Blick, der sie gestreift hatte, in der marmornen Eingangshalle von Ginis Haus.

»Wer war das?«, fragte sie und sah den Glanz in Younis' Augen, kein Triumph, Sorge, mehr noch, Panik. Was hatte er damit zu tun? Hatte er damit zu tun? Younis mit einem Attentat. Und sie sein Alibi, der Ausflug nach Babylon, weit weg vom Tatort.

Wieder läutete das Telefon, und Younis stürzte hin. Sie hörte ein Klopfen am Außentor und lief zum Seitenfenster. Es war Aladin, hinter ihm die anderen Brüder.

»Younis! Besuch, deine Familie«, rief sie ihm zu.

Er schickte sie mit einer Handbewegung hinauf. Sie zuckte zurück vor seiner bebenden Miene, den aufgerissenen Augen. Sollte sie widersprechen? Sah so ihre Zukunft aus, als Sklavin des Herren im Haus? Er strich kurz über ihren Arm, als sie an ihm vorbeiging.

»Gute Nacht, Laura.«

Sie antwortete ihm nicht. Während sie die Treppe hochstieg, kam noch jemand an die Tür. Younis ließ den Gast ein. Laura erhaschte einen Blick auf den schlanken jungen Mann mit kurzgeschnittenem lockigem Haar, dichtem Schnurrbart. Er war ungewöhnlich hochgewachsen, größer als Younis. Ein Freund? Sie war sicher, dass sie ihn nie vorher gesehen hatte.

In der Nacht fuhr sie von einem Geräusch hoch. Younis stolperte durch das dunkle Schlafzimmer. Er stieß an die Möbelstücke, bis er den Bettpfosten erwischte und sich festhielt. Die Jalousien klapperten im Sturm. Laura spürte den feinen Sand zwischen ihren Zähnen. Er drang durch jede Ritze ins Haus.

»Leg dich schlafen«, sagte sie ungehalten. Younis schwankte, aber er blieb auf den Beinen.

»Was tust du, Jenny wird aufwachen.«

»Laura … Laura, ich …«

Seine Stimme klang vom Alkohol belegt. Weinte er? Sie richtete sich auf, spähte durch die Dunkelheit zu ihm, streckte eine Hand aus, um ihn zu berühren. Er kam ihr entgegen, sank neben ihr auf das Bett und ließ sich umarmen.

»Was fehlt dir, Younis, was ist denn los?«

Sie strengte sich an, den Sinn seiner Worte zu erfassen. Er vermischte die Sprachen, begann Englisch, wechselte ins Arabische, einen unverständlichen Dialekt oder gar keine Sprache, nur schluchzende Verzweiflung. Geduldig hörte sie zu, hielt ihn fest und wartete ab. Allmählich kristallisierte sich ein Zusammenhang heraus. Es ging um das Attentat. Abdul Karim, schwer verletzt, im Krankenhaus. Eine Operation, Ärzte versuchten, das Leben zu retten. Dann, mit einem Mal, begriff sie. Younis hatte Angst.

Das erste Zeichen, dass unruhige Wochen bevorstanden, kannte Laura schon. Nofa kam am nächsten Morgen nicht zur Arbeit. Younis kauerte, grau vor Müdigkeit nach einer schlaflosen Nacht, vor dem Radio. Die Stimme der Nachtigall ertönte, dann begannen die Nachrichten. Die Schießerei auf Abdul Karims Konvoi am 7. Oktober spätnachmittags in der *Rasheed Street* hatte seinen Chauffeur getötet, er selbst war trotz zahlreicher Schussverletzungen mit dem Leben davongekommen. Die Spitalsärzte äußerten sich zuversichtlich über seine Wiederherstellung. Die Attentäter waren gefasst und hingerichtet worden. Rache für die Toten von Mossul sollte das auslösende Motiv für den mörderischen Anschlag gewesen sein. Laura sah zu, wie Younis sich vor dem Apparat schüttelte und wand. Jenny spürte die Spannung. Immer wieder drängte sie sich an die Knie ihres Vaters, klopfte mit den Händen auf seine Schenkel und wiederholte ihren monotonen Singsang: »Arme Puppe, armer Papa, arme Augen, armes Haus.«

Laura wusste nicht, wie sie darauf gekommen war, ob sie sich etwas aus einem der Kinderbücher zusammengereimt oder die seltsame Klage selbst erfunden hatte. Es klang bedrückend, aber Jenny schien es zu gefallen, sie ließ nicht ab von ihrem kleinen Lied.

Das Telefon schwieg. Es funktionierte wieder einmal nicht. Laura ermahnte sich, nicht nervös zu werden. Sie verbrachte einige Stunden lesend im Wohnzimmer. Zu Mittag machte sie in der Küche im Kerosinofen Feuer, stellte Reis auf und vergaß ihn. Später kratzte sie den angebrannten Topf aus und ließ das Feuer wieder ausgehen. Das Mittagmahl fiel aus. Auf den Straßen herrschte Ruhe, niemand begab sich ins Freie. Am Nachmittag las sie Jenny aus »Landmaus und Stadtmaus« vor, einem Buch, das Lauras Bürokollegen aus Wien ihr geschenkt hatten. Jenny liebte die Stelle, wo die Landmaus sich von der Stadtmaus verleiten ließ, von den Resten der gedeckten Tafel Käse und Schinken zu stehlen. Darauf brach höllischer Lärm los, sodass der armen Landmaus beinahe das Herz stehen blieb. Es war der Staubsauger. Auch Jenny hatte Heidenrespekt vor dem Staubsauger, obwohl sie inzwischen wusste, dass er ihr nichts zuleide tat.

Younis riss sich endlich vom Radio los. »Ich muss fort.« Er setzte sich zu Laura auf das Sofa und nahm Jenny auf den Schoß. »Du hast dir eine Reise gewünscht. Ich werde dir meine Heimat zeigen, den Platz, wo unsere Familie herkommt.«

Laura wusste nicht, was sie sagen sollte. Er war so ernst, seine Hände konnten nicht stillhalten. Jenny streichelte seine Wangen, als müsste sie ihn trösten.

»Nassiriyah?«, fragte sie. »Heißt es so?«

Younis nickte ungeduldig. »Das wirst du alles sehen. Pack einen Koffer, ich möchte heute noch los.«

»Heute?« Es war schon fast vier Uhr. »Aber wir haben noch nichts gegessen, und Jenny ...«

»Und Jenny«, wiederholte Younis. Er stand mit ihr im Arm auf und hob sie in die Höhe. »Jenny wird es hier sehr schön haben.«

Laura wollte ihm das Kind wegnehmen, doch Jenny strampelte und quietschte und ließ sich nicht anfassen.

»Papa hoch!«, feuerte sie ihren Vater an, der sie wieder und wieder in die Höhe warf und wieder auffing.

»Jenny soll ohne uns in Bagdad bleiben?« rief Laura. »Wer passt auf sie auf? Younis, hörst du mich nicht?« Vergeblich versuchte sie sich Gehör zu verschaffen.

Erst als Jenny vor Aufregung einen Schluckauf bekam, hörte er mit dem wilden Spiel auf. »Wir bringen sie zu Soham. Soham wird sich freuen, und für Jenny ist es eine schöne Abwechslung.«

Laura öffnete den Mund zum Protest. Sie waren noch keinen einzigen Tag getrennt gewesen. Doch dann sah sie Jennys verzücktes, verschwitztes Gesichtchen, ihre strahlenden Augen, ihr überschäumendes Temperament. Younis hatte recht. Jenny war zu viel allein, war zu gescheit, zu sehr mit der Erwachsenenwelt befasst, mit Laura und ihren Interessen. Soham hatte seit Lauras Hochzeit zwei weitere Kinder bekommen, nun waren es sechs. Jenny würde es gefallen. Sie sah zu Younis hin. Der Streit in Babylon fiel ihr ein, er lag erst ein paar Stunden zurück. Und nun eine Reise in den Süden.

Nach vier Jahren in Bagdad betrat Laura den internationalen Bahnhof zum ersten Mal. Ihre Architektenfreunde hatten ihn als ein frühes Beispiel moderner Baukunst im Irak gerühmt. Sie betrachtete das hellgrüne Metallwerk vor den Zugängen zu den Plattformen und zwischen den Geleisen. Ein wenig erinnerte es an die Geländer der Wiener Stadtbahnstationen. Sie durfte nicht vergessen, Nelson darauf aufmerksam zu machen. Nelson, bei dem Gedanken an ihn wurde ihr beklommen zumute. Sie hatte keine Gelegenheit mehr gehabt, von ihrer Reise zu erzählen, keinem im Club. Wenn nun eine neue Revolution begann und sie sich nicht wiedersahen? Beinahe erschrak sie über die Antwort, die sie sich selbst gab. Besser so. Der Sommer war vorbei, kam nicht wieder.

Younis stand immer noch am Fahrkartenschalter. Verkehrten keine Züge mehr? Sie schienen die Einzigen auf dem Bahnhof zu sein. Auf Younis' blauem Hemd waren nasse Flecken, er schwitzte in dem kalten Wind, der von Zeit zu Zeit Stöße von Sand über das Gelände trieb. Der Sandsturm der Nacht hatte sich gelegt und Bagdad mit einer gelben Schicht Wüstensand bedeckt, wie Schnee, nur feiner und lästiger. Er blieb an allem haften, kroch durch die Kleider, in die Nasenlöcher, in die Ohren, in jede Falte des Körpers, klebte auf der Kopfhaut, am Haar, in den Wimpern und Augenbrauen. Jenny hatte sich, bevor sie aus dem Haus gingen, ohne Protest duschen lassen, auch das getupfte Kleid mit der Rüsche und die weißen Lackschuhe willig angezogen und war selbst im Augenblick des Abschieds fröhlich geblieben. Ihre neuen Cousins und Cousinen, die sie begeistert an der Tür empfingen, nahmen ihre ganze Aufmerksamkeit in Anspruch. Soham hatte versprochen, sie wie ihren Augenstern zu hüten. Laura zweifelte nicht daran.

Younis wandte sich um. Er hielt die Fahrkarten in der Hand und winkte einem Träger, das Gepäck zu übernehmen. »Schnell, Laura!«

Der Bahnbeamte kam aus seinem Schalter hervor. Sie beeilten sich, ihm zu folgen. Der Träger lief neben ihnen mit dem Gepäck. In eine dichte Wolke Dampf gehüllt fuhr der Zug auf dem Bahnsteig ein. Der Beamte half ihnen beim Einsteigen. Younis dankte ihm, gab ihm ein paar Geldscheine, auch dem Träger, der dienstfertig die Koffer in ihr Abteil trug. Im nächsten Moment ging die Fahrt schon wieder los. Sie standen am Fenster und sahen die Stadt vorüberziehen. Younis nahm Lauras Hand. Sie sah, dass ihm die Tränen übers Gesicht liefen.

»Alles wird gut, mein Younis.« Sie küsste seine nassen Wangen. »Wir werden glücklich sein. Weißt du noch, wir haben es uns versprochen.«

Als sie die Augen aufschlug, blendete sie das Licht. Sie hatte geschlafen, seit ihr Kopf die Lehne des Sitzplatzes berührt hatte. Sie sah ein leeres Abteil mit Bänken aus lackiertem Holz und schmuddeligen Kissen darauf. Gähnend richtete sie sich auf. Younis saß am Fenster, sein Blick weit weg. Das Glas war schmierig, wo er seinen Kopf daran gelehnt hatte. Sie fuhren durch eine gelblich flirrende Landschaft, in der man nur schemenhaft das große Wasser ausnahm.

»Wie lange dauert es noch bis Basra?«

Venedig des Ostens wurde die Stadt im Süden genannt. Laura hatte viele gemalte Postkartenansichten Basras nach Wien geschickt. Nun würde sie selbst am Ufer des *Shatt-Al-Arab* spazieren gehen und über die Meerenge nach Persien hinübersehen. Es gab Streit, welcher der beiden Bruderstaaten die Kontrolle über die Zufahrt zum Meer besaß.

»Beide«, meinte Laura, als Younis ihr einmal anhand der Landkarte die Lage erklären wollte. Worauf er wütend die Achseln zuckte. Sie verstand es wieder einmal nicht.

»Wir steigen in Nassiriyah aus.« Younis legte den Arm um sie. »Hast du dich ein wenig ausruhen können?«

»Und du, Younis?« Sie musterte ihn besorgt. Seine Haut sah fahl aus, beinahe grünlich unter der Sonnenbräune. Er trug eine dunkle Brille. Warum fuhren sie nicht wie versprochen nach Basra?

»Mir geht es gut.« Er nahm die Brille ab. Sein Mund verzog sich zu einem Lächeln, das die Augen nicht erreichte. »Das ist ein besonderer Platz, das alte Land. Seit fünftausend Jahren leben die Menschen hier auf ihre ganz besondere Weise. Meine Mutter stammt von den *Madhan* ab. Ich war selbst nur einmal als Kind mit ihr bei der Familie. Ich erinnere mich, wie die Fische gefangen wurden, vom Boot aus mit Spießen oder mit der bloßen Hand.«

Auf dem Bahnsteig stand ein einziger Mann, Younis' Cousin Sumer. Als sie aus dem Zug ausstiegen, hob er den Blick nicht höher als zum Saum ihres Kleides. Mit seiner kräftigen Nase, den breiten geraden Brauen und geschwungenen Lippen erinnerte er Laura an die Figuren auf den Reliefs im Irakmuseum, die Männer aus Ur. Sein hellgraues Leinengewand reichte bis zum Boden, sein Kopf war mit einem weißen Schal umwickelt. Es war hier viel wärmer als in Bagdad, windstill, der Himmel hoch und blass. Vögel mit weiten Schwingen flogen dort oben, es roch nach Fischen, nach Meer, nach südlichen Blüten. *Hor* hieß das Marschland, erklärte ihr Younis, während sie durch das seltsame grelle Licht fuhren, auf einem Wagen, den ein schwarzes Pferd zog. Ein Mann führte einen Esel auf der Straße, das Tier links und rechts schwer mit zwei Säcken beladen. Seine junge, tief verschleierte Frau saß auf dem Esel, ihre Füße in schweren Lederstiefeln standen fest auf den Säcken. *Ma li schuwel bil suq* … Ich hab auf dem Markt nichts zu tun, ich habe kein Geld, kann nichts kaufen, nur schauen. Mein Blick ist frei, niemand kann mir meine Augen nehmen, sang die Frau. Laura suchte ihren Blick. Sie lächelten einander an, die Frau auf dem Esel und Laura, in der Kutsche zwischen den zwei Männern, ihrem Mann und seinem Cousin, sie nahm die Melodie auf, versuchte, mitzusummen.

Die großen Vögel, Zugvögel, malten Zeichen in den Himmel, die Frau sang ihr Nachtigallenlied in die schwebende Stille, der Cousin hielt ein geflochtenes Weideband in seinen nussbraunen Händen. Hier hatten Menschen vor fünftausend Jahren die ersten Schriftzeichen niedergeschrieben. Ihre Häuser aus Schilf wurden heute noch auf dieselbe Weise geflochten, ebenso wie ihre Boote mit den hochgezogenen Enden.

Vor Sumers Haus wartete eine Schar Kinder, alles seine eigenen, darunter drei Söhne, die er mit sichtlichem Stolz vorstellte. Mohamed, Latif, Mansour. Sie starrten Laura mit ihren großen ausdrucksvollen Augen an, neugierig und auch ein wenig eingeschüchtert von ihrer Erscheinung. Dann klatschte Sumer, und sie rannten davon. Das Haus war aus rohen, unverputzten Steinen gemauert, auf dem flachen Dach war ein großer Wassertank befestigt. Stromleitungen gab es nicht. Laura warf Younis einen fragenden Blick zu. Hier sollten sie wohnen? Er lächelte nur gezwungen. So hatte er es sich anscheinend nicht vorgestellt. Das Haus bestand aus Küche, Wohnzimmer und einem dritten Raum, in dem Sumer, seine Frau und seine Kinder gewöhnlich schliefen. Nun hatten sie ihr Bett auf die Terrasse hinter dem Haus getragen. Dort, unter einer einfachen Markise aus Weidengeflecht, wollten sie für die Dauer des Besuches ihr Lager aufschlagen.

»Das können wir nicht annehmen«, sagte Laura, kaum dass sie mit Younis allein war. Bis auf eine Kommode war das Zimmer leer geräumt. Auf dem Boden lagen zwei Matratzen. Lauras Blick fuhr von einer Ecke zur anderen. Gab es hier keine Skorpione? Younis schwieg, sah aus dem Fenster und rauchte. »Younis, bitte, ich will nicht hier bleiben.«

Sie schälte sich aus ihrer Kostümjacke. Hier im Süden war vom Herbst nichts zu spüren. Auf der Fahrt in der Kutsche hatten sie die Mücken zerstochen. Die Zimmerdecke war schwarz von Insekten.

»Sie haben nicht einmal Fliegengitter.«

Sumers Frau trug ein Tablett mit Wasser und Fruchtsaft herein.

Sie hieß Ashtar. Laura roch das Öl, mit dem sie ihr Haar, einen dicken, lockigen Zopf, behandelte, süß und bitter zugleich. Ihre Haut war wie die ihres Mannes dunkel, ihre Augenbrauen dicht und in der Mitte zusammengewachsen, ein breiter, gerader Strich, darunter die großen mandelförmigen Augen. »Möchten Sie sich erfrischen?«, fragte sie. Dann brachte sie Krüge mit heißem und kaltem Wasser und eine Schüssel. Unterwürfig wie eine Dienerin stellte sie alles für Laura zurecht und wollte ihr auch beim Auskleiden behilflich sein, doch das wehrte Laura ab.

»Das Essen ist gleich fertig.«

Younis hatte sich umgewandt und beobachtete die Szene stumm.

Laura wusch sich schnell. Sie versuchte, sich in Geduld zu fassen und nicht zornig zu werden. Venedig des Ostens, was dachte er sich dabei, sie in diese Einöde zu verschleppen. Er hatte geweint, warum? Er musste einen Grund haben, warum sagte er ihr nichts? War es zu schlimm? War diese Reise eine Flucht? Das Wasser erfrischte sie. Kaum war sie fertig, ging die Tür wieder auf, und Ashtar schaute herein.

»Madam fertig? Darf ich das Essen bringen?«, fragte sie.

Sie breitete weiße Tücher auf dem Boden aus und richtete die *Mezze* darauf an. Schüsseln mit gebratenem Gemüse und Fleisch, Salat, Yoghurt, frisch gebackenes Brot. Zwei der größeren Mädchen halfen ihr dabei. Hatte die kleine Ashtar diese ganze Kinderschar geboren? Oder gab es noch eine zweite Ehefrau? Laura dachte an die Nacht ihrer Ankunft in Bagdad, die Frauen, die sie erwartet und das Festmahl für sie zubereitet hatten. Ashtar zog sich zurück. Während sie ihre Mahlzeit einnahmen, hörten sie Sumer und seine Familie, die auf der Terrasse aßen.

»Warum essen wir nicht miteinander?«, brach Laura endlich das Schweigen.

»Wahrscheinlich spüren sie, dass du dich nicht wohlfühlst und wollen nicht stören.« Es war sein erster Satz, seit sie angekommen waren. Er klang nicht vorwurfsvoll, eher bittend. Sie wartete, doch er seufzte nur. Als sie sich nach ihm umsah, hatte er sich auf der Matratze ausgestreckt. Im nächsten Moment war er bereits eingeschlafen.

Draußen war ein rosiger Schimmer am Himmel, ein intensives Leuchten, das sie nicht identifizieren konnte. Bis die Wolke näher kam, sich über das Feld vor dem Haus bewegte. Sie kniff die Augen zusammen. Was war das? Vögel, rosa Vögel. Einer nach dem anderen landete in Sumers Wiese und stakste ruhig und bedächtig im Gras herum. Es waren Flamingos, die ersten, die sie in Freiheit sah. Sie kannte zwei unglückliche Exemplare mit gestutzten Flügeln und zerrupftem Gefieder im Wiener Stadtpark. Das Wasser konnte nicht weit entfernt sein, denn einer der Flamingos kam mit einem Fisch im Schnabel geflogen und versuchte, ihn hinunterzuschlingen, bevor die anderen ihm zu nahe kamen. Laura vergaß die Hitze, die Insekten, ihre Unruhe. Es war einmalig, wunderbar.

Benommen erwachte Laura. Sie hatte nicht erwartet, in der von ungewohnten Geräuschen erfüllten Nacht einschlafen zu können. Tiere, die helle Schreie ausstießen, schreckten sie immer wieder auf. Waren es Ziegen? Ein Vogel rief viele Male. Der einsame hohle Klang drang durch die Dunkelheit wie eine unheimliche Prophezeiung. Younis lag an ihrer Seite wie tot. Sie fürchtete sich, aber sie weckte ihn nicht. Es sollte schnell wieder Tag sein, wünschte sie sich, und dann war es Tag, hellgrünes Dämmerlicht, in dem sie schnell die Flamingos entdeckte, die ganz in der Nähe des Hauses noch schliefen, die Köpfe zwischen die Flügel gesteckt.

Sumers jüngster Sohn Mansour brachte sie zur Wasserstraße am Ende des Grundstückes. Sie stiegen in sein kleines, flaches Boot, das unter ihrem Gewicht tief ins Wasser eintauchte. Hier begann das Marschland, die Heimat der *Madhan*, der Sumpfaraber, wie sie genannt wurden. Mit einem kurzen Ruder bewegte Mansour das Boot geschickt durch den Schilfgürtel, in dem es rauschte und quakte und quiekte. Immer wieder schwammen Wasserbüffel an ihnen vorbei, bis zu den Hörnern unter Wasser. Nur zum Luftholen tauchten ihre Schädel kurz auf. Die schwarz leuchtenden Augen ruhten angstlos auf den drei Menschen im Boot. Ihre Weiden, bewachsen mit hartem, kurzem Binsengras, lagen als schwimmende Inseln im Wasser. Sie blieben dort, solange sie genügend Nahrung fanden, dann brachte sie der Bauer zum nächsten Weideplatz. Im Schilfgürtel wohnten auch wilde Schweine, sie waren es, die Laura in der Nacht gehört hatte. Fleisch landete nur selten im Kochtopf, die *Madhan* lebten vom Fischfang. Schafe gab es nicht. Von den Büffeln bekamen sie die Milch. Mansour zeigte ihnen, wie er geschickt mit der bloßen Hand einen Fisch aus dem Wasser holte. Mit dem Messer schnitt er ihn auf, riss die Innereien mit einem Griff heraus und schuppte ihn. Zuletzt legte er ihn in ein Weidenkörbchen.

Jede Familie besaß ihre eigene Insel mit einem Haus darauf. Die Kinder saßen am Ufer und wuschen das Geschirr im Wasser. Sie winkten ihnen im Vorbeifahren mit Tellern und Löffeln zu. Auf ihrem Weg sahen sie Schilfhäuser in allen Größen, sogar riesige Hallen von zehn Meter Höhe, wo der ganze Stamm sich zu festlichen Anlässen versammelte. *Mudhif* hießen diese kunstvoll geflochtenen Häuser der Marschlandbewohner, wunderschön, aber nicht von Dauer. Alle zehn Jahre mussten sie erneuert werden.

»Wer sich hier versteckt, wird niemals gefunden«, sagte Laura.

Younis sah sie nicht an.

»Versteckst du dich, Younis?«

Eine Familie Haubentaucher brach aus dem Schilf, die Mutter von ihren gelbbraun gefleckten Küken umringt, und fesselte Lauras Aufmerksamkeit. Mansour zeigte ihr eine Gruppe kleiner Boote, die aneinandergereiht ihre Netze ausgeworfen hatten. Darin glitzerte und zappelte es von kleinen und großen Fischen.

»Was meint er?«, fragte Laura, die seinen Dialekt nicht verstand. Mansour sprach nur wenige Brocken Englisch.

»Heute ist ein guter Tag für uns«, übersetzte Younis. »Es wird ein großes Festmahl für uns geben.« Er sah Lauras Miene. »Was ist los? Du magst doch Fisch.«

Die kleinen Haubentaucher steuerten eifrig das nächste Ufer an. Aus dem sumpfigen Boden quollen schwarze dampfende Blasen, das Pech, mit dem die Fischer ihre Boote dicht machten. Laura war plötzlich so müde, dass sie kaum ihren Kopf halten konnte.

»Haben wir das Imodium eingepackt?«

Younis zuckte bei ihrer Frage zusammen. »Ekelt dich so vor ihnen? Leider kann ich dir nicht das Sheraton bieten.«

Sie widersprach nicht. Er zeigte ihr das Paradies, und sie fürchtete sich, krank zu werden. Er hatte recht, beleidigt zu sein. Sie kramte in ihrer Tasche.

»Keine Angst, ich habe alle Medikamente mitgenommen.« Sein Zorn war schon wieder verraucht. Er legte den Arm um ihre Schultern. »Ich habe wirklich gehofft …« Seine Stimme klang traurig.

»Es ist wundervoll, Younis. Ich bin überwältigt. Der schönste Ort auf Erden!« Sie lehnte ihren Kopf an seine Schulter. »Danke für diese Reise.«

»Morgen reisen wir ab. Nach Basra, wie ich es dir versprochen habe.«

In der zweiten Nacht schlief Laura schnell ein und träumte von einer hellgrünen Welt unter Wasser, wo die Menschen in ihren Häusern wie die Fische herumschwammen. Sie versuchte ein Feuer zu machen, aber von den Streichhölzern sprudelten nur glitzernde

Luftblasen. Im Kochtopf schwamm ein kleines schwarzes Schwein. Als sie hineinsah, stemmte es sich mit den Hufen an den Topfrand, sprang heraus und ihr in die Arme. »Wir essen hier keine Schweine«, sagte das Schwein ganz deutlich. »Ich weiß, das geht dir ab. Entweder du gewöhnst dich daran oder du musst uns verlassen.«

Ein schweres Seufzen begleitete die Worte. Laura erwachte in die laute Dunkelheit. Wieder lärmte eine helle, zornige Tierstimme. Doch der Seufzer gehörte nicht in ihren Traum. Younis lag wach neben ihr.

»Was ist geschehen, Younis? Hast du vor etwas Angst, sind wir deshalb hier?«

»Schlaf weiter, Laura. In der Nacht darf man sich nicht sorgen. Die Probleme werden größer und größer, bis man nichts mehr anderes sehen kann.«

»Ich bin deine Frau, deine Sorgen sind meine Sorgen.«

Er seufzte wieder so bedrückt, dass Laura Angst bekam. »Bist du in Schwierigkeiten, Younis? Ist es wegen dieses Attentats?«

»Um Gottes willen, sag nicht so etwas!«, flüsterte er heftig.

»Ist es wahr? Sag es mir.«

Doch er zog sie nur an sich, küsste ihre Stirn und hielt sie fest an sich gedrückt. »Keine Angst, liebe Laura, alles ist gut, es gibt kein Problem, nur wenn du unglücklich bist. Um dich habe ich mir Sorgen gemacht, mehr ist es nicht.« Er wiegte sie wie ein Kind in den Armen, bis sie wieder einschlief.

Basra hieß Venedig des Ostens, weil die ganze Stadt von Kanälen durchzogen war. Zierliche, holzgeschnitzte Brücken führten über die Wasserläufe, schöne alte Villen mit zugebauten Frauenbalkonen säumten die Ufer. In den Straßen hing ein lichter Nebelschleier, es war warm und dunstig, die Sonne unsichtbar. Laura schwitzte in ihrem Kostüm. Mit solchen Temperaturen hatte sie im Oktober nicht gerechnet. Wie konnte man hier einen Sommer überleben? Der Lauf des Euphrat hatte ihren ganzen Weg seit Nassiriyah begleitet. Dort wo sich Euphrat und Tigris vereinigten, war das Ende des Zwischenstromlands, die Mündung in eine endlose Wasserfläche, den *Shatt-Al-Arab*. Im Hafen lagen große Handelsschiffe.

»Es ist die wichtigste Wasserstraße der Region. Einer der Gründe, warum die Engländer die Hand auf dem Irak halten.«

»Ich weiß, ich habe das Buch von Gertrud Bell gelesen«, sagte Laura. »Eine eindrucksvolle Frau.«

»Ja, das ist wahr. Eine Teufelin, schlimmer als zehn Männer. Ich hätte nicht gezögert, sie zu töten.«

Laura verstummte. Younis nahm beruhigend ihre Hand.

»Das ist alles längst vorbei. Wir wollten unsere Heimat befreien. Ich war jung damals, und ich hatte einen scharfen Lehrer.«

»Wen meinst du?«

»Meinen Bruder Saad.«

Sie spürte ein Zittern, ihr Magen, ihre Muskeln, eine Schwere im Nacken. Der Schweiß lief ihr über den Rücken. »Mir ist heiß, Younis. Ich glaube, ich habe genug gesehen.«

Er nickte sichtlich erleichtert. Durch einen Hauseingang führte der Weg zu einem versteckten Restaurant auf der Kanalseite. Auf einer kleinen Terrasse mit Blick auf das Wasser nahmen sie ihr Mittagessen ein, gebratenes Lamm mit Pilav-Reis und Huhn Biryani. Das Lamm duftete köstlich, trotzdem brachte Laura nicht mehr als ein paar Bissen hinunter. Younis' Unruhe steckte sie an. Er schob sein Gemüse auf dem Teller herum, dann ging er in die Küche und fragte nach einem Schnaps.

»Für mich auch«, bat Laura. Sie verabscheute den Geschmack von Arrak. Zusammen mit einer Dosis Chinin und zwei Imodium leerte sie das Glas auf einen Zug. Sie dachte an Jenny. Sie durfte nicht krank werden. »Ich muss dir etwas sagen.« Der Alkohol hob sie auf, sie fühlte den Druck auf ihrer Stirn und ihrem Nacken nicht mehr.

Younis starrte auf seinen Teller. Der Wirt kam heraus. Bedauernd schnalzte er mit der Zunge, als er die beinahe unberührte Mahlzeit sah. Laura wartete, bis sie wieder allein waren.

»Hörst du mir zu, Younis?«

Er nahm ihre Hände in seine. »Sag.«

Sie schluckte. »Ich habe Sehnsucht. Ich will …«

»Ich weiß.«

»Was?«

»Du willst fortgehen.«

Sie spürte, wie ihr die Tränen in die Augen stiegen. »Nicht fort von dir, Younis.«

»Ich weiß es schon lange. Du hast Heimweh. Du musst nach Wien fahren.«

»Und du?« Er sagte nichts darauf, und sie wiederholte: »Und du, kommst du mit mir? Lässt du mich wirklich allein fahren?« Immer wieder, bis er schließlich eine Antwort gab.

»Ich bleibe in Bagdad.«

»Willst du es dir nicht überlegen?«, fragte Laura in der letzten Nacht vor ihrer Abreise. Ein Jahr lang hatte sie die Entscheidung aufgeschoben, hin und herüberlegt. Sie lagen in der Dunkelheit, ineinander verschränkt, noch immer ein wenig atemlos von ihren Liebesspielen. Laura drückte ihren Mund in Younis' Halsbeuge und sog seinen Duft ein. Er streichelte ihren Rücken. Seine Lippen streiften ihre Stirn, ihre Schläfen, knabberten an ihrem Ohr.

»Ich wollte, dass wir uns niemals trennen«, sagte er nach einer Weile.

»Ich auch. Komm mit mir. Du liebst Wien.«

»Ich liebe dich.«

»Lass mich nicht allein.«

»Ich kann nicht weg.«

Bis zur letzten Stunde vor ihrer Abfahrt wiederholten sie ihre Argumente. Laura dachte, dass Younis sie auf diese Weise zum Bleiben überreden wollte. Er verriet nicht, was ihn abhielt, aber sie ahnte es. Es ging um Quassem. Younis hatte ihr geschworen, sich nicht mehr politisch zu engagieren. Denn was sollte allein im Irak aus ihr und Jenny werden? Sie konnte nicht wie Saads Frau auf die Unterstützung der Familie hoffen.

Aladin kam in die *Ragheeba Chattoon*, sie abzuholen. »Du hast ein eigenes Auto?«, fragte sie ihn erstaunt. Er lachte. »Nur ausgeborgt, damit wir nicht mit dem Taxi fahren müssen.« Er lud Lauras Gepäck in den Wagen. Laura kehrte noch einmal ins Haus zurück. Im Flur lief Jenny auf und ab, auf dem Rücken einen knallgelben Rucksack mit ihren Lieblingssachen, den zwei Lämmern von Annemarie, dem »Raggedy Ann«-Buch und ihren Murmeln.

»Sag Baba *good-bye!*«

Jenny unterbrach ihren emsigen Lauf und schickte Younis zum Abschied ein Kusshändchen. Aladin war ihr Lieblingsonkel, denn er machte ihr auf Befehl Rauchringe in allen Größen und verlor nicht die Geduld, egal, wie oft sie es sich wünschte.

Younis umarmte Laura. Ihre Augen fragten ihn noch einmal, ein letztes Mal. Er lächelte. »Du gibst wirklich niemals auf, meine Göttin.«

»Wenn ich aufgebe, ist es mit der Liebe vorbei«, erwiderte Laura. »Aber dieser Tag darf niemals kommen. Ich habe jetzt schon Sehnsucht nach dir, mein Younis.«

Aladin hupte draußen. Es wurde Zeit, sonst versäumte sie noch das Flugzeug.

»Bald kommst du wieder, und dann reisen wir nur noch gemeinsam. *Inshallah!*«

»*Inshallah.*« Sie hielt seine Hand fest, bis Aladin noch einmal die Hupe ertönen ließ, dann erst ging sie.

Es war ein Tag ohne Sonnenschein. Der Regen fiel in großen, langsamen Tropfen vom Himmel. Das Auto passierte den Platz, auf dem das Standbild König Faisals gestanden hatte. Nun wurde ein neues Denkmal errichtet, ein hoher Bogen, der an das alte Stadttor erinnern sollte.

»Ich verstehe deinen Mann nicht«, sagte Aladin plötzlich. »Ich würde keinen Augenblick zögern. Hoffentlich kommt für mich noch eine Gelegenheit. Ich habe nie aufgehört, mich nach Wien zu sehnen.«

Laura sah ihn verwundert an. »Du hast nie ein Wort gesagt, Aladin.«

Er verzog den Mund. »Es ist ein Geheimnis.«

»So?«

Er sprach erst weiter, als sie vor dem Flughafen ankamen. »Lässt du bitte das Fräulein Anni im Hotel Kaiserhof grüßen?«

Laura brauchte eine Weile, bis sie sich besonnen hatte. Fräulein Anni musste die junge Frau sein, die mit Aladin nach Rom gefahren war.

»Wir haben uns verliebt. Ich habe ihr geschrieben, aber sie kann nicht viel Englisch.«

»Und deine Frau?«, sagte Laura streng zu ihm, obwohl sie insgeheim lachen musste. Aladin war nett, ein Bruder Leichtfuß, nicht so düster wie der Rest der Familie.

»Ich muss mich beeilen, das Flugzeug!« Laura hatte die Lufthansa-Maschine auf dem Flugfeld entdeckt.

»Fräulein Anni, bitte vergiss nicht, sie von mir zu grüßen!« Aladin zündete sich eine Zigarette an, um Jenny einen letzten Rauchring zu blasen. Dann liefen sie mit dem Gepäck los, gerade noch zur rechten Zeit.

Mit großen Augen sah Jenny durch das Fenster auf das Flugfeld hinunter. Unten stand Aladin und winkte ihnen immer noch zu. Rasch gewann das Flugzeug an Höhe. Wie eine silberne Schlange wand sich der Fluss entlang von ockergelben und weißen Häuschen, türkisen Spielzeugkuppeln, zwischen denen Matchboxautos hin und her fuhren.

»Da!«, rief Jenny auf einmal aus. Sie hatte die leuchtend blauen Flecken der Schwimmbecken im Royal Club entdeckt.

»Wirklich, du hast recht!«, bestätigte Laura. Wange an Wange gedrückt sahen sie Bagdad unter ihnen verschwinden. Die Wüste begann. Da war wieder das Muster dunkler Punkte im Sand, eine Karawane, die durch die irakische Wüste zog. »Kamele, Jenny, schau nur, wie viele es sind.«

Dann stieg das Flugzeug höher, über das riesige schneeweiße Federbett der Wolken, gleißend hell im Sonnenlicht. Jenny saß ruhig auf Lauras Schoß und schaute sich alles an, bis sie plötzlich in ihren Armen schlaff wurde, einschlief wie ein Baby. Sie war erschöpft, dachte Laura, die kleine Falte auf ihrer Stirn zeigte es, sie verstand zwar nicht, was für eine weite Reise sie mit ihrer Mutter angetreten hatte, aber sie spürte Lauras Aufregung, seit Wochen schon.

»Orange Juice, Coffee, Tea?« Die Stewardess beugte sich über Laura, um ihr den Sicherheitsgurt umzulegen. Über dem Meer waren Turbulenzen angekündigt. Laura lehnte in ihrem Sitz, die schlafende Jenny lag nun an ihrer Seite. Bis zu diesem Moment hatte Laura nur vorwärts geschaut, nicht zurück. Sie sah Younis' zitternde Unterlippe, die er vor ihr verbergen wollte. Wenn nun eine neue Revolution ausbrach und sie nicht zu ihm zurück konnte? Ihr Herz begann zu klopfen. Wie hatte sie ohne ihn fahren können? Sie schloss die Augen.

Sie wollte an Wien denken, ihre Bürokolleginnen, wie überrascht sie sein würden. Tommys stürmische Begrüßung und das erste Beschnüffeln seiner neuen Freundin Jenny. Das doppelt gebackene Brot mit der köstlichen braunen Kruste aus der Bäckerei in der Paniglgasse. Die Anker-Uhr am Hohen Markt, über die zu jeder vollen Stunde historische Figuren wandelten, erhaben und unheimlich zugleich, die musste sie Jenny zeigen. So sehr sie sich bemühte, die Bilder blieben blass. In Istanbul, bei der ersten Zwischenlandung, trank sie mit Jenny im Flughafencafé einen Granatapfelsaft. Sie überlegte, umzukehren, zurück zu Younis, dem einzigen Zuhause, das sie hatte. Doch sie flog weiter. Die Entscheidung war gefallen. Und es war doch nicht für ewig. Drei Wochen, und sie würde wieder in Bagdad sein.

Laura hatte mehrere Male ein Gespräch nach Wien angemeldet, doch die Verbindung war nicht zustande gekommen. Ihr Brief an Ewa und Stephan hatte Wien womöglich noch gar nicht erreicht. Vielleicht wusste niemand von ihrer Ankunft. Acht Uhr morgens, am 24. Dezember. Der Schnee fiel in dichten Flocken, ein weißer Vorhang, der ihnen beim Aussteigen nass und eisig ins Gesicht peitschte. Jenny steckte vor Überraschung den Daumen in den Mund. Es sah aus wie mitten in der Nacht. Nur schwach drangen die Lichter des Flughafens durch das Schneegestöber. Jenny zitterte vor Kälte. Laura hob sie auf und drückte sie an sich. »Wir sind da«, sagte sie. »In Wien, mein Schatz.«

Jenny streckte eine Hand aus und sah zu, wie die Schneeflocken auf ihrer Haut schmolzen. Sie nickte ernst. »Wir fahren Riesenrad.«

III. TEIL

LUFTSCHLÖSSER

16. KAPITEL

»AZ ÉG SZERELMÉRE!« Ewa schaute Laura an wie einen Geist.

Laura ging es wie ihrer Mutter, sie konnte den Blick nicht von ihrem Gesicht wenden. Nur Jenny, die schwer auf ihrer Schulter lag und fest schlief, brachte sie schließlich in Bewegung. »Da.« Sie drückte Ewa das Kind in die Arme.

Der Taxifahrer stieg hinter ihr mit dem Gepäck die Treppe herauf. Laura bezahlte ihn. Er sah erfreut auf das hohe Trinkgeld. »Dankeschön.«

Ewa stand immer noch in der Tür und schaute stumm die schlafende Jenny an.

»Gehen wir hinein, Mama.« Laura legte ihr einen Arm um die Schulter. Sie küsste sie auf die Wange, schnell, falls Ewa die Absicht hatte, den Kopf wegzudrehen. Bestimmt hatte sie wie Laura die Abschiedsszene im Gedächtnis. Doch Ewa war nicht zum Streiten zumute, merkte Laura. Seite an Seite gingen sie ins Wohnzimmer, dort bettete Ewa das Kind auf das Sofa und setzte sich daneben. Laura sah die Tränen in den Augen ihrer Mutter.

»Ich bin so froh«, flüsterte Ewa. »Wenn du wüsstest, mein Kind, wie froh.«

»Ich auch, Mama.« Laura spürte ihr Herz in Mitleid zerfließen. Ewa mit dem bleichen Gesicht und dem zerzausten ergrauenden Haar sah zehn Jahre älter aus. Verkrampft und verbissen war sie immer gewesen, aber nicht so … Was war es eigentlich, fragte sich Laura. Verzweiflung? Angst? Wut? Etwas von allem, und zum ersten Mal hatte es nichts mit ihr zu tun. Was fehlt dir, wollte sie fragen, doch sie fürchtete sich vor der Antwort. Zuerst einmal ankommen, ausruhen, Geschenke auspacken, erzählen.

Auf dem Goldmarkt hatte sie eine Kette für Ewa ausgesucht, aus schwerem rötlichem Gold, gewunden wie eine Schnur und dazwischen mit farbig emaillierten goldenen Kugeln besetzt. Sie kramte die Samtschatulle aus ihrem Gepäck hervor. »Für dich, Mami.« Sie küsste ihre Mutter, diesmal auf beide Wangen und legte den Kopf an ihre Schulter wie ein Kind. Ewa hielt das Geschenk in der Hand und schluchzte vor sich hin, ohne es zu öffnen. Bis Laura ihrer Mutter die Tränen abwischte. Da begann sie zu lächeln, zitternd und plötzlich beglückt.

»Ich kann es noch immer nicht glauben, ich bin wie in einem Traum.«

Laura tippte auf das Päckchen. »Schau dir an, was du bekommen hast! Ich hoffe, sie gefällt dir wenigstens.«

Endlich wurde Ewa neugierig. Die Schmuckschatulle schnappte auf. Im matten Vormittagslicht leuchtet das Gold auf. »Laura, *szeretlek édesem* ! Ich danke dir, mein Gott, wie schön, wie wunderschön!«

Draußen war ein Geräusch, die Wohnungstür. Mit einer schnellen Bewegung legte Ewa die Kette zurück und machte die Schatulle zu. Wildes Hundebellen ertönte, gefolgt von Stephans aufgebrachtem »Bist du verrückt, Hund, was gibt es zu bellen?«

Dann wetzte der Terrier ins Zimmer, knurrend und kläffend raste er zum Sofa, wollte hinaufspringen. »Halt, Tommy!«, rief da Laura und packte ihn. Tommy, beleidigt und verwirrt, schnappte nach ihrer Hand und erkannte im gleichen Moment seinen Irrtum. Winselnd begann er Lauras Hände und Füße abzuschlecken.

»Na, eben, so schaut eine Begrüßung aus«, sagte Laura gerührt. Sie drückte den Hund an sich.

Als sie aufsah, stand Stephan im Zimmer, auch er sprachlos vor Überraschung, doch fasste er sich schneller. Mit einem großen Schritt war er bei ihr, küsste und umarmte sie. »Lass dich anschauen! So ein schönes Frauenzimmer, man erkennt sie ja gar nicht wieder.« Er zwickte in ihre Backe. »Woher kommst du geschneit, gibt's keine Post, kein Telefon. Brauchst gar nichts sagen, ich freu mich ja, und wie, mein Gott, was wir uns den Kopf um dich zerbrochen haben, du hast keine Ahnung.«

Neben ihm stieß Ewa einen halb erstickten Laut aus. Bevor Laura dazu kam, etwas zu sagen, erklang ein lautes und behagliches Seufzen, und alle wandten sich um. Jenny öffnete ihre großen schwarzen Augen. Verschlafen und neugierig sah sie von einem zum anderen und kam schließlich bei Tommy an. »Hund!«, sagte sie ein wenig ängstlich.

»Spricht sie nicht Deutsch?«, fragte Ewa.

»Das wird nicht lange dauern, sie versteht alles«, beeilte sich Laura zu versichern. Jenny richtete sich auf. Vorsichtig musterte sie Tommy, der ihre Hand beschnupperte. Nach einer Weile berührte sie sein kurzes, struppiges Fell. Tommys Stummelschwanz wedelte.

Auf den ersten Blick war alles vertraut gewesen, die Wohllebengasse, das Haus, in dem sie wohnten, die Wohnung. Erst allmählich fielen Laura die Veränderungen auf. Überall in Wien wurde gebaut, die Lücken, die der Bombenkrieg geschlagen hatte, schlossen sich. Altes wurde niedergerissen, ganze Viertel entstanden neu. Zu Hause war von dem frischen Wind nichts zu verspüren. Eine undefinierbare Atmosphäre von Verfall lag über der Wohnung wie eine unsichtbare Staubschicht. Sogar Tommy war von der Stimmung angesteckt und nicht mehr so munter wie früher.

»Die Zeit bleibt nicht stehen, wir werden älter, auch der Hund«, bemerkte Ewa mit einem schweren Seufzer. Laura sah beide an, ihre Mutter war fünfzig, Stephan fünfundfünfzig. Waren sie alt?

In Lauras Zimmer hatte sich Stephan sein Refugium eingerichtet. Der bunte Seidenüberwurf auf dem Klappsofa war verschwunden, in ihrem Regal standen nun Stephans zerlesene Schachbücher, Atlanten, ein Bildband über Flugzeuge und Brehms Tierleben. An der Wand hing ein Babyfoto Lauras auf dem Schoß ihres Bruders mit einem schwarzweißen Terrier, dem ersten Hund der Familie. Warum hängte Stephan das auf? Sie mochte es nicht, andererseits war sie froh, dass das Zimmer nicht mehr wie früher aussah. Ein Kinderbett gab es nicht, so teilte sie sich das Sofa mit Jenny. Über Nacht hatte sich Tommy dazugesellt und lag nun wach, aber mucksmäuschenstill am Bettende, weil er nicht verjagt werden wollte. Durch die Küchenwand hörte Laura die Stimmen ihrer Eltern, nur ganz kurz, dann war es wieder ruhig. Sie hatte sich vor den Streitereien gefürchtet, nun kam ihr das Schweigen unheilvoll vor.

»Du könntest mich besuchen, weißt du«, sagte Laura beim Frühstück zu ihrer Mutter. Stephan war schon aus dem Haus, Jenny leckte hingebungsvoll die Marmelade von ihrer Frühstückssemmel.

»Ich hab euch schon früher eingeladen. Younis würde sich freuen.«

Noch bevor Laura ausgesprochen hatte, schüttelte Ewa den Kopf. »Dein Vater wollte das nicht. Es kostet auch zu viel, wir könnten uns so eine Reise gar nicht leisten.«

»Aber Mama, Younis bezahlt natürlich alles. Komm ohne Stephan, eine Abwechslung würde dir guttun.« Sie schaute auf den abgetragenen Küchenkittel ihrer Mutter, die Frisur, die keine war, weil Ewa ihr Haar selbst mit der Schere abschnitt, die grauen Strähnen, die sie alt aussehen ließen. »Du musst dich wieder einmal hübsch herrichten, ein Kleid kaufen, zum Friseur gehen. Willst du dir nicht eine neue Farbe zulegen?«

Mit ihren Freundinnen in Bagdad waren solche Diskussionen eine Selbstverständlichkeit. Vor allem die Amerikanerinnen nahmen kein Blatt vor den Mund – die Frisur steht dir nicht, Darling! In dem Rock sieht man deinen Bauch, Beauty! Der Lippenstift macht einen Teint wie Spinat, schmeiß ihn weg! – sparten aber auch nicht mit Lob. Vor Lauras europäischem Chic knieten sie in Ehrfurcht.

Ewa zuckte zusammen, als hätte Laura sie angespuckt. Erst als sie die Küche verließ, sagte sie leise: »Ich bin nicht wie du.«

Jenny rutschte vom Sessel und lief ihr nach. »Omi!«, rief sie. »Ich gehe mit!«

Laura blieb sitzen. Erschrocken horchte sie den Worten ihrer Mutter nach. Das war nicht mehr die alte Aggression. Durch die offene Tür sah sie auf das Ölgemälde mit dem Alpenglühen, die Madonna mit dem Rosenkranz im Vorzimmer. Sie hörte Jenny auf Englisch von ihren Katzen Mimi und Lump erzählen. Ihr Blick fiel auf den Kalender. 25. Dezember. Gestern Morgen war sie angekommen, sie hatten sich begrüßt, dann waren Laura und Jenny ins Bett gefallen. Bis zum Abend hatten sie geschlafen, dann gegessen, geplaudert, aber nicht lange, Laura war noch immer erschöpft. Doch Ewa und Stephan hatten keine lange Reise hinter sich. Da war kein Baum, kein Festtagsessen, keine Wurst für Tommy. Sie feierten Weihnachten nicht.

»Laura, Telefon!«

»Für mich?« Sie war so tief in Gedanken gewesen, dass sie es nicht läuten gehört hatte.

»Es ist Marcel.«

Eine Stunde später stand er vor der Tür. Ewa begrüßte ihn mit einer Herzlichkeit, die Laura verwunderte. So nett war Marcel früher nicht empfangen worden.

»Ich wollte euch im Büro überraschen. Woher weißt du überhaupt, dass ich da bin?«

Marcel schaute sie nur an. Er suchte nach Worten, bis Jenny sich energisch einmischte. »Wer ist der Mann?«

»Das ist Mamas lieber Kollege«, erklärte Ewa liebenswürdig. »Ich war das, Laura, ich habe Herrn Marcel verständigt.«

Sie vereinbarten, dass Jenny bei Ewa blieb und Laura mit Marcel zum Essen ausgehen sollte. Marcel schlug das Sacher vor.

»Sie haben am 25. Dezember sicher offen.«

»Ich weiß.« Laura erwähnte nicht, dass sie vor Jahren mit Younis dort zu Mittag gegessen hatte.

Jenny hatte ihre neue Großmutter sofort akzeptiert und umgekehrt. Doch im letzten Augenblick weigerte sie sich, zu Hause zu bleiben. »Ich gehe mit Marcel!«, verlangte sie.

»Na gut.« Laura war es recht, so konnten sentimentale Reminiszenzen nicht aufkommen.

»Das Sacher ist eine vornehme Adresse«, meinte Ewa ein wenig enttäuscht. »Hoffentlich wird sie sich ordentlich benehmen.«

»Da mache ich mir keine Sorgen.«

Jenny machte keine Probleme. Als sie sich setzten, überreichte ihr Marcel eine Schachtel Filzstifte und ein Malbuch als Geschenk. Der Kellner erhöhte ihren mit rotem Brokat bezogenen Stuhl um zwei Kissen, sodass sie auf den Tisch sehen konnte. Jenny räumte die Filzstifte aus. Sie war zufrieden.

»Du hast nicht geheiratet?« Laura tippte mit dem Zeigefinger auf Marcels ringlose Hand.

»Ich warte auf die Richtige.« Marcel sah ihr in die Augen. »Sie heißt immer noch Laura.«

Sie erwiderte seinen Blick ernst. »Das bedeutet … du glaubst nicht an mein Glück?«

Die Getränke kamen. Jenny kippte ihren Saft über das blütenweiße Tischtuch, rettete aber rasch noch ihr Malbuch, Laura die Speisekarten. Das Tischtuch wurde getauscht, und sie wählten aus. Laura begann von ihrem Leben in Bagdad zu erzählen. Marcel trank seinen Sekt, hörte zu und schaute Jenny beim Malen über die Schulter.

»Du bist so schön geworden, Laura«, sagte er plötzlich. »Ich würde dich gern vergessen, aber wie?«

Sie hatten Wiener Schnitzel bestellt, wofür die Küche des Sacher-Restaurants berühmt war, mit Petersilienkartoffeln und Gurkensalat. Jenny hielt nur kurz beim Ausmalen eines leuchtend blauen Delphins inne und warf einen Blick auf das Essen. »Danke, nein!« Und fügte als Erklärung hinzu: »Ich esse kein Fleisch.«

Laura ließ es sich umso besser schmecken. »Heimweh, das ist zu fünfundsiebzig Prozent Sehnsucht nach dem Essen, das man gewohnt ist.« Sie räumte ihren Teller bis zum letzten Kartoffelstückchen mit Petersilie leer. »Jedenfalls bei mir ist das so. Du weißt ja, wie gern ich esse. Herrlich.«

Marcel musste lachen, weil sie sich genießerisch wie eine satte Katze die Lippen ableckte. »Und jetzt?«, fragte er.

Laura nickte ihm zu. »Jetzt kommt die Nachspeis'.« Das war die ebenso berühmte Sachertorte mit Schlag. »In Bagdad schmeckt sie nicht so, auch wenn man gut backen kann. Es liegt am Mehl.« Das hatte Adele Winter gesagt. Der Gedanke gab ihr einen Stich. Sie wollte Marcel von ihr erzählen. Vielleicht war sie mit dem Leben davongekommen und wieder in Wien. Er konnte sich erkundigen. Aber da war wieder sein Blick, der Schmerz des Zurückgewiesenen. Sie überlegte, wie sie ihn abhalten sollte, noch einmal das Thema anzuschneiden, da kam er ihr zuvor.

»Ich habe eine Frau kennengelernt, sehr sympathisch und gescheit, eine Linzerin, Rosmarie, sie ist deine Nachfolgerin bei uns im Büro.«

Sie hatte es vermutet. Dennoch. In einem Atemzug behauptete er, sie sei ihm unersetzlich, im nächsten gefiel ihm schon irgendeine Linzerin.

»Ich weiß, sie mag mich, sie ist vielleicht sogar verliebt.« Marcel schnitt eine kleine Grimasse.

Jenny betrachtete ihn verblüfft. »Noch einmal!«, sagte sie.

Marcel tat, als hätte er nichts gehört. »Ich möchte ihr keine falsche Hoffnung machen«, fuhr er fort. Für Jenny wackelte er kurz mit den Ohren.

Sie kicherte. »Noch einmal!«

»Ein Wort von dir, und ich sehe sie nicht mehr an«, sagte Marcel. Er wackelte wieder mit den Ohren und bewegte dabei die Kopfhaut vor und zurück.

Jenny versuchte es nachzumachen. »Geht nicht.«

»Dieses Wort wird niemals gesprochen werden«, erwiderte Laura, nachdem sie die Torte aufgegessen hatte.

Es war wie ein Stichwort für Jenny. Sie stieg von ihrem Kissenberg auf den Boden und sah sich um. »Mama Lulu.«

Erleichtert sprang Laura auf. Marcel erhob sich höflich mit ihr. Er nagte an seiner Enttäuschung. Als sie zurückkam, hatte er die Rechnung beglichen.

»Verzeih mir, ich hätte dich nicht drängen dürfen.«

Sie gab keine Antwort. Jenny packte ihre Geschenke in ihren gelben Rucksack. »Danke, Onkel Marcel«, sagte sie unaufgefordert. Sie hob ihre kleine rundliche Hand zu Marcel hoch. »Schöne Stifte, schönes Malbuch.«

Er nahm das Händchen, das sie ihm anbot. »Möchtest du auch einmal einen Ausflug machen, ich könnte euch mit dem Auto abholen«, schlug er vor.

Jenny sah ihre Mutter an. »Das ist …« Laura zögerte. »Du bist wirklich sehr nett, Marcel. Aber ich glaube, wir werden nicht so viel Zeit haben. Ich melde mich jedenfalls.« Sie gab ihm die Hand und dann, weil es ihr plötzlich leid tat, einen Kuss auf die Wange. Er roch wie früher, nach After Shave und ein bisschen verstaubt, wie die Wohnung in der Nussdorfer Straße. Vornehm, aber nicht anziehend.

»Meine besten Grüße an die Familie«, sagte er zum Abschied.

Den Abend verbrachten Laura und Jenny mit Ewa. Laura hatte unter Ewas Büchern einen Werfel-Roman gefunden, den sie nicht kannte. Sie begann zu lesen und konnte nicht aufhören. Ewa saß mit Jenny am Esszimmertisch. Sie hatte ihre Nähschachtel hervorgeholt und spielte das Knopf-Spiel. Laura erinnerte sich nicht, dass ihre Mutter je solche Geduld für sie aufgebracht hatte. Jenny hatte ihr Herz im Sturm erobert. Sie sah Ewa lächeln, scherzen, sogar laut auflachen.

»Wo ist eigentlich mein Vater?«, fragte sie.

»Länger unterwegs.«

Auch am nächsten Tag wich Ewa ihrer Frage aus, und erst am dritten Abend, weil Laura drängte, rückte sie mit der Sprache heraus.

»Ich habe gehofft, du erfährst nichts davon.«

»Wovon, was hat er getan?«

Ewa musste schlucken, bevor sie weitersprach. »Er wohnt nicht mehr hier. Bei deiner Ankunft, das war ein zufälliges Zusammentreffen. Er wollte sich aussprechen. Die Scheidung. Wir hatten einen Streit, er ging mit Tommy eine Runde, gerade da bist du erschienen.«

Laura legte Jenny die Hände auf die Schultern. »Magst du nicht lieber mit Tommy spielen? Niemand wirft ihm sein Balli. Er freut sich so, wenn man mit ihm spielt.« Im Nussholzbuffet fand sie den alten Gummiball des Hundes. Tommy, von ihrem beschwörenden Tonfall angelockt, unterbrach sein Schläfchen und lief herbei.

»Tommy, Ballispiel!« Er blaffte kurz. Jenny wollte den roten Ball nehmen. Da warf Laura ihn schon, quer durch das große Esszimmer durch die Flügeltüren bis ins Vorzimmer. Kind und Hund hetzten hinterher.

»Scheidung, das ist doch nicht wahr, Mama!«

»Er ist gegangen, ich brauche ihn nicht mehr. Das verlogene Schwein.«

So hatte sie immer von ihm gesprochen, was war anders? »Ist er untreu?«

»Was denkst du denn?« Mit einem Mal brach Ewas Wut hervor. »Glaubst du, dein Vater war je treu. Und jetzt … nach all diesen Jahren …« Ihre Stimme brach und fing sich wieder. »Jetzt, wo wir alt werden, möchte er von vorne beginnen.«

Ihr Vater Stephan? Mit einer anderen Frau? Unvorstellbar. Doch das passierte, jeden Tag, an jedem Ort, so vielen Frauen und Männern.

»Willst du, dass ich mit ihm spreche?«

Ewa verzog abfällig den Mund. »Nein. Ich will ihn nie wiedersehen.«

Das war nicht ernst zu nehmen. Sie konnte nicht ohne Stephan leben. Wovon denn vor allem? Aber hatte Laura nicht genau das von Ewa erwartet, Jahre und Jahre ihrer Jugend, seit sie verstanden hatte, wie traurig ihre Eltern miteinander lebten? Sie hatte ihre Mutter verachtet, weil sie nie einen Trennungsstrich ziehen konnte, aus Bequemlichkeit, aus Feigheit. Nun tat sie es, und Laura war wieder unzufrieden.

»Morgen gehen wir einkaufen, Mama. Ein neues Kleid und ein Friseurbesuch, du wirst sehen, dann geht es dir sofort besser.«

Diesmal widersprach Ewa nicht. Sie schob ihre Hand über den Tisch, bis sie neben Lauras lag und sie berührte. »Ich habe gedacht, du wirst zu ihm halten. Ihr wart immer auf einer Seite.«

Draußen im Vorzimmer tobte Tommy mit Jenny und dem roten Gummiball hin und her. Sie stieß an den Schuhschrank. Laura hörte die Schuhe purzeln. Oje, gleich wird sie lostoben, dachte Laura, aber Ewa rührte sich nicht.

»Weißt du, wer sie ist?«

Ewa machte eine vage Geste. »Ich will über diese Hure nicht reden!« sagte sie böse. Jenny stand in der Tür. »Hure«, wiederholte sie.

Ewa stickte Blumen auf eine weiße Batistbluse für Jenny, die sie frühmorgens, während Laura noch schlief, zugeschnitten und genäht hatte. »Er hat ihr gesagt, ich habe Krebs und werde nicht mehr lang leben.« Sie wollte nicht mit Laura einkaufen gehen, zum Friseur schon gar nicht. »Ja, es ist wahr, ich kann dir den Brief zeigen, den sie ihm geschrieben hat. Deshalb ist sie nach Wien gekommen. Sie hat gedacht, ich liege schon auf dem Totenbett.«

Laura sah ihr beim Sticken zu. Das Muster war kompliziert, ohne Vorlage, Ewa hatte es sich selbst ausgedacht. »Du bist eine richtige Künstlerin, du brauchst dich nicht vor anderen zu verstecken!«

Aber Ewa schüttelte nur den Kopf zu allen Vorschlägen, und langsam befiel Laura die alte Ungeduld. Ewa liebte ihr Unglück zu sehr, um es loszulassen. Wenn sie so etwas aussprach, war Ewa beleidigt. Wenn sie den Mund hielt, wurde es auch nicht besser. Sie konnte ihrer Mutter nicht helfen. Jenny vielleicht. Mit Jenny war Ewa eine andere, friedlich und sogar heiter. Laura ließ die beiden allein. Wie von selbst schlugen ihre Füßen den alten Weg ein, die Wohllebengasse entlang bis zur Argentinierstraße, hinter der Karlskirche vorbei durch die Paniglgasse zur Wiedner Hauptstraße. Dort bog sie in ein kurzes Gässchen ein und stand vor dem Hotel Kaiserhof. Die moderne Leuchtschriftreklame war neu und die Fassade frisch gestrichen.

Niemand saß an der Rezeption, nur die Tür zum Büro stand ein Stück offen. Drinnen sah sie Stephan, den Kopf auf seinen Papieren ruhend. Leise ging sie zu ihm und musterte sein Gesicht, in dem es nervös zuckte. Was geschah mit Ehepaaren, dass sie einander so böse waren. Stephan stieß einen leisen Schnarcher aus und erwachte. Lange sah er Laura stumm an.

»Du bist wirklich da.« Er rieb sich die Augen. »Ich hab gedacht, ich träume. Du kommst, um dich zu rächen, weil ich deine Mutter verlassen habe.«

Laura lachte ein wenig. Sie machten Kaffee auf dem kleinen Elektrokocher im Büro und tranken ihn im Foyer, wo Saad damals auf Laura gewartet hatte.

»Schmeckt er dir? Du bist ja jetzt einen anderen Luxus gewöhnt. Hast mir noch gar nichts erzählt, Laura.« Stephan holte einen Teller mit Weihnachtsgebäck.

»Wer hat die gebacken, deine neue Flamme?«

Es war leichter als mit Ewa. Stephan kränkte sich nicht über jeden Tag, den sie fern von Wien glücklich gewesen war. Ab und zu stellte er eine Frage. In den österreichischen Zeitungen war bis auf eine kurze Notiz zum Sturz des Königshauses nichts über die Revolution im Irak zu lesen gewesen, hier wusste man nichts von dem Wochen dauernden Gemetzel in den Straßen Bagdads, von den Kämpfen zwischen den verschiedenen nationalen Lagern und den Kommunisten und von den gewaltigen Änderungen, die das Land in den letzten Jahren erfahren hatte.

Zuletzt, als sie endete, seufzte er auf. Ob das gut ausgeht, diese Frage stand ihm ins Gesicht geschrieben, aber er sprach den Gedanken nicht aus. Sie war ihm dankbar dafür, sie wollte nicht von ihren Ängsten sprechen. Ohnedies kam ihr die Situation nun aus der Distanz nur halb so schrecklich vor. Schlimmer wäre es, wenn ich nicht weggegangen wäre, dachte Laura. Aus dem Augenwinkel sah sie die Glastür aufgehen, und Stephans Gesichtsausdruck wechselte. Sie wandte sich um.

Ascha, nannte er sie, eine kleine, blonde, rundliche Person, Johanna war ihr Name. Sie sprach Deutsch mit einem rollenden Akzent und vielen falschen Artikeln, aber flüssig. Eine Polin, die als Zwangsarbeiterin nach Deutschland verschleppt worden war, nach Westfalen. In Krakau war sie ins Gymnasium gegangen, bei den Deutschen hatte sie auf einem Bauernhof arbeiten müssen, Schwerarbeit bei schlechter Ernährung, sie war krank geworden davon, aber das kümmerte dort niemanden. Wenn Stephan sie nicht gerettet hätte, sie wäre gestorben.

Ärgerlich hörte Laura ihrem Redeschwall zu. Die Haut der Polin war zart und sehr weiß. Hellblaue Augen, naturblondes Haar, ihre Wangen rosig. Sie konnte nicht viel älter sein als fünfunddreißig. Was erwartete sich Stephan. Und was hatte es mit dieser Rettung auf sich? Stephan war als deutscher Soldat in Westfalen gewesen. Nicht an der Front, in der Schreibstube. Das war fünfzehn Jahre her!

»Trinkst du auch einen Kaffee mit uns, Ascha?« Stephan fühlte, dass die Luft dick wurde.

Ascha lehnte ab. »Wie schön, deine Tochter, ich wollte sie schon lange kennenlernen«, sagte sie.

»Was hat Sie nach dieser langen Zeit nach Wien geführt?«, fragte Laura.

Ascha nickte sinnend. »Ich habe so lang Sehnsucht nach Stefferl gehabt. Konnte ich es nicht mehr aushalten ohne ihn. Musste kommen und bei ihm sein.«

Laura sandte Stephan einen vorwurfvollen Blick. Ascha sah es und griff nach Lauras Hand. »Verzeihen Sie ihm. Wo die Liebe hinfällt, da kann man nichts machen. Hab ich gehört, auch Sie sind der großen Liebe gefolgt in anderes Land.«

Laura befreite ihre Hand. »Wohnen Sie hier im Hotel?«

»Vorläufig«, fiel Stephan rasch ein. »Ascha wird nicht lange bleiben, sie hat eine gute Arbeit in Hamburg, in Wien kann sie das nicht verdienen.«

»Aber nur, wenn Stefferl mitkommt«, ergänzte Ascha.

»Und meine Mutter?«, fragte Laura nach einer kleinen Pause. »Er ist doch mit ihr verheiratet. Was soll aus seiner Frau werden, wenn Sie mit Stefferl leben wollen?«

Ascha zog ein unwilliges Schmollmündchen. »Liebe Laura, das dürfen Sie mich nicht fragen. Ich war ein Kind, als ich Stefferl zum ersten Mal gesehen habe, sechzehn Jahre alt, ein geschundenes, verschlepptes Mädchen. Ich war unschuldig, ich wusste doch nichts von ihm.« Tränen flossen langsam über ihre Wangen, sie wischte sie nicht weg. »Stephan!«, schrie sie plötzlich auf. »Du musst es sagen, jetzt gleich, du hast mir versprochen, Stephan!«

»Was?«, fragte Laura eisig. »Dass er sich scheiden lässt? Sie sind aber doch kein unschuldiges Kind mehr. Verheiratete Männer lassen sich nicht scheiden, sie gehen zu ihren Frauen zurück.«

In Aschas Gesicht malten sich widerstrebende Gefühle. »Stephan! Du hast noch immer nicht gesagt, dass wir …«

Stephan wand sich. »Ich habe Laura seit so langer Zeit nicht gesehen, verstehe bitte, Ascha, ich …«

»Und ich?«, schluchzte Ascha los. »Wie viele Jahre hab ich gewartet? Nur Briefe mit schönen Worten, leere Versprechungen! Fünfzehn Jahre, fünfzehn Jahre, mein ganzes Leben!«

Sie drehte sich um und lief durch das Foyer. Stephan machte keine Anstalten, ihr zu folgen. Am Treppenaufgang blieb sie noch einmal stehen und nestelte unschlüssig an ihrer Tasche herum. Schließlich gab sie auf. Langsam entfernten sich ihre Schritte und verklangen im Treppenhaus.

»Und jetzt?«, fragte Laura. Es sollte spöttisch klingen, aber sie fühlte sich plötzlich matt und traurig.

Stephan schaute beschämt drein. »Du hast es ihr ja faktisch schon mitgeteilt.« Er räusperte sich unbehaglich. »Sie wird es einsehen und irgendwann …« Er zuckte die Achseln.

»Es gibt keine Scheidung?«

Stephan zögerte. »Ewa will mich nicht sehen. Sie ist eiskalt zu mir.«

»Wundert es dich?«

Stephan seufzte. »Aber du kennst auch deine Mutter. Wunderst du dich über mich?«

Dem konnte Laura schwer widersprechen. Was sollte sie sich wünschen für ihre Eltern, den alten Trott oder ein neues Leben? Draußen fiel der Schnee wie aus Frau Holles Daunendecke. Verdammt, sie verwickeln mich in ihre Probleme, kaum dass ich bei der Tür hereinkomme! Anstatt über Ewas und Stephans Ehegeschichten zu grübeln, sollte ich nach Hause gehen und mit Jenny einen Schneemann bauen. Den ersten in ihrem Leben!

Am Tag darauf nahm sie eine andere Route, die Argentinierstraße hinunter, über den Karlsplatz zur Oper, mit der Straßenbahn die Ringstraße entlang bis zum Burgtheater, und dann das letzte Stück zu Fuß durch den tief verschneiten Rathauspark. In der Auslage der Konditorei Sluka lockten wie früher die Torten und Sandwiches. Das konnte warten. Sie betrat die dämmrige Vorhalle der Cassio-Versicherung. Der kirschholzgetäfelte Lift mit den schönen Messingbeschlägen und den Glasfenstern knarrte ein wenig, während er sie die zwei Stockwerke bis zur Abteilung Schadensabwicklung hinaufbrachte. Er stammte aus einer anderen Zeit, wie die Marmorpracht des Korridors, die ehrwürdigen Porträts früherer Generationen von Versicherungsdirektoren, der rote Teppich im Treppenhaus. Altmodisch, überholt. So lange sie hier gearbeitet hatte, war es ihr nicht aufgefallen.

Eine wohlbekannte Stimme unterbrach ihre Gedanken. »Laura! Ich glaub, ich träume!« Marianne. In einem blauweiß karierten Dirndl mit Petticoat und einer neuen Kurzhaarfrisur.

»Wo sind deine blonden Locken, Rapunzel?« Halb lachend, halb weinend umarmte Laura ihre alte Freundin.

»Du sagst kein Wort, kein Wort, und die Hedi ist auf Urlaub und der Felix heute bei einem Außentermin, nur der Marcel …«

»Lass nur, ich bleibe ja ein Weilchen hier.« Laura trat einen Schritt zurück und sah Marianne an.

Marianne fuhr sich durch ihr Haar. »Mein Bubikopf gefällt dir nicht?«

»Doch, steht dir gut, nur um dein schönes Haar ist es schade.«

»Aber nein.«

»Bis du heiratest, ist es wieder lang.«

Marianne lachte und antwortete nicht. Eine Weile musterten sich die Freundinnen. Dann ging die Tür auf, Marcel trat auf den Flur.

»Hab ich doch richtig gehört.«

Er drückte Laura die Hand. »Wie geht's?«

»Warum wundert er sich nicht?«, fragte Marianne und gab sich selbst die Antwort: »Ach so ist das. Du Heimlichtuer, du wusstest es schon!« Sie schubste Marcel ein Stück beiseite. »Ja, ja, alte Liebe rostet nicht, auch wenn man auf Freiersfüßen geht.«

Marcel zog unwillig die Augenbrauen zusammen. Marianne lachte auf. Jetzt erst entdeckte Laura die junge Frau, die in Marcels Büro saß. Sie hielt den Stenoblock gezückt und wartete, ohne aufzublicken auf Marcels Rückkehr.

»Das ist Rosmarie?«, fragte Laura.

Marianne klimperte mit den Augenwimpern. »Bist du deshalb unangemeldet herbeigestürzt, womöglich direkt vom Flughafen, damit du dir deine Nachfolgerin anschauen kannst?«

Laura lachte.

»Würdet ihr eure Scherze bitte nach Büroschluss fortsetzen?« Marcel sah über die Schulter nach Rosmarie, die nichts zu bemerken schien.

»Darauf kannst du Gift nehmen.« Marianne nahm Laura am Arm. »Ich verstehe das so, dass ich für heute entlassen bin, um den Besuch unserer Kollegin zu feiern.«

Marcel kehrte in sein Büro zurück. »Ist die Akte Honeck fertig?« fragte er über die Schulter.

»In Bearbeitung!«, rief Marianne. »Morgen Nachmittag liegt sie auf deinem Schreibtisch. Kann ich jetzt gehen?«

»Schönen Nachmittag wünsche ich den Damen.« Ohne einen Blick zurück schloss Marcel die Bürotür hinter sich.

»Komm, ich lade dich zum Sluka ein«, sagte Marianne.

»Nein, ich dich«, erwiderte Laura. Sie küsste Marianne auf die Wange. »Ich muss dich noch um einen Gefallen bitten.«

»Jeden. Welchen?«

»Sag ich dir später.«

Sie liefen die Stiege hinunter. Draußen begann es gerade wieder zu schneien.

»Schnee, Schnee, Schnee, was für ein Land«, seufzte Marianne. »Ich beneide dich, Laura.«

Laura dachte an die funkelnde Dunkelheit, schlafend unter offenem Himmel, die Dornenbüsche im Wüstensand, die zu blühen begannen, wenn ein paar Regentropfen auf sie fielen, den Geruch des Bazars und Nofas Stimme, die Jenny in den Schlaf sang. Nicht an die Glut des Augustes, nicht an die Kämpfe, die sie von ihrer Terrasse aus gesehen hatte, den blutigen verstümmelten Leichnam des Kronprinzen auf dem Balkon der *Rasheed Street*, die endlosen Wochen der Ausgangssperre.

»Ich habe mein Paradies gefunden«, sagte Laura und wusste nicht, ob sie die Wahrheit sprach.

In der Wohllebengasse wohnte das Unglück. Nur die kleine Jenny konnte den Ausdruck von Überdruss aus Ewas Gesicht verscheuchen. Jeden Tag spazierten sie miteinander in den Stadtpark, wo Jenny mit Tommy beim wildesten Schneegestöber herumtobte, bis beiden die Luft ausging. Mit roten Apfelbäckchen brachte Ewa sie nach Hause zurück. Ein wenig von Jennys Strahlen übertrug sich auch auf sie.

»Oma ist so lustig!«, erklärte Jenny ihrer überraschten Mutter.

Sie backten Kekse miteinander. Jenny stand auf dem alten roten Lederhocker, die Arme bis zu den Ellbogen in der Teigschüssel, während Ewa vergnügt Kekse ausstach und in den Backofen schob. Trotzdem spürte Laura die Klagen und Vorwürfe, die in der Luft hingen und auf sie warteten, sobald Jenny zu Bett gebracht war. Sie wich den Gelegenheiten aus, legte sich lieber früh nieder und erwachte, wenn Jenny im Morgengrauen aus dem Bett kletterte und zu ihrer Oma ins Schlafzimmer hinüberlief. Dann holte Laura sich einen ihrer alten Romane aus der Truhe in der Veranda und las, bis Ewa sie zum Frühstück rief. Vor dem Kind besprachen sie heikle Themen höchstens in Andeutungen.

»Stephan sagt, ihr seid euch auf der Straße begegnet, du bist auf die andere Seite gegangen, du hast ihn nicht gegrüßt.«

Ewa nickte dazu, mehr nicht.

»Mama, wenn du gar nicht mit ihm redest …«

»Es ist alles gesagt.«

Das zweite Mal besuchte sie Stephan in Jennys Begleitung. In großen Sprüngen lief Stephan mit Jenny auf dem Arm durch das Hotel. »Hopp, hopp, hopp, kleine Reiterin!«, sang er, und sie stimmte jauchzend vor Vergnügen mit ein: »Pferdchen lauf Galopp. Über Stock und über Steine, aber brich dir nicht die Beine. Hopp, hopp, hopp!«

»Du musst dich entschuldigen und Ewa sagen, dass du sie liebst!« rief ihm Laura dazwischen zu. »Und diese Frau …«

»Hure! Die Hure!« sang Jenny, als ob Ewa es mit ihr für den Anlass geprobt hätte. Womöglich hatte sie es getan?

Stephan blieb stehen. Kopfschüttelnd setzte er Jenny auf den Boden. »So darfst du nicht sprechen, Jenny. So ein häßliches Wort. Du musst dir den Mund mit Seife auswaschen.«

»Hure«, wiederholte Jenny unbeirrt. Ihre Stimme gluckste vor Lachen.

»Ist sie weg?« Laura spürte Zorn in sich hochsteigen. Wenn sie es wagten, ihr Kind in diesen alten Ehekrieg hineinzuziehen!

»Ich kann sie nicht so ohne Weiteres vor die Tür setzen«, sagte Stephan. »Ja, ich weiß, ich weiß, es ist meine Schuld«, fügte er hinzu, als er Lauras Miene sah. »Aber Liebe – ehrlich gesagt, das ist doch alles schon lange vorbei.«

»Dann wundere dich nicht«, erwiderte Laura böse. Sie packte Jenny, die auf einmal ganz ernst dreinsah und vor lauter Anspannung Schluckauf bekam. »Ich kann euch nicht helfen.«

»Warte, Laura!« Erst am Fuß der Frankenberggasse holte er sie ein. »Sag ihr …« Er suchte Lauras Blick und schluckte. »Ich werde mich nie von ihr scheiden lassen. Ich … ich werde kommen und mich entschuldigen. Aber sag ihr das, ja. Bitte, mein Kind.«

Lauras Fußspitze malte Kreise in den frischgefallenen Schnee. Sie antwortete nicht. Jenny steckte den Finger in den Mund.

»Gibst du deinem Opa ein Bussi?«, fragte Stephan.

Doch Jenny nahm ihm die Ermahnung von der Seife im Mund übel. Sie kehrte ihm den Rücken zu. »Gehen wir heim«, verlangte sie von Laura. »Ich bin so müde.«

Beim Sluka hatte Laura ihre Freundin Marianne gefragt, ob sie für eine Weile bei ihr einziehen könne. Marianne sagte ohne zu zögern ja. Sie erinnerte sich noch gut an die häusliche Misere in der Wohllebengasse. Sich in den Streit ihrer Eltern einzumischen, war sinnlos. »Die beiden waren schon lang vor dir da, du wirst ihre Probleme miteinander nicht aus der Welt schaffen«, fand Marianne. Sie hatte es leicht, ihr Vater war im Krieg gefallen, ihre Mutter hatte einen netten Freund und traf ihre Tochter hin und wieder auf einen Kaffee, einmal im Monat aßen sie am Sonntag zu Mittag miteinander. Sonst führte jede von ihnen ihr eigenes Leben. Zwar war Marianne ziemlich sicher, dass sie ihrer Mutter gleichgültig war, doch das ließ sich nicht ändern.

»Ha, gleichgültig, was Besseres kann man sich von Eltern nicht wünschen!«, meinte Laura dazu.

»Wenn es einen Menschen gäbe, der einen von ganzem Herzen liebt …«, sagte Marianne unbestimmt.

Laura umarmte sie. »Der kommt, Marianne, ganz sicher. So ein entzückendes Kurzhaarrapunzel wird sicher keine alte Jungfrau.«

Marianne schnitt ein Gesicht. »Jungfrau, na, das sicher nicht.«

Laura wartete, aber Marianne, die ihre Neugier sah, grinste nur und schwieg. In Gedanken daran musste Laura lächeln. Sie saß im Wohnzimmer, mit Tommy auf dem Schoß und sah Jenny beim Knopfspielen mit Ewa zu. Konnte sie es Ewa antun, auszuziehen? Ewa spürte ihren Blick und hob den Kopf. Ihre Augen lächelten, obwohl sie wieder verweint war. Laura beschloss, die Entscheidung zu vertagen.

Marianne erwartete sie mit Kaffee, Kuchen und – »Überraschung, Laura!« ihrer Kollegin Hedi. Auch Hedi hatte ihre schulterlange Dauerwellenfrisur abgelegt, trug das Haar kurz und ebenholzschwarz.

»Sehr chic«, fand Laura. »Gut siehst du aus, ist das die Liebe?«

Hedi lächelte geschmeichelt. »Das wird sich erst herausstellen. Er ist jedenfalls sehr nett.«

»Stimmt!«, bekräftigte Marianne. »Der Martin ist ein Sweetheart. Und er trägt die Hedi auf Händen, ohne Übertreibung.«

Hedi nickte. »Ich wollte ihn mitbringen, aber das geht heute nicht. Treffen wir uns einmal zum Tanzen, im Chattanooga?« Sie machte einen Cha-cha-cha-Schritt. »Erinnert ihr euch noch, wie wir hier mit dem Marcel getanzt haben? Er ist sicher auch gern dabei.«

»Mit seiner Rosmarie?«, fragte Laura.

»Hure«, mischte sich Jenny ein. »Sie ist eine Hure, das kann ich dir schriftlich geben.« Sie sprach die deutschen Worte bedächtig und mit großer Deutlichkeit aus.

»Jenny ist sehr stolz auf ihren neuen Wortschatz. Leider«, seufzte Laura. »Dieses spezielle ‚Hmhmhm' hat sie von Ewa gelernt und wendet es nach Belieben an. Den Rest könnt ihr euch selbst zusammenreimen.«

Kurze Zeit schwiegen die drei Freundinnen. Dann bemerkte Hedi: »Na zum Glück ist die Rosmarie nicht dabei, sie ist ja so gesittet!« Sie schnitt eine kleine, komische Grimasse, sah auf die Uhr und trank ihren Kaffee aus. »Der Kuchen ist köstlich, bitte, schreib mir das Rezept auf, Marianne. Ich muss jetzt gehen, der Martin wartet wahrscheinlich schon unten.«

Sie öffnete die Balkontür und spähte hinunter. Mariannes Wohnung in der Weihburggasse lag im letzten Stock unter dem Dach, ein einziger großer Raum mit Fenstern, die auf den Franziskanerplatz blickten.

»Schau, Laura, das ist er.«

Lauras Blick folgte Hedis ausgestrecktem Zeigefinger. Sie sah einen Mann mit grauer Pelzkappe und Wintermantel unten stehen, mehr nicht.

»Wir werden ihn noch genau besichtigen, keine Sorge«, sagte Marianne hinter ihnen. »Nun spute dich, damit er dir nicht wieder davonläuft, dein Goldstück.«

Hedi umarmte Laura. »Ich bin froh, dass du da bist. Und apropos chic, du bist fescher denn je.« Sie warf Jenny noch ein Kusshändchen entgegen, bevor sie ging.

»Ich bin auch froh.« Marianne schenkte Kaffee nach. »Ich hoffe, du bleibst eine Weile.«

»Kann sein«, murmelte Laura. Sie suchte in ihrer Handtasche nach ihrer Nagelfeile. »Jenny?«, fragte sie. »Hast du dich schon wieder an meiner Tasche vergriffen? Ach, da ist sie.« Sie bearbeitete ihren eingerissenen Daumennagel.

»Marianne«, fuhr sie nach einer Pause fort. »Ich habe es gar nicht so eilig, ich werde mir vielleicht eine Arbeit suchen.«

Marianne stieß einen überraschten Laut aus. Jenny musterte sie interessiert, sagte aber nichts, sondern rutschte nur neben Marianne auf das Sofa und begann, die goldenen Fransen der Zierdecke zu kämmen.

»Ich dachte, du bist, Younis ist – wohlhabend. Warum willst du arbeiten?«

Laura zuckte die Achseln. »Ich habe immer mein eigenes Geld verdient. Es ist gar nicht so angenehm, wenn man auf einmal das Eigentum des Ehemannes ist. Ein Stück Hausrat sozusagen.«

»Aber Younis liebt dich doch.«

Laura nickte und sprach nicht weiter.

»Ihr wolltet nach Amerika, wann ist es soweit?«, fragte Marianne.

»Younis will nach Amerika. Wenn ich zurückfahre, ist vielleicht schon alles vorbereitet. Aber ich möchte dort nicht hin. «

Marianne sog jedes ihrer Worte ein. Das war die weite Welt, nach der sie sich alle sehnten, und Laura wusste es gar nicht zu schätzen. »Denk mal, was dich hier erwartet«, sagte sie. »Und ob dich das wirklich lockt.«

Laura lächelte. »Felix Leitmayer.«

»Den hab ich geerbt. Naja, eigentlich gab's mich schon früher, aber dann, als du neu im Büro warst, hat er dich natürlich auch erobern müssen.«

»Du meinst …« Laura machte große Augen. »Warum hast du nichts gesagt, Marianne? Wie hätte ich wissen sollen, dass ihr …«

»Macht doch nichts, ich hab ihn dir gegönnt.« Marianne griff über den Tisch nach Lauras Hand. »Er ist ganz aus dem Häuschen, weil du in Wien bist, er möchte dich unbedingt treffen.« Sie zwinkerte. »Wir gehen alle miteinander ins Chattanooga, wär das was?«

Jenny rutschte vom Sofa herunter auf den Teppich mit Rosenmuster. Auf allen vieren kroch sie von Rose zu Rose.

Laura fiel ein, dass sich Marianne ganz jung im Krieg verlobt hatte. Ihr Freund war wie ihr Vater gefallen. Es gab nicht genug Männer für ihre Generation, deshalb hatten so viele ein Verhältnis mit einem Verheirateten.

Aus einer Schublade kramte Marianne ein Foto hervor. Sie hielt es Laura hin. Die junge schwarzhaarige Schönheit trug ein Seidenhemdchen, Straps und hochhackige schwarze Pumps. Laura erkannte sich erst auf den zweiten Blick.

»Das hat der Felix in seiner Brieftasche getragen. Ich hab's ihm heimlich weggenommen, weil ich glaub, es wäre dir nicht recht.«

»Wer sagt, dass ich das bin?«

Marianne lachte. »Bist du es nicht?«

»So eine *Femme Fatale* war ich nie.« Laura musste auch lachen. Sie nahm das Foto und zerriss es.

Marianne sah ihr zu. Eine Frage lag ihr auf der Zunge, sie zögerte. Plötzlich fiel ihr Blick auf die offen stehende Balkontür. »Jenny!«

Beide stürzten hinaus. Jenny hatte ein Bein durch das Balkongitter gesteckt. »Was tust du, Kind, du wärst beinahe abgestürzt!« Laura riss Jenny in die Höhe. Das Läuten der Kirchenglocken verschluckte ihre Stimme. Fünf Uhr. Der Winternachmittag ging zu Ende, die ersten Laternen brannten schon.

»Schön hast du es hier, Marianne«, sagte Laura, nachdem die Glocken verklungen waren. Jenny lag an ihrer Brust, still und mit großen verwunderten Augen schaute sie in das bläuliche Dämmerlicht über dem alten Platz.

»Bleib bei mir, so lange du magst!« Marianne legte den Arm um sie. »Den Balkon sperren wir ab, damit Jenny keine Dummheiten mehr anstellen kann.« Ihre Stimme klang bittend. »Nie war mir eine Freundin so lieb und wert, und jetzt schreibst du mir gerade noch zwei Mal im Jahr.«

Laura streichelte ihre Hand. Alles war anders geworden, sie gehörte nicht mehr hierher. Sie wusste nicht, was sie sagen sollte. Marianne kämpfte mit den Tränen. Jenny machte sich frei und lief ins Zimmer zurück. Laura hörte, wie der Verschluss ihrer Handtasche aufschnappte und Jenny sie auszuräumen begann. Laura ließ sie gewähren, sie hielt in Mariannes Arm still.

Ewa bekam ein neues Kleid, eine neue Frisur. Keine neue Haarfarbe.

»Warum nicht, Mami?«

»Hinausgeschmissenes Geld. Davon werde ich auch nicht jünger.«

»Schau in den Spiegel, du siehst großartig aus!«

»Das spielt keine Rolle mehr für mich.«

»Aber jeder Mensch will doch gefallen ...«

Ewa schüttelte nur den Kopf.

Laura lud sie zum Essen ein, dort, wo sie Verlobung gefeiert hatte, in die eleganten Paulusstuben. Sie kaufte Karten für den Barbier von Sevilla, aber dann wurde Jenny krank und konnte nicht in Mariannes Obhut bleiben. An eine Übersiedlung war vorläufig nicht zu denken.

»Es tut mir leid, Marianne, ich weiß, wir hätten so viel Spaß miteinander. Aber ich kann es meiner Mutter nicht antun …«

Wo sie hinsah, überall lauerte die alte, langweilige Tristesse, der sie entflohen war. Das schöne Wien trug leider immer Trauerflor. Bald wurde es so kompliziert, wie es gewesen war. Ewa begann, Jenny anstrengend zu finden. Laura war wie eh und je, störrisch und verschlossen, sobald Ewa sich ihr anvertrauen wollte. Ewa tat sich leid, das alte Lied. »Wo gibt es für mich Harmonie, Freundschaft, Liebe? Ich habe nicht einmal eine Tochter, die mir zu Seite steht.«

»Bin ich nicht bei dir, Mama?«

»Ja, ein paar Wochen und dann? Bin ich wieder allein.«

Ebenso hätte sie längst bei Marianne einziehen können. »Versöhne dich mit Vater. Er wartet nur auf ein Wort von dir, dann kommt er zurück.« Laura hatte einen bitteren Geschmack im Mund. Es stimmte schon, sie unterstützte ihre Mutter nicht, sie strebte nur fort von ihr.

»Ich werde das nicht mehr lange aushalten«, sagte sie zu Marianne.

»Die Einladung gilt.« Marianne gab ihr einen freundschaftlichen Stoß mit dem Ellbogen. »Denk nicht lang darüber nach, tu es.«

Laura blieb unentschlossen. Sollte sie gleich nach Bagdad zurückkehren? Von Younis kein Wort, obwohl sie ihm schon zweimal geschrieben hatte, eine Ansichtskarte von der Wiener Oper, die zweite vom verschneiten Semmering.

»Dann müsste ich jedenfalls eine Arbeit annehmen. Vielleicht bei euch in der Versicherung, was meinst du, Marianne?«

Marianne ließ einen nachdenklichen Blick über Laura gleiten. »Frag Felix am besten selbst«, sagte sie.

»Das klingt aber nicht sehr erfreut. Keine Angst, ich spanne dir deinen Freund nicht aus.«

Marianne schnitt eine zweifelnde Grimasse. »Das ist auch nicht nötig, er gibt dir sowieso jederzeit den Vorzug. Nicht, dass ich mir viel daraus mache.«

Doch Lauras Rückkehr zu Cassio stieß auf ein anderes Hindernis. Herr Leitmayer klärte sie auf: »Sie haben bei Ihrem Ausscheiden eine Abfindung erhalten. Das war eine Großzügigkeit des Unternehmens, eine Kündigung in gegenseitigem Einvernehmen, obwohl es ja eigentlich Ihr Wunsch war, wir hätten Sie sehr gern behalten. Diese Summe müssten Sie zurückerstatten, sonst ist eine neuerliche Anstellung nicht möglich.«

Herr Leitmayer kam hinter seinem Schreibtisch hervor. Bedauernd legte er Laura beide Hände auf die Schultern. Sie blieb sitzen und sah ihn nicht an.

»Mir persönlich tut das sehr leid.« Er zögerte, dann nahm er seine Hände wieder weg. »Kann Ihr Mann Ihnen das Geld nicht, ich meine …«

Stephan hatte sie damals gedrängt, das Geld auf einem Sparbuch zu deponieren. Doch die Vorbereitungen zur Hochzeit, die Kleider und Schuhe, neue Koffer aus Schweinsleder, weil sie mit den alten, billigen nicht ins Flugzeug steigen wollte, die Geschenke für ihre Eltern und die Kollegenschaft und andere Ausgaben mehr, die Laura in der Zwischenzeit entfallen waren, hatten die Abfindungssumme schnell schmelzen lassen.

Was übrig war, hatte sie in Dollars getauscht und in Bagdad ausgegeben. Jetzt im Nachhinein darüber nachzugrübeln, ob sie nicht sparsamer hätte sein sollen, war gänzlich überflüssig. Laura zuckte die Achseln.

»Ich werde schon etwas finden.«

»Sie meinen … Sie sprechen von der Arbeit?«

Nun blickte Laura hoch und begegnete seinem Blick. »Was könnte ich sonst meinen?« Sie lachte.

Bevor Laura sich weitere Gedanken machen konnte, lief Marcel einem Studienkollegen über den Weg, der eine Rechtsanwaltskanzlei in der Karolinengasse besaß und für drei Monate nach einer Aushilfe suchte, weil seine Sekretärin sich beim Eislaufen beide Handgelenke gebrochen hatte.

»Ich habe ihm ein bisschen von dir erzählt. Bevor ich ihn darauf ansprechen konnte, hat er vorgeschlagen, dass du die Arbeit in der Zwischenzeit übernimmst.«

»Danke, Marcel, du bist ein Schatz!« Laura fiel ihm um den Hals.

»Er heißt Romuald Boese. Du sollst dich morgen vorstellen kommen.«

»Bleibt nur die Frage, ob seine Sekretärin nicht mit zwei Gipshänden immer noch schneller auf der Schreibmaschine ist als ich«, meinte Laura, doch Dr. Boese nahm sie ohne lange Fragen auf Probe.

Schwieriger gestaltete sich der Umzug. Ewa war tief gekränkt.

»Wie viele Jahre haben wir uns nicht gesehen, und jetzt hast du schon nach zwei Wochen wieder genug von deiner Mutter!«

»Du hast doch selbst gesagt, Mama, dass dich das Kind anstrengt.«

»Und jetzt, was machst du mit der Kleinen, wenn du arbeiten gehst.«

Laura schickte Jenny ein aufmunterndes Lächeln. »Jenny geht in den Kindergarten. Sie freut sich schon. Gell, Jenny?«

Jenny streckte eine Hand nach ihrer Großmutter aus. »Oma.« Mehr sagte sie nicht.

Ewa bekam feuchte Augen. »So bleib doch bei mir, Laura. Wenn ich dir schon nichts bedeute, denk wenigstens an dein Kind.«

»Ich denke an mein Kind!« Laura zog Jenny an sich. »Der Kindergarten wird ihr gefallen.«

»Oma.« Jenny befreite sich aus der Umarmung ihrer Mutter und setzte sich auf Ewas Schoß. »Ich bleib bei dir, Oma.«

Über ihre Schulter schaute Ewa ihre Tochter triumphierend an. »Du kannst ja zu deiner Freundin ziehen, aber Jenny hat es hier besser, das siehst du doch ein. Nicht wahr, Jenny?« Sie drückte ihrer Enkelin einen Kuss auf das Haar.

Laura verschwand ins Bad. Wie rasch Jenny den Konflikt zwischen ihrer Mutter und ihrer Großmutter begriffen hatte. Zweimal füllte Laura heißes Badewasser nach, ignorierte das Klopfen an der Tür, betrachtete ihren Bauch, ihren vom Badewasser umspülten Busen, ihre roten, aufgeweichten Zehen mit dem hübschen Perlmuttlack und kaute an ihrer Entscheidung. Was war so schlimm? Sie hatte eine Arbeit und einen kostenlosen Babysitter für Jenny gefunden. Wenn sie es mit Ewa wirklich nicht aushielt, konnte sie immer noch zu Marianne ziehen.

Mit einer Zehe zog sie an der Kette des Badewannenstöpsels. Rauschend begann das Wasser abzufließen. Laura stieg aus der Wanne. Das Handtuch duftete nach Kamille. Warum war sie so ungeduldig mit Ewa? Wenn ich dir schon nichts bedeute … Stimmte der Vorwurf? Laura wischte den angelaufenen Spiegel blank. Sie musterte sich mit gerunzelter Stirn. Blieb man denn ewig Kind?

Dr. Boese erwies sich als angenehmer Arbeitgeber. Mit seinen Klienten ließ er sich Zeit, Diktate waren nicht nötig, er hielt alle Vereinbarungen in seiner großen, deutlichen Handschrift fest. Von Laura erwartete er, dass sie das Telefon bediente, seine Ablage nicht durcheinanderbrachte und Kaffee kochte, sooft er es wünschte. In ihrer ersten Arbeitswoche lud er sie zum Abendessen ein, aber Laura erklärte ohne Umschweife, dass sie wegen ihrer kleinen Tochter nur ungern am Abend ausginge. Dr. Boese nahm die Absage, wenn es denn ein Annäherungsversuch gewesen war, gleichmütig zur Kenntnis und kam nicht noch einmal darauf zurück. Zum Mittagessen ging er oft in das nahe gelegene Gasthaus Sperl, mit Klienten dagegen ein paar Schritte weiter ins vornehme Belvederestöckl. Am Nachmittag kehrte er vergnügt in einer Wolke von Zigarrenrauch mit vom Wein geröteten Wangen wieder und widmete sich dem Studium seiner Akten. An Laura fand er nichts auszusetzen.

Sie ging mit ihren Freundinnen zum Tanzen ins Chattanooga oder zum Five O'Clock Tea in Hübners Kursalon, wo man ebenfalls tanzen konnte, ins Kaffeehaus, ins Theater und Konzert. Von der Übersiedlung zu Marianne war nicht mehr die Rede. Stephan kam mehrere Male in die Wohllebengasse, entschuldigte sich und versuchte Ewa zu versöhnen, was sie mit Schweigen quittierte. In die eheliche Wohnung zog er nicht zurück. Solange Laura hier war, sah er anscheinend keine Notwendigkeit dazu. Sie gab ihrer Mutter Geld, beinahe alles, was sie bei Doktor Boese verdiente. Frau Gerty, die Sekretärin, unterbrach ihren Krankenstand einmal in der Woche, um in der Kanzlei eventuelle Probleme zu lösen, was jedoch nicht der Fall war. Laura verstand sich gut mit ihr. Nachdem die

Gipsverbände herunterkamen, verlängerte sich Frau Gertys Abwesenheit um weitere drei Wochen, weil ihr ein Erholungsaufenthalt verordnet worden war.

Doktor Boese fragte sich und Laura, ob es nicht doch eine Möglichkeit gäbe, sie weiterhin in der Kanzlei zu beschäftigen, es fiel ihm aber nichts ein und Laura wollte auch nicht länger bleiben. Frau Gerty trat mit geheilten, durch die Kur gekräftigten Händen ihren Dienst an, Laura räumte ihren Schreibtisch. Sie fühlte sich wie in einer Schaukel, die an der höchsten Stelle stehen geblieben war. Eine schwebende, beinahe irreale Situation, aus der sie leicht abstürzen konnte. Younis hatte sich immer noch nicht bei ihr gemeldet. Nach einem lähmenden Praterspaziergang mit Ewa und Jenny traf sie ihre Entscheidung.

»Wir fahren nach Hause.«

»Nach Hause?«, wiederholte Ewa. »Du meinst …«

»Zu meinem Mann. Nach Bagdad.«

»Wann?« Die Frage klang wie ein Verzweiflungsschrei.

Laura zündete sich eine Zigarette an. »So bald wie möglich.« Sie wartete Ewas Antwort nicht ab, sondern pfiff wie in alten Zeiten nach Tommy, nahm den Hund an die Leine und flüchtete aus dem Haus.

Als sie zurückkam, saß Ewa auf der Bank im Vorzimmer an der gleichen Stelle, wo Laura sie verlassen hatte. In der Wohnung war es dämmrig. Kein Licht brannte.

»Mama?« Bestürzt führte Laura ihre Mutter ins Wohnzimmer. Jenny schlief auf dem Sofa, Lauras alte Puppe mit dem gemalten Porzellangesicht an ihre Wange gedrückt.

»Ich habe noch etwas für euch.« Ewa holte einen weißen Sack. »Für die Kleine.« Sie hatte ein Haus im Grünen, ein Stück Himmel und eine Sonne auf den Stoff gestickt. Die Wiese war bunt getupft. In dem Sack steckte ein Häschen aus Wolle.

»Aber es ist nicht Ostern.«

»Für Ostern ist es sich nicht mehr ausgegangen. Ich habe gehofft, ihr werdet bis zum nächsten Frühling bleiben.« Sie hielt Laura den kleinen Hasen hin. Es war eine kunstvolle Handarbeit, aus Angorawolle gestrickt. Um den Hals hatte er ein rotes Band mit Glöckchen.

»Sehr hübsch!«

Ewas Blick blieb umflort. »Für dich wollte ich ein Abendtäschchen sticken. Aber jetzt …«

Laura griff nach Ewas Hand. »Darüber würde ich mich sehr freuen.«

»Aber jetzt …«, wiederholte Ewa und schob Laura weg. »… hab ich keine Freude mehr daran. Wer weiß überhaupt, wie lange es mich noch gibt.«

Die Wut schoss in Laura hoch. All die Jahre hatte Ewa gedroht. Gejammert und gedroht. Und die kleine Laura hatte gezittert und gebettelt. Bitte, Mama, sag so etwas nicht. Bitte, Mama, du darfst nicht sterben. Das hatte Ewa nur gefallen. Ihre Tränen und ihre Angst. Beinahe wäre sie wieder schwach geworden.

An einem Regentag bei fast winterlichen Temperaturen kämpfte sie sich durch den stürmischen kalten Wind zum Reisebüro am Schubertring. Sie kaufte die Flugkarten nach Bagdad und schickte Younis ein Telegramm.

Im letzten Moment, auf dem Flughafen, während sie warteten, dass ihr Flug aufgerufen wurde, begann sie zu zweifeln. Was war anders als vor ihrer Abreise, hatte sie etwas geklärt, verstanden, wollte sie wirklich zu Younis zurück? Auch auf ihr Telegramm war keine Antwort gekommen. Wartete er auf sie, wünschte er sich denn, dass ihre Ehe weiterging, oder pflichtete er längst Saad bei und wäre nur froh, wenn sie in Wien bliebe?

Stephan stand neben ihr auf der Terrasse des Flughafenrestaurants, wo man Landung und Abflug der Maschinen im Freien zuschauen konnte. Er schäkerte mit Jenny. »*Katalinka, szálj el, jönnek a törökök …*«, sang er ihr vor. »Was heißt das?« Jenny zupfte an Stephans Schnurrbart, um ihn zum Antworten zu bewegen.

»Maikäferchen, flieg weg, die Türken kommen …« Er zwickte Jenny in ihre runden Backen.

»Nein, nein nicht! Ich will nicht!« Aber Stephan gab sie nicht frei.

»Lass sie, bitte!« Laura zog Jenny weg. Sofort, als sie seinen enttäuschten Blick sah, tat es ihr leid. »Ich bekomme keinen Kuss, Papa?«, fragte sie. Er strich ihr kurz über den Rücken. »Alles Gute, meine schöne, strenge Tochter.« Er drückte seine Lippen auf ihre Stirn.

»Es wird schon wieder, ich bin sicher.« Laura umarmte ihren Vater. Am Wochenende davor war Stephan in die eheliche Wohnung zurückgekommen. Zwar ignorierte Ewa ihn weitgehend, hatte ihm aber an diesem Morgen zum ersten Mal das Frühstück gemacht, was Laura als gutes Zeichen wertete. Hätten sie sich nun ohne ihre Vermittlung getrennt, fragte sich Laura, und wäre ein neuer Anfang für sie besser gewesen als der schale Aufguss ihrer Ehe?

Jenny aber ließ keine Rührung aufkommen. Sie klammerte sich an Stephans Hosenbeinen fest. Laura musste jeden einzelnen ihrer Finger lösen, dabei protestierte Jenny lauthals. Beinahe hätten sie die Lautsprecherdurchsage ihres Flugs überhört.

Stephan beugte sich zu Jenny hinunter. »Abschiedskuss, kleine Dame?«

Jenny stampfte zornig mit dem Fuß auf und zappelte unter Lauras festem Griff.

»Alles Gute, meine Mädchen!«

Laura lachte, obwohl ihr plötzlich die Tränen in die Augen stiegen. Wenigstens war Ewa nicht dabei. Sie hasste diese Abschiedsszenen.

Wieder ertönte die Lautsprecherstimme. Letzter Aufruf der Maschine. Stephan sagte etwas, das Laura in dem Lärm nicht verstand. Jenny zerrte an ihr. Sie winkte ihm und ging durch die Halle davon. Erst bei der Passkontrolle sah sie sich noch einmal nach Stephan um, aber sie fand ihn nicht mehr.

Im Flugzeug entwischte Jenny ihrer Mutter und lief alle Sitzreihen entlang bis nach vorne, schob sich durch den grauen, seidigen Vorhang und verschwand auf einmal ins Cockpit. Laura rief nach ihr, aber Jenny kam nicht zurück, erst an der Hand des Flugkapitäns, der wunderschöne goldene Abzeichen hatte. Dann saß sie auf Lauras Schoß und schaute aus dem Fenster. »Flieg weg, Maikäfer, die Türken kommen, flieg, flieg!« sang sie, sah auf das weiße Wolkenbett, das hin und wieder aufriss und einen Blick auf den Boden tief unter ihnen frei gab. »Servus du schönes Wien, o du schöne blaue Donau!« Und immer wieder fing sie an, den ungarischen Kinderreim aufzusagen, den Ewa ihr beigebracht hatte:

»*Hová mész te, kis nyulacska?* Wohin gehst du, kleines Häschen?«

Das war 1961 gewesen. Warum bist du zurückgegangen, lautete eine von Jennys wiederkehrenden Fragen. Wieder und wieder hatte sie sich Lauras Besuch in Wien schildern lassen. Sie besaß nur eine einzige eigene Erinnerung, die Ankunft in der Wohllebengasse, als sie an Lauras Schulter schlief, bis Ewa die Tür öffnete und einen Schrei ausstieß, der Jenny aufweckte.

Für Jenny hätte es einen großen Unterschied gemacht. Sie wäre ein Wiener Kind geworden wie alle anderen auch. Sie hätte Bagdad vergessen, ihren Vater und Nofa, die Kinder im Royal Club und ihre Lieblinge, die Katzen Mimi und Lump im Garten in der *Ragheeba Chattoon*. Die Jahre, die folgten, prägten Jenny. Dass ihre Mutter sie entwurzelt hatte, verzieh sie ihr nicht. Es war dein Glück, was für ein Leben hättest du dort, widersprach Laura, aber Jenny wusste es besser. Schließlich gab Laura keine Antwort mehr, wenn Jenny das Thema aufbrachte, und mit der Zeit redeten sie immer weniger darüber. Der Vorwurf aber blieb bestehen. Erst wenn Jenny eines Tages zurückkehren würde, konnte sich daran etwas ändern. Doch davon wollte Laura nichts hören.

17. KAPITEL

NIEMAND ERWARTETE SIE auf dem Flughafen. Mit Jenny auf dem Arm ging Laura in der Halle auf und ab und schaute herum. In Wien war sie bis zum letzten Moment unterwegs gewesen, um sich zu verabschieden und Geschenke einzukaufen. War das Telegramm nicht angekommen, hatte Younis deshalb nicht geantwortet? Jenny schreckte aus ihrem Halbschlaf auf und quengelte. Laura winkte einem Boy. Für eine Münze schleppte er die Koffer bis zum Ausgang des Flughafens. Draußen war Nacht, kein Mond, kein Stern, tief hingen die Wolken. Die Luft feucht und überraschend kühl. Ein Windstoß fuhr ihnen entgegen und trug den Duft von Blumen mit sich. Laura atmete tief ein. Ihre Mutlosigkeit verflog. Ein Taxifahrer stieg aus seinem Wagen. Er zündete sich eine Zigarette an und schaute zu ihr herüber. Laura hob eine Hand. Er nickte. Langsam schlenderte er zu ihr.

»Adhamiyah, *Ragheeba Chattoon*«, sagte sie zu ihm.

»Dort wohnen wir nicht mehr«, sagte eine Stimme neben ihr.

Laura begann zu lächeln. Sie drehte sich nicht um, sondern blieb einfach stehen, überließ sich den Armen, die sie von hinten umfassten, an sich drückten. Jenny, die halb schlafend zwischen den Koffern saß, blinzelte überrascht in die Höhe.

»Baba?« Fragend, als wäre sie sich nicht sicher, wer ihre Mutter umarmte.

Der Chauffeur räumte das Gepäck ein. Laura folgte ihm zum Auto wie in einem Traum. Noch immer hatte sie Younis nicht angesehen. Erst als sie, Jenny zwischen sich, im Fond des Taxis saßen, hob sie den Blick.

»Laila, Geliebte«, flüsterte er.

Er sah verändert aus, schöner fremder Araber, im weißen Männergewand, der *Dischdascha*, die er sonst nur zu Hause und morgens im Garten trug.

»Bin ich froh, du hast uns nicht vergessen.« Laura drückte fest seine Hand.

Jenny drängte sich dazwischen, sie hatte sich daran gewöhnt, dass ihre Mutter ihr allein gehörte.

»Mama? Ich will meinen Schnuller!«

»Dafür bist du doch viel zu groß!«

»Wo ist der Schnuller, Mama?«

Laura gab keine Antwort, und Jenny gab auf, zu müde für eine Szene. Während Younis und Laura sich im Halbdunkel in die Augen sahen, schlief sie wieder ein.

»Willst du noch etwas essen, es gibt ein neues Casino in der *Abu Nuwas Street*, mit einem Restaurant.«

Laura lachte. »Aha, dort hast du dich also herumgetrieben.«

»Sie kochen ausgezeichnet.«

»Ich möchte unser neues Haus sehen.«

»Wir wohnen nur einige Häuserblocks vom alten entfernt, auch in der *Ragheeba Chattoon*.«

»Warum überhaupt ein Umzug?«

Darauf schwieg Younis. Er beugte sich zu Laura und küsste sie lange. Sie fuhren über die Jumhuriyah-Bridge. Laura spähte hinaus. Schwarz und unsichtbar floss der Tigris unter ihnen. Nur am Ufer, wo die Fischlokale lagen, flackerten ein paar gelbe Punkte.

»*Masgouf*«, seufzte Laura auf. Ein Wort wie ein Gedicht, es versprach so viel.

Jenny erwachte für einen Moment und sah sich um. »Wo ist Oma?«, fragte sie auf Deutsch. Sie schloss die Augen wieder.

»Du hättest nicht länger bleiben dürfen«, sagte Younis leise.

Lauras Herz klopfte auf einmal so schnell. Was meinte er? Sie fragte nicht.

Das Haus war neu. Weiß und schlicht, kleiner als das andere. Es gab nur eine Terrasse mit einem kleinen halbrunden Balkon, der Garten war schmaler, aber gepflegt. Rosenstöcke, ein Baum, mehr konnte Laura in der Dunkelheit nicht ausnehmen. Bis auf ein Sofa mit glänzendem türkisfarbenem Überzug und zwei dazu passenden Fauteuils stammten die Möbel aus dem alten Haus. Auf dem Esstisch lagen Papiere und Bücher in wildem Durcheinander.

»Ich schreibe wieder«, sagte Younis.

»Was denn?«

Lauras Blick ruhte auf der Arrakflasche. Es war nur mehr ein Bodensatz darin, das Glas daneben halb gefüllt.

»Artikel für die Zeitung«, erklärte er knapp.

»Beinahe hättest du mich auf dem Flughafen versäumt.«

»Ich war nicht sicher, ob ich dich abholen soll.«

Wieder machte ihr Herz einen Satz. »Gut, dass ich wieder da bin.«

»Ja.«

Younis trug Jenny in ihr Bett. Der Wind blies lau durch das Zimmer. Laura schloss die Balkontür. Sie fröstelte vor Müdigkeit. Younis kam zu ihr. »Du bist mir noch eine Antwort schuldig, Laura. Erinnerst du dich an unseren Ausflug nach Babylon.«

Laura lächelte. »Sehr gut erinnere ich mich. *Bab-Ilu*, die Pforte Gottes. Gilgamesh im Edelsteingarten mit den Bäumen mit Blättern aus Karneol und Früchten aus Lapislazuli. Jenny redet immer noch davon.«

Younis ging nicht auf ihren Ton ein. »Warum haben wir keine Kinder mehr bekommen?«, fragte er streng. »Gibt es eine Erklärung? Hast du mir etwas verschwiegen?«

Sie schüttelte den Kopf. In Wien war sie zu ihrem alten Frauenarzt gegangen und hatte das Pessar erneuern lassen.

»Bist du nicht froh, Younis? Hättest du dich nicht um uns gefürchtet während der Revolution?«

Er wollte auffahren und bezähmte sich. »Das ist vorbei.«

»Gut, da bin ich froh.« Laura wollte seine Hand nehmen, doch er ließ sie sie nicht halten.

»Laura«, begann er noch einmal. »Eine Ehe ohne Kinder gilt hier nichts. Ein geachteter Mann hat ein Haus voller Söhne und Töchter. Mein Vater hatte allein aus seiner letzten Ehe fünf Söhne.«

Nun war es an Laura, ihre Zunge im Zaum zu halten. »Du willst aber in Amerika leben. Dort zählen die Dollars, die man verdient, nicht die Söhne.« Sie umarmte ihn.

»Du machst dich über alles lustig, Laura.«

»Aber nein. Lass dich küssen.« Sie liebkoste ihn mit ihrer Nasenspitze. »Küss mich.«

Sie schlang ihre Beine um seine Hüften, warf sich zurück auf das große Ehebett, zog ihn mit sich. Sie fielen übereinander, zerrten an ihren Kleidern, spürten die nackte Haut des anderen, heiß und kühl, weich und unnachgiebig fordernd zugleich. Er fand den Weg zu ihr wie von selbst, ein Druck ihrer Schenkel, ein Zucken ihrer Hüften, und er war in ihr.

»Du bist nicht nur ein geachteter Mann. Mein Younis, ein geliebter Mann. Ich habe dich vermisst, so vermisst.«

»Ich war nicht untätig«, sagte er später, als sie eng umschlungen in der Dunkelheit lagen und zusammen eine Zigarette rauchten. »Nächstes Jahr könnten wir die Visa für Amerika bekommen.«

»Könnten?« Laura war ohne Sorge, weil das so unbestimmt klang.

In Kalifornien gab es genug Arbeit, das hatte er ihr schon früher erzählt. Er war in der amerikanischen Botschaft gewesen.

»Ich werde mich bewerben. Vielleicht gründen wir auch eine Firma.«

»Wir?«

»Du und ich.« Younis drückte Laura noch fester an sich.

In den Nächten waren seine Worte zuversichtlich. Laura erkannte den Klang wieder. »Und unsere Kinder«, fügte er hinzu.

Die Hitze weckte sie. Younis hatte die Fensterläden geschlossen, im Schlafzimmer stand die Luft. Wie unter einem dicken Federbett lag sie in der drückenden Schwüle. Es war zu dunkel, die Uhrzeit abzulesen, aber Younis war schon auf. Sie hörte ihn unten herumgehen, dann seine Stimme. War Nofa schon da? Jetzt war Laura ganz wach. Sie stand auf und lief die Treppe hinunter. »Nofa?« Warum sprach er so eindringlich auf sie ein? Younis kehrte ihr den Rücken zu. Erst als er sich umwandte, sah sie das Mädchen. Sie war jung, vielleicht fünfzehn Jahre alt, mit dicht gelocktem Haar, das von goldenen Spangen mühsam gebändigt wurde. Ein bockiger Blick aus ihren runden, schwarzen Augen traf Laura, dann sah sie wieder weg, auf Younis, der ungehalten schien.

»Das ist Rana.«

»*Salam aleikum*, Rana«, sagte Laura.

»*Wa aleikum assalam*«, erwiderte Rana. Ihre Stimme war hoch und dünn. Sie griff mit einer Hand nach ihrem Hals, als müsste sie einen Schrecken abwehren.

Laura schaute Younis fragend an. Was sollte der Besuch zu dieser Stunde bedeuten. »Wo ist Nofa?«

»Rana wird jetzt bei uns arbeiten«, sagte Younis, dann sprach er weiter mit Rana auf Arabisch. Er erklärte ihr den Haushalt.

»Wo ist Nofa?«, wiederholte Laura.

Younis führte Rana in die Küche. Laura wartete. Sie hörte, wie Younis am Kerosinofen hantierte. Er sprach ohne Unterlass, während das Mädchen stumm blieb. Durch die Küche gingen sie weiter in den Garten. Laura stand noch immer am Treppenabsatz, mehr verwundert als ärgerlich. Rana kehrte ohne Younis ins Haus zurück. Mit gesenktem Blick ging sie an Laura vorbei, zum Schrank mit den Putzutensilien. Draußen machte Younis mit den Hanteln seine Übungen.

»Kochst du mir einen Kaffee, Rana?« Laura wartete die Antwort nicht ab. Sie folgte Younis in den Garten. Der Terrazzoboden hielt noch ein wenig von der Nachtkühle gespeichert. Die Rosen rochen betäubend süß. Laura atmete tief. Wie anders sich der Morgen hier anfühlte. Die Zeit floss langsamer, wie ein sanfter, heller Strom, der sie trug.

»Hast du gut geschlafen?« Younis legte seine Hanteln weg, um sie in die Arme zu nehmen und zu küssen. Sie nickte. Ihre Hand glitt in den Ausschnitt seiner *Dischdascha*. Seine Haut war so weich. Er löste sich von ihr. »Ich muss mich fertig machen.«

In der Küche fiel etwas scheppernd zu Boden. Laura drehte sich um. Sie sah Rana in der Küche, regungslos. »Wer ist dieses Mädchen?«

»Erinnerst du dich nicht? Rana, die älteste Tochter meines Bruders.«

Laura schüttelte den Kopf. »Wen meinst du?«

»Du hast dich mit ihr auf Englisch unterhalten, weißt du nicht mehr?« Er suchte in ihrer Miene. »Wir waren nur einmal auf Besuch in seinem Haus.«

Er sprach von Saad. Rana war Saads Tochter. »Sie soll bei uns putzen, wieso denn?«

Plötzlich verlor er die Geduld. »Weil ich es so will. Allein kannst du nicht den Haushalt führen.«

Er ließ sie stehen. An der Tür stieß er mit Jenny zusammen. Younis hob sie auf, küsste sie und stellte sie auf den Boden zurück. Jenny war noch verschlafen, sie schaute mit verträumtem Blick herum. Als sie Laura sah, lächelte sie. Im Bad begann das Wasser zu rauschen.

»Gehst du nicht mehr in die Schule?«, fragte Laura, nachdem Younis aus dem Haus war. Rana lag auf den Knien und wischte den Küchenboden.

»Wir haben kein Geld für die Schule.« Sie klang vorwurfsvoll, als wäre Laura schuld daran.

»Das ist schade, wolltest du nicht Pilotin werden?«

»Kindereien.« Rana schleuderte das Putztuch ins Wasser, dass es rundherum spritzte. Sie wrang es kräftig aus.

Laura sah ihr zu. »Was für einen Beruf stellst du dir jetzt vor?«

Rana zuckte die Achseln. Sie rieb heftig an einem Fleck auf dem Boden. Laura rührte in ihrer Kaffeetasse. Die Sonne erreichte den Platz, auf dem sie saß. Sofort brach ihr der Schweiß aus. Es war ungemütlich mit Rana. Warum ließ sie sich überhaupt auf ein Gespräch mit ihr ein. Sie stand auf. »Wo ist eigentlich Nofa, weißt du das?«

Wieder gab Rana keine Antwort, sondern arbeitete stumm und verbissen weiter. Erst als Laura mit einem großen Schritt, um nicht ins Nasse zu treten, zur Tür ging, stieß sie einen Laut aus, halb Schluchzen, halb Seufzen. Ihr Gesicht war verzerrt vor Wut. Sie glich Younis, wie er hatte sie eine makellose bräunliche Haut und regelmäßige, angenehme Züge. Nur die funkelnden schwarzen Augen erinnerten an Saad.

Am klügsten war es, das Ganze zu übergehen. Was hatte sie mit diesen heftigen Gefühlen zu schaffen? Laura verließ die Küche. In ihrem Rücken spürte sie Ranas Blick, so hasserfüllt, dass sie innerlich erzitterte. Womit hatte sie diese Abneigung verdient?

Jenny spielte im Wohnzimmer auf dem Teppich. Hingebungsvoll zeichnete ihr Finger die Muster nach. Sie sang vor sich hin, völlig vertieft in ihre Tätigkeit. Laura setzte sich auf das neue Sofa. In den türkisfarbenen Stoff waren goldene Arabesken eingewoben.

Auch die Sofapolster hatten goldene Quasten. »Schau wie hübsch«, sagte sie zu Jenny. Noch immer klopfte ihr Herz.

Vom Wind, der sie in der Nacht empfangen hatte, war nichts mehr zu spüren. Jede Stunde stieg die Temparatur höher an. Die Elektrizität war vor ihrer Ankunft neu installiert worden, aber die Steckdosen fehlten noch. Sie konnte den Ventilator nicht anstecken. Warum war Younis so überstürzt in dieses Haus gezogen? Hatte es mit Geld zu tun? Laura nahm eine dünne Bluse aus ihrem Koffer. Der Stoff roch nach der Wohnung in der Wohllebengasse. Der Unglückshafen ihrer Eltern. Sie spritzte Parfum darauf, um die Erinnerung zu vertreiben.

Zu Mittag, als Younis heimkam, war kein Essen vorbereitet.

Laura lag hinter heruntergelassenen Jalousien im Wohnzimmer. Zu ihren Füßen hatte es sich Jenny bequem gemacht, sie schlief zusammengerollt auf dem türkisen Sofakissen.

»Was ist los?«, fragte Younis. »Wieso gibt es kein Essen?«

»Das musst du deine neue Haushaltshilfe fragen«, antwortete Laura.

Younis ging in die Küche. Eine Weile war seine aufgebrachte Stimme zu hören, dann knallte eine Tür, und es wurde still. Laura richtete sich auf. »Younis?«

Sie waren fort, Younis und das Mädchen.

Jenny wachte auf. »Gibt es Essen?«, fragte sie vergnügt. Laura nickte.

Die Küche blinkte vor Sauberkeit. Laura suchte im Küchenschrank. Waren ihre Dosenvorräte nicht ins neue Haus mitgenommen worden oder in ihrer Abwesenheit verbraucht worden?

»Baba!«, rief Jenny im Wohnzimmer. »Baba kommt nach Hause!«

Laura ging ihm entgegen. »Younis, ich verstehe das alles nicht.« Sie wollte ihm einen Begrüßungskuss geben. Er schob sie weg. »Was hältst du mir denn vor?«

Jenny stand zwischen ihnen. Sie war nicht mehr klein, sie verstand, wenn ihre Eltern stritten.

»Von dir gibt es kein Verständnis, keine Unterstützung!« Er ließ ihr keine Zeit zu antworten. »Ich habe andere Sorgen als diesen Unsinn!«

Noch einmal knallte die Tür. »Warum ist Baba böse?«, fragte Jenny.

»Baba ist doch nicht böse«, antwortete Laura. »Komm, Jenny, wir gehen ein bisschen spazieren.«

»Das Essen ist nicht fertig?«, erkundigte sich Jenny.

Laura lachte. »Leider nicht, Schatzi, aber wir werden nicht verhungern.«

Die Straße lag in schattenloser Mittagsglut. Die wenigen Schritte bis zu Alis Kiosk reichten, um Laura den Atem zu nehmen. Jenny machte die Hitze nicht aus, sie hüpfte an Lauras Hand und lachte vor Freude, weil Ali ihr zur Begrüßung eine eiskalte Colaflasche entgegenstreckte.

»Madam, endlich wieder hier!«, rief er aus. »*Mabrouk!*«

Er strahlte über das ganze Gesicht. Sie bat ihn, ihr ein Taxi zu rufen. Während sie wartete, fragte sie ihn nach Nofa. »Geht es ihr gut?«

»Sehr gut, *al hamdu lillah!*«

»Wo ist sie? Wann kommt sie wieder zu uns?«

Ali nickte heftig. »Mister Younis spricht mit ihr.«

Das Taxi hielt an der nächsten Kreuzung. Ali winkte dem Fahrer, näherzukommen. Er fuhr vor. Laura stieg ein. »Zum Alwiyah Club«, sagte sie.

An der Rezeption saß ein junger Mann, den Laura noch nicht gesehen hatte. »Ich habe meine Mitgliedskarte nicht bei mir«, erklärte sie. »Ich war längere Zeit im Ausland, vielleicht muss sie erneuert werden.«

Der Mann senkte höflich zustimmend den Kopf. »Sie sind willkommen. Die Formalitäten erledigen wir gern für Sie.«

Laura durchforschte ihr Gedächtnis, ob sie überhaupt Mitglied gewesen war. Younis hatte sich zuerst gesträubt, aber dann …? Die Monate in Wien lagen schwer und dunkel in ihr, wie ein Berg, der ihr die Aussicht verstellte. Sie erinnerte sich nicht. An ihrer Seite sprang Jenny ungeduldig auf und ab. »Mama!«

»Danke«, sagte Laura zu dem Rezeptionisten. »Ich komme nachher noch einmal bei Ihnen vorbei.«

»Mama! Da!« Jenny zog an Lauras Arm.

»Laura, ist es … Sind Sie es wirklich?«

Sie wandte sich um. »Laurence!«

Sie hatte vergessen, wie groß er war, fast einen Kopf größer als sie. Er trug das Haar anders als früher, kürzer. Sie streckte die Hand aus. Er nahm sie und hielt sie fest. Laura suchte nach einem Anfang. Sie waren beide verlegen.

»Mama, wie heißt er?«, mischte sich Jenny ein.

»Weißt du nicht mehr, Laurence. Sein Freund Nelson hat dir Schwimmen beigebracht.«

Jenny nickte zögernd. »Nelson ...«, wiederholte sie fragend.

»Und Gene. Er gräbt die Altertümer aus, wir wollten vielleicht einmal mitfahren.«

»Gene ist in Khorsabad. Das war die Hauptstadt des assyrischen Reiches.« Erleichtert stürzte sich Laurence auf das Thema. »Dort wird schon seit den zwanziger Jahren gegraben. Nelson ist gleich nach Ihnen aus Bagdad weggegangen.«

Jenny stellte sich vor Laura, um ihre Aufmerksamkeit auf sich zu lenken. Die Altertümer waren ihr egal. »Ich bin hungrig!«

Laurence lachte. »Du hast recht, Jenny, Zeit zum Lunch.« Er streckte ihr die Hand hin, und sie betrachtete sie mit schelmischem Lächeln, ohne sie zu ergreifen. Nebeneinander gingen sie durch die Clubräume in die Parkanlage. Dort leuchteten Jennys Augen auf.

»Der Swimming Pool!« Sie rannte los, Laura hinter ihr her.

Vor dem Pavillon saßen Sherryll und Ursula unter der Markise. Beide waren in ihre Illustrierten vertieft und entdeckten Laura erst, als Gini, die gerade aus dem Pool stieg, plötzlich zu winken begann. »Schaut, wer da ist? Laura!«

Die nächsten Minuten riefen alle durcheinander, küssten und herzten Laura und die widerwillige Jenny, die nur nach dem Pool strebte, bis Laurence die Sache in die Hand nahm. Er holte neue Stühle und den Kellner. Sie bestellten ihren Lunch und Gini, um die Überraschung zu feiern, eine Flasche Champagner.

»Wie konntest du so lange wegbleiben, Laura! Und ohne ein Wort! Wir dachten, du kommst nie mehr zurück!« Gini hob ihr Glas. »Auf die schönen fremden Ehefrauen von Bagdad.«

Alle außer Laurence lachten. Er sah Laura nur an. Gini räusperte sich vernehmlich, da erst senkte er ertappt den Blick. Der Lunch wurde serviert. Jenny stürzte sich auf ihre Eiersandwiches.

»Abgesehen davon, dass du uns eine Erklärung für dein unverzeihliches Schweigen schuldest, bist du im richtigen Augenblick erschienen«, Sherryll sprach in leichtem Ton, doch Laura hörte den Vorwurf heraus.

»Da bin ich aber froh.« Laura nahm einen Schluck vom Champagner. Das Wasser stieg ihr in die Augen. »Von der Kohlensäure«, erklärte sie, um ihre Rührung zu verbergen. Sie sah Annemaries Sohn Ziad aus dem Pool klettern. »Ist Annemarie nicht da?«

»Reem bekommt einen Zahn und hat Fieber«, antwortete Sherryll.

Jenny verschlang ihre Portion und machte sich über Lauras Brötchen her. Dabei ließ sie Ziad, der einen Kopfsprung nach dem anderen machte, nicht aus den Augen.

»Ich hab nämlich gerade erzählt, was mir vor Kurzem eine alte englische Lady erzählt hat«, begann Gini. »Im Club haben vor einigen Jahren Theatervorstellungen stattgefunden.«

»Ja, das stimmt«, bestätigte Ursula. »Hat Mary Lou nicht mitgespielt?«

Mary Lou, die von ihrem Liegestuhl aus zuhörte, schüttelte den Kopf. »Das verwechselst du, ich bin das letzte Mal in der Schule auf einer Bühne gestanden.«

»Es war ein Stück von Graham Greene, und ein Mann aus Cambridge hat Regie geführt«, setzte Gini fort. »Eine hübsche Idee, findet ihr nicht?«

An dieser Stelle musste Laura unterbrechen, weil Jenny nicht mehr zu halten war. Sie ging, um Badeanzüge auszuborgen. Als sie zurückkam, war die Runde am Tisch größer geworden. Mehr und mehr Freunde gesellten sich dazu, um Lauras Rückkehr zu begrüßen. Gini war noch immer bei ihrem Thema.

»Nächstes Jahr zu *Thanksgiving* plane ich etwas Besonderes.«

»Sind wir in Amerika? Welches Datum ist das überhaupt«, fragte Ursula.

»Erntedank gibt's überall auf der Welt«, erwiderte Gini. »Das Datum ist der 23. November. Zufällig ist das auch mein Geburtstag.«

»*Sorry, my dear!*« Ursula klopfte sich schuldbewusst an die Brust.

»Und was hast du vor? Eine Party?«, fragte Laura.

»Wir könnten zum Beispiel eine Theatervorstellung machen.« Gini sah in die Runde. »Wer macht mit?«

»Aber nicht den öden Greene«, wandte Mary Lou ein.

»Aber nein. Wir kennen doch einen Autor«, rief Gini. »Laurence?«

Laurence übte mit Jenny den Kopfsprung vom Beckenrand. Er lachte.

»Sie meint es ernst«, sagte Sherryll mit einem Augenzwinkern.

»Ja, sicher. Laurence, wir brauchen ein Stück mit vielen Rollen, damit alle mitspielen können.« Gini winkte dem Kellner um eine neue Flasche Champagner.

»Danke, für mich nichts mehr«, lehnte Laura ab. Die Ankunft in der Nacht, der Auftritt mit dem trotzigen Mädchen am Morgen und Younis, der noch nervöser und unzufriedener wirkte als vor ihrer Reise, das alles war zu viel für sie. Vor zwei Tagen war sie noch bei Sturm und Regen durch Wien gelaufen. Sie ließ sich von Jenny in den Pool ziehen.

Das neue Haus erschien ihr fremder, als sie es verlassen hatte. Lag es daran, dass Younis nicht da war? Sie blieb vor einem Bild stehen, das sie noch nicht gesehen hatte. Das Foto eines Mannes mit einem buschigen Schnurrbart, einen Fez auf dem Kopf. Er rauchte Wasserpfeife und lachte so herzlich, dass man von seinen Augen nur Schlitze sah. Neben ihm, vom Fotografen teilweise abgeschnitten, stand ein Mädchen mit langen schwarzen Zöpfen. Sie hielt den Blick niedergeschlagen. Die Oberlippe war geschwungen, herzförmig, wie bei Younis. War es seine Mutter? Ihr Blick wanderte zurück. Der Mann war viel älter, er konnte der Vater, sogar der Großvater des Mädchens sein. Hatte nicht der Vater seine Familie in der Türkei zurückgelassen und war mit seiner jüngsten Nichte nach Bagdad gekommen, wo sie später seine Frau geworden war? Jenny rief etwas aus dem Garten. Laura ging hinaus. Die letzten Sonnenstrahlen lagen auf dem Gras. Jenny saß auf der Schaukel. »Mama, komm!«

»Nein, ich bin müde.« Laura lehnte an der Mauer und sah sich die Palme an. War sie höher als die in ihrem alten Garten? Die ersten Datteln reiften schon. Ob ihre Früchte anders schmeckten? Sie hörte ein Miauen und schaute hoch. Auf der Mauer saßen zwei Katzen. Eine getigerte und eine rote. War es die Möglichkeit?

»Mimi! Lump! Schau doch, Jenny! Woher wissen sie, dass wir da sind?« Sie lief in die Küche. Im Vorratsschrank entdeckte sie eine Dose Schinken.

Die Katzen schrien draußen in den höchsten Tönen. Jenny sprang um sie herum, aber sie beachteten sie nicht, sondern hatten nur Augen für Laura. Als sie mit dem Schinken zurückkam, sprangen drei kleine schwarze Katzen, die sie noch nie gesehen hatte, von der Mauer in den Garten. Mimi und Lump fauchten, aber es nützte ihnen nichts, sie mussten mit den Neuankömmlingen teilen. Jenny ließ sie keinen Moment aus den Augen. Als sie satt waren, ließen sie sich streicheln, die jungen Katzen erlaubten Jenny sogar, sie hochzuheben. Sie war außer sich vor Glück.

»Du heißt Blacky. Und du *Asuad*.«

»Was ist das für ein Wort?«, fragte Laura.

»Schwarz auf Arabisch, weißt du das nicht?«, antwortete Jenny.

Laura wusste nicht einmal, dass Jenny Arabisch konnte. Sie hatte es zwar von Nofa gehört, aber kaum ein Wort geantwortet. Das dritte Kätzchen bekam einen deutschen Namen: die Schwarze.

Von Wien sprach sie nicht mehr. Laura aber dachte an Tommy, wie nett er sich in ihre Kniekehle gekuschelt hatte. Sie nahm sich vor, ihm ein Halsband mit Schottenmuster zu schicken, so etwas hatte sie einmal im Bazar gesehen. Gleich morgen, sie seufzte zufrieden, morgen ging sie endlich wieder hin.

»Baba kommt!«, jubilierte Jenny. Sie lief ihm entgegen. »Ich habe neue Katzen! Rate, wie sie heißen!«

Younis' Stimme klang entschuldigend. »Ihr seid schon zurück? Geht es euch gut?« Mit Jenny an der Hand kam er zu Laura. »Mit Nofa habe ich gerade gesprochen. Sie kommt morgen früh.« Er küsste sie. »Möchtest du essen gehen? Das neue Restaurant am Fluss, von dem ich dir erzählt habe?«

Laura legte den Kopf auf seine Schulter. »Ja.«

Etwas lag in der Luft. Nur Lauras Angst, das Fürchterliche, das jede Ordnung auf den Kopf stellte, könnte sich wiederholen? Younis hatte sie beschwichtigt, aber das bedeutete nichts, er weihte sie doch niemals in die wichtigen Dinge ein. Das eine oder andere schnappte Laura auf, wenn sie im Bazar herumging, den Leuten zuhörte. Younis fragte sie vergeblich.

Er hat sich verändert, dachte sie, um dann im nächsten Moment wieder zu zweifeln. Denn wie gut kannte sie ihn überhaupt, um das sagen zu können? Nachts, wenn sie schon eingeschlafen war, stand er noch einmal auf und ging ins Wohnzimmer hinunter. In der Früh fand sie seine Spuren, volle Aschenbecher, das Glas, aus dem er getrunken hatte, zusammengeknülltes Papier unter dem Tisch. Einmal wachte sie auf, weil sie ihn singen hörte. Sie schlich die Treppe hinunter und sah ihm durch die offene Tür zu. Er hielt seine *Oud* und strich fast lautlos über die Saiten. Der Tisch war mit Papieren und aufgeschlagenen Büchern bedeckt. Warum schrieb er politische Artikel, wenn die Revolution vorbei war? Kämpfte er gegen Quassem, auch wenn seine Reformen die Zahl der Analphabeten verringert und den Ärmsten Brot gebracht hatte? Er erzählte ihr nicht, was er schrieb, und falls die Artikel gedruckt wurden, erfuhr sie nicht, wann und wo.

Auch Aladin half ihr nicht weiter. »*Nour al-Ain*, Licht meiner Augen! Ich freue mich, dich wohlbehalten zu sehen.«

Er fragte nach dem schönen Fräulein Anni. Nun war es an Laura, den Kopf zu schütteln.

»Keine Spur von ihr, sie hat gekündigt und keine Nachricht hinterlassen, wo sie hingehen wird.«

In Wahrheit hatte sie vergessen, nach ihr zu fragen. Es tat ihr auch nicht leid. Aladin war verheiratet, er musste nicht in fremden Teichen Goldfische fangen.

»Du wirst sie vergessen«, sagte Laura mitleidlos. »Wenn du ehrlich bist, hast du sie schon vergessen.«

Aladin ließ den Kopf hängen. Er schluckte, offenbar traf es ihn sehr. »Niemals.«

»Welche Farbe haben ihre Augen?«

»Blau.«

»Ihr Haar?«

»Blond. Es ist wunderschön, wie Seide. Und ihre Haut …« Aladin seufzte.

»Fehlt ihr ein Zahn?«

Er stockte. »Ich glaube nicht.«

»Siehst du, was ich meine? Du erinnerst dich nicht.« Sie zwinkerte ihm zu. »Geh nach Hause und sei deiner Frau ein guter Mann. Das Fräulein Anni siehst du nicht wieder.«

Beinahe wäre er in Tränen ausgebrochen. Aber dann kam Nofa mit dem kupfernen Kaffeekännchen und einem Teller salzigem und süßem Gebäck, *Sambusak* und *Malfouf*. Aladin stopfte sich den Mund voll.

»Weißt du, für welche Zeitung Younis schreibt? Was für Artikel?«

Malfouf waren mit Mandelcreme gefüllte Biskotten. Sie schmeckten so süß, dass Laura die Zähne schmerzten. Für Aladin war der Geschmack paradiesisch, er schloss die Augen, während er kaute und schluckte. Erst als der Teller leer war, beantwortete er Lauras Frage.

»Younis ist so gescheit, ich verstehe kein Wort von dem, was er schreibt.«

»Du sprichst also von Politik«, stellte Laura kühl fest. Er musste sie nicht für blöd halten.

»Mal dies, mal das, frag ihn selbst«, murmelte Aladin.

Nofa brachte einen neuen Teller mit Leckereien, aber Aladin hatte genug von Lauras Verhör. Er ging in den Garten, wo Jenny ihn sofort in Beschlag nahm. »Schaukle mich, schaukle mich!« rief sie ihm zu.

Aladin zündete sich eine Zigarette an. »Warte.« Er machte einen tiefen Zug und stieß den Rauch mit gespitzten Lippen wieder aus.

Jenny schaute ihm zu. »Warum soll ich warten, Onkel, was tust du?«

Aladin blies einen großen Rauchring in die Luft. »Hast du schon vergessen? *Jamila*?«

Jenny rutschte langsam von der Schaukel. »Onkel«, sagte sie beeindruckt. »Lass mich auch.«

Aladin paffte, bis sein Kopf von einem Kranz von Rauchringen umgeben war. Als er sich nach Jenny umsah, war ihre Aufmerksamkeit von etwas anderem angezogen. Er folgte ihrem Blick. Vor ihren Füßen bewegte sich etwas.

»Halt!«, rief Aladin. Bleib ganz ruhig, Kind!« Eine lange schwarze Schlange glitt durch das hohe Gras und verschwand am Ende des Gartens im Graben.

»Kann mich die Schlange beißen?«, fragte Jenny, erschrocken über Aladins Ton.

Er nahm ihre Hand und führte sie ins Haus.

»Du musst etwas tun, bitte, Younis. Ich fürchte mich!«, drängte Laura, kaum dass Younis nach Hause gekommen war. Er nickte nur. »Die Schlange, hörst du mich, Younis.«

»Ich werde es dem Gärtner sagen.« Er ging an ihr vorbei ins Wohnzimmer.

»Aber Jenny will im Garten spielen.«

»Später, Laura. Ich muss arbeiten.«

Laura kam ihm nach. Er legte sich seine Papiere zurecht und begann zu schreiben. Schon nach kurzer Zeit stand ihm der Schweiß auf der Stirn. Die Steckdosen waren immer noch nicht angebracht worden, der Ventilator arbeitete nicht. Auf der Zimmerdecke saßen die Gekkos. Unter ihrer durchsichtigen Haut pulsierte das Blut, ein Anblick, der Laura immer leichten Ekel verursachte. Younis unterbrach sein Schreiben.

»Hast du schon den neuen Tahrir Square gesehen?«, fragte er. »Dort steht jetzt das größte Denkmal seit zweitausendfünfhundert Jahren. *Nasb-al-hurriyah*, das Freiheitsmonument.«

»Ist es schön?«

»Schön, vielleicht. Aber wo ist die Freiheit?« In seiner Stimme lag bitterer Hohn.

»Wer ist der Bildhauer?« Laura dachte an die Frau, die sie einmal mit Annemarie im Bazar kennengelernt hatte. Wie war ihr Name gewesen? Die Pepperl aus Wien, die mit einem irakischen Künstler verheiratet war.

Younis war schon wieder in sein Schreiben vertieft. Er hörte sie nicht. Erst als sie zum Fortgehen angekleidet noch einmal ins Wohnzimmer kam, hob er den Kopf und sah sie abwesend an.

»Kann Jenny bei dir bleiben? Es ist so heiß draußen. Wenn du ihr vorliest, schläft sie vielleicht ein.«

Er verzog mürrisch den Mund, und Laura ging ohne weiteren Kommentar hinaus.

»Nofa? Begleitest du uns?«, rief sie in die Küche, wo Nofa vor sich hindöste. Jenny kam angelaufen. Sie sang laut und begeistert.

»Lasst die Räuber durchmarschieren, durch die goldene Brücke! Die Brücke ist gebrochen, wir wollen sie wieder machen ...« Sie drehte eine Runde durch die Küche. »Wir gehen fort, aufwachen, Nofa!«

Auf dem Tischchen im Flur lag ein Brief. Younis musste ihn mitgebracht haben. Laura sah die österreichische Marke. Ewas Schrift. Sie legte ihn weg, ohne ihn geöffnet zu haben. Jenny sprang ihr um die Füße.

»Du bist schön, und du bist schön, und du die Allerschönste«, sang sie und begann wieder von vorne. »Lasst die Räuber durchmarschieren ...« Sie zog die verschlafene Nofa an der Hand hinter sich her.

Der Bus war brütend heiß, voll mit Menschen, doch Nofa verschaffte ihnen Sitzplätze. Ihr schwarzes dickes Tuch hatte sie eng um das Gesicht gezogen, was Jenny störte. Immer wieder versuchte sie, es wegzuziehen.

»Lass das sein!« ermahnte Laura sie, aber es half nicht.

Bis sie durch das Busfenster einen Bettler auf der Straße entdeckte. Der Mann hatte keine Beine, nur mit Hilfe eines kleinen hölzernen Bänkchens, an das er sich mit einer Hand klammerte, schob er sich vorwärts. Überrascht deutete Jenny mit dem Finger auf ihn. Der arme Mann mit dem Gebrechen faszinierte sie.

Laura versuchte sich an Pepperls Adresse zu erinnern. Annemaries Chauffeur hatte sie heimgebracht. Aber ob er es noch wusste? Oder vielleicht Nofa? »Ich kenne eine Wienerin, Pepperl heißt sie. Weißt du vielleicht, wo sie wohnt?«

»*Nam*, Madam. Ist zum Haus gekommen, fragen nach Frau Laura.«

»Wann war das?«

Nofa machte eine unbestimmte Bewegung.

Am Nachmittag, während sie sich in der größten Hitze ausruhten, öffnete Laura den Brief ihrer Mutter. Stephan war zu ihr zurückgekehrt. Er machte den Führerschein, jetzt in seinem Alter. Damit tröstete er sich. Meinte Ewa das ironisch? Noch ein zweites Blatt, so ausführlich schrieb sie sonst nicht. Die trostlose Stimmung sprach aus jeder Zeile. Laura wollte sich nicht davon anstecken lassen. Sie legte den Brief in die Schublade ihres Nachttisches.

Später kam Nofa. Beschwörend sah sie Laura durch ihren Sehschlitz an. »Ich zeige Madam das Haus. Aber bitte, nicht darüber sprechen.«

Laura dachte an Younis' finstere Miene, als sie ihm damals von der Begegnung auf dem Markt erzählt hatte. Eines seiner vielen Verbote, die sie nicht verstand.

»*Shukran*, Nofa. Wir fahren gleich hin.«

Nofa widersprach nicht. Sie verließen das Haus und nahmen den Bus. An der nächsten Station schon mussten sie umsteigen. Der Tigris lag vor ihnen. Das gleißend helle Licht zog alle Farben aus den Dingen, die Silhouette der Villen am Ufer hob sich schwarz vor dem weißen Wasser ab. Irgendwo dort war Ginis Haus. Sollte sie nicht lieber Gini besuchen, als unangemeldet vor einem fremden Haus aufzutauchen? Aber da winkte Nofa schon. Der Bus Richtung Thawra kam, und sie stiegen ein.

Ein kleiner Bub öffnete ihnen das eiserne Tor. Auf Nofas Gruß hin wandte er sich um und rief auf Deutsch: »Mama, da ist ein Besuch!«, sie waren also richtig. Der Bub war etwa so alt wie Jenny, hellblond und braungebrannt. Er inspizierte sie von Kopf bis Fuß, sie tat es ebenso. Zuletzt streckte er die Arme aus und wollte sie umarmen, doch sie wehrte ihn ab.

»Mama?«, sagte Jenny fragend, da hatte er sie schon gepackt und umarmte sie. Sie schrie und schlug um sich, aber er hielt sie mit zärtlicher Gewalt fest.

»Mitro, lässt du sofort los!«, ertönte eine Stimme hinter dem Tor.

Pepperl erschien, so sonderbar anzusehen, dass Jenny überrascht zu ihr aufblickte. Ihr Gesicht, ihr Haar, ihre Hände und Kleider, alles war voll roter, gelber und grüner Farbtupfen. Sie packte ihren

Sohn am Arm und schüttelte ihn. Er schluchzte auf, endlich gab er Jenny frei. Sie machte einen Satz hinter Laura und hielt sich an ihr fest, während Mitro, im Griff seiner Mutter zappelnd, verlangend zu ihr sah.

»Endlich sind Sie gekommen. Ich freue mich!« Sie kam auf Laura zu, wollte ihr die Hand schütteln, sah, dass sie mit Ölfarbe verklebt war und ließ sie wieder sinken. »Bitte, nur herein! Ich habe leider fast gar nichts, um euch zu bewirten. Doch, Kuchen ist noch da, und Nofa kann dazu …« Sie wechselte ins Arabische, um Nofa mit dem Einkauf von Erfrischungsgetränken zu beauftragen. Wie in der *Ragheeba Chattoon* gab es in der Nähe eine kleine Imbissbude.

»Danke, machen Sie sich keine Umstände, Pepperl«, versicherte ihr Laura. Sie gingen ins Haus. Es war klein und schon länger nicht hergerichtet worden, die Farbe der Fassade von der Sonne ausgebleicht, die Eingangstür verwittert. Ein Weg führte rund um das Haus in den Garten dahinter. Dort stand Pepperls Staffelei, darauf eine Holzplatte im Querformat, auf die ein Phantasietier gemalt war, eine Art Drache oder Krokodil mit türkisfarbenen und goldenen Schuppen und großen gelben Augen. Es schien den Betrachter mit großem Ernst anzublicken.

»Oh, so schön!«, sagte Jenny beeindruckt.

Ein zweites Kind, das noch Windeln trug, lag auf einer Decke im Garten und spielte. Bei Jennys Erscheinen sah er auf und lachte sie freudig an. »Das ist mein Kleiner, der Fayek. Er wird erst zwei.«

Mitro lief zu ihm und riss ihm sein Spielzeug aus der Hand, als wollte er sich bei ihm für die erlittene Strafe rächen. Jenny war empört. Der kleine Fayek weinte. Pepperl ignorierte beide, sie bot Laura einen Platz im Schatten der Bäume an. Der Garten war wie das Haus klein und nicht allzu gepflegt.

»Entschuldigung, ich wasche mir nur die Hände.«

Laura nahm Jenny, die ohne Worte ausdrückte, wie sehr ihr die zwei Kinder missfielen, auf den Schoß. Jenny suchte in ihrer Handtasche nach dem Pixi-Buch. Ewa hatte einige Büchlein dieser Reihe in Wien gekauft, und Jenny las sie sich selbst jeden Tag vor.

»Das kleine Schwein lädt alle ein«, sagte Jenny mit lockender Stimme. »Soll ich dir vorlesen, Mama?«

Sie konnte alle ihre Bücher auswendig, was Mitro nicht wusste. Er ließ von seinem Bruder ab und pflanzte sich erwartungsvoll neben Jenny auf. »Du kannst schon lesen?«

Jenny würdigte ihn keiner Antwort, sondern schlug Seite eins auf. Auf dem Bild lag ein dickes rosa Schwein mit Sorgenfalten auf der Stirn in seinem Bettchen. Auf dem Fensterbrett stand ein Blumentopf mit einer roten Rose, die Sonne schaute herein, an der Wand hing ein Kalenderblatt. Schweinchens Geburtstag. Jenny begann vorzulesen. Mitro setzte sich neben ihr ins Gras. Fayek hörte zu weinen auf. Beide lauschten hingerissen.

Nofa kam mit eisgekühlten Colaflaschen zurück, Pepperl brachte den Kuchen. »Gugelhupf, bitte, essen Sie ein Stück.«

»Nein, wirklich nicht, danke.« Dann ließ sie sich doch zu einem Stück überreden. Er schmeckte gar nicht schlecht.

»Mein Mann ist ein Künstler, das hab ich schon erwähnt, ja?«, erzählte Pepperl unbefangen. »Ich habe ihn in Rom kennengelernt, auf dem Forum Romanum. Wir hatten beide ein Stipendium, er von König Faisal und ich von der Akademie in Wien.« Sie trank das Cola direkt aus der Flasche und übersah die bettelnden Hände ihrer Söhne. »Wir haben geheiratet, Mitro ist auf die Welt gekommen. Naja, und dann …« Pepperl wandte sich Laura zu. Sie sah aus wie ein Elfenkind, so dünn und blass, beinahe durchscheinend. »Leider ist mein Mann ein Schwein. Er kann keine Familie brauchen, hat er mir erklärt. Da war Fayek schon unterwegs. Wir sind mit dem Zug nach Bagdad gekommen, da hat er mich bei seinen Eltern abgeladen und ist wieder zurückgefahren.« Sie schüttelte ihr feines blondes Haar, dass es flog. »Ich bin auf die Gnade seiner Verwandtschaft angewiesen. Wir könnten auch schon lange verhungert sein, ihn würde es nicht kümmern.«

Laura wusste nicht, was sie dazu sagen sollte. Es war ihr peinlich, wie offenherzig sie über ihre Misere sprach. Vielleicht wollte Younis deshalb nichts mit dieser Frau zu tun haben.

»Und in Wien?«, fragte sie vorsichtig.

Pepperl zuckte die Achseln. »Sie waren ja selbst gerade in Wien, das bringt uns nicht viel, oder?« Sie lächelte Laura an. »Wir müssen aber schon du sagen, immerhin sitzen wir doch beide im selben Boot.«

Der Meinung war Laura zwar überhaupt nicht, doch nahm sie Pepperls Angebot gern an. Ihre Energie und Ausdauer waren bewundernswert.

»Ich habe mich nicht so schnell abwimmeln lassen. Dreimal bin ich nach Rom gefahren und hab ihn zur Rede gestellt. Das dritte Mal hat er nicht einmal die Tür aufgemacht, mir nur einen Zettel durchgeschoben. Wenn du nicht gehst, springe ich aus dem Fenster, stand darauf.« Wieder flog Pepperls Blondhaar. »Bin ich nicht zu bedauern, eine arme Torin! Ich bin gegangen. Unten hab ich mich umgeschaut, da stand am Fenster eine junge Frau, seine Geliebte. Noch eine Torin, hab ich mir gedacht. So, das ist meine Geschichte.«

Pepperl trank das Cola aus. Mit einem Satz war sie bei Mitro, der wieder angefangen hatte, seinen Bruder zu quälen. Sie gab ihm eine Ohrfeige, als Fayek darauf in freudiges Geschrei ausbrach, schlug sie ihn ebenfalls.

Laura hielt sich entsetzt eine Hand vor den Mund.

»Anders geht es nicht«, sagte Pepperl. »Sie sind Wilde, glaube mir, Laura, das Temperament ist nicht wie bei den Österreichern. Nur so bringe ich sie zur Vernunft.«

Younis passte die Freundschaft mit Pepperl nicht. Laura hatte nichts anderes erwartet. Zum ersten Mal widersprach sie ihm offen. »Mir ist auch nicht alles recht, was du tust.«

Er wartete, bis Nofa außer Hörweite war. »Denkst du, dass man so eine gute Ehe führen kann. Wenn die Frau ihre eigenen Wege geht und dem Mann widerspricht, der die Pflicht hat, sie zu beschützen und für sie Sorge zu tragen. Weißt du denn, wie gefährlich es für dich sein kann!«

»Ich habe aber keine Angst«, erwiderte Laura. Es war kindisch, so zu sprechen. Aber sie wollte keine Diskussion über ihre Selbstständigkeit führen. Seit er ohne ein Wort in der deutschen Firma angerufen hatte, schwelte ihr Zorn. Sie wartete immer noch auf eine Erklärung, doch dazu würde es nicht kommen, höchstens zu einem Streit, einer weiteren, fruchtlosen Auseinandersetzung.

»Du hast eine Superausbildung, nicht so wie ich. Ich kann nichts anderes als zeichnen und malen, dafür zahlt mir keiner ein Gehalt.

Und du schlägst so eine Stellung aus, weil dein Gatte sich in seiner Heiligkeit gekränkt fühlt.«

Es war nicht Annemarie, die so mit Laura redete, sondern Pepperl, die sie kaum kannte. Laura ärgerte sich. Auch wenn Pepperl recht hatte, es ging sie nichts an.

Pepperl lachte. »Deine Miene spricht Bände.«

»Und außerdem will Younis nicht, dass du mich besuchst.« Wenn schon offen gesprochen wurde, sollte Pepperl das auch gleich erfahren. Trotzdem wurde Laura rot vor Verlegenheit und konnte Pepperl nicht in die Augen schauen.

»Das wundert mich gar nicht.« Pepperl musste kurz unterbrechen, um Fayek Jennys hübschen blauen Handarbeitskoffer abzunehmen. »Lass das, der gehört nicht dir.« Sie packte ihn an seinem Hemdkragen, bis er losließ. Laura, die sich noch nicht an Pepperls Erziehungsmethoden gewöhnt hatte, hob warnend die Hand. Das war doch zu heftig, fand sie. Pepperl ignorierte den stummen Einwand. Jenny seufzte zufrieden auf. Sie ließ die Schlösser ihres Köfferchens mehrmals auf und zu schnappen und genoss Fayeks sehnsüchtigen Blick.

»Heißt das, ich soll wieder gehen?«, kam Pepperl auf das eigentliche Thema zurück.

»Natürlich nicht, sei nicht beleidigt, bitte.« Laura schenkte Pepperl Tee nach. »Ich wollte dich nur vorwarnen, dass er vielleicht unhöflich ist, wenn ihr euch begegnet.«

Pepperl lachte nur dazu. »Ich mache mir keine Gedanken um Younis. Du bist meine Freundin.«

Stimmte denn das? Sie hatten sich erst drei Mal getroffen. Laura war beeindruckt von Pepperls Courage, und sie tat ihr leid, weil sie mit ihren Kindern allein durchkommen musste. Obwohl sie so wenig Geld hatte, war sie unabhängig. Die erste freie Frau, der sie bisher begegnet war. »Du bist etwas ganz Besonderes. Du gehst deinen Weg, dich kann niemand unterdrücken«, sagte sie.

Pepperl schnitt eine Grimasse. »Hast du eine Ahnung. Wenn mich Faruk nicht wie einen Putzlappen behandelt hätte, wäre ich heute noch seine Sklavin. Ich hab einfach keine Wahl, Schatzerl.«

Ihr wienerisch lockerer Spruch brachte Laura in jeder Lebenssituation zum Lachen. Warum zögerte sie, Pepperl Freundin zu nennen? Es war wie eine Vorahnung, ein kleines Unbehagen am Rande ihres Bewusstseins, wie vor einem Wetterumschwung.

»Aber du, Laura, bist in einer ganz anderen Situation, du musst dir wirklich nichts gefallen lassen. Überlege dir einmal, wie das weitergehen soll. Du wirst es nicht aushalten und dann ist die Ehe beim Teufel. Wär doch schad.«

Pepperls Erscheinen veränderte etwas. Und Younis spürte es, er fürchtete ihren Einfluss, deshalb war er gegen sie.

»Kennst du das Ctesiphon?«, fragte Pepperl.

»Nein, was ist das?«

Das Ctesiphon, ganz in der Nähe eine der wunderbarsten antiken Stätten! Pepperl ereiferte sich. »Du musst hin. Ich war nur einmal mit Faruk dort, ich möchte noch einmal hinfahren. Leider ist es ohne Auto eine Weltreise.«

Younis hatte bestimmt keine Lust, mit Pepperl einen Ausflug zu machen. Sie fragte Annemarie. »Pepperl, die Frau aus Wien, ich erinnere mich.« Annemarie seufzte. »Das Ctesiphon, einmal hab ich's gesehen, ehrlich gesagt, genügt mir das, ich bin nicht so begeistert von alten Gemäuern. Außerdem bekommt Reem schon wieder Zähne, ich schlafe keine Nacht. Nein, Laura, tut mir leid, du musst jemand anderen finden.«

Also doch Younis. »Ich habe einen Wunsch, und du darfst nicht nein sagen, weil ich sonst traurig bin.« Während sie redete, dachte sie daran, was Pepperl über ihre Ehe gesagt hatte. Sie wappnete sich gegen seinen Widerstand. Doch wie Annemarie seufzte er nur. »Wenn du es dir wünschst, werde ich mit dir fahren.«

»Auch wenn Pepperl mitkommt?«

»Von mir aus.«

Über eine lange, staubige Straße nach Süden erreichten sie das Ctesiphon, eine Ruinenstadt aus dem zweiten Jahrhundert vor Christus. Seit damals hatte es verschiedenen Herrschern als Residenz und Hauptstadt gedient, war zerstört und wieder aufgebaut worden und zuletzt im Ersten Weltkrieg Schauplatz einer der letzten Schlachten des osmanischen Reiches gegen die Briten gewesen. Pepperl, die sich auskannte, führte sie herum. Von der antiken Stadt waren die Überreste einer monumentalen Palastanlage geblieben und als eindrucksvollstes Zeugnis der Baukunst ein Bogen von vierundsechzig Metern Höhe. Selbst die Kinder unterbrachen ihren Galopp über den runden, weiten Platz vor dem Palast, um zu dem Tor, das sich in unglaublicher Höhe hell gegen den blauen Herbsthimmel spannte, hinaufzusehen.

»Es ist der höchste freistehende Bogen der Welt.«

Pepperl hatte ihnen von den Parther-Königen, den Sassaniden, den Abbasiden und schließlich von den nestorianischen Christen erzählt, die hier gelebt und gewirkt hatten. Laura und Younis waren ihr mehr oder weniger stumm gefolgt, Laura interessiert, Younis immer lustloser. Auf Pepperls Bitte hatte er fast den ganzen Weg den weinerlichen Fayek getragen. Nun setzte er ihn etwas unsanft ab.

»Übertreiben Sie nicht?«, fragte er mit erhobener Stimme, um Fayeks Gejammer zu übertönen.

»Warum denn, schau nur, der ist ja höher als der Stephansdom«, meinte Laura.

Pepperl wusste auch das zu beantworten. »Der Stephansdom ist hundertsiebenunddreißig Meter hoch. Aber das kann man nicht vergleichen, ein Turm ist kein Bogen.«

»Na, großartig, jetzt haben wir uns weitergebildet.« Younis klang so patzig, dass Laura Streit fürchtete.

Pepperl musterte ihn. »Was ist dagegen einzuwenden?«

Er schob Fayek, der wieder aufgehoben werden wollte, weg. »So interessant ist der Monolog auch wieder nicht.«

»Ich finde …« Weiter kam Laura nicht.

»Man kann auch blöd sterben, sagt man bei uns in Wien«, redete Pepperl dazwischen. Der Wind wehte ihr Haar in die Höhe, sodass es aussah wie ein Strahlenkranz um ihren Kopf. Ihre weiße Haut hatte zornige rosa Flecken bekommen. »Nicht wahr, Laura?«

Das wollte Laura nicht bestätigen. Sie zeigte auf einen musizierenden Bettler, der gemächlich an ihnen vorbeischritt. Sein Instrument war eine aufgeschnittene Öldose aus Metall, die er mit Draht bespannt hatte, eine Art Gitarre, auf der er mit großem Geschick spielte. Laura erkannte die Melodie auf Anhieb. *Enta omri*, ein Lied von Umm Kulthoum, das häufig im Radio zu hören war.

Sie holte eine Münze aus ihrer Börse und gab sie Jenny, die ein großes Herz für Bettler hatte. Der Mann nahm das Geld, ohne sein

Spiel zu unterbrechen. Er lächelte Jenny mit von Kautabak rot verfärbten Zähnen zu. Sie starrte ihn fasziniert an.

»Gib mir auch was. Bitte, Mama, eine Münze für den Mann!«, bat Mitro, doch Pepperl ärgerte sich noch immer und weigerte sich.

»Du bist gemein!«, rief Mitro, und Fayek fühlte sich dadurch angespornt, noch lauter zu schreien.

»Mir reicht's, ich fahre zurück.« Younis wartete nicht ab, was Laura und Pepperl dazu sagten, sondern schlug den Weg zu ihrem Auto ein.

Laura lief ihm nach. »Was ist los, warum bist du böse? Pepperl weiß wirklich viel, wahrscheinlich lernt man das auf der Kunstakademie. Hat es dich denn überhaupt nicht interessiert?«

Younis schaute nur abfällig. Er stieg ins Auto und fuhr über den Platz, wo Jenny sich noch immer nicht von dem Musiker losreißen konnte.

»Das ist ein zweitausend Jahre alter Platz, der Bogen kann jederzeit einstürzen. Hier dürfen Sie nicht fahren!« Pepperl wollte sich ihm schon in den Weg stellen.

Younis hielt an. »Sie können auch ein Taxi nehmen.«

»Younis!« Laura war erschrocken über seinen Ton.

Er fuhr herum. »Du auch, wenn dir was nicht passt!«

Was war das für ein Blick? Plötzlich verstand Laura. »Ärgere dich nicht, bitte.« Sie beugte sich durch das Autofenster zu ihm und flüsterte ihm ins Ohr. »Ich danke dir, dass wir hierher gefahren sind. Allein wäre es schöner gewesen.«

»Steigen Sie ein«, sagte er zu Pepperl, die mit wütend gesenktem Blick neben ihr stand. »Es tut mir leid«, fügte er widerwillig hinzu.

Pepperl begnügte sich damit. Sie hatte kein Geld für eine Taxifahrt, wusste Laura, deshalb gab es auch keine weitere Diskussion. Im Auto tobten die Kinder, als müssten sie die Streitstimmung der Erwachsenen verdrängen. Jenny hatte ihre Abneigung gegen Mitro aufgegeben und fand Gefallen an seinen wilden Spielen. Fayek steuerte seinen Teil vor allem an Lautstärke bei. Die drei anderen schwiegen. Eine Unterhaltung wäre ohnehin nicht möglich gewesen. In der *Ragheeba Chattoon* verzichtete Laura darauf, Pepperl ins Haus zu bitten. »Wir sehen uns ein anderes Mal.«

Pepperl sprang hinter ihr aus dem Auto. »Danke fürs Mitnehmen. Ich nehme dann den Bus.«

Younis widersprach nicht. Er wartete, bis Mitro und Fayek ihrer Mutter gefolgt waren und fuhr los, ohne weitere Erklärung, nur Laura winkte er beim Wegfahren zu.

»Eingebildeter Kerl!«, sagte Pepperl hinter ihr.

»Er ist mein Mann«, antwortete Laura. »Ich weiß nicht, was er heute hat.«

»Ich schon.« Pepperl behielt es für sich, zuckte nur die Achseln und lächelte schon wieder. »Ich bin trotzdem froh. War es nicht schön? Ein wunderbarer Ort. Ich hab die Idee zu einem Bild bekommen. Jetzt fahr ich heim und fange an.«

Sie verabschiedete sich. Jenny bekam einen Kuss von Mitro und hielt sich überrascht den Mund. Ihre Augen glänzten, sie war ganz still.

»*Enta omri*. Du bist mein Leben. In deinem Licht ging meine Sonne auf«, sang Umm Kulthoum aus dem Radio.

»Was ist da drinnen?«, hörte Laura Jenny fragen. Sie schaute in den Flur.

Meishi schleppte mit Hilfe von Younis' Chauffeur einen großen braunen Karton ins Wohnzimmer.

Younis legte einen Finger an die Lippen. »Pst, eine Überraschung für Mama.«

Laura wischte sich die Hände ab. »Überraschung?« Sie folgte den anderen.

Younis gab Meishi ein Messer. »Mach es auf.«

»Was ist das? Was ist das?« Jenny sprang vor Ungeduld. »Baba, sag es!«

Auch Younis konnte es nicht erwarten. Er schob Meishi weg und riss den Karton mit einem Ruck auf.

Meishi und der Chauffeur hoben den schwarzen Kasten heraus und stellten ihn auf den Tisch. Laura machte große Augen.

»Na, was sagst du jetzt?« Younis wandte sich erwartungsvoll zu ihr.

»Baba, warum ist das eine Überraschung?«, rief Jenny dazwischen. »Was ist das?« Sie stampfte mit dem Fuß auf, weil ihr keiner eine Antwort gab.

Younis wickelte das Kabel auf der Hinterseite des Kastens auseinander. »Steck an«, befahl er Meishi. Er drückte den Einschalteknopf. Rauschen und Pfeifen ertönte.

»Ein Fernsehapparat!« rief Laura. »Aber man sieht ja nichts.«

»Der Techniker kommt dann. Er muss die Antenne montieren und das Programm einstellen.« Stolz betrachtete Younis den flimmernden Bildschirm.

»War das nicht sehr teuer?«

»Es ist ein amerikanisches Fabrikat«, sagte Younis. »Aber für dich ist mir nichts zu teuer.«

»Ich danke dir.« Er sah sie abwartend an. Hatte er sich mehr Begeisterung erwartet? Das Rauschen und Flimmern machte sie nervös.

»Was ist fernsehen, ich kann das nicht!«, schrie Jenny aufgeregt und tanzte um den Tisch herum.

Laura fing sie ab und drückte sie an sich. »Mein Schatzerl, das kannst du schon, jetzt wirst du dir jeden Tag einen schönen Film ansehen.«

Noch immer spürte sie Younis' Blick. Warum hatte er sie eigentlich nicht gefragt.

Sie zwang sich zu einem Lächeln.

Noch am selben Abend kam der Techniker Latif und installierte alles. Es dauerte, weil er das erste Mal mit diesem neuen amerikanischen Modell zu tun hatte. Doch dann funktionierte alles perfekt, und Laura musste zugeben, dass es ein wunderbares Geschenk war. Langeweile gab es nicht mehr, der Fernseher unterhielt sie alle. Am meisten liebten ihn Jenny und Nofa. Das Programm begann erst am Nachmittag, aber Nofa freute sich schon in der Früh, wenn sie Jenny das Frühstück machte, darauf.

Jennys Liebling war die Rootie Kazootie Show. Nofa liebte am meisten die amerikanischen Komödien, Doris Day, Rock Hudson und Cary Grant. Wenn Younis kam, setzte er sich gleich dazu. Oft sprachen sie den ganzen Abend nicht miteinander, weil der Film so spannend war.

Laura sah das Konzert einer Sängerin, die ihr viel besser gefiel als Umm Kulthoum und beinahe ebenso schön sang.

Afifa Iskander war ihr Name, eine assyrische Christin, die als Kind aus der Türkei nach Bagdad gekommen war.

»*Jina Min Bagdad*«, hieß ihr Lied.

18. KAPITEL

ALS GINI DIE IDEE ZU EINER Theateraufführung hatte, war Laurence nicht mit einem Wort darauf eingegangen. Doch er hatte sehr wohl aufgemerkt, denn einige Monate später drückte er Laura ein Manuskript in die Hand. »Wenn du die Flavia spielst, führe ich die Regie«, sagte er.

Sie schlug die erste Seite auf. »Die Flut. Ein Drama von Laurence Winter.«

Das Stück handelte von einer Party an einem heißen Sommerabend. Eine Gruppe reicher, oberflächlicher Partybesucher schlendert mit ihren Cocktails herum und amüsiert sich mit Klatsch und kleinen Sticheleien. Dann läutet das Telefon, der Gastgeber hebt ab und erfährt von einem Unbekannten, dass sie sich in großer Gefahr befinden. Der Damm flussaufwärts ist dabei zu brechen, dann droht eine schreckliche Überschwemmung. Der Gastgeber vermutet einen Scherz, die Party geht weiter. Das Telefon läutet wieder und wieder, aber niemand hebt ab.

»Was bedeutet es, Laurence?«, fragte Laura. »Meinen Sie, wir werden alle untergehen, wie in der Sintflut?«

Beinahe jedes Jahr war der Tigris im Frühling aus den Ufern getreten und hatte Teile der Stadt und das flache Umland im Osten überschwemmt. Bis 1954 eine Flut über Bagdad hereinbrach. Damals musste die Armee eingreifen, um die panische Bevölkerung in Sicherheit zu bringen. Rund um die Uhr wurden Erdwälle geschaufelt und Sandsäcke aufgeschichtet, vierzehn Tage lang. Danach erst entschloss man sich endlich zur Regulierung des Flusses und baute höhere Dämme.

»Das ist in dem Jahr passiert, bevor du nach Europa gefahren bist. Du hast mir nie davon erzählt«, sagte Laura zu Younis.

»Es war entsetzlich, dieser grausige Anblick, als das Wasser zurückging. Ganze Stadtviertel waren mit einer schleimigen braunen

Schicht überzogen, die alten Häuser aus Lehm zusammengesunken wie Sandkuchen, es stank nach Fäulnis, überall lagen Tote, Tiere und Menschen. Damals habe ich beschlossen fortzugehen.«

Im Mittelpunkt von Laurence Theaterstück stand eine Frau, die junge Flavia. Vergeblich appelliert sie an den Gastgeber und die anderen Gäste, die Warnung zu beachten, niemand will etwas davon hören. Bis plötzlich der Strom ausfällt, ein düsteres Brausen die Dunkelheit erfüllt. Schreie werden laut – dann Stille und Ende.

Alle Freundinnen Ginis bekamen eine Rolle, auch die Ehemänner und Kinder. Laurence fragte Younis, ob er den Gastgeber spielen wollte. Zu Lauras Überraschung sagte er ja.

Die erste Probe fand in Laurence Junggesellenwohnung statt, weiter unten am Fluss, wo der Tigris eine Schleife machte. Laura fand es merkwürdig, sich selbst zu spielen. Vor allem, wenn sie nachher aus dem Haus ging und auf das Wasser sah, kam es ihr fast unheimlich vor. Sollte die Flut das Blutbad der Revolution darstellen? Ein Nebelschleier hing über dem Wasser, umgab die Fischerboote auf dem Fluss mit einem zarten Lilaton. Ein Geruch stieg ihr in die Nase, etwas Unangenehmes. War es nur Einbildung, lebte sie nur die Szenen von Laurence' Stück weiter? Der feuchte Boden am Ufer entlang roch muffig, als hätte es wirklich Hochwasser gegeben. Den ganzen Weg nach Adhamiyah verfolgte sie der Hauch von Verwestem.

Younis war zu Hause, sie sah seine Aktenmappe und seine Zeitung auf dem Tisch. Jenny spielte allein im Garten. Sie kniete vor der im Gras schlafenden Mimi, miaute und bellte, um Mimi zu einer Reaktion zu bewegen. Erst als sie sich dem Ohr der Katze näherte, gelang es ihr. Mimi öffnete die Augen, zuckte unwillig und rollte sich auf die Seite. Mehrere Male hatte Jenny für ihre Vorwitzigkeit mit blutigen Kratzern bezahlt. Aber sie konnte es nicht lassen. »Wo ist Baba?«

Jenny wusste es nicht. Wie spät war es, sechs vorbei. Nofa hatte schon längst das Haus verlassen. Zu Lauras Überraschung lag Younis im Bett. Er hatte die Augen geschlossen, aber er schlief nicht.

»Bist du krank?« Er musste nicht antworten, sie sah es ihm an. Fieber. Seine Stirn glühte. Er nahm ihre Hand. »Sorge dich nicht, Liebe. Ich bin bald wieder gesund.«

Sie dachte an den lange zurückliegenden Tag, als er heimlich fortgegangen war, um sich bei Umm Majassah auszukurieren. »Ich rufe einen Arzt.«

Er widersprach nicht. Sie ging hinunter und schaute nach, ob der Kiosk gegenüber noch offen war. Das hölzerne Gitter war schon vorgelegt. Sie ging zum Telefon.

Sie blätterte in ihrem Telefonverzeichnis. Wo war die Nummer des Arztes? Nicht einmal sein Name fiel ihr in der Eile ein. Auf der Hinterseite waren Younis' Telefoneintragungen, in arabischer Schrift. Worte, die im Markt und in Geschäften mit Kreide groß angeschrieben waren, las sie problemlos. Doch es war eine andere Sache, Younis' Schrift zu entziffern. Mühsam buchstabierte sie und kam nicht vorwärts. Younis rief im Schlafzimmer nach ihr. Sie lief nach oben.

»Bitte, bleib hier. Ich habe etwas geträumt, nein, es ist kein Traum. Etwas Schlimmes wird geschehen. Ich habe einen Fehler gemacht. Wir müssten längst fort sein.« Stoßweise kamen die Worte aus seinem Munde. Immer wieder versuchte er sich aufzurichten und sank wieder zurück.

»Das hat Zeit, denk jetzt nicht daran. Younis, mach die Augen auf, schau mich an. Ich bin es, Younis, deine Frau. Es ist alles gut.«

Aber es war nicht gut. Er begann sich im Bett herumzuwerfen. Sie hielt seine Hände fest und sprach beruhigend auf ihn ein. Er hörte sie nicht, schlief oder war in einem Fieberwahn.

Jenny kam ins Zimmer. Mit großen ängstlichen Augen stand sie neben Laura und brachte kein Wort hervor. Laura holte Sodawasser aus dem Kühlschrank. Younis schrie auf, als sie die eiskalte Flasche an seine Stirn drückte. Jenny begann vor Schreck zu weinen. Wieder lief Laura hinunter. Sie wählte die Telefonnummer, die sie auswendig konnte. Es läutete lange, bis jemand zum Telefon kam, Annemaries Schwägerin Nour. Der Anruf hatte sie aus dem Bett geholt. Verschlafen gab sie Auskunft. Annemarie und Rahman waren zu einem mehrtägigen Ausflug nach Damaskus unterwegs, Nour passte inzwischen auf die Kinder auf, weil die Babysitterin nicht allein die Verantwortung übernehmen konnte.

Nervös schnitt ihr Laura das Wort ab. Sie brauchte einen Arzt! Nour, die nicht aus Bagdad stammte, wusste niemanden, versprach aber, sich gleich am nächsten Morgen zu erkundigen. So lange konnte sie nicht warten. Laura beendete das Gespräch. Verzweifelt nahm sie sich noch einmal das Telefonbuch vor. Ihr Blick fiel auf die letzte Eintragung, Pepperls Nummer. Ein Mann hob ab und murmelte etwas, das Laura nicht verstand. Er legte den Hörer beiseite. Laura wartete. Minuten vergingen, in denen sie nur Musik aus dem Hintergrund hörte und Stimmen, die sich leise unterhielten. Dann war Pepperl am Apparat, atemlos. »Ich komme«, sagte sie. »In einer halben Stunde bin ich bei dir.«

Während sie auf Pepperl wartete, fand Laura endlich die Telefonnummer des amerikanischen Arztes. Battles hieß er. Aber sie erreichte ihn nicht.

Pepperl brachte eine Schachtel mit Medikamenten mit. »Das ist mein Vorrat: Aspirin, Sulfid-Tabletten, Fieberzäpfchen. Einen Arzt kann ich mir nur im größten Notfall leisten. Am besten wirkt aber immer noch das Rezept meiner Großmutter: Strümpfe mit kaltem Essigwasser tränken und bis über die Waden ziehen. Auf die Schläfen Zitronenscheiben, das bringt das Fieber herunter.«

Immer wieder sagte Younis: »Es wird etwas passieren, ich bin schuld, ich hätte das nicht tun dürfen.«

»Weißt du, was er meint?« fragte Pepperl.

Laura verneinte. Pepperl schaute sie an, als könnte sie es nicht glauben. Laura erzählte ihr von Umm Majassah, der angeblichen Heilerin in Hilla. »Soll ich ihn zu ihr bringen? Ich weiß nicht einmal eine genaue Adresse.«

»Zuerst probieren wir es mit den Essigwickeln«, entschied Pepperl.

Während Laura Jenny schlafen legte, fing Pepperl mit der Behandlung an. Younis wischte die Zitronenscheiben von seinem Kopf und wehrte sich gegen ihre Hände, die ihm die kalten, nassen Socken überziehen wollten. Er schrie wie ein Kind.

»Ja, sag du mir, o Jaromir!«, rief Pepperl entnervt und brachte Jenny, die schon beinahe eingeschlafen war, zum Lachen. »O Jaromir! Jaromir-o-mir!«, sang Jenny auch, während Pepperl mit Younis rang. Erst zu zweit schafften sie es, ihm die Strümpfe anzuziehen.

»Jetzt brauche ich was zur Desinfektion!«, sagte Pepperl.

Laura brachte die Arrakflasche. Sie schenkte ein.

»Du auch«, verlangte Pepperl. »Wer weiß, was ihm fehlt. Wir müssen es nicht auch kriegen.«

Sie prosteten sich zu und tranken.

Laura schüttelte sich. »Scheußlich, schmeckt wie alkoholisches Gurgelwasser!«

»Austrinken!«, befahl Pepperl.

Noch einmal hoben sie die Gläser. Der zweite Schluck war schon besser. Laura spürte eine Luftigkeit im Kopf. Sie sah den lila Nebel über dem Tigris vor sich, die sanft schaukelnden Boote.

»Es wird alles gut«, sagte sie vor sich hin.

Pepperl nickte. »Alles, alles.«

Schweigend saßen sie nebeneinander und horchten auf die Geräusche, die aus dem Schlafzimmer kamen. Jenny schlief. Younis, nachdem er noch eine Zeitlang vor sich hin gesprochen hatte, wurde plötzlich ruhig, als hätte man einen Schalter abgedreht. Laura stand auf, um nachzusehen. Er atmete tief und regelmäßig. Sein Kissen war nass geschwitzt, aber sie rührte ihn nicht an, aus Angst, ihn zu stören.

Leise verließ sie das Zimmer. Pepperls Kopf war auf die Brust gesunken. Sie schreckte auf.

»Willst du über Nacht bleiben?«

»Unmöglich. Wenn die Kinder in der Früh aufwachen, muss ich daheim sein. Meine Schwiegermutter hat zu schwache Nerven für Mitros Einlagen.« Pepperl gähnte herzhaft. »Aber hier hat der Nothelfer eh nichts mehr zu tun, oder?«

»Danke, Pepperl!« Laura drückte ihr fest die Hand.

Pepperl lächelte sie an, blinzelnd vor Müdigkeit. »Kannst du mir bitte Geld borgen? Ich kann das Taxi nicht bezahlen.«

»Natürlich.« Laura begleitete sie hinaus.

Der Fahrer ging vor dem Haus auf und ab und rauchte.

»*Mabrouk*«, murmelte er übellaunig sich hin.

Pepperl zuckte die Achseln. Sie stieg ein.

»Noch einmal vielen Dank für deine Hilfe!«

Der Motorlärm verschluckte Pepperls Antwort. Sie fuhr in die Dunkelheit davon.

Am Morgen war Younis schon vor Laura wach. Seine Haut hatte einen wächsernen fast grünlichen Ton, wie bei seiner früheren Erkrankung. Pepperls Hausmittel schien gewirkt zu haben, denn er fühlte sich kühl an. Mit geöffneten Augen lag er ruhig da. Im Erdgeschoss hörte man Nofa in der Küche hantieren. Laura fragte sich, wie spät es war. Younis drehte den Kopf zu ihr.

»Wie geht es dir, mein Herz?«

»Du fragst mich, Younis? Wie geht es dir?« Laura streichelte seine Wangen.

»Gut, dank deiner Pflege. Ich bin schon wieder gesund.« Er wollte sich aufrichten und sank in das Kissen zurück. »Nur müde. War der Arzt da? Ich kann mich gar nicht erinnern, nur dass ich mich gewehrt habe, ich weiß nicht, wogegen.« Seine Hand suchte unter der Decke nach ihrer.

»Du hast phantasiert. Die ganze Zeit hast du dich gesorgt, weil du einen Fehler gemacht hättest, weil wir längst fort sein müssten. Etwas Schlimmes wird geschehen, hast du immer wieder gesagt.«

Seine Hand zog sich zurück. »Das war das Fieber.«

»Pepperl hat wirklich Zauberkräfte. Ich wusste nicht, was ich tun sollte.«

»Was meinst du?«, fragte Younis.

»Pepperl war hier. Sie hat mir geholfen.«

Er war zu matt, die Stimme zu heben. Doch sie spürte, dass er ungehalten war.

»Wie kommst du dazu? Du weißt, was ich von dieser Frau denke.«

»Aber sie war die Einzige, die ich erreicht habe«, verteidigte sich Laura. »Der Arzt war nicht da, und Annemarie ist mit ihrem Mann …«

»Ich will keine von diesen Weibern in meinem Haus!« Er stemmte sich im Bett hoch und wäre beinahe wieder zurückgefallen, doch sie half ihm. »Du hast noch immer nicht verstanden, wo dein Platz in der Ehe ist. Der Mann entscheidet, wer eingeladen wird, mit wem man Umgang hat.« Der Schweiß lief an seinen Schläfen entlang. Seine Unterlippe zitterte. Dennoch ließ er sich nicht abhalten aufzustehen.

»Aber Younis. Reg dich doch nicht auf. Du bist krank, ruhebedürftig, komm zurück ins Bett.«

»Nofa!«, rief er. An der Tür musste er sich vor Schwäche anhalten.

Nofas Schritte tappten über den Flur. Sie kam die Treppe herauf.

»Tsss!«, machte sie besorgt.

»Bring Cay, rasch.«

»Doktor hat angerufen, sie sollen kommen ins Spital«, sagte Nofa an Younis vorbei zu Laura.

»Hörst du!«, herrschte er sie auf Arabisch an. »Wenn dein Herr spricht, gibst du Antwort.«

Sie hauchte ein Wort der Entschuldigung und wollte sich wieder an Laura wenden, doch er ließ sie nicht vorbei.

»Bitte Younis, zieh dich an, wir helfen dir.« Laura holte seine Kleider hervor.

»Ich brauche diesen amerikanischen Doktor nicht!«

Im Hintergrund erhob sich lautes Gähnen und Seufzen. Jenny erwachte.

»Younis, bitte, sei vernünftig.« Laura wollte Younis zum Bett zurückführen, doch er schob sie weg und hielt sich stattdessen an Nofa fest, die Laura beruhigend zunickte.

»Madam und Jenny gehen hinunter frühstücken, ich mache alles.«

Jenny kletterte aus dem Bett. Sie hielt ihrem Vater ihren Liebling, das weiße Lamm, entgegen. Es war ihr Tröster in allen Lebenslagen.

Younis schaute nicht hin. »Geht jetzt.«

Laura nahm Jennys Hand und zog sie mit sich. Unten läutete das Telefon. Ewas Brief fiel ihr wieder ein, sie musste ihn endlich lesen. Sie hob nicht ab.

Er schlief. Nofa brachte Tee und später eine Suppe und ein Stück Sesambrot. Er ließ das Essen stehen, trank nur und schlief weiter. Am Abend ging Nofa noch einmal zu ihm und wusch ihn mit einer Kräuteressenz. Laura folgte ihr. Nofa stellte sich in die Tür.

»Wie geht es ihm? Lass mich vorbei, ich helfe dir.«

Sie schüttelte den Kopf. »Madam soll nicht krank werden.«

»Ist es etwas Ansteckendes? Wir brauchen einen Arzt. Bitte, warum unterstützt du mich nicht, Nofa?«

Nofa schüttelte nur den Kopf. »Madam soll sich ausruhen. Ich bleibe hier. Morgen wird schon besser sein.«

»Geh weg, Laura«, sagte Younis drinnen. »Mach, was Nofa sagt, sie pflegt mich. Sorge dich nicht um mich.« Er klang wieder wie immer. Sie spähte über Nofas Schulter hinweg. Das Zimmer war verdunkelt, sie konnte ihn kaum sehen. »Es tut mir leid, dass ich heute grob war«, sagte er leise. »Entschuldigst du es mir, Liebste?«

Waren es zwei Männer, ihr Younis und dieser andere, der nur seine Ehre im Sinn hatte und seine Rolle als Familienoberhaupt durch jede selbstständige Handlung seiner Frau gefährdet sah? Sie fühlte sich erschöpft von diesem Kampf. Denn das war es, ein Kampf, und wenn er nicht siegte, würde er aufhören, sie zu lieben. Sie hätte am liebsten geweint. Sie ging zurück ins Wohnzimmer.

»Mama, spielen wir Ausschneidepuppen?«

Jenny hatte alles auf dem Tisch ausgebreitet. Younis' Papiere lagen achtlos auf dem Boden verstreut. Rasch sammelte Laura sie wieder ein. Aus dem neuen Ausschneidebogen schnitt sie Kleider für die Puppe Clarissa, eine Schürze, ein rotes Käppchen, einen Petticoat und eine Schleife mit gelben Punkten für ihre Frisur. Dabei dachte sie an ihre Mutter, die vor vielen Jahren ebenso mit ihr gespielt hatte, gelangweilt und mit ihren Gedanken bei dem unerfreulichen Ehemann. Und wenn sie sich noch so dagegen sträubte, war das auch ihr Schicksal. Sie ließ die Schere fallen.

»Mama!«, protestierte Jenny.

»Spiel jetzt allein.« Laura rauchte eine Zigarette im Garten. Hinter sich hörte sie Jennys zufriedenen Singsang. Sie holte Ewas Brief und las nun endlich nach so vielen Wochen das zweite Blatt. Jetzt begriff sie, was mit dem Trost für Stephan gemeint war. Keine Ironie. Tommy war tot. Stephan war mit ihm noch am Abend eine große Runde gegangen. Auf dem Rückweg war ihm aufgefallen, dass Tommy nicht so munter wie sonst neben ihm lief, sondern immer langsamer wurde. Schließlich wollte er gar nicht mehr weitergehen. Den Rest des Weges musste Stephan ihn tragen. In der Nacht hatte er zu schreien begonnen. Seine Schmerzensschreie klangen menschlich, nahmen kein Ende. In der Früh waren sie mit dem Hund auf dem Arm in die Tierärztliche Hochschule gegangen. Und dann mit leeren Händen heimgekehrt. Herzinfarkt, während der Untersuchung war er mit einem letzten entsetzlichen Jammerlaut verstummt.

Laura setzte sich auf die Treppe und weinte. Tommy, ihr Hund. Sie hatte ihn verlassen und ihm war das Herz gebrochen.

Neben ihr läutete das Telefon. Sie blieb, wo sie war, und ließ es läuten.

Younis' Fieber kam und ging, drei Tage lang. So lange er krank war, blieb Nofa im Haus. Erst am Freitag, als der Muezzin rief, fragte sie Laura, ob sie gehen konnte. Ihre Kinder warteten.

»Frag ihn selbst.« Laura saß unter der Palme. Sie hörte dem Rauschen der gefiederten Blätter zu. Sie sah Nofa nicht an. Ihr Kopf war zu schwer. Einmal hatte ihr jemand erzählt, dass die Toten sich die erste Zeit nach ihrem Tod in den Bäumen in der Nähe ihrer Wohnung aufhielten. Sie konnten sich nicht leicht von den Orten trennen, an denen sie gelebt hatten. Es kam ihr unsinnig vor. Trotzdem dachte sie nun an die großen Rosskastanienbäume im Garten der Tierärztlichen Hochschule, wo Tommy seine Seele ausgehaucht hatte. Die Platanen in der Wohllebengasse, die Rotbuche am Karlsplatz, die Fliederbüsche, die alte Eibe vor der Technischen Hochschule.

Sie hörte das Klappern von Holzpantoffeln. Das war Younis, er kam die Stiege vom Dachgarten heruntergestiegen. »Laura?« Er setzte sich neben sie auf die Terrazzostufen.

»Ja, ich bin da.«

»Bist du krank?«

»Ich bin nicht krank. Du bist krank.«

»Es ist schon vorbei. Laura, was hast du, bist du gekränkt?«

War sie gekränkt? Sie spürte gar nichts. Der Schmerz um Tommy, darüber würde er höchstens lachen. »Es ist nichts.« Sie wollte, dass er wieder hinaufging.

Er nahm eine ihrer Zigaretten. »Laura, ich muss etwas mit dir besprechen.«

Sie nickte. Er legte ihre seine Hand auf den Arm. Seine Finger sahen weiß und dünn aus, als wäre er den ganzen Sommer krank gewesen.

»Ich habe etwas, das ich dir zeigen will.«

Seine Schultern waren vorgebeugt, er konnte sich nicht gerade halten.

»Was für eine Krankheit ist das?«

»Schhsch.« Er legte ihr einen Finger auf den Mund. »Denk nicht mehr daran. Ich habe das schon seit meiner Kindheit. Es kommt und geht wieder.«

Er hielt ihr eine dunkelblaue Mappe hin.

»Was hast du da?«

»Wir haben eine Einladung.«

Den goldenen Aufdruck hatte sie schon einmal gesehen. Es war das Emblem der amerikanischen Botschaft.

»Willst du nicht wissen, wohin?«

Sie machte eine vage Bewegung. Er sah sie ein wenig fragend an, bevor er weitersprach: »Ohio, weißt du, wo das ist?«

»Im Mittelwesten.«

»Das klingt aber nicht begeistert.«

»*Black Swamp*. Der große Sumpf, haben die deutschen Siedler gesagt.«

Younis sah überrascht drein. »Was du alles weißt ...«

Sie hatte in Wien einen Amerikaner gekannt, einen Besatzungssoldaten, Tim aus Toledo. Das war eine Stadt im Norden Ohios. Es klang nett, war aber öd, mit dem spanischen Toledo nicht zu vergleichen, hatte Tim ihr erzählt. Detroit war nicht weit entfernt.

»Detroit, ja, ich habe Aussicht, bei Ford eine Stellung zu bekommen. Laura, Darling, wie siehst du mich an?«

Ein kalter Tropfen fiel von der Palme und traf ihren Halsausschnitt. Fing es zu regnen an? Sie schüttelte sich. Detroit war das Herz der amerikanischen Autoindustrie.

»Wenn du weg willst, warum nicht nach Wien?«, fragte sie mit erstickter Stimme.

»Weil, ich ... Ich dachte, du willst nicht? Nie und nimmer gehst du zurück nach Österreich, hast du gesagt.«

Ihre schroffe Ablehnung traf ihn unvorbereitet. Er hatte recht. Warum war sie so zornig, was konnte er dafür? Aber sie musste es ihm sagen, damit das Thema ein für alle Mal aus der Welt war. »Lieber als nach Amerika! Ich werde niemals nach Ohio gehen. Ich verabscheue Amerika.«

Was dann geschah, hätte sie niemals erwartet. Ein Lächeln breitete sich auf seinem Gesicht aus. Er seufzte auf, wie von einer schweren Last befreit. »Aber was dann, Laura, was erwartest du dir?«

»Wir sind hier zu Hause. In Bagdad. Ich will in keiner anderen Stadt leben.«

Younis nahm sie in die Arme. »Gut«, flüsterte er an ihrem Hals und küsste sie. »Gut, wenn du es dir wünschst, mein Liebling. Wir bleiben zu Hause.«

War es gut? Würde es gut werden, wenn sie die Kinder bekäme, die er sich wünschte? Wenn sie lernte, sich anzupassen, zu Hause zu sein, wo er zu Hause war? Sie sprachen eine Sprache, die keiner von ihnen beherrschte, sie meinten nicht, was sie sagten. Es war nicht Lüge, sondern Sehnsucht, ihr Traum und seiner.

»Wir waren trunken vor Liebe
In unseren Träumen zu Hause
Auf einer Straße aus Mondlicht
Tanzte die Freude vor uns her
Wir lachten wie Kinder
Unseren Schatten liefen wir davon.«

Die Araber liebten dieses Lied. Es verging kein Tag, ohne dass es im Radio gespielt wurde. Younis hatte ihr die Worte übersetzt. Es ging traurig aus, wie die meisten arabischen Liebeslieder. *Al Atlal* war der Titel. Ruinen.

»Laura, endlich!« Pepperl schrie ins Telefon. »Ich rufe schon seit Tagen bei dir an. Was ist los?«

Laura schluckte. »Ich war …« Es fiel ihr keine überzeugende Antwort. Die Wahrheit. Die Wahrheit, dass sie zu traurig zu sprechen war. »Mein Hund ist gestorben.«

Auf der anderen Seite der Leitung war nichts zu hören als Mitros helle Stimme im Hintergrund.

»Dein … Mein Gott, Laura, ich dachte, dein … mit Younis ist etwas geschehen … Hund, ich wusste nicht einmal, dass du …« Sie stockte. Jemand sprach schnell und heftig, und Mitro oder Fayek quietschte protestierend. »Ich bin bei Abu Mustafa, in meinem Nachbarhaus. Wir haben kein eigenes Telefon.«

Laura nickte, was Pepperl nicht sehen konnte.

»Laura?«

»Ja.«

»Stimmt etwas nicht? Der Hund liegt dir also so am Herzen?«

»Ich kann jetzt nichts mehr sagen, Pepperl. Entschuldige.« Laura hängte auf. Sie blieb stehen und horchte ihren Worten nach. Was tat sie, warum kränkte sie Pepperl, die auf ihren Hilferuf sofort hergefahren war und ihr geholfen hatte? Ihre Medikamentenschachtel stand immer noch oben im Schlafzimmer. Die Proben zu dem Theaterstück waren unterbrochen worden, seit Younis krank war. »Wir warten auf dich«, hatte Gini geschrieben. Annemarie wollte nach ihrer Rückkehr aus Damaskus auf Besuch kommen, doch auch sie hatte Laura nicht empfangen. Sie sah den Tagen zu, wie sie verrannen. Sie tat nur das Nötigste. Die Straße aus Mondlicht war dunkel.

»Ich habe Jenny im Kindergarten angemeldet. Ab Monatsanfang.« Younis teilte es ihr als vollendete Tatsache mit.

»Ab wann? Das heißt ja …« Laura sah ihn verdutzt an.

»… ab morgen«, setzte Younis fort.

»Aber so von einem Tag auf den anderen, darauf müssen wir sie vorbereiten.«

Younis zog nur die Augenbrauen hoch. »Vorbereiten, das Kind tanzt dir auf der Nase herum. Zeit, dass sie von deinem und von Nofas Rockzipfel loskommt.«

Laura schüttelte nur den Kopf dazu. Jenny zupfte Laura und flüsterte ihr zu: »Ich gehe nicht in den Kindergarten.«

Younis hörte es. »Doch, das tust du. Morgen früh holt dich der Kinderbus ab.«

»Kinderbus?« Jenny beschloss, nicht weiter zuzuhören. Sie lief in den Garten.

Am Morgen um sieben hupte der Bus dreimal, das war das Signal. Jenny war fertig angezogen, gefrühstückt hatte sie nichts. Sie konnte es nicht leiden, wenn es schnell gehen musste. Als sie den Bus hörte, flitzte sie davon. Younis, der damit gerechnet hatte, erwartete sie vor der Tür. »Nicht so schnell, meine Dame, das ist die falsche Richtung.«

Jenny verschränkte die Arme vor der Brust. »Mama hat gesagt, ich muss nicht in den Kindergarten!«

Energisch schob Younis sie Richtung Haustor. Jenny ließ sich auf den Boden fallen. Laura kam aus der Küche.

»Geh weg, Laura, misch dich nicht ein!« rief Younis.

»Mama, du hast es versprochen!«, keuchte Jenny.

Younis zog sie vom Boden hoch. »Schluss mit den Faxen, du kommst jetzt.«

»Nein!« Jenny begann zu weinen. Er hielt sie fest und schleppte sie zur Tür, egal, wie sie sich drehte, sie entkam seinem Griff nicht. »Mama, hilf mir!«

Younis öffnete die Tür und schob Jenny hinaus. Sie bekam die Türklinke im letzten Moment zu fassen und klammerte sich daran fest.

Jetzt verlor Younis die Nerven. Er wurde grob. Unerbittlich riss er ihre Finger einzeln von der Klinke. Er ignorierte ihr Schluchzen, ihre flehenden Mama-Rufe. Sie trat nach ihm, da packte er sie noch fester. Im Haus begann Laura vor Entsetzen zu weinen. Jennys Schreie waren selbst im Bus noch zu hören. Erst als er abgefahren war, kam Younis außer Atem ins Haus zurück.

»Diese Lektion wird sie nicht vergessen«, sagte er triumphierend.

»Und du sagst, du liebst deine Tochter. Wer das glaubt?« Sie sah ihn nicht an.

Laura lief über den Markt. Sie wollte kandierte Früchte und Pistazien für Jenny kaufen. Ihre Klage verfolgte sie. Mama, du hast es versprochen, Mama, lass mich nicht allein. Sie spürte, wie ihr die Tränen übers Gesicht liefen. Mit dem Handrücken wischte sie über ihre Wange. Sie hatte nicht einmal ein Taschentuch mit. Jemand berührte ihre Schulter. Sie zuckte zusammen. Es war Mariam.

»Frau Laura. Geht es Ihnen nicht gut?«

Mariams Blicke glitten über ihr verweintes Gesicht.

»Es ist wegen Jenny. Mein Mann hat sie gezwungen …« Laura war so aus der Fassung, dass sie mit der ganzen Geschichte herausplatzte. Nachher hätte sie sich auf die Zunge beißen können. Mariam würde es Abdou erzählen, und Abdou würde sicher nicht darüber schweigen. Younis wollte nicht, dass sie private Dinge ausplauderte. Jedes Gerede landete früher oder später bei ihm, hatte er ihr erklärt. Und es stimmte.

Mariam hielt ihr ein rosa kariertes Taschentuch hin. Laura erkannte es, sie selbst hatte es Mariam einmal geschenkt. »Danke.« Sie tupfte sich die Augen ab. »Ich habe eine Bitte, Mariam.«

»Ja?«

»Vergessen Sie das Ganze wieder. Bestimmt übertreibe ich, weil ich noch nie von Jenny getrennt war.«

Mariam schaute sie unverwandt an. »Ein Mann kann nicht verstehen, was im Herzen einer Mutter vorgeht.«

Laura schluckte.

»Soll ich Sie begleiten, Frau Laura?«

»Sie sind sehr freundlich. Das ist aber nicht nötig, es geht mir schon besser.« Laura gab ihr die Hand. »Einen schönen Tag, liebe Mariam. Wir sehen uns hoffentlich bald.«

»*Inshallah*, Madam.«

In der Nacht weckte sie Jenny. »Mama, das Lamm!«

Laura machte Licht. Jenny stand in ihrem Bett und tappte mit den Händen an die Wand. »Das Lamm ist weggelaufen. Mach auf, Mama, ich muss es doch holen.« Ihre Augen waren weit aufgerissen. Sie träumte.

Laura nahm sie in die Arme. Sie spürte ihre Hitze durch den Pyjama. Jenny hatte Fieber. Sie maß die Temperatur. Über neununddreißig Grad. Younis schlief daneben immer noch ungestört.

»Younis!«

Hatte Jenny seine Krankheit? Sie war nicht erschöpft, sondern hektisch, keinen Augenblick konnte sie stillhalten. Schon am Nachmittag, als der Bus sie vom Kindergarten zurückbrachte, hatte Laura ihre Unruhe bemerkt. Sie hatte nur erzählt, dass sie ein neues Lied gelernt und etwas gezeichnet hatte. Das Essen hatte sie stehen lassen. »Waren Käfer drin«, behauptete sie zu Younis' Ärger. Aber auch was Nofa gekocht hatte, rührte sie nicht an.

Die Hauptsorge galt dem unauffindbaren Lamm. Laura erinnerte sich nicht, wann sie es zuletzt gesehen hatte. In der Früh war es noch mit in die Küche gekommen und hatte von Jennys Kakao kosten müssen. Aber ob sie es in den Kindergarten mitgenommen hatte, konnte sie nicht sagen. »Ich will mein Lamm, mein Lamm!«, weinte Jenny laut und weckte damit endlich Younis auf.

»Bist du still, mitten in der Nacht!« Ungehalten setzte er sich auf.

Es war fünf Uhr, das erste Licht war schon über dem Haus.

»Sie ist krank, sie phantasiert. Wie du, Younis, kann sie sich angesteckt haben?« Younis Fieber lag schon zehn Tage zurück. Wie aufgedreht lief Jenny auf und ab und rief nach ihrem Lamm.

»Kannst du dieses verdammte Spielzeug nicht auftreiben! Oder was anderes, mit dem sie Ruhe gibt.«

»Nichts anderes!«, weinte Jenny. »Mein Lamm. Gib mir das Lamm, Mama, es ist weggelaufen!«

Endlich klapperte unten das Schloss. Nofa kam. Laura lief ihr entgegen. »Bitte, Nofa, hilf mir mit Jenny, sie ist ganz verwirrt vom Fieber.«

Inzwischen hatte sich Younis angezogen und fing Jenny in ihrem Lauf ab. Ohne sich um ihr Protestgeheul zu kümmern, trug er sie hinunter. Nofa breitete ihre Arme aus. »Komm, meine *bulbul*, was für ein Lied wollen wir singen?« Sie schaukelte Jenny.

»*Sind ou hind*«, sagte Jenny verträumt. Nofa hatte sie die Namen der Vögel gelehrt. *Bulbul*, die Nachtigall, *Sind-ou-hind*, die Schwalbe, *Hamami*, die Taube.

Younis rief inzwischen seinen Chauffeur an. »Wir fahren ins Krankenhaus.«

Er wollte Jenny tragen, doch sie begann am ganzen Körper zu zittern.

»Sie fürchtet sich. Wundert es dich?«, konnte sich Laura nicht verkneifen zu sagen.

Er antwortete nicht. Erschrocken sah er, wie Jenny die Augen verdrehte, bis man nur mehr das Weiße sah. »Was hat sie, *ya Sater!*«

Nofa hielt Jenny auf der Fahrt, flüsterte in ihr Ohr, Worte, die klangen wie aus einer erfundenen Sprache, ein Reim, den sie wiederholte. Was immer er bedeutete, Jenny schien es zu mögen. Sie hielt sich mit beiden Händen an Nofas schwarzem Schleier fest und presste ihren Kopf gegen ihre schmale Brust.

Vor dem amerikanischen Krankenhaus ging es nicht mehr weiter, zwei Autos waren zusammengestoßen und hielten den Verkehr auf. Younis stieg aus und wollte sich einmischen, da sprang Nofa mit dem Kind hinter ihm aus dem Wagen. Sie betete laut.

»Was ist mit dir, steig ein!«, fuhr er sie an.

Aber Nofa ging mit dem Kind in den Armen auf das Krankenhaus zu.

»Sie weiß, was sie tut«, sagte Laura. »Ich habe Angst.« Sie lief Nofa nach.

»Hör auf!« Younis wollte sie aufhalten. »Seid ihr verrückt geworden!«

Er konnte kaum sprechen vor Aufregung. Sie sah ihm an, wie er sich schuldig fühlte. Aber damit musste er allein fertig werden.

In der Ambulanz übergab Nofa Jenny, die verstummt war und nichts wahrzunehmen schien, einer Krankenschwester. »Ich habe viele Kinder sterben gesehen.« Nofa faltete ihre Hände. »Die Aufregung war zu groß, das Hirn kann sich entzünden, dann gibt es keine Rettung.«

Younis konnte die Schwarzmalerei nicht länger aushalten. Er versetzte Nofa einen heftigen Stoß. Nofa fiel hin. Ohne einen Laut von sich zu geben, stand sie wieder auf. Laura schlug die Hände vors Gesicht. Sie wollte weinen, aber wie Nofa brachte sie nicht einmal einen Ton hervor.

19. KAPITEL

WÄHREND JENNY KRANK WAR, kam Pepperl jeden Tag in die *Ragheeba Chattoon.*

»Du musst das nicht machen, der Weg ist weit ohne Auto«, sagte Laura.

»Ich will aber.« Pepperl brachte ihren Zeichenblock und Malkasten mit.

Das Wetter war nach Stürmen und, für diese Jahreszeit ungewöhnlich, Regenfällen, schön geworden, warm, aber nicht zu heiß, sodass man sich den ganzen Tag im Freien aufhalten konnte. Nofa richtete auf der Terrasse ein Ruhelager für Jenny her, und Pepperl setzte sich zu ihr und malte die Bilder, die Jenny sich wünschte. Es ging ihr besser, nur in den Beinen war eine Schwäche geblieben, sie konnte nicht aufstehen. Manchmal wollte sie selbst ein Bild machen, aber das strengte sie an, und sie schlief bald ein.

»Was für eine Krankheit kann das sein?«, fragte Pepperl.

Mit Sicherheit keine der gängigen Kinderkrankheiten. Eine Infektion der Atemwege hatte der Kinderarzt im amerikanischen Hospital diagnostiziert und Jenny Sulfonamide verschrieben. Penicillin, das noch effizienter wirken würde, musste aus den USA importiert werden. Bis es in Bagdad eintraf, war Jenny längst wieder auf den Beinen. So der Arzt. Doch jetzt waren fast drei Wochen vergangen, und sie lag immer noch zu Bett. In den Nächten quälten sie Alpträume. Sie schlief bei Laura, damit sie nicht weinte. Younis fand, dass, egal ob krank oder nicht, Jenny auf diese Weise ganz verzärtelt wurde, doch Laura bemerkte dazu nur kühl: »Na, und? Das ist mir lieber, als wenn sie sich im Dunkeln fürchtet.«

Auch Pepperls täglicher Besuch störte ihn, doch konnte er sich nicht darüber beschweren, denn sie verbrachte Stunden mit Jennys Betreuung, während ihre eigenen Kinder in der Obhut der Nachbarn auf ihre Rückkehr warteten. Wegen der Infektionsgefahr durften sie nicht in Jennys Nähe kommen. Ob Jenny sich bei ihrem Vater angesteckt hatte oder an einer anderen fieberhaften Erkrankung litt, war ungeklärt. Laura blieb jedenfalls gesund, doch die gestörte Nachtruhe machte sich bemerkbar, sie wurde jeden Tag erschöpfter. Außer Nofa, die sich nun allein um den Haushalt kümmerte, war Pepperl ihre einzige Hilfe. Sie trug ihr das lange Schweigen nicht nach, im Gegenteil, sie verstand sie sehr gut.

»Sei mir nicht böse, dass ich es dir so offen sage, aber du darfst dir nicht alles gefallen lassen.«

Laura wurde rot. »Pepperl, bitte, nicht, ich schätze dich, wirklich, ich würde gern auch so selbstständig sein.«

»Eh klar, du willst keine Ratschläge, ist ja auch ziemlich komisch von einer, die mit zwei Kindern sitzengelassen wurde. Aber ich sag's dir trotzdem, bevor es dir auch so ergeht. Entweder hat Younis eine andere …«

»Hör auf!«

»… oder er ist in etwas Politisches verwickelt, und das ist vielleicht noch schlimmer. Du darfst da nicht blind hineinstolpern. Laura, hörst du mir zu?«

»Nein!« Laura stand auf. »Willst du Kaffee?«

»Tee, nach Beduinenart, kennst du das? Zuerst wird der bittere Tee serviert, dann, in der zweiten Tasse, bekommt man den Zucker. Denn das Leben ist bitter, und dafür braucht der Mensch einen Trost.«

»Wo ist Mitro?« Jennys Frage kam so unvermutet, mitten aus ihrem Mittagsschlaf, dass beide Frauen erschraken.

Jenny setzte sich auf und schaute um sich. Laura beugte sich zu ihr. Jennys Augen waren riesig in ihrem schmal gewordenen Gesicht. Doch sie blickte klar und entschlossen zu ihrer Mutter auf. »Mir ist fad«, stellte sie fest.

»Willst du malen?« Pepperl riss ein Blatt von ihrem Zeichenblock ab. »Du willst doch ein Bild von der großen schwarzen Schlange zeichnen, die du einmal im Garten gesehen hast.«

Jenny wies das Papier zurück. »Das ist auch fad«, sagte sie. »Ich mag mit Mitro spielen.«

Sie schob die Decke weg und ließ ihre Beine vom Bett hängen. Laura und Pepperl sahen ihr zu. Langsam rutschte Jenny von ihrem

Lager. Als sie auf dem Boden stand, sah Laura, dass sie gewachsen war. Sie stieg von einem Bein aufs andere. »Sie schlafen. Warum, Mama?«

»Du bist drei Wochen nicht herumgegangen, lass dir Zeit, *Sweetie.*«

»Sie sollen aufwachen, Mama! Ich will herumlaufen!«, forderte Jenny energisch.

Laura und Pepperl sahen sich an. Sie begannen zu lachen. Die alte Jenny war wieder zurückgekehrt. Endlich.

In der Nacht ging Laura das Gespräch noch immer durch den Kopf. War es, wie Pepperl sagte? Stellte sie sich blind? Sie hörte Younis nach Hause kommen, durch den Flur poltern. Glas klirrte. Sie lauschte hinunter, ob jemand mit ihm gekommen war. Doch es blieb still, bis nach einer Weile seine *Oud* erklang, nur einzelne Akkorde, kein Lied. Sie lag mit offenen Augen im Dunkeln und wartete.

Pepperl rief an. »Ich erwarte Faruk«, sagte sie mit einer atemlosen, fremden Stimme. »Er hat ein Telegramm geschickt, er kommt mit dem Flugzeug.«

»Das ist ja großartig. Lauter gute Nachrichten! Ich bin sehr froh.«

Auf der anderen Seite blieb es still, bis Laura nachfragte: »Freust du dich denn nicht?«

»Ich bin nicht sicher. Ich … ja, ich freue mich, aber ich habe Angst, wenn ich mich freue, wird es mir noch mehr wehtun.«

»Was denn, hör auf. Faruk kommt zurück. Er ist eben doch nicht so schlecht, dass er seine Familie mir nichts dir nichts verlässt.«

»Ich mache Schluss, Laura.« Im Hintergrund kreischten Kinder. Pepperl rief vom Telefon beim Zeitungskiosk an. »Reden wir morgen weiter.«

Laura sah Younis in der Tür stehen, in seinen Kleidern von gestern und unrasiert. Er hatte die ganze Nacht nicht geschlafen.

»Warte noch einen Moment …«

Younis wandte sich um und ging ins Wohnzimmer zurück.

»Treffen wir uns um neun. An der Brücke, wie immer?«

»Das ist eine Überraschung. Man kennt dich ja gar nicht mehr!« Die erste Person, die Laura über den Weg lief, war Ursula. Sie hatte eine neue Haarfarbe, platinblond, und trug einen violetten weiten Überwurf, der nach Umstandsgarderobe aussah. Ursula hakte sich bei Laura unter und ging mit ihr in den Clubraum. Es war zu windig, um im Freien zu sitzen. Annemarie, Helen und Mary Lou sahen erwartungsvoll auf, als sie eintraten. »Laura!« Annemarie sprang auf. »Seid ihr wieder gesund und munter?« Sie küsste Jenny. »Mädchen, du bist groß geworden! Was ist los, du schaust ja drein wie sieben Tage Regenwetter. Dabei gibt's so was gar nicht bei uns in Bagdad!«

Jenny schmollte. Sie wollte schwimmen gehen. Annemarie führte sie zum Kindertisch, wo Scrabble gespielt wurde. Ziad winkte Jenny zu. Sie schaute weg, als würde sie ihn nicht kennen. »Nur keine Schüchternheit.« Annemarie setzte Laura zwischen Ursulas Töchter Lina und Karoline. »Kümmert euch um sie, ja? Sie ist gerade erst wieder gesund geworden.«

Annemarie kehrte zurück. »Wir haben uns gar nicht mehr gesehen, seit du wieder in Bagdad bist«, sagte sie leise zu Laura.

Laura nickte verlegen. Wenn sie Annemarie alles erklären würde. Doch das ging nicht in ein paar Worten. »Jenny war krank.«

»Ich weiß.« Annemarie wartete, doch mehr sagte Laura nicht.

Der Kellner brachte ein Tablett mit arabischem Kaffee und *Rahat*. Laura sah sich um. »Ist Gini nicht da?«

»Sie kommt am Nachmittag zur Probe. Wir haben noch eine Menge Arbeit, du vor allem, Laura.« Ursula sah sie prüfend an. »Kannst du deinen Text schon auswendig?«

Laura lachte. »*Mein Name ist Flavia. Schauen Sie mich nicht so verwundert an, das ist der Name einer Königin. – Nein, ich bin in Brighton geboren worden. Aber mein Vater ist Altphilologe und mit einem Fuß im römischen Reich zu Hause. Meine Mutter wollte mich Violet nennen.*«

Annemarie klatschte. »Sehr gut. Ich freue mich schon. Kommt Younis auch heute?«

»Ich hoffe.« Rasch, bevor Annemarie weiterfragte, stand Laura auf. Sie hatte Laurence und Gene entdeckt, die gerade zur Bar gingen.

»Gene, Sie sind wieder da?« Laura gab ihm die Hand. »Aus welcher Grube sind sie gesprungen?«

Gene ließ seine Blicke bewundernd über sie wandern. »Ich habe Sie vermisst, Laura.« Er bestellte einen Champagnercocktail für sie, obwohl sie protestierte.

»Ihr Tommies seid genauso wie euer Ruf, immer ein alkoholisches Getränk in der Hand, treulos und unverlässlich!« Gene und Laurence machten große Augen. »Entschuldigung, aus mir spricht Flavia.«

»Laurence, hast du das geschrieben? Flavia ist schließlich auch eine von unserer Sorte.« Gene drehte sich zu Laurence um.

Warum hatte sie das gesagt? »Stimmt, ich rede Unsinn. Ich entschuldige mich noch einmal.«

»Ich habe heute ein Zitat aus dem Koran gehört«, wechselte Laurence rasch das Thema. »Hüte dich, eine Frau zum Weinen zu bringen. Allah zählt jede einzelne ihrer Tränen. Das müssen Sie Ihrem Mann sagen, wenn er einmal nicht nett zu Ihnen ist.«

»Wie kommen Sie darauf.« Laura ärgerte sich, weil sie rot wurde.

»Dafür müssen Sie nun doch einen Schluck trinken.« Gene drückte ihr den Champagnerkelch in die Hand. »Um Ihre Frage zu beantworten, ich habe nirgends gegraben und doch etwas gefunden – die Guennol-Löwin.«

»Niemand hat je von dieser – wie heißt sie – gehört«, unterbrach ihn Laurence. »Gene war gerade in Amerika und ist noch etwas durcheinander«, erklärte er Laura.

»Ich habe mir in Brooklyn die private altorientalische Sammlung von Mr. Martin angesehen. Das Prunkstück ist eine fünftausend Jahre alte Figur. Ein unglaubliches Wesen, halb Löwin, halb Mensch. Guennol ist der walisische Name von Martin. Er hat ihr den Namen gegeben, weil er in Wales seinen Honeymoon verbracht hat.« Gene schüttelte den Kopf. »Es ist so ungerecht, er hat sie nicht einmal selbst gefunden. Er hat nur viel Geld.«

Laurence lachte. »Nur!«

»Ja, nur!«

Laura sah von einem zum anderen. Wie nett sie waren und wie leicht sie ihr einen Fehler verziehen! »Sie werden sicher auch etwas Bedeutendes finden, hier sind Sie jedenfalls am richtigen Ort.«

Gene trank und nickte. »Man weiß nicht genau, wo diese Figur gefunden wurde. Es könnte der Sarah-Tempel bei Tell Agrab gewesen sein, das ist mit dem Auto nur ein paar Stunden von Bagdad entfernt.«

»Fahren Sie hin, finden Sie es heraus«, sagte Laura.

»Ja, das sollte ich tun.«

Laurence hob sein Glas. »Auf einen großen Wurf! Aber erst nach Thanksgiving. Du hast es nicht vergessen, Gene?«

Gene blinzelte Laura zu. »Natürlich nicht. Ich muss mit Flavia auf der Bühne stehen. Einmal wenigstens ungestraft mit ihr flirten. *Cheers*, großer Dichter. *Cheers*, unerreichbare Schönheit.«

Sie stießen an.

Beim Weggehen schloss sich Annemarie ihr an. »Soll ich dich heimbringen?«

»Nein, danke, das ist ein unnötiger Umweg für dich.«

Annemarie blieb unschlüssig stehen. »Du könntest auch zu mir nach Hause kommen, wir haben uns ewig nicht mehr unterhalten.«

»Ich … ein anderes Mal, Jenny ist schon müde, ich will sie nicht überanstrengen.«

Sie wollte sich verabschieden, aber Annemarie ließ sie nicht gehen. »Eben, die Fahrt im staubigen Bus ist nicht so angenehm für euch, mir macht es keine Umstände, wirklich.«

»Na, gut.«

Während der Fahrt dehnte sich ein unbehagliches Schweigen zwischen ihnen aus. Nur die Kinder unterhielten sich in der Patchwork-Sprache, die Jenny großen Spaß machte und in die sie gerade Ziad einweihte.

»Helloachleenbegrüßesiemeinherr!«

»Shukranthankservasdarling!«

Nach jeder Wortkreation lachten beide schallend auf. Annemarie saß neben ihnen und sah ihnen mit versonnenem Lächeln zu. Laura suchte nach einem Thema. Sie wollte Annemarie gern versöhnen, aber zu einem offenen Gespräch war jetzt nicht die Zeit.

»Erinnerst du dich an die Frau, die wir bei dem großen Platzregen vor dem Bazar kennengelernt haben?«

Annemarie nickte. »Ihr Mann ist der Bildhauer, nicht wahr?« Sie wandte den Kopf nicht. »Pepperl aus Wien.«

»Ja, Josefa Al-Rahim, sie ist selbst auch Künstlerin.« Sie fuhren aus der *Sadoun Street* über den *Kahramana Square*. In der Mitte des Platzes stand ein neuer Brunnen mit einer großen Skulptur aus Bronze darauf.

»Hast du gesehen?« Annemarie wies darauf. » Halten Sie einmal an, Ahmed«, bat sie den Chauffeur. »Bagdad mausert sich. Das ist die Morgana, hat mir jemand erzählt, eine Gestalt aus Tausendundeiner Nacht. *Alf laila wa-laila* – Kennen Sie die Geschichte, Ahmed?«, fragte sie den Chauffeur, doch Ahmed wusste nicht, was sie meinte.

Sie stiegen aus und gingen um den Brunnen herum. Eine Frauenfigur goss Flüssigkeit in hohe Krüge, die rund um sie einen eigenen Brunnen im Brunnen bildeten.

»Ali Baba und die vierzig Räuber!« rief Laura auf einmal aus. »Die kluge Sklavin Morgana entdeckt die Räuber, die sich in den Fässern versteckt haben und in der Nacht Ali Baba ausrauben wollen. Sie gießt kochendes Öl in die Fässer.«

»Grausam.« Annemarie erschauderte. »Das soll eine Kindergeschichte sein?« Sie kehrten in den Wagen zurück, wo Ziad und Jenny sich unermüdlich an neuen Worten erfreuten. »Hast du Pepperl wieder getroffen?«, fragte Annemarie.

Ahmed fuhr um den Platz. Die Wolkendecke riss auf, ein Sonnenstrahl tauchte den Brunnen mit einem Mal in ein goldenes Licht.

»Es geht ihr nicht allzu gut.« Laura konnte den Blick nicht von der Morgana abwenden. »Aber ihre Bilder sind wirklich außergewöhnlich. Ich habe mir überlegt …«

»Du hast sie also besucht?«, warf Annemarie ein. Ihr Tonfall klang seltsam belegt, aber Laura achtete nicht darauf.

»Ja, mehrere Male, und sie mich auch. Sie ist sehr nett. Du musst sie unbedingt kennenlernen. Eine Ausstellung im Alwiyah Club könnte man doch organisieren, was meinst du, Annemarie?«

Annemarie drehte den Kopf zum Fenster. Die Sonne war schon wieder verschwunden. Das Licht war fahl. Laura nagte an ihrer Unterlippe. Mehr als zwei Jahre waren seit dem Anschlag auf Abdul

Karims Auto vergangen. Eine Reihe von Leuten waren verhaftet worden, doch den Kopf der Bande hatten sie nicht erwischt. Wie schon andere Male fragte sie sich, in was Younis verwickelt war. Pepperl hatte sie gewarnt. Aber was sollte sie schon tun? Sie konnte nur abwarten.

»Faruk Al-Rahim ist Kurde, wusstest du das nicht?«, sagte Annemarie, als Laura ihre Frage schon fast vergessen hatte.

Das war also der Grund für Younis' Ablehnung.

»Ein Kurde wird in keiner Galerie in Bagdad ausstellen können. Im Alwiyah Club sicher nicht.«

Laura lachte verblüfft auf. »Pepperl ist aber keine Kurdin.«

»Das macht keinen Unterschied.«

Jetzt erst fiel Laura die ungewohnte Schroffheit ihrer Freundin auf. »Hast du etwas gegen sie?«, fragte sie und bekam keine Antwort.

Dann hörten beide nur mehr den Kindern zu, bis Ahmed in der *Ragheeba Chattoon* anhielt.

»Danke für die Heimfahrt.« Laura zog die unbändig lachende Jenny aus dem Wagen. »Wir sehen uns dann später bei der Probe.« Durch das Autofenster reichte sie Annemarie die Hand. »Und sei bitte nicht böse, ich weiß gar nicht, warum.«

Um Annemaries Mund zuckte es kurz. »Ich werde heute Nachmittag nicht kommen. Entschuldige mich bei Laurence, bist du so lieb? Auf Wiedersehen, Laura.«

Was war das? Die offene, starke Annemarie, die für alles und jeden Interesse und Zuwendung aufbrachte. Warum war sie gerade gegen Pepperl? Aber doch nicht, weil sie mit einem Kurden verheiratet war? Eifersucht. Laura konnte es nicht glauben.

Auch Younis fehlte bei der Probe. Vielleicht hatte er es vergessen. Laura rief im Office an, bekam aber nur die Sekretärin Amira an den Apparat, die Laura mit honigsüßer Stimme mitteilte, dass Younis am Nachmittag zu einem auswärtigen Termin unterwegs sei. Laura konnte sie nicht ausstehen, was, davon war sie überzeugt, auf Gegenseitigkeit beruhte. Mit einem Gefühl der Erleichterung beendete sie das Gespräch. Younis' Fernbleiben machte ihr gar nichts aus. Im Gegenteil. Vergnügt setzte sie sich zu den anderen. Laurence erklärte die Hauptszene, die eine Mischung aus präzise einstudierten Dialogen und einer Art Stegreiftheater war, denn das Publikum war Teil des Bühnengeschehens, Gäste der Party, bevor die Flut kam und alles untergehen ließ.

Schon zum dritten Mal musste er unterbrechen, weil es läutete. Diesmal war es Gini. Laura erkannte sie kaum, so schlank und mondän wirkte die Freundin. Ihr schwarzes Kostüm war tailliert geschnitten, der Rock wadenlang und schmal. Sie trug schwarze elegante Pumps. »Laura, endlich!« Gini umarmte sie. Sie roch nach einem betäubend süßen Parfum. Laura schnupperte.

»*Ma Griffe*«, Gini lächelte wie eine Werbung aus dem Modemagazin. »Ich liebe diesen Duft.«

»Du siehst toll aus.«

»Du auch, aber das weißt du eh.« Gini tätschelte Lauras Wangen. »Aber wie sieht's da drin aus?« Sie machte eine komisch verzweifelte Miene.

»Wir proben!«, rief Laurence. »Die psychoanalytische Sitzung könnt ihr später abhalten!« Er klatschte energisch in die Hände. »Auf die Bühne, wir fangen an. Flavia, du wunderst dich, warum dieser Mann angerufen hat. *Ich frage mich, was für ein Scherz ist das.*«

»*Ich frage mich, was für ein Scherz ist das. Er hat mich zu Tode erschreckt*«, begann Laura und schlenderte mit einem Glas zu Gene, der sie mit freudig funkelndem Blick erwartete.

»*Vielleicht hat er sich in der Nummer geirrt*«, antwortete Gene achselzuckend. »*Hören Sie, Flavia, die Musik! Irgendwo dort draußen gibt es jemanden, der unser Lieblingsstück kennt.*«

»*Lieblingsstück …*«, wiederholte Ursula in der Rolle der tratschsüchtigen, einsamen, ewigen Jungfrau Maude spöttisch.

»*Was wird Ihre Verlobte dazu sagen, dass Sie einer verheirateten Frau Avancen machen?*«

»*Mischen Sie sich nicht ein*«, befahl ihr Gene und wandte sich wieder an Laura. »*Tanzen Sie mit mir, Flavia?*«

»*Danke, Peter, aber ich … mache mir Sorgen. Der Mann klang so … als ob er es ernst meinen würde.*«

Laurence drehte den Plattenspieler lauter. Es war ein Walzer von Schostakowitsch, dramatisch und wild. Gene streckte die Arme nach Laura aus. Unwillkürlich folgte sie seinem Tanzschritt.

»*Ein Tanz auf dem Vulkan*«, bemerkte Mary Lou als Evelyn zu Ursula-Maude, beide sahen dem tanzenden Paar missmutig zu. »*Sie spielt die Unschuld, aber wer's glaubt. Höchstens ihr Ehemann, aber der will es nicht wissen.*«

Laura hatte gedacht, Younis würde sich an dem Text stoßen, doch Younis war vielmehr geschmeichelt, dass Laura die beste Rolle im Stück bekommen hatte. Er war als Gastgeber, der sich in erster Linie darum kümmerte, ob alle Gäste immer ein gefülltes Glas hatten und zwischendurch geschmacklose Witze erzählte, eher ein Klischeebild von Bagdads Upper Class. Das aber gefiel Younis gerade an dem Stück. In Wirklichkeit konnte er sich weder eine große Villa am Tigris leisten noch gab er rauschende Feste. Eigentlich nicht einmal Einladungen, sah man von den nächtlichen konspirativen Treffen mit seinen Brüdern und den Freunden ab. Eigenartig, dass ihr das, während sie auf der improvisierten Bühne stand und die Sätze sprach, die Laurence für sie geschrieben hatte, zum ersten Mal auffiel. Sie sah Younis, als wäre er ein Fremder und sie weit von ihm entfernt. Und war es nicht so? Sie kam ins Stottern und musste sich entschuldigen.

»Danke, meine Lieben. Wir machen eine Pause. Du warst großartig, Laura, ihr alle!«

Er bot Laura eine Zigarette an, doch sie wollte nicht. »Ich glaube, Flavia raucht nicht. Sie hat empfindliche Bronchien, eine Folge des Klimas in Nordengland, wo sie ursprünglich herkommt.«

Laurence lachte. »Das steht nicht im Stück. Willst du mir Konkurrenz machen?«

»Sie ist keine Konkurrentin, sie bringt das bisschen Esprit deiner Dramakunst erst zum Funkeln!«, sagte Gene und deutete einen Handkuss an.

»Spricht jetzt Gene oder Peter?«, erkundigte sich Gini. »Es wird großartig, Kinder. Ich bin schon ganz nervös, ich habe so viel vorzubereiten! Zwei Wochen noch, das ist beinahe sofort!« Sie flüsterte Laura halblaut ins Ohr. »Meine Gnadenfrist bis zum Geburtstag, es ist entsetzlich, du sieht ja, ich trage schon Trauer.«

Laura blinzelte. Dreißig Jahre. Sie war zwei Jahre älter. Ihren dreißigsten Geburtstag hatte sie gar nicht gefeiert, gar niemandem im Club davon erzählt. Gini betrachtete sie prüfend, erwog eine

Frage und ließ es bleiben. Sie gab Laura einen Kuss. Noch einmal hüllte sie ihr Parfum ein. Dreißig Jahre.

Auf dem Weg zurück nahm Laura einen Bus, der sie zum Gold Suq vor der Moschee Kadhimain brachte. Gene hatte ihr erzählt, dass die Silberschmiede von Bagdad noch wie in der Antike arbeiteten. Aus feinstem Silberdraht bogen sie Filigranketten und Fibeln, wie sie die babylonischen Frauen an ihren Kleidern getragen hatten. Sie war immer nur von der goldenen Pracht geblendet gewesen, nun suchte sie in den Seitengängen des Bazars die bescheideneren Werkstätten. Gleich bei der ersten schaute sie einem Mann zu, der Silberstücke zu Vierecken hämmerte und mit feinen Kettengliedern zusammenhängte. Die Kette, die vor ihren Augen entstand, glich aufs Haar einer aus dem Irakmuseum. Laura kaufte sie als Geschenk für Gini.

Bewundernd hob sie das Schmuckstück auf. Das Metall war noch heiß vom Werkzeug des Schmiedes. Dreißig Silberstücke zählte die Kette, ein Zufall natürlich. Er berührte Laura fast unheimlich, denn noch etwas hatte Gene gesagt – alle antike Silberkunst diente auch magischen Anwendungen. Die Silberschmiede der Gegenwart knüpften an diese Tradition an. Sollte sie den Schmuck wieder zurückgeben. Doch er sah wunderschön aus. Sie handelte nicht, sondern zahlte dem Mann, was er ihr auf einen Zettel schrieb. Zwei Dinar. Sie musste die letzten Münzen in ihrer Tasche zusammenkratzen, um den Betrag zusammenzubringen.

Kaum war sie bei der Tür hereingekommen, rief Annemarie an.

»Bleib kurz am Telefon.« Laura küsste die heranstürmende Jenny.

»Wo warst du so lange, Mama! Du hast versprochen, fünf Uhr. Aber es ist sieben!«

Jenny deutete anklagend auf die Wanduhr.

»Sechs«, korrigierte Laura. Jenny war gerade dabei, die vollen Stunden zu lernen.

»Viel zu spät, zu spät, zu spät!« beharrte Jenny und boxte mit der Stirn gegen Lauras Bauch.

»Schluss jetzt. Am Telefon ist deine Lieblingstante.« Laura nahm den Hörer ab.

»Tante Peppi!«, schrie Jenny begeistert.

Laura verzog den Mund. Das hatte Annemarie bestimmt gehört.

»Ich hab ganz vergessen, dir zu sagen ...« Annemarie klang gelassen wie immer. »Am Sonntag ist Five o'clock Tea im Club. Mit Tanz. Heute ist was, Dienstag? Wir könnten Mariam fragen, ob sie etwas nähen würde für uns zwei Hübschen. Hast du einen Stoff? Sonst fahren wir gleich einen kaufen.«

Der rote Seidenpopeline war zu dünn. Tannengrüner Samt zu feierlich, etwas Helles würde ihr gefallen ... Laura ließ ihren Stoffvorrat geistig Revue passieren, für den Anlass besaß sie nichts Geeignetes. Aber ihre Börse war nach dem Besuch im Gold Suq geleert. Sie musste Younis um Geld bitten. Wenn sie ihn sah ...

»Das ist eine gute Idee. Ich muss nur auf Younis warten, weil ...« Noch immer teilte ihr Younis sein Geld nach Belieben zu, manchmal großzügig, manchmal weniger, ein monatliches Haushaltsbudget, mit dem sie selbstständig wirtschaften konnte, hatte sie nicht.

Doch Annemarie verstand auch ohne Worte. »Ich borge dir was. Wenn wir bis morgen warten, wird Mariam die Zeit zu kurz. Wir fahren jetzt los, du rufst sie inzwischen an.«

Laura kaufte rosa Taft und einen feinen Baumwollstoff in einem noch helleren Rosaton für die Unterfütterung. Annemarie wählte dunkelblauen Satin, der mit Lurexfaden durchwoben war. Sie wollte ein Etuikleid mit Jäckchen, Laura ein Modell mit weitem, schwingendem Rock, oben schmal und tief ausgeschnitten. Mariam zeichnete nach ihren Vorstellungen die Schnitte, nahm Maß und begann gleich mit dem Zuschneiden. Während Annemarie sich in ein Modeheft vertiefte, wandte sich Mariam an Laura.

»Ihr Kleid ist ein bisschen komplizierter, könnten Sie noch bleiben, bis ich den Rock geheftet habe?«

Sie erhob sich und schaute rasch zu Annemarie hinüber. Laura verstand den Wink. Sie folgte Mariam ins Nebenzimmer.

»Ich kenne eine Familie in Kadhimiyah.« Mariam räusperte sich etwas verlegen. »Es sind Freunde meiner Familie in Kairo. Schiiten.« Sie machte eine Pause und suchte nach den richtigen Worten. »Wenn Sie einmal Schwierigkeiten haben, können Sie dort Hilfe finden.« Aus einer Schublade zog sie ein vorbereitetes Papier.

»Mariam, was ….« Laura hielt inne. Warum sollte sie sich dumm stellen? Mariam wusste Bescheid. Auf dem Zettel standen ein Name und eine Adresse mit Wegplan.

Im Nebenzimmer rückte Annemarie ihren Stuhl zurück. »Laura? Bist du fertig?«

Laura steckte das Papier in ihre Tasche. »Ich werde es mir überlegen. Danke, Mariam.«

Den ganzen Abend spürte sie die geheime Anwesenheit des Zettels in ihrer Tasche. Am nächsten Tag, im Bookstore in der *Rasheed Street*, kam er in ihre Hand und sie versteckte ihn tief in der Seitentasche mit dem Reißverschluss, wo Jenny nicht herankonnte. Gedankenverloren griff sie nach einem Magazin. Auf dem Titelblatt war Farah Diba Pahlavi abgebildet. An der Seite von Modeschöpfer Yves Saint Laurent beugte sie sich über einen Tisch mit Schnittbögen. Sie trug ein ärmelloses Kleid mit weitem Rock und einem weißen Band mit großer Schleife als Taillenabschluss. Das Foto war in Paris entstanden, nachdem sie sich mit dem Schah von Persien verlobt hatte. Inzwischen war sie seine Ehefrau, *Malekeh*, die Königin, und erwartete ihr zweites Kind.

Jenny brachte ein Bilderbuch: »Kaufst du mir das, Mama? *Rootie Kazootie Joins the Circus.* Das hab ich mit Ziad im Fernsehen gesehen, er hat gesagt, ich bin die Polka Dottie und er ist der Rootie Kazootie und wird mir die Punkte von meinem Kleid stehlen!«

»Mhm.« Abwesend legte Laura das Bilderbuch der Verkäuferin an die Kasse. Egal was sie trug, Farah Diba mit ihrer Figur, ihren Mandelaugen und einer Haut wie Sahne war schön wie die Prinzessin aus dem Märchen. Sah ihr neues rosa Taftkleid nicht ein wenig aus wie das Modell von Yves Saint Laurent? Sie kehrte um und holte das Magazin aus dem Regal.

»Du begleitest mich?« fragte Laura ungläubig. Sie war im Schlafzimmer beim Ankleiden für den Fünfuhrtee, als Younis mit einem cremefarbenen Leinenanzug über dem Arm hereinkam.

»Was ist so seltsam daran?«

»Ich …« Younis trug dunkle Anzüge mit Gilet zur Arbeit, zu Hause oft dünne weiße Baumwollhosen vom Markt und lange weite Hemden offen darüber, manchmal bei großer Hitze seine *Dischdascha*. »Ist der neu?

Er zog die Hose an. Sie war ihm ein wenig eng, das Sakko passte so halbwegs »Gefalle ich dir?«

In einem modischen Anzug hatte sie ihn noch niemals gesehen. »Du siehst sehr gut aus.«

Er lächelte. »Du auch, *Jamila*, meine Schöne.«

Sie hätte geschworen, dass er keine Lust auf einen Tanznachmittag im Club hatte. Doch er wirkte ganz vergnügt, schlüpfte in seine weißen Slipper, kämmte sein Haar mit Gel glatt und parfümierte sich mit dem Parfum, das sie ihm geschenkt hatte.

»Gehen wir?« Er reichte Laura seinen Arm.

Jenny durfte nicht mitgehen, aber mit Nofa fernsehen und am Abend allein die Katzen im Garten füttern. Dennoch war sie beleidigt und kam nicht aus dem Wohnzimmer, um sich zu verabschieden.

Draußen war es feucht und lau. Den ganzen Vormittag hatte es geregnet. Der Motor sprang erst nach mehreren Versuchen an. Die Morgana trug ein Kleid aus Wassertropfen. Laura bewunderte sie im Vorbeifahren. Schade, dass es davon keine Ansichtskarte gab, sie hätte sie gern ihren Eltern geschickt. Bei dem Gedanken an sie wurde ihr gleich beklommen zumute. Ob sie noch um Tommy trauerten? Oder gab es schon einen neuen Hund?

Sie gingen selten elegant aus. In den Nachtlokalen Bagdads waren weibliche Gäste selten anzutreffen. Nur leichtlebige Damen und ein paar verrückte Engländerinnen in fortgeschrittenem Alter, die zuviel Whiskey tranken.

»Ist der Ruf erst ruiniert, lebt sich's gänzlich ungeniert«, hatte Laura das einmal kommentiert. »Das Sprichwort gibt es auf Deutsch, auf Englisch, auf Französisch. Vermutlich auch in anderen Sprachen. Muss also was dran sein.« Sie meinte es scherzhaft, doch Younis lachte nicht darüber. Sie war ziemlich sicher, dass er mit seinen Freunden Nachtlokale besuchte. Wie wusste er denn sonst, wen man dort traf?

Er chauffierte selbst heute. Der Verkehr war zäh, ganz Bagdad war anscheinend unterwegs. Younis war kein guter Autofahrer. Er bremste zu scharf und riss am Schalthebel, dass die Gänge krachten. Aber das machte nichts aus. Die Stimmung war milde wie das Wetter. An den Kreuzungen hielt er ihre Hand.

»Ich hoffe, sie spielen Boogie.« Laura summte und tappte mit ihrem weißen Stöckelschuh den Rhythmus. »Haben wir schon miteinander Boogie getanzt?«

»Wir haben Walzer getanzt. Besser gesagt, du hast getanzt, und ich hab mich an dir festgehalten«, antwortete Younis trocken.

»So so, das ist schlecht. Beim Boogie kannst du dich nicht viel festhalten. Aber das macht nichts, du schaust einmal zu und dann weißt du auch, wie es geht. Ich war nie in der Tanzschule, ich hab mir alles von den anderen abgeschaut.«

Younis wiegte skeptisch den Kopf. Er parkte das Auto vor dem Club und gab dem Boy den Schlüssel. Als er ihr beim Aussteigen half, lehnte sie sich kurz an ihn.

»Du riechst gut, *mon amour.*«

Er legte ihr die Stola um, mit der er sie am Morgen überrascht hatte, ein Hauch von Kaschmir, creme und goldfarben, genau zu ihrem neuen Kleid passend. Im Entree warteten Laurence und Gene. Sie verbeugten sich nur respektvoll, und Laura senkte den Blick und lächelte in sich hinein. Dann kam Gini, in einer Wolke von lila Chiffon, umarmte Laura, reichte Younis mit verschmitztem Lachen beide Hände und winkte den zwei Engländern, zu folgen. Drinnen setzte die Musik mit einem Trommelsolo ein. »*Maqua'am*«, sagte ein Mann, der plötzlich neben Younis auftauchte. »Wer hätte gedacht, dass die *Big Band* traditionelle irakische Musik spielt?«

Er war jung, sehr groß und breitschultrig, sogar größer als Younis. In gewisser Weise glichen sie sich. Die großen ausdrucksvollen Augen, die angenehmen, regelmäßigen Gesichtszüge, das gelockte schwarze Haar. Er kam Laura bekannt vor. War er nicht einmal bei ihnen zu Besuch gewesen, eines der konspirativen Treffen, bei denen sie nicht erwünscht war?

Er stellte sich nicht vor, und auch Younis machte keine Anstalten dazu, obwohl er den Mann mehr als flüchtig kannte. Warum?

Sie suchten nach einem freien Tisch. Aladin winkte, er war ohne Begleitung gekommen und hatte ihnen Plätze besetzt.

»Wo ist deine Frau?«, fragte Laura.

Er lächelte sie nur melancholisch an.

Younis bestellte Martinicocktails. Sie prosteten einander zu, dann entschuldigte er sich und ließ Laura mit Aladin allein am Tisch.

»Willst du tanzen, Laura?«

Das Orchester spielte einen *English Waltz*. Aladin konnte ebenso wenig tanzen wie Younis, aber das machte nichts. Die Musik war langsam und gemessen. Laura führte ihn mühelos.

Aladin seufzte, nahe an ihrem Ohr. »Ich denke noch immer an sie.«

»Ich will das nicht hören. Wenn deine Frau davon erfährt, verlässt sie dich.«

Die Vorstellung hatte keinen Schrecken für ihn. »Sie hat zu mir gesagt, die Liebe ist eine Himmelsmacht.« Er bekam feuchte Augen bei der Erinnerung.

»Das sagt sie vielleicht zu allen. Es ist aus dem *Zigeunerbaron*.«

»Wie?«

»Eine Operette von Johann Strauss. Und mild sang die Nachtigall ihr Liedchen in die Nacht. Die Liebe, die Liebe ist eine Himmelsmacht!«

Der Walzer war zu Ende. Aladin trottete hinter ihr zum Tisch zurück.

Dort wartete schon Gene. »Endlich spielen diese Musikanten einen Walzer, und dann komme ich nicht zum Zug«, sagte er fröhlich und gab Aladin die Hand.

Laura sah sich nach Younis um. Er war verschwunden.

Gene verbeugte sich vor ihr. »Darf ich bitten?«

»Warten wir doch, was das Orchester als Nächstes spielt«, sagte Laura. Ein Slowfox begann. Sie setzte sich. Nach einem Blick auf Aladin lud sie Gene ein, am Tisch Platz zu nehmen.

»Sehr freundlich, aber ich habe noch mein Getränk an der Bar«, antwortete Gene höflich. »Beim nächsten Walzer spreche ich wieder bei Ihnen vor.«

Laura lachte.

»Warum heißt das eigentlich Fünfuhrtee?«, fragte Aladin. Er reckte sich nach einer dünnen Rothaarigen, die gerade durch den Tanzsaal ging. »Kennst du die Dame?«

Es war eine Frau aus Glasgow, eine Freundin von Mary Lou. Laura hatte noch nie mit ihr geredet, aber mit ihrem feuerroten Haar fiel sie sofort auf.

»Sie sieht aus wie meine Anni.«

»Das ist nicht deine Anni!«, sagte Laura streng. »Und ähnlich schaut ihr die Schottin auch nicht.« Auf einmal entdeckte sie Younis. Er ging draußen im Park herum, zu seiner Linken der junge Mann. Sie hatten die Köpfe nah beisammen, doch schauten sie einander nicht an, sondern auf das dürre verbrannte Herbstgras zu ihren Füßen, während sie auf und ab schritten.

Das nächste Stück war ein Walzer. »Der *Schatzwalzer!* Und weißt du was, Aladin? Er ist aus dem *Zigeunerbaron!*« Laura sah Gene auf sich zukommen und stand auf.

Er tanzte gut. Genauso wie man Walzer tanzen musste, eng und mit viel Schwung. Sie drehten sich, dass Lauras Petticoat auf und ab wippte. Sie war schwindelig, leicht und glücklich. »Strauss-Walzer sind die schönsten Walzer!«, rief sie ihm zu.

Als die Musik verklang, klatschten ihnen die Leute zu. Gene verbeugte sich vor Laura. »Danke, dass ich noch einen weiteren Ihrer Vorzüge entdecken durfte. Ich glaube, Laurence hat schon ein Sonett in Arbeit, ich kann ihn verstehen.«

Laura drohte ihm mit dem Finger.

»Vorsicht«, flüsterte er. »Keine Koketterien, sonst vergesse ich, dass Sie eine verheiratete Frau sind.«

»Oje, immer wird es gleich ernst.« Es war ein Spiel mit dem Feuer, ein harmloses Spiel mit einem Feuer, das wärmte, nicht verbrannte. Weder sie noch ihn. Er führte sie zur Bar und bestellte Champagnercocktails.

»Warum heißt es eigentlich Fünfuhrtee, wenn alle Alkohol trinken?«, fragte Laura.

»Die britische Teekultur gibt es schon seit dem siebzehnten Jahrhundert. Jeden Tag bis zu neun Tassen Tee, das kann schon recht langweilig werden.« Gene reichte ihr das Champagnerglas. Er war nicht so hübsch wie Younis, aber auch nicht so kompliziert. Ob sie mit einem Mann wie ihm glücklicher wäre? Aus seinem weißen Hemd schaute gekräuseltes Brusthaar hervor. Das gefiel ihr gar nicht. Younis' Haut war weich und glatt wie ihre eigene. »Ob Sie mir wohl zuhören?«, fragte Gene. »Sie wollten doch wissen, was es mit dem Five o'clock Tea auf sich hat. Nur die reiche Oberschicht konnte sich Tee leisten, die anderen nur Kaffee, es gab jede Menge Kaffeehäuser in London, um 1700 waren es schon um die fünfhundert. Erst als der Tee billiger wurde, bekam man ihn auch im Kaffeehaus, dort aber war Frauen der Zutritt verwehrt. So entstanden die ersten Teegärten, da durften auch Frauen hin, und dort spielten auch Tanzorchester auf. Das war der Beginn des Fünfuhrtees. Aber im Mittelpunkt stand und steht das Getränk und was man dazu isst: *Currant Bread, Spice Bread, Fruit Bread, Malt Bread.*«

»Nur Brot, keine Kuchen.«

»Süße Laura, das sind Kuchen«, sagte Gene und zählte auf: »Rosinenkuchen, Gewürzkuchen, Früchtekuchen, Malzkuchen«, während Laura ihm wieder mit dem Finger drohte, worauf er sie beinahe geküsst hätte, doch Laura stupste ihn noch rechtzeitig weg.

Dann waren gleichzeitig Annemarie und Younis bei ihr. Younis mit wütendem Blick und Annemarie, die sich energisch vordrängte und Younis nicht an Laura herankommen ließ.

»Laura, du musst beim Square Dance mitmachen. Komm, wir haben neunzig Prozent Holzfüße, wir brauchen Teilnehmer mit Schwung und Rhythmusgefühl. Younis, wie sieht es bei Ihnen aus?«

Er gab keine Antwort, doch er versuchte auch nicht, Laura abzuhalten, sondern blieb an der Bar.

»Kennen Sie einen guten Zahnarzt?«, fragte er Gene.

»Wollen Sie mir die Zähne einschlagen? Entschuldigung, schlechter Witz«, erwiderte Gene mit seinem üblichen Spott.

»Ist aber kein Witz«, war das Letzte, was Laura hörte.

»Lass die beiden, Gene kann sich sehr gut verteidigen, darum musst du dich nicht sorgen«, sagte Annemarie und zog sie mit auf die Tanzfläche.

Und wirklich, als Laura nach einer halben Stunde atemlos und erhitzt vom Tanzen zurückkam, herrschte Frieden. Younis trank mit Aladin Whiskey, Gene spielte mit zwei anderen Männern Billard.

»Wer war der Mann, mit dem du draußen im Regen herumgewandert bist?« Laura nippte von Younis' Glas. Der Whiskey schmeckte ekelhaft, wie Seife.

»Ein schöner Abend.« Younis lächelte sie an, als hätte es den wutentbrannten Auftritt vorhin nicht gegeben. »Schenkst du mir jetzt endlich auch einen Tanz, meine Königin?«

Der Garten tropfte vor Nässe. Younis' Rosen leuchteten im bläulichen Regenlicht des Morgens. Younis war schon wach. Er hatte gar nicht geschlafen.

»Du willst keine Kinder mit mir. Warum sagst du es nicht ehrlich? Du belügst mich. Ich weiß es schon lange, Laura.«

Es hatte keinen Sinn, ihn an den schönen Abend zu erinnern. Sie seufzte. Er wusste nichts, konnte nichts wissen. Und sie nicht ehrlich sein. Auch wenn er noch so bat.

»Es war nur ein kurzer Traum. Das Leben mit mir bedeutet dir nichts.« Er saß mit seiner Arrakflasche und trank.

»Sprich nicht so, Younis. Wir sind nicht in der Oper.«

Er rauchte ohne Unterlass, obwohl ihn der Arzt gewarnt hatte. Sein Herz und seine Lunge waren geschädigt.

»Ich spüre es, auch wenn du mir nicht die Wahrheit sagst.«

Meinte er, was er sagte. Es hatte keinen Sinn, mit ihm zu diskutieren. Er hatte die ganze Nacht getrunken und konnte nicht arbeiten gehen.

»Ruh dich aus. Ich gehe mit Jenny spazieren.«

»Du willst weg. Gib es zu, Laura, du willst mich verlassen.«

Sie wollte weggehen, da sprang er ihr nach und hielt sie auf. Auf einmal stand Jenny da. Sie steckte den Finger in den Mund und sah von einem zum anderen, wortlos.

»Wir können nur leben oder sterben miteinander.«

Sie riss sich los. »Was redest du? Du hast ein Leben vor mir gehabt und ich auch, du wirst ein Leben nach mir haben und ich auch.«

Was redete sie! Sie wollte ihm nur wehtun, sie hatte nie an so etwas gedacht.

»Es ist also wahr!« Er umklammerte sie. »Aber ich lasse dich nicht fort. Niemals! Jenny nehme ich und bringe sie in ein Internat. Sie ist mein Unterpfand. Mich kannst du verlassen, aber sie nicht.«

Laura schauderte zusammen. Er liebte Jenny nicht. Er nahm ihr übel, dass sie kein Sohn geworden war. Er nahm ihr übel, dass Laura sie liebte. Sie stieß ihn weg.

Er taumelte, warf sich über den Tisch und versteckte seinen Kopf in den Händen. Jenny ging zu ihrer Mutter und nahm ihre Hand. Unsicher sah sie zu ihrem Vater. Verstand Jenny?

»Wohin willst du?«, schrie er ihr nach, als sie schon vor dem Haus waren. »Ich erlaube dir nicht zu gehen.«

Sie nahm Jennys Hand fester. Niemand war auf der Straße, kein Auto, keine Menschenseele. Sie überquerten die Fahrbahn, jeden Moment fürchtete Laura, Younis würde ihnen nachstürzen und sie mit Gewalt zurückzerren. Wohin führte Pepperls Rat, sich auf ihre eigenen Beine zu stellen? Wozu er fähig war, hatte er schon bewiesen. Aber er blieb im Haus. Sie stiegen in den Bus und fuhren fort.

Pepperl wartete an der Jumhuriyah Bridge.

»Tante!«, rief Jenny ihr von Weitem entgegen. Sie zog ihre Mutter am Arm, damit sie schneller ging. Plötzlich, ein paar Schritte vor Pepperl, blieb sie abrupt stehen. Fragend wandte sie sich an Laura. »Was hat die Tante? Wo sind die Kinder?«

Zum ersten Mal sah die tapfere Pepperl verzweifelt aus. Ihre Augen waren verweint.

Laura nahm Pepperl in die Arme. Sie stellte keine Fragen. Nur Jenny, die ungeduldig ihre Hand ergriff, rief: »Bist du krank? Hast du Fieber, Tante? Ich hab so viel Fieber gehabt, aber jetzt ist nichts mehr ansteckend. Wir können Mitro besuchen.« Sie umfing Pepperls Taille. »Alles wird gut, Tante«, sagte sie tröstend, wie Pepperl so oft während ihrer Krankheit zu ihr gesagt hatte.

Pepperl lächelte durch ihre Tränen. »Du bist eine ganz großartige Trösterin.« Sie streichelte Jennys Kopf, was Jenny eigentlich nicht gern hatte, doch diesmal ließ sie es widerstandslos über sich ergehen.

»Essen wir Eis?«, fragte sie hoffnungsvoll und gab sich selbst zuversichtlich die Antwort: »Ja, wir essen ein sehr gutes Eis im Eissalon in der *Rasheed Street*.«

Bis Laura in Lachen ausbrach und Pepperl nicht anders konnte als einzustimmen. An einem solchen Tag war Bagdad eine Märchenstadt. Der Fluss unter der Jumhuriyah Brücke spiegelte den blauen Himmel mit weiß hingetupften Wolken darauf. Der Wind roch nach Blumen und frisch gebackenen *Simit*, Sesamringen, die ein kleiner Bub auf einem Wägelchen verkaufte. Vom anderen Ende der Brücke schimmerte die Kuppel der großen Moschee herüber, eine silbrige Pracht, die den Himmel versprach, freundlicher als die schönsten Kirchtürme des Christentums.

Sie gingen am Flussufer entlang, von dem schon die herbstliche Kühle aufstieg. Nicht weit von hier trafen sich die Freunde vom Club zur Theaterprobe. Laura hatte versprochen zu kommen. Sie gelangten zu dem Holzsteg, der auf die Insel im Fluss führte, dem Hochzeitsgarten *Aras*. Nur Jenny betrat ihn.

»Er will die Scheidung«, sagte Pepperl. »Seine italienische Freundin erwartet ein Kind.« Sie lachte, es klang nicht heiter. »Er muss mich nicht fragen, hat er mir erklärt, das tut er nur aus Respekt vor der Mutter seiner Söhne.«

Jenny sprang auf einem Bein von einer Brückenbohle zur nächsten. Ab und zu sah sie zurück und winkte den beiden Frauen.

»Und du?«

»Ich sage nein.«

Pepperl verkniff den Mund, sodass sie mit einem Mal wie eine viel ältere Frau aussah. Es schnitt Laura ins Herz.

»Faruks Mutter hält zu mir, aber nur heimlich, sonst hat sie einen Krieg mit ihrem Mann und ihrem Sohn. So läuft das hier nämlich, liebe Laura. Die handelnden Personen sind die Männer, die Aufgabe der Frauen ist es, die Söhne zu beschaffen, damit es in der nächsten Generation so weitergeht.«

»Jenny und ich sind der Beweis, dass deine Theorie nicht stimmt.«

Pepperl schwieg dazu. Laura dachte an ihre Worte zu Younis. War alles schon vorbei?

»Umm Faruks Verwandte wohnen im Norden. Es soll wunderschön sein dort oben in den Bergen. Begleitest du mich, wenn ich hinfahre, ins wilde Kurdistan?«

Pepperl kramte ein Taschentuch aus der Handtasche. Energisch schnäuzte sie sich.

»Aber Pepperl, hast du gar keine Angst?«, fragte Laura. »Die Kurden haben die letzte Revolution angezettelt, weißt du nicht mehr?«

»Die Kurden!« Pepperl knüllte ihr Taschentuch zusammen und warf es in die Tasche. Sie wirkte nur mehr halb so verzweifelt wie noch einige Minuten vorher. »Du darfst nicht alles glauben, was Younis dir erzählt. Die Kurden sind hierzulande immer die Sündenböcke. Dabei verlangen sie nur, was ihnen zusteht, ihr eigenes Land.«

Laura schaute verdutzt. »Ein eigenes Land? Tut mir leid, davon weiß ich nichts.«

»Eben.«

»Das Blutbad in Mossul haben nicht die Kurden angerichtet?«, fragte Laura. »Und die Exekutionen auf den Straßen, Erschießungskommandos. Jeder, der zufällig vorbeikam, konnte zum Tode verurteilt werden.«

»Warst du dort? Woher willst du wissen, wie es sich abgespielt hat?«

»Du warst auch nicht dort!«, protestierte Laura. »Du weißt es genauso wenig wie ich.«

Jenny kam zu ihnen. »Nicht streiten«, sagte sie vorwurfsvoll und hängte sich bei beiden ein. Sie gähnte und sah plötzlich ganz blass aus. Laura vergaß die Kurden. Jenny spürte ihren Konflikt mit Younis, ihre kleine Welt war ins Wanken geraten. So durfte es nicht bleiben.

»Wir gehen Eis essen!«

Vernünftig war das nicht, aber sie nickte. Pepperl lächelte ihr über Jennys Kopf zu. »Eine sehr gute Idee.«

Würde es immer weiter und weiter so gehen, mit Geheimnissen und Fragen, auf die sie keine Antwort bekam, Eifersuchtsszenen und Versöhnungen, die nur im Bett stattfanden und sich am nächsten Morgen als Illusion erwiesen, weil sich nichts geändert hatte? Wie sollte sich etwas ändern, sie blieben dieselben, alles war festgelegt gewesen, als sie sich zum ersten Mal begegnet waren, früher schon, mit dem ersten Atemzug, den sie taten. Sie musste nur Jenny ansehen, um das zu verstehen. Sie war ein kleines Kind und doch eine fertige Persönlichkeit. Die Verhältnisse, in die sie geboren waren, formten sie, ihr Charakter bestimmte sie. Akzeptierten sie einander nicht, wie sie waren, konnten sie sich nur trennen.

Dann hatte Younis richtig vorausgesehen, wollte sie ihn verlassen. Die Adresse, die Mariam ihr gegeben hatte, tief in der Schublade versteckt, zwischen den Dokumenten, wo Jennys neugierige Finger nicht nach interessanten Dingen suchen würden. Kadhimiyah, der Schiitenbezirk. Sie waren Sunniten, mit Schiiten verkehrten sie nicht. Younis' Worte. Der Grund lag tief in der Vergangenheit, Mohameds Schwiegersohn Ali war nicht von allen als Nachfolger anerkannt worden. Ein Streit, der die Moslems so früh nach dem Tod des Religionsgründers in zwei Richtungen gespalten hatte. Sie lebten hier Seite an Seite, nicht verfeindet, doch auf Distanz, in verschiedenen Vierteln der Stadt. In Bagdad trafen seit alter Zeit alle möglichen Religionen zusammen, Juden, Christen, Mandäer.

Am späten Nachmittag, zu der Zeit, wenn die Geschäfte wieder öffneten, ging Laura aus dem Haus. Jenny ließ sie in Nofas Obhut zurück. An der Aimma Bridge musste sie umsteigen. Die Bezirke Adhamiyah und Kadhimiyah lagen einander gegenüber zu beiden Seiten des Tigris. Auf dem großen Platz an der Brücke war der Eingang zum Goldmarkt. Weiter war Laura noch nie gekommen. Vor einem Geschäft an der Haltestelle hingen an einem Ständer Vogelkäfige mit winzigen unscheinbaren Vögeln, die aus voller Kehle sangen. Der Klang war betäubend laut und süß. Der Besitzer kam heraus.

»*Bulbul*«, erklärte er. »Singt sehr schön, jeden Abend. Wollen Sie *bulbul* kaufen?«

Wie grausam, Nachtigallen hinter Gitter zu halten. Die Iraker, die Hunde und Katzen schmähten, liebten Vögel als Haustiere. An fast jedem Haus hing außen ein Vogelkäfig.

Freundlich lehnte sie ab, und er kehrte in den Laden zurück, in dem die verschiedensten Vogelstimmen kreischten und lärmten. Vom Bus keine Spur, also schlenderte Laura ein Weilchen herum. In den Vitrinen der Goldläden glänzte der Schmuck, Medaillons so groß wie Monstranzen, Reihen von Armreifen in allen Breiten, Ohrgehänge und Halsgeschmeide, jedes Stück handgefertigt, aus weichem, rötlichem Gold. Und gleich daneben auf den Boden gebreitete Leinentücher mit Gewürzen, Öl in Amphoren aus Ton, Spezereien, die ihre Düfte über den Platz verbreiteten. Eine Kutsche, gezogen von einem Rappen mit bunt geschmücktem Zaumzeug, fuhr an ihr vorbei. Der Mann, der die Zügel hielt, trug eine weite kurdische Hose, an seinem Ledergürtel ein Messer in krummer Scheide.

Märchenhaft, wie der Duft aus dem Bazar, das schimmernde Abendlicht über dem Fluss. Auf der anderen Seite des Flusses erhob sich die gewaltige Moschee der Schiiten, Kadhimain. Die Lämpchen an der Fassade flammten eines nach dem anderen auf. Rückkehr nach Wien, in die Kälte, Dunkelheit. Dort lag schon Schnee, hier ging sie mit einem dünnen Staubmantel. Ein paar Wochen Regen, dann war der Winter vorbei. Der Vogelhändler kam zur Tür. Er zeigte ihr den Bus, der über den Platz fuhr. Sie winkte dankend zurück. Der Bus erreichte die Haltestelle. Sie stieg nicht ein.

Im Oktober 1962 erreichte die Kubakrise zwischen den USA und der Sowjetunion ihren Höhepunkt. Das Datum war unauslöschlich in Lauras Erinnerung, denn darüber hatte sie zuletzt mit Gini gesprochen, bevor sie zu spielen begannen. Sie waren schon in ihren Kostümen aus dem Fundus einer englischen Aristokratenfamilie, den Laurence geplündert hatte, samt Lorgnons, Melonen und Überzieher, Gamaschen, Bruyère-Pfeifen und Zigarettenspitzen aus Perlmutt. Alles war bestens vorbereitet. Gini trug ein dunkelblaues Charlestonkleid mit dazu passendem Stirnband, um den Hals eine knielange Perlenkette. Sie hatte Lampenfieber, weshalb Laura sie mit dem Bericht aus dem Life Magazine ablenkte. Dass Farah selbst im Kindbett wie ein Fotomodell wirkte.

Als Bühne war die Galerie vorgesehen, die im ersten Stock des Hauses rund um den Innenhof führte. Unten saß das Publikum, oben traten die Schauspieler auf. Die Kinder waren Zuschauer und Mitwirkende zugleich. Sie spielten im Haus Verstecken, liefen die Stiege hinauf und hinunter und über die Bühne. Ebenso die Kellner, sie servierten unten und oben die Cocktails. Nach der Aufführung war ein großes Buffetdinner geplant, das schon während des Spiels im Hintergrund aufgebaut wurde. Es war eine große Party, ein Stück im Stück, so hatte es sich Laurence für diesen Anlass ausgedacht.

Als mittendrin das Telefon in der Halle läutete, dachten die meisten, das gehöre dazu. Nach einer Weile brach das Läuten ab, um einige Minuten später wieder zu beginnen. Das wiederholte sich mehrmals, bis Gini ihren Cocktail abstellte und sich damit entschuldigte, dass sie sich einmal die Nase pudern müsse. Sie ging weg, gleich darauf verstummte das Telefon. Nur die Schauspieler auf der Bühne bemerkten, dass Gini nicht auf die Bühne zurückkam. Sie spielten weiter. Wo Ginis Dialoge fehlten, wurde improvisiert. Gini hatte keine einzige Probe ausgelassen und sich den ganzen Sommer mit nichts anderem beschäftigt als mit der Vorbereitung dieses Abends. Erst nachdem zuletzt Laurence seine eigens hergestellte Magnetophonaufnahme mit dem Brausen des Sturms und der nahenden Katastrophe einschaltete und sie kollektiv einen Schrei ausstießen, trat Ginis Mann Ali vor. Er entschuldigte sich bei den Gästen. Man müsse die Party nun leider beenden. An dieser Stelle verließ ihn die Fassung, und er lief hinaus. Während die von den besten Köchen der Stadt gelieferten Speisen auf den langen Buffettischen unberührt erkalteten, verließen die Gäste das Haus. Kein Wort fiel. Es musste etwas Furchtbares passiert sein. Gini zeigte sich immer noch nicht.

Polio, Kinderlähmung, war eine im Irak bis dahin unbekannte Krankheit. Allein Ausländer waren davon betroffen. Ob Jamil überlebt hätte, wenn seine Großeltern früher erkannt hätten, was ihm fehlte? Niemand wagte die Frage zu stellen. Gini hatte sich in ihrem Zimmer eingesperrt und ging nach diesem Anruf nicht wieder zum Telefon. Laura sah sie ein letztes Mal, als sie sich verabschiedete. Sie kam unangemeldet zu Lauras Haus, mit ihrem Reisegepäck im Wagen.

»Ich verreise. Frag nicht. Ich kann nichts sagen, ich weiß es noch nicht.«

Laura umarmte sie. »Wirst du mir schreiben? Bitte, melde dich, ob es dir gut geht.«

»Keine Versprechen.« Gini zog ein kleines Päckchen aus der Tasche. »Schau es dir erst an, wenn ich weg bin.« Sie küsste Laura zum Abschied auf die Wange

Laura winkte, bis von dem Auto nur mehr eine Staubwolke zu sehen war. In dem Päckchen war eine Garnitur blaue und rosa Babysocken, Häubchen und Fäustlinge.

»Ich werde keine Kinder mehr bekommen«, schrieb Gini. »Ich habe nie gern gestrickt, ich wollte das Schicksal damit bestechen. Aber es ist anders ausgegangen. Ich wünsche dir Glück, liebe Laura.«

Vor dem Theaterspiel war keine Gelegenheit gewesen, Gini ihr Geschenk zu überreichen, nachher dachte niemand mehr an die Geburtstagsfeier. Und als Gini sich von Laura verabschiedete, lag die Kette vergessen in einem Seitenfach der weißen Kuverttasche, die Laura in der Rolle der Flavia getragen hatte, zusammen mit einem Taschentuch und einer Rolle Pfefferminzpastillen. Jenny entdeckte beim Spielen zuerst die klebrigen Bonbons, dann das Geschenkpäckchen. »Für mich?«, fragte sie schelmisch lächelnd, aber Laura nahm es ihr weg und ließ es in der Schmuckschatulle verschwinden. »Du bekommst etwas anderes, mein Schatz.«

»Was?«

»Etwas Schönes.«

Jahre später kramte die große Jenny wie früher die kleine leidenschaftlich in Lauras Bagdadschätzen, den alten gemalten Ansichtskarten, der goldenen Schachtel mit Fotos und Briefen, am liebsten aber in Lauras Schmuck. Da war der Verlobungsring mit dem großen Rubin, der in Gold gefasste Koran an einer Kette, da waren die Ohrringe mit der Emailmalerei, die einmal Nofa gehört hatten. Eine Schachtel voller Juwelen und Geschmeide, wie der geheime Schatz in Ali Baba und die vierzig Räuber. Laura erlaubte Jenny nur selten einen Blick darauf.

»Warum, ich nehme dir nichts weg«, beklagte sie sich. Und später, als sie älter wurde. »Es sind auch meine Erinnerungen, Mama!«

Einmal stieß sie auf die Silberkette, immer noch mit dem alten, vergilbten Geschenkpapier umwickelt. Weil Laura gerade nicht aufpasste, öffnete Jenny das Päckchen. Entzückt schaute sie die Kette an. Die rechteckigen Silberstücke formten eine Kette, die genau zu dieser Zeit, Mitte der siebziger Jahre, hochmodern war.

»Eine Chanelkette! Die hat's damals schon in Bagdad gegeben? Toll! Bitte, Mama, schenk mir die Kette!«

Doch Laura riss sie Jenny aus der Hand. Kein Warum, kein Bitten und Schmollen half, Laura blieb unerbittlich. Das Geschenk hatte Unheil über Gini gebracht. Auch wenn es nur Aberglaube war, sie fürchtete sich vor der Magie der alten Alchimisten. Wer Gold und Silber machen konnte, musste seine Seele dem Teufel verkaufen. Jenny erfuhr nichts davon, wie hätte sie das verstehen können. Sie hätte gelacht, doch selbst davor hatte Laura Angst. Die Kette kehrte in die Schatulle zurück, wo ihr Zauber gebannt war.

20. KAPITEL

ÜBER DEM LAND HING eine schwarze Wolke, der Rauch des brennenden Königspalastes. Eine der Geschichten rund um die Ermordung der Königsfamilie sagte, dass General Quassem freies Geleit angeordnet, doch der Prinzregent Abdulillah die Offiziere heftig beschimpft hatte, bis einer die Nerven verlor und das Feuer eröffnete. Dann hatten die Soldaten wahllos in die Gruppe geschossen. Später erklärte er, eine schwarze Wolke habe sich um ihn gelegt, bevor er abdrückte und sein Bewusstsein getrübt. Nie verwand er, was er getan hatte, ohne Befehl, Mord also, an dem unbewaffneten jungen König, der angeblich mitten im Gebet getroffen worden war. »Sentimentales Geschwätz!«, sagte Younis dazu. »Der König, dem die Leute nachtrauern, hat nichts für sie getan. Sie reden ohne Verstand.«

Nach dem Tod von Ginis Sohn war nichts mehr wie vorher. Gene fuhr zu den Grabungen nach Ur und kehrte nicht nach Bagdad zurück. Für die Finanzierung von Laurence' Filmprojekt gab es neue Hoffnung, er folgte dem Angebot einer ägyptischen Filmproduktion in Kairo. Annemaries Kreis, zu dem Laura sich gezählt hatte, löste sich auf, oder sie gehörte nicht mehr dazu. Annemarie antwortete freundlich, wenn Laura anrief. »Treffen wir uns? Sehr gern! Oder komm doch zu mir auf Besuch.« Doch dann gab es immer wieder ein Hindernis. Eine andere, bereits lange getroffene Verabredung fiel ihr ein, oder jemand wurde krank. Laura schrieb ihr eine Weihnachtskarte, die sie noch aus Wien hatte, das Christkind im himmelblauen Kleid mit schönen weißen Flügeln. Bei der Jahreszahl hielt sie inne. Alles Gute für 1963. Was war mit der lauten, lustigen Annemarie passiert? An das letzte Treffen konnte sie sich gar nicht mehr erinnern.

Pepperl war auf der lange aufgeschobenen Reise zu ihren Verwandten in Kurdistan. Laura dachte nur mit bangen Gefühlen an sie. Im Norden kämpften Quassems Truppen unaufhörlich gegen die aufständischen Kurden. »Aber erst wenn dieser Schwächling entmachtet ist, können wir mit dem kommunistischen Gesindel aufräumen.«

»Wir? Wer ist dieses Wir?«, erkundigte sich Laura, doch von Younis erfuhr sie nichts. Zweimal musste er auf Dienstreise, nach Damaskus und nach Kairo. Laura und Jenny blieben unter Aladins Schutz in Bagdad.

»Welche Geschäfte tätigt die Stadtverwaltung von Bagdad dort?«, fragte Laura und bekam keine Antwort.

Dafür kam Pepperl wohlbehalten wieder in Bagdad an. »Es ist unvorstellbar schön«, erzählte sie. »In dem Dorf weiß man nichts von Politik, da kennt man keinen Quassem und weiß nichts von Widerstand und Kampf gegen ihn. Die Häuser sind in den steilen Hang gebaut, aus Erde, man kann über die Dächer auf den Berg steigen wie über große grasbedeckte Stufen. Vorne haben die Häuser keine Tür und keine Wand, es gibt einen Raum, mit Holzpfählen abgestützt, im Winter werden Strohballen davor gelegt, damit es nicht hineinschneit.« Sie hatte viele Fotos gemacht, die sie Laura zeigen wollte. »Ich hätte weiter und weiter wandern können, immer höher hinauf.« Fayek war krank geworden, deshalb musste sie umkehren. Auf dem Rückweg hatte sie die Hölle von Mossul gesehen. »Sie sind gefährlich. Alle, verstehst du? Es wird der Tag kommen, da können wir nicht bleiben.«

Laura erschauderte bei ihren Worten. Würde Younis sie beschützen können, wenn es so weit käme? Pepperl drückte ihre Hand.

»Ich bin deine Freundin. Du kannst dich auf mich verlassen.«

Obwohl Younis den Kontakt unterbinden wollte, waren sie sich nahegekommen. Laura sprach das Wort Freundschaft nicht aus. Hatte sie je eine Freundin gehabt? Zwei Männer, Marcel, dann Younis, waren ihre Vertrauten gewesen. Jetzt ihre Tochter. Obwohl Jenny noch ein Kind war, Jenny verstand vieles. Zu viel, dachte Laura, wenn sie in Jennys traurigen Augen las. Jenny spürte die Angst ihrer Mutter. Jenny spürte, dass ihr Vater sich von ihnen entfernt hatte.

Mariam rief an. »Laura, ich möchte nicht am Telefon sprechen. Können wir uns sehen?« Sie hatten sich immer nur zu Hause getroffen, bei Mariam oder bei Laura. Zum ersten Mal gingen sie miteinander spazieren. Die Lokale am Tigrisufer hatten schon geschlossen, es war feucht und kühl, das Jahr bald zu Ende.

»Ich habe Ihnen einmal eine Adresse gegeben, Laura.« Mariam sprach hastig, mit Blick auf den nebelverhangenen Fluss. »Für den Fall, dass Sie Schwierigkeiten bekommen.«

Laura nickte. »Ja.«

Mariam räusperte sich. »Verzeihen Sie, ich weiß, man mischt sich nicht in Eheangelegenheiten ein …«

Laura fand, Mariam, die im Laufe der Jahre mehr als einmal Spuren der Gewalt im Gesicht gehabt hatte, sollte das Ehethema lieber vermeiden, doch sie sagte nichts.

»Mr. Younis hat eine Sekretärin, Sie kennen sie …«

»Amira.«

Mariam hob kurz den Blick zu Laura und sah wieder aufs Wasser. »Sie hat Mr. Younis mit einer ihrer Verwandten, ich glaube, einer Cousine, bekannt gemacht. Sie ist verwitwet und sehr wohlhabend.«

Laura blieb vor einem geschlossenen Restaurant stehen. In der windgeschützten Ecke zündete sie sich eine Zigarette an. »Wollen Sie auch eine?«

Sie rauchten. Mariam wartete, dass Laura eine Frage stellte. Doch Laura schwieg. Erst bevor sie an der Haltestelle in verschiedene Busse stiegen, öffnete sie den Mund. »Ich werde meinen Mann darauf ansprechen. Ich werde ihm nicht sagen, wer mir das erzählt hat. Er wird aber natürlich vermuten, dass nur Ihr Mann dieses Gerücht in die Welt gesetzt haben kann.«

»Es ist kein Gerücht.«

Wahrscheinlich meinte Mariam es gut mit ihr. Laura ärgerte sich trotzdem.

»Hätte ich Ihnen nichts sagen sollen? Ich will nicht, dass Sie plötzlich dastehen und …«

»Und was?«, fragte Laura scharf.

»In unserer Religion darf ein Mann eine zweite Frau nehmen …«

»Ich weiß das!«, unterbrach Laura. »Aber so eine Ehe führen Mr. Younis und ich nicht.«

Sie hielt Mariam die Hand hin. »Mein Bus kommt. Auf Wiedersehen.«

Laura wartete, bis Jenny schlief, und ging ins Wohnzimmer, wo Younis auf seiner neuen Schreibmaschine einen Artikel schrieb. »Ich muss dich leider stören.«

»Du störst mich doch nicht. Setz dich zu mir.«

Als er ihre Frage hörte, begann er zu lachen. »Laura, was ist das? Du hast mir vorgehalten, ich soll mich nicht wie ein alter Orientale benehmen und eifersüchtig sein.«

Laura zwang sich, ruhig zu bleiben. »Eifersüchtig, auf wen? Gibt es eine andere Frau, eine sogenannte gute Partie? So eine wie deine erste Ehefrau?«

Younis schüttelte den Kopf. Er schien über etwas nachzudenken. Überlegte er, welche Lügen er ihr auftischen sollte? Sie war sich nicht mehr sicher, ob sie ihm noch vertrauen konnte.

»Ich bin nicht sehr aufmerksam. Ich habe etwas zu tun, das mir jetzt wichtiger ist als alles andere«, sagte Younis. »Aber das ist keine andere Frau. Es geht um einen Freund.«

Ein Freund. Laura kannte ihn, den schönen Hochgewachsenen, der Younis wie ein Bruder ähnelte. »Er kommt nur in der Nacht zu uns. Wenn er so wichtig für dich ist, warum lerne ich ihn nicht kennen?«

Younis legte den Arm um ihre Schultern. Er küsste sie auf die Stirn wie ein Kind. »Kannst du dir das nicht denken?«

»Nein.«

»Er ist aus dem Irak geflohen und lebt in Kairo. In Bagdad bewegt er sich nur im Untergrund.«

Laura erinnerte sich an die Begegnung im Alwiyah Club. Wie viele Leute hatten Younis und ihn zusammen gesehen? Wenn er erwischt wurde, kam auch Younis in Schwierigkeiten. Sie dachte an Mariam. Warum hatte sie sie an die Adresse in Kadhimiyah erinnert? Wollte sie Laura vor ganz etwas anderem warnen als vor einer Rivalin?

»Deshalb warst du in Kairo. Und in Damaskus?«

»Dort gibt es eine Gruppe, die an der Zukunft des Iraks arbeitet.«

Laura sah auf das Blatt in der Schreibmaschine. »Das gehört auch dazu?«

Younis nickte.

Dachte er nicht an sie, an seine Tochter? Laura bekam Angst. Der Himmel hing tief, es würde regnen, noch bevor sie ankam, doch Laura schob ihren Entschluss nicht auf. Dieses Mal nahm sie Jenny mit. In ihrer Begleitung fühlte sie sich geschützt. Keiner tat einer Mutter mit ihrem Kind etwas an. Der Vogelhändler an der Bushaltestelle erkannte sie.

»*Salam aleikum.*« Er verbeugte sich. »Sie haben eine schöne Tochter. *Anisa jamila.* Möge Allah ihr ein langes Leben schenken.«

Jenny konnte die Augen nicht von den Vogelkäfigen wenden. Der Mann wollte sie in die Höhe heben, aber Jenny wich zurück. »Nicht«, sagte sie.

Laura nahm ihre Hand und zog sie ein Stück weg.

»Nicht!«, rief Jenny wieder. Sie hatte etwas entdeckt. »Schau, Mama, schau, was da ist.«

Zwei große Vögel, rot und grün gefärbt, saßen nebeneinander in der Auslage des Vogelhändlers. Damit sie nicht fortflogen, trug jeder am Fuß eine Kette, die mit einem Ring an der Stange befestigt war.

»Papageien!«

Jetzt kam noch ein dritter, der oben an der Decke war, zu den anderen herunter. Er war größer und hatte ein leuchtend blaues Gefieder. »Ich bin ein Papagei.« Seine Stimme schnarrte so laut, dass man ihn durch die Scheibe verstand. Er sprach Englisch.

»Mama, er hat keine Kette wie die anderen, warum?«

»Er kann nicht wegfliegen, seine Federn sind gestutzt.«

Jenny stand regungslos vor dem Käfig, so etwas hatte sie noch nie gesehen. Laura musste sie in den Bus zerren. Sie war nervös. Was sollte sie dieser schiitischen Familie denn eigentlich erzählen? Sie hatte sich nichts überlegt, war nur ihrem plötzlichen Entschluss gefolgt. Während der Fahrt studierte sie die Wegskizze. Regentropfen trommelten gegen die verschmierten Busfenster. Sie stieg an der bezeichneten Haltestelle aus und stand in einer langen breiten Straße, wo außer dem Bus nicht ein einziges Fahrzeug unterwegs war. Wie in der *Ragheeba Chattoon* begrenzten hohe Mauern die Häuser zur Straße hin. Es gab keine Hausnummern, nicht einmal ein Straßenschild. So war es überall in Bagdad. Man kannte sich in seinem Viertel aus, in allen anderen Bezirken brauchte man einen Führer, um den Weg zu finden. Ein Mann kam langsam die Straße heran. Schon von Weitem sah er ihr unter seinem Schirm freundlich entgegen.

Jenny zog an Lauras Arm. »Gehen wir dann wieder zum Papagei? Der blaue Papagei kann reden, ich will in das Geschäft.«

Erst als der Mann in respektvollem Abstand vor ihnen stehen blieb, hörte sie mit dem Gebettel auf. Er machte einen Diener, bevor er sie begrüßte. »Sie sind Frau Al-Quassem. Und du bist Jenny. Willkommen.« Er spannte einen zweiten Schirm auf und reichte ihn Jenny, die abwehrend den Kopf schüttelte.

»Woher kennt uns der Mann?«

»Du bist jetzt still.« Laura war nicht sicher, ob ein Schiite ihr die Hand geben würde, deshalb neigte sie nur den Kopf. »*Salam.*«

Er bemerkte ihre Unsicherheit und streckte ihr seinerseits die Hand hin. »Grüß Gott«, sagte er auf Deutsch. »Ich studiere in Wien Medizin.«

»Oh.« Mehr fiel Laura nicht ein. Sie nahm den Schirm, den der Mann noch immer hielt.

Jenny versteckte sich hinter ihrem Rücken. »Ich gebe ihm nicht die Hand«, flüsterte sie.

Der Mann schmunzelte. »Ich bin Abdullah. Wir werden uns noch gut kennenlernen.«

Er ging ihnen voran den Weg zum Haus, das in einer Seitenstraße lag. Trotz des Plans wäre Laura nie auf die Idee gekommen, sich so weit von der Bushaltestelle zu entfernen. Hier konnte ihnen alles zustoßen. Es gab kein Geschäft, nicht einmal einen Kiosk, bei dem sie hätte telefonieren können.

Das Haus war riesig. Nur die alten Bagdadvillen am Tigris konnten es mit dieser Pracht aufnehmen. Alles strahlte weiß, die Böden und Wände aus Marmor, die mit Leder bezogenen Diwans und Fauteuils. Einzig die dicken Teppiche und Überwürfe waren bunt. Hinter dem Haus lag ein parkähnlicher Garten, in dem selbst jetzt in der kühlen Jahreszeit Rosenstöcke üppige Blüten trugen. Über die Terrasse führten einige Stufen hinunter zum Swimmingpool.

Abdullah führte sie in das Atrium, das mit einer Glaskonstruktion geschützt war. Im Sommer ließ sie sich zur Seite schieben. Dort war auf dem weiß gedeckten Tisch eine Mahlzeit vorbereitet, *Mezze*, eine Reihe von Schüsseln mit orientalischen Speisen.

»Das esse ich nicht«, ließ Jenny sich wieder vernehmen. Wie schon früher staunte Laura über die Einfühlsamkeit des Kindes. Sie wusste, dass etwas nicht stimmte und wehrte sich dagegen.

Abdullah lachte leise. »Meine Mutter kommt gleich. Sie hat so gern Gäste und lässt es sich nicht nehmen, selbst zu kochen.«

Da sah Laura sie schon kommen, eine schmale Frau in einem langen schwarzen Kleid mit einer *Abaya* darüber. Erst als sie sich vergewissert hatte, dass kein männlicher Besucher gekommen war, schob sie den Schleier von ihrem Gesicht. Laura sah Jennys neugierigen Blick und gab ihr einen kleinen warnenden Schubs, bevor sie zu fragen begann. Obwohl sie Nofa seit ihren ersten Lebenstagen kannte, fand sie sich nicht damit ab, dass Frauen ihr Gesicht versteckten.

»Ich bin Maja.« Sie kam auf Laura zu, drückte sie an sich und küsste sie auf Wangen und Hals. »*Salam aleikum, Umm Jenny.*«

Jenny, die wieder Anstalten machte, hinter Laura zu verschwinden, lächelte sie an.

»Ich weiß etwas, das dir gefallen wird.« Abdullah läutete ein Glöckchen, worauf eine junge Frau mit Kopftuch erschien. Er sagte ein paar Worte auf Persisch, dann wechselte er wieder ins Englisch. »Wir haben einen Indoor-Pool. Kannst du schwimmen, Jenny?«

»Ja!« Jenny vergaß ihren Widerstand. »Was ist *Indoor?*«

»Überdacht, mit einer Wassertemperatur von 24 Grad. Erlauben Sie, dass Ihre Tochter schwimmen geht? Lena wird auf sie aufpassen. Sie ist Mamas Hilfe, wie sagt man, Zofe.«

Zum ersten Mal im Leben begegnete Laura jemandem, der eine Zofe beschäftigte. Welche Aufgaben hatte sie im Dienst einer Frau, die nur Schwarz und einen Schleier trug?

»Ich habe aber keinen Badeanzug!«, stieß Jenny hervor. »Was machen wir jetzt, Mama!«

Laura musste sich das Lachen verbeißen. Jenny sah ganz unglücklich aus.

»Kein Problem, Badekleidung gibt es genug, meine kleinen Neffen und Nichten kommen immer zu uns schwimmen.« Er sah Laura an. »Ich selbst bin nicht verheiratet.«

An der Hand der Zofe Lena stolzierte Jenny hinaus. »Wie haben Sie das erraten? Jenny liebt das Wasser. Vor ihr würde es mir auch schwerfallen zu reden.«

»Ich verstehe sehr gut.« Maja nahm Lauras Hand. »Sie müssen nichts sagen. Wir freuen uns sehr, Sie kennenzulernen. Sie sind in unserem Haus jederzeit willkommen.« Sie führte Laura zu einem der weißen Sofas. Eine goldrote Decke lag darauf. »Das ist kein leeres Wort, ich meine, was ich sage.«

Ihre Augen waren goldbraun. In ihrem dunklen Gesicht schimmerten sie wie Bernsteine, man sah ihnen bis auf den Grund, und doch waren sie undurchdringlich, sanft und beunruhigend zugleich.

Abdullah mischte sich ein. »Das Leben hier kann jeden Tag außer Kontrolle geraten. Mr. Younis schätzt, wie wir wissen, die politische Situation anders ein, er verspricht sich viel von der …« Abdullah machte eine Pause und suchte nach dem richtigen Wort. »… der Veränderung.«

Sie setzten sich an den niedrigen Tisch. Ein junges Mädchen, das Haar mit einem weißen Tuch bedeckt, servierte Tee, Datteln und hauchzarte englische Bäckerei.

Laura war mulmig zumute. Maja hielt immer noch ihre Hand. Sie schluckte, um sich zu sammeln. »Sie raten mir also, ich soll den Irak verlassen. Aber wenn nun …«

Mutter und Sohn sahen sie abwartend an.

»Ich meine, was kann ich tun, wenn mein Mann … Younis ist …«

Abdullah räusperte sich. »Wie gesagt, Mr. Younis ist in großem Maße politisch engagiert. Als Patriot kämpft er für eine bessere Zukunft seiner Heimat. Aber nicht alle Hoffnungen erfüllen sich.«

Dieser wohlerzogene junge Mann konnte sprechen wie ein Buch. Doch was meinte er damit? Gehörte Younis wirklich zu denen, die Quassem stürzen wollten? Aber warum fragte sie sich das, sie wusste es! Und doch war es unerträglich, die Bestätigung aus dem Mund eines Fremden zu hören. Woher wusste auch Abdou davon, Mariams Mann? Der kleine Angestellte, von dem Younis nur herablassend oder sogar verächtlich sprach.

»Mein Sohn wird sich mit Ihrer Botschaft in Verbindung setzen.« Maja drückte Lauras Hand. »Ihr Mann darf Sie nicht gegen Ihren

Willen festhalten. Wenn Sie Angst haben, er sperrt Sie ein, warten Sie nicht länger.« Sie sah Lauras entsetzten Blick. »Entschuldigen Sie meine Offenheit, aber es hat doch keinen Sinn, sich etwas vorzumachen. Die Revolution steht vor der Tür.«

Laura gelang es, nun endlich ihre Hand zurückzuziehen. Revolution. Und was geschah Younis, wenn sein Plan nicht aufging? Würde man ihn wie die anderen an ein Auto gebunden durch die Straßen schleifen, von einem Schnellgericht auf der Straße exekutiert an einem Laternenpfahl aufhängen? Sie hätten nach Ohio gehen können. Sie hatte ihn abgehalten. Nein, sie trug doch nicht die Schuld. Er war froh gewesen, er wollte mit ihr bleiben.

Sie schmeckte nicht, was sie aß. Sie beantwortete die Fragen, die Maja und Abdullah stellten, sie erzählte von Wien, von ihren Eltern und wie sie Younis kennengelernt hatte. An ihren Mienen las sie ab, dass sie ihre Geschichte kannten. Die kleine Mariam und ihr Mann. Verräter. In ihrem Kopf jagten die Gedanken. Durfte sie Younis im Stich lassen? Doch wie konnte sie bleiben? Revolution. Nicht noch einmal, nicht mit Jenny.

Der Regen floss über die Fensterscheibe. Tränen um Bagdad, um ihre Liebe. Sie wollte nicht fort. Um fünf Uhr hatte der Regen noch immer nicht nachgelassen. »Erlauben Sie mir, Sie nach Hause zu fahren«, schlug Abdullah vor, als Laura gehen wollte.

»Danke, aber das ist …«

»Ich weiß, ich meinte nicht bis Adhamiyah.« Seine Augen glichen denen seiner Mutter. Sein Blick ruhte ein wenig zu lange auf ihr.

Sie gefiel ihm. Er war schön. Reich und gebildet. Er gefiel ihr auch.

Sie erhob sich schnell. »Bis über den Fluss, ja, gern.«

Jennys Haar war feucht vom Bad, sie sollte sich nicht verkühlen.

Als sie auf dem Platz vor dem Goldmarkt ausstiegen, war der Laden des Vogelhändlers geschlossen.

»Wo sind die Papageien?«, fragte Jenny verträumt.

Laura drückte sie an sich. Sie roch nach dem Chlor des Swimmingpools, ihr Atem nach *Hel*, mit dem Tee und Kaffee gewürzt wurde.

»Was hat dir Lena zu trinken gegeben?«

Jenny lächelte nur geheimnisvoll. »Der Bus kommt«, verkündete sie dann.

Ihre großen Augen glänzten. Sie warf einen letzten verlangenden Blick auf die hölzernen Jalousien vor der Auslage mit den Papageien.

»Meine kleine Orientalin.« Laura küsste sie.

»Pepperl! Dieses Bild, es ist so …!«

Im tintenblauen Himmel standen weiße runde Wölkchen. Die Berge trugen Schneehauben, die smaragdgrünen Wiesen waren wie der Himmel weiß getupft, wo Schafe weideten. Eine Hütte mit einer Bank davor, darauf ein roter Punkt, Mann, Frau oder Kind, das war nicht zu erkennen.

»Ich liebe alle deine Bilder, aber dieses ist ganz besonders. Vielleicht weil es so ganz anders ist, als du sonst malst.« Laura drehte sich nach Pepperl um. »… so österreichisch …«

Pepperl lächelte. »Das hat sich die Kommission auch gedacht.«

»Welche Kommission?«

Pepperl holte ein Kuvert hervor. »Stell dir vor, Österreich hat einen Wettbewerb ausgeschrieben, eine Briefmarke mit einem Alpenmotiv, das hab ich zufällig erfahren, gerade nachdem ich mit allen diesen Bildern und Eindrücken aus Kurdistan zurückgekommen bin.«

Laura sah noch einmal auf das Gemälde. »Aber du hast gerade österreichisches Alpenmotiv gesagt?«

»Genauso sieht's aus. Ich kann dir Fotos zeigen, man glaubt, man ist in Tirol.«

Inzwischen bedauerte Laura, dass sie Pepperl nicht begleitet hatte. Die Gelegenheit würde nicht wiederkommen.

»Der Witz an dem Wettbewerb, ich hab mich beteiligt. Und die Kommission hat entschieden …« Pepperl zog ein weißes Büttenpapier mit Goldschrift aus dem Kuvert. »Für das gelungenste Motiv aus den österreichischen Alpen erhält Frau Josefa Blank den ersten Preis!«

»Ja, das ist ja – eine Sensation!« Laura umarmte die Freundin. »Pepperl, ich gratulier dir!« Sie spürte, wie ihr die Tränen kamen, und wollte es vor Pepperl verbergen.

»Das Beste daran ist das Geld. Stell dir vor, Laura, fünfhundert Schilling, damit kann ich zum ersten Mal unabhängig sein. Was ist denn los? Laura?«

Laura wich Pepperls zweifelndem Blick aus. »Nichts. Ich freue mich. Und wie!« Sie wischte sich schnell über die Augen.

»Also, ich hab jetzt die Möglichkeit, mir Fahrkarten nach Wien zu kaufen, ich war schon acht Jahre nicht zu Hause. Und … was gibt es da zu weinen? Du kannst doch mitfahren, Laura.« Sie gab Laura ein Taschentuch.

Die drei Kinder, die im Garten getobt hatten, standen plötzlich bei ihnen und schauten sie an.

»Tante Laura hat Kummer«, bemerkte Fayek, worauf ihn Jenny in die Seite stieß.

»Es ist aber wahr«, verteidigte er sich. »Tante Laura!«

Mitro entdeckte, dass auch Jennys Augen in Tränen schwammen. Unverwandt blickte sie zu ihrer Mutter hoch. »Halte deinen Mund!« Er versetzte seinem Bruder einen zweiten, weit gröberen Rempler. Jenny zog er am Arm mit sich. »Ich kann auf dem Seil gehen. Soll ich's dir zeigen?«

Laura nickte Jenny zu. »Geh nur, es ist nichts passiert, ich unterhalte mich mit Tante Pepperl.«

Pepperl wartete, bis die drei wieder draußen waren. »Ich werde im März fahren. Von Bagdad nach Wien dauert die Fahrt fünf Tage, es ist nicht gerade angenehm, aber zu zweit schaffen wir das.«

Laura schluckte. »Ich kann nicht. Ich muss … noch überlegen.«

»Was?«

Laura gab keine Antwort. Was sollte sie sagen? Dass sie hoffte, Younis würde sich besinnen und mit ihr kommen? Das kostete Pepperl nur ein Lachen. Faruk hatte sie und die Kinder verlassen und lebte mit seiner Römerin in wilder Ehe. Laura hatte Younis nichts dergleichen vorzuwerfen. Sie war nicht die Ehefrau, die er erwartet hatte. Er wollte an ihrer Seite Kosmopolit werden, doch dazu musste er seine Heimat verlassen. Was ihr unmöglich erschienen war, blieb nun der einzige Ausweg. Wenn nicht Amerika, dann Wien.

Sie tranken Tee und sahen die Fotos aus Kurdistan an, die Laura noch nicht kannte. Mädchen in der kurdischen Tracht, bestickten Blusen und Röcken, die sie über pludernden Hosen trugen. Beim Tanzen, wo ihre bodenlangen Zöpfe im Kreis flogen. Die Männer mit Schnauzbärten und feurigen Augen, einer wie der andere schlank und gerade gewachsen. Unter den Arabern gab es nur wenige so gut aussehende Männer.

»Ich verstehe, dass sie sich auflehnen«, sagte Pepperl.

»Aber dafür Krieg führen?« Laura schüttelte den Kopf. »Sie sind Iraker, sie müssen sich unterordnen.«

»Sie leben ja nicht nur im Irak. Persien, Afghanistan, Türkei, Sowjetunion, überall dort sind Kurden zu Hause. Warum bekommen sie nicht ihr eigenes Land? Es ist einfach ungerecht.«

Beim Verabschieden drückte Pepperl sich eng an Laura. Sie sprach so leise, dass Jenny es nicht verstand: »Lass dir mit deiner Entscheidung nicht zu lange Zeit.« Laut fügte sie hinzu. »Wir gehen in den Zoo und malen die Löwen, das habe ich Jenny versprochen. Kommst du mit, Laura?«

Jenny schaute misstrauisch zwischen ihnen hin und her. Sie war nicht zu täuschen.

Plötzlich weigerte sich Jenny, bei Nofa zu bleiben. »Ich geh mit Mami«, sagte sie entschieden. Laura konnte keinen Schritt mehr ohne sie tun. Weder das Grab in der Wüste noch ein Märchen aus *Alf laila wa-laila* hielten sie ab. Wollte Laura allein fortgehen, musste sie zu einer List greifen. Aber auch das war nicht einfach, die kleine Jenny wurde jeden Tag schlauer.

Sie hielt Younis beim Heimkommen auf. »Ich will wegen Wolle zum Bazar gehen. Meine Mutter hat voriges Jahr so hübsche Mützen für Jenny gestrickt, jetzt versuche ich es selbst einmal.«

Er nickte abwesend.

Erst als sie fragte: »Bleibst du heute bei Jenny?« wurde er aufmerksam. »Muss das sein?«

Laura zuckte die Achseln. »Nein. Wenn es dir so schwerfällt, zwei Stunden mit deiner Tochter zu verbringen …«

»Das habe ich nicht gemeint«, unterbrach er sie. »Nur weil ich gerade an einem wichtigen Artikel schreibe.«

Worauf Laura nur spöttisch lächelte und ihn stehen ließ. Younis überlegte es sich und kam ihr nach.

»Geh nur, ja, ich bleibe bei ihr.«

Jenny hatte gelauscht und kam strahlend mit ihren Ausschneidepuppen. »Baba, du passt auf, dass mir nichts passiert! Hilfst du mir beim Ausschneiden? Du hast eine gute Schere!«

Auf einmal machte es Jenny gar nichts aus? Verblüfft empfing Laura ein Abschiedsbussi und war im nächsten Augenblick vergessen. Von Jenny. Younis schaute ihr missmutig nach. Zu schade, dass sie mit keiner Freundin verabredet war. Pepperl konnte man nicht anrufen.

Sie dachte an Annemarie und fuhr in die *Rasheed Street*. In den Luxusgeschäften unter den Arkaden hatte Annemarie gern eingekauft. Vielleicht wollte es der Zufall, und sie trafen sich. Laura kam an dem Haus vorbei, wo sie Arbeit in der deutschen Firma gefunden hatte. Die Fenster des Büros waren verklebt, neben der Tür hing ein »For Sales«-Schild. So viele ausländische Gesellschaften waren in den letzten zwei Jahren verschwunden.

Nach dem Attentat auf den Präsidenten und den Aufständen im Norden investierten sie lieber anderswo. Der Irak, ein Pulverfass, stand im Life Magazine, das Laura im Bookshop durchsah. Farah Dibas Baby sollte im März zur Welt kommen, Doris Day drehte in der Wüste von Nevada einen Western, Jackie Kennedy flirtete auf Capri mit dem Fiatmagnaten Agnelli. Sie war ebenso chic wie Farah Diba, aber lange nicht so hübsch. Und Doris Day, so brav und blond, kühl wie ein Eiswürfel bei hundertdreißig Grad Fahrenheit in Nevada.

Über West Bagdad stand eine gelbgraue Mauer, ein Sandsturm kündigte sich an. War der Winter schon vorüber? Laura musste überlegen, bis ihr das Datum einfiel. 16. Januar. Heute hatte ihr Vater Geburtstag. Sie hatte ihm nicht gratuliert. Seit Jahren nicht. In Ewas letztem Brief stand: »Besser du trennst dich nicht von Younis. Was erwartet dich hier? Auf seine Unterstützung kannst du nicht bauen. Eine geschiedene Frau hat es nirgendwo leicht, auch nicht in Österreich.«

Hatte sie erwartet, Ewa würde Verständnis aufbringen? Eine Frau, die sich ihr ganzes Leben an einen Mann klammerte, der sie nicht liebte, nicht einmal achtete. Wofür auch?

In der Nähe des Hauses fiel ihr ein Mädchen auf, das rasch davonging. Einen Blick hatte Laura in ihr Gesicht erhaschen können, bevor sie sich abwendete. Sie kam ihr bekannt vor. Laura dachte an das unfreundliche Mädchen, das sie nach ihrer Rückkehr erwartet hatte. Younis' Verwandte, der Name war ihr entfallen. Doch, Rana hieß sie. Und dann dieser Wutausbruch aus heiterem Himmel. Laura war der Sache nicht nachgegangen. Warum? Weil sie es gar nicht genau wissen wollte. Laura schaute der schmalen Gestalt nach. War sie es?

Nofa öffnete ihr die Tür. »Mister Younis ist mit Jenny fortgegangen. Sie werden bald zurück sein.« Nofa machte einen bekümmerten Eindruck. Doch als Laura fragte, brachte sie kein Wort aus ihr heraus. Sie packte die Wolle aus dem Karton. Lauter Pastelltöne, rosa, grün, gelb. Ein Burdaheft mit Strickanleitung. Neue Nadeln.

Der Wind rüttelte an den Scheiben. Es war erst fünf Uhr und schon dunkel. Ein unfreundlicher Januartag. Hoffentlich kamen sie bald zurück. Laura schlug die erste Reihe an. Zuerst der Schal, da musste sie nicht viel denken.

Nofa kam ins Zimmer, um sich zu verabschieden. »Morgen gehen wir in den Suq. Ich möchte wieder einmal kochen. Hast du Lust auf ein Gulasch?«

Nofa schmeckte die österreichische Küche. Manche Gerichte, die Laura ihr gezeigt hatte, kochte sie sogar für ihre eigene Familie. Aber jetzt hatte sie es eilig. »Morgen früh bin ich wieder da, *inshallah*.«

Kaum war sie fort, hörte Laura die helle Stimme Jennys vor dem Haus. Sie ging ihr entgegen.

»Mama, wir waren bei den Vögeln!«, rief Jenny begeistert.

Zuerst verstand Laura nicht, dann, nach einem Blick in Younis' finstere Miene, war alles klar. Jenny hatte ihm von den Papageien erzählt.

»Zuerst hab ich mir gedacht, die Kleine plaudert eben vor sich hin. Aber dann waren wir auf dem Suq und da … «

Was hatten sie überhaupt dort zu suchen? »Wolltest du nicht mit Jenny zu Hause spielen?«, fragte Laura gereizt.

»Machst du mir vielleicht einen Vorwurf? Ich habe ein Geschenk besorgt. Ein Zufall, der die Wahrheit ans Licht gebracht hat.«

Ein Geschenk. Für wen denn? Ärger stieg in ihr hoch. Die Wahrheit. Weil er es ja so genau damit nahm!

»Deine Tochter hat mir erzählt, ihr wart auf Besuch.«

»Ja, und? Ich kann nicht immer zu Hause sitzen, bis du dir wieder einmal Zeit nimmst für deine Familie.«

»Meine Familie!«, höhnte er. »Wo ist die? Seit ich dich kenne, Laura, habe ich keine Familie mehr. Alle haben sich von mir abgewandt, weil ich dich geheiratet habe. Weißt du es noch, wir werden unsere eigene Familie gründen, hast du zu mir gesagt. Aber wo ist sie, nach sechs Jahren frage ich dich, wo sind die Kinder, die du mir schenken wolltest.«

Sechs Jahre hatte sie geschwiegen und geschluckt, was ihr an gehässigen Antworten in den Sinn kam. Immer, wenn es so weit war, hatte sie an die Kämpfe ihrer Eltern gedacht und sich zurückgehalten. Aber einmal musste sie sich wehren.

»Und froh bin ich darüber. Was bist du für ein Vater, nicht einmal um unser einziges Kind kümmerst du dich. Oder ist es, weil sie nur ein Mädchen ist!«

»Mama, nicht schimpfen!« Jenny stellte sich auf ihre Zehenspitzen, um Lauras Hände zu ergreifen. »Baba ist lieb. Er hat mir ein Lamm versprochen. Ein echtes Lamm, Mama! Bitte, bitte, nicht mehr schimpfen!«

Younis schob Jenny beiseite. »Ihr wart bei den Schiiten in Kadhimiyah. Als ob ich dich nie gewarnt hätte! Was tust du dort?«

Er wollte Laura an der Schulter packen. Sie wich vor ihm zurück, bis sie an der Wand stand. Jenny versuchte, sich dazwischenzudrängen.

»Rede!«

»Du kannst mir nicht drohen.«

»Ich werde dich kleinkriegen, dann werden wir ja sehen, ob du noch immer so stolz bist!« Er schüttelte sie. »Bei wem wart ihr, du wirst es sagen!«

Jenny begann zu weinen. Keiner beachtete sie.

»Ich verlasse dich.« Die Worte waren ihr entschlüpft, noch ehe sie sich besonnen hatte. »Du bist der Lügner, nicht ich. Du führst ein Leben ohne mich, du hast Geheimnisse, du lässt uns allein, seit Jahren hast du nichts als deine Politik im Kopf. Und ob du uns damit in Gefahr bringst, ist dir egal! Lass mich los, Younis, oder du hast mich zum letzten Mal gesehen!«

Zorn, Hass, der Wille, sie zu bezwingen, alles stand ihm ins Gesicht geschrieben. Aber das würde sie nicht dulden. Sie stieß ihn weg, doch er ließ nicht los und riss sie mit, so heftig, dass sie bis in die Mitte des Wohnzimmers taumelten, auf den Teppich fielen, ineinander verschlungen wie ein Liebespaar. Jennys Schreie gellten durch den Raum. Laura lag auf dem Rücken, unter Younis' Körper gefangen. Sein Atem blies ihr heiß auf die Stirn. Er roch gut. Seine Wangen, an ihre gepresst. Sie begehrte ihn immer noch. Und er sie. Sie fühlte es.

»Mama! Mama!« Jenny jammerte und schluchzte neben ihr.

»Du bist still! Sonst kriegst du eine Tracht Prügel!«, schrie Younis, doch er lockerte seinen Griff.

Laura wand sich unter ihm hervor. »Komm zu mir, nicht weinen, meine Einzige.« Sie wiegte Jenny in ihren Armen. »Den Mitro magst du doch, der ist dein Freund. Und trotzdem rauft ihr miteinander und streitet und dann versöhnt ihr euch wieder. Die Großen haben auch Streit. Aber das ist nicht so schlimm, es wird alles wieder gut.«

Über Jennys Kopf sah sie zu Younis hoch. Er drehte sich von ihr weg. Sein Sakko lag über die Sofalehne geworfen. Er zog es an. Noch war er da, sie konnte ihn rufen. Ihm sagen, wo sie gewesen war, von ihrer Angst, ihrer Sorge um die Zukunft erzählen. Ihn an seinen alten Traum vom Fortgehen erinnern. Ihn fragen, ob er sie begleiten wolle. Doch seine Worte hallten immer noch in ihren Ohren. Jenny schluchzte an ihrer Schulter. Die Haustür fiel hinter ihm zu. Sie horchte ihm nach. Er kam nicht zurück.

»Jenny, ich hab dir etwas mitgebracht. Jenny, hörst du, du musst nicht mehr weinen, wir sind nicht mehr böse.«

Zwischen zwei Schluchzern stieß Jenny hervor: »Was? Ein Pixi-Buch?«

»Ein Pixi-Buch bekommst du in Wien. Aber Rootie Kazooti hat ein neues Abenteuer.«

Langsam verebbten die Tränen. Jenny hob den Kopf. Sie schaute ihre Mutter mit großen Augen an, fast wie ihr Vater, bevor sie fragte: »In Wien, wir fahren nach Wien?«

»Annemarie, können wir uns sehen?« Laura hatte ihre Stimme nicht unter Kontrolle. Es war schon seit Stunden dunkel. Bei dem Handgemenge mit Younis war ihre Uhr auf den Boden gefallen und stehen geblieben. Sie wusste nicht, wie spät es war. Jenny schlief zum Glück endlich.

»Was ist, weinst du?«, fragte Annemarie nach einer Pause, die Laura unendlich vorkam. Im Hintergrund waren lachende Stimmen zu hören.

»Ich kann nicht hierbleiben.« Sollte sie Annemarie gestehen, dass sie sich vor Younis fürchtete? Sie hatte Annemarie enttäuscht, ihre Freundschaft und Hilfe zurückgewiesen. Das war schon immer Lauras Fehler gewesen. Sie zog sich zurück, wenn sie in Schwierigkeiten steckte. Sie wollte keine Schwäche zeigen. Deshalb hatte sie keine Freundinnen. Nur Pepperl ließ sich nicht von Lauras abweisender Haltung abschrecken. Laura war ihr dankbar dafür, auch wenn sie es nie ausgesprochen hätte.

»Du hörst, wir haben Gäste«, sagte Annemarie. »Es tut mir leid, Laura, aber heute ist es wirklich ungelegen.« Sie zögerte und setzte dann hinzu: »Nachdem du so lange Zeit nichts hast von dir hören lassen, wirst du wohl auch andere Möglichkeiten haben, nehme ich an.«

Laura hielt den Hörer zu, damit Annemarie ihr Weinen nicht hörte. Es war Annemarie, die nichts mehr von sich hatte hören lassen. Laura war nicht dazu gekommen, ihr zu sagen, wie sehr sie ihre Freundschaft schätzte. Jetzt konnte sie nicht damit beginnen.

»Du bist meine Freundin«, sagte sie trotzdem.

Eine Weile waren nur die Stimmen der Gäste zu hören. Dann erwiderte Annemarie: »Ich glaube nicht.« Sie hängte auf.

Sie konnte sie nun reihum anrufen. Ursula, Sherryll, Mary Lou, Helen. Vermutlich waren sie alle zu Annemaries Party eingeladen. Und selbst wenn nicht, mit diesen Frauen verband sie nicht mehr als oberflächliche Bekanntschaft. Sollte sie in der Nacht bei ihnen auftauchen, ihr schlafendes Kind im Arm, und um Hilfe bitten?

Pepperl hatte kein Telefon. Verkehrten um die Zeit noch Busse nach New Bagdad? Und ein Taxi? Younis hatte sie eindringlich gewarnt, zu einem Fremden ins Auto zu steigen. Immer wieder waren ausländische Frauen entführt worden.

Laura hörte den Schlüssel im Schloss. Sie brauchte keine Entscheidung mehr. Es war zu spät, die Treppe hinaufzulaufen, sie drückte sich neben dem Telefontisch an die Wand. Im Licht des Flurs sah sie Younis' Schatten überlebensgroß auf den Boden fallen. Er schwankte. »Laura?« Ihr Herz sank. Seine Stimme klang verwaschen. Er war schwer betrunken. Sie wartete den Moment ab, bis er ins Wohnzimmer gegangen war, dann schlüpfte sie aus den Schuhen und versuchte, lautlos an der offenen Tür vorbeizukommen. Ein Schuh entglitt ihr, fiel klappernd auf den Boden. Laura lief los, zwei Stufen auf einmal nehmend hastete sie zum Schlafzimmer hinauf. Nicht schnell genug. Er holte sie ein, bevor sie an der Tür war.

»Lass mich!«, flüsterte sie.

Er hielt sie an den Handgelenken fest. »Nein, ich lasse dich nicht.« Er presste sie gegen die Tür, küsste sie mit offenem Mund. Er roch nicht mehr gut, nach Alkohol und Zigaretten.

»Lass mich, bitte.«

Er griff hinter sie, öffnete die Tür, sie stolperten hinein. Im nächsten Moment lag er auf ihr, zerrte an ihren Kleidern, drängte sein Knie zwischen ihre Schenkel. Er hörte ihr Nein nicht, sein Atem ging heftig, er packte ihre Brüste, so heftig, wie er es nie getan hatte, nicht spielerisch, sondern mit Gewalt. Der Stoff ihres Unterkleides zerriss. Sie unterdrückte einen Schrei, Jenny sollte nicht erwachen, Jenny durfte nicht erfahren, was ihr Vater ihrer Mutter antat. Er löste sich für einen Moment, um seine Hose zu öffnen, und sie nützte die Gelegenheit. Mit einem Sprung war sie aus dem Bett, an der Balkontür, der Beton war eisig unter ihren Füßen. Sie erklomm die Brüstung und sprang auf die Treppe zum Garten.

Hinter ihr rief Younis erschrocken ihren Namen. Ihr Knöchel knickte um, wenn sie sich nun etwas brach? Doch da war sie schon unten und stand im Dunkeln des Gartens, kaltes Gras unter ihren Füßen. Sie lief auf die Mauer zu. Wie leicht war es, wenn man Mimi und Lump hieß und auf vier Beinen von Garten zu Garten sprang. Was erwartete sie auf der anderen Seite, wo sollte sie hin? Ein Schritt noch, dann war sie am Graben, der den Garten begrenzte. Um auf die Mauer zu kommen, musste sie ihn überwinden. Die Schlangen fielen ihr ein. Younis hatte versprochen, den Graben zuzuschütten, er hatte es aber nie getan. Jetzt im Januar war es da unten feucht, das liebten sie. Sie zögerte, und dann war er bei ihr, hob sie auf, trug sie in seinen Armen zurück ins Haus.

»Meine Laura! Ich bin verrückt, ich werde es nie wieder tun, bitte, glaube mir. Verzeih mir, meine Geliebte.«

Am Morgen konnte Laura kaum auftreten. Der Knöchel war geschwollen. Verzeihung, Versöhnung. Schöne Worte. Was hatte man denn davon, wenn die Fronten festgelegt waren? Er durfte sie schlagen, einsperren, wenn es seine Ehre verlangte, sogar töten. Sie musste nicht alles erdulden. Die Ehe war nicht unauflöslich, Scheidung eine Möglichkeit, auch für die Frau. So hatte sie es bei der religiösen Einführung gelernt. Younis konnte sie nicht zum Bleiben zwingen.

Sie suchte den Zettel mit der Adresse der Schiiten. Abdullah hatte ihr die Telefonnummer dazugeschrieben. Er war nicht am Apparat, sondern Maja.

»Wollen Sie bei uns wohnen? Sie müssen keine Angst haben, wir passen auf Sie auf.«

»Nein, ich glaube nicht. Er hat sich entschuldigt, ich hoffe …«

Maja hörte sich ihre Geschichte ruhig an. Abdullah war nach Seleukia gefahren, er feierte dort bei Freunden das abendliche Fastenbrechen während des Ramadan. Sie erwartete ihn erst am nächsten Morgen zurück. Dann würde er die Botschaft verständigen.

»Die Botschaft?« Laura erschrak. »Könnte er nicht vielleicht zuerst mit Younis selbst …«

»Wenn es Ihnen so lieber ist«, antwortete Maja nach einer kleinen Pause. »Sie glauben nicht, dass er dann womöglich etwas … Unüberlegtes tut?«

Jetzt schwieg sie. Younis' Bild tauchte vor ihr auf. Lachend fiel er in den Schnee, zog sie mit sich. Der Kuss, heißkalt, so süß wie eine Frucht. »Nein«, hörte sie sich sagen. Es war doch nur eine Illusion, die Bilder, die sie voneinander hatten, nicht nur sie von ihm, er von ihr, alle. Wer konnte für den anderen die Hand ins Feuer legen? Und doch taten es die Menschen. Bewiesen Liebe und Treue. Verbrannten sich. Nicht alle. Liebte sie ihn denn? Dieses Bild, ja.

»Also gut. Dann rufen Sie bitte an, sobald Sie etwas brauchen. Lassen Sie sich nicht unter Druck setzen, Laura. Ich weiß, wovon ich spreche. Ich habe selbst so ein Drama hinter mir. Der einzige Mann, den ich seitdem in meiner Nähe dulde, ist mein Sohn.« Sie lachte hell. Es klang wie ein Vogelruf, den sie im Süden gehört hatte, bei ihrer Reise ins Marschland. Damals, als die Geheimnisse begonnen hatten. Sie versprach Maja, auf sich aufzupassen. Nach dem Gespräch blieb sie mit dem Hörer in der Hand sitzen, versteinert vor Traurigkeit. Sie hatte Younis zum zweiten Mal verraten.

»Worauf wartest du, Laura?«, fragte Pepperl streng. »Die Warnung sollte dir reichen. Es kann noch unangenehmer werden.«

»Du meinst, ich soll mich mit dir in den Zug nach Wien setzen. Und dann, wie geht es weiter? Ich habe kein Geld, keine Wohnung, keine Arbeit.«

Pepperl runzelte die Stirn. »Träumst du, *asal?* Du wirst kein Geld von ihm bekommen. Ich borge dir, was du brauchst.«

Pepperl, die selbst nichts hatte, sie konnte nicht …

»Ich hab den Preis, hast du vergessen? Und du gibst es mir zurück, wenn du eine Arbeit gefunden hast. Das ist alles keine Sache.«

Und Jenny. Sie sollte Jenny wegschleppen, ohne Abschied von ihrem Vater, ohne eine Erklärung, wann sie ihn wiedersehen würde, ob sie je zurückkommen würden.

»Du traust dich nicht, weil du dir nichts zutraust. Es muss aber sein.«

Was wusste Pepperl? Sie hatte ihre Enttäuschung über Faruk schlucken müssen, er kam erst wieder, wenn die Römerin Lust hatte, Bagdad kennenzulernen, dann würde er sie in sein Elternhaus mitnehmen, und Pepperl musste sie akzeptieren oder gehen.

»Du glaubst mir nicht.« Pepperl streichelte mitfühlend ihre Hand. »Ich kann dich verstehen.«

Sie spazierten durch den Park. Die Kinder liefen voran auf den Spielplatz. Von überall knallten Schüsse, zur Freude über den zu

Ende gegangenen Ramadan. Laura zuckte bei jedem Schuss zusammen.

»Man sollte denken, sie haben genug von Gewehren, Granaten und Bomben«, sagte sie nervös.

»Das sind Kriegernaturen, die geben keine Ruhe seit fünftausend Jahren. Schau sie dir im Irakmuseum an!«

Laura widersprach. »Was ist mit den Kreuzzügen, die Christen sind nicht weniger gewalttätig.«

»Ja, aber das ist lange her.« Pepperl angelte Fayek vom Kletterturm, wo er mutig den beiden Älteren hinaufgefolgt war und jetzt nicht mehr zurück konnte. »Wir müssen uns mit dem Heute befassen. Und das schaut im Irak finster aus.«

Der Teegarten hatte geschlossen. Sie froren und Laura hatte keine Lust mehr auf Pepperls Ratschläge. »Ich gehe nach Hause.«

»Wenn du weißt, wo das ist, gratuliere.«

Pepperls Augen und Nase waren von der Kälte gerötet. Sie sah aus, als hätte sie geweint, dabei lächelte sie wie ein Kobold. Laura wickelte ihr den Schal eng um den Hals. »Danke, Pepperl. Du bist der einzige Mensch, den ich kenne, der vor der Wahrheit keine Angst hat.«

Und du? fragte Pepperls Blick. »Pass auf dich auf«, sagte sie zum Abschied, wie Maja. Wozu empfahl man das den Leuten? fragte sich Laura. Sie standen am Ausgang des Parkes, der Wind blies vom Fluss herüber. Sie redeten nicht viel.

»Seh ich dich noch?«

»Kommt auf dich an.«

Pepperl zog Fayek an der Hand hinter sich her, Mitro schubste sie. Beide konnten sich nicht von Jenny trennen. Laura schaute ihnen nach, während Jenny über die Lehne der Parkbank beim Ausgang balancierte. Sie wartete, bis Pepperl und die Kinder um die Ecke gegangen waren. Pepperl sah sich nicht mehr nach ihr um. »Wir gehen nach Hause«, sagte sie noch einmal. Jenny sprang von der Bank. Sie nahm die Hand, die Laura ihr hinstreckte. »In die *Ragheeba Chattoon*«, fügte sie hinzu.

Younis wusste es schon, sie sah es ihm an. »Wollen wir heute Abend ausgehen?«, fragte er.

»Wohin?«

»Im Hotel Ambassador gibt es ein Restaurant und eine schöne Bar.«

Das hatte er ihr noch nie vorgeschlagen. Für ein schwieriges Gespräch war ein öffentlicher Ort vielleicht am besten, überlegte sie. Dort konnte er sich nicht so gehen lassen wie bei ihrem letzten Streit. Sie ging mit Jenny ins Schlafzimmer und legte sich mit ihr ins Bett, bis sie eingeschlafen war. Auf dem windigen Balkon rauchte sie eine Zigarette. Es gab nur Fragen, keine Antworten. Sie wollte keine geschiedene Frau sein. Hatten sie noch eine Wahl? Sie versuchte sich zu besinnen. Was wünschte sie sich von ihm? Was konnte er von ihr verlangen?

Als sie zurückkam, hatte Younis sich umgekleidet, einen dunklen Anzug mit Gilet, ein weißes Hemd aus schimmerndem Stoff, die goldene Krawattennadel, Stephans Geschenk. *An old, a new, a borrowed and a blue*, das trugen die Engländer zur Hochzeit. Abergläubische Laura, sie nahm den neuen Kaschmirschal, borgte sich eine Münze aus Jennys Sparbüchse, knüpfte eine blaue Schleife an ihr Strumpfband. Das Kleid war alt, sie hatte es sich noch in Wien vor ihrer Hochzeit nähen lassen, aus dunkelrotem Samt.

Sie fuhren mit dem Taxi, schweigend saßen sie im Fond. Auf halbem Weg streifte Laura ihren Handschuh ab und schob ihre Hand in Younis'. Er drückte sie einmal schwach, dann ließ er sie ruhig liegen, bis sie vor dem Hotel angekommen waren.

»Hast du Hunger?« Seite an Seite schritten sie durch die hell ausgeleuchtete Halle. Alles war neu, in einem modernen, schmucklosen Stil. Die Rezeption und die Möbel aus Teakholz, ebenso wie die Täfelung der Wände. Weißer Steinboden mit Orientteppichen. Bilder von irakischen Landschaften, die Berge des Nordens, das große Wasser von Euphrat und Tigris, die Wüste, schwimmende Büffel im Marschland.

Am Eingang der Bar blieb Younis stehen. »Willst du essen?«, wiederholte er ein wenig ungeduldig. Im Gegensatz zu Laura verging ihm leicht der Appetit. Sie konnte streiten und essen, er nicht.

Doch Streit sollte es ja eben keiner sein. Eine Aussprache, ermahnte sie sich. Das Licht in der Bar schimmerte rosa. Sie setzten sich in eine Nische, die wie das Innere einer Grotte aussah, Laura auf das kleine Samtsofa, Younis ihr gegenüber. Zwischen ihnen ein niedriges Tischchen mit einer glänzend schwarz lackierten Platte, in der sich ihre Gesichter spiegelten. Der Kellner brachte Oliven und Mandeln. Laura aß die Schüssel leer, bevor die Getränke auf dem Tisch standen.

Younis musste wider seinen Willen darüber lächeln. »Du hast ja doch Hunger, wir hätten ins Restaurant gehen können.«

Er trank Whiskey, was sie verabscheute. »Du sollst auch trinken«, sagte er. »Es ist ein Trost, ich finde, wir brauchen Trost.«

Sie bestellte Pernod, weil das hübsch klang und auch hübsch aussah, eine grünlich getönte Flüssigkeit in einem geschwungenen hohen Cocktailglas, doch schmeckte es wie Arrak. Sie schob das Glas weg.

»Du fragst nicht, du weißt schon alles«, bemerkte Younis in halb fragendem Ton, und Laura dachte, dass er doch schon betrunken war, obwohl es ihr zu Hause nicht aufgefallen war, sonst wäre sie gar nicht mit ihm gegangen.

»Nein. Gibt es mehr davon?« Sie reichte die zwei leer gegessenen Schüsselchen dem Kellner. Er beeilte sich, sie nachzufüllen.

»Wir spielen doch nicht Katz und Maus.«

Er sagte nichts. Sie seufzte und aß weiter.

»Wenn du nicht reden willst, könnten wir doch genauso gut ins Restaurant hinüberwechseln«, stellte sie nach einer Weile unbequemen Schweigens fest, was Younis seltsamerweise aufbrachte. »Ich soll reden? Warum nicht du? Du hast das alles angezettelt, mich bei deiner Botschaft als Gewalttäter angeschwärzt, du bist diesem blöden Mädchenschwarm, diesem dreckigen Schiiten, nachgelaufen. Bei solchen Leuten hast du vor mir Schutz gesucht!«

Beim letzten Satz hob er die Stimme.

Sie würde nicht zurückschreien. »Ich will deine Partnerin sein, nicht der Schoßhund, den du dir zu Hause hältst.«

Younis nahm seinen Whiskey. Es war ein halbvolles Glas, er trank es leer.

»Und weil ich dir schon wieder beim Trinken zusehen muss wie an den meisten Abenden, die du mit mir verbringst, sage ich dir noch: Du trinkst für meinen Geschmack zu viel. Ich wünsche mir einen Mann, mit dem ich mich vernünftig unterhalten kann.«

Er lachte plötzlich, lachte und hörte nicht mehr auf. Sie hielt den Blick gesenkt. Sie würde sich nicht provozieren lassen.

Er bestellte noch eine Runde.

»Ich will diesen Pernod nicht«, protestierte sie.

»Ist mir egal.« Er trank ihn aus.

»Wir müssen uns also trennen«, setzte er mit dem neuen Whiskey in der Hand fort. »Weil dein Mann zu viel trinkt. Weil er dich zu grob behandelt hat. Weil er ein primitiver Orientale ist, der nur Söhne will, keine gebildete Frau mit Ambitionen, sondern ein Hausmütterchen.« Er nickte und sah sie an. »Du warst immer in meinem Kopf, Laura. Du bist wirklich etwas Besonderes. Ich habe sechs Jahre lang gedacht, ich werde sterben an dieser Liebe. Weil sie nicht gut ausgeht. Ich habe es schon bald gespürt. Doktor Halston, weißt du noch. Wir waren in Babylon, ich habe dir gesagt, ich weiß, dass du lügst. Du hast unsere Zukunft zerstört.«

Er sprach, als gäbe es Jenny nicht. Sie dachte an den Morgen nach ihrer Geburt, als er sie zum ersten Mal in den Arm nahm, seine Wangen an ihr Gesichtchen drückte. Warum genügte ihm seine Tochter nicht?

Sie hatte seine schönen Augen. Sein Lächeln, seine ebenmäßigen Züge. Lauras Herz schmerzte vor Liebe für dieses Kind. Sie konnte nicht bedauern, dass es keine anderen Kinder gab.

»Ich werde nie mehr ein Kind bekommen.«

»Weil du nicht willst.« Es war keine Frage mehr. Und sie leugnete nichts mehr ab. »Weil ich nicht will.«

»Dann ist ja alles gesagt.«

Er legte einen Geldschein auf den Tisch.

Laura schaute ihn an. War das nun Ernst oder ein Theaterspiel, um sie zu erschrecken?

»Und wir, Younis? Geht es denn nicht um uns beide?«

Er schaute in sein leeres Glas.

»Liebst du mich nicht mehr?«

Auf die glänzende Tischplatte fielen zwei Tropfen. Er weinte.

Liebte sie ihn? Es gab keine Antwort, nur Fragen.

Sie hörte zu, wie er Nofa fortschickte. »Geh. Wir brauchen dich nicht mehr.«

»Was sagst du, Younis. Warte, Nofa!«

Nofa zog ihr Tuch um das Gesicht. Sie lief aus dem Haus, und Laura hinter ihr her. »Er weiß nicht, was er spricht. Bleib, Nofa. Du musst mir helfen, ich brauche dich und Jenny auch.«

Nofas Finger stahlen sich in ihre Hand. »Viel Glück, Madam.«

Laura hielt sie fest. »Das ist kein Glück, wenn du weggehst.«

Nofa senkte den Kopf. Demütig, doch es war nur eine Geste der Höflichkeit für die andere Frau. Nur was Younis befahl, zählte.

»Du musst sie zurückholen. Ich kann nicht ohne Nofa auskommen!«, rief sie Younis empört entgegen. Er stand in der Küche und trank Wasser direkt aus dem Krug, eine Angewohnheit, die sie nicht leiden konnte. Sie schwieg, doch er spürte ihren Blick und zuckte die Achseln.

»Lange wird es nicht dauern.«

»Was meinst du?«

»Hast du nicht einen Hilfeschrei an deine Botschaft gerichtet? Man wird dir die Heimreise ermöglichen, auch wenn ich es nicht gestatte, hat mir dein Schiitenfreund ausgerichtet.«

Sie kam zu ihm, so nahe, dass sie sich berührten. Younis strebte weg, doch sie breitete die Arme aus.

»Lauf nicht weg.«

In seinem Gesicht zuckte es, aber er blieb stehen.

»Auch wenn wir nicht das Gleiche wollen und uns nicht verstehen können. Du bist der einzige Mensch in meinem Leben, der für mich zählt.«

Er sah sie an, und jetzt musste sie weinen. Im Wohnzimmer lief der Fernsehapparat. Die Kennmelodie von Jennys Lieblingssendung Rootie Kazootie verschluckte Lauras Schluchzen. Younis rührte sich nicht. Sie wischte sich das Gesicht mit einem Geschirrtuch ab. Jenny lachte über einen Scherz des amerikanischen Schauspielers, dann bellte ein Hündchen, Polka Dotties Auftritt.

»Ich werde heute mit dir in die *Palestine Street* fahren«, sagte Younis, der plötzlich zu einem Entschluss gekommen war. »Gar nicht weit von dort, wo deine Busenfreundin wohnt.« Er meinte Pepperl. »Ich werde euch etwas zeigen.«

Zu Mittag wagte sich eine blasse Sonne hinter den Wolken hervor. Der Chauffeur hatte keinen Dienst, Younis saß selbst am Steuer. In einem Fach in der Seitentür hatte er ein Fläschchen Arrak eingeklemmt. Laura warf einen besorgten Blick darauf. Er ignorierte sie.

»Singst du mit Baba?«, fragte er Jenny und begann: »Lass die Räuber durchmarschieren«, in seinem komischen Deutsch. Younis hatte das Kinderlied von Jenny nach ihrer Wienreise gelernt. Es gefiel ihm offenbar, denn er konnte es auswendig. »Durch der gordene Briecke.«

»Falsch, du sagst es ganz falsch!«, rief Jenny glucksend vor Lachen. »Die goldene Brücke!« Sie fuhren gerade über den *Tahrir Square*, und Jenny wies auf die nahe Tigrisbrücke. »Das ist die Brücke, Baba!«

Younis nickte. Laura schöpfte wieder Hoffnung.

Sie fuhren Richtung Norden. In New Bagdad war in den letzten zwei Jahrzehnten ein ganz neuer Stadtteil entstanden, wo vor allem Zuwanderer lebten. Tausende Bauern hatten ihr Land aufgeben müssen, um nicht zu verhungern. Die Großstadt bot ihnen mehr Überlebenschancen. Es war diese Bevölkerungsgruppe, um die Abdul Karim sich vor allem bemüht hatte. Mit Erfolg, von den sozialen Einrichtungen, den Kindergärten, Schulen, medizinischen Ambulanzen und Mütterberatungstellen profitierten vor allem die Armen des Landes. Auch neue Parkanlagen mit Spielplätzen wurden in allen Bezirken gebaut, vor allem aber Wohnhausanlagen, um Platz für die rasch wachsende Bevölkerung zu schaffen.

Die *Palestine Street* war ein breiter Boulevard, der bis zur Stadtgrenze reichte. Weiter als bis zum Lunapark war Laura noch nicht gekommen. Jenny erkannte den Ort auf Anhieb. »Mama, Mama, wir müssen zum Karussell!« Aufgeregt sprang sie auf und ab. »Halt, Baba, ich will da rüber!«

Younis schüttelte den Kopf. »Gleich sind wir da.«

Laura konnte sich nicht vorstellen, was er hier vorhatte. »Besuchen wir jemanden?«, fragte sie, obwohl sie nicht recht daran glaubte. Außer Pepperl wohnte niemand, den sie kannten, so weit vom Zentrum entfernt.

Er hielt an, und sie sah sich ratlos um. Da waren nur Häuser. Eine riesige neu erbaute Anlage, zum Teil noch nicht einmal fertige Bauten, mit Gerüsten davor.

Er stieg aus. »Kommt, meine Lieben.«

Sie gingen einen staubigen Weg zu einem weißen Haus. An der Tür war eine moderne Sprechanlage. Younis wies Laura darauf hin. »Hier wird für Sicherheit gesorgt.« Er sperrte auf.

»Warum hast du einen Schlüssel?«

Younis drückte den Knopf für den Lift. Sie fuhren in den dritten Stock. Der Flur roch nach frischer Farbe.

»Was machen wir hier?«

Younis führte sie zu einer weißen Tür. Sie las das Schild: Al-Quassem. Er sperrte die Wohnung auf. Es gab ein Wohnzimmer, zwei Schlafzimmer, eine neue amerikanische Küche, im Bad eine Waschmaschine.

Zuletzt zeigte er ihr die große Terrasse. Nebel hing über der Stadt, es nieselte leicht. »Es ist noch ein bisschen kahl, aber du kannst hier Blumentöpfe aufstellen, eine Markise und eine Hollywoodschaukel, das ist doch hübsch. Irgendwann wird es dir gefallen, du wirst es sehen.«

»Wozu eine Wohnung, Younis? Wir haben ein Haus, das viel schöner ist.«

Noch immer begriff Laura nicht.

Erst als er erwiderte: »Es ist alles so modern, der beste Komfort, der Architekt ist Italiener, das sieht man, findest du nicht? Du willst nicht gern nach Wien zurückkehren. Das hattest du doch gesagt. Ich dachte mir …«

Er wandte sich zu ihr, und sie sah, dass er sie nicht zum Narren hielt.

»… das wäre eine Lösung für uns. Du bleibst mit Jenny hier.« Es war ihm ernst.

Sie schluckte. »Und du?«

Jenny lief über den hellen Fliesenboden, er war so glatt, dass sie schlittern konnte.

»Mir gefällt's hier, Mama!«, verkündete sie. »Dann gehen wir in den Lunapark, ja?«

»Und du?«, wiederholte Laura.

Younis fuhr sich durchs Haar. Er vergaß, dass er Gel darauf gestrichen hatte. Es blieb wie ein Kamm in der Höhe stehen. Doch Laura fand es nicht komisch.

»Ich möchte wieder heiraten«, sagte er.

Sie fragte nicht, wen. Liebe. Liebe, ja. Einen Tag vorher hatte sie keine Antwort darauf gehabt, aber nun, als die Stichflamme der Eifersucht in ihr hochschoss, war es ihr klar. Sie würde nicht das Feld räumen.

»Ich werde nicht in diese Wohnung ziehen.«

Sie standen auf dem Lunaplatz zwischen Erwachsenen, die nach Zwiebeln und ungewaschenen Kleidern rochen und ihre Kinder auf der Hochschaukel, dem Karussell und der fliegenden Untertasse anfeuerten, Bier aus der Flasche tranken und Kürbiskernschalen auf den Boden spuckten. Der Regen hatte wieder aufgehört. Die Luft dampfte.

»Sondern? Was hast du vor?«

»Nichts. Ich … bleibe.«

»Nachdem dein Schiitenfreund mich bei der österreichischen Botschaft als Gewalttäter angeprangert hat.« Younis lächelte, es sah nicht freundlich aus. »Du meinst, du kannst mich hintergehen und dann, weil es dir wieder in den Kram passt, ist alles ungeschehen.«

Was wollte sie wirklich? Das Geschrei der Menge schmerzte in ihren Ohren. Jenny saß auf einem blitzbauen Motorrad und winkte, statt sich festzuhalten.

»Wir haben eine Krise. Wir können uns wieder finden.« Sie suchte nach ihren Zigaretten. Ihre Hände zitterten. Das Karussell hielt. Jenny sprang herunter, in die Arme ihres Vaters. »Zum Sturmboot!«, rief sie vergnügt. Er ließ sie auf seinen Schultern reiten.

Laura folgte ihnen. War alles schon vorbei? Die Kugel rollte, nichts konnte sie mehr aufhalten. Hatte sie verspielt? Wer nicht wagt, der nicht gewinnt. Sie fand ihre Zigaretten.

In der Nacht verführte sie ihn.

»Ich möchte mich versöhnen«, flüsterte sie nachher in sein Ohr.

»Das Leben besteht aus zwei Teilen«, sagte Younis. »Die Vergangenheit – ein Traum. Die Zukunft – ein Wunsch.«

»Was bedeutet es?«
»Das ist ein arabisches Sprichwort. Du verstehst es nicht?«
»Nein.«
»Du musst darüber nachdenken.«
»Ist das deine Antwort?«
Er küsste sie.
»Liebst du mich?«
»Ich werde dich immer lieben«, sagte er.

21. KAPITEL

JENNYS JAUCHZEN WECKTE LAURA am Morgen. Sie war schon auf, für gewöhnlich war sie die Letzte, die aufstand, ein kleiner Nachtvogel, schon seit ihrer Babyzeit. In ihre Stimme mischte sich ein Ton, der Laura augenblicklich aufhorchen ließ, das helle Blöken eines Schafes. Sie lief auf den Balkon.

»Mama schau, was Baba mir geschenkt hat!«

Es war kein Lamm, sondern ein neugeborenes Zicklein, das ebenso kläglich nach seiner Mutter weinte wie Younis' erstes Geschenk. Laura war zu erschöpft, um zu protestieren. In der Nacht war es spät geworden, wieder hatten Younis' Freunde sie nicht ruhig schlafen lassen. Sie hatten geraucht, getrunken und diskutiert bis in die Morgenstunden. Das große Wort hatte immer derselbe, Younis' Vertrauter, der Hochgewachsene, dessen Namen niemals fiel.

»Er ist ein Opfer dieses Unrechtsregimes. Besser du weißt nicht mehr. Wenn jemand erfährt, dass er in den Irak zurückgekehrt ist, sind wir alle dran.« Younis' Warnung hatte sie noch mehr gegen ihn eingenommen. Seine selbstbewusste Rednerstimme drang bis in den ersten Stock in ihr Schlafzimmer, in ihren Schlaf. Manchmal schnappte sie einzelne Worte auf, von Palästinas Befreiung, den Kurden, Moskaus Stiefelknechten, und immer wieder Abdul Karim, Totengräber des Irak, wenn man ihm nicht den Garaus machte. Younis hing an seinen Lippen. Gefielen ihm die großen Worte oder war er nun wirklich, wie Pepperl vermutete, politisch involviert? Sie wagte nicht, offen zu fragen. Sie fürchtete seine Antwort.

Abdullah ließ ihr heimlich durch einen Boten einen Brief zukommen. Younis hatte gedroht, wenn er sich noch einmal einmischte, würde er es bitter bezahlen.

»Die Botschaft ist über Ihren Fall informiert«, schrieb er. »Bitte treten Sie mit uns in Verbindung. Wir sind sehr in Sorge. In tiefer Verehrung, mit den allerherzlichsten Grüßen, Ihr Abdullah.«

Laura schämte sich zu sehr, um persönlich anzurufen. »Ich danke Ihnen für Ihre Hilfe«, schrieb sie zurück. »Ich habe mich mit meinem Mann ausgesprochen. Ich hoffe, nun kommt alles wieder in Ordnung.«

Den Tag verbrachten sie zu Hause. Jenny war von dem Zicklein nicht wegzubringen. »Es wird ganz zahm werden, sagt Baba.«

Es hörte nicht auf zu meckern und zu bähen, bis am Abend die Katzen auf die Mauer sprangen. Sie warteten auf ihr Futter. Bei ihrem Anblick verstummte das Zicklein, oder es war so schwach, dass es nicht mehr schreien konnte. Jenny freute sich. »Es mag unsere Katzen, jetzt wird es nicht mehr traurig sein«, sagte sie voll Zuversicht.

Doch als die Nacht hereinbrach, erwachte die Verzweiflung des armen Tiers von Neuem. Laura füllte eine von Jennys alten Babyfläschchen mit Milch und versuchte, die kleine Ziege zum Trinken zu bewegen. Sie schreckte aber vor ihrer Hand zurück und stieß so fest gegen die Teppichstange, wo Younis sie angebunden hatte, dass sie taumelte. Jenny weiches Kinderherz schmolz angesichts dieser Not.

»Wir müssen sie ins Zimmer holen, sie ist traurig, weil sie allein ist.« Jenny war den Tränen nahe.

»Dein Vater wird sich darum kümmern. Schlaf jetzt«, antwortete Laura entnervt.

Younis kam nicht nach Hause. Das klagende Zicklein hielt sie die Nacht wach. Erst im Morgengrauen schlief sie ein.

»Baba, wir müssen das Zicklein zurückbringen.« Jennys Stimme kam aus dem Garten.

»Ich habe gedacht, du hast es lieb. Du willst es Heidi nennen. Oder wenn es ein Bub ist, Ziegenpeter«, antwortete Younis.

Das Zicklein hatte sich heiser geschrien und stieß nur noch von Zeit zu Zeit einen erschöpften Laut aus.

»Es weint nach seiner Mama.« Jenny klang ganz ernst. »Ich hab so Mitleid mit ihm, bitte Baba, lass es uns nach Hause bringen.«

Eine Weile war nur das flehende Meckern zu hören. Dann sagte Younis: »Wenn du willst.«

Laura schlief wieder ein.

Von einem ungewöhnlichen Geräusch schreckte sie auf. Flugzeugmotoren. Im Haus war es still. Laura suchte nach ihrer Uhr. Sie musste stehen geblieben sein, sie zeigte beinahe Mittag. Laura rappelte sich auf. »Nofa?«, rief sie. Keine Antwort. Natürlich, sie war doch nicht mehr da. Die Jalousien standen offen. Draußen war es grau und lau, ein Februartag, nicht mehr Winter und noch nicht Frühling, der nichts von der Tageszeit verriet. Das Zicklein schrie nicht mehr. Laura erinnerte sich an Jennys eindringliches Bitten. Wie klug und herzlich ihre Tochter war. Selbst Younis hatte sie zur Einsicht gebracht.

Wieder dröhnte ein Flugzeug über das Haus, so niedrig, dass Laura den Piloten im Cockpit erkennen konnte. Was bedeutete das? Gleich darauf kam die Antwort, ein lauter Einschlag, so laut, dass ihr die Ohren davon klangen. Ein Flugzeug, das Bomben abwarf. Laura begann zu zittern. Sie lief ins Erdgeschoss. »Jenny! Younis!« Wider besseres Wissen rief sie immer wieder nach ihnen. Sie war allein zu Hause. Wieder ein dumpfer Knall, dieses Mal weiter entfernt, gefolgt von einem anschwellenden Knirschen und Krachen, das Laura augenblicklich erkannte. So hörte es sich an, wenn ein Haus getroffen war. Im Telefon knisterte es. Keine Verbindung. Ihre Uhr hatte die richtige Zeit gezeigt, halb zwölf. Wo war Younis mit Jenny hingegangen? Sie sank neben dem Telefon auf den Boden. Ein Geschwader von Flugzeugen donnerte über das Dach. Bombentreffer, die meisten weit weg, waren immer wieder zu hören.

Laura saß da wie gelähmt. Was konnte sie tun? Ihr Kopf war leer. Sie konnte nicht einmal weinen. Dann kam ihr ein Bild in den Sinn. Younis, der am Radio drehte, einen Sender suchte. Sie musste erfahren, was geschehen war. Auf allen vieren kroch sie ins Wohnzimmer und schaltete den Apparat an. Das wilde Heulen kannte sie schon, eine Sprecherstimme im Triumph. Er kündigte Abdul Salam Aref an, der sich gleich mit einer Botschaft an das Volk wenden würde. Das Wenige, das Laura verstand, genügte ihr. *Al Zaims* Zeit war abgelaufen.

Drei Stunden später hatte sie alle Zigaretten geraucht, die im Haus waren. Mehrmals von der Arrakflasche getrunken, um ihr klopfendes Herz zu beruhigen. Der brüllenden Nachrichtenstimme gelauscht, die immer wieder den Retter des irakischen Volkes pries: Aref, der einst mit Quassem die Monarchie gestürzt hatte, um sich bald darauf, als Quassem sich zum Premierminister ernannte und Aref die Rolle des Zweiten blieb, gegen ihn zu stellen, was schiefgegangen war. Quassem hatte Aref seines Amtes enthoben, ihn als Gesandten nach Deutschland geschickt, ihn, als Aref ihn neuerlich angriff, mit Gefängnis bestraft, doch 1962 im Zuge einer Amnestie entlassen. Quassem, der Zauderer, höhnten seine Kritiker, der seinen Freunden nicht die Treue hielt und mit seinen Feinden nicht aufräumte.

Ob sie recht behielten, war keineswegs klar. Soviel hatte Laura hier gelernt, jeder verkündete vollmundig seinen Sieg, auch wenn der Strick schon um den Hals geschlungen war. Laura versuchte es mit dem Fernseher, doch das Bild blieb schwarz. Sie ließ ihn dennoch eingeschaltet, ebenso wie das Radio, während sie sich umkleidete und dabei nachdachte, was sie tun konnte. Abwarten war das Vernünftigste. Irgendwann musste Younis mit Jenny heimkehren. Er würde sein eigen Fleisch und Blut nicht in Gefahr bringen. Wieso hatte er sie überhaupt mitgenommen? Bedeutete es, er hatte nicht gewusst, was bevorstand, er gehörte nicht zu denen, die jetzt im Chor nach Patriotismus, Freiheit und Sozialismus schrien?

Aus dem heiseren Geschrei des Radiosprechers drang plötzlich ein Satz an Lauras Ohr, den sie verstand: Auf dem Tahrir Square war eine riesige Kundgebung von den revolutionären Kräften niedergeschlagen worden, die Kommunisten, die Verräter, die am Untergang des Vaterlandes gearbeitet hatten, schwammen nun in ihrem Blut.

Worte, die sie noch deutlich im Ohr hatte. Die hitzige Rede von Younis' Freund, dem Namenlosen, hier in diesem Zimmer, die sie die ganze Nacht nicht schlafen ließ. Sie musste den Tatsachen ins Auge sehen. Younis war auf der Seite der Revolutionäre. Laura nahm einen letzten Schluck Arrak. Es hielt sie nicht länger im Haus.

Draußen herrschte Stille. Außer den Flugzeugen, die nun über anderen Stadtteilen ihre Angriffe flogen, und Bombeneinschlägen in der Ferne gab es kein Geräusch. Niemand ging auf der Straße. Die Getränkekioske in der *Ragheeba Chattoon* hatten geschlossen. Der Bus verkehrte nicht. Laura ging zu Fuß. Der Alkohol wirkte.

Die Angst, die ihr den Hals zugeschnürt und sie gelähmt hatte, war verschwunden, sie dachte nicht nach, sondern setzte Schritt vor Schritt, bis sie im letzten Teil der Straße ein belebteres Viertel erreichte.

In dem kleinen Bazar war sie oft mit Nofa einkaufen gegangen. In den Geschäften rundum kannte sie die Inhaber. Sie hoffte darauf, jemanden zu treffen, den sie um Hilfe bitten konnte. Aber die Rollläden waren heruntergelassen, kein einziger Verkäufer ließ sich blicken. Es blieb ihr nichts weiter übrig, als ihren Weg fortzusetzen. Zum Glück war es nicht heiß. Hellgraue Wolken hingen regungslos über der Stadt, verdeckten das Sonnenlicht.

Ein Motorengeräusch kam näher. Kein Flugzeug. Aufgeregt wandte Laura sich hin und her, war es wirklich ein Auto. Es krachte und schepperte, aber nichts war zu sehen. Da endlich bog das Fahrzeug in die Straße ein. Ein alter, klappriger Kastenwagen, mit einem alten, bärtigen Mann am Steuer. Laura begann zu winken. Er sah es und hob abwehrend eine Hand. Er war in Eile, doch Laura zögerte keinen Augenblick. Sie sprang auf die Fahrbahn. Entweder er stieß sie nieder oder er musste anhalten. Sie sah seine erschrockene Miene. Hatte das Auto denn überhaupt Bremsen? Sie spürte schon das Beben des Motors in ihrer Nähe, da gelang es ihm anzuhalten. Mit zitternden Knien riss sie die Beifahrertüre auf. An eine Unterhaltung war nicht zu denken. Er fluchte, das verstand sie, mehr nicht. Sie brachte kein Wort hervor, zog nur ihre Börse hervor und hielt ihm alles Geld hin, das sie bei sich hatte. Er starrte sie erbost ein, doch er hatte keine Zeit zu verlieren. Krachend legte er den Gang ein und fuhr weiter.

Auf der anderen Seite des Flusses begegneten sie einer Demonstration. Es mussten Regierungstreue sein, auf ihren Plakaten war das lachende Gesicht Quassems zu sehen. Der Mann wich gerade noch rechtzeitig in einen anderen Straßenzug aus. An einer Kreuzung mussten sie bei einer Sperre halten. Gerade als sie vorbeikamen, wendete sich die Aufmerksamkeit der Uniformierten, die grüne Armbinden trugen, einer Gruppe zu, die wild herumschießend auf sie zulief. Der Mann nützte die Gelegenheit, gab Gas, und sie kamen ohne Aufenthalt vorbei. In Lauras Kopf kreiste der Arrak. Sie war froh, dass sie nicht zum Nachdenken kam.

Sie passierten eine weitere Straßensperre, wieder hatten sie Glück. In ihrer Nähe krachten Schüsse einer MP. Sie trafen nicht oder hatte nicht ihnen gegolten. Kurz darauf erreichten sie eine bekannte Gegend. Da war das Eisgeschäft, wo sie mit Jenny auf Younis' Rückkehr wartete, wenn er dem Redakteur einen neuen Artikel brachte. Eine plötzliche Idee durchzuckte sie. Die Rundfunkstation! Sie war nicht weit, in einer dieser Straßen des Viertels, Younis hatte sie ihr im Vorbeigehen gezeigt. Konnte er dort sein? Hatte er nicht seit Jahren Texte geschrieben, die eine neue, bessere Zukunft des Irak beschworen?

Sie legte dem Mann eine Hand auf den Arm.

»Halten Sie an!« Er hörte sie nicht. Es war ihm egal. Er schüttelte bloß ihre Hand ab, murmelte etwas Unverständliches, seine Aufmerksamkeit war ganz auf die Straße gerichtet, wo die Schießereien zunahmen, mehr und mehr Leute sich zusammenrotteten. Er drosselte das Tempo, suchte eine Möglichkeit, abzubiegen, da wartete Laura nicht länger ab. »Ich steige jetzt aus!«, hörte sie sich wie aus weiter Ferne rufen, doch das machte keinen Unterschied. Sie riss die Türe auf, schwang sich auf das Trittbrett und sprang, ohne zu zögern, auf die Straße. Sie fiel, doch das spürte sie kaum, so schnell war sie wieder auf den Beinen. Rund um sie schreiende Männer, die rannten, sie folgte ihnen. Die meisten trugen die grünen Armbinden, die sie bei den Soldaten an den Straßensperren gesehen hatte, und Waffen. Sie hatte keine Ahnung, in welche Richtung es ging, wieder wie vorher im Auto vertraute sie auf die Eingebung des Augenblicks. Niemand beachtete sie. Dann sah sie das Gebäude der Rundfunkanstalt vor sich. Es war das Ziel dieser Demonstranten. »Tod Quassem!«, riefen sie. »Hoch Aref, unser Retter! *Al Watan!*« Für das Vaterland.

Auf der Wiese vor dem Eingang lag ein Mann in Generalsuniform. Laura kannte sein Gesicht, er war einer, der immer an Quassems Seite zu sehen war. Damals, in Ginis Haus, war sie ihm begegnet. Sein Hinterkopf fehlte, das Hirn klebte an den Grashalmen daneben. Eine Tür sprang auf, eine Reihe von Männern in schwarzen Anzügen, die Gewehre in der Hand, traten heraus, sie schossen in die Luft, wieder und wieder, Freudenschüsse, um ihren Sieg zu feiern, und die Menge begann zu johlen. Plötzlich entdeckte Laura

Younis, nicht bei den Schießenden, sondern an einer Seitenpforte, wo er eine Gruppe anführte – die Freunde! Nur der Hochgewachsene fehlte. Laura drängte sich an den Leuten vorbei. Sie war die einzige Frau in der Menge, doch keiner nahm sie zur Kenntnis, stellte irgendeine Frage. Schließlich war sie nahe genug herangekommen.

»Younis!« Sie schrie so laut sie konnte, doch das begeisterte Gebrüll der Feiernden übertönte sie nicht. Sie musste zu ihm. Hier, nahe am Zentrum des Geschehens, wurde das Gedränge immer dichter. Sie durfte Younis nicht aus den Augen verlieren. Da, zwischen den knatternden Salven der Gewehre, war auf einmal ihre Stimme zu vernehmen: »Schau mich an, Younis! Wo ist Jenny? Wo ist unser Kind?«

Er zuckte und drehte den Kopf in ihre Richtung. Ungläubig weiteten sich seine Augen. In seiner Hand eine Pistole. Er drängte und schlug auf die Umstehenden ein, bis er bei ihr war. Ohne ein Wort packte er ihren Arm.

»Du bist irre! Wie kommst du hierher?«

»Und du? Wo ist Jenny!«

Er zerrte sie zum Haus, wo seine Freunde den schwarzen Männern mit den Gewehren zujubelten, ohne einen Blick an Laura zu verschwenden.

»Wo ist Jenny?«

»In Sicherheit. Aber du spielst mit deinem Leben, wenn du nicht verschwindest. Augenblicklich, Laura.«

Wie von Zauberhand stand ein Auto bereit. Der junge Mann am Steuer war wie der Page eines Hotels gekleidet, auch er hatte eine grüne Schleife am Arm.

»Steig ein.«

»Wo ist Jenny? Sag mir, wo sie ist.«

»Muss ich dich schlagen, damit du gehorchst! Er bringt dich zu ihr, und dann …« Younis' Blick war voller Abscheu, mehr noch, Hass. »Ich will dich nie wiedersehen. Es ist vorbei. Laura, du kannst gehen!«

Er stieß sie auf den Autositz. Laura wandte sich um. Jetzt erst sah sie, wer der Mann am Steuer war.

»*Salam aleikum*, Madam.«

»Meishi!«

Meishi lächelte. »Keine Sorgen machen, Madam, mit Jenny alles okay.«

»Wo ist sie? Wir müssen sofort zu ihr fahren.«

»Jenny bei Schwägerin zu Besuch, ist jetzt zu Hause.«

Schon von draußen war die dramatische Janitscharenmusik zu hören. Der Fernseher lief. Auf dem Bildschirm ein Fernsehstudio. Ein Tisch mit Mikrophon, einige Stühle darum gruppiert. Nur auf einem saß ein Mann, den Kopf vornübergesunken, sodass man sein Gesicht nicht sah. Zu seinen Füßen zwei andere, wie er in Uniform. Sie lagen auf dem Rücken, die Arme weit ausgebreitet und starrten nach oben, regungslos wie der Mann auf dem Stuhl. Sie waren tot. Ein Soldat trat vor die Kamera. Er griff in den üppigen Haarschopf, riss den Kopf in die Höhe. Abdul Karim lebte noch. Seine Augen starrten in die Kamera, träumerisch, wie so oft, wenn er zu seinem Volk von Bildung, medizinischem Fortschritt und sozialer Sicherheit gesprochen hatte. Der Soldat spuckte ihm ins Gesicht. Der Präsident wehrte sich nicht.

Jenny schlief auf dem Sofa, ihr Lamm an sich gedrückt. Laura setzte sich zu ihr. Sie sog ihren Geruch ein, noch immer den Duft eines kleinen Kindes. Nichts ließ sich mit dieser Erleichterung vergleichen. In ihrem Kopf wiederholte Younis seine Worte, das Diktum. Laura musste gehen. Auf dem Fernsehschirm lief die gleiche Szene immer wieder ab, der Soldat trat auf, hielt Abdul Karims Gesicht in die Kamera, spuckte ihn an. Die Blutflecken auf seiner Uniform wurden größer, zuerst nur die Landkarte Europas, dann Asien dazu, Afrika. Schließlich rutschte sein Körper zur Seite. Wieder packte ihn der Soldat, richtete ihn auf. So konnten es alle sehen, als Abdul Karim Quassem endlich tot war.

Die letzte Nacht. Ihre Koffer waren gepackt.

»Ich werde nicht schlafen«, hatte Jenny gesagt. »Ich warte auf Baba. Wir müssen uns verabschieden.«

Die Katze Mimi hatte drei Junge geboren. Da lebte Al Zaim noch, da umarmten sich Younis und Laura, wenn sie zu Bett gingen, und Laura wartete auf den richtigen Tag, Younis zum Fortgehen zu bewegen. Jetzt hatten die drei Kätzchen die Augen geöffnet. Und nichts mehr war wie vorher. Die Zukunft hatte begonnen.

Younis kam nicht mehr nach Hause. Die Telefone funktionierten nicht. Die Männer mit den grünen Armschleifen, Mitglieder der *Baath*-Partei, wusste Laura inzwischen, gingen mit Listen in der Hand von Haus zu Haus. Wer Kommunist oder kommunistischer Gesinnung verdächtig war, musste mitkommen. Wieder begannen die Prozesse, die Hinrichtungen. Wieder wie zu Saads Zeiten füllte sich das Gefängnis Abu Ghraib mit Verurteilten. Jeden Morgen knallten die Gewehre.

Jenny wollte das weiße Kätzchen mitnehmen. »Ich habe es *Hurriyah* genannt.«

Diesmal war es die Freiheit, die Younis herbeigewünscht hatte. Schon in der ersten Woche kostete sie tausend Opfer. Jenny hatte das Kätzchen namens Freiheit in eine Schachtel gesperrt. Das Kätzchen wehrte sich, kratzte die Hand ihres kleinen Quälgeistes. Blut rann. Und Tränen.

»Es soll dir eine Lehre sein«, sagte Laura.

Jenny bockte. Das Kätzchen lief davon.

Die letzte Nacht. Es roch nach Frühling. Die Zikaden riefen schon. Frösche im Garten, wo die Gräben noch vom Winter mit Regenwasser gefüllt waren. Keine Minute Schlaf. Würden sie fortfahren, ohne Younis noch einmal zu sehen? Aladin hatte versprochen, sie zu chauffieren. Aladin, der anders als sein Bruder immer noch vom Fortgehen träumte. Dreimal waren sie zum Flugplatz gefahren. Der internationale Luftverkehr war bis auf Weiteres ausgesetzt.

Aber morgen, Aladin hatte sich persönlich erkundigt. Kein Augenblick Schlaf. Ein Lied, das sie quälte, das wie eine Schallplatte immer von Neuem begann. *Al hubb*. Geliebte, werd ich dich in der Fremde wiederfinden. Sie weinte nicht.

»Baba!« Jenny strahlte. »Du bist doch gekommen.«

Er war abgemagert in den zehn Tagen. Seine Haut blass. Unrasiert. Er sah sie nicht an, nur Jenny. »Natürlich, mein Liebling. Du kannst immer bei Baba bleiben, das weißt du.«

Laura nahm sich zusammen, sie wusste doch, dass er das nicht wahr machte. Mit einem Sohn wäre sie nicht so leicht davongekommen.

Aladin trug die Koffer. Vier, mehr durfte sie nicht im Flugzeug mitnehmen. Die einwöchige Bahnreise wagte sie nicht. Pepperl hatte ihr bis zuletzt ihre Hilfe angeboten. Doch die Fahrt durch Kurdistan war noch gefährlicher geworden.

Zwei Tage nach Quassems Tod brach Pepperl auf. »Fürchten tu ich mich, wenn ich dableibe genauso wie im Zug, da möchte ich doch lieber nach Hause.«

Im letzten Moment hatte Faruk sich gemeldet und sich als *Baathist* zu erkennen gegeben, doch damit befasste sich Pepperl nicht mehr. »Vorbei ist vorbei.«

Inzwischen war sie hoffentlich heil in Wien angekommen. Laura saß immer noch fest. Bis zur letzten Stunde blieb der Ausgang ungewiss. Younis' Chauffeur hielt auf dem Weg zum Flughafen.

»Was ist?«, rief Younis alarmiert. Zwei Bewaffnete sprangen auf die Straße. Der Chauffeur stieg aus. Younis zögerte keine Sekunde. Er schob sich auf die Fahrerseite und startete. Die zwei Männer hoben ihre Waffen. »Ich bin *Baathist!*« Younis hob seinen Arm, damit sie die grüne Binde sehen konnten. Gleichzeitig legte er den Gang ein, mit einem Satz sprang der Wagen vorwärts. Schüsse knallten. Laura drückte Jennys Kopf in ihren Schoß.

»Wir haben es geschafft. *Inshallah*«, seufzte Aladin auf.

Jenny blickte starr auf das Autofenster neben ihrem Kopf. Es war zersprungen, die Scherben lagen auf dem Rücksitz.

Das Flugzeug wartete schon aufgetankt. Die Lautsprecher riefen ihre Namen: »Laura und Jenny Al-Quassem bitte zum Schalter kommen!«

Laura schaute Younis an. Seine Augen glänzten. Er rauchte eine Zigarette. Würde sie umkehren, wenn er sie darum bat? Er fragte nicht. Tränen rannen ihm über das Gesicht. Sie weinte mit. Nur Jenny blieb still. Seit die Schüsse gefallen waren, hatte sie kein Wort mehr gesagt. Younis umarmte sie, dann Laura. Aladin stand mit zuckendem Gesicht daneben. »Ich liebe euch, ich vergesse euch nicht«, sagte er beim Abschied.

Younis begleitete sie über das Flugfeld. Er hob Jenny auf.

»Du bist mein Augenlicht, jeden Tag denke ich nur an dich. Führe ein gutes Leben, meine Tochter.« Er stellte sie auf die Treppe, die zum Flugzeug hinaufführte. Jenny lief die Stufen hinauf.

»Ich komme euch besuchen. Ich schwöre es.« Younis legte die Hand auf sein Herz.

Laura nickte. Rasch wandte sie sich um und folgte ihrer Tochter.

22. KAPITEL

DAS TELEGRAMM KAM AN, als Laura nicht zu Hause war. Nach dem Büro schlenderte sie die Mariahilfer Straße hinauf und schaute sich die Auslagen an. Die Wintermode gefiel ihr. Die Rocksäume wurden kürzer, sie bedeckten kaum mehr die Knie, und dazu trug man hohe Stiefel mit plumpen Blockabsätzen. Sie fragte sich, ob sie wohl schon zu alt war dafür, aber es spielte sowieso keine Rolle, da sie kein Geld für eine neue Garderobe hatte. Die tief stehende Oktobersonne schien so grell, dass sie auf die Schattenseite der Straße wechselte. Sie hörte die Kirchenglocken halb sechs schlagen und beschleunigte ihren Schritt. Jenny wartete sicher schon.

Die Wohnung in einer kleinen Seitengasse der Mariahilfer Straße hatte Laura mit Ewas Hilfe gefunden. Nach Lauras Rückkehr hatte sich Ewa gefreut, ihre Tochter und ihre Enkelin bei sich aufzunehmen. Doch bald waren sie ihr auf die Nerven gegangen. Laura blieb zu lang auf, und Jenny war heikel beim Essen. Es fing wieder an wie in früheren Zeiten, Vorwürfe, Szenen, und immer gereizte Stimmung. Nichts passte Ewa, doch dass Laura sich nach einem Streit ein Untermietzimmer suchte und auszog, war ihr wiederum nicht recht. Es gab kein Badezimmer, der Vermieter hatte ein Auge auf Laura geworfen und würde früher oder später zudringlich werden. Und wie konnte die kleine Jenny so einen weiten Schulweg allein bewältigen?

Stephan mischte sich nicht ein, er ging seiner Wege wie früher und lebte mehr im Hotel Kaiserhof als zu Hause. Ewa, die jeden Tag die Zeitung von der ersten bis zur letzten Seite durchlas, war auf das Inserat der Mietwohnung in Mariahilf gestoßen, der einzigen, die sich Laura von ihrem Gehalt leisten konnte. In der Versicherung hätte sie vielleicht mehr verdient, doch sie wollte keinen Kontakt aufnehmen. Seitdem sie wieder in Wien wohnte, fünf Jahre schon, hatte sie keinen ihrer alten Kollegen wiedergesehen.

Im Stiegenhaus begegnete Laura dem Postboten. »Kommen Sie zu uns?«

Er nickte. »Ich habe das Telegramm Ihrer Tochter gegeben.«

Lauras Herz machte einen Sprung. Ein Telegramm – und Jenny hatte es –

»Jenny?«

Gewöhnlich kam sie Laura entgegen, sobald sie den Schlüssel im Schloss hörte. In der kleinen Küche brannte das Licht. Laura ging ins Zimmer, wo Jenny mit angezogenen Beinen auf dem Sofa saß und las. Ihre Wangen waren gerötet, ihre Augen leuchteten.

»Grüß Dich, Mami.« Ihre Augen ließen die Zeile keine Sekunde los, um ihre Mutter anzusehen.

»Ich bin dem Briefträger begegnet. Hörst du mich, Jenny?«

Endlich bequemte sich Jenny, ihre Lektüre zu unterbrechen.

»Du weißt, dass du nicht öffnen darfst, wenn ich nicht zu Hause bin.«

Jenny nickte. In ihre Augen trat ein fragender und zugleich eigensinniger Blick. Warum? Sie sprach es nicht aus. Jenny durfte nicht mit Fremden sprechen, auf der Straße nicht zu nahe an parkenden Autos vorbeigehen. Schon gar nicht aber die Tür aufmachen.

»Er hat das Licht gesehen und gerufen, Post ist da«, verteidigte sich Jenny. Sie stand auf, das Buch rutschte von ihren Knien. »Darf ich in den Park?«

Die Wohnung lag im ersten Stock eines Biedermeierhauses, die Fenster führten zu einem kleinen Garten, den sie mitbenützen durften. Doch Jenny weigerte sich, dort zu spielen.

»Ich habe Angst.«

»Wovor?«, wollte Laura wissen und bekam keine Antwort. Erst nachdem sie einen Sonntagnachmittag lang unter der Fichte gesessen war und versucht hatte zu lesen, verstand sie. Dieser Garten war kein angenehmer Ort. Aus dem Keller wehte ein übler Geruch nach Schimmel und Fäulnis.

Laura griff nach dem Telegramm. Unwillkürlich stieß sie einen Schreckenslaut aus, und Jenny hielt an der Tür inne.

»Baba kommt. Sag nicht, dass ich ihn nicht sehen darf.«

»Was …« Laura wandte sich nach Jenny um. »Aber …«

Jenny nagte an ihrer Unterlippe. Sie wartete, doch Laura konnte ihr nicht antworten.

»Ich bin um sieben Uhr daheim.« Wieder wartete Jenny, bis Laura endlich nickte, dann erst ging sie, und Laura war mit dem Telegramm allein.

»Bin in London, kann nicht bleiben. Ankunft Flughafen Wien, Mittwoch 25.10., Nachmittagsflug. Bitte Abholung. Liebe euch, Y.«

Kann nicht bleiben, was bedeutete das? Und hier, wo sollte er hier bleiben? Doch nicht bei ihr. Laura packte ihre Tasche und verließ die Wohnung. Von der Telefonzelle an der Ecke rief sie ihre Mutter an.

»Du wirst ihn nach allem, was er dir angetan hat, nicht aufnehmen! Das kann nicht dein Ernst sein!«

»Ich habe mir gedacht, Mama, Younis könnte bei euch …«

Ewa ließ sie nicht weiterreden. »Auf gar keinen Fall. Ja, im Hotel, das kann man ja gar nicht verhindern, im Kaiserhof bekommt er sicher ein Zimmer. Ich werde Stephan fragen.«

»Er ist euer Schwiegersohn!«

»Gewesen. Bist du denn ganz von Sinnen, Laura! Du darfst dich nicht noch einmal von ihm einwickeln lassen.«

»Ich habe keine Münzen mehr …« Das Telefonat brach ab, bevor sie sich verabschieden konnte, aber Laura rief kein zweites Mal an.

So gedankenverloren ging sie durch die Gasse, dass sie erst vor dem Park wieder zu sich kam. Durch die Büsche entdeckte sie Jenny allein auf einer Schaukel. Sie schwang leicht hin und her und sang dazu. Laura horchte. Es war Nofas altes Lied vom Grab in der Wüste. Sie konnte sich nicht zurückhalten und lief über den Weg zum Spielplatz.

»Jenny, mein Liebling, natürlich werden wir Baba sehen. Was hast du denn gedacht?« Sie umarmte ihre Tochter.

»Obwohl er uns so viel angetan hat?«, fragte Jenny zögernd.

»Das sagt Ewa. Habe ich mich je über deinen Vater beklagt?«

Jenny blickte zu ihr auf. »Du hast geweint. In der Nacht, wenn du geglaubt hast, ich schlafe, du bist in der Küche gewesen, du hast gesagt, ich verfluche dich, weil du uns das angetan hast.«

Laura wiegte Jenny in ihren Armen. »Ich war zornig und ich war traurig. Der Beruf und die Wohnungssuche, ich hab viele Sorgen, da kann man schon einmal die Nerven verlieren.«

Sie nahm Jenny an der Hand. »Gehen wir in die Konditorei?«

Jenny sah zweifelnd zu ihr hoch. »Vor dem Abendessen?«

»Vor dem Abendessen.«

Hinter einer gläsernen Trennwand warteten sie auf die Ankunft der Passagiere. Lauras Herz klopfte so stark, dass sie den Druck hinter den Augen fühlte. Jenny hielt ihr Gesicht an das Glas gedrückt. Sie hatte kein Wort gesprochen, die ganze lange Fahrt zum Flughafen, Laura ebenso.

Dann war er da, als Letzter nach einer Gruppe Männer in dunkelblauen Anzügen mit Diplomatenkoffern. Er trug einen Hut, der ihn fremd aussehen ließ, und einen Anzug, der an ihm schlotterte. Er hatte abgenommen, mehr noch, er war abgemagert. Sein Gesicht im Schatten der Hutkrempe konnte sie nicht deutlich sehen. Jenny lief ihm zur Tür entgegen, sie fiel ihm in die Arme, und sie standen engumschlungen, bis Laura bei ihnen ankam und Jenny eine Hand auf die Schulter legte. Über ihren Kopf hinweg sahen sich Younis und Laura in die Augen. Was war mit ihm geschehen? Er sah müde und von Sorgen gezeichnet aus. Über seine Wangen liefen die Tränen.

»Laura. Geliebte.« Er begann zu lächeln. Die Freude wischte die Falten, die Erschöpfung aus seinen Zügen.

»Younis.«

Er streckte die Hand nach ihr aus, streichelte ihre Wange, vorsichtig, als wäre sie ein Traumbild, das bei der Berührung entschwand. Jenny breitete ihre Arme aus, ihre Umarmung schloss ihren Vater und ihre Mutter mit ein.

»Warum weint ihr? Warum weint ihr? Wir sind glücklich!«, sagte Jenny immer wieder.

Ein Flugzeug startete. Ein Flugzeug landete. Sie rührten sich eine ganze Weile nicht.

Laura sperrte die Tür auf und ließ Younis eintreten. Mit großen Augen schaute er sich um.

»Das ist …« Sie hörte sein unbehagliches Räuspern und ärgerte sich.

»Ja, Zimmer, Küche, Klo am Gang«, sagte sie kühl. »Nichts Großartiges, aber das erste eigene Dach über dem Kopf, vorher hatten wir nur ein Untermietzimmer.«

Er öffnete den Mund zu einer Frage und stellte sie nicht.

»Ich verdiene nicht viel in der Nähmaschinenfirma«, setzte Laura fort. »Meine Eltern können mich nicht unterstützen. Und …« Sie führte ihn durch die Küche ins Zimmer.

»Laura.« Er sah sie betroffen an. »Ich wusste das nicht. Es tut mir leid …«

»Was?« Sie schluckte. Keine Vorwürfe, ermahnte sie sich. So wollte sie ihm nicht begegnen. »Sprechen wir später darüber. Pack einmal aus.«

Sie öffnete die Biedermeierkommode, die früher in ihrem Zimmer in der Wohllebengasse gestanden hatte. Jetzt waren in den Schubladen Jennys Schulsachen. »Du musst ein bisschen Platz machen für Babas Sachen.«

Jenny, die in der Küche geblieben war, sagte nur »mach ich«, ohne sich zu zeigen.

»Und hier«, Laura öffnete den alten Nussholzschrank, ebenfalls ein Möbel aus der Wohllebengasse, »häng deine Sachen einfach dazu.«

Er nickte nur, und sie spürte einen erneuten Anflug von Ärger, weil er nicht einmal fragte, ob er bei ihnen übernachten konnte oder ob er sich nicht ein Hotelzimmer nehmen sollte. Wie selbstverständlich nahm er alles hin.

»Ich muss im Büro anrufen. Mach inzwischen Tee für Baba«, sagte sie zu Jenny. Und zu Younis: »Wir besitzen kein eigenes Telefon. Ich bin gleich wieder zurück.«

Noch immer schlug ihr Herz bis zum Hals. Sie musste schlucken und sich räuspern, bevor sie in der Firma anrief. Der Chef war nicht erbaut über ihr Ersuchen. »So kurzfristig Urlaub, das ist aber nicht üblich.«

»Eine Woche, bitte. Ich habe überraschend Besuch bekommen. Mein …« Sie unterbrach sich. »Aus dem Ausland.«

Widerstrebend willigte er ein. »Aber am Montag sind Sie wieder im Büro. Ich brauche Sie, das Quartalsende steht vor der Tür.«

Es ist Vergangenheit, sagte sie auf dem Rückweg streng zu sich. Dieser überschäumenden Sehnsucht, die sie erfüllte, seit Younis sie angesehen hatte, durfte sie nicht nachgeben. Vorbei. Er gehörte ihr nicht mehr. Was immer ihn nach Wien führte, er war nicht ihretwegen gekommen, nicht um sie nach fünf Jahren Schweigen zurückzugewinnen.

»Wie geht es den Katzen?«, fragte Jenny. »Ich denke immer noch an Rime und an das arme Zicklein, das die ganze Nacht nach seiner Mutter geweint hat.«

Laura wusch in der Küche ihre Strümpfe und hörte mit einem halben Ohr zu. Das Zicklein, Rime, die Katzen. Jenny hatte nie mit ihr darüber gesprochen. Oder doch? Sie hatte nicht immer zugehört. Diese vier Jahre, sie kamen ihr vor wie ein ununterbrochener Wettlauf mit der Zeit. Von Younis ließ sich kein Wort vernehmen. Er stand am geöffneten Fenster und blies den Rauch seiner Zigarette in den Garten. Jenny hatte ihm versichert, es störe sie nicht, wenn er rauche.

»Ich wohne nicht mehr in unserem alten Haus in der *Ragheeba Chattoon*«, sagte Younis auf einmal. »In New Bagdad wird alles neu gebaut, dort ist es besser.«

»Nein.« Jenny klang entschieden. »Du wolltest nicht mehr dort sein, weil wir nicht mehr bei dir waren. Stimmt's, Baba?«

Es blieb still. Laura spähte durch den Spalt der offen stehenden Tür. Younis hatte sich auf Jennys Schlafsofa gesetzt und streichelte ihren Kopf.

»Ich bin froh, dass ich dich wiederhabe, meine kluge Jenny!« Er drückte einen Kuss auf ihre Stirn.

»Bleibst du bei mir, Baba?« Sie nahm ihn um den Hals. »Für immer, das wünsche ich mir.«

»Ich auch.« Wieder küsste er sie, auf beide Wangen und auf den Mund. »Schläfst du jetzt?«

Sie seufzte zufrieden. Ihre Arme sanken auf die Decke. Sie protestierte nicht, als er sich erhob und zu seinem Koffer ging. Er nahm ein Kuvert heraus.

»Ich habe euch nicht vergessen. Ich wollte immer kommen. Jeden Morgen beim Erwachen war mein erster Gedanke, wie wird es Laura und Jenny gehen, was tun sie jetzt.«

Younis setzte sich neben Laura an den kleinen Küchentisch. »Ich habe nicht geahnt, dass ihr Geldsorgen haben könntet. Glaub mir das, bitte.« Das Kuvert lag vor ihm auf dem Tisch, er strich mit den Fingern darüber, aber er öffnete es nicht. Bis schließlich Laura mit dem Finger darauf deutete. »Und das?«, fragte sie. »Was willst du mir zeigen?«

Er holte die Fotos heraus. »Salman. Rima. Anisa.« Ein Bub, ein Mädchen, ein Säugling. Die junge Frau auf dem letzten Foto erkannte Laura. »Das ist Rana.«

Er nickte. »Ja, Rana, die Mutter meiner drei Kinder.«

Sie wunderte sich, wie ruhig sie blieb. Rana, sie hatte schon damals ihre Absichten gehabt. Und Laura, die sich so überlegen vorgekommen war, hatte nichts dagegen getan.

»Ihr habt geheiratet?« Sie wusste, er war nicht verpflichtet, sich von ihr scheiden zu lassen.

Er nahm ihre Hand. »Ich war gekränkt. Gedemütigt, weil du mich nicht wolltest als deinen Mann. Weil du mich verlassen hast. Ich habe nicht recht gehandelt. Und ich habe meine Strafe bekommen. Ich werde sie vielleicht nicht wiedersehen.«

Laura machte sich frei. »Was sagst du da, warum?« Aber ihr Herz schlug wieder laut und heftig, und innerlich jubilierte sie. War er also doch zu ihr zurückgekehrt. Was sagte er da, er konnte nicht mehr in den Irak?

»Du weißt, ich habe mich für die Zukunft meiner Heimat eingesetzt, ich habe auf eine Änderung gehofft, eine Besserung der Verhältnisse. Mag sein, dass es einmal so kommen wird, doch inzwischen ist es die Hölle.«

Laura machte eine ungeduldige Bewegung. Sie wollte nichts von der Politik hören. Sein Freund, der unheimliche schillernde Gast in den Nächten, hatte er Younis enttäuscht? Es wunderte sie nicht. Er sprach weiter, von dem Druck, der auf ihn ausgeübt worden war, von Drohungen. Dieser letzte Abend im Club, eine unheilvolle Atmosphäre war in der Luft gelegen und dann der Ausbruch der Revolution, die Männer mit den Gewehren, Laura, die verzweifelt nach ihrer Tochter suchte. Im Fernsehstudio die Leiche des Präsidenten, die wieder und wieder dem Volk gezeigt wurde.

»Hochverrat«, hörte sie Younis sagen und schreckte aus ihren Gedanken auf. Wovon sprach Younis, doch nicht ... »Aber nicht einmal das konnte mich noch erschüttern, ich hatte schon länger damit gerechnet, dass sie mich holen würden. Ich konnte entkommen und tauchte unter. Du erinnerst dich an meine Familie im Süden. Dort war ich sicher. Den Koffer mit dem Geld hatte ich schon lange vorher dort deponiert.«

»Koffer mit Geld?«, wiederholte Laura.

Younis wies mit einer Handbewegung auf sein Gepäck. »Wir werden als Erstes eine bessere Wohnung finden. Ihr sollt in guten Verhältnissen leben. Es ist unverzeihlich von mir, dass ich mich nicht früher darum gekümmert habe.«

»Und dann? Was hast du vor, Younis? Was willst du machen?«

Er sah sie an. »Schlafen wir einmal eine Nacht darüber!«

Während sich Jenny schlafen legte, hatte er sich aus einer Decke und einigen Sofapolstern ein Lager auf dem Boden gemacht.

»Ist dir das nicht zu unbequem?«, fragte Laura.

»Ich habe früher auch auf dem Teppich geschlafen. Weißt du nicht mehr?«

Sie nickte.

Am Morgen, nachdem Jenny in die Schule gegangen war, schlug Laura einen Spaziergang durch die Stadt vor. »Du wirst staunen, wie sich Wien verändert hat. So viele neue Häuser sind gebaut worden. Und die Geschäfte in der Kärntner Straße sind eleganter als vor dem Krieg. Wir könnten Mittagessen gehen. Es muss nicht das Sacher sein, das ist teuer, aber ...«

Laura fiel auf, dass Younis zwar zu allem, was sie sagte, nickte und zustimmend lächelte, doch nicht bei der Sache war. Der abwesende Blick, der sie streifte, die fahrigen Bewegungen, mit denen er sich durch das Haar fuhr, sein nervöses Zucken bei jedem unerwarteten Geräusch. »Was ist los, sag es mir!« forderte sie ihn auf.

»Ich habe dir alles gesagt. Es war keine gute Zeit für mich, seit ich aus Bagdad aufgebrochen bin. Ich mache mir Gedanken, Laura. Wie soll es weitergehen, wo werde ich leben?«

Laura sah seine bebende Unterlippe und dachte, Younis hat Angst. Es war ein sonderbares Gefühl. Als wäre nun eine neue Zeit angebrochen, als müsste nun sie ihn beschützen. Er war der Fremde hier.

»Semmering«, sagte er plötzlich, während sie noch überlegte, wie sie ihn aufmuntern könnte. »So hat der Platz geheißen, wo wir uns verlobt haben. Stimmt's Laura?«

»Semmering, ja. Im Hotel Panhans. Wir haben ein Foto davon, warte, ich suche es gleich heraus.«

Younis stand auf und kam um den Tisch herum zu Laura. »Lass nur, ich kenne das Bild auswendig, ich habe es mir, seit du fort bist, jeden Tag angesehen.«

Er legte den Arm um Laura. Sie spürte seinen Atem, so nahe war sein Gesicht. Er roch wie früher, verlockend. Aber sie küsste ihn nicht, und er versuchte nicht, sie zu küssen.

»Wir fahren hin«, hörte sie sich sagen. »Wir steigen in den Zug und fahren auf den Semmering.«

»Ja, Laura. Wir fahren«, sagte Younis.

Damals war es verschneit gewesen, eine schwarz-weiße Landschaft mit putzigen Holzhäuschen. Jetzt leuchtete alles in den Farben des Herbstes. Der Himmel war von einem leuchtenden tiefen Blau mit eiligen weißen Wolken, die nur kurz das grelle Oktobersonnenlicht verschatteten und weiterzogen. Beim Aussteigen erinnerte sich Younis noch an den Platz, wo er ausgeglitten war und Laura mit sich gerissen hatte. »Hier haben wir uns geküsst.«

Laura zog ihn weiter, den Serpentinenweg zum Panhans in die Höhe. »Nicht stehenbleiben, ganz regelmäßig weitergehen, sonst geht dir gleich die Luft aus.«

Younis blieb stehen. »Schon passiert.« Er öffnete seinen Hemdkragen und enthüllte für einen Augenblick eine hässliche Narbe, die sich um seinen Kehlkopf zog. Als er Lauras entsetzten Blick sah, schob er den Stoff rasch darüber.

»Was ist das?«

»Ein kleines Andenken aus Abu Ghraib.«

Abu Ghraib, das Gefängnis von Bagdad. Laura dachte an Saad, den Gefängnisdirektor, der schließlich selbst am Galgen geendet hatte. Aber Younis, warum Younis?

»Was hast du getan, um ins Gefängnis zu kommen?«

Younis lachte. »Du hast sechs Jahre im Irak gelebt, du hast drei Revolutionen miterlebt und stellst mir diese Frage. Entschuldige, Liebste, aber das ist komisch. In dem Land, wo die Wiege der Menschheit steht, gibt es leider keine Gerechtigkeit.«

Sie stiegen weiter aufwärts. Die Sonne schien warm in ihre Nacken. In den Zweigen über ihren Köpfen tirilierten die Vögel voller Freude über den schönen Tag. Laura hielt Younis' Hand in ihrer. Wo sich ihre Handflächen berührten, floss ein heißer Strom zwischen ihnen hin und her. Oben vor dem Hotel schauten sie in die Landschaft unter ihnen, klar wie auf einem alten Gemälde.

»Ich will, dass wir noch einmal beginnen. Ich liebe dich, ich habe nie aufgehört, dich zu lieben. Ich will dein Mann sein. Ich will dich, meine Frau. Es ist nicht zu spät für uns. Alle unsere Wünsche können in Erfüllung gehen.«

Er meinte Amerika. Er hatte das Geld für den neuen Anfang mitgebracht. Laura hörte zu. Sie brauchte Zeit zum Nachdenken. Der Traum, den sie sich in den fünf Jahren immer wieder ausgemalt hatte, war nun Wirklichkeit. Aber das Leben war kein Traum. Younis hatte eine Frau mit drei Kindern in Bagdad zurückgelassen. Was wurde aus ihnen? Doch warum sollte sie sich darum kümmern? Es waren vier Fotos im Album der Erinnerung. Younis sah ihr Zögern. »Es ist nicht zu spät«, wiederholte er. »Wir beide gehören zusammen. Vom ersten Blick an haben wir es gewusst.«

Er nahm ihr Gesicht zwischen seine Hände. »Mein Leben«, flüsterte er. »Ich werde dich nicht noch einmal gehen lassen.«

Laura steckte den Schlüssel ins Schloss. Er ließ sich nicht herumdrehen. Sie drückte die Klinke herunter, aber es war abgesperrt. »Jenny?«, rief sie durch die geschlossene Tür. »Bist du da?«

Am Freitag kam Jenny später von der Schulbetreuung, weil sie danach zum Klavierunterricht ging. Sie hatte sich so sehr gewünscht, Klavier spielen zu lernen. Obwohl sie zu Hause nur auf einem Holzbrett mit aufgemalter Tastatur üben konnte und ab und zu, wenn Ewa gnädig gestimmt war, auf dem Flügel in der Wohllebengasse.

»Stimmt etwas nicht?«, fragte Younis.

Laura hörte die Nervosität in seiner Stimme. Sie sah ihn nicht an, sondern schob noch einmal, mit mehr Vorsicht, den Schlüssel ins Schloss. Beim zweiten Versuch hatte sie Erfolg. Die Tür ging auf. An ihrer Seite atmete Younis erleichtert auf. Laura aber blieb misstrauisch. Etwas stimmte nicht, sie hatte ein Gefühl, als wäre jemand hier gewesen. Sie sah sich in der Küche um. Alles war wie immer, ihre kleine schäbige Versammlung von Pfannen und Töpfen auf dem Herd, ausrangierte Stücke aus Ewas Haushalt, wie der Rest ihres Geschirrs. Der Tisch war so wie sie ihn verlassen hatte, ordentlich abgewischt und leer. Nichts Ungewöhnliches. Nur dieser Geruch, bildete sie es sich nur ein, nach einem Öl, einem billigen parfümierten Haaröl. Von Younis kam er nicht, Younis verwendete ein teures Haargel, um seine Locken zu glätten. Er war an ihr vorbei ins Zimmer gegangen und kniete auf dem Boden.

»Was tust du denn?«

Er schob seine Hand unter das Sofa und zog einen Koffer hervor, den er in seinem größeren Gepäckstück verwahrt hatte. Er öffnete die kleinen Sicherheitsschlösser. Der Koffer war mit Geld gefüllt, Päckchen von Dollarnoten.

»Damit werden wir einen neuen Anfang machen. Ich habe aus den Fehlern gelernt, meine Liebste. Ich werde sie nicht wiederholen. Die Politik ist für mich aus und vorbei.«

Wie kam er zu so viel Geld? In dem Koffer befand sich ein Vermögen. Sie setzte sich auf das Sofa und schaute Younis zu, wie er den Koffer wieder in seinem Versteck verstaute.

»Laura, du musst dir keine Sorgen machen. Es ist alles in Ordnung. Ich habe nichts Unrechtes getan. Glaubst du das von mir?«

Er setzte sich zu ihr. Was glaubte sie von ihm? Sie sah ihn an, seine Lippen, seine Wangen, die dunklen, schönen Augen. Sie wusste nicht, was sie sagen sollte. Sie hatte keine Worte dafür. Liebe, ja. Sie liebte ihn. Aber das war nie anders gewesen. Doch genügte es für ein Leben miteinander?

Sie ließ sich küssen und halten, umarmen, auf das Sofa ziehen. Sie wollte nicht fragen und nicht antworten.

Dann stand Jenny in der Tür. Wie lange schon? Sie kicherte ein bisschen und kam nicht ins Zimmer.

»Was ist denn, warum stehst du da und starrst uns an?«

Younis löste sich von Laura und streckte einen Arm nach seiner Tochter aus. »Komm zu uns, Liebling. Endlich sind wir wieder zusammen.«

Jenny hüpfte vergnügt. »Und wenn sie nicht gestorben sind, dann leben sie noch heute!« Sie setzte sich zu ihren Eltern aufs Sofa. Laura erkannte sie nicht wieder. Wann hatte sie sie das letzte Mal so froh erlebt? Lauras Herz schmerzte bei dem Gedanken.

Zum Frühstück am nächsten Morgen lief Jenny zum Bäcker und an den Kiosk, brachte frische Semmeln, Zigaretten und die Zeitung. »Darf ich heute zu Hause bleiben?«, bat sie ihre Mutter, nachdem sie ihre Einkäufe auf dem Küchentisch ausgebreitet hatte. »Es sind nur vier Stunden. Religion und Englisch, Mama, und zwei Stunden Zeichnen, da versäume ich nicht viel.«

Laura war einverstanden. Sie wollte, dass das Leuchten in Jennys Gesicht blieb, die vergnügte Stimme, die strahlenden großen Augen, die ihrem Vater bei jeder Bewegung folgten. Fünf Jahre hatte sie ihren Vater vermisst und nichts davon gesagt, nur am Anfang hatte sie manchmal nach ihm gefragt, ob sie denn einmal wieder nach Bagdad zurückfahren würden oder wann Baba sein Versprechen halten und zu ihnen nach Wien kommen würde. Aber Laura war in ihre Überlebenssorgen so verstrickt und gar nicht im Stande gewesen, darauf einzugehen. Sie hatte sich damit beruhigt, dass Jenny noch so klein war, dass sie ihren Vater und Bagdad und alles, was mit diesen ersten Jahren ihres Lebens verbunden war, bald vergessen haben würde.

Nach dem Frühstück machte sie sich zum Fortgehen fertig. Sie musste Ewa anrufen, die sich inzwischen sicher sorgte, ob etwas passiert war. Seit Younis' Ankunft hatten sie nicht miteinander gesprochen. Ein bisschen geschah es ihr ja recht, dachte Laura mit leisem Triumph.

»Grüße sie von mir«, sagte Younis. »Und Stephan, sag ihm, ich komme ihn im Hotel Kaiserhof besuchen.«

Laura nickte. Sie nahm ihren Einkaufskorb. Nach dem Telefonat wollte sie weiter auf den Naschmarkt. »Kann ich euch so lange allein lassen?«, fragte sie. »Jenny, wirst du Baba auch kein Loch in den Bauch reden?«

Das Telefonat war rasch erledigt. Younis ging es gut, wie lang er bleiben würde, wusste sie nicht, und einstweilen kamen sie auch in der kleinen Wohnung zu dritt ganz gut zurecht. Sie überhörte die Zweifel in Ewas Fragen. Wenn sie ruhig blieb, war es ganz einfach, mit ihrer Mutter zu sprechen. Sie verabschiedete sich freundlich und versprach, bald wieder anzurufen.

Die Sonne schien, der Wind war ein wenig kühl, aber nicht kalt. Sie beschloss, zu Fuß zu gehen. Jenny freute sich sicher, ihren Baba eine Stunde für sich allein zu haben. Es war ein seltsames Gefühl, mit dem Korb in der Hand in den Samstagmorgen zu spazieren. Seltsam, weil ihr Mann daheim auf sie wartete. Konnte es sein, dass alles nun gut würde? Wollte sie das überhaupt? Sie verbot sich weitere Fragen. Heute war nur wichtig, dass sie auf dem Markt frisches Gemüse und Obst bekam, das gute Schrammel-Brot, das Younis früher so geschmeckt hatte, und vielleicht noch die Buchteln vom Nahodil. Das lag beinahe auf dem Weg.

Als sie zurückkam, war es fast zwölf. Eilig stieg sie die Treppe hoch, wieder erfüllt von diesem Gefühl des alltäglichen Glücks, das ihr besser gefiel als das ängstliche Herzklopfen, die Sehnsucht und das Bangen.

In der Küche brannte kein Licht. Waren sie fortgegangen? Laura klopfte. Sie glaubte leise Schritte zu hören, dann nichts.

»Jenny?«

Laura stellte ihren Einkaufskorb ab. Sie kramte in der Tasche nach dem Wohnungsschlüssel.

Plötzlich ertönte hinter ihr ein langgezogenes Heulen wie von einem Tier. Laura fuhr erschrocken zusammen. Es kam aus der Toilette. Dann wurde der Riegel zurückgeschoben. Jenny, ein Häufchen Elend, mit bloßen Füßen, trat auf den Flur.

Sie stürzte in Lauras Arme. Laura verstand nicht, was Jenny schluchzend hervorstieß.

»Was ist, Kind, sag doch. Jenny, nimm dich zusammen, das hat doch keinen Sinn …«

Jenny streckte eine Hand an Laura vorbei nach der Türklinke aus. Zu zweit stolperten sie über die Schwelle, in die dunkle Küche.

Younis, wo war Younis? »Wo ist Baba? Sprich doch, Jenny, weißt du es nicht?«

Dann sah sie das zersplitterte Glas der Zimmertür. Blut auf dem Boden, Blut an der Wand.

»Die Männer«, weinte Jenny neben ihr. »Sie haben ihn geschlagen! Immer wieder. Ich war draußen auf dem Klo, ich hab es gehört. Ich hab mich nicht herausgetraut. Sie haben ihn mitgenommen, sie haben Baba die Stiege hinuntergestoßen und sind mit ihm verschwunden.«

Laura bettete Jenny auf das Sofa und legte sich zu ihr. Sie stellte keine Fragen und murmelte nur, wenn Jenny von Neuem zu schluchzen begann, beruhigende Worte in ihr Ohr. Die Männer. Younis hatte ihr gleich am ersten Abend gesagt, dass er auf der Flucht war. Wieso hatte sie gedacht, er sei hier bei ihr in Sicherheit? Hochverrat. In einem Land, in dem es keine Gerechtigkeit gab, nur eine richtige und eine falsche Seite der Wahrheit, die über Leben und Tod entschied. Ich habe nichts Unrechtes getan. Was sollte das im Licht dieser Ereignisse denn eigentlich besagen? Etwas fiel ihr ein, bahnte sich langsam den Weg durch ihren Schrecken.

Als Jenny in ihren Armen endlich eingeschlafen war, erhob sich Laura. Sie kniete auf dem Boden nieder, wie am Tage davor Younis es getan hatte, und streckte die Hand nach dem Versteck unter dem Sofa aus. Der Koffer war verschwunden.

Zwei Tage später klopfte es heftig. »Laura! Laura, ich bin es, deine Mutter!«

Widerstrebend zog Laura sich einen Schlafrock an. Sie öffnete, ohne auch nur einen Blick in den Spiegel zu tun. Seit Samstagmittag hatte sie sich nicht gewaschen, nichts gegessen, sich nicht angekleidet. Schon allein Jenny für die Schule fertig zu machen, hatte ihre ganze Energie in Anspruch genommen. Doch Ewa schien Lauras Zustand nicht zu bemerken. Mit zitternden Händen legte sie die Zeitung, die sie mitgebracht hatte, auf den Tisch.

»Da.« Sie schlug den Chronikteil auf. »Lies das, Laura.«

Laura beugte sich über das Zeitungsblatt. Im Zillertal war ein Auto von der Bergstraße abgekommen und in eine Felswand gestürzt. Die vier Insassen, alles irakische Staatsbürger, waren dabei ums Leben gekommen. Einer von ihnen war beim Absturz aus dem Auto geschleudert worden. Sein Name war Younis Al-Quassem.

Erst nach langer Zeit begrub Laura die Hoffnung, dass Younis am Leben geblieben war. Sie holte die alten Fotos aus Bagdad hervor und klebte sie in ein Album. »Damit du eine Erinnerung hast«, sagte sie zu mir. Das Hochzeitsbild ließ sie rahmen und hängte es an die Wand. Sie schaute es oft an, und ich dachte bei mir, dass ihr auf diese Weise die Liebe zu Younis nicht abhanden kommen konnte. Ich habe nie vergessen, wie sie sich auf dem Sofa in den Armen lagen, wie sie sich ansahen, wie ihre Stimmen klangen, wie sie mich in ihre Mitte nahmen, das Kind ihrer Liebe. Wäre Younis am Leben geblieben, hätten sich die alten Missverständnisse bald wieder eingestellt. So blieben sie, die sie waren, für immer jung und verliebt.

Wir haben nie erfahren, wovor mein Vater geflohen ist, wofür er bestraft und getötet wurde. Es blieb, wie es begonnen hatte, ein Geheimnis. Alle Tage versprach ich meiner Mutter, vorsichtig zu sein, obwohl ich keine Ahnung hatte, wovor ich mich hüten musste. Ich wich Menschen hinter offenen Autofenstern aus, ich ließ mich nicht von Fremden ansprechen, ich öffnete nicht, wenn ich nicht wusste, wer vor der Tür stand. Meine Familie im Irak, die Tanten, Onkel, Cousins und Cousinen, aber auch meine Geschwister wurden niemals erwähnt. Es sollte mehr als dreißig Jahre dauern, bis ich mich auf die Suche nach ihnen machte.

DANK AN

Rana und Rima Al-Juburi
für ihre Beratung

Ildikó Séra
für die ungarischen Kinderreime

und Dank an meine Mutter,
die sich mit mir noch einmal auf die lange Reise in die Vergangenheit begeben hat.

GLOSSAR

Abaya	schwarzer Mantel oder Überwurf
Al ain	das Auge
Al atlal	die Ruinen
Al hamdu lillah	Gott sei Dank
Al hubb	die Liebe
Al Kudz	Jerusalem
Al watan	die Heimat
Al zaim	der Führer
Alf laila wa-laila	1001 Nacht
Alif Lam	Buchstabenverbindung von A und L im arabischen Alphabet
Asal	Honig
Bab	Tor
Betinchan	Aubergine, Melanzani
Cay	Tee
Enta Omri	Du bist mein Leben
Habibi /Habibti	Liebling
Hel	Kardamom
Hidjrah	Mohameds Auszug von Mekka nach Medina, Beginn der islamischen Zeitrechnung
Hurriyah	Freiheit
La-a	Nein
Ma-a	Wasser
Mabrouk	Glückwunsch
Malika	Königin
Masgouf	irakische Art der Fischzubereitung
Milleh	Salz
Mischmisch	Marillen
Nam	Ja

Nour	Licht
Nour-al-ain	mein Augenlicht
Sedde	Sandwall
Salam aleikum	Friede sei mit Dir
Wa aleikum assalam	Antwort darauf: und Friede sei mit Dir
Sherbet	Fruchtsaft
Shish Kebab	gegrillter Fleischspieß
Shukran	Danke
Suq	Markt
Ya Sater	um Gottes Willen
Ya galbi	mein Herz
Ya emsafer	Reisender
Umm	Mutter, Mutter von, z.B.:
Umm Majassah	Mutter von Majassah
Az ég szerelmére!	Um Gottes willen!
Èljen	ungarischer Ausruf für Glückwünsche
Kolbász	scharfe ungarische Wurst
Szeretlek édesem	Ich hab dich lieb, meine Liebste
Itzig	abfällige Bezeichnung für Jude
Lemon Curd	Zitronencreme aus Eiern, Zitronen oder Limetten, Zucker für Tortenfüllung